JULIAN LETSCHE

Auf der Walz

AUF DER WALZ Die Reichsstadt Reutlingen im 16. Jahrhundert. Der 17-jährige Zimmergeselle Hannes Fritz geht nach seiner Gesellentaufe auf die traditionelle Walz. Seine dreijährige abenteuerliche Wanderschaft führt ihn die freie Reichsstadt Esslingen mit ihren Zünften, Händlern und Pastoren, in das Benediktinerkloster Lorch und in die Großstadt Frankfurt am Main. Er trifft mit dem Humanisten Ulrich von Hutten zusammen und gerät zusammen mit einer jüdischen Familie in die Fänge von skrupellosen Räubern. Und er lernt seine erste große Liebe kennen – die unkonventionelle Kaufmannstochter Anna, die von ihrem Vater, dem Gewürzhändler Gotthelf Burgwart, mit dem niederträchtigen Kaufmann Kaspar Neumann zwangsverheiratet wird und in große Gefahr gerät …

Julian Letsche, Jahrgang 1961, ist Unternehmer und Zimmermann. Der Reutlinger Autor und Handwerkerdichter kennt das Leben auf der Walz aus eigener Erfahrung, woraus sein Interesse an der Geschichte der Handwerkerzünfte resultierte. Mit seiner Irish-Folk-Band »Lads go buskin« lässt er alte Zunftlieder wiederaufleben. »Auf der Walz« ist sein erster historischer Roman.

JULIAN LETSCHE

Auf der Walz

Historischer Roman

GMEINER *Original*

Besuchen Sie uns im Internet:
www.gmeiner-verlag.de

Im Ehnried 5, 88605 Meßkirch
Telefon 07575/2095-0
info@gmeiner-verlag.de

2. Auflage 2013

Lektorat: Doreen Fröhlich / Claudia Senghaas, Kirchardt
Herstellung / Korrekturen: Julia Franze / Katja Ernst, Sven Lang
Umschlaggestaltung: U.O.R.G. Lutz Eberle, Stuttgart
unter Verwendung des Bildes »Porträt eines jungen Mannes«;
Quelle: http://commons.wikimedia.org/wiki/
File:Albrecht_Dürer_093.jpg
Druck: GGP Media GmbH, Pößneck
Printed in Germany
ISBN 978-3-8392-1141-0

Kapitel 1

Die lärmende Prozession schob sich durch die enge Gasse. Die Männer wateten durch den knöcheltiefen Morast, der Gestank nach Schweinekot und Urin schien sie nicht sonderlich zu beeindrucken. Den zerlumpten Kindern, die wie wild um sie herumtollten, schenkten sie nicht die geringste Beachtung. Zahlreiche Menschen lehnten sich aus den kleinen Fenstern der Fachwerkhäuser, die sich mit den weit auskragenden Giebeln beinahe zu berühren schienen, und beobachteten den kuriosen Umzug. Vorneweg schritt ein grinsender Mesner, der ein Weihwasserfläschchen schwenkte, ihm folgte in einiger Entfernung ein auffallend hoch gewachsener Pfaffe, dessen breite Schultern den schwarzen Talar zu sprengen drohten und der immer wieder in eine eigentümliche Litanei verfiel.

»In nomine domini! Attamen stramen! Der Blinde schlug den Lahmen um ein Stück Fleisch, dass ihn der Hund nicht beiß!«

»Bei dir würde ich auch gern zur Beichte gehen!«

Mit diesem Zuruf bedachte eine der Zuschauerinnen den seltsamen Geistlichen. Als er nach oben blickte, sah er die Frau des Schusters, deren lockerer Umgang mit dem Ehegelübde stadtbekannt war. »Der treue Diener des Herrn wird sich zu gegebener Zeit um dich kümmern, meine Tochter.«

Dem ungewöhnlichen Priester folgten zwei Männer, wie sie ungleicher nicht sein konnten. Während der linke eher klein gewachsen war und in seinen flinken Bewegungen an ein Wiesel erinnerte, überragte ihn der ungelenke Hüne um Haupteslänge.

»Erwin, lass mich sofort herunter, ich bin alt genug und kann allein gehen!« Der mittelgroße Junge, den der Riese auf seinen gewaltigen Armen trug, zappelte wild und versuchte, sich zu befreien.

»Nun sei aber mal friedlich, lieber Kuhschwanz. Als dein Pate habe ich die freudige Pflicht, dich sicher zu deiner bevorstehenden Taufe zu bringen.«

Da gab Hannes den sinnlosen Widerstand auf, denn er war eigentlich genau darüber im Bilde, was ihn jetzt erwartete. Schon bevor der Morgen graute, war der ganze Trupp ins Haus seiner keineswegs ahnungslosen Eltern eingefallen. Sie hatten ihn aus seinen Träumen gerissen und unsanft von seinem Schlaflager gezerrt. Ehe er wusste, wie ihm geschah, wurde ihm ein nicht mehr ganz weißer, übel riechender Umhang übergeworfen und mit einem Hanfseil die Hände an den Körper gebunden. Die schmutzstarrende Kutte hatte ein kleines Loch, durch das der Kopf des Gefangenen gerade eben hindurchpasste. Während einer der kräftigen Männer den wehrlosen Jungen an den halblangen Haaren zog, flößte ihm ein anderer, der durch eine riesige Narbe verunstaltet war, unentwegt Wein ein. Die Eltern schauten tatenlos dabei zu, wie ihr Sohn schließlich aus dem Haus geschleift wurde, seine Mutter allerdings mit Tränen in den Augen. Das zerfurchte Gesicht seines Vaters zeigte ein leichtes Grinsen.

»Ich hatte gehofft, dass sie während deiner harten Lehrzeit einen Mann aus dir gemacht haben, Hannes! Also benimm dich wie einer und mach mir keine Schande!«

Hannes wollte etwas erwidern, als er von seinen Peinigern gepackt und fortgetragen wurde.

So zogen sie nun seit geraumer Zeit durch die Gassen der alten Reichsstadt, wobei sich ihnen immer mehr Volk anschloss. Unter ihnen befand sich ein hagerer, pferdegesichtiger Mann mit einer schwarzen Kappe, der eine irdene

Kanne mit süffigem Wein trug, die er reihum seinen durstigen Kumpanen an den geöffneten Mund hielt. In den umliegenden Schenken füllte er sie immer wieder auf. Den festlichen Abschluss der eigenwilligen Prozession bildeten Männer in Festtagstracht mit schwarzen Kniehosen, schwarzen Filzkappen, blauem Wams und weißen Strümpfen. Auf ihren rechten Schultern ruhten blitzende Äxte und in jedem Gürtel steckte ein schmaler Dolch.

»Hier, mein lieber Kuhschwanz, trink von dem herrlichen Wein!« Der Pferdegesichtige hielt Hannes die gefüllte Kanne zum wiederholten Male hin, dabei hatte der sich schon mehrfach in den Rinnstein erbrochen. Endlich erreichten sie den Marktplatz mit seinen schönen Bürgerhäusern, auf dem ein geschäftiges Gedränge herrschte und kleine Garküchen verlockende Gerüche verströmten.

»Habt Erbarmen, ihr edlen Leute, mit einem alten Kämpfer des Kaisers!«, rief ein gebeugter Mann in einer abgerissenen Landknechtsuniform. Der rechte Ärmel seines geflickten Wamses hing leer an der Seite herunter, die ehemals aufrecht stehenden Federn an seinem Hut waren abgeknickt, und im Bemühen, die vorbeieilenden Leute zum Spenden zu bewegen, hielt er ihnen seinen nackten Armstumpf entgegen. Unterdessen war der lärmende Zug der Taufzeremonie ins Stocken geraten.

»Macht Platz, ihr Leut, macht Platz für Hannes, den edlen Täufling, und sein Gefolge!« Die durchdringende Stimme des Mesners und die breiten Schultern des Pfaffen sorgten letztendlich für ein Durchkommen. Vor dem steinernen Marktbrunnen machte der gesamte Tross Halt.

»So wollen wir dich nun mit diesem geweihten Wasser taufen, mein Sohn!« Der salbungsvoll redende Pfaffe gab dem bereitstehenden Paten ein knappes Zeichen, worauf dieser den Jungen recht unsanft in den runden Brunnen warf.

Der stinkende Umhang und die Fesseln behinderten Hannes stark, sodass er die größte Mühe hatte, wieder aufzutauchen. Ehe er aber prustend und schnaubend nach Luft schnappen konnte, drückten ihn ein Paar kräftige Hände erneut unter die Wasseroberfläche. Als diese schmerzliche Prozedur mehrfach vollzogen war, meldete sich der befehlsgewohnte Pfaffe wieder zu Wort.

»Haltet ein, bevor ihr ihn ersäuft wie eine räudige Katze!« Er legte Hannes die Hand aufs nasse Haupt und sprach andächtig: »Ich taufe dich im Namen des Vaters, des Sohnes und des Heiligen Geistes auf den Namen Krummnagel!«

Bei diesen Worten erinnerte sich Hannes an die ersten, sehr harten Wochen seiner Lehrzeit, als er zum Leidwesen seines Meisters die wertvollen Nägel dutzendweise verbogen hatte. Diesen Namen würde er erst wieder loswerden, wenn er die gesamte Zeche des heutigen Tages beglich.

Während der Pfaffe mit seiner absonderlichen Predigt fortfuhr, standen etwas abseits, zwischen einem Gemüse- und einem Räucherfischstand, zwei Männer und unterhielten sich angeregt, hager der eine, etwas zur Fülle neigend der andere.

»Wir müssen dieser Gotteslästerung sofort Einhalt gebieten, diese Blasphemie dürfen wir uns nicht länger gefallen lassen!« Der asketische Mann, der diese Worte förmlich ausspie, trug das Habit der Dominikaner. Die frisch rasierte Tonsur war wie eine Insel in seinem sandfarbenen Haar und seine blassblauen Augen glänzten fiebrig. »Ich bin von meinem Heiligen Orden neben anderen Dingen beauftragt, gegen derlei Missstände vorzugehen.«

»Wenn Ihr das jetzt versucht, werden sie Euch ebenfalls in den Brunnen werfen, doch ich bezweifle, dass sie Euch erlauben werden, erneut aufzutauchen.«

Die Ironie seines beleibten Gesprächspartners stachelte den sehnigen Mönch noch mehr auf. »Ich werde die gesamte

Stadtwache alarmieren, man muss dieses dreckige Gesindel in das finsterste Verlies werfen. Hier hat doch der Leibhaftige seine Hand im Spiel!«

Dass sich immer mehr Leute nach dem geifernden Bruder umdrehten und ihm feindselige Blicke zuwarfen, schien dieser zu ignorieren.

»Kommt mit mir, Johannes, und lasst uns gemeinsam zur Marienkirche gehen, ich muss nachher noch eine Messe lesen«, gab sich sein Gegenüber Mühe, ihn vom Geschehen loszureißen.

»Nun, Mönchlein, gefällt dir unsere gemeine Art zu taufen nicht?« Der streitlustige Gemüsehändler hatte seinen Stand verlassen und kam drohend näher.

»Mein geistlicher Bruder hier war schon lange nicht mehr unter den einfachen Leuten, er meint es nicht böswillig.«

Der allseits beliebte Pfarrer Alber versuchte zu schlichten. Er schnappte den gefährdeten Mönch am weit geschnittenen Ärmel seiner Kutte und wollte ihn wegziehen, als ein gut gekleideter junger Mann zu ihnen trat, dessen bloßes Erscheinen die Leute verstummen ließ.

Kaspar Neumann, der einzige Sohn des reichsten Händlers der Stadt, war sich seiner einschüchternden Wirkung auf einfache Menschen bewusst. Die offen zur Schau getragene Arroganz sowie der herablassende Blick seiner blauen Augen wollten nicht so recht zu dem fein geschnittenen, ansprechenden Gesicht passen. Obwohl er erst zwanzig Lenze zählte, galt er bereits als die rechte Hand seines Vaters.

»Seid gegrüßt, Ihr Herren! Ihr scheint dieses gottlose Treiben auch nicht so ganz zu billigen!« Er wies mit dem ausgestreckten Arm in Richtung Marktplatz, wobei sich seine Mundwinkel zu einem spöttischen Grinsen verzogen. Ihm waren diese Art der Gesellentaufe ebenso wie die anschließende Wanderschaft natürlich erspart geblieben, sein wohlhabender Vater hatte durch eine großzügige Spende an die Kramerzunft keine Fragen offen gelassen.

»Ich sehe es Eurem entsetzten Gesicht an, dass Ihr dem grässlichen Spuk am liebsten gleich ein Ende bereiten würdet. Unser Pfarrer Alber hingegen kommt selbst aus einfachen Verhältnissen und toleriert offensichtlich diese merkwürdige Art der Volksbelustigung.«

Das gutmütige Gesicht des Priesters zeigte keinerlei Regung, obwohl der beißende Spott in den Worten des gut aussehenden Kaufmannssohnes ihm keineswegs entgangen war. Er wollte dem jungen Kaspar nicht widersprechen, wusste er doch um die weitreichende Macht dieser mächtigen Familie. »Werter Herr Neumann, ich bin der Letzte, der seine niedere Herkunft verschweigt, und vielleicht verstehe ich aus eben diesem Grund auch diese einfachen, hart arbeitenden Leute und ihre manchmal etwas seltsam erscheinenden Bräuche. Nächsten Sonntag jedoch werden sie wieder gottesfürchtig in meine Kirche eilen, und genau dorthin werde ich mich jetzt begeben, ich wünsche Euch einen schönen Tag.«

Pfarrer Alber deutete eine Verbeugung an und lächelte dem selbstsicheren Kaufmannssohn ins Gesicht. Dann wandte er sich Johannes zu: »Wollt Ihr mich nicht begleiten, bevor Euch die aufgebrachten Leute noch ein kühles Bad angedeihen lassen?«

Der zornige Dominikaner schien sich jedoch unter Neumanns Schutz sicher zu fühlen.

»Würdet Ihr mir erlauben, Euch unter vier Augen zu sprechen, Bruder Johannes?«, warf Kaspar ein.

Achselzuckend ging Matthäus Alber von dannen.

»Ich verstehe nicht, warum Ihr Euch so aufführt! Ihr seid doch gewissermaßen eine Art Spion, der sich im Hintergrund halten sollte!« Die Stimmlage Kaspar Neumanns hatte sich verändert, er sprach leise, aber mit unverhohlener Geringschätzung zu Johannes.

Mittlerweile war die Wut des Mönchs verraucht, verstohlen schaute er sich nach allen Seiten um. Als er sich sicher sein konnte, von niemandem belauscht zu werden, fing er mit belegter Stimme an zu reden: »Was soll das heißen, ich sei ein Spion? Wie kommt Ihr darauf, Herr ..., wie war doch gleich Euer Name?« Auf der zerfurchten Stirn des Geistlichen begannen sich winzige Schweißtropfen zu bilden.

»Wir beide brauchen kein Versteckspiel zu veranstalten, Bruder Johannes. Aus zuverlässiger Quelle weiß ich, dass Ihr vom Bischof zu Konstanz den geheimen Auftrag habt, unseren streitbaren Pfarrer Alber zu bespitzeln.«

»Aber woher wisst Ihr ...?«

»Gerade das zeichnet einen erfolgreichen Kaufmann aus, dass er gewisse Dinge vor allen anderen erfährt. Ihr verlangt hoffentlich nicht von mir, meine Quelle preiszugeben.«

»Wir sollten einen verschwiegenen Ort aufsuchen, mein Herr!«

Die beiden Männer schickten sich an, sich von dem turbulenten Marktplatz zu entfernen, als ihnen ein kleiner Junge einen faulen Apfel hinterherwarf, der in Hüfthöhe an der Kutte des Mönchs zerplatzte.

»Dieses elende Gesindel, man sollte euch alle ...!«

Neumann legte dem Mönch besänftigend die Hand auf den Arm. »Lasst uns zum Kontor meines Vaters gehen, dort können wir uns ungestört unterhalten.«

Vom Fenster eines der prächtigsten Bürgerhäuser der Stadt Reutlingen aus beobachtete eine junge Frau die merkwürdige Taufzeremonie. Einige der anwesenden Gesellen kannte sie vom Sehen, aber besonders der Täufling hatte es ihr angetan.

Anna kam dabei sofort die erste Begegnung mit dem schüchternen Jungen in den Sinn, an die sie sich noch sehr gut erinnerte. Es war an einem heißen Sommertag gewesen. Das lebhafte Mädchen durfte den verwitweten Vater zu ihrem neuen Haus am Marktplatz begleiten, dessen aufwendigen Umbau das Zimmermannsgeschäft, in dem der Junge seine Lehre machte, ausführte. Das alte Anwesen in der engen Mettmannsgasse war an allen Ecken und Enden zu klein geworden, außerdem gingen die Geschäfte des Gewürzhändlers Gotthelf Burgwart so gut, dass er in die erste Riege der Händler aufsteigen wollte. Dies allerdings setzte den Erwerb eines standesgemäßen Hauses voraus. Der einflussreiche und immer gut unterrichtete Tuchhändler Neumann hatte ihm von der drohenden Zahlungsunfähigkeit des bisherigen Besitzers berichtet, aber trotz der misslichen Lage, in der sich dieser befand, hatte Burgwart ihm ein ehrenhaftes Angebot unterbreitet. Anna fragte sich noch heute, weshalb ihr Vater, der im Grunde seines Herzens ein gutmütiger Mensch war, so vehement die Nähe von Balthasar Neumann suchte, der in dem zweifelhaften Ruf stand, für einen erfolgreichen Geschäftsabschluss über Leichen zu gehen.

Balthasar Neumanns Sohn Kaspar hatte ihnen in letzter Zeit des Öfteren seine Aufwartung gemacht und ihr während eines gemeinsamen Abendessens verstohlene Blicke zugeworfen. Anna jedoch fühlte sich unter dem Blick seiner tiefblauen Augen etwas unsicher, zudem meinte sie, einen leicht grausamen Zug in seinem ebenmäßigen und schönen Gesicht entdeckt zu haben.

An jenem Tag wollten Vater und Tochter den Fortschritt der Bauarbeiten begutachten und schritten durch die breite Gasse in Richtung Marktplatz. Burgwart hatte jahrelang mit dem Schicksal, das ihm keinen Sohn und Erben schenken wollte, gehadert, und betrachtete nun sein Mädchen, das zu einer jungen Dame herangewachsen war, nicht ohne Stolz. Ihre wilde Lockenpracht war züchtig unter einem feinen Schleier verborgen, wie es der Brauch von einer unverheirateten Frau verlangte, doch das kastanienbraune Haar lugte an manchen Stellen vorwitzig heraus und umrahmte das hübsche Gesicht. Ihre gerade Nase war vielleicht ein wenig zu breit, das energische Kinn, die funkelnden blaugrauen Augen und die hohe Stirn jedoch verliehen ihr eine temperamentvolle Note. Dieser Eindruck wurde durch ihre gelegentlichen Wutausbrüche bestätigt, die Burgwart aber meistens mit väterlicher Großmut hinnahm.

Als sie vor dem mehrstöckigen Haus ankamen, blickten sie an seiner Fassade entlang in schwindelerregende Höhe. Sie waren beeindruckt, wie gelassen die Zimmerleute, die das Haus um ein weiteres Stockwerk erhöhten und mit Erkern und Türmchen verzierten, auf den Balken umherturnten.

Die emsigen Handwerker hatten in jenem Sommer ausgesprochenes Glück mit dem Wetter gehabt und auch an diesem Tag war der Himmel wie blau poliert. Dafür rann den Gesellen und Lehrlingen der Schweiß in Strömen über die Gesichter, da es ihnen von ihrer Zunft untersagt war, das Wams mit den Puffärmeln und den schmalkrempigen Hut abzulegen.

»Nun, Vater, wie gefällt dir unser neues Haus?«

»Sehr gut, ich denke, es war die richtige Wahl, den erfahrenen Meister Mäder mit den notwendigen Arbeiten zu beauftragen. Aber du wärst lieber in unserem alten Haus geblieben, nicht wahr?«

Anna wollte soeben zu einer Antwort ansetzen, als sie mit blankem Entsetzen sah, wie sich eine Gestalt von einem der kantigen Balken löste und mit einem markerschütternden Schrei, der über den Marktplatz gellte, nach unten in das Innere des Hauses fiel. Ohne lange zu überlegen, rannte

Anna durch die offene Haustür hindurch und die provisorische Treppe empor.

»Anna, so warte doch!«, schrie ihr der verblüffte Vater hinterher.

Ihre ausgeprägte Hilfsbereitschaft und die daraus resultierenden spontanen Aktionen waren wiederholt Grund für Auseinandersetzungen zwischen Burgwart und seiner verstorbenen Frau gewesen. Bereits als Kind hatte Anna immer wieder kranke Tiere ins Haus gebracht oder sogar hilfsbedürftigen Menschen geholfen, ohne die Eltern um Erlaubnis zu fragen.

Im obersten Stockwerk angekommen, sah Anna einen Jungen in einer Ecke kauern, der ungefähr in ihrem Alter sein musste. Blut rann aus einer klaffenden Wunde an seinem Kopf und sein rechter Arm war merkwürdig verdreht. Ein gedrungener Mann stand breitbeinig vor ihm und schrie auf ihn ein: »Du dummer Hund, ich hab dir schon hundertmal gesagt, du sollst besser aufpassen, und wenn du jetzt nicht aufhörst zu jammern, dann hau ich dir ein paar aufs Maul! Steh sofort auf und geh wieder an die Arbeit!«

Anna hatte Mitleid mit dem verletzten Burschen. »Anstatt ihm Angst einzujagen und ihn zu beschimpfen, solltet Ihr lieber nach jemandem schicken, der nach seinen Wunden schauen kann!«, schleuderte sie dem Mann empört entgegen, der sich daraufhin langsam umdrehte und seine blutunterlaufenen Augen auf das erzürnte Mädchen richtete. Die auffallend wulstige Narbe, die sein Gesicht diagonal in zwei Hälften zerschnitt, fing an zu zucken. Er kam drohend auf sie zu.

»Was suchst du hier auf dieser Baustelle, Mädchen? Mach, dass du fortkommst oder ich werde dir Beine machen!«

Anna spürte mit einem Mal, dass sie sich zu weit vorgewagt hatte, aber letztlich siegte ihr Bedürfnis, dem Verletzten zu helfen, über ihre Angst vor diesem ungehobelten Kerl. Sie stemmte ihre schmalen Hände in die Hüften und wollte gerade ihrem Ärger Luft machen, als plötzlich eine Stimme hinter ihr erklang: »Warum stehst du hier herum? Mach, dass du wieder nach oben kommst, Walter!«

Der hochgewachsene Mann, der diese Worte sprach, musste seine Stimme nicht erheben, allein seine Körpersprache und der harte Ausdruck seiner braunen Augen ließen keinerlei Widerspruch zu. Der wütende Geselle spuckte vor dem breitschultrigen Vorarbeiter aus und warf ihm einen hasserfüllten Blick zu, gleichwohl befolgte er die Anweisung.

»Wenn die junge Dame erlaubt, würde ich jetzt gern nach meinem verletzten Lehrjungen schauen.« Heinrich Klingner ließ das überraschte Mädchen stehen und ging zu dem Jungen, der mit schmerzverzerrtem Gesicht dasaß und das Treiben um ihn herum stumm beobachtet hatte. Klingner war schon einige Jahre Parlier und hatte bereits mehrere Unfälle gesehen, aber dieses Mal schien es nicht so glimpflich auszugehen. Die Verletzung an Hannes' Kopf war zum Glück nur eine stark blutende Platzwunde, aber der verdrehte Arm sah wirklich böse aus.

»Was ist denn geschehen, Herr Parlier?«, stieß der keuchend die Treppe hochkommende Gotthelf Burgwart hervor.

»Ich hoffe, Hannes ist so weit bei Sinnen, dass er uns erzählen kann, wie sich der Unfall ereignet hat.« Klingner wandte sich an den verängstigten Lehrling, der den Parlier als strengen, aber auch gerechten Mann kannte, sich jedoch vor dem hinterlistigen Walter in Acht nahm.

»Ich muss gestolpert sein, als wir die schweren Hölzer an Ort und Stelle getragen haben«, antwortete der Lehrling mit schwacher Stimme.

Tatsächlich hatte es sich ein wenig anders abgespielt.

Gemeinsam mit Walter trug der Lehrling fertig gesägte Deckenbalken über die bereits erstellten Wände. Dabei griff sich jeder ein Ende des Werkstücks und balancierte dann auf einem der beiden sich gegenüberliegenden, schmalen Auflagerbalken entlang. Die Arbeiter mussten exakt aufeinander abgestimmt agieren. Wenn einer zu sehr zog oder der andere zu sehr schob, konnte es leicht zu folgenschweren Abstürzen kommen, so wie in dem vorliegenden Fall. Ob es ein Unfall oder Absicht war, würde wohl nie geklärt werden können. Für Zweiteres sprach, dass Hannes dem oft übellaunigen Gesellen einmal vor dem Meister und allen anderen Arbeitern widersprochen und ihn damit bloßgestellt hatte. Seit diesem Moment ließ Walter keine Gelegenheit aus, ihm zu demonstrieren, dass er als Lehrling das letzte Glied in der Kette war.

Dem um Eintracht während der Arbeit bemühten Parlier war indes nicht entgangen, dass Walter ein Lehrlingsschinder und Hannes seit geraumer Zeit die willkommene Zielscheibe seiner Sticheleien und Gemeinheiten war, deshalb fragte er nochmals: »Sagst du mir auch die Wahrheit, mein Junge? Du weißt, dass es bei mir immer gerecht zugeht, also raus mit der Sprache!«

»Es hat sich so zugetragen, wie ich es Euch geschildert habe.« Der Lehrling, der sich bis jetzt tapfer gehalten hatte, ließ nun seinen Tränen freien Lauf. »Bitte helft mir, es tut so weh!«

»Vater, wir müssen ihn zu Maria bringen, sie wird ihm gewiss helfen!« Die besorgte Anna suchte nach etwas, mit dem sie den Jungen zudecken konnte, der kalkweiß im Gesicht war und trotz der drückenden Sommerhitze zitterte. Ihr Blick fiel auf den wertvollen Brokatmantel ihres Vaters, der ihn widerwillig auszog und über Hannes breitete.

»Maria, ist das etwa diese Kräuterhexe und Hebamme aus der Mettmannsvorstadt?«, fragte der Parlier skeptisch.

»Frau Kruppner ist über jeden Zweifel erhaben!«, entgegnete der Kaufmann energisch.

»Also gut«, lenkte Heinrich ein. »Aber wir benötigen eine behelfsmäßige Trage, das sollen die anderen Gesellen übernehmen.«

Kurze Zeit später kamen zwei Arbeiter mit einer eilig zusammengebauten Trage und hoben den vor Schmerzen stöhnenden Lehrjungen darauf.

»Passt doch auf, merkt ihr nicht, dass ihr ihm wehtut?«, zischte Anna wütend.

Die Gesellen schluckten ihren Unmut über das vorlaute Mädchen hinunter und machten sich auf den Weg.

Anna ahnte, dass die groben Männer den Verletzten nicht mit der gebührenden Sorgfalt behandeln würden, und bestand darauf, den Trupp zu begleiten. »Ich werde ihnen den Weg zum Haus der Heilerin zeigen.«

Wie so oft, gab der nur schwach protestierende Kaufmann seiner eigenwilligen Tochter nach.

Hinter dem hohen Mettmannstor herrschte geschäftiges Treiben. Gerbergesellen wuschen in Urin getränkte Felle im nahen Fluss aus und schauten flüchtig auf, als der Krankentransport an ihnen vorbeizog. Zaghaft öffnete Anna die knarrende Tür des heruntergekommenen Häuschens, vor dem sie schließlich angelangt waren, und rief hinein: »Maria, seid Ihr da? Wir haben hier einen Verletzten und brauchen Eure Hilfe!«

»Kommt nur herein!«, antwortete eine dunkle Stimme aus dem Inneren.

Die sonst nicht sehr furchtsamen Zimmerleute bekreuzigten sich in aller Eile, nachdem sie eingetreten waren und die Heilerin erblickten.

Maria war von hoher, knochiger Gestalt, die schwarzen Kleider standen im Kontrast zu dem blassen Gesicht und verliehen ihr eine gespenstische Aura.

Das Erdgeschoss ihres winzigen Häuschens bestand aus einem einzigen, niederen Raum mit rußgeschwärzter Decke, an dessen hinterer Mauer sich die Kochstelle befand. Die anderen Wände waren mit einfachen Holzregalen zugestellt, in denen allerhand getrocknete Kräuter und Früchte, aber auch gesäuberte Knochen aufbewahrt wurden.

Angesichts dieses Anblicks fühlten sich die beiden Träger alles andere als wohl in ihrer Haut. »Komm, lass uns verschwinden, bevor die Alte uns noch verhext!«, raunte einer dem anderen zu.

»Worauf wartet ihr, lasst ihn hier herunter.« Maria deutete auf den einzigen freien Platz.

Die eingeschüchterten Gesellen beeilten sich, dem Befehl nachzukommen. Kaum hatten sie die Trage mit dem schwer atmenden Jungen darauf auf dem kühlen Lehmboden abgestellt, drückten sie sich schon zur Tür hinaus.

Ohne weiter Notiz von den abrückenden Männern zu nehmen, besah sich die Heilerin mit Sorgenfalten auf der Stirn den Lehrjungen. Dann wandte sie sich an das Mädchen: »Ich kenne dich, wie war doch gleich dein Name?«

»Ich bin Anna Burgwart.«

»Ach ja, richtig, die Tochter des Kaufmanns, du musst entschuldigen, ich habe ein schlechtes Gedächtnis. Den Jungen hier kenne ich ebenfalls, bei seinem Vater habe ich früher ab und zu Wein gekauft. Kannst du mir bitte schildern, was genau passiert ist?«

»Hannes ist beim Umbau unseres neuen Hauses von einem Balken abgeglitten und auf den darunter liegenden Boden gestürzt. Ich dachte mir, bevor er einem zweifelhaften Bader in die Hände fällt, bringen wir ihn zu Euch.«

Beim Anblick der hageren Heilerin musste Anna unweigerlich an ihre verstorbene Mutter denken, die damals von einem Tag auf den anderen nichts mehr essen konnte und zusehends auszehrte.

Sämtliche Kurpfuscher, die ihr Vater herbeigerufen hatte, konnten mit ihren zweifelhaften Methoden die schier unerträglichen Schmerzen nicht lindern, geschweige denn die geheimnisvolle Krankheit heilen.

Der verzweifelte Kaufmann hatte von einem Freund den Rat erhalten, die stadtbekannte Heilerin Maria Kruppner aufzusuchen, doch auch sie konnte mit ihren eigenwilligen Behandlungsmethoden der Todgeweihten nicht mehr helfen. Allerdings fand sie Mittel und Wege, das Leiden der armen Frau einigermaßen erträglich zu machen. Die kleine Anna hatte sich anfangs vor der düsteren Frau gefürchtet, aber schnell gespürt, dass sich hinter der abweisenden Fassade ein hilfsbereiter und liebenswerter Mensch verbarg.

»So, dann wollen wir mal sehen!« Behutsam entfernte die Heilerin das blutverschmierte Haar am Hinterkopf des Jungen, der sie mit leidender Miene anblickte. »Ich glaube, ich muss dir erst einmal was geben, um die schlimmen Schmerzen zu bekämpfen.« Fasziniert schaute Anna zu, wie Maria aus dem scheinbaren Chaos ein paar gezackte Blätter hervorkramte und in einen irdenen Becher gab. Aus einem gusseisernen Topf, der an einem Haken über dem offenen Feuer hing, schöpfte sie hernach heißes Wasser und goss es darüber.

»Was gebt Ihr dem Jungen gegen die Schmerzen, Maria?«, fragte das Mädchen interessiert.

»Es ist das gleiche Mittel, das deiner Mutter die letzten Tage einigermaßen erträglich machte, natürlich in geringerer Dosierung. Man nennt es schwarzes Bilsenkraut. Wenn man zu viel davon erwischt, bekommt man furchtbare Wahnvorstellungen. Eine Überdosis kann bei einem schwachen Herzen sogar zum Tode führen.«

Hannes wurde immer blasser und dicke Schweißperlen traten auf seine Stirn, als er diese Worte vernahm. Er suchte nach einer Möglichkeit, aus den Fängen dieser unheimlichen Frau, die er insgeheim als Hexe betrachtete, zu entkommen. Allein, er war zu schwach, um aufzustehen.

»Hannes, du kannst mir vertrauen, ich kenne die Rezeptur bis ins kleinste Detail. Trink jetzt den Becher leer; du wirst danach längere Zeit schlafen, sobald du wieder aufwachst, ist dein Arm gesundet!«

Daraufhin tat der Junge, wie ihm geheißen, er hatte ohnehin keine andere Wahl. Die Geschichten, die sich Anna und Maria erzählten, bekam er schon nicht mehr richtig mit. Er wollte etwas sagen, brachte aber nur ein Lallen zustande. Die kundige Heilerin untersuchte zuerst die Kopfverletzung des Betäubten, die sich zum Glück als harmlose Platzwunde erwies. Maria nahm ein wenig von dem Brei aus Beinwellwurzeln, den sie wie üblich vorbereitet hatte, und strich ihn auf die Wunde.

Das Einrenken des komplizierten Bruchs hingegen war nicht ungefährlich. Sollten die Knochen nicht in der richtigen Stellung zusammenwachsen, würde der Junge zeitlebens ein Krüppel sein. Maria zog und riss vergeblich an dem verletzten Arm. »Wir kommen so nicht weiter, Anna, du musst versuchen, ihn festzuhalten!«

Die junge Kaufmannstochter war nicht gerade schwächlich, schaffte es dennoch nicht, die Anweisungen zu befolgen.

»So geht es nicht, wir brauchen Hilfe!« Eine leichte Unruhe befiel die Heilerin. Im nächsten Moment wurde überraschend die Tür geöffnet.

»Was ist mit meinem Jungen geschehen?« Der erregte Mann, der in den niederen Raum eintrat, war von mittelgroßer Statur. Seine ergrauten Haare, die unter der abgetragenen

Kappe hervorschauten, die gefurchte Stirn sowie die gebeugte Haltung ließen ihn älter erscheinen, als er tatsächlich war.

»Dich schickt der Himmel, Martin Fritz! Du musst deinen Sohn festhalten, während ich seinen Arm einrenke. Anna, du suchst mir derweil zwei kräftige, gerade gewachsene Äste, die ich zum Schienen verwenden kann!«

Die Erleichterung über das Erscheinen des kräftigen Mannes war den beiden deutlich anzusehen. Bereits kurze Zeit später war der Arm geschient und mit sauberen Leinenlumpen umwickelt.

»Wie hast du so schnell von dem Unglück erfahren, Martin?«, wollte die Heilerin wissen.

»Der Parlier hat mir einen Gesellen zu meinem Weinberg geschickt, ich habe alles liegen gelassen und bin sofort hierher gekommen. Auf den Schreck hin brauche ich jetzt einen kühlen Becher Wein!« Der Weingärtner bediente sich aus dem halb vollen Krug, der auf dem roh gezimmerten Tisch stand.

»Ich gehe nach Hause, mein Vater macht sich bestimmt schon Sorgen«, verabschiedete sich Anna und warf einen letzten Blick auf den friedlich schlafenden Jungen.

Maria begleitete sie zur Tür. »Ich danke dir für deine Hilfe, du warst sehr tapfer, grüße Gotthelf Burgwart von mir!«

»Anna, willst du uns zur Messe begleiten?«

Die junge Frau zuckte zusammen. Ohne dass sie es mitbekommen hatte, war ihr Vater in das Zimmer getreten und holte sie in die Gegenwart zurück.

Burgwart ging zu der mit Blei eingefassten Fensterscheibe und schaute auf den belebten Marktplatz hinunter. »Seit wann interessierst du dich für Gesellentaufen?« Der leicht spöttisch grinsende Gewürzhändler sah seine Tochter an. »Moment mal, ist das nicht der Junge, der in unserem Haus den Unfall hatte?«

Rasch drehte Anna sich um. Ihr Vater sollte nicht bemerken, dass sie bei seinen Worten errötet war.

»War da nicht noch was? Hat er nicht bei unserem feuchtfröhlichen Richtfest den jungen Neumann beleidigt? Na, sei's drum, jetzt ist er jedenfalls Geselle und wird Reutlingen bald verlassen.«

Allein der Gedanke daran, dass Hannes sich in absehbarer Zeit nicht mehr in derselben Stadt aufhalten sollte wie sie, trieb Anna Tränen in die Augen. Dies schien ihr Vater offenbar nicht zu bemerken, da er abermals interessiert die derbe Szene vor dem Brunnen betrachtete und einen weiteren Gesellen erkannte.

Der triefend nasse Hannes hatte eine Menge Wasser geschluckt, bevor er endlich wieder aus dem Brunnen geholt und von seinem schweren Taufkleid und seinen Fesseln befreit wurde.

Mit ernstem Gesicht hob der breitschultrige Pfaffe die Hände. »Genug Wasser für heute! Bei kühlem Wein und herrlichem Bier wollen wir den Getauften hochleben lassen! Zuerst müssen wir ihm noch die vorhandenen Ecken und Kanten abbeilen, damit er als zünftiger Zimmermannsgeselle sein Bündel packen und in die Welt hinausgehen kann! Also gehabt euch wohl, ihr lieben Leut, und habt Dank für die Aufmerksamkeit.«

Die fröhliche Gruppe verschwand schließlich durch die massive Pforte des Zunfthauses der Binder. Hinter dieser prächtigen Fachwerkfassade versammelte sich nicht nur die Meisterzunft, die sämtliche Holzhandwerke vereinigte, sondern auch die hiesige Gesellenbruderschaft.

Mancherorts hatten sich die Arbeiter in den vergangenen Jahren eigene Herbergen gesucht, um sich von der Gängelei durch die dominanten Meister zu befreien. In einigen Städten hatte es sogar schon blutige Auseinandersetzungen mit den um ihre Rechte kämpfenden Handwerkern gegeben, im beschaulichen Reutlingen war es dagegen bislang vergleichsweise ruhig geblieben.

Die Mitglieder der Taufgesellschaft stürmten lärmend in den geräumigen Gastraum des Zunfthauses, um den Wirt zu begrüßen. Auf den harten Holzbänken war kein einziger Platz mehr zu bekommen, die klobigen Tische waren gedeckt und schwere Krüge, Fleischplatten und dampfende Speisen wurden aufgetragen. Den ausgehungerten Gesellen stieg der Geruch nach Gebratenem in die Nase und erinnerte sie daran, dass sie lange nichts mehr gegessen hatten.

»Seid gegrüßt, ehrwürdiger Hobelpfaffe! Darf ich Euch etwas ausschenken?« Dienstfertig scharwenzelte der gedrungene Wirt um die Männer.

»Später, zuerst müssen wir die Taufe zu Ende bringen, aber danach wollen wir uns gern zu Euch setzen!«

Die Männer verließen den Gastraum und kamen zu der Kammer, die ihnen von den Meistern als Versammlungsort bereitgestellt wurde und deren Tür verschlossen war. Der kräftige Pfaffe hämmerte dreimal an die Pforte, die sich daraufhin einen winzigen Spalt öffnete.

Ein jüngerer Geselle schaute hindurch. »Ehrbare Versammlung, es ist ein Hobelpfaffe draußen mit einem Kuhschwanz und lässt fragen, ob er kann eingelassen werden vor ein ehrbares Handwerk!«, berichtete er umgehend den in dem spärlich eingerichteten Raum sitzenden Männern.

»So soll es geschehen!«, ertönte ein zustimmender Chor.

Der Türwächter öffnete und ließ die wartenden Handwerker ein, die Lautstärke im Raum schwoll sofort merklich an.

»Ruhe, ihr Leute!« Einem großen, kräftigen Gesellen oblag die Aufgabe, für Ruhe und Ordnung zu sorgen, die er im Notfall mit einem schweren Winkeleisen aufrechterhalten würde.

Der Pfaffe hatte sich währenddessen auf einen Tisch gestellt und begann mit einer jahrhundertealten Rede:

»Ein uralt Gewohnheit haben wir von den Alten,
dass wir alle vier Woche ein zünftig still Umfrag halten.
Das hat dieser Kuhschwanz vernommen
und ist darauf zu mir gekommen,
dass er könnte weder schlafen noch wachen,
man tu ihn denn zum Gesellen machen.
Dieweil ich muss die Wahrheit sagen,
konnt ihm solches von Handwerks nicht abschlagen.
Hat jemand etwas zu sagen, so möge er es jetzt tun!«

Ein stoppelbärtiger Geselle trat hinter Hannes und flüsterte ihm etwas ins Ohr, woraufhin der aufgeregte Lehrling antwortete:

»Ich bitt Euch, liebe Meister und Gesellen,
dass Ihr nach Handwerksbrauch mit mir handeln wöllen,
dieweil ich gottlob meine Lehrjungenjahr hab überwunden,
will ich mit Euch liegen oben und unten.«

»Lieber Kuhschwanz, es sind noch viele Mängel an dir zu finden,
wir wollen dich behauen vorn und hinten!«

Blitzschnell schnappten zwei stämmige Gesellen den armen Lehrling und warfen ihn zu Boden. Hannes versuchte noch, sich dagegen zu wehren, die kraftvollen Arme hielten ihn jedoch fest wie Schraubstöcke. Ein dritter Mann stand plötzlich vor dem Jungen und ließ eine schwere Axt auf den Delinquenten niedersausen, deren messerscharfe Schneide kurz vor seinem linken Bein zum Stehen kam.

Jetzt erst entdeckte der mittlerweile schweißgebadete Hannes, dass die vermeintlichen Werkzeuge nur täuschend echte Nachbildungen aus Holz waren.

Zwei andere Zimmerleute griffen nun in das Geschehen ein und bearbeiteten Hannes, als wäre er ein grobes Holzstück, allerdings schienen sie ihm gewogen zu sein, da die Werkzeuge ihn nur streiften und er lediglich ein paar blaue Flecken davontragen würde.

Er dachte schon, die Tortur wäre endlich ausgestanden, als der seltsame Hobelpfaffe erneut herantrat und ihn grob betastete. »Wie ich sehe, ist der Klotz gut behauen, aber ich denke, es wäre kein Fehler, wenn wir mit dem wohl geschärften Hobel ein wenig Feinarbeit betreiben!«

Kaum hatte er seinen Satz zu Ende gesprochen, kam ein hämisch grinsender Geselle mit einem riesigen Hobelnachbau daher, und zu seiner Bestürzung musste Hannes erkennen, dass es sich um den niederträchtigen Walter handelte.

Bevor dieser allerdings mit seiner Hobelung beginnen konnte, trat Heinrich, der es sich nicht hatte nehmen lassen, für seinen Lehrling den Pfaffen zu mimen, an ihn heran. »Ich warne dich«, raunte er dem Mann zu, dessen Gesicht durch eine riesige Narbe entstellt war. »Sollte dem Jungen etwas geschehen, wirst du dich in der Bruderschaft dafür verantworten müssen!«

Der verbissen dreinblickende Hannes spannte sämtliche Muskeln an, während Walter, der von der johlenden Versammlung angestachelt wurde, ihn virtuos mit dem Hobel traktierte. Bisher war es den Zuschauern zu zahm zugegangen, sie wollten endlich Blut sehen, doch bevor es so weit kommen konnte, gebot der Hobelpfaffe dem Treiben gebieterisch Einhalt. Er hieß den verängstigten Jungen aufstehen und drehte ihn mehrmals im Kreis herum.

»Wie ich sehe, haben wir an den richtigen Stellen gebeilt und gehobelt! Wenn nun keiner mehr etwas gegen dich und deinen Lehrmeister einzuwenden hat, können wir mit dem altbekannten Zeremoniell beginnen.« Er schaute in die Runde. Sein Blick blieb auf Walter haften, der offensichtlich mit sich rang, aber letztendlich legte keiner Widerspruch ein und der Hobelpfaffe fuhr mit seiner eigenwilligen Rede fort:

»So sollst du dich von aller bösen Gesellschaft halten,
solches haben allzeit gelehrt die Alten,
und dich fleißig halten zum Reisen,
dich aller guten Tugend befleißen.
Wenn du es willst halten, so sprich ja!,
und lass Gott walten.«

»Ja, das will ich«, sagte Hannes mit fester Stimme.

»So wollen wir dich jetzt aufnehmen in den Kreis der Gesellen!«

Auf einmal gab es kein Halten mehr, denn alle Anwesenden wollten dem frischgebackenen Junggesellen gratulieren. Heinrich betrachtete den aufgeweckten Jungen nicht ohne einen Anflug von Stolz, immerhin hatte er als Parlier dessen dreijährige Ausbildung geleitet, da der verantwortliche Meister für gewöhnlich die gemütliche Schenke der zugigen Baustelle vorzog.

»Gesellen, hört mich ein letztes Mal an!« Es war jetzt selbst für den stimmgewaltigen Heinrich schwierig, sich in dem anschwellenden Lärm Gehör zu verschaffen. »Bevor wir uns zum Festschmaus setzen, muss ich dem Junggesellen noch einige wichtige Regeln mit auf den Weg geben.«

Daraufhin wurden dem von seiner Lehrlingsbürde befreiten Hannes die ungeschriebenen Gesetze der Bruderschaft und die Verhaltensweisen beim Eintritt in eine fremde Stadt mit auf den Weg gegeben. Hannes war zu aufgeregt, um sich all diese Dinge merken zu können, zum Glück würden ihn zu Beginn seiner Wanderschaft erfahrene Gesellen begleiten.

»So, Hannes, mittlerweile hast du genug Zunftregeln gehört, von heute an kannst du noch sechs Monate in Reutlingen verweilen, danach wollen wir dich für drei Jahre und einen Tag nicht mehr hier sehen!« Nach diesen abschließenden Worten strömten die anwesenden Gesellen und Meister hinaus in die bereits gut gefüllte Wirtsstube.

»Hannes, auf ein Wort!« Heinrich legte dem sichtlich erleichterten Junggesellen väterlich den Arm um die Schultern.

»Herr Parlier?« Hannes schaute den großen Mann fragend an.

»Da wir von nun an ein Stand sind, kannst du mich beim Vornamen nennen. Ich wollte dir nur schnell ein Angebot machen. Solltest du vorhaben, nicht sofort in die Fremde zu ziehen, so kannst du für ein weiteres halbes Jahr bei Meister Wilhelm arbeiten. Der Lohn für einen frisch Ausgelernten beträgt zwei Gulden im Monat.«

Hannes' Gesicht hellte sich auf, zwei Gulden war eine Menge Geld, davon konnte er sich so manchen lang gehegten Wunsch erfüllen. Einen Teil des Verdienstes würde er seiner Mutter geben müssen, da er nun wieder zu Hause wohnte und in seine unbeheizte Dachkammer im Haus des Meisters der nächste Lehrling einzog.

»Ich kann mir nichts Besseres vorstellen, als unter Euch, äh, dir zu schaffen. Muss ich bereits am Montag zur Arbeit kommen?«

»Nein, du gehörst jetzt zu den Gesellen, und die arbeiten am sogenannten guten Montag nicht. Diesen freien Tag haben wir uns gegen die Meisterzünfte hart erkämpft. Natürlich vertrödeln ihn manche von uns mit Trinken und sonstigem Müßiggang, aber wie einer diesen Tag verbringt, ist zum Glück jedem freigestellt. So, jetzt haben wir genug geredet, lass uns mit dem Feiern beginnen!«

Nachdem Heinrich und Hannes in die stickige Gaststube eingetreten waren, drangen von allen Seiten Leute auf den jungen Gesellen ein und beglückwünschten ihn zum heutigen Tag.

Der glatzköpfige Wirt drängte beiseite, wer sich ihm in den Weg stellte, und hielt dem frischgebackenen Gesellen einen Becher kühlen Wein hin. »Du siehst durstig aus, mein Junge. Hier, nimm erst mal einen großen Schluck, wenn mich nicht alles täuscht, stammt der gute Trunk sogar von dem Weinberg deines Vaters!«

Hannes hatte sich auf dem Weg zum Taufbrunnen mehrere Male in den Rinnstein übergeben müssen und nahm sich deshalb vor, genügsamer mit dem Wein umzugehen. Dies war der wichtigste Tag in seinem bisherigen Leben und den wollte er einigermaßen bei Sinnen überstehen.

Bei zünftigen Richtfesten hatte Hannes des Öfteren Gesellen erlebt, die sich nach etlichen Krügen aufführten wie kleine Kinder, manche fingen an zu weinen, andere wiederum wurden händelsüchtig, und nicht wenige Männer hatten sich ihre Zukunft durch blutige Raufereien verbaut.

Angestrengt suchte er deshalb nach einem Weg, den Abend und die Nacht halbwegs nüchtern zu verbringen. Er erinnerte sich daran, wie sein erfahrener Vater ihm geraten hatte, möglichst viel zu essen, denn üppige Speisen würden den Alkohol weitgehend aufsaugen. Hannes zwang sich deshalb, vom fetten Schweinebraten zu nehmen, obwohl er aufgrund der überstandenen Strapazen keinen großen Appetit verspürte. Mit Dinkelbrot tunkte er so viel Bratensaft auf, wie es ihm sein empfindlicher Magen gestattete, und irgendwann entdeckte er auf den Tischen der Meister Wasserkannen, um den starken Wein zu verdünnen. Unauffällig goss er sich davon immer wieder in seinen Becher.

Kaum war das üppige Mahl beendet, stimmten die ersten Gesellen eines ihrer derben, vom harten und entbehrungsreichen Leben auf der Wanderschaft erzählenden Lieder an, wobei sie sich selbst mit rhythmischem gegenseitigen Händeklatschen begleiteten.

Während die älteren Meister noch versuchten, sich über ihre laufenden Geschäfte zu unterhalten, wurden ihre Arbeiter immer ausgelassener. Einige der wild gewordenen Männer waren bereits auf Tische und Bänke gestiegen, ohne dabei viel Rücksicht auf zerbrechliche Teller und Becher zu nehmen. Der um sein Geschirr besorgte Wirt hingegen schaute flehend zu den Meistern in der vergeblichen Hoffnung, dass diese dem heftigen Treiben Einhalt gebieten würden.

In dem schmucken Haus, das sich in der oberen Krämergasse befand, war von dem ohrenbetäubenden Lärm in der Wirtsstube nichts zu hören. Kaspar Neumann war mit dem Dominikaner noch ein wenig in der schönen Stadt umhergeschlendert, bevor er die Schritte des Mönchs in das Kontor seines Vaters lenkte. Der alte Kaufherr saß hinter seinem ausladenden Schreibtisch und ging die mehrseitigen Aufzeichnungen der Tagesgeschäfte durch. Fasziniert betrachtete der Mönch den mächtigen Tuchhändler, über den er schon einiges gehört hatte. Beispielsweise, dass man diesen Mann besser nicht zu seinem Feind haben sollte.

»Seid gegrüßt, Bruder Johannes, ich habe Euch erwartet!« Der korpulente Balthasar Neumann hatte sich von seinem Scherenstuhl erhoben. Die tiefe, wohlklingende Stimme sowie seine joviale Art hatten schon manchen seiner Widersacher getäuscht, bei genauerem Hinschauen blickte man in kalte, berechnende Augen.

»Gott sei mit Euch, Herr Neumann!«

Der Mönch machte gute Miene zum Spiel. Nach einigem Geplänkel und dem Austausch von Höflichkeiten kam Neumann endlich zur Sache. »Mir ist zu Ohren gekommen, dass Euer Herr Bischof Euch in unsere Stadt gesandt hat, um eine Strategie zu entwerfen, unseren allseits beliebten, wenngleich ein wenig ketzerischen Pfarrer Alber zum Schweigen zu bringen. Was zu seiner großen Popularität geführt hat, entzieht sich meiner Kenntnis, denn zu meiner Schande muss ich gestehen, dass ich selbst noch keine Predigt von ihm gehört habe. Mein Sohn erzählte mir jedoch, dass Alber die Ideen eines gewissen Martinus Luther verbreitet.« Während seiner Rede besah sich der Kaufmann den offenbar fanatischen Geistlichen aufmerksam und dachte bei sich, dass dieser ein willfähriges Werkzeug für seine ehrgeizigen Pläne abgeben würde.

»Der elende Augustinermönch ist Gott sei Dank verschwunden, nachdem unser gutkatholischer Kaiser Karl diesem Ketzer aus mir unverständlichen Gründen in Worms freies Geleit gewährte! Die Reichsacht hat ihre Wirkung offenbar nicht verfehlt, ich schätze, dass er von einem guten Christen erschlagen wurde, und genauso wenig wird uns dieser Alber entwischen!« Der hagere Mönch hatte sich in Rage geredet und spuckte buchstäblich Gift und Galle.

»Wie Euch mein lieber Sohn schon gesagt hat, sind auch wir hier in unserem schönen Reutlingen bestrebt, das Ketzertum mitsamt der Wurzel auszureißen!« Balthasar Neumann schaute mit einem schnellen Seitenblick auf den lautstark beipflichtenden Dominikaner und war zufrieden mit der Wirkung seiner mit Bedacht gewählten Worte. »Ehrwürdiger Vater, kommen wir nun zum eigentlichen Grund Eures Hierseins. Ihr wisst, ich bin Kaufmann, Geben und Nehmen ist mein Geschäft. Wie ich vorhin bereits erwähnte, habe ich von einem Gewährsmann unserer Faktorei in Konstanz erfahren, dass Ihr von Eurem Bischof nach Reutlingen gesandt wurdet, um Pfarrer Alber auszuspähen und Mittel und Wege zu suchen, den unliebsamen Mann auszuschalten. Außerdem kam mir zu Ohren, dass es sich um eine – sagen wir mal – Strafversetzung handelt. Euer ehrwürdiger Bischof, der große Stücke auf Euch hielt, soll, nachdem er von Eurer kleinen Verfehlung erfahren hat, ziemlich außer sich gewesen sein.«

»Aber …« Der Mönch war kreidebleich geworden und rang sichtlich um Fassung.

Neumann fuhr mit seiner fleischigen Hand durch die Luft. »Wenn Ihr Euch kooperativ zeigt, so werde ich Euch helfen.«

Der sichtlich schockierte Bruder besann sich für einen Augenblick, hatte sich jedoch sofort wieder in der Gewalt. »Wie Ihr vorhin sagtet, ist Geben und Nehmen Euer Metier, aber was kann ich kleiner Mönch für Euch tun?«

»Mein Sohn, gehe in den Weinkeller und hol uns einen guten Tropfen!«

Nachdem Kaspar leise murrend das Kontor verlassen hatte, fuhr Neumann mit seinen Ausführungen fort. »Lasst es mich kurz machen. Unser blühendes Unternehmen betreibt vornehmlich im Süden des Deutschen Reichs zahlreiche Faktoreien. Nachdem wir jedoch im letzten Jahr ein paar schlechte Geschäfte getätigt hatten, kamen wir nicht umhin, uns fremdes Geld zu leihen. Wie Ihr sicher wisst, ist der Geldverleih hauptsächlich das unehrenhafte Gewerbe der Juden.«

Der Mönch bekreuzigte sich. »Die Mörder unseres Herrn Jesus Christus weilen immer noch unter uns und gehen ihren schmutzigen Geschäften nach, doch wir Dominikaner werden nicht ruhen, bis wir sie vollends aus dem gesamten Kaiserreich vertrieben haben!«

Der Geistliche ereiferte sich nicht ohne Grund, war er ja selbst beschnitten, was lediglich der Bischof und der Abt seines Heimatklosters in der Nähe von Konstanz wussten. Johannes war als Säugling von seinen unbekannten, sehr wahrscheinlich konvertierten Eltern an der Pforte des Klosters abgelegt worden. Die Mönche hatten ihn als einen der ihren aufgezogen und der unbedeutende Makel war mit den Jahren in Vergessenheit geraten. Nackt hatte sich der heranwachsende Johannes ohnehin niemandem gezeigt und war zudem noch nie einer Frau beigelegen, wenn man von der einen Verfehlung absah. Die Wollust, die sich ab und an einstellte, wusste er mit körperlichen Züchtigungen unter Kontrolle zu halten, und dass er in naher Zukunft das Gelübde ablegen würde, war für ihn seit Langem klar gewesen.

Eines Tages hatte der Abt, dem Johannes' wacher Verstand sowie der blinde Hass auf alle Häretiker nicht verborgen geblieben waren, den jungen Mönch zu sich rufen lassen und ihm eröffnet, dass er nunmehr dem Bischof unterstellt war, der offenbar Großes mit ihm vorhatte. Doch als er zum ersten Mal den Palast des Kirchenfürsten betreten hatte, drohte ihn der Prunk der prachtvoll ausgestatteten Räume zu erschlagen und leise Zweifel krochen in ihm hoch, ob das alles gottgewollt war. Bei der knapp bemessenen Audienz machte ihm der Bischof unmissverständlich klar, dass er sich als Beschnittener das Seelenheil noch härter erkämpfen musste als ein gewöhnlicher Christenmensch, worauf der solcherart gemaßregelte Mann zusammengezuckt war. Sein Abt hatte ihn offenbar verraten und dem Bischof ausgeliefert.

Der junge Mönch hatte sich genauso entwickelt, wie der Kirchenfürst es vorausgesehen hatte, und in den darauffolgenden Jahren war aus ihm ein unerbittlicher Gegner von Juden und Ketzern aller Art geworden.

Um Neumanns Mund spielte ein leichtes Lächeln. »Ihr sprecht mir aus der Seele, Ehrwürdiger Vater, denn einem ebensolchen Halsabschneider bin ich aufgesessen!« Der Kaufmann erzählte natürlich nicht die ganze Wahrheit, so verschwieg er beispielsweise, dass er sich seit geraumer Zeit Geld von den Hebräern borgte. »Dieser skrupellose Vertreter seiner Rasse will mich ruinieren, mich, einen der redlichsten Kaufleute in Württemberg! Wenn Ihr mir gegen den Wucherer helft, so serviere ich Euch den ketzerischen Alber auf einem Silbertablett, so wahr ich Balthasar Neumann heiße!«

Der Mönch schien sich noch zu sträuben. »Aber hoch verehrter Herr, wie vorhin bereits gesagt, was könnte ich als einer der Geringsten meines Ordens dabei schon bewirken?« Kaspar war inzwischen zurückgekehrt und füllte drei Zinnkrüge mit Wein.

»Genug Geplänkel!« Neumann wurde langsam ungehalten. »Ich habe mich über Euch kundig gemacht. Ihr seid keineswegs ein solch kleines Licht, wie Ihr mich glauben lassen wollt, sondern eine treibende Kraft, wenn es gegen die Feinde der Kirche geht. Außerdem habt Ihr einen nicht unbeträchtlichen Einfluss bei Euren Mitbrüdern. Deswegen verlange ich nicht mehr und nicht weniger, als dass Ihr einen Aufstand gegen die Mörder Christi anzettelt.«

»Was, wie stellt Ihr Euch das vor?« Die Augen des Mönchs quollen fast aus den Höhlen.

»Setzt Gerüchte in die Welt, erzählt dem gemeinen Volk von Hostienschändungen, von christlichen Kinderleichen, die bei den Juden gefunden wurden. Die einfachen Leute auf der Straße glauben Euch alles. Macht mit, Ehrwürdiger Vater, oder vergesst Alber und Eure Tarnung! Und darüber wird Euer Bischof alles andere als begeistert sein.«

Die Adern im Gesicht des Mönchs traten hervor, während er angestrengt überlegte. In den wenigen Städten im Kaiserreich, in denen sich eine jüdische Gemeinde erhalten hatte, war es sehr schwer, eine Pogromstimmung zu erzeugen, da die dortige Obrigkeit die äußerst geschäftstüchtigen Juden beschützte. Sollte er allerdings erneut in Ungnade fallen, so drohte ihm das Leben als einfacher Mönch, der in einem abgelegenen Kloster lebendig begraben war, und das war das Letzte, was Johannes wollte. »Nun gut, ich werde sehen, was ich für Euch tun kann.«

Balthasar Neumann hielt dem Geistlichen seine Pranke hin: »Mein Sohn wird den Kontakt mit Euch aufrechterhalten, gebt mir Eure Hand darauf!«

Mit finsterer Miene drehte sich der Mönch um und ging grußlos zur Tür hinaus.

»Kaspar, was hältst du von dem Kerl?« Interessiert schaute er auf seinen Sohn, der zur Antwort angewidert auf den Boden spuckte.

»Da ist noch eine dringliche Sache, mein Junge, die ich mit dir besprechen muss. Es kann sein, dass dein Leben sich in naher Zukunft ändert. Mir ist da etwas Prekäres zu Ohren gekommen …«

Die ersten Tische und Bänke waren schon umgekippt, einige der Gesellen gebärdeten sich wie toll. Was als Spaß begonnen hatte, drohte in eine wilde Rauferei auszuarten.

Der verzweifelte Wirt hatte sich hinter seinem Ausschank verschanzt. Als er zufällig an einem der hinteren Tische den Altgesellen entdeckte, fasste er sich ein Herz und kämpfte sich durch das Getümmel. »Heinrich, Ihr müsst dem Treiben ein Ende bereiten, der Nachtwächter war vor wenigen Minuten da und hat gedroht, die Stadtwache zu holen! Was das bedeutet, muss ich Euch nicht extra erklären!«

Heinrich war mit einem Male wieder stocknüchtern, er kannte die meisten der ehemaligen Landsknechte und wusste daher, dass mit ihnen nicht zu spaßen war.

Wir könnten ihnen eine schöne Schlacht bieten, dachte er bei sich, denn auch die Gesellen können mit Waffen umgehen, schließlich sind wir im Verteidigungsfall für einen Abschnitt der Stadtmauer verantwortlich. Letztendlich würden wir aber unterliegen.

Der besonnene Altgeselle entschloss sich einzugreifen, seine Autorität stand auf dem Spiel. Zu seiner Unterstützung schnappte er sich den ihm treu ergebenen, riesenhaften Erwin.

»Gesellen, hört mir zu!«, versuchte sich Heinrich Gehör zu verschaffen. »Wir wollen unserem frisch getauften Junggesellen doch die Feier nicht verderben. Außerdem ist die Stadtwache im Anmarsch.«

Lautes Gejohle war die Antwort, die Situation drohte vollends aus dem Ruder zu laufen.

Ein kurzer Blick genügte ihm, um den großspurigen Rädelsführer in der Menge auszumachen, und bevor der verdutzte Walter reagieren konnte, wurde er vom Altgesellen am Wams gepackt.

Mit einem blitzschnellen Kopfnicken sauste Heinrichs Stirn auf Walters Nase und ein lautes Knacken war zu hören, als dem überrascht drein glotzenden Mann bereits das Blut aus dem Zinken schoss.

Die anderen Männer wichen vor dem furchterregenden Heinrich zurück.

»Gesellen!«

Diesmal hörten ihm alle ohne Ausnahme zu.

»Ihr habt mich zum Altgesellen gewählt und mit allen Vollmachten ausgestattet. Beim nächsten Aufdingen werden wir uns vor offener Lade mit den heutigen Vorkommnissen befassen! Jetzt setzt euch nieder, esst und trinkt noch etwas und verhaltet euch gesittet!«

Das Fest nahm nun einen ruhigeren Verlauf, die Aufregung war aber noch immer spürbar.

Walter saß mit ein paar Freunden an einem Tisch und schickte hasserfüllte Blicke zu Heinrich. Seine Nase war fast auf die doppelte Größe angeschwollen.

Mit einem Krug Wein in der Hand setzte sich Hannes neben den Altgesellen. »Ich danke dir, Heinrich, du hast meine Feier gerettet! Wenn du nicht eingegriffen hättest, wären wir alle im Verlies gelandet.«

»Hannes, steh auf, in einer halben Stunde beginnt die Messe!«

»Wo bin ich?«, fragte sich Hannes. Sein Schädel brummte und ihm war hundeelend, als er sich anschickte, sich die Ereignisse der letzten Nacht ins Gedächtnis zu rufen.

Es war zu keinen weiteren Zwischenfällen mehr gekommen, einige der betrunkenen Männer waren am Tisch eingeschlafen und den Rest der Gesellschaft hatte der Herbergsvater tatkräftig zur Tür hinauskomplimentiert. Hannes konnte sich noch vage daran erinnern, wie er nach Hause getorkelt war, die frische Nachtluft hatte die verheerende Wirkung des Weines beschleunigt und es war ihm vorgekommen, als hätte ihm jemand den Boden unter den Füßen weggezogen.

»Ich geh heute nicht, ich muss etwas erledigen«, antwortete er seiner Mutter mit schwacher Stimme.

»Nun gut, heute machen wir eine Ausnahme. Aber glaub ja nicht, dass die Sauferei zum Dauerzustand wird. Danke deinem Vater, der dich zu Bett brachte, ich hätte dich im Rinnstein liegen lassen! Wie kann man sich nur so gehen lassen …«

Hannes zog sich die Decke über den Kopf, er konnte dieses Gezeter heute nicht ertragen.

Plötzlich fiel ihm siedend heiß ein, dass er sich heute mit Anna treffen wollte. Seit er seine Schwester Elsbeth, die im Hause Burgwart als Magd beschäftigt war, in das Geheimnis eingeweiht hatte, konnten die beiden Liebenden gelegentlich Nachrichten austauschen. Auch die Information, dass Annas Vater heute früh kurzfristig zu einer Geschäftsreise nach Nürnberg aufbrechen würde und die Bitte Annas, er möge sich am Sonntag nach dem Gottesdienst mit ihr treffen, waren von Elsbeth am vergangenen Freitag überbracht worden.

Rasch zog er sein Sonntagswams mit den geschlitzten Puffärmeln über, Beinlinge und Kniehose trug er vom Vorabend noch am Leib. Als er die Lederriemen seiner Schuhe binden wollte, machte sich ein starker Brechreiz bemerkbar. Offenbar war es zu wenig Wasser gewesen, mit dem er während seiner Tauffeier den Wein verdünnt hatte. Eilig griff er sich einen der herumstehenden Latrinenkübel und übergab sich.

Mit unsicheren Schritten stieg Hannes die Treppe hinunter.

»Nanu, Hannes, ich dachte, du wolltest deinen Rausch ausschlafen?«

»Ich hab es mir anders überlegt«, entgegnete er kurz angebunden.

Auf dem Weg zur Kirche schritten Martin und Ilse Fritz vorneweg, Hannes und seine beiden Geschwister Elsbeth und Sebastian folgten in gebührendem Abstand.

Seit Matthäus Alber die vakante Pfarrstelle übernommen hatte, war die riesige Marienkirche Sonntag für Sonntag überfüllt und selbst aus dem nahen Tübingen sowie den umliegenden Dörfern kamen die Kirchgänger, um Albers Predigt zu lauschen.

Der umtriebige Pfarrer war während seiner Studienzeit auf Philipp Melanchthon getroffen und durch diesen hochgebildeten Theologen recht frühzeitig mit den reformatorischen Ansichten Martin Luthers in Berührung gekommen.

Hannes konnte sich noch sehr gut an den Aufruhr erinnern, den die erste im Sinne des Wittenberger Mönchs zelebrierte Messe verursacht hatte. Pfarrer Alber hatte sich nicht, wie gewöhnlich, mit dem Rücken zu den Gläubigen gestellt und die unverständliche lateinische Litanei gesprochen, sondern stand von Angesicht zu Angesicht zu den überraschten Menschen und hielt seine Predigt teilweise in deutscher Sprache.

Diese Ungeheuerlichkeit hatte sich in Windeseile herumgesprochen und nur der beherzten Fürsprache der Zünfte, allen voran der mächtigen Weingärtner, war es zu verdanken, dass Matthäus Alber nicht exkommuniziert wurde.

Couragiert wagte sich Alber sehr weit vor, um das seiner Ansicht nach wahre Evangelium zu verkünden, und auch an diesem strahlenden Sonntag war die gewaltige Kirche bis auf den letzten Platz besetzt.

Während seine Familie bei den Weingärtnern saß, nahm Hannes voller Stolz bei den Gesellen der Binderzunft Platz. Beim Hereingehen hatte er einen flüchtigen Blick von Anna erhascht, ihr verheißungsvolles Augenspiel hatte ihn so abgelenkt, dass er der Predigt Albers nicht mit der sonst üblichen Konzentration folgen konnte.

Nach dem Kirchgang war es Brauch, dass die Männer in die umliegenden Schenken gingen, während die Frauen sich zur Kochstelle begaben, um das Mittagsmahl für die Familien zu bereiten. Musste Hannes früher seiner Mutter dabei zur Hand gehen, so konnte er nun als frisch gebackener Geselle ebenfalls in der gemütlichen Trinkstube sitzen.

Er schloss sich einer Gruppe von Burschen an, die alle ungefähr in seinem Alter waren, und winkte seiner Mutter verschmitzt zu.

»Nun, Hannes, wie fühlt man sich als Geselle? Es soll ja gestern bei deinem Fest einen ziemlichen Aufruhr gegeben haben.« Franz, ein gedrungener Schmiedelehrling, war der Sohn von Hannes' Nachbarn und der junge Geselle war sich sicher, dass schon die halbe Stadt von den Händeln bei seiner Taufe erfahren hatte, da Franz naseweis und sehr mitteilsam war.

»So schlimm war's auch nicht!«, murrte Hannes daher einsilbig. Er suchte fieberhaft nach einer passenden Ausrede, um sich schnell aus dem Staub machen zu können. »Oh, da fällt mir ein, mein Vater hat gestern seinen Wams im Weinberg vergessen, ich muss schnell hoch und das gute Stück holen!« Hannes verabschiedete sich eilig und ging in Richtung Gartentor, dabei hatte er nicht bemerkt, dass einer der Gesellen ebenfalls ausscherte und ihm unauffällig folgte.

»Na, junger Freund, wohin des Weges?«

Den bärbeißigen Torwächter kannte Hannes gut, er hatte immer ein freundliches Wort für den Söldner, der auf seine alten Tage einen ruhigen Posten bekommen hatte.

»Ich muss schnell zum Weinberg hoch, mein Vater hat dort etwas liegen gelassen, beim nächsten Mal bringe ich Euch wieder einen Krug vom Roten mit.« Hannes wollte auf keinen Fall den Argwohn des Wächters erwecken. Wie die meisten ehemaligen Landsknechte war er einem guten Schluck Wein nicht abgeneigt.

»So, triffst dich wohl heimlich mit deiner Liebsten?«, fragte der Mann augenzwinkernd, worauf Hannes die Schamröte ins Gesicht stieg. Etwas Unverständliches vor sich hin brummend, drückte er sich rasch zum Tor hinaus.

Nun musste er nur noch den sogenannten Hundsgraben überwinden. Der Wassergraben bildete zusammen mit der Echaz einen zusätzlichen Schutz vor potenziellen Angreifern. Außerdem befanden sich in dem ausgedehnten Gelände zwischen der wuchtigen Stadtmauer und dem Kanal die Kelter der Weinbauern sowie etliche Gemüsegärten.

Als der junge Geselle den gewundenen, ausgetretenen Pfad zur Achalm, dem markanten Reutlinger Hausberg, emporstieg, dachte er zurück an jenen schicksalhaften Abend, als Anna ihn das erste Mal küsste.

Das Richtfest für das prächtige Bürgerhaus hatte drei Monate nach Hannes' Sturz stattgefunden. Während vor dem Haus die zahlreichen Zuschauer erwartungsvoll in die Höhe schauten, wurde von den Zimmerleuten ein mit bunten Bändern geschmücktes Bäumchen an den Dachfirst genagelt.

Einer der Gesellen bat lautstark um Ruhe und begann mit dem traditionellen Spruch, der von allerlei fantastischen Abenteuern in der Fremde, von gewaltigen Bauwerken und fremdartigen Städten erzählte. Mehrfach trank der Mann aus einem irdenen Becher, den er am Schluss seiner Rede in die Tiefe schmetterte.

Die Menge der Zuschauer zerstreute sich langsam, während sich die geladenen Gäste in das obere Geschoss zu den gedeckten Tischen begaben, die unter der Last der dargebotenen Speisen und Getränke ächzten.

In dem weitläufigen Erkerraum, der später zum Wohnzimmer gehören sollte, saßen städtische Honoratioren, kirchliche Würdenträger sowie die Meister der einzelnen Gewerke. Im etwas kleineren Nebenzimmer, durch einen breiten Hausflur vom Erkerraum getrennt, waren die Bauhandwerker untergebracht. Den einfachen Gesellen, Tagelöhnern und Lehrlingen lief das Wasser im Mund zusammen, solche erlesenen Speisen waren sie nicht gewohnt. Gespickte Rehrücken, Lammkeulen und gebratene Gänse, allerlei feinstes Backwerk, um nur einiges zu nennen, wurde den Geladenen dargeboten, dazu passend der beste Malvasierwein gereicht.

Der gerechte Bauherr machte keine Standesunterschiede, denn in beiden Räumen wurden dieselben Leckereien von eilfertig umherlaufenden Dienstmägden, die hier und dort einer grapschenden Hand ausweichen mussten, aufgetragen.

Anna hatte es sich ebenfalls nicht nehmen lassen, die Gäste zu bedienen. Nach einer heftigen Diskussion mit ihrem Vater hatte sie sich kurzerhand eine Schürze umgebunden und unter die Mägde gemischt. Dass sich deswegen die ehrbaren Bürger die Mäuler zerreißen würden, war ihr egal.

»Das sieht ihr ähnlich! Wenn ich ihr Vater wäre, hätte ich sie schon lange unter die Haube gebracht!«, sagte ein feister Mann, der mit seinem Ratskollegen vor das Haus gegangen war, um Wasser zu lassen.

»Da hast du recht, sie bräuchte eine starke Hand, die sie züchtigt! Es wird erzählt, dass sie den Gesellen während der Bauzeit Essen und Trinken brachte.«

»Das ist ja ungeheuerlich, wir müssen … Ah, Herr Burgwart, ich wollte Euch zu dem äußerst gelungenen Fest gratulieren, Euer Koch hat sich wieder einmal selbst übertroffen, woher stammt der Künstler eigentlich?« Der Ratsherr hatte im letzten Augenblick bemerkt, dass sich der hochgewachsene Kaufmann zu ihnen gesellte.

»Er kommt aus der Freiburger Gegend. Was ihn besonders wertvoll macht, ist seine profunde Kenntnis der burgundischen Küche.«

Im zukünftigen Wohnzimmer hatten sich indessen verschiedene Musikanten aufgestellt. Neben zwei virtuosen

Lautenspielern und einem rotgesichtigen Mann, der die Schalmei blies, stand ein dürrer Mensch mit einem neuartigen, aus Italien stammenden Instrument, einer sogenannten Viola.

Die ehrbaren Bürger führten ihre prachtvoll gekleideten Damen zu einem flotten Tänzchen.

Hannes suchte mit zunehmendem Weinkonsum immer schamloser den Blickkontakt zu Anna, sie gab sich jedoch allen Anwesenden gegenüber gleich.

»Jetzt hast du aber genug getrunken, Hannes!« Elsbeth kniff ihrem angeheiterten Bruder in den Arm.

»Ich weiß, wann ich genug habe, und Kindermädchen brauche ich auch keines mehr!«

Dieser schnelle Wortwechsel war den hämisch grinsenden Gesellen nicht entgangen und sie begannen, sich wieder über Hannes lustig zu machen, wie sie es bereits seit Beginn seiner Lehrzeit taten.

Heinrich, der Parlier, war der Einzige, der bei diesen kleinen Sticheleien nicht mitmachte. Hannes war sich allerdings im Klaren, dass dies nicht nur mit gegenseitiger Sympathie zu tun hatte. Der Vorarbeiter hatte offensichtlich ein Auge auf Elsbeth geworfen und wollte es sich mit ihrem kleinen Bruder nicht verderben.

Kurz nachdem die Kirchenglocken die elfte Stunde einläuteten, hatte Hannes genug. Ohne sich zu verabschieden, verließ er den überfüllten Raum und stieg die steile Bautreppe hinunter.

Als er die provisorische Haustür öffnete, meinte er, einen schwachen Hilferuf zu hören. Er schüttelte heftig den Kopf, der viele Wein schien ihm einen Streich zu spielen. Doch wenig später hörte er einen noch deutlicheren Schrei, der aus einem der Kellerräume kommen musste.

Hannes nahm seinen ganzen Mut zusammen und ging

die Kellerstiege hinunter, wo er die Hilferufe nun deutlich vernehmen konnte.

»Stell dich nicht so an, du weißt, dass du mir versprochen bist, und als Kaufmann möchte ich nicht die Katze im Sack erwerben!«

Der rauschartige Zustand, in dem sich der Lehrjunge befunden hatte, war mit einem Schlag wie weggeblasen. Die Frau, die verzweifelt um Hilfe rief, war Anna, und der Mann, der sie im dunklen Kellerraum bedrängte, war kein Geringerer als Kaspar Neumann, der Sohn eines der reichsten Reutlinger Bürger.

Der elegant gekleidete Herr hatte ihn offenbar nicht bemerkt und so fasste sich Hannes ein Herz: »Lasst sie sofort los, oder ich …!«

Blitzschnell drehte sich der um seinen Spaß betrogene Neumann um und kam wutentbrannt auf Hannes zu. Diesen Augenblick nutzte Anna und drückte sich in eine Ecke des weitläufigen Gewölbekellers, die panische Angst war ihr ins hübsche Gesicht geschrieben.

»Was willst du, Kuhschwanz? Ich werde dir zeigen, was es kostet, sich in fremde Angelegenheiten zu mischen!« Der junge Kaufmann stürzte sich auf Hannes, der gerade noch ausweichen konnte und seinem Gegner reflexartig ein Bein stellte, woraufhin Kaspar stürzte und in voller Länge auf den mit gebrannten, roten Tonziegeln ausgelegten Boden fiel.

»Schnell, lass uns verschwinden!« Hannes fasste das Mädchen bei der Hand. Gemeinsam rannten sie an dem benommenen Kaspar vorbei und hasteten die steile Treppe hinauf. Oben angelangt, nahm Anna Hannes' Kopf in beide Hände und drückte dem überraschten Lehrjungen einen schmatzenden Kuss auf den Mund.

»Danke, Hannes, du hast meine Ehre gerettet!«

An diesem schicksalhaften Abend hatte er das Herz

der stolzen Kaufmannstochter gewonnen – und sich einen gefährlichen Feind auf Lebenszeit geschaffen.

Hannes atmete tief durch, als er die halb verfallene Hütte, die inmitten der Rebstöcke stand, erreicht hatte und genoss die milde Sommerluft. Er war so in seine Gedanken versunken, dass er den heimlichen Verfolger nicht bemerkte.

Sein Blick schweifte am abbrechenden Albtrauf entlang und blieb an dem Reutlinger Wahrzeichen, der Marienkirche, hängen. Beim Anblick der stolzen Reichsstadt mit ihren wehrhaften Mauern kam leise Wehmut in ihm auf, denn bald würde er die geliebte Heimat verlassen müssen.

Sein ernstes Gesicht hellte sich auf, als er Anna herannahen sah. Ohne lange zu überlegen, rannte er ihr entgegen und, alle Vorsicht außer Acht lassend, umarmten und küssten sie sich.

»Ach Hannes, ich bin ja so stolz auf dich! Von unserem Erkerzimmer aus habe ich deine Taufe beobachtet und mein Herz begann zu rasen, weil ich dachte, sie ersäufen dich. Aber jetzt musst du mir alles der Reihe nach erzählen!«

»Später …!« Er bedeckte ihr hübsches Gesicht mit Küssen und begann, an den Schnüren ihres sommerlichen Kleides zu nesteln.

»Hannes, hör auf, wenn uns jemand sieht!« Sie wand sich aus seiner Umarmung und rannte in Richtung Hütte. Er lief ihr nach und holte sie vor dem heruntergekommenen Häuschen ein.

Eng umschlungen betraten sie den niederen Raum, dessen kühler Boden aus gewachsenen Steinplatten bestand. An der hinteren Seite stand eine passable Holzbank und in der Mitte ein massiver Tisch. Die Wände waren lediglich mit dünnen Holzbohlen verkleidet, das alte Strohdach war an mehreren Stellen durchlässig.

All diese Widrigkeiten kümmerte das junge Paar nicht im Geringsten, doch als sie begannen, sich gegenseitig auszuziehen, meinte Hannes, ein leises Rascheln zu hören. Nur mit Unterkleid und Strümpfen bekleidet, sprang er nach draußen und sah gerade noch, wie eine weiße Taube von dannen flatterte. Beruhigt ging er wieder hinein.

Der ungebetene Lauscher atmete tief durch, er hatte sich im letzten Moment hinter einem nahen Birnbaum verstecken können.

Die beiden fuhren fort, sich zu liebkosen, und als Hannes zärtlich Annas schöne Brüste streichelte, begann sein Geschlecht anzuschwellen und der ungeduldige Geselle war begierig darauf, in sie einzudringen.

»Hannes, bitte …!« Anna wünschte sich nichts sehnlicher, als sich ihrem Geliebten hinzugeben, aber im Gegensatz zu dem ungestümen Hannes hatte sie ihre Sinne noch halbwegs beisammen. Der Zauber verpuffte so schnell, wie er gekommen war, sie lösten sich voneinander und kleideten sich wieder an.

»Ach, Hannes, das Leben wäre so schön, wenn wir heiraten könnten.«

»Du könntest auf mich warten«, begann Hannes zögerlich. »Ich muss nur drei Jahre in die Fremde gehen, danach könnte ich zur Meisterprüfung zugelassen werden.«

»Hannes, du träumst!. Die einzige Möglichkeit, in die allmächtige Zunft aufgenommen zu werden, ist die Hochzeit mit einer ledigen Meistertochter oder einer verwitweten Meistergattin, und da ich beides nicht bin, bleibt uns nur noch die Flucht, aber wohin?«

»Ich hab's!« Hannes' Augen strahlten. »Wenn ich zurückkomme, soll mich dein Vater als Krämerlehrling anstellen und danach …«

»Ach, mein lieber Hannes!« Sie legte ihre schmale Hand

an seine Wange. »Du bist so schrecklich naiv. Mein Vater hat mich bis jetzt nur vor einer standesgemäßen Heirat verschont, weil die Mutter so früh verstorben ist. Aber nächstes Jahr werde ich achtzehn und bin damit fast schon zu alt zum Heiraten. Deshalb bin ich mir sicher, dass ich mich nicht mehr allzu lange gegen die zahllosen Bewerber werde wehren können. Sobald einer kommt, dessen wirtschaftliche Verhältnisse den hohen Ansprüchen meines Vaters entsprechen, werden die Kirchenglocken läuten.«

»Wie wär's mit Kaspar Neumann?«, versuchte der leicht verärgerte Hannes, sie zu provozieren.

»Hör sofort auf, bevor ich einen Wutanfall bekomme!« Ihr Gesicht nahm einen ernsten Ausdruck an. »Aber du hast nicht unrecht, er ist tatsächlich der aussichtsreichste Kandidat. Bevor ich ihn heirate, würde ich eher in ein Kloster gehen. Doch jetzt lass uns von etwas Erfreulicherem reden! Sollen wir nicht einen kleinen Spaziergang machen, genau so, als wären wir ein altes Ehepaar?«

Der heimliche Beobachter hatte genug gehört und gesehen und machte sich schnell davon. Das wird mir ein paar Gulden extra einbringen, dachte er bei sich, die zwei Täubchen werden bald ausgeturtelt haben.

»Das ist eine gute Idee, gehen wir doch zu dem nahen Wald unterhalb der Burg Achalm, dort sind wir ungestört.«

»Wenn ich es mir recht überlege, habe ich kein gutes Gefühl dabei, sollte uns einmal jemand sehen und das herumerzählen, sind wir verloren.«

»Du hast ja recht, Anna.« Er fasste sie bei der Schulter und sah ihr eindringlich in die blitzenden Augen. »Aber wer weiß, wie viel gemeinsame Zeit uns noch bleibt.«

Sie vergaß ihre berechtigten Ängste für den Moment und folgte ihm.

»So, mein Junge, die leidige Angelegenheit mit dem jüdischen Geldverleiher wird in nicht allzu ferner Zukunft aus der Welt geschafft sein.« Balthasar Neumann setzte sich zufrieden auf einen bereitstehenden Scherenstuhl. Nach dem Kirchgang, bei dem er zum ersten Mal die auch für ihn beeindruckende Predigt Pfarrer Albers gehört hatte, und dem anschließenden obligatorischen Wirtshausbesuch war er mit seinem Sohn noch in ihr Kontor gegangen.

»Dein Plan ist äußerst raffiniert und das mit diesem seltsamen Mönch, der uns eine wertvolle Hilfe sein kann, hast du geschickt eingefädelt, Vater. Aber denkst du nicht, dass die gesamte Angelegenheit grundsätzlich eine Nummer zu groß für uns ist und uns schnell über den Kopf wachsen kann?«, meinte Kaspar mit besorgter Miene.

»Keine Sorge, vertraue mir!« Mit einer ungeduldigen Handbewegung tat der Patriarch die Einwände seines Sohnes ab. »Wir müssen diesen schier aussichtslosen Kampf führen, da unsere derzeitige Lage äußerst prekär ist.«

»Steht es wirklich so schlimm um unser Unternehmen?« Der junge Kaufherr spürte, wie eine leise Angst in ihm hochstieg.

»Es ist so schlimm, dass wir den schönen Schein in der Öffentlichkeit nicht mehr lange wahren können! Was war ich nur für ein blinder Narr, als ich mich mit den elenden Fuggern eingelassen habe.«

Deren aalglatte Unterhändler waren vor zwei Jahren an ihn herangetreten, um bei ihm Geld für den Schwäbischen Bund zu sammeln. Dieser Zusammenschluss süddeutscher Reichsstädte befand sich im Konflikt mit Herzog Ulrich, der im Januar des Jahres 1519 die Stadt Reutlingen überfallen und für württembergisch erklärt hatte. Es war nun ebenso im Interesse Neumanns, des stellvertretenden Vorstehers der Krämerzunft, dass der renitente Herzog wieder davongejagt wurde, denn als freie Reichsstadt war Reutlingen nur dem Kaiser tributpflichtig und untertan, und kein Fürst hatte irgendwelche Rechte innerhalb des Stadtterritoriums. Der Kriegszug gegen den tyrannischen Landesherrn kostete etwa 300.000 Gulden, wovon das meiste von den Fuggern aufgebracht wurde. Da die Gesandten der Augsburger Adelsfamilie dem Reutlinger Kaufmann eine sehr hohe Rendite versprachen und er außerdem glaubte, dass es seiner Reputation nicht schaden würde, wenn er seiner Heimatstadt in dieser unglücklichen Lage half, stimmte er dem verlockenden Angebot zu.

Ein weiteres Anliegen der erfolgsverwöhnten Kaufherren war die bevorstehende Kaiserwahl, denn nachdem Maximilian, der ›letzte Ritter‹, verschieden war, war ein verbissen geführter Zweikampf um die vakante Kaiserkrone entbrannt, wobei die Fugger nicht ganz uneigennützig Karl, den Enkel Maximilians, protegierten. Hatten sie doch dem verstorbenen Kaiser eine unvorstellbare Summe geliehen, die der andere Thronanwärter, der französische König Franz I., wohl schwerlich zurückzahlen würde.

Wie sich später herausstellte, wechselten 800.000 Gulden an Bestechungsgeldern für die Kurfürsten den Besitzer, wozu auch Neumann einen nicht unerheblichen Teil beitrug.

Seine Sicherheiten, die Schuldverschreibungen sowie die Anteile an Kupfer- und Silbervorkommen würden ihm den Zugang zu den wirklich großen Fleischtöpfen ermöglichen und Balthasar sah sich schon in einer Riege mit den sagenhaft reichen Fuggern, Tuchern und Welsern.

In der mehrmals im Jahr erscheinenden Fuggerzeitung las er ein paar Monate später, dass der gewählte Habsburger Kaiser Karl V. nicht gewillt war, die immensen Schulden seines Großvaters in vollem Umfang zu begleichen, und da krochen erste Zweifel in Neumann hoch. Auf Nachfrage teilten ihm die Augsburger klipp und klar mit, dass er einen Großteil seiner Forderungen abschreiben könne. Neumann pochte auf die unterschriebenen Verträge und kündigte einen Rechtsstreit an, nach und nach wurde ihm jedoch klar, dass er in seiner Habgier seine übliche Vorsicht vergessen und einige wichtige Klauseln des Vertrages einfach übersehen hatte. Aber auch die mit allen Wassern gewaschenen Fugger hatten Federn gelassen, seine Majestät war klamm, und so strich er die Forderungen der machtlosen Kaufleute rigoros zusammen. Neumann war einem Betrüger aufgesessen und dieser war kein Geringerer als der Kaiser.

Er zermarterte sich tagelang das Hirn auf der Suche nach einem Ausweg. Eile tat Not, da einige Wechsel zu platzen drohten und somit seine Reputation auf dem Spiel stand.

Eines Nachts, als er sich im Bett wälzte, kam ihm der rettende Gedanke, ein jüdischer Geldverleiher, mit dem Neumann bereits des Öfteren zu tun gehabt hatte, konnte, ja musste ihm aus der Bredouille helfen. Am nächsten Morgen bat er schriftlich einen befreundeten Kaufherren, den Kontakt herzustellen, und kurze Zeit später machte sich der Reutlinger Tuchhändler auf den Weg in die Heimatstadt des Mannes.

Der erfahrene Bankier erwies sich als zäher und hartnäckiger Verhandlungspartner, schlussendlich erzielten sie aber eine Einigung: Der Hebräer würde alle Wechsel übernehmen, außerdem musste Neumann ihm einen Teil seines Handelsgeschäfts übereignen. Seit diesem unseligen Tag sann Neumann nach einer Möglichkeit, den seiner Ansicht nach habgierigen Mann aus dem Weg zu räumen, Skrupel waren in seiner fatalen Situation fehl am Platz.

»Neulich habe ich angedeutet, dass sich dein Leben

in nicht allzu ferner Zeit grundlegend ändern wird. Ich glaube, der Fall tritt früher ein als geplant. Wenn alles so läuft, wie ich es mir vorstelle, wirst du deinen Teil zur Rettung unseres Betriebs in den nächsten Wochen beisteuern können.« Neumann erzählte seinem Sohn von der Beobachtung eines seiner Zuträger und ein hinterlistiges Grinsen huschte über das hübsche Gesicht des jungen Kaufmanns.

Am ersten Montagmorgen seines noch jungen Gesellenlebens war Hannes auffällig spät aufgestanden, die übliche Haferschleimsuppe sowie ein Becher mit verdünntem Bier standen auf dem zerkratzten Tisch.

»Dein Vater und dein Bruder sind schon im Weinberg, ich habe ihnen versprochen, dass ich dich nachschicke.«

»Aber Mutter, ich bin kein Lehrling mehr, heute ist mein freier Tag! Ich gehe meinen eigenen Angelegenheiten nach und treffe mich mit den anderen Gesellen«, antwortete Hannes mürrisch, stand auf, streckte sich und wollte seiner Wege gehen.

»Das würde dir so passen! Den blauen Montag kannst du in der Fremde feiern, aber solange du bei uns schläfst und isst …«

Ohne einen Bissen anzurühren, war Hannes zur Tür hinausgestürmt und hörte die letzten Worte seiner Mutter nicht mehr.

Sein erster Weg führte ihn zu Meister Wilhelm. Der umsichtige Parlier hatte zwar das meiste geregelt, trotzdem mussten noch einige Dinge geklärt werden.

Lohn, Pausen und Arbeitszeit waren von der Binderzunft bestimmt, jeder Mitgliedsbetrieb musste sich an diese Absprachen halten. Heinrich hatte ihm erzählt, dass diese Bestimmungen von den Meistern in früheren Zeiten willkürlich festgelegt worden waren. In den letzten Jahrzehnten jedoch hatten sich die Gesellenbruderschaften ein Mitspracherecht erkämpft.

Hannes klopfte an die Tür des Hauses, in dem er die letzten drei Jahre gewohnt hatte. Er hatte seine Mütze abgenommen und drehte sie in seinen Händen. »Gott zum Gruße, werte Frau Meisterin, ist Euer geschätzter Mann zu sprechen?«

»Bevor du sämtliche Schenken abklapperst, schau auf dem Zimmerplatz nach, er wollte sich in irgendeiner wichtigen Angelegenheit mit Heinrich dort treffen.«

Adelheid, die Gattin von Meister Mäder, war schon verbittert gewesen, als Hannes mit der Lehre begonnen hatte. Die Sorgenfalten gruben sich immer tiefer in ihr hageres Gesicht und manchmal hatte sie die ohnmächtige Wut auf ihren Mann an dem unschuldigen Lehrjungen ausgelassen. Doch sein anfänglicher Hass auf diese garstige Frau wandelte sich immer mehr in Mitleid. Ihr Mann ging ihr verloren – und sie konnte nichts dagegen tun.

Hannes überquerte frohgemut den weitläufigen, ›Zimmerplatz‹ genannten Ort, an dem sämtliche Arbeiten vorbereitet wurden, und sah, dass Meister Wilhelm heftig mit dem Parlier diskutierte. Als sie sich nach dem Neuankömmling umdrehten, begannen sich ihre Mienen zu verdüstern.

»Seid gegrüßt, Ihr Herren!«

»Ah, der frisch getaufte Geselle, was für ein Zufall. Gerade in diesem Moment haben wir über dich geredet.« Der säuerliche Weinatem des Meisters stach Hannes in die Nase.

»Kommst du mal mit, Hannes?« Ohne Umschweife bedeutete Heinrich dem jungen Gesellen, ihm zu folgen. Der Parlier war nicht nur Vorarbeiter, sondern darüber hinaus Vermittler zwischen dem Meister und seinen Gesellen, Tagelöhnern und Lehrjungen. Sie betraten die winzige Werkzeughütte, in der die Männer auch ihre Brotzeit einnahmen, und setzten sich an den Tisch in der Ecke.

Heinrichs durchdringende Augen hefteten sich auf den sichtlich kleiner werdenden Hannes. »Heute in der Früh klopfte ein Geselle an meine Kammer und nachdem ich den ungebetenen Gast einließ, erzählte er mir eine unglaubliche Geschichte, in der du schwer belastet wirst. Sollte sich das Ganze als wahr erweisen, kann selbst ich dich nicht mehr schützen.«

Hannes spürte, wie es ihm eiskalt den Rücken hinunterlief, beschloss jedoch, sich forsch zu geben. »Was für ein entsetzliches Verbrechen wirft man mir vor? Habe ich gestohlen oder jemanden umgebracht?«

»Nein, es ist etwas anderes, doch nicht weniger Anstößiges. Jemand will dich mit einer angesehenen Bürgerstochter gesehen haben und behauptet, dass ihr euch wider die guten Sitten nackt auf dem schmutzigen Boden gewälzt habt!«

»Welcher niederträchtige Hund …!« Der Junggeselle war aufgesprungen.

»Hannes, setz dich und sag mir die Wahrheit! Sollte es stimmen, müssen wir verhindern, dass die Öffentlichkeit davon erfährt, denn in diesem Fall wird man das arme Mädchen kahl scheren und im Büßergewand an den Pranger stellen! Sie wird danach keinen Fuß mehr in die bürgerliche Gesellschaft setzen können; dich hingegen wird man sofort aus der Stadt jagen und sämtliche Zünfte werden dich für unehrlich erklären.«

Dem sichtlich schockierten Hannes standen Tränen in den Augen, als er die ganze Tragweite des Geschehens erkannte.

»Aber wir lieben uns! Wenn das ein Verbrechen ist, so bin ich schuldig!«

Heinrich seufzte: »Also ist es wahr?«

»Ja«, erwiderte der Geselle kleinlaut, »aber ich habe ihre Ehre nicht befleckt!«

»Das ist egal, Hannes. Ich werde meinen ganzen Einfluss in der Bruderschaft geltend machen müssen, um dich einigermaßen unbeschädigt aus der Sache rauszuholen. Doch eines kann ich dir jetzt schon versprechen: Egal, wie es kommt, du wirst diese Woche noch dein Bündel schnüren müssen, um die Stadt zu verlassen!«

»Was geschieht dann mit Anna?« Hannes' Gesicht nahm einen flehenden Ausdruck an.

»Das weiß nur Gott allein!«

Gotthelf Burgwart schickte seinen Diener Johann an die Tür, nachdem die Hausglocke geläutet hatte.

Wer mag das sein um die Mittagszeit?, dachte er ärgerlich. Er hatte sich ausruhen wollen, die anstrengende Geschäftsreise steckte ihm noch in den Knochen.

»Es ist der edle Herr Neumann, der Euch in einer wichtigen Angelegenheit zu sprechen wünscht, die, wie er meinte, keinen Aufschub duldet.«

Burgwart konnte sich beim besten Willen nicht zusammenreimen, was der stellvertretende Zunftmeister von ihm wollte, seine fälligen Beiträge hatte er entrichtet und geschäftliche Dinge wurden für gewöhnlich im Kontor verhandelt.

»Hochverehrter Herr Burgwart, verzeiht mir die Störung Eurer heiligen Mittagspause!« Der schwergewichtige Balthasar Neumann eröffnete das Gespräch in seiner bekannt leutseligen Art.

»Aber, aber, Ihr seid mir doch stets willkommen, nehmt Platz! Johann wird uns einen Krug Wein bringen.«

Neumann setzte sich auf einen der kunstvoll verzierten Stühle. Seinen umherhuschenden Augen war nicht entgangen, dass der Reichtum von Burgwart zwar unaufdringlich, dennoch überall sichtbar vorhanden war. »Leider ist es eine ernste Sache, die mich zu Euch führt, deshalb möchte ich ohne große Umschweife zum eigentlichen Thema kommen. Es geht um Eure liebe Tochter Anna.«

»Was ist mit ihr?« Burgwarts Haltung wurde herausfordernd.

»Nun, Eure Tochter wurde in einer ziemlich eindeutigen Situation von einem ahnungslosen Spaziergänger, der sich mir gestern Abend anvertraut hat, gesehen.«

Gotthelf Burgwart verlor nun vollends die Beherrschung, sein Kopf lief hochrot an. »Was wollt Ihr damit sagen, eindeutige Situation?«

»Beruhigt Euch, mein Freund!« Neumann legte ihm beschwichtigend die Hand auf den Arm. »Der Mann wollte vor den Rat treten und Eure Tochter der Unzucht anklagen.«

»Bei allen Heiligen!« Der Zorn des Gewürzhändlers war verraucht, er sank in sich zusammen und war zu keiner nüchternen Überlegung mehr fähig.

Genau darauf hatte der berechnende Neumann spekuliert. »Ihr wisst, dass ich Euch und Eure Tochter sehr schätze, deswegen habe ich dem Mann ein üppiges Schweigegeld gezahlt und hoffe, dass er sich an sein Gelübde halten wird!«

Burgwart schien sich etwas beruhigt zu haben. »Ihr seid ein wahrer Freund! Aber was werden wir tun, wenn er es doch herumerzählt?«

Jetzt hab ich dich!, dachte Neumann, ohne sich seinen Triumph anmerken zu lassen. »Dieser ernst zu nehmende Fall ist mir auch schon in den Sinn gekommen, aber da Eure Tochter wahrlich im heiratsfähigen Alter ist, müsste man es so drehen, dass das Stelldichein mit ihrem zukünftigen Ehemann stattgefunden hat.« Jetzt war die raffinierte Falle aufgestellt, der überrumpelte Burgwart musste nur noch hineintappen.

»Bevor wir weitere Verdächtigungen aussprechen, werde ich meine Anna dazu befragen.« Gotthelf hatte sich offenbar wieder gefasst. »Ihr entschuldigt mich einen Moment.« Ohne anzuklopfen, stürmte er in die Kammer seiner Tochter, wo Elsbeth, die Magd, gerade dabei war, Annas schwer zu bändigendes Haar zu frisieren.

»Vater …?« Die junge Frau schaute überrascht auf. Bevor sie jedoch etwas hinzufügen konnte, schickte der entschlossen aussehende Burgwart die Magd mit einer eindeutigen Handbewegung hinaus.

»Ist es wahr, dass meine einzige Tochter sich am heiligen Sonntag mit einem dahergelaufenen Mann vergnügt?«

Anna erschrak und suchte verzweifelt nach einem Ausweg. Jetzt war tatsächlich der Fall eingetreten, vor dem sie sich insgeheim gefürchtet hatte. »Aber Vater, wer erzählt denn solche schlimmen Geschichten?«, stotterte die junge Frau.

»Ich frage dich noch einmal, ist es wahr oder nicht? Ein mir unbekannter Mann will euch beobachtet haben. Wenn er die ungeheuere Anklage unter Eid bezeugt, wird man dich und deinen Buhlen der Unzucht anklagen!«

So leicht war Anna nicht einzuschüchtern, sie suchte ihr Glück im Gegenangriff. »Was ist daran so verwerflich, lieber Vater, wenn ich mich ganz ungezwungen mit einem Jungen treffe?«

Burgwart stürmte auf seine Tochter zu und gab ihr eine schallende Ohrfeige. »Du bleibst bis auf Weiteres in deiner Kammer und wirst das Haus nicht mehr verlassen, bis ich es dir wieder erlaube!«

Die am Boden zerstörte Anna ließ ihren Tränen freien Lauf, es war das erste Mal überhaupt, dass ihr Vater die Hand gegen sie erhoben hatte.

Gotthelf kehrte in die prächtig eingerichtete Wohnstube zurück. Er nahm zuerst seinen bis an den Rand gefüllten Becher mit Wein und stürzte diesen ohne abzusetzen hinunter.

Beim Anblick des völlig aufgelösten Mannes, der nun Platz nahm und geistesabwesend zum Fenster hinausschaute, wusste Neumann, dass sein Informant die Wahrheit gesprochen hatte.

Der Gewürzhändler sah seine Tochter schon mit einer Schandmaske am hölzernen Pranger stehen. Neumann ließ den Unglücklichen etwas seinen düsteren Gedanken nachhängen, bevor er ihm weiter zusetzte. »Ich wüsste eventuell einen Ausweg, bei dem alle Seiten ihr Gesicht wahren können.« Der korpulente Mann räusperte sich und setzte alles auf eine Karte. »Kaspar, mein einziger Sohn, ist ebenfalls noch ledig und eine bessere Partie werdet Ihr in der gesamten Stadt wohl schwerlich finden. Außerdem ist er ganz vernarrt in Eure Anna.«

»Was geschieht, wenn ich Eurem wohlgemeinten Vorschlag nicht zustimme?« Dem keineswegs begriffsstutzigen Burgwart ging allmählich ein Licht auf.

»Ich könnte nicht dafür garantieren, dass der zweifelhafte Informant dichthält.« Neumann setzte eine mitleidige Miene auf.

»So langsam durchschaue ich Euer kleines Ränkespiel, und da Ihr offenbar der Einzige zu sein scheint, der den dubiosen Augenzeugen kennt, habt Ihr mich in der Hand!« Wütend war Burgwart aufgestanden und um den rechteckigen Tisch gelaufen, er stand nun direkt vor Neumann und nahm eine drohende Haltung ein. »Für dieses Mal habt Ihr gewonnen, ich gebe Euch das Liebste, was ich habe, doch nehmt Euch in Acht! Sollte mir einmal zu Ohren kommen, dass Ihr oder Euer Sohn sie schlecht behandelt, so werde ich Euch vernichten! Jetzt bitte ich Euch, mein ehrbares Haus auf der Stelle zu verlassen!«

Mit einem feinen Grinsen schritt Neumann, nach allen Seiten grüßend, über den belebten Marktplatz und rieb sich die Hände.

Hannes saß in der gemütlichen Gaststube des Binderzunfthauses und war mittlerweile beim dritten Becher Wein angekommen, während sich in der hinteren Stube die Gesellenbruderschaft auf Drängen des Altgesellen zu einer außerordentlichen Versammlung traf und über Hannes' ungewisse Zukunft verhandelte.

Er lauschte aufmerksam dem angeregten Gespräch mehrerer Meister, die sich lautstark über ihre vermeintlich launischen und faulen Gesellen sowie deren, ihrer Ansicht nach, überflüssige neue Rechte unterhielten. Nur wenige unter ihnen konnten sich mit den erstarkten Gesellenbruderschaften anfreunden. Die mächtigen Zunftmeister hatten sich lange dagegen gewehrt, die Bruderschaften in ihren Zunfthäusern aufzunehmen und deren regelmäßige Zusammenkünfte zu dulden, aber schließlich siegten die Vernunft und das Profitdenken. Städte, die sich besonders gegen die Bruderschaften wehrten, wurden von den organisierten Gesellen ›schwarz‹ gemacht, das hieß, wenn eine Stadt so gekennzeichnet war, reisten hier keine Handwerksgesellen mehr zu und die Meister, die ihre Arbeiten meist nicht allein ausführen konnten, hatten keine andere Wahl, als einzulenken. Heinrich, der als Altgeselle der hiesigen Bruderschaft vorstand, hatte Hannes diese Zusammenhänge erklärt, so wie er ihm manche spannende Geschichte von seiner eigenen Walz erzählt hatte. Im Grunde genommen freute sich der junge Geselle sogar auf die weite Welt. Einzig die bevorstehende endgültige Trennung von Anna war es, die ihn betrübte.

Endlich ging die knarrende Stubentür auf und die Gesellen strömten heraus.

Bevor auch Walter den Raum verlassen konnte, legte Heinrich seine Hand auf dessen Schulter. »Auf ein Wort: Ich weiß, dass du als Einziger der infrage kommenden Männer die Stadt verlassen willst, deswegen wirst du den Jungen bis nach Esslingen mitnehmen. Aber ich warne dich, behandle ihn gut, du weißt, dass mein Einfluss weit reicht.«

»Keine Angst, ich werde ihn unterwegs schon nicht verlieren«, meinte Walter einsilbig und wandte sich ab, sodass Heinrich das hinterlistige Grinsen in seinem zerschlagenen Gesicht nicht mehr sehen konnte.

Der breitschultrige Altgeselle setzte sich zu Hannes an den Tisch. »Also, mein Junge, du hast Zeit bis zum nächsten Montag, um deine Angelegenheiten zu regeln, denn an diesem Tag werden wir dich zum unteren Tor hinausbegleiten, von wo aus du mit Walter losmarschieren wirst.«

Als er den Namen seines künftigen Reisebegleiters hörte, zuckte Hannes zusammen.

»Ich werde dir sagen, welches Werkzeug du benötigst und welche Kleidungsstücke du in dein Bündel packst, des Weiteren werde ich dir ein wichtiges Dokument mitgeben, das du hüten musst wie einen Schatz. In dieses Papier tragen die Meister in den verschiedenen Städten, in denen du arbeitest, einen Nachweis ein, außerdem dient es dir als Pass. Das ganze Zeremoniell, das du bei der Ankunft in einer neuen Stadt beachten musst, sowie die geheimen Erkennungszeichen, die unter den Gesellen üblich sind, wird dir Walter beibringen. Verhalte dich still diese Woche und versuche nicht, das Mädchen aufzusuchen, denn dann wären meine sämtlichen Bemühungen umsonst gewesen!«

»Ich danke dir für alles!« Hannes musste sich diese Worte mühsam abringen, nahm jedoch die dargereichte Hand des Altgesellen, legte ein paar Kreuzer auf den Tisch und verließ das Zunfthaus.

Am selben Abend stand ein kräftiger Mann mit tief ins Gesicht gezogener Kappe vor einem mehrstöckigen Haus in der Krämergasse und pochte ungeduldig an das halbrunde, massive Tor.

»Was fällt dir ein?«, herrschte Kaspar Neumann den ungebetenen Gast an und zog ihn schnell ins Innere. »Ich hab dir doch gesagt, du sollst dich hier nicht blicken lassen!«

»Ich brauche mein schwer verdientes Geld, weil ich die Stadt nächsten Montag Richtung Esslingen verlasse, übrigens zusammen mit dem Jungen!«, bemerkte der Geselle süffisant.

Neumann fluchte kräftig und öffnete seinen kunstvoll gearbeiteten Beutel. »Hier hast du deine zehn Gulden, und jetzt verschwinde!«

Walter wandte sich zum Gehen.

»Halt, du sagtest, der Junge reist mit dir?« Der gut aussehende Kaufmann überlegte. »Sollte er Kontakt mit einer bestimmten Person aufnehmen, so lass es mich wissen. Unser Unternehmen betreibt in Esslingen eine Faktorei, deren Leiter ich instruieren werde, dass er dich für wichtige Informationen entsprechend belohnt.« Schnell bugsierte er den ihm zutiefst unsympathischen Gesellen zur Nebentür hinaus.

Neumann war zufrieden mit dem bisherigen Verlauf der

Dinge; wenn sein Vater nun noch als Brautwerber erfolgreich war, hatten sie ihr Ziel erreicht. Geradezu genüsslich stellte er sich Annas entsetztes Gesicht bei der Bekanntgabe ihres zukünftigen Gatten vor.

Von Sonntag auf Montag hatte Hannes kaum geschlafen, die halbe Nacht hatte er sich hin und her gewälzt.

Was erwartete ihn in der Fremde?

Das anfängliche euphorische Fernweh war einer leisen Angst vor dem Unbekannten gewichen. Heinrich hatte ihm zwar versichert, dass ihm die Bruderschaft weiterhelfen werde, was auch immer geschehe, andererseits hatte er von einigen Fuhrleuten gehört, dass die Straßen, auf denen er als wandernder Geselle sehr viel Zeit verbringen würde, immer unsicherer wurden.

Am gestrigen Sonntag war er nochmals durch die verwinkelten Gassen seiner schönen Heimatstadt geschlendert, wobei er seine Schritte mehrmals an dem prachtvollen Haus von Gotthelf Burgwart vorbeilenkte, um vielleicht einen letzten Blick der Angebeteten zu erheischen, allein es blieb ihm verwehrt.

Beim Morgengrauen stand er schließlich auf, sortierte seine wenigen Habseligkeiten und erinnerte sich an Heinrichs Ratschläge.

Neben den Kleidern, die er am Leibe trug, nahm er ein zweites Paar Beinlinge, eine schwarze Kniebundhose für den Sonntag sowie ein gefüttertes Wams für den nahenden Winter mit. Zusammen mit dem Winkeleisen und der Axt, die ihm sein Vater zur Gesellenprüfung geschenkt hatte, legte er die Kleidungsstücke auf ein großes Tuch und verschnürte alles zu einem Bündel. Den gedrehten, auch Stenz genannten Stock, ein wie gedrechselt aussehender, armdicker Ast, der von Lianen, die sich um den jungen Baum wickelten, in seine eigenwillige Form gebracht worden war, hatte er von Heinrich bekommen.

Die Sonne war noch nicht aufgegangen, als sich in dem großen Raum, der der ganzen Familie als Schlafstatt diente, die müden Eltern regten.

Martin Fritz erhob sich gähnend und kratzte sich den Bauch. »Na, Hannes, du hast wohl heute Nacht kein Auge zugetan!«

»Da hast du recht, Vater, aber warst du nicht ebenso aufgeregt, als du in die Fremde ziehen musstest?«

»Doch, mein Junge, das war ich, ich kann mich sogar noch recht gut daran erinnern. Lass uns ein paar Schritte gehen und ich werde dir davon berichten.«

Der gedrungene Weingärtner zog sich rasch an und gemeinsam verließen sie das Haus. Ohne ein bestimmtes Ziel zu haben, schritten die beiden gemächlich einher. Außer ein paar Schweinen, die sich im Unrat suhlten, und mehreren kläffenden Hunden war niemand unterwegs. »Ich habe dir nie erzählt, woher ich wirklich komme, denn an meinem Zungenschlag hört man es schon lange nicht mehr.«

Tatsächlich wusste Hannes wenig von seinem Vater und lauschte deshalb umso aufmerksamer dessen Ausführungen.

»Als drittes von neun Kindern wurde ich in die Familie eines armen Bauern, der zudem Leibeigener des Bischofs zu Speyer war, hineingeboren. Meine Kindheit war geprägt von unsäglichem Hunger und harter Arbeit, das Einzige, was meine Geschwister und ich im Überfluss bekamen, waren Schläge. Das ging so lange, bis eines Nachts mein draufgängerischer, damals wohl vierzehnjähriger Bruder Joß an mein Strohlager kam und mich weckte.

›Steh auf, Martin!‹, flüsterte er. ›Wir hauen ab! Im Nachbardorf gastiert eine Gruppe Schausteller, darunter Zahnbrecher, Gaukler und Bärenführer. Sie suchen arbeitswillige Burschen, die sich ihnen anschließen.‹

Der umsichtige Joß hatte bereits ein Bündel mit dem Nötigsten gepackt und so schlichen wir uns davon. Von den wunderlichen Leuten, die unsere Dorfbewohner immer als Abschaum bezeichneten, wurden wir herzlich aufgenommen, das wenige, was sie hatten, teilten sie bereitwillig mit uns. Wir zogen fünf Jahre mit der Gruppe durch die Lande, der Bärenführer, bei dem wir untergekommen waren, behandelte uns fast, als wären wir seine eigenen Söhne.

Eines schönen Sommertages, als wir in ein Dorf einzogen, hörten wir schon von Weitem Trommler und Pfeifer und ein bunt gekleideter Mann mit einer durchdringenden Stimme warb Männer für einen Kriegszug des Kaisers an.

Joß stieß mich in die Seite. ›Los, komm, das schauen wir uns näher an!‹

Der Ehrfurcht gebietende Landsknecht begann lauthals zu lachen, als er uns erblickte. ›Was wollt ihr dreckiges Lumpenpack? Wollt ihr mir meinen Beutel stehlen?‹

›Wir wollen dem Kaiser Maximilian dienen‹, entgegnete mein Bruder mit fester Stimme.

›Haha, ihr wisst wohl nicht, dass dies nichts für arme Schlucker ist! Zwölf Gulden pro Mann müsst ihr berappen, um in die Armee des Kaisers aufgenommen zu werden, das ist mehr Geld, als ihr jemals auf einem Haufen gesehen habt, ihr elenden Hungerleider!‹

Joß nahm mich zur Seite. ›Wie hoch ist deine Barschaft?‹

›Zwei Gulden und ein Pfund Heller.‹

›Ich habe drei Gulden‹, meinte mein Bruder niedergeschlagen.

Mit hängenden Köpfen gingen wir davon und als wir zu

dem gutmütigen Bärenführer zurückkehrten, sah er uns sofort an, dass etwas nicht stimmte. ›Los, Freunde, raus mit der Sprache!‹

Wir erzählten ihm in knappen Worten, was uns bedrückte.

›Wisst ihr überhaupt, worauf ihr euch da einlassen wollt? Wildfremde Leute umbringen, die eure besten Kameraden sein könnten, nur weil der Kaiser oder sonst irgendwelche Fürsten einen Händel austragen, der euch überhaupt nichts angeht. Die Wahrscheinlichkeit, dass ihr verstümmelt und somit für euer Leben gezeichnet seid, ist sehr hoch, wenn nicht sogar ein gewaltsamer Tod auf euch wartet.‹ Der besorgte Mann fand immer neue Argumente, um uns vor Kraft strotzenden Jungen unser unheilvolles Vorhaben auszureden, doch als er in unsere entschlossenen Gesichter blickte, wusste er, dass seine warnenden Worte umsonst waren. ›Ihr habt mir all die Jahre hindurch treu gedient, deshalb gebe ich jedem von euch zehn Gulden. Ich möchte euch auf diese Weise danken, ihr habt mir immer gut und treu gedient.‹

Wir sahen, wie dem guten Mann Tränen in die Augen stiegen, und fühlten uns mit einem Mal ziemlich unsicher, nahmen trotzdem das Geld dankend an und suchten den Werber abermals auf.

Als wir ihm die glänzenden Geldstücke zeigten, war er überhaupt nicht mehr unfreundlich; er teilte uns mit, dass in der darauffolgenden Woche in einer nahegelegenen Stadt eine Musterung stattfinden würde.

Daraufhin packten wir unsere Habseligkeiten, verabschiedeten uns von unsrem weinenden Ersatzvater sowie den anderen Schaustellern und wanderten davon.

Die blutigen Einzelheiten der verschiedenen Kriege möchte ich dir ersparen. Irgendwann jedoch lernte ich bei der Armee den Bruder deiner Mutter kennen und als wir in der Nähe von Reutlingen lagerten, lud er mich ein, mit ihm zusammen seine Familie zu besuchen. Dabei traf ich deine Mutter, die mir vom ersten Augenblick an gefiel und ich ihr wohl ebenfalls.

Dein armer Onkel, der mir immer ein guter Kamerad war, musste in einem aussichtslosen Gefecht sein junges Leben lassen, woraufhin ich den Dienst quittierte und der bestürzten Familie die schreckliche Nachricht überbrachte. Dein seliger Großvater lauschte meinem traurigen Bericht mit stoischer Ruhe und bot mir zum Dank für die Information über das Schicksal des geliebten Sohns eine Arbeit als Tagelöhner in seinem Weinberg an. Leider erlag dein anderer Onkel der Schwindsucht, weshalb es an einem Erben für den Weinberg fehlte. Nachdem ich um die Hand deiner Mutter angehalten hatte, erreichte mein Schwiegervater bei der mächtigen Weingärtnerzunft, dass ich aufgrund meiner langjährigen Erfahrung mit einer Ausnahmegenehmigung zur Meisterprüfung zugelassen wurde, und so übernahm ich den Weinberg. Außerdem war ich keineswegs mittellos, denn das Kriegshandwerk ist ein einträgliches Geschäft. Den Rest der Geschichte kennst du.«

»Aber was geschah mit deinem Bruder Joß? Ist er gleichfalls gestorben?« Hannes war beeindruckt, er hatte seinen strengen Vater meist als unnahbaren Zeitgenossen erlebt, der ihm nie zuvor von seiner Vergangenheit erzählt hatte.

»Unsere Wege trennten sich vor Jahren, das letzte Lebenszeichen war ein Brief, in dem er schrieb, dass er wegen aufrührerischer Taten von der Obrigkeit gejagt wurde und in die Gegend um Freiburg ziehen wollte. Wer weiß, vielleicht triffst du ihn auf deiner Wanderschaft?«

»Das werde ich auf jeden Fall versuchen. Kannst du ihn mir beschreiben, Vater?«

»Er sieht aus wie eine ältere Ausgabe deines Bruders, von höherem Wuchs als wir beide und breiter in den Schultern, das Markanteste an ihm sind seine stechenden Augen. Wenn er dich anschaut, denkst du, er sieht bis auf den Grund deiner Seele. Ein weiteres Erkennungszeichen ist ein großes, schwarzes Muttermal auf seinem linken Handgelenk. Wenn dich also dein Weg nach Südbaden führt, halte stets die Augen offen! So, jetzt lass uns zurückkehren.«

Der alte Holztisch war mit nicht alltäglichen Köstlichkeiten gedeckt, als die beiden wieder zur Tür hereinkamen. Darunter befanden sich feiner Räucherspeck und frisch gebackenes, duftendes Weißbrot, das Elsbeth zur Feier des Tages beim nahen Bäcker gekauft hatte. Sebastian hatte am Vorabend einen Krug Bier besorgt, den sie, verdünnt mit Wasser, dazu tranken.

Hannes war in einer seltsamen Stimmung. Alles, was ihm lieb und teuer war, musste er jetzt zurücklassen, auf der anderen Seite aber war der Reiz des Unbekannten, der ihn in die Ferne lockte.

Die Glocke schlug zur neunten Stunde, als Hannes sein schweres Bündel schulterte, seinen knotigen Stock zur Hand nahm, sich den schmalkrempigen Hut aufsetzte und in Richtung Marktplatz ging.

Vor dem altehrwürdigen Zunfthaus hatte sich schon eine stattliche Anzahl Gesellen eingefunden und auch einige der Meister hatten ihre Arbeit ruhen lassen, um sich das immer wieder faszinierende Spektakel eines Junggesellen, der seine Heimatstadt verließ, anzuschauen.

Zielstrebig ging Hannes auf den Altgesellen zu und begrüßte ihn, ehe er reihum jedem anwesenden Handwerksmann die Hand reichte.

»Heute heißt es Abschied nehmen, mein Junge, ich hoffe,

du hast meine strikten Anweisungen befolgt und dich die Woche über tadellos verhalten.«

»Seit jenem verhängnisvollen Sonntag habe ich Anna nicht mehr gesehen, wenn du das meinst, ansonsten habe ich mich jeden Abend mit meinen Freunden betrunken!«

»Noch eins, Hannes.« Der Altgeselle nahm ihn beiseite. »Pass auf dich auf und hüte dich vor dem unberechenbaren Walter. Ich wünschte, ein anderer würde dich begleiten, doch leider war er der einzige Geselle, der nach den Regeln abreisen kann.« Heinrich räusperte sich kurz. »Aber wie ich dich kenne, wirst du dich ohne Schwierigkeiten durchschlagen.«

Die in ihre Festtagskleider gewandeten Gesellen hatten hintereinander Aufstellung genommen, denn es war ein alter Brauch, den abreisenden Handwerker im sogenannten Spinnermarsch durch die Stadt bis zum Abschiedstor zu begleiten. Endlich stimmte der eine große Kanne Bier haltende Fassgeselle ein Lied an und marschierte los, ihm folgten, einer nach dem anderen wie eine Schar Gänse, die singenden Gesellen.

Der bereits ein wenig angetrunkene Mann und seine Gruppe querten die Gassen, stiegen auf Brunnen oder gingen im Kreis, die meisten Stadtbewohner hielten mit ihrer Arbeit inne und verfolgten die interessante Szene. Zahlreiche Handwerksmeister anderer Zünfte, die ihren dunklen Werkstätten eine Zeit lang entflohen waren, säumten die Straßen. Gesellen waren am heutigen Montag sowieso keine erschienen, lediglich die Lehrlinge mussten ihrer Arbeit nachgehen, wobei nicht wenige ihre Nasen an die kleinen, bleiverglasten Scheiben drückten und das Ende ihrer harten Lehrzeit herbeisehnten.

Endlich hatten die ausgelassenen Gesellen das Untere Tor erreicht, wo der bewaffnete Wächter dem lustigen Treiben amüsiert zuschaute.

»So, Hannes, lasse diesen Turm hinter dir und die ganze Welt steht dir offen! Ich wünsche dir, dass du immer gute Arbeit findest und in deinem Beutel stets ein paar Münzen klingeln! Halte dich fern von schlechten Menschen und kehre in drei Jahren gesund zurück!« Mit diesem Spruch verabschiedete Heinrich die zwei Reisenden und ohne sich noch einmal umzudrehen, verschwanden die beiden Handwerksgesellen durch das trutzige Tor.

Bei den näheren Angehörigen von Hannes hingegen flossen reichlich Tränen und auch die völlig aufgelöste Anna stand im Erkerzimmer und weinte sich die Augen aus. Seit jenem denkwürdigen Tag hatte sie das Haus nicht mehr verlassen, sie fühlte sich wie eine Gefangene und zu allem Unglück hatte ihr der noch immer zürnende Vater gestern eröffnet, dass jemand um ihre Hand angehalten hatte. Wer dieser Jemand war, konnte sie sich schon denken.

Burgwart hatte ihr zu verstehen gegeben, dass er den ernst gemeinten Antrag nicht ablehnen werde, und je länger sie über ihre Situation nachdachte, desto klarer wurde ihr die Ausweglosigkeit. Denn als Frau war sie zuerst ihrem Vater auf Gedeih und Verderb ausgeliefert und danach dem von ihm ausgesuchten Ehemann. Anna raufte sich die Haare und warf wutentbrannt ob dieser Ohnmacht ihren gefüllten Weinbecher an die Wand. Danach fiel sie reumütig auf die Knie und sprach ein langes Gebet.

Die Tränen versiegten langsam und Anna begann, sich allmählich etwas besser zu fühlen. Die arrangierte Ehe konnte sie nicht mehr verhindern, doch sie würde sich ihrem künftigen Ehemann nur so weit unterordnen, wie es ihr Stolz zuließ.

Ein ungeduldiges Pochen an der Tür riss die junge Frau aus ihren düsteren Gedanken.

»Anna, kommt schnell, Eurer Herr Vater wünscht Euch zu sehen!« Aufgeregt winkte die Magd mit der rechten Hand.

»Danke, Elsbeth, sag ihm, dass ich mich kurz zurechtmachen muss.« Mit einem fein gewobenen Tuch wischte sie sich das Gesicht ab, ordnete ihr zerknittertes Kleid und betrat schließlich hocherhobenen Hauptes die reich ausgestattete Wohnstube. »Du hast nach mir geschickt, Vater?«

Ein schneller Seitenblick verriet ihr, dass Gotthelf Burgwart nicht allein war.

»Das ist richtig. Unseren erlauchten Gast hier kennst du bereits, Kaspar Neumann wird heute das Mittagsmahl mit uns einnehmen. Aber willst du ihn nicht anständig begrüßen?«

Anna trat vor den jungen Kaufmann und schlug artig die Augen nieder. »Seid willkommen, mein Herr. Möge unser bescheidenes Mahl Eurem anspruchsvollen Gaumen genügen.« Sie konnte sich einen kleinen Seitenhieb nicht verkneifen, war doch allgemein bekannt, dass für die Neumanns das Beste gerade gut genug war.

»Ich grüße Euch ebenso, Anna! Ihr werdet von Tag zu Tag schöner, wenn ich das sagen darf.« Kaspar lächelte gewinnend und zeigte eine Reihe weißer, schimmernder Zähne.

Die junge Frau spürte, wie sie ob des Kompliments vor Scham errötete. Die ebenmäßigen, attraktiven Züge von Neumann verfehlten ihre Wirkung auf Anna nicht. Insgeheim jedoch schalt sie sich eine Närrin, dass sie auf diesen stadtbekannten Blender hereinfiel.

»Lasst uns zu Tisch setzen, ich sterbe vor Hunger! Elsbeth wird uns den ersten Gang servieren.« Burgwart gab der dienstbeflissenen Magd ein knappes Zeichen und diese trug eine mit Rahm verfeinerte Gemüsebrühe auf.

Während des mehrgängigen Essens drehte sich das

Gespräch hauptsächlich um die Geschäftswelt, weshalb Anna nur mit halbem Ohr zuhörte.

Nach einer zartrosa gebratenen Entenbrust wurde ein knuspriger Apfelkuchen serviert. Neumann war überrascht zu erfahren, dass Gotthelf Burgwart außer mit Gewürzen auch mit edlem Burgunderwein, der zu dem feinen Mahl gereicht wurde, Handel trieb. Alles in diesem Haus zeugte von erlesenem Geschmack und dezentem Reichtum.

Insgeheim beglückwünschte Kaspar seinen Vater zu diesem raffinierten Plan, dessen Ziel die Hochzeit mit Anna und damit der Erhalt eines beträchtlichen Vermögens war.

»Ich muss geschwind in mein Kontor, doch ich bin mir sicher, dass ihr beiden auch ohne mich genug zu bereden habt.« Burgwart wusch sich in dem bereitgestellten, mit Wasser gefüllten Teller die Hände, stand auf und verließ nicht unzufrieden den Raum. Seine Zweifel schwanden angesichts des wohlerzogenen jungen Mannes immer mehr. Die letzten Tage hatte er seiner Tochter nicht mehr in die Augen blicken können und sich ein ums andere Mal gefragt, ob er sie vorschnell verurteilt hatte. Nun hoffte er inständig, dass sie sich in ihr unvermeidbares Schicksal fügen würde. Er wollte nur ihr Bestes und Kaspar Neumann war unbestritten die beste Partie in der Stadt. Den jungen Handwerksburschen hingegen würde sie bald vergessen haben.

»Wie mir Euer werter Vater erzählte, helft Ihr ihm tatkräftig in seinem Kontor?«, begann Kaspar nach mehreren schweigsamen Minuten das Gespräch. »Das ist sehr löblich, so erhaltet Ihr Einblick in das komplizierte Geschäft. Aber … versteht mich nicht falsch, eigentlich gehört eine Frau in den Haushalt. Kinder erziehen und ihrem Gatten ein gemütliches Heim bereiten sind doch letztlich ihre wichtigsten Aufgaben.«

Annas Gesichtsausdruck begann sich zu verändern. Mit

dieser Äußerung hatte sich Kaspar verraten, er wollte sie ins Haus abschieben, um im Betrieb freie Hand zu erhalten. Sie jedoch wollte nicht so enden wie die meisten ihrer Geschlechtsgenossinnen. Durch die mannigfachen Aufgaben, die sie nach dem frühen Tod ihrer Mutter verrichten musste, war ihr Selbstvertrauen enorm gewachsen. Was glaubte dieser Geck eigentlich! »Ich weiß, dass ich Euch heiraten soll. Aber ich warne Euch, wenn Ihr in mir nur das Heimchen am Herd seht, so habt Ihr Euch gehörig geirrt!«

Neumann hob beschwichtigend die Hände. »Entschuldigt, Ihr habt mich missverstanden, denn keineswegs will ich Euch im Haus einsperren wie den sprichwörtlichen Vogel im goldenen Käfig. Selbstverständlich habt Ihr jederzeit Zutritt zum Kontor und könnt mir bei den dort anfallenden Arbeiten zur Seite stehen.«

Kaspar hatte bereits genügend Erfahrung im Umgarnen von Frauen gesammelt und ehe Anna reagieren konnte, umschloss er ihre feingliedrige Hand. »Ich bete Euch an und kann den Tag unserer Vermählung kaum erwarten. Den Himmel auf Erden werde ich Euch bereiten!«

Anna entriss ihm ihre Hand. Himmel – das war ja lächerlich! Es war gerade eine Woche her, dass sie Hannes verloren hatte. Schon wurde ihr ein anderer Mann präsentiert, mit dem sie ihr Leben teilen sollte und der ihr bereits die zukünftige Rolle in seinem Haus zugewiesen hatte. »Gebt mir etwas Zeit, junger Herr, das kommt alles etwas schnell.« Sie holte tief Luft, um ihre bebende Stimme zu beruhigen. »Und jetzt entschuldigt mich, ich habe starke Kopfschmerzen.«

Neumann verabschiedete sich von seinem künftigen Schwiegervater und als dieser die schwere Haustür hinter ihm schloss, fühlte er sich ziemlich beschwingt. Anna zeigte sich noch etwas kratzbürstig, aber das würde sich mit der Zeit bestimmt legen, davon war er überzeugt.

In seiner Hochstimmung beschloss er, am Abend in die Vorstadt zu gehen. Er schnalzte mit der Zunge beim Gedanken an die schöne Barbara, die er schon mehrere Male besucht hatte.

Kapitel 2

Die zwei reisenden Gesellen schritten frohen Mutes nebeneinander her, Walter war guter Laune und stimmte ein Lied nach dem anderen an, begleitet vom Zwitschern der bunten Vögel an diesem herrlichen Spätsommertag.

»Jetzt sollten wir langsam ein schattiges Plätzchen suchen, lass uns bis zu der großen Linde gehen, dort wollen wir eine kleine Brotzeit einnehmen.«

Hannes kam die Unterbrechung nicht ungelegen, er hatte entsetzlichen Durst und litt unter der großen Hitze. Außerdem zwickte es ihn an der Schulter, wo die ungewohnte Last sich bemerkbar machte.

»So, da wären wir!« Walter legte sein Bündel und seinen Stenz ab, Hannes tat es ihm gleich.

»Na, lass mal sehen, was deine Mutter dir Schönes eingepackt hat.« Der ältere Geselle machte keine Anstalten, seinen eigenen Proviant anzurühren und Hannes schaute etwas verwundert drein. Andererseits war er das Teilen von frühester Kindheit an gewohnt.

»Bedien dich ruhig, mein Vater hat am Samstag eine Sau geschlachtet, die fetten Würste halten sowieso nicht ewig und mir steht der Sinn eher nach etwas Trinkbarem!« Er holte den Weinschlauch aus Ziegenleder hervor und nahm einen herzhaften Schluck. »Ah, das tut gut!«

Als Hannes den Schlauch absetzen wollte, hatte Walter seine Finger danach ausgestreckt, seine Augen bekamen einen gierigen Glanz. »Ja, danach steht mir ebenfalls der Sinn!«

Nachdem beide sich an Hannes' Vorräten satt gegessen und ihren Durst gelöscht hatten, legte der Ältere sich hin. »Weck mich, wenn es nicht mehr so heiß ist.«

Hannes war nicht müde und ging zur nahen Echaz, um sich zu erfrischen, aber bevor er sich entfernte, nahm er sein Reisedokument und seine Münzen an sich. Er glaubte zwar an das Gute im Menschen, hatte andererseits deutlich Heinrichs Warnung im Ohr. Zudem war ihm sein unfreiwilliger Absturz beim Bau von Gotthelf Burgwarts Haus noch in Erinnerung.

Die besorgte Mutter hatte sich die Mühe gemacht, eine Innentasche in das Wams zu nähen, damit er seine Wertsachen vor Beutelschneidern geschützt mit sich tragen konnte.

Hannes zog sich die knöchelhohen Schuhe mitsamt seinen Beinlingen aus und watete genüsslich durch den kühlen Fluss. Danach setzte er sich auf einen Fels und warf Steine ins Wasser, während er sich das freie Leben in schillernden Farben ausmalte. Doch irgendwann kam ihm Anna in den Sinn, und der Gedanke daran, dass ihr Vater sie bestimmt so schnell wie möglich mit einem wohlhabenden Kaufmannssohn verheiraten würde, versetzte ihm einen schmerzhaften Stich. Seine Hochstimmung war verflogen und er beschloss, nach seinem Reisekameraden zu sehen, der nach dem vielen Wein wohl nicht so schnell wieder aufwachen würde.

Mit schweren Beinen stieg er die steile Böschung empor und erschrak, als er sah, wie sich ein Fremder über den tief und fest schlafenden Walter beugte. Fieberhaft suchte er nach einer geeigneten Waffe und sein Herz pochte wie wild, während er sich mit einem armdicken Knüppel der zerlumpten Gestalt näherte, die einen schmalen Dolch in der rechten Hand hielt.

Der am ganzen Leib zitternde Hannes nahm all seinen Mut zusammen und brüllte: »Dich werde ich lehren, arme Handwerksgesellen zu berauben!«

Der Räuber ließ von Walter ab und näherte sich langsam Hannes, der ängstlich das rostige Messer des Zerlumpten fixierte. In der Bürgerwehr war er zwar im Zweikampf geschult worden, doch dies hatte mit der Theorie wenig gemein, es war blutiger Ernst. Der Mann war offenbar zum Äußersten bereit, sein Gesicht war zu einer grausigen Maske verzerrt.

»Gib mir deinen Beutel, Junge, und euch geschieht nichts, meine hungrige Familie hat seit Tagen nichts mehr gegessen! Du kannst mir glauben, ich würde nicht zu solchen Mitteln greifen, wenn ich einen anderen Ausweg wüsste!«

Der Mann hat ja ebensolche Angst wie ich!, dachte Hannes und versuchte, ihn zu beschwichtigen. »Lass uns vernünftig miteinander reden, ich gebe dir ein paar Heller und du verschwindest!«

Dem mageren Räuber standen Schweißperlen auf der Stirn. »Den Beutel oder ich töte dich!«

Plötzlich stürzte der Dieb wie ein gefällter Baum zu Boden und mit einem hässlichen Grinsen stand Walter, dessen Axt dem ahnungslosen Mann den Schädel zertrümmert hatte, hinter ihm. »Der schneidet keine Beutel mehr ab! Los, pack deine Sachen zusammen, wir machen uns aus dem Staub!«

»Aber Walter, er wird verbluten, wenn wir ihn so liegen lassen!«

»Er wollte dir ans Leder, vergiss das nicht. Außerdem können jeden Augenblick seine Kumpane hier aufkreuzen.« Walter wischte mit einer Handvoll Gras die blutige Axt sauber und verstaute sie wieder in seinem Bündel.

Der schwer verletzte Räuber röchelte schwach. Hannes kniete sich zu ihm nieder, um ihm zu helfen, Walter jedoch zeigte keinerlei Regung und war mit großen Schritten losmarschiert. Mit einem letzten Blick auf den Sterbenden eilte Hannes dem älteren Gesellen hinterher.

»Eigentlich wollte ich im nächsten Dorf nach einem Nachtlager fragen, mittlerweile denke ich, es wird besser sein, wenn wir einige Meilen zwischen uns und diesen Ort bringen.«

»Warum musstest du überhaupt so zuschlagen? Der Mann war verzweifelt, wir hätten ihn vertreiben können, offenbar war er kein sehr geübter Kämpfer.« Der Anblick des blutenden Beutelschneiders ging Hannes nicht mehr aus dem Sinn.

»Wenn mir einer so kommt, kenne ich keine Gnade! Und jetzt hör auf mit deiner verdammten Gefühlsduselei und marschier etwas schneller!«

Walter eilte den steinigen Weg entlang und Hannes hatte größte Mühe, dem um eine Handbreit größeren Gesellen zu folgen. Die höllischen Schmerzen in der Schulter waren fast nicht mehr auszuhalten, außerdem spürte er jeden Stein, da die Sohlen seiner einfachen Lederschuhe viel zu dünn waren. Er nahm sich vor, von seinem ersten Lohn robuste Stiefel anfertigen zu lassen, wie Walter sie trug.

»Wie viele Tagesreisen von Esslingen sind wir noch entfernt?« Hannes gab sich große Mühe, ein belangloses Gespräch zu führen.

»Wir müssen dem Neckar flussabwärts folgen, ich denke, wenn wir unser jetziges Tempo halten, sind wir übermorgen da, aber ich befürchte, dass uns der Proviant ausgehen wird. Nun weiß ich nicht, wie du es hältst, ich möchte die paar Gulden, die mir aus Reutlingen geblieben sind, nicht antasten und zum schmal machen ist es noch zu früh im Jahr.«

»Was bedeutet ›schmal machen‹?« Hannes konnte sich gut verstellen, er spielte den Ahnungslosen, um Walter das Gefühl der Überlegenheit zu geben. In Wahrheit hatte ihm Heinrich sehr viel von der Walz und den besonderen Gepflogenheiten erzählt.

»Das ist, wenn du so willst, eine Form des Bettelns. Sollten wir Gesellen im Winter keine Arbeit finden, suchen wir die Meister unseres Gewerks auf, die verpflichtet sind, uns ein kleines Zehrgeld zu geben. In mildtätigen Klöstern und bei wohlhabenden Bauern klopfen wir, wenn es draußen kalt ist, manchmal an und bitten um eine Gabe. Ein leidender Gesichtsausdruck und ein abgerissenes Wams sind dabei sehr hilfreich.«

»Aber ist es nicht besser, man schaut sich rechtzeitig nach einer guten Winterarbeit um?«

Ihr Gang war langsamer geworden, da es selbst in den frühen Abendstunden noch immer sehr heiß war.

»Du hast leicht reden, dabei sind die Zeiten alles andere als leicht für uns, selbst in den größeren Städten nimmt die Armut zu, dazu gibt es einfach zu viele Gesellen. Die ehrbaren Meister schotten sich immer mehr ab und für unsereinen ist es beinahe unmöglich, in ihren Stand zu kommen. Das Geschäft geht fast immer vom Vater auf den Sohn über, die einzige kleine Chance, die wir haben, ist die Heirat mit einer Meisterwitwe oder, wenn kein männlicher Nachkomme vorhanden ist, der Tochter.« Walter hatte sich in Rage geredet.

»Stimmt es eigentlich, dass wir Gesellen nicht in den Ehestand treten dürfen?«

»Nicht ganz, du könntest dich in einem der zahlreichen Dörfer niederlassen und eine dralle Bauerntochter freien, danach findest du allerdings bei keinem Zunftmeister mehr Arbeit! In den befestigten Städten hingegen braucht man das für einen gemeinen Arbeiter fast unerreichbare Bürgerrecht, um eine Maid zu heiraten, uns bleiben darum nur die Dirnen in den Frauenhäusern!« Mit einem schiefen Grinsen wandte er sich Hannes zu. »Du bist bestimmt noch unberührt, Kleiner, haha!«

»Woher willst du das …?« Hannes' Gesicht lief rot an und er wollte aufbegehren.

»Mach dir nichts draus, ich werde dich in Esslingen in das richtige Haus führen.«

»Schau, Walter, da vorn, das muss der Neckar sein!«, rief der junge Geselle, um von dem heiklen Thema abzulenken.

»Das ist gut, jetzt müssen wir bloß noch flussabwärts wandern und sollten wir vor Einbruch der Dunkelheit in ein Dorf kommen, so fragen wir bei einem Bauern um ein einfaches Nachtlager an.«

Hannes blickte immer wieder zu dem großen, ruhig dahinziehenden Fluss, der sie begleitete, und genoss die eigentümliche Abendstimmung in vollen Zügen.

Nach ein paar weiteren Meilen sahen sie in der Ferne eine Ansammlung von Häusern.

»Los, Hannes, wir legen einen Zahn zu, denn sobald es finstere Nacht wird, verrammeln sie Tür und Tor!«

An der staubigen Straße standen durchweg eingeschossige, schiefe Holzhäuschen, die sich gegenseitig zu stützen schienen und alles andere als einladend wirkten. Die misstrauischen Bewohner schauten die beiden Fremden wenig freundlich an und riefen ihre draußen spielenden Kinder ins Haus. Dennoch sprach Walter einen älteren Mann an: »Guten Abend, geehrter Herr, wir sind schon den ganzen

Tag auf den Beinen und suchen eine Bleibe für die kommende Nacht.«

Der faltige Mund des Alten gab eine Reihe faulig brauner Zähne preis, als er antwortete: »Versucht es da vorn in dem größeren Gebäude, da wohnt unser Dorfschultheiß.«

»Habt vielen Dank!« Die Gesellen klopften an die Tür des beschriebenen Hauses.

»Was gibt's?«, ließ sich eine bärbeißige Stimme vernehmen.

»Gott zum Gruße, ehrbarer Schultheiß! Zwei fahrende Zimmermannsgesellen fragen um ein bescheidenes Nachtlager an! Ein Strohsack und ein Teller Suppe würden schon genügen, wir könnten morgen zudem ein paar Reparaturen für Euch ausführen. Gebt Eurem Herzen einen Stoß, der Herr wird es Euch danken!«

Der vierschrötige Bauer kratzte sich am Kinn, während er die beiden Gesellen musterte. Der Jüngere mit seinen offenen Gesichtszügen und dem spärlichen Bartwuchs gefiel ihm nicht schlecht, der Ältere hingegen machte einen etwas verschlagenen Eindruck. »Hm, wenn ich's recht bedenke, könnte ich euch tatsächlich für ein paar Tage gebrauchen. Das marode Dach meiner Scheune muss an einigen Stellen geflickt werden, Geld bekommt ihr keins dafür, aber ihr werdet bei mir keine Not leiden. Kommt rein, eure Bündel könnt ihr ins Heulager werfen.«

Die Gesellen taten, wie ihnen geheißen.

»Wollen wir ein paar Tage hier bleiben?«, fragte Hannes.

»Mal sehen, aber jetzt wollen wir zuerst schauen, was es Gutes zum Essen gibt, mir knurrt entsetzlich der Magen!« Als die hungrigen Gesellen in die verräucherte, dunkle Stube kamen, war der Tisch bereits gedeckt.

»Los, Weib, hol uns Wein!« Die verhärmt aussehende Bauersfrau machte sich unverzüglich auf den Weg, ihrem

Gatten war anzusehen, dass er keinen Widerspruch duldete. »Und ihr Gesellen, setzt euch zu mir her und erzählt mir, was vor sich geht in der Welt!«

Die beiden Handwerker ließen sich nicht zweimal bitten. Sie labten sich am frisch gebackenen dunklen Roggenbrot, an würziger Schwarzwurst und fetttriefenden Speckseiten, der süffige Wein war aus dem nahen Metzingen und löste die Zungen der Männer.

Walter war ein guter Geschichtenerzähler und berichtete von unglaublichen Abenteuern, die er heil überstanden hatte, der staunende Schultheiß hing förmlich an den Lippen des Gesellen.

Einige Krüge später begaben sich die müde Frau und die Kinder in ihre Schlafkammer und auch Hannes, der sich beim Weingenuss zurückgehalten hatte, wünschte den beiden lustigen Zechern kurz darauf eine gute Nacht. Die mondhelle Nacht beleuchtete seinen Gang in den nahen Heuschober.

Er rief sich den ersten, sehr ereignisreichen Tag seiner Wanderschaft ins Gedächtnis und immer wieder tauchte dabei das bleiche Antlitz des Diebes vor seinem geistigen Auge auf. Sogar als ihn der Schlaf irgendwann übermannte, erschien ihm der Schwerverletzte in seinen Träumen.

»Los, Hannes, wach auf!«

Irgendjemand schüttelte ihn und er rieb sich verschlafen die Augen. »Was ist los, was gibt's denn?«

Walter hielt ihm den Mund zu. »Pst, sei still! Steh auf und zieh dich an, wir hauen ab!«

»Aber ich denke, wir arbeiten bei dem Bauern?«

Der ältere Geselle hatte sein Bündel bereits geschnürt und war fertig angezogen. »Wir arbeiten doch nicht für das Bauernpack!«

Langsam bekam Hannes einen klaren Kopf, er gähnte herzhaft und streckte sich.

»Ich hab den Alten unter den Tisch gesoffen. Bis der seinen gewaltigen Rausch ausgeschlafen hat, sind wir längst über alle Berge.«

Draußen war noch kein Schimmer der Morgendämmerung zu sehen, als die Gesellen das Grundstück leise und offenbar unbemerkt verließen.

Hie und da war zu hören, wie das hungrige Vieh in den Ställen nach Futter brüllte, ein vorwitziger Hahn ließ seinen Weckruf erklingen. Es würde wohl nicht mehr allzu lange dauern, bis die ersten Bauern aufstehen würden. Die beiden Handwerker rannten deshalb schon fast durch die von ärmlichen Hütten gesäumte Straße.

»Hannes, mach voran, wenn die uns erwischen, dann gnade uns Gott!«

»Ich wäre lieber ein paar Tage hier geblieben!«, keuchte der Junge außer Atem.

»Ich bin hier der erfahrene Geselle und du warst bis vor Kurzem noch ein elender Kuhschwanz, also halt jetzt dein vorlautes Maul und folge mir. Da vorn gehen wir vom Weg ab.«

Der massige Bauer hielt sich den schmerzenden Kopf, nur bruchstückhaft konnte er sich an den gestrigen Abend erinnern. Er hatte wohl mit dem älteren Gesellen bis weit in die Nacht hinein gezecht und war irgendwann von der harten Bank gekippt.

»Weib, weck die beiden Männer! Nach einer kleinen Mahlzeit geht's an die Arbeit!«

»Ich glaube, die sind abgehauen. Ein Laib Brot und ein großes Stück Räucherspeck fehlen außerdem!« Die verängstigte Frau duckte sich kleinlaut.

»Das darf nicht wahr sein. Die Lumpen kauf ich mir, und dann werden sie sich wünschen, unser Dorf nie betreten zu haben! Ruf sofort nach den faulen Knechten, sie sollen die Rösser vor den Wagen spannen.« Er war der einzige Mann in dem armseligen Ort, der sich Pferde leisten konnte. Die anderen Bauern zogen ihre schweren Pflüge mit Ochsen oder Kühen, und die Ärmsten unter ihnen mussten sich selbst ins Joch begeben.

Der unduldsame Dorfvorsteher war damals noch vom herzoglichen Landvogt eingesetzt worden. Er war zugleich der reichste und der am meisten gehasste Mann im Ort. Das lag mit daran, dass er sich bei dem missglückten Bauernaufstand von 1514, dem sogenannten ›Armen Konrad‹, fein rausgehalten hatte, um nachher einige der Aufrührer an den dankbaren Vogt zu verpfeifen.

Fluchend und schwer atmend kletterte er auf den Bock des leichten Wagens, auf dessen Ladefläche bereits einige von ihm besonders abhängige Dorfbewohner sowie seine beiden mit schweren Knüppeln bewaffneten Knechte standen. Die schadenfrohen Bauern dachten insgeheim, dass es ihrem Schultheißen recht geschehen war, wagten dies aber nicht offen zu sagen. Zu sehr waren sie ihm alle hörig.

Die nun folgende Menschenhatz war ganz nach dem Geschmack des stiernackigen Mannes. Seine schwerfälligen Pferde jedoch waren eher die langsame Gangart auf dem Acker gewohnt und so troff ihnen nach kurzer Fahrt weißer Schaum aus den Mäulern. Der umbarmherzige Bauer trieb sie umso lautstarker an, wobei seine knallende Peitsche ihr Übriges tat.

Plötzlich gebärdeten sich die mitgeführten Hunde wie toll.

»Sie haben eine Spur entdeckt, bald haben wir die verdammten Halunken!«

»Meinst du, die verfolgen uns?« Hannes drehte sich mehrmals ängstlich um.

»Ach was, die Bauernlümmel müssen ihr Feld bestellen und das Vieh versorgen, die haben keine Zeit, zwei arme Handwerksgesellen zu jagen. Wir wollen trotzdem zum Neckarufer hinuntersteigen.«

»Was hast du vor?«

»Das wirst du schon sehen.« Walter hatte seine scharfe Axt hervorgeholt und hieb das undurchdringliche Dickicht auseinander, sodass sie die Böschung hinunterrutschen konnten. Als sie eine mit feinem Sand bedeckte Landzunge erreicht hatten, hörten sie lautes Hundegebell, das immer näher zu kommen schien.

»Mist, ich glaube fast, das sind die Hunde des Bauern!« Auf Walters Gesicht zeigte sich ein ärgerlicher Ausdruck.

»Wir sitzen in der Falle, sie werden uns halb totprügeln und uns alles wegnehmen!« Gehetzt blickte Hannes nach hinten. »Warum habe ich mich darauf eingelassen? Und das alles nur wegen der paar Tage Arbeit ohne Lohn.«

Die anklagenden Worte seines ängstlichen Reisebegleiters regten Walter zusätzlich auf. »Halt's Maul und heul mir nicht die Ohren voll, ich habe noch aus jeder brenzligen Situation einen Ausweg gefunden!«

Das lautstarke Geschrei von wütenden Männern war nun deutlich zu hören, es mussten mehr als ein halbes Dutzend sein.

»Ich bin dafür, dass wir uns stellen, sie werden uns nicht gerade umbringen.« Hannes versuchte, seine Angst mit Forschheit zu übertünchen.

»Das kannst du vergessen, da mache ich nicht mit«, meinte Walter unwirsch. »Wir gehen ins Wasser!«

»Bist du verrückt, ich kann nicht schwimmen!«

Ohne weiter auf seinen jüngeren Kameraden zu achten, war Walter schon vorausgeeilt. In diesem Moment drangen zwei riesige Hunde durch das Dickicht und Hannes entschied sich schnell dafür, Walter zu folgen.

Im Umkreis der kleinen Halbinsel war es flacher, trotzdem standen die gegen die zunehmende Strömung kämpfenden Gesellen bald bis zum Hals im Wasser.

»Walter, da kommen Bäume auf uns zu!«

Mächtige Holzstämme waren unerwartet hinter der letzten Flussbiegung aufgetaucht und trieben bedrohlich auf sie zu. Sehnsüchtig schauten die beiden Flüchtenden zum Ufer hin, doch da standen die Bauern mit ihren wild gewordenen Bestien.

»Kommt raus, ihr Lumpen, und holt euch den gerechten Lohn ab!« Die geifernden Männer hatten unterwegs den Weinschlauch kreisen lassen und waren in der richtigen Stimmung für eine Prügelei.

»Ich gehe ans Ufer zurück, verhauen zu werden ist allemal besser als jämmerlich zu ersaufen!« Hannes drehte sich um und achtete nicht weiter auf den brüllenden Walter.

Doch beim Hinauswaten trat er mit seinem rechten Fuß in eine Senke und rutschte weg. Kurz danach bekam der Taumelnde einen heftigen Schlag gegen den Kopf.

Hannes fiel in ein tiefes, schwarzes Loch.

Kapitel 3

Die Hochzeit war, wie bei einem Kuhhandel, per Handschlag besiegelt worden und die tieftraurige Anna durfte das Haus wieder verlassen. Ihr erster Weg führte sie in die gewaltige Marienkirche, wo sie in einem hölzernen Beichtstuhl Platz nahm, um Absolution zu erlangen.

Nachdem sie ihre vermeintlichen Sünden dem aufmerksam lauschenden Geistlichen erzählt hatte, fasste sich die junge Kaufmannstochter ein Herz. »Kann ich Euch zudem in einer anderen Angelegenheit sprechen, Pfarrer Alber?«

»Selbstverständlich, meine Tochter, komm mit mir in die Sakristei.« Gemeinsam verließen sie den Beichtstuhl.

»Ihr nehmt mir seit einigen Jahren die Beichte ab, werter Vater, und wisst, dass ich immer im Einklang mit der Mutter Kirche gelebt habe. Aber jetzt fühle ich mich wie von Gott verlassen!«, sagte Anna schluchzend und Pfarrer Alber musste feststellen, dass er das lebenslustige Mädchen seit dem Tod ihrer Mutter nicht mehr in einer solch verzweifelten Stimmung erlebt hatte.

»Mein Kind, was ist mit dir, dass du so mit dem Herrn haderst?«

Unter Tränen gestand sie ihm ihre verbotene Liebe zu Hannes, die sie im Beichtstuhl verschwiegen hatte. »Sind denn nicht alle Menschen gleich vor Gott? Was kann an einem rechtschaffenen Handwerker so verwerflich sein? Mein rücksichtsloser Vater zwingt mich in eine Heirat, die ich nicht will.«

Alber hob beschwichtigend die Hände. »Meine Tochter, ich kann deine Lage gut verstehen. Ich kenne den Sohn von Martin Fritz sehr gut, schließlich habe ich auch ihm ein wenig Lesen und Schreiben beigebracht und halte viel von ihm. Andererseits müssen wir unsere ständischen Regeln einhalten. Zudem muss ich aus deinen Äußerungen schließen, dass du große Schande über deinen armen Vater gebracht hast. Du kennst doch das vierte Gebot, du sollst deinen Vater und deine Mutter ehren?«

»Ich habe meine Eltern allezeit geliebt und ihnen den nötigen Respekt entgegengebracht und trotzdem steht mein Entschluss fest! Ich werde diesen stolzierenden Pfauen nicht ehelichen, sondern nehme den Schleier und werde eine Braut Christi!«

Verwundert und ein wenig verärgert betrachtete der Priester die aufgebrachte junge Frau. Im Grunde war er ein aufrechter Mann, der geradlinig seine Ansichten vertrat, und seine Art, im Geiste Luthers und Melanchthons die Messe zu zelebrieren und das Wort Gottes zu verkünden, hatte ihm so manchen Ärger mit seinen Kirchenoberen eingebracht.

Aber er stellte die weltliche Obrigkeit und die elterliche Autorität nicht infrage und sprach deshalb eindringlich auf Anna ein, die immer wütender wurde. Die völlig aufgelöste Frau hatte ihre letzte Hoffnung in den mutigen Priester gesetzt und ihn bitten wollen, auf ihren verstockten Vater einzuwirken.

»Gehabt Euch wohl, ehrwürdiger Pfarrer, ich weiß nun, was ich zu tun habe.« Entschlossen verließ sie das Gotteshaus und rannte davon in Richtung Marktplatz. Der verführerische Geruch von frisch Gebackenem wehte ihr entgegen, als sie durch die Haustür eingetreten war, und Anna dachte wehmütig, dass sie auf derlei Leckereien wohl in Zukunft verzichten müsste.

»Grüß dich, Elsbeth, wo ist mein Vater?«

»Der gnädige Herr lässt ausrichten, dass er zu einem Geschäftsessen beim Kaufherrn Neumann geladen ist.«

»Sie werden wohl die Mitgift aushandeln!«, sagte Anna spöttisch und dachte, dass die beiden Kaufleute die Rechnung leider ohne den Wirt gemacht hatten. Sie schrieb schnell ein paar Worte nieder und versiegelte den Brief. »Gib das bitte meinem Vater.«

Elsbeth machte ein besorgtes Gesicht, sie schien zu ahnen, dass Anna etwas Endgültiges vorhatte, wagte aber letztlich nicht, sie direkt danach zu fragen.

»Ich muss ein paar Besorgungen erledigen, bis später.« Sie verließ das stattliche Haus, ohne sich noch einmal umzuschauen, und ging die obere Krämergasse entlang bis zum Albtor. Da es sich bei Anna offensichtlich um eine geachtete Bürgerstochter aus gehobenem Hause handelte, verkniff sich der gelangweilte Wächter seine anzüglichen Bemerkungen.

Anna kehrte ihrer Vaterstadt den Rücken und ging mit eiligen Schritten in Richtung der Stadt Pfullingen, deren Klarissenkloster, wie sie gehört hatte, bereits einige Töchter aus begüterten Häusern aufgenommen hatte. Weder für die bunten Blumen am Wegesrand noch für die roten Äpfel, die an den weit ausladenden Bäumen hingen, hatte sie einen Blick. Doch je näher sie dem Nachbarort kam, desto heftiger wurden ihre Zweifel. War es wirklich das Richtige, was sie vorhatte? Was erwartete sie bei den Nonnen? Beten und Arbeiten würden ihre Hauptbeschäftigungen sein. Tagaus, tagein derselbe Ablauf, aber war das nicht allemal besser, als in eine ungewollte Ehe gedrängt zu werden?

Während sie so in Gedanken versunken dahinschritt, wurde sie von einer barschen Stimme in die Wirklichkeit zurückgeholt. »Halt, wohin des Weges?«

»Äh, ich muss zu meiner Tante nach Pfullingen.«

»Mir ist egal, wen Ihr besucht, gnädiges Fräulein«, sagte der rundgesichtige Zollwächter mit einem schiefen Lächeln. »Ihr habt das Gebiet der Freien Reichsstadt Reutlingen verlassen und befindet Euch jetzt in Württemberg, der Wegezoll beläuft sich auf achtzig Heller.«

Das war viel Geld nur für einen kurzen Besuch und Anna musste an einen Ausspruch ihres Vaters denken bezüglich der vielen Zollstationen, die schon manchen Kaufmann ruiniert hatten.

Zum Glück hatte die junge Frau aus ihrer Schatulle einige Münzen mitgenommen, bevor sie das Haus Hals über Kopf verlassen hatte, so konnte sie dem unnachgiebigen Mann das Geforderte aushändigen.

Anna hatte zu guter Letzt ihr Ziel erreicht und war bereits einige verdreckte Gassen entlanggegangen, als sie ein hohlwangiges Mädchen nach dem richtigen Weg zum Kloster befragte. Das abgezehrte Kind gab bereitwillig Auskunft und aus Mitleid schenkte ihr Anna ein paar Kupferstücke, denn was sollte sie auch in der Abgeschiedenheit des Klosters mit den vielen Münzen anfangen.

Die Unentschlossenheit war vollkommen von ihr gewichen, als sie endlich vor dem großen Portal stand. Anna wandte sich nach rechts zu dem Sprechgitter und bat höflich um Einlass. Wenig später öffnete sich quietschend das große Tor und es gab kein Zurück mehr.

Kapitel 4

»Wo bin ich?« Hannes war noch ziemlich benommen.

»Ihr seid mir die richtigen Helden, könnt nicht schwimmen und wollt den Neckar durchqueren!« Eine tiefe, dröhnende Stimme holte Hannes vollends aus seiner Ohnmacht. Doch als der junge Geselle sich aufrichten wollte, wurde ihm schwindlig und er sank zurück auf die harten Bretter.

»Wohin bringt ihr das viele Holz?«, wollte Walter wissen.

»Nach Esslingen«, antwortete der Wortführer.

»Können wir euch bis dahin begleiten?«

»Von mir aus. Aus welchem Grund waren die wütenden Kerle eigentlich hinter euch her?«

»Die ..., das waren gewöhnliche Wegelagerer und Beutelschneider, die uns aufgelauert haben«, log Walter, ohne rot zu werden, und schickte schnell eine Frage hinterher. »Woher kommt ihr eigentlich?«

Auch Hannes, der einen gehörigen Brummschädel hatte, war nun wieder einigermaßen bei klarem Verstand und zeigte Interesse für die ungewöhnlichen Männer.

»Wir stammen aus einem Schwarzwalddorf in der Nähe von Rottweil und unternehmen diese Reise mehrmals im Jahr. Die ausgewählten Bäume werden im Winter gefällt und im Wald liegen gelassen, um den in ihnen verbliebenen Saft zu verlieren. Im Frühsommer werden sie dann von den Ästen befreit und in mühsamer Arbeit an unsere Anlegestelle im Neckar gebracht, wo wir immer vier bis sechs Stämme mit schweren Ketten zusammenzurren.«

Einer dieser Verbände war mit Brettern belegt und diente

den Männern als Schlaf- und Aufenthaltsplatz. Hier saßen die geselligen Flößer an diesem Abend in lustiger Runde mit ihren unerwarteten Gästen zusammen, deren Kleidung inzwischen wieder einigermaßen getrocknet war.

»Seid ihr noch nie mit einem der zahlreichen Schiffe kollidiert?« Hannes fasste sich an seine hühnereigroße Beule und die Flößer lachten.

»Na ja, die Wahrscheinlichkeit wäre tatsächlich größer, als mit einem umhertreibenden Zimmermannsgesellen zusammenzustoßen. Nein, im Ernst, mit der vorn angebrachten Lenkstange und dem hinteren Ruder können wir sehr gut manövrieren. Die langen Stocher sind uns eine zusätzliche Hilfe und außerdem sind wir eine eingespielte Mannschaft. Jeder Handgriff muss sitzen und man muss sich auf den anderen verlassen können, aber ich denke, das ist bei eurem Gewerke nicht anders.«

In der lauen Spätsommernacht entwickelten sich angeregte Gespräche, zu denen der gute Wein, den die gastfreundlichen Männer ausschenkten, seinen Teil beitrug. Hannes legte sich irgendwann, von heftigen Kopfschmerzen geplagt, auf die harten Bretter, der unfreiwillige Zusammenstoß machte sich langsam stärker bemerkbar. Walter folgte kurz danach seinem Beispiel, während sich die unverwüstlichen Flussleute nachts beim Stochern und Lenken abwechselten.

»Wacht auf, wir sind bald in Esslingen! Ihr müsst wissen, dass das Anlegen das Gefährlichste bei der ganzen Fahrt ist!« Karl, der Wortführer der Flößer, weckte die Gesellen mit seiner durchdringenden Stimme.

Hannes schlug die Augen auf und erblickte die freie Reichsstadt Esslingen, deren Silhouette maßgeblich durch die auf einer Anhöhe hinter der Stadt befindliche, von Weinbergen umgebene Burg geprägt war.

Die Verbände trieben jetzt nah am Ufer. Da die Stämme einen geringen Tiefgang hatten, kamen sie im seichten Wasser gut voran.

Nach einem gewagten Sprung landete der Jüngste der Gruppe am Strand. Er durchwatete das hüfthohe Wasser und rannte, so schnell ihn die Beine trugen, am Ufer entlang.

Das Floß war nun auf Höhe der Anlegestelle und mit einem gewaltigen Wurf schleuderte der muskelbepackte Anführer ein armdickes Seil ans Ufer. Hannes traute seinen Augen nicht, denn mit einer geschmeidigen Bewegung fing der an Land gegangene sehnige Junge das Tau und schlang es blitzschnell um einen im Wasser versenkten Pfahl.

»Setzt euch und haltet euch an den Brettern fest.« Karl machte es ihnen vor.

Mit einem Ruck hatte sich das Seil gespannt, die ungeduldigen Gesellen wollten schon aufstehen, doch Karl drückte sie unsanft nieder. In diesem Moment stießen die hinteren Bäume mit einem lauten Knall an die vorderen. »So, das hätten wir geschafft!«

Die Flößer begannen alles zu vertäuen, wobei sie von den Zimmerleuten tatkräftig unterstützt wurden. Ein längeres Brett wurde sodann als Landungssteg benutzt.

»Das ist ein gutes Gefühl, mal wieder festen Boden unter den Füßen zu haben.«

»Was geschieht jetzt mit den Stämmen?«, wollte Hannes wissen.

»In der Landolinsgasse ist ein zuverlässiger Holzhändler, mit dem wir unsere Geschäfte abwickeln. Sobald wir unser Geld haben, kommen die Gehilfen des Kaufmanns und schaffen mit ihren Pferden das Holz an Land. Danach wird es an Wagner, Tischler und andere Holzhandwerker verkauft und wir machen uns zu Fuß auf den Weg zurück nach Hause. Allerdings nicht, ohne vorher ein wenig die

Annehmlichkeiten der schönen Stadt genossen zu haben!« Listig zwinkerte Karl seinen Gefährten zu.

»Ihr Gesellen werdet euch hier wohl nach einer Arbeitsstelle umschauen?«

»Da hast du recht, der nächste Winter kommt schneller, als man denkt, und wenn wir hier bei einem rechtschaffenen Meister unterkommen, soll's uns recht sein. Dann wären wir froh. Denn wenn wir hier keine Arbeit finden, müssen wir weiterziehen, und ihr habt ja gesehen, wie unsicher die Landstraßen sind.«

Der gut gelaunte Flößer klopfte Walter mit seiner Pranke auf die Schulter. »Grämt euch nicht, irgendwie geht es immer weiter, auf schlechte Zeiten folgen wieder gute. Alsdann, behüt euch Gott, vielleicht kreuzen sich unsere Wege noch mal!«

Die beiden Gesellen nahmen ihre Bündel auf, dankten, winkten den Flößern mit ihren Stöcken zu und marschierten in Richtung Wolfstor.

»Gott zum Gruß, ehrbarer Torwächter, gewährt uns bitte Einlass in die stolze Reichsstadt Esslingen, damit wir bei einem zünftigen Meister um Arbeit nachfragen können!« Walter hatte seinen schmalkrempigen Hut abgenommen und sich dezent verbeugt.

Der gleichgültig dreinschauende Mann machte keinerlei Anstalten, die beiden Handwerker in die Stadt einzulassen. Die linke Hand am Schwertknauf, in der rechten einen langen Spieß, so stand er breitbeinig vor ihnen. »Könnt Ihr verlausten Kerle euch ausweisen? Wir haben schon viel zu viel Gesindel hier!«

Die Gesellen reichten dem Wächter ihre in Reutlingen ausgestellten Dokumente und Hannes vermutete, dass er weder lesen noch schreiben konnte.

Der bärtige Mann drehte und wendete das Schreiben. Als sein Blick auf das eindrucksvolle Siegel der Binderzunft fiel, schien er zufrieden zu sein und gab den wartenden Gesellen ihre Papiere zurück. Vom allmächtigen Stadtrat hatte er strenge Order bekommen, neu zureisende Leute auf Herz und Nieren zu prüfen. Allerdings hatte er einige eingelassen, die sich zwar nicht ausweisen konnten, ihm aber dafür einen kleinen Obolus in die dankbare Hand drückten.

»Tretet ein, Gesellen, und mögt Ihr einen angenehmen Aufenthalt in Esslingen haben!«

Die erleichterten Männer schulterten ihre Bündel wieder und drückten sich schnell an dem schwer bewaffneten Wächter vorbei.

Der Unrat auf den teilweise gepflasterten Straßen ist mindestens genauso hoch wie in meiner Heimatstadt, dachte Hannes, und der Gestank der umherlaufenden Schweine erinnerte ihn ebenfalls an zu Hause. Die meisten Einwohner hielten sich auch hier mehrere Hühner und Säue, die sich aus Platzmangel in den engen Gassen tummelten.

Hinter dem Wolfstor begann bereits das belebte Handwerkerviertel. Hannes sah einen hageren Küfer, der vor seiner kleinen Werkstatt stand und mit einem mächtigen Hammer die Eisenringe, die sich um ein Eichenfass wanden, bearbeitete. Mit gewaltigen Schlägen wurden die Fassdauben in ihre gewölbte Form gepresst und ein junger, bei jedem Schlag ängstlich zusammenzuckender Bursche musste die große Tonne halten.

»Halt das Fass mit beiden Händen oder der nächste Schlag gilt dir, du Nichtsnutz!«, herrschte ihn der Meister an.

Die harschen Worte und das arrogante Gehabe des Binders kamen Hannes bekannt vor. Sobald ein Meister einen Lehrling von den Eltern übernahm, konnte er diesen züchtigen wie ein leiblicher Vater, der Junge war dem für ihn allmächtigen Handwerker hilflos ausgeliefert.

»Gott zum Gruß, ehrbarer Meister, es scheint Euch heute leicht von der Hand zu gehen!«

»Macht, dass ihr weiterkommt, Burschen, und lasst mich meine Arbeit verrichten!«

Der Küfermeister war offenbar ein übellauniger Zeitgenosse.

»Erlaubt mir eine Frage, werter Herr, kennt Ihr den hiesigen Altgesellen der Zimmerleute? Und wisst Ihr vielleicht, in welcher Werkstatt er arbeitet?«

»Frieder Glück heißt der Kerl, und arbeiten tut er, wenn er nicht gerade besoffen ist, bei Meister Hildebrand in der Franziskanergasse. Die Herberge eurer Bruderschaft ist ebenfalls in der Nähe.«

Hannes tat der mit verzerrtem Gesicht dastehende Lehrling leid. Er legte sein Bündel ab, sprang um das Fass herum und hielt es mit kräftigen Armen fest. »Wir möchten uns ein wenig erkenntlich zeigen für die wichtigen Informationen.«

Ärgerlich rollte Walter mit seinen wässrigen, tiefblauen Augen, denn nichts lag ihm ferner, als unentgeltlich zu arbeiten. Er machte jedoch gute Miene zum bösen Spiel und fasste ebenfalls mit an. Auch der grimmige Meister war so etwas nicht gewohnt, einzig dem Lehrling gefiel die freundliche Geste und auf seinem leidgeprüften Gesicht entstand so etwas wie ein Lächeln. Als die Gesellen nach geraumer Zeit weitermarschierten, schaute er ihnen wehmütig nach.

»So eine Vorstellung kannst du dir in Zukunft sparen!« Walter funkelte Hannes böse an. Der junge Geselle ignorierte seinen Begleiter, war ihm doch klar geworden, dass er mit ihm zusammen keine längere Wanderung mehr machen würde. Denn außer dass Walter eine beängstigende Brutalität besaß, missfielen Hannes zudem die nicht enden wollenden Erzählungen von angeblichen Heldentaten. Von Heinrich wusste er, dass sein Reisekamerad ein aufschneiderischer Sprücheklopfer war. In Rothenburg sei sein Vater Zunftmeister, das stattlichste Haus am Marktplatz gehöre ihm, hatte er beispielsweise einmal getönt. Diese Behauptung machte allerdings selbst den noch unbedarften Hannes stutzig, denn wäre Walters Vater tatsächlich so mächtig, hätte er ihn mit Sicherheit von der Wanderpflicht befreit.

Ein guter Kamerad Heinrichs war nach Rothenburg gereist, hatte dort bei einem Meister Arbeit gefunden und beim nächsten Wiedersehen von Walter und dessen Vater erzählt. Zunftmeister war der zwar nie gewesen, hatte aber vom Schwiegervater ein gut gehendes Zimmermannsgeschäft übernommen und anfangs mit Erfolg geführt. Die drei Kinder entwickelten sich alle prächtig und das neu errichtete Haus war mehr als standesgemäß. Mit der Zeit allerdings häuften sich die Tage, an denen sich kein Geld mehr in der Schatulle befand. Irgendwann wagte sich die Mutter zu beschweren und bekam zur Antwort, dass neue Werkzeuge angeschafft werden mussten. So schnell ließ sich die energische Frau aus gutbürgerlichem Hause, die nun immer öfter der Schmach ausgesetzt war, in den Läden anschreiben lassen zu müssen, nicht abspeisen.

Eines Tages folgte sie ihrem Gatten unauffällig. Dieser ging in eine verrufene Gegend der Stadt und steuerte zielsicher eine Schenke an, aus der lautstarkes Rufen und Lärmen drang. Sie beschloss, am nächsten Tag ihren Bruder in die Kaschemme zu schicken, um in Erfahrung zu bringen, was ihr Mann dort trieb. Auf diesem Weg erfuhr sie die schreckliche Wahrheit: Sie hatte einen leidenschaftlichen Spieler geheiratet!

Am Tag darauf lud sie ihren Bruder zum Essen ein. Die

intelligente Frau lenkte das Gespräch geschickt in eine Richtung, die ihrem Mann keine Möglichkeit mehr gab, sich herauszureden, und als sie weiter auf ihn einwirkte, erzählte er die ganze bittere Wahrheit. Er hatte bereits das schöne Haus und die Werkstatt verpfändet, um seine verhängnisvolle Sucht finanzieren zu können, und dennoch waren die Schulden bei Weitem höher als das gesamte Vermögen. Ein skrupelloser Geldverleiher würde in den nächsten Tagen sein Eigentumsrecht geltend machen und die Familie auf die Straße setzen lassen.

Walter wurde am nächsten Tag von seiner Mutter auf den Dachboden geschickt, um nach dem abgehangenen Räucherspeck zu sehen. Als er die letzte Stufe der steilen Treppe hinaufstieg, bot sich ihm ein grausiges Bild. Sein Vater schaute den Jungen mit hervorgequollenen Augen an. Der jeglicher Hoffnung beraubte Mann hatte sich in der Nacht mit einem Hanfstrick erhängt. Als Selbstmörder wurde er am nächsten Tag auf einem Acker außerhalb der Stadtmauer und ohne geistliches Zeremoniell verscharrt.

Binnen Wochenfrist kam der neue Besitzer und vertrieb den Rest der Familie, die zum Glück bei einem alleinlebenden Bruder des Verstorbenen Unterschlupf fand.

Der heranwachsende Walter hätte jemanden gebraucht, zu dem er aufschauen konnte, sein zwielichtiger Onkel war jedoch alles andere als ein guter Vaterersatz. Doch der Junge lernte schnell, dass in dieser Gegend der Stadt Hinterlist und Rücksichtslosigkeit das Wichtigste war, um sich zu behaupten. Walter wäre wohl irgendwann in einem feuchten Verlies gelandet, hätte die Mutter nicht einen ehemaligen Meisterkollegen des Vaters an eine lang zurückliegende Schuld erinnert. Das Lehrgeld wurde in Form von Werkzeug, das sie damals zur Seite geschafft hatte, beglichen.

Heinrichs Reisekamerad hatte außerdem von einer geheimnisvollen Begebenheit erzählt, denn um ein Haar wäre Walter während der Lehrzeit aus der Stadt gejagt worden, die näheren Umstände waren ihm jedoch nicht bekannt.

Die Gesellen schlenderten noch ein wenig in der Stadt umher. Sie hatten vor, zur Mittagszeit in der Herberge einzukehren, um möglicherweise den Altgesellen dort anzutreffen, denn bevor dieser sie nicht begrüßt hatte, durften sie in der Schenke weder essen noch trinken.

War der Vorsteher der Bruderschaft bei der Arbeit unabkömmlich oder sonst wie verhindert, so mussten sie den ganzen Nachmittag auf ihn warten und selbst dem Herbergsvater war es nicht gestattet, sie in dieser Zeit zu bewirten.

»Kommt heran, ihr edlen Bürger, und probiert von meinen köstlichen Speisen!«

Walter und Hannes waren schließlich am weitläufigen Marktplatz angekommen, wo ihnen ein verführerischer Duft in die Nase stieg.

»Eigentlich dürfen wir hier noch nichts in der Öffentlichkeit essen«, raunte der Ältere seinem Begleiter zu.

Das tellergroße Fladenbrot war mit klein geschnittenen Schinkenspeckstücken und Zwiebeln belegt und mit einem würzigen Käse überbacken. Der hungrige Walter konnte nicht mehr länger an sich halten. »Zwei ehrbare Zimmerleute auf ihrer traditionellen Wanderschaft möchten bei dem Künstler, der dieses herrliche Gericht gezaubert hat, um eine Wegzehrung anfragen.«

Der Mann in seiner Garküche wusste zunächst nicht so recht, ob er die bettelnden Gesellen davonjagen oder ihnen etwas geben sollte. Doch er wurde von seiner Entscheidung entbunden.

»Ihr Leute von nah und fern, kostet von diesem herrlichen Gebäck!«, tönte Walters Stimme in voller Lautstärke. »Und ein großes Herz hat dieser gute Mann obendrein, er beschenkt uns mittellose Gesellen!«

Hannes schaute sich immer wieder um, ob jemand sie beobachtete, denn er wusste nur zu gut, dass sie im Moment gegen eine ganze Reihe von Zunftregeln verstießen. Walter machte sich offensichtlich nichts daraus, im Gegenteil, er genoss es sichtlich, im Mittelpunkt des Interesses zu stehen.

Der Verkäufer, dessen Stand von einigen Leuten umlagert wurde, konnte nun nicht mehr anders, als den beiden Männern von dem köstlichen Fladenbrot zu geben. »Los, verschwindet, bevor sich noch mehr Bettlerpack einfindet!«, zischte er.

Die zufriedenen Gesellen suchten sich einen verlassenen Innenhof und aßen genussvoll. »Jetzt bräuchten wir nur noch eine Kanne Bier zu unserem Glück, na ja, nachher in der Herberge wird daran kein Mangel sein!«

Sie hatten kaum aufgegessen, als die Glocken die Mittagsstunde einläuteten.

»So, Hannes, dann wollen wir mal zünftig auf die Herberge zureisen. Die althergebrachten Sprüche hab ich dir beigebracht, steh trotzdem hinter mir, beobachte mich und sprich mir nach.«

Sämtliche Tische und Bänke waren besetzt, als die beiden den dunklen Gastraum betraten. Zwei dunkelblonde Mägde eilten dienstfertig von Tisch zu Tisch, trugen dampfende Teller auf und brachten den durstigen Gästen frisches, schäumendes Bier.

Walter klopfte mit seinem schweren Stock mehrmals auf den Holzfußboden, dabei knallte es so laut, dass alle Leute aufhörten zu essen und sich den Neuankömmlingen zuwandten.

»Was ist euer Begehr?«, tönte es durch den Schankraum.

»Mit Gunst und Erlaubnis, ist dies die Herberge der Zimmerleute?«

Ein kräftiges »Ja« hallte ihnen entgegen.

»Mit Gunst und Erlaubnis, ist der Herr Vater zu Hause?«

Auch diese Frage wurde im Chor bejaht.

Ein mittelgroßer Mann, dessen spärlicher Haarkranz sein rundes, gemütlich wirkendes Gesicht umrahmte, kam auf sie zu. Die rötliche Gesichtsfarbe und der nicht eben kleine Schmerbauch zeigten, dass er den leiblichen Genüssen nicht gänzlich abgeneigt war. Er reichte jedem der zwei Gesellen die Hand und hieß sie willkommen. »Gott zum Gruß, Zimmermannsgesellen!«

»Mit Gunst und Erlaubnis, ich habe einen Gruß von dem ehrbaren Zimmergewerke der Stadt Reutlingen zu überbringen. Auch der dortige Herr Vater und die Frau Mutter lassen Euch grüßen nach Handwerksbrauch und Gewohnheit.«

»Ich bedanke mich, Gesellen!«

Walter erkannte an einem der hinteren Tische das Stubenschild mit dem Zimmermannswappen, eine Axt gekreuzt mit einem Beil und darunter eine Säge. Mit festen Schritten ging er auf den Tisch zu und hoffte inständig, dass der Altgeselle unter den Anwesenden war. Hannes, dem nicht so richtig wohl in seiner Haut war, da er das Ritual bislang nur vom Hörensagen kannte, folgte ihm auf dem Fuße.

»Mit Gunst und Erlaubnis, Gesellschaft, möchten zwei fremde Zimmermannsgesellen anfragen, ob der Altgeselle sich unter euch befindet.«

Ein rothaariger Hüne stand auf, ging um den Tisch und baute sich vor den beiden auf. »Mit Gunst und Erlaubnis, wenn ihr Fremde seid, dann werdet ihr so gut sein und mir den ehrbaren, hochlöblichen Zimmermannsgesellengruß abstatten und das nach Handwerksgebrauch und Gewohnheit.«

Walter klopfte wieder auf den Boden, bevor er antwortete: »Mit Gunst und Erlaubnis, wenn's recht ist, werde ich für meinen jungen Kameraden, der erst vor ein paar Tagen in die Fremde losmarschiert ist, mit ausrichten. Ich habe einen ehrbaren und hochlöblichen Zimmermannsgesellengruß aus der freien Reichsstadt Reutlingen an die ehrbaren Zimmermeister, die ehrbare Gesellenschaft und an den Altgesellen zu entbieten und das nach Handwerksbrauch und Gewohnheit.«

Hannes schaute etwas neidvoll auf den selbstbewusst auftretenden Walter. Nichts erinnerte mehr an den rücksichtslosen und gefährlichen Menschen der letzten Tage.

Der Herbergsvater überreichte dem Altgesellen den sogenannten ›Willkommen‹, einen mit kühlem Wein gefüllten, kunstvoll verzierten großen Zinnkrug.

»Mit Gunst und Erlaubnis möchten wir nach gutem altem Brauch diesen Willkommen mit euch trinken. Hoch lebe das ehrbare Zimmermannshandwerk!« Nach einem gewaltigen Schluck reichte er den schönen Krug an Walter weiter, der so lange daraus trank, bis sich noch ein gutes Drittel in dem Gefäß befand.

Mit einem hinterlistigen Grinsen übergab er den Willkommen an Hannes. Als dieser den Krug an die Lippen setzte, fingen die anwesenden Gesellen an, rhythmisch zu klatschen und zu johlen. Während Hannes trank, kam ihm die Erkenntnis, dass er die Kanne leer trinken musste, wenn er nicht bei der ersten Station seiner Wanderschaft als Schwächling dastehen wollte.

Der gesamte Wirtsraum begann sich um ihn herum zu drehen, nachdem er das geleerte Gefäß abgesetzt und dem feixenden Altgesellen zurückgegeben hatte.

Bevor sie sich niedersetzen konnten, mussten die beiden Neuankömmlinge jedem der um den Tisch versammelten Männer die Hand reichen. Walter drängte sich zwischen zwei Gesellen, die er früher einmal getroffen hatte, und es entwickelte sich ein munteres Gespräch über die gemeinsamen Erlebnisse und Abenteuer.

Frieder, der Altgeselle, kam zu Hannes, der am Tischende einen schmalen Platz gefunden hatte. »Na, mein Junge, du bist so still, ist dir etwa der gute Wein nicht bekommen?«

»Nein, es ist nur …« Hannes hatte die größte Mühe, seinen Mageninhalt bei sich zu behalten.

»Wenn deine drei Wanderjahre um sind, wirst du ihn besser vertragen«, unterbrach ihn Frieder, der sehr redselig zu sein schien. »Du kommst also aus dem nicht allzu fernen Reutlingen, dann wirst du meinen alten Reisekameraden Heinrich Klingner, mit dem ich so manche Meile über die Landstraßen marschiert bin, kennen!«

»Heinrich war mein Lehrgeselle«, entgegnete Hannes mit schwerer Zunge.

Frieder legte nun so richtig los und als er gerade dabei war, eine unglaubliche Geschichte zu erzählen, die er mit Heinrich erlebt hatte, brachte der um das Wohl der beiden neuen Gesellen besorgte Herbergsvater jedem von ihnen einen gehäuften Teller mit Sauerkraut und etwas gekochtem Fleisch darin.

»Lasst es euch schmecken!«

Der verschwörerische Blick von Walter bedeutete Hannes, dass er tapfer essen musste, obwohl ihm beileibe nicht danach war. Die beiden Männer, die vor wenigen Minuten erst ein reichlich belegtes Fladenbrot verspeist hatten, mussten sich anstrengen, das üppige Mahl aufzuessen. Die übrigen Gesellen standen auf und machten sich zum Gehen bereit.

»Wir müssen zurück an die Arbeit, schaut euch noch etwas in Esslingen um, wir sehen uns heute Abend wieder hier in der Schenke. Hannes bleibt ja auf jeden Fall in Esslingen, um die Gepflogenheiten der Bruderschaft zu erlernen, und kann morgen bei meinem Meister anfangen. Arbeit für Zimmerleute ist ausreichend vorhanden, du kannst also ebenfalls hierbleiben, wenn du willst«, bot Frieder den beiden Neuen an.

Walter schien abzuwägen und zu überlegen, dabei war es für ihn ganz klar, dass er in Hannes' Nähe bleiben würde, denn schließlich wollte er sich noch ein paar Gulden dazuverdienen. »Wenn dein Krauter uns Gesellen anständig behandelt und angemessen bezahlt, nehme ich das Angebot dankend an.«

Kapitel 5

»Ergreift sie und bringt sie zu mir!« Die beiden Knechte sprangen von ihren schnaubenden Rössern und ehe Anna durch die Klosterpforte hindurchgehen konnte, wurde sie von starken Armen gepackt. Mit Händen und Füßen wehrte sie sich und biss sogar einem der Männer in die fleischige Nase, worauf dieser erst recht zornig wurde.

»Lasst mich los, ihr Dummköpfe, oder ich sorge dafür, dass Ihr auf die Straße gesetzt werdet.«

Die beiden schauten unschlüssig zu Gotthelf Burgwart hinüber, dieser jedoch bedeutete ihnen unmissverständlich, dass sie die wild um sich schlagende Anna zu ihm bringen sollten. Die erschrockene Pförtnerin und einige herbeigeeilte Nonnen traten aus der Tür und schlugen aufgeregt das Kreuz. Festgehalten von den starken Knechten, schaute Anna ihren Vater, der nur ungläubig den Kopf schüttelte, herausfordernd an.

»Was habe ich bloß falsch gemacht!« Der Gewürzhändler blickte resigniert auf seine unbotmäßige Tochter. »Der frühe Tod deiner Mutter hat bewirkt, dass ich dir sämtliche Freiheiten eingeräumt habe, und wie hast du es mir gedankt? Aber das ist nun nicht mehr von Belang, ich übergebe dich bald deinem Ehemann, der dich nach seinem Gutdünken behandeln kann. Bringt sie her zu mir!«, befahl er seinen Knechten. »Und lasst sie nicht aus den Augen!«

Obwohl ihr zum Heulen zumute war, saß Anna aufrecht und stolz in der geräumigen Reisekutsche. Es musste ihr Beichtvater gewesen sein, der sie verraten hatte, da sie nur ihm von ihrer Absicht erzählt hatte, ins Kloster zu gehen.

Burgwart, der ihr schweigend gegenübersaß, hing ebenfalls düsteren Gedanken nach. Gott sei Dank hatte der besorgte Pfarrer Alber das Beichtgeheimnis etwas gelockert und den entsetzten Vater aufgesucht, um ihm den unglaublichen Plan Annas offenzulegen.

»Was redet Ihr da, Pfaffe?« Zuerst hatte der wutentbrannte Kaufmann es nicht glauben wollen. »Meine Tochter eine Braut Christi?« In seinem Zorn hatte der Händler vollkommen die Beherrschung verloren und den überraschten Pfarrer an der Kutte gepackt.

»Was fällt Euch ein? Ich kann ja verstehen, dass Ihr aufgebracht seid, aber bedenkt bei alldem, dass Ihr einen Mann Gottes vor Euch habt.«

Mit einer genuschelten Entschuldigung ließ Burgwart den Priester los. »Was denkt Ihr, wohin sich meine Tochter gewandt hat?«, fragte er gedrückt.

»Versucht Euer Glück im nahe gelegenen Klarissenkloster in Pfullingen.«

Der Kaufmann hatte sich wieder vollständig in seiner Gewalt. »Ich bin Euch zu ewigem Dank verpflichtet und werde Eurer Kirche eine großzügige Spende zukommen lassen. Gehabt Euch wohl, Herr Alber.«

Bevor der besorgte Priester entgegnen konnte, dass die plötzliche Flucht des Mädchens einen triftigen Grund haben müsse, hatte Burgwart die Tür bereits zugeschlagen und rannte in seine Stallungen, wo die beiden Knechte gerade damit beschäftigt waren, die Pferde zu striegeln.

»Schnell, spannt die Rappen vor die Kutsche, wir haben keine Sekunde zu verlieren!«

Die ehemaligen Kriegsknechte, die mit den muskulösen Tieren ebenso gut umgehen konnten wie mit ihren Schwertern, flankierten den Wagen des Kaufherrn und gelangten nach einer rasanten Fahrt gerade noch rechtzeitig an der Klosterpforte an.

Obwohl Anna die Aussichtslosigkeit ihrer Situation erkannt hatte, nahm sie beim gemeinsamen Abendbrot ihrem Vater gegenüber eine trotzige Haltung ein. Anna war impulsiv und konnte sehr aufbrausend sein, andererseits war sie nicht nachtragend oder längere Zeit beleidigt. Dieser Charakterzug gefiel ihrem Vater für gewöhnlich, da er selbst nach einem Streit längere Zeit schmollen konnte. Der neuerliche Vorfall war jedoch so ungeheuerlich, dass es für Gotthelf Burgwart nur noch darum ging, die seiner Ansicht nach undankbare Tochter so schnell wie möglich zu verheiraten.

»Ich habe mit deinem künftigen Schwiegervater ausgemacht, dass die Hochzeit übernächsten Sonntag stattfinden wird. Wenn du mir versprichst, keine Dummheiten mehr zu machen, werde ich dich nicht einsperren, ich bin ja kein

Unmensch. Jetzt bleibt nur zu hoffen, dass Pfarrer Alber niemandem etwas von deinem kleinen Ausflug erzählt.«

Beim Namen des Priesters zuckte Anna zusammen. Bisher hatte sie immer große Stücke auf ihn gehalten, doch diesen immensen Vertrauensbruch würde sie ihm nicht verzeihen können.

»Ich gelobe Besserung, Vater. Wenn es dein ausdrücklicher Wunsch ist, werde ich Kaspar Neumann heiraten.« Anna legte alle Demut, derer sie fähig war, in ihre Worte. »Und jetzt würde ich mich gern zurückziehen, ich wünsche dir eine geruhsame Nacht.«

»Ich wünsche dir gleichfalls eine gute Nacht, Anna.«

Als sie allein in ihrer kleinen Kammer saß, ließ sie den Tränen freien Lauf. Elsbeth, die das laute Schluchzen eine Zeit lang mit angehört hatte, klopfte sachte an die Tür. Nachdem auch nach mehrmaligem Klopfen keine Antwort kam, setzte sie sich über die strengen Standesregeln hinweg und trat ein. »Kann ich irgendetwas für Euch tun, Anna?« Unschlüssig blickte Elsbeth auf die weinende junge Frau.

»Ich bin todunglücklich. Den Mann, den ich liebe, bekomme ich nicht, und ins Kloster darf ich nicht. Was mir bleibt, ist die erzwungene Heirat mit dem affektierten Sohn eines reichen Pfeffersacks.«

Die treu sorgende Magd war herangetreten, strich der Tochter ihres Dienstherrn durch die schöne Lockenpracht und sprach tröstende Worte. »Es tut mir ja so leid, edles Fräulein, ich fürchte, Ihr müsst dem Willen Eures Vaters entsprechen. Nur zu gern wäre ich Eure Schwägerin geworden, aber allein davon zu träumen, ist hoffnungslos.«

Irgendwann versiegten die Tränen und Annas Gesichtszüge bekamen wieder ihren gewohnt kämpferischen Ausdruck. »Dann soll es wohl so sein, dass ich den jungen Neumann heirate, doch Kinder werde ich ihm keine schenken, das schwöre ich bei Gott.« Am nächsten Morgen schien Anna wie ausgewechselt und begegnete ihrem Vater mit ausgesuchter Höflichkeit. Die Geschäfte des Gewürzhändlers gingen im Herbst erfahrungsgemäß gut und da er, wenn es ihm möglich war, seine Transporte begleitete, wäre er heute in Richtung Ulm unterwegs gewesen. Die nahende Hochzeit seiner Tochter war ihm jedoch außerordentlich wichtig und so schickte er zum ersten Mal seinen zuverlässigen Gehilfen mit den beiden wehrhaften Knechten allein auf die Reise. In Gedanken ging er die Stationen durch. Von Ulm aus würden sie über Füssen, Innsbruck und Bozen in zwei Wochen Venedig erreichen und dort die kostbaren Gewürze in Empfang nehmen. Er hatte lange mit sich gerungen, ob er seinen Mitarbeitern die wertvollen Nelken, den Safran und das Süßholz anvertrauen konnte, letztlich hatten ihm aber die jüngsten Ereignisse um seine Tochter keine andere Wahl gelassen.

»Lieber Vater, ich danke dir für das Verständnis und die Langmut, die du mir entgegengebracht hast, und möchte mich dafür revanchieren, indem ich dir bei Maria der Heilerin einen heilsamen Tee für dein Blasenleiden hole.«

»Das ist eine gute Idee, mein Kind; ich wollte dich seit längerer Zeit darum bitten, habe es aber ob der vielen Arbeit schlichtweg vergessen.«

Anna trank ihre Schale Milch, aß das frische Weißbrot mit dem süßen Honig und unterhielt sich über dies und jenes mit ihrem Vater, wobei sie die nahende Hochzeit geflissentlich ausklammerte. Nachdem sie sich in einer bereitgestellten, mit frischem Brunnenwasser gefüllten Tonschüssel Gesicht und Hände gewaschen hatte, zog sie sich ihre abgetragenen Alltagskleider an, nahm sich einen geflochtenen Korb und verließ das Haus.

Burgwart machte sich ebenfalls auf den Weg, um mit Balthasar Neumann die Vorbereitungen für das bevorstehende Fest zu treffen. Trotz der Widrigkeiten in letzter Zeit war ihm für sein einziges Kind nur das Beste gut genug und keinesfalls wollte er als Geizhals dastehen. Im Gegenteil, er würde dafür sorgen, dass die Bürger noch lange von der Hochzeit schwärmten.

Das prächtige Portal zum Hause Neumann war nur angelehnt, und so trat Burgwart ein, ohne zu klopfen. Er ließ seine kundigen Blicke umherschweifen und ihm fiel auf, dass sich das teure Tuch bis unter die Decke stapelte, was äußerst ungewöhnlich war. Ein guter Händler durfte seine Ware nicht allzu lange bei sich behalten, sonst würde er von den laufenden Kosten aufgefressen. Burgwart wischte seine Bedenken weg, immerhin hatte er ausführliche Erkundigungen über die wirtschaftlichen Verhältnisse Neumanns eingeholt.

»Gott zum Gruß, Meister Neumann, habt Ihr etwas Zeit für mich? Wir sollten die genauen Modalitäten für die bevorstehende Hochzeit festlegen, schließlich haben wir nicht ewig Zeit.«

Der Angesprochene war aus der Küche getreten und begrüßte den zukünftigen Schwiegervater seines Sohnes überschwänglich. »Ja, ja, leider habt Ihr recht. Wenn wir Alten uns nicht um jede Kleinigkeit kümmern ... Das ist das Vorrecht der Jugend, sie lässt sich treiben und hofft darauf, dass wir alles richten. Doch kommt erst mal herein und trinkt ein Gläschen Wein mit mir.« Neumann ging voraus, öffnete die Tür zum vornehm ausstaffierten Wohnzimmer und bot seinem Gast einen schönen Scherenstuhl an.

»Da uns beide das Schicksal gleichermaßen bestraft hat und unsere geliebten Frauen vor der Zeit abberufen wurden, hängt die ganze Organisation nun an uns Männern.« Niemand wusste davon, dass die unglückliche Frau sich in einem gefüllten Waschzuber die Pulsadern aufgeschnitten hatte. Die zu Tode erschrockene Dienstmagd, die die Leblose gefunden hatte, erhielt ein großzügiges Schweigegeld und verließ fluchtartig die Stadt. Das Ganze wurde als Unfall dargestellt und selbst Kaspar ahnte nichts von der schrecklichen Wahrheit.

»Da habt Ihr leider recht.« Ein kurzer Anflug von Trauer zeigte sich auf Burgwarts Gesicht. »Nichtsdestotrotz bin ich nach reiflicher Überlegung der Meinung, dass wir die Speisefolge etwas überarbeiten sollten.«

Neumann hörte dem Gewürzhändler nur mit halbem Ohr zu. Seine Gedanken kreisten wie fast immer in letzter Zeit um die prekäre finanzielle Lage seines Unternehmens. Vor ihm saß eine der Lösungen seiner Probleme, und sollte sich die leidige Geschichte mit dem Frankfurter Geldwechsler auch noch zu seinen Gunsten entscheiden, so würde er nächstes Jahr um diese Zeit von seinen größten Sorgen befreit sein. Sein feistes Gesicht entspannte sich und er schlürfte zufrieden von seinem Wein.

Anna pochte an die klapprige Tür des Häuschens, drückte nach nochmaligem vergeblichen Klopfen die Klinke herunter und trat ein. Offenbar war die Heilerin nicht zu Hause und unschlüssig wandte sich die junge Frau zum Gehen, als eine volltönende Stimme an ihr Ohr drang.

»Heda, ist niemand zu Hause?«

Anna sah den Mann in seinem weißen Gewand mit dem schwarzen Umhang im Türrahmen stehen und erschrak, denn sie erkannte in ihm den seit einiger Zeit in der Stadt umherstreifenden unheimlichen Mönch mit dem ausgemergelten Gesicht und den schwarzen, stechenden Augen. Der Bruder hatte sie offenbar noch nicht gesehen, da er sich erst an die Dunkelheit im Innern der Hütte gewöhnen musste, und so duckte sich Anna schnell hinter ein großes Wandregal. Er verließ das Haus wieder, nachdem er niemanden angetroffen hatte, und wollte sich auf den Heimweg machen, als er die hochgewachsene, hagere Frau erblickte, die ihm mit großen Schritten entgegeneilte. Es bestand kein Zweifel, dachte er, das war sie, und auch in ihren Augen konnte er Zeichen des Wiedererkennens entdecken.

»Gott zum Gruß, Bruder Johannes. Was führt Euch zu mir? Ich hoffe, es ist nicht wegen der alten Geschichte. Doch wenn ich es recht bedenke, war mir sofort klar, als ich von Eurer Anwesenheit in der Stadt hörte, dass Ihr über kurz oder lang hier auftauchen würdet. Kommt herein in mein bescheidenes Haus. Wie Ihr seht, habe ich mir ein neues Leben geschaffen, das Ihr mir hoffentlich nicht zerstören werdet.«

Der drohende Unterton blieb dem Mönch nicht verborgen. »Ich grüße dich, Schwester Maria. Durch die Fügung des Herrn bin ich auf dich gestoßen.«

Johannes war eines Nachmittags über den Marktplatz geschlendert, als die Hebamme aus einem der mehrstöckigen Bürgerhäuser trat. Sofort hatten bei ihm sämtliche Alarmglocken geläutet und er war der Frau unauffällig gefolgt, um ihren Wohnort ausfindig zu machen.

»Und da wir uns kennen und so lange nicht mehr gesehen haben, wollte ich dich besuchen.«

Maria trat ein und der Mönch folgte ihr, nicht ohne sich vorher erneut nach allen Seiten umzuschauen. Anna drückte sich noch dichter an das ausladende Regal.

»Nun, liebe Schwester, wie ist es dir in all den Jahren ergangen?«, fragte er salbungsvoll, legte den Kopf etwas schief und versuchte, ein Lächeln auf seine gemeißelten Züge zu zaubern.

»Lasst das, es passt nicht zu Euch. Bestimmt habt Ihr

mich ausfindig machen lassen, da ich eine der wenigen noch lebenden Zeugen für Eure sehr unchristliche Tat bin. Sollte das ruchbar werden, wird Euch selbst der mächtige Bischof nicht schützen, abgesehen davon, dass Ihr dafür in jedem Fall im Fegefeuer schmoren werdet. Ich habe jedoch keine Veranlassung, irgendjemandem davon zu erzählen.«

Ihre souveräne Art brachte den Mönch zum Kochen und nur mit größter Mühe gelang es ihm, sich zu beherrschen. »Wie du dir denken kannst, wurde diese Tat durch viele mir auferlegte Bußen und gute Werke im Diesseits gesühnt. Und jetzt entschuldige mich, ich habe zu tun, es war trotzdem aufschlussreich, dich einmal wiedergesehen zu haben und mit dir zu plaudern. Gehab dich wohl, und möge Gott, der Herr, dich auf deinen Wegen begleiten.«

Das maliziöse Lächeln war der aufmerksamen Maria nicht entgangen. Sie musste vor diesem Mann auf der Hut sein, denn dass eine Hebamme der Hexerei und Zauberkunst bezichtigt wurde, war beileibe nicht außergewöhnlich. Die schiefe Tür war kaum ins Schloss gefallen, als eine junge Frau hinter dem Regal hervortrat.

»Anna, was tust du hier?« Die Heilerin schrak zusammen, fasste sich jedoch schnell wieder. »Du hast unser Gespräch mit angehört?«

»Unfreiwillig, aber diesen merkwürdigen Dominikaner habe ich bereits mehrmals gesehen, und mir läuft bei seinem Anblick immer ein Schauer über den Rücken. Das Geheimnis, das du mit ihm teilst, muss ja ungeheuerlich sein, doch das geht mich nichts an. Meine Probleme sind anderer Art. Kannst du dich noch an Hannes, den gut aussehenden Zimmermannslehrling, den du damals gesund gepflegt hast, erinnern?«

Maria nickte und schaute Anna fragend an.

»Mit ihm hat die ganze traurige Geschichte ihren Anfang genommen.« Es war befreiend, jemandem die ganze Angelegenheit darzulegen, der gut zuhören konnte. Als Anna mit ihrem Bericht bei der bevorstehenden Hochzeit angelangt war, traten, wie so oft in den letzten Tagen, Tränen in ihre schönen Augen. »Ich kann dem Mann, den ich nicht liebe, ja, kaum kenne, doch keine Kinder gebären. Du musst mir helfen!«

Die Hebamme nahm eine abwehrende Haltung ein. »Meine Aufgabe ist es eigentlich, Kindern das Leben zu schenken und nicht, sie zu verhindern.«

Annas Gesicht bekam einen flehenden Ausdruck. »Bitte, hilf mir! Es ist meine einzige Möglichkeit des Widerstands und wer weiß, vielleicht wird er meiner bald überdrüssig und verstößt mich.«

Maria lief in dem engen, mit allerlei Gebrauchsgegenständen zugestellten Raum hin und her. Bei Annas Worten musste sie an ihre eigene Jugend zurückdenken, an den Vater, der sie als Heranwachsende rücksichtslos und ohne Erbarmen in ein Kloster gesteckt hatte. Die Heilerin rang schwer mit sich, entschied sich letztlich doch dafür, der unglücklichen Frau etwas zu geben.

Anna war so aufgeregt wie selten zuvor in ihrem jungen Leben. Wie würde es ihr unter der Knute eines ihr kaum bekannten Mannes ergehen, konnte sie lernen, ihn zu lieben oder wenigstens zu achten? Zumindest hatte man ihr zugestanden, ihre Kleider selbst auszusuchen. Sie wählte eine perlenbestickte Haube, goldene Ohrringe und eine selten schöne Bernsteinkette. Das Kleid war aus blauem Samt mit einer Schleppe daran und einem Ausschnitt, der ihre vollen Brüste nur knapp verhüllte. Ein gelber Stoffgürtel umschloss ihre schlanke Taille, die spitz zulaufenden Schuhe waren aus bestem Rindsleder gefertigt und hatten einen kleinen Absatz.

»Anna, bist du so weit? Wir wollen doch an deinem schönsten Tag nicht zu spät kommen.« Gotthelf Burgwart war mindestens genauso aufgeregt wie die Braut und als die beiden vors Haus traten, waren die zahlreichen Verwandten, von denen jeder sein bestes Gewand angezogen hatte, schon vollzählig versammelt. Nachdem alle die hübsche Braut und den stolzen Brautvater begrüßt hatten, hakte sich Anna bei ihrem Vater unter, nickte den Leuten zu und setzte sich an die Spitze des farbenprächtigen Zuges. Es hatte sich herumgesprochen, dass die beiden wohl reichsten Kaufleute der Stadt ihre Häuser miteinander verbanden, und so war viel buntes Volk auf den Straßen. Burgwart hatte am Tag zuvor seine Knechte beauftragt, die schmutzigen Wege bis zur Marienkirche zu reinigen, und so musste die Hochzeitsgesellschaft nicht durch den üblichen Morast wandern. Die Schaulustigen jubelten der Festgemeinde zu, besonders, nachdem diese kleine Münzen in die Menge warf. Außerdem ging das Gerücht um, dass durch die kupfernen Speier des Marktplatzbrunnens heute köstlicher Wein anstatt des üblichen Wassers für das gemeine Volk fließen sollte.

Vor der riesigen Marienkirche hatte sich eine große Menschenmenge eingefunden und die Leute beobachteten gespannt, wie Gotthelf Burgwart seine einzige Tochter an den bereitstehenden Kaspar Neumann übergab. Anna würdigte ihn und seinen Vater jedoch kaum eines Blickes, sie senkte nur kurz ihr Haupt zur Begrüßung.

Gemessenen Schrittes trat das Brautpaar in die voll besetzte Kirche ein, vorbei an den würdevoll in ihrem eigenen Gestühl sitzenden Mitgliedern der einzelnen Zünfte.

Beim Gang durch das vom Sonnenlicht erhellte Kircheninnere betrachtete Anna ihren zukünftigen Gemahl verstohlen von der Seite und musste sich eingestehen, dass er auffallend gut aussah.

Das rot und weiß gestreifte Wams mit seinen geschlitzten Ärmeln sowie der breitkrempige Hut mit Federbusch gaben ihm ein verwegenes, fast kriegerisches Aussehen und der perlenbesetzte Degen verstärkte diesen Eindruck noch. Auch die Kniehose war geschlitzt und die weißen Strümpfe steckten in breiten Schuhen, sogenannten Kuhmäulern. Diese Art der Kleidung, ursprünglich von deutschen Landsknechten und Schweizer Reisigen abstammend, hatte sich bei der oberen Schicht etabliert.

Vor dem Altar angekommen, knieten sich die beiden auf die bereitgestellten gepolsterten Schemel nieder und während sämtliche Glocken läuteten, trat Pfarrer Alber aus der Sakristei. Sein schlichter Talar wollte nicht so recht zur sonstigen Pracht in der Kirche passen, war aber Teil der Reformen, die er seit seinem Amtsantritt schrittweise eingeführt hatte.

Alber suchte hin und wieder den Blickkontakt mit der jungen Braut, die die Predigt scheinbar teilnahmslos verfolgte. Anna hingegen wollte dem Priester nicht in die Augen schauen, machte sie ihn doch für ihre vereitelte Flucht verantwortlich.

Als der Geistliche an sie die alles entscheidende Frage richtete, antwortete sie: »Ja, aber gegen meinen eigenen Willen.«

Der eben noch verklärte Blick von Kaspar Neumann wich einem feindseligen Ausdruck. Nicht wenige Zuhörer begannen leise zu murren und in diesem Moment wusste Anna, dass sie zu weit gegangen war, denn für die freie Wahl des Ehemannes gab es keinerlei Recht.

Alber hingegen schien den aufrührerischen Satz vollständig zu ignorieren und brachte den Festgottesdienst ohne größere Zwischenfälle zu Ende. Die Gemeinde erhob sich und folgte dem anmutigen Brautpaar nach draußen, wo sich junge, festlich gekleidete Mädchen zum Spalier aufgestellt hatten und das junge Paar mit duftenden Blumen bewarfen.

Zahlreiche Gratulanten bildeten eine lange Schlange und Anna ertrug tapfer die gut gemeinten Glückwünsche, als plötzlich dieser geheimnisvolle Mönch vor ihr stand. Ihr Herz begann zu rasen, warum nur verursachte ihr dieser unheimliche Mensch so viel Unbehagen?

»Ich wünsche dir Gottes Segen zum heutigen Tag. Mögen eure gemeinsamen Stunden stets voller Glück sein, meine Tochter.«

Er wandte sich Neumann zu. »Ich hoffe, Ihr züchtigt Eure Gattin besser, als es ihr Vater tat«, flüsterte er ihm ins Ohr.

»Worauf Ihr Euch verlassen könnt.« Ein boshaftes Lächeln umspielte die Mundwinkel des Angesprochenen und nachdem auch der Letzte seine Segenswünsche ausgesprochen hatte, machte sich die Hochzeitsgesellschaft auf in die Metzgergasse, wo das prächtige Zunfthaus der Kramer die Feiernden aufnehmen sollte.

Am Marktplatz, dessen umstehende Häuser reich geschmückt waren, hatte der großzügige Gotthelf Burgwart zusätzlich einfache Tische und Bänke aufbauen lassen, sodass jedermann an dem Fest teilnehmen konnte.

Vom Speier des Marktbrunnens rann tatsächlich köstlicher Wein in die Becher der Durstigen, ferner hatte Burgwart die Metzgerzunft mit dem Braten von riesigen Ochsen und fetten Schweinen beauftragt.

Es hatte sich in Windeseile herumgesprochen, dass es etwas umsonst gab, daher war das Volk aus der ganzen Stadt und auch aus den ärmeren Vorstädten gekommen, um auf das glückliche Brautpaar und insbesondere auf den spendablen Kaufherrn Burgwart anzustoßen. Dieser hatte zudem etliche bunt gekleidete Gaukler und freudig musizierende Spielleute anwerben lassen und auf einer einfach gezimmerten Bühne konnte nach dem deftigen Essen das Tanzbein geschwungen werden.

»Es wird gemunkelt, dass Anna keine Jungfrau mehr sein soll, der kürzlich auf die Wanderschaft gegangene Zimmermannsgeselle, Sohn vom Weingärtner Fritz, war der Glückliche, erzählte mir einer.« Ein rotgesichtiger Zecher hatte sich geheimnisvoll zu seinem Nachbarn gebeugt.

»Wenn ich du wäre, würde ich anständig fressen und saufen und mich nicht um derlei Dinge kümmern. Mit dem Neumann ist nicht zu spaßen, der lässt dir die Zunge herausschneiden, wenn er von deiner frechen Rede erfährt.«

Der Rotgesichtige war mit einem Mal ganz blass um die Nase. »Ich habe es ja nur gehört«, nuschelte er und wandte sich wieder seinem knusprigen Bratenstück zu.

Heinrich waren schon des Öfteren Gerüchte dieser Art zu Ohren gekommen, aber die Warnung vor Neumann hatte bislang noch jeden vorlauten Zeitgenossen verstummen lassen. Der Kaufherr stand nicht gerade im Ruf, seine Feinde mit Samthandschuhen anzufassen, und als direkt Beteiligter wusste Heinrich natürlich, dass die Geschichte nicht aus der Luft gegriffen war, jedoch war es im Sinne der Bruderschaft, der er vorstand, wenn so wenig wie möglich darüber bekannt wurde.

Nicht wenige der Gesellen hatten verlangt, dass Hannes sofort aus ihrer verschworenen Gemeinschaft ausgeschlossen würde, und was das bedeutet hätte, wusste Heinrich nur zu gut. Mit viel Glück hätte der junge Geselle auf einer zugigen Burg oder in einem armseligen Dorf eine schlecht bezahlte Arbeit bekommen, in den Städten allerdings, wo der Geselle sein Handwerk erst richtig erlernen könnte, hätte er sich nicht mehr verdingen können. Und schließlich wäre er vielleicht wie viele ausgestoßene Gesellen in einer Bettlerbruderschaft gelandet.

Der Parlier verscheuchte diese düsteren Gedanken, letztlich war es noch mal gut gegangen und Hannes würde seinen Weg machen, davon war er überzeugt.

»Nichts für ungut, Karl, mein Becher ist leer, soll ich deinen auch gleich füllen?« Der Altgeselle hatte dem Nachbarn mit seiner Pranke auf die Schulter gehauen, dass diesem die Luft wegblieb.

Nachdem die Hochzeitsgesellschaft in der festlich ausgeschmückten Zunftstube angekommen war, dirigierte der mit einer auffälligen Uniform gekleidete Kontorleiter der Neumanns die Geladenen an ihre Plätze.

Die Diener brachten als Entree für jeden Gast eine gebratene Wacholderdrossel mit einer Füllung aus getrockneten Früchten und reichten dazu erlesenen Burgunderwein, den der umtriebige Burgwart bei einem Geschäftspartner in Beaune geordert hatte. Danach wechselten sich gekochte Schweinsköpfe mit Zanderfilet, geschmorte Rinderfüße mit Entenbrüstchen ab und als krönender Hauptgang wurde frisches Wildbret, das der Gewürzhändler bei einem Jagdaufseher des flüchtigen Herzogs im Schönbuch gekauft hatte, aufgetragen.

Anna schaute angewidert auf die rülpsenden und mit Knochen um sich werfenden Gäste. Rosige Gesichter glänzten vor Fett und manchem troff es vom Bart.

Edler Wein und frisches Bier flossen in Strömen, einige Gäste mussten sich während des Festmahls übergeben und mit zunehmender Dauer unterschied sich die feine Gesellschaft nicht mehr von den am Marktplatz versammelten ärmeren Leuten.

Burgwart hatte nach den besten Spielleuten und Gauklern geschickt, deren anzügliche Lieder und eindeutige Possen manches Paar dazu verleiteten, sich unter dem Tisch unsittlich zu nähern.

Der junge Neumann hielt sich merklich zurück, er umgarnte Anna und machte ihr Komplimente. Der Zwischenfall in der Kirche gab ihm zwar zu denken, aber er wusste sein wahres Gesicht zu verbergen, bis Annas Erbe gesichert war.

Auch Burgwart war angesichts dieser Szene nicht besonders erfreut gewesen. Seine Tochter jedoch war sein Augapfel und ihr Versuch, in ein Kloster einzutreten, hatte leise Zweifel an seiner einsamen Entscheidung in ihm ausgelöst.

Diese aus der Welt zu schaffen, war nun Kaspar Neumanns Aufgabe, und mit Wohlgefallen betrachtete der Gewürzhändler immer wieder das junge Paar. In der Kirche hatte er inständig zu sämtlichen Heiligen gebetet und gefleht, dass Anna ihren Widerstand aufgäbe und dem jungen Neumann eine gute und untertänige Frau sein werde.

Das ausgelassene Fest hatte seinen Höhepunkt erreicht, als die jungen Brautleute für die bevorstehende Hochzeitsnacht entlassen wurden, wobei sie von einer kleinen Eskorte, bestehend aus Verwandten und Freunden, zu Kaspars Elternhaus geleitet wurden.

Die lärmenden und feiernden Leute wurden schließlich an der Haustür abgewimmelt und das junge Ehepaar stieg gemeinsam die geräumige Steintreppe hoch.

Im ersten Stock war das riesige Wohnzimmer, das fast ausschließlich zu repräsentativen Zwecken genutzt wurde, die Möbel waren dem neuen italienischen Stil nachempfunden.

Das Schlafgemach von Kaspars Vater sowie Ess- und Musikzimmer befanden sich ebenfalls im selben Stockwerk. Neumann musste sich sehr zurückhalten, um nicht schon hier über seine attraktive Frau herzufallen.

Anna hingegen war stark verunsichert. Der blendend aussehende Kaspar hatte sich heute von seiner besten Seite gezeigt und ihr Widerstand begann zu bröckeln. Doch sie hatte sich geschworen, keine Kinder von ihm zu empfangen, außerdem war da noch der unangenehme Vorfall bei dem Richtfest, der ihr in guter Erinnerung geblieben war.

Im oberen Stockwerk letztendlich befand sich das Schlafzimmer der frisch Vermählten, in dessen Mitte ein breites Himmelbett mit blauen Blumenmustern stand. Der ganze Raum war mit teuren Wachskerzen erleuchtet und der schöne Kachelofen, der in einer Ecke stand, verströmte eine wohlige Wärme in der kühlen Frühherbstnacht.

»Kannst du mir etwas zu trinken besorgen? Ich habe schrecklichen Durst.«

Kaspar machte sich auf den Weg in die Küche und kam mit zwei Bechern zurück.

Anna überlegte krampfhaft, wie sie das zerriebene Pulver in sein Getränk geben sollte, als er sich abwandte und sein Wasser in ein Tongefäß abschlug. Blitzschnell öffnete sie den Beutel, den sie unter ihrem Kleid versteckt hatte, schüttete eine größere Menge in seinen Becher und reichte ihn Kaspar, der ihn in einem Zug leerte.

»Ah, das tut gut nach dem vielen Wein. So, meine Liebe, lege dich zu mir, diese schöne Nacht wird uns beiden viel Freude bereiten.«

Anna sah die aufgerichtete pulsierende Männlichkeit, die sich gegen seine Beinkleider abzeichnete, und ein ängstliches Gefühl beschlich sie. Kaspar hingegen schien nichts davon zu spüren. Voller Vorfreude nestelte er an ihrem Nachtgewand, als plötzlich ein heftiger Ruck durch seinen Körper ging.

»Was ... Was ist mit mir? Ich ...« Er zuckte noch ein paar Mal, sank nach einem letzten Aufbäumen aufs weiche Bett und rührte sich nicht mehr. Anna war so erschrocken, dass sie kein Wort herausbrachte, doch nach einer kurzen Schrecksekunde stürzte sie aus dem Zimmer.

»Hilfe! Zu Hilfe!«

Kapitel 6

»Los, ihr Faulpelze, macht, dass ihr herunterkommt!« Beim Morgengrauen riss eine laute, befehlsgewohnte Stimme die schnarchenden Gesellen aus ihrem Schlummer.

Das Gesellen- und Lehrlingslogis bestand aus einem einfachen Strohlager unter dem zugigen Dach, wo es im Winter eisig kalt und im Sommer höllisch warm war. Frieder, der Parlier, hingegen bewohnte eine eigene, etwas geräumigere Kammer.

Heute war der erste Arbeitstag für Hannes und Walter, den gestrigen guten Montag, der in Esslingen alle zwei Wochen begangen wurde, hatten sie genutzt, um ihre Kleider auszubessern. Ein Badehaus hatten die mittlerweile etwas befremdlich riechenden Männer ebenfalls aufgesucht und anschließend den schönen Tag bei einem guten Becher Wein ausklingen lassen.

Der schmalbrüstige Lehrjunge war als Erster aufgesprungen, denn er musste beim Herrichten des einfachen Morgenmahls helfen, und Hannes erinnerte sich abermals an seine eigene schwere Anfangszeit in dem Beruf.

Rudolf, der dritte Geselle, schien ein ganz passabler Bursche zu sein. Da er bereits seit mehreren Wochen in der Stadt war, hatte er seinen neuen Kollegen gestern einige Sehenswürdigkeiten gezeigt und bei dieser Gelegenheit vieles über den Meister und dessen Gattin erzählt.

Nachdem jeder seine mit sämigem Hirsebrei gefüllte Schüssel und seinen Becher verdünntes Bier vor sich hatte, begann Meister Hildebrand mit der Verteilung der Arbeiten für den heutigen Tag. Er war ein mittelgroßer, sehniger und offenbar zäher Mann mit einer ausgeprägten Hakennase und flinken Augen. Er forderte viel von den bei ihm beschäftigten Arbeitern und seine schwieligen Hände zeugten davon, dass er sich selbst nicht zu schade war, kräftig mit anzupacken.

Die Meisterin hingegen war eine feingliedrige, gut aussehende Frau, die ihre Dienstboten, Gesellen und auch Lehrlinge freundlich behandelte. Sie war noch sehr jung gewesen, als der damalige Parlier um ihre Hand angehalten hatte, und der als stellvertretender Geschäftsführer eingesetzte Bruder des verstorbenen Meisters hatte nicht lange gezögert, seine älteste Tochter mit dem fähigen und ehrgeizigen, wenngleich viel älteren Gesellen zu verheiraten.

In relativ kurzer Zeit hatte Sofie ihrem Mann vier Kinder geschenkt, wovon zwei allerdings unmittelbar nach der Geburt verstarben. Nach dieser stürmischen Anfangszeit ihrer Ehe erlosch jedoch die anfängliche Leidenschaft ihres Mannes. Der große Altersunterschied mochte ein Grund sein, die harte körperliche Arbeit von Sonnenaufgang bis Sonnenuntergang ein anderer.

»Wollt ihr beiden einen kleinen Nachschlag?« Sofie lächelte Walter und Hannes an.

»Sie können nachher wieder essen, wir müssen jetzt los, das Wetter wird umschlagen.« Der drahtige Meister war umgehend aufgestanden. Er warf sich ein leichtes Wams über und hetzte über die Gassen, die Gesellen und der Lehrling hatten größte Mühe, den schnellen Schritten Hildebrands zu folgen.

Der weitläufige Zimmerplatz, auf dem jeder Meister über eine vor Diebstahl mit einem schweren Schloss gesicherte Werkzeughütte und ein größeres freies Areal verfügte, lag außerhalb der Stadtmauern. Hier stand ein einachsiger Karren mit einer überdimensional langen Deichsel und mannshohen Holzrädern, auf dessen robusten Aufbau die Männer das fertig abgelängte Holz legten. Das auf der Baustelle benötigte Werkzeug war in einer an der Unterseite angebrachten Kiste verstaut worden. Danach wurde die ungesicherte Ladung mit einer schweren Kette an dem Wagen befestigt. Der ungeduldige Meister griff sodann zur Deichsel, während der Lehrling und zwei Gesellen sich hinten postiert hatten und sich zum Schieben bereit machten.

»Also, Frieder, sobald Rudolf und du die Giebelwände und die Dachsparren zurechtgesägt habt, kommt ihr nach in die Webergasse, und bewegt euch, schließlich bezahle ich euch nicht fürs Nasebohren!«

Der Parlier legte dem etwas ungestümen Rudolf seine Hand auf den Arm und führte ihn zur Arbeitsstätte, denn er hatte sofort gespürt, dass sich dieser am liebsten auf Hildebrand gestürzt hätte.

Der perfekt ausbalancierte Wagen setzte sich in Bewegung und die auf dem Platz zurückgebliebenen Gesellen begannen, einen dicken Balken abzusägen. Dabei umschloss jeder der zwei Männer einen der beiden Holzgriffe, die an den Enden des rund fünf Ellen langen Sägeblatts angebracht waren, mit seiner rechten Hand.

Die kräftigen Gesellen hatten ein lustiges Lied angestimmt und die messerscharfen Sägezähne fraßen sich munter durchs Holz.

»Ich weiß nicht, ob ich mich noch lange zurückhalten kann, dieser elende Hundsfott reizt mich bis aufs Blut«, sagte Rudolf, nachdem der Wagen außer Sichtweite war.

»Beherrsch dich, Kamerad, du weißt so gut wie ich, dass der Winter vor der Tür steht, aber ich verspreche dir, dass wir uns zu gegebener Zeit in der Bruderschaft über den übellaunigen Krauter unterhalten werden«, beschwichtigte Frieder.

»Vielleicht sollten wir ihn schwarz machen. Sobald keiner mehr bei ihm arbeitet, muss er seine rüden Umgangsformen ändern.«

Der holpernde Wagen war endlich in der Webergasse angekommen und die Gesellen sanken völlig erschöpft und schweißnass auf den Boden. Der schmächtige Lehrjunge war der Anstrengung offenbar noch weniger gewachsen, denn ihm blieb fast die Luft weg und im nächsten Augenblick musste er sich übergeben. Kaum hatte er sich etwas beruhigt, war der Meister bei ihm und gab ihm zwei schallende Ohrfeigen.

»Du Nichtsnutz! Bring endlich das Werkzeug hinauf, glaubst du vielleicht, ich füttere dich umsonst?«

Hannes rang schwer mit sich, doch wenn er jetzt nichts entgegnete, würde er seine Selbstachtung verlieren. Ein kurzer Blick auf den hämisch grinsenden Walter genügte, um zu wissen, dass er von diesem keine Unterstützung bekommen würde. »Herr Meister, mit Verlaub. Der arme Lehrling hat sich genauso verausgabt wie wir, gönnt ihm eine Rast und eine Kleinigkeit zu trinken.« Das Herz schlug rasend schnell und die Hände begannen zu zittern. Hannes war als kaum gereister und unerfahrener Geselle eigentlich nicht in der Position, Kritik zu üben.

»Wer bist du, dass du mir Vorschriften machen kannst?« Die Stimme des Meisters war gefährlich ruhig, die Augen über der ausgeprägten Hakennase jedoch schienen Blitze zu schleudern und langsam ging Hildebrand auf seinen Arbeiter zu, der am liebsten davongelaufen wäre, sich aber dennoch keine Handbreit bewegte.

»Werter Meister, verzeiht unserem jungen Gesellen, er ist halt noch sehr ungestüm und hat sich bestimmt nichts dabei gedacht.« Walter hatte das schönste Lächeln aufgesetzt, dessen er mit seiner auffälligen Narbe fähig war, und war zwischen die beiden Streithähne getreten. »Wie wär's, wenn wir beide, Hannes und ich, dem Jüngling zur Hand gingen und das benötigte Werkzeug hinauftragen?«

Die sanft gesprochenen Worte Walters übten eine beruhigende Wirkung auf Hildebrand aus.

Wollte er Hannes im ersten Moment eine ordentliche Maulschelle verpassen, so ging er nun brummelnd ins Nachbarhaus, in dem sein Auftraggeber wohnte. Außerdem musste er sich eingestehen, dass er alle verfügbaren Gesellen dringend brauchte.

»Ich danke dir, Walter, du hast mich wohl vor dem Verlust meiner Arbeitsstelle und obendrein einer gehörigen Tracht Prügel bewahrt.«

»Ach was, das ist doch selbstverständlich unter umherreisenden Gesellen, aber lass uns geschwind das Zeug nach oben schaffen, bevor der Krauter es sich anders überlegt.«

Was Hannes als Kameradschaftsdienst angesehen hatte, war jedoch mitnichten einer. Walter war sehr daran gelegen, in der Nähe des Jüngeren zu bleiben und jederzeit ein Auge auf diesen zu haben.

Nach dem Tod seines Nachbarn hatte der Bauherr das windschiefe alte Haus erworben und niederreißen lassen. Da er über ein beträchtliches Vermögen verfügte, war auf den riesigen Gewölbekeller ein erstes Stockwerk mit buntem Sandstein gemauert worden.

Die Gesellen hatten bereits damit begonnen, das Holz mit einem dicken Hanfseil hochzuziehen und auf die stabilen Mauern ihr erstes Deckengebälk aufzubauen, als der Meister, der sich offensichtlich bei einem Trunk mit dem Hausbesitzer beruhigt hatte, wieder auftauchte.

Die Arbeit ging zügig voran, und gerade als die Gesellen dabei waren, eine Wand aufzurichten, rief eine freundliche Stimme sie zur Brotzeit. Sofies Korb war prall gefüllt mit Schweinswürsten, Käse, Brot und frischem Gemüse sowie einer Kanne kühlen Biers, von dem sie jedem einen Becher einschenkte.

Wenn es ihr irgendwie möglich war, brachte die sympathische Meistergattin die Brotzeit persönlich vorbei. Sie scherzte und kokettierte mit Gesellen und Lehrjungen gleichermaßen und hatte für jeden ein aufmunterndes Wort. »Na, Hannes, wie schmeckt dir die Arbeit bei uns?«

Ihr strahlendes Lächeln brachte den jungen Gesellen in Verlegenheit. »Äh … So weit ganz gut. Ich …«

»So, Gesellen, ich denke, wir machen weiter, wir wollen hier keine Wurzeln schlagen«, schnitt ihm Hildebrand in seiner ruppigen Art das Wort ab.

Sofie schüttelte den Kopf und bedachte die Männer mit einem entschuldigenden Achselzucken, als sie die Baustelle verließ.

Wie von Zauberhand fügte sich Balken an Balken. Ein ausgeklügeltes System von Zeichen, die in jedes Stück Holz eingekerbt waren, machte es den Zimmerleuten leicht, den jeweils passenden zu platzieren. Und bereits am Nachmittag, einen Tag, nachdem die beiden Gesellen angekommen waren, wurde mit dem Bau eines Gerüsts begonnen.

Jeweils zwei oberschenkeldicke, mehrere Meter lange Rundholzstangen wurden senkrecht aufgestellt und mit waagerechten Hölzern fest zusammengebunden, darauf wurden Bretter gelegt. Befestigt wurde das Gerüst am jeweils aufgerichteten Stockwerk und wuchs so mit dem Gebäude.

Am höchsten Punkt wurde sodann eine hölzerne Rolle angebracht, durch welche ein dickes Hanfseil geführt wurde.

Dem Lehrjungen oblag es nun, mithilfe der ihm beigebrachten Knoten das am Boden liegende Holz festzubinden.

Als gegen sieben Uhr abends der zweite Stock aufgerichtet war und der Meister trotz der hereinbrechenden Dämmerung keine Anstalten zum Beenden der Arbeit machte, begannen die Gesellen zu murren.

»Bei allem Respekt, Herr Meister, aber morgen ist auch noch ein Tag«, sagte der Parlier vorsichtig.

Hildebrand wollte etwas erwidern, erinnerte sich aber dann daran, dass er die nächsten zwei oder drei Monate von den Gesellen abhängig war, bevor die dunkle Zeit begann. »Du hast ja recht, Frieder, der Kuhschwanz soll das Werkzeug zusammenräumen, ich will mal sehen, ob der Bauherr noch einen Humpen Bier ausgibt.«

Meister und Gesellen standen beisammen, prosteten sich zu und betrachteten voller Stolz das bereits vollbrachte Werk. Der erschöpfte Lehrjunge hingegen musste noch die gesamte Baustelle aufräumen und das Werkzeug im Karren verstauen.

»Wenn es so weiterläuft, kann ich übermorgen einen Vorschuss verlangen«, dachte Hildebrand und beglückwünschte sich insgeheim dazu, dass er die starren Zunftregeln ausgehebelt hatte. Er hatte lange dafür gebraucht und hin und her gerätselt, denn schließlich war alles exakt festgelegt.

Maximal vier Gesellen und einen Lehrling durfte er beschäftigen, denen er den gleichen Lohn zahlen musste wie die anderen Meister. Außerdem durfte er nur die reglementierten Preise von seinen Auftraggebern verlangen. Sämtliche Eisenwaren wie Nägel und Beschläge kosteten bei jedem Schmied gleich viel, das Holz wurde von öffentlichen Verkäufern feilgeboten.

Jeder Klafter wurde zum gleichen Preis verkauft und jeder Zimmermeister konnte das gleiche Kontingent erwerben, das er dann auf seinem jeweiligen Teil des Platzes lagerte. Wobei Holz mehr und mehr zur begehrten Mangelware wurde, denn immerhin wurde damit gekocht, geheizt, gebaut und die meisten der Gebrauchsgegenstände bestanden ebenfalls daraus, sodass die Wälder immer mehr dahinschwanden. Nun verhielt es sich aber so, dass auf dem weitläufigen Platz ein Stamm mehr oder weniger nicht groß auffiel, und genau da hatte Hildebrand seine große Chance entdeckt.

Die müden Zimmerleute mussten ihren Karren stehen lassen, da die Stadttore verrammelt waren, und nach einem bescheidenen Nachtmahl fiel jeder von ihnen in einen bleiernen Schlaf.

Die nächsten drei Tage hatten sie mit dem Errichten der Holzkonstruktion zu tun, dabei waren manche Balken so schwer, dass sie sich kaum vom Boden bewegen ließen.

Der Lehrjunge war am Ende und auch die Gesellen hatten ihre Kräfte aufgebraucht, selbst bei Frieder, dem vor Kraft strotzenden Hünen, machten sich Ermüdungserscheinungen bemerkbar. Einzig der scheinbar unermüdliche Meister trieb immer wieder an, ja, beschimpfte seine Leute mit den unflätigsten Ausdrücken, derer er fähig war, allein es nützte nichts.

»Meister, so geht's nicht. Geht zum Portal der Sankt-Dionys-Kirche, davor stehen immer ein paar Tagelöhner, die keine Arbeit scheuen.«

»Du hast gut reden, du musst sie ja nicht bezahlen.« Hildebrand sah jedoch ein, dass sie ein paar helfende Hände benötigten, denn die Gesellen ächzten und stöhnten unter der schweren Last.

Der Meister erschien kurze Zeit danach mit vier kräftigen Männern, deren Kleider ziemlich abgerissen waren.

»So wie die aussehen, müssen wir unsere Beutel gut festhalten«, raunte Walter den anderen zu.

Die Vorbehalte des Gesellen waren allerdings unbegründet. Die Tagelöhner packten kräftig mit an und am vierten Tag setzten die Männer in schwindelerregender Höhe die Dachsparren auf, wobei immer mehr ehrfurchtsvoll nach oben blickende Passanten stehen blieben. Es war jedes Mal aufs Neue ein spektakuläres Schauspiel, wie mit scheinbarer Leichtigkeit ein neues Fachwerkhaus entstand.

Nachdem der letzte Balken verlegt war, begannen die Dienstmägde des Bauherrn, alles festlich zu schmücken. Sie gaben den fröhlich gestimmten Zimmerleuten einen aus frischen Blumen geflochtenen Richtkranz, den diese am Dachstuhl weithin sichtbar befestigten. Danach zogen sich die Handwerker zurück, um ihr schönstes Wams anzulegen, und Hannes war aufgeregt, da er die ehrenvolle Aufgabe hatte, den Richtspruch zu halten.

Er wurde von den anderen Gesellen und dem Lehrjungen flankiert, als er zu sprechen begann: »Froh versammelte Richtfestgäste, lasst grüßen euch aufs Allerbeste und hört nach altem Brauchtum an, vom Dache aus, den Zimmermann.«

Es war ein alter, launiger Spruch, der von allerlei Abenteuern auf der Wanderschaft erzählte und der ihm von Heinrich, seinem ehemaligen Parlier, beigebracht worden war.

Am Ende der Rede musste Hannes noch zwei Becher Wein trinken, ohne abzusetzen. Den ersten widmete er dem freigiebigen Bauherrn und seinen Lieben, den zweiten der Handwerkskunst.

Der Festschmaus, der auf den feierlichen Spruch folgte, dauerte die halbe Nacht, während der die Arbeiter wie losgelöst waren. Sie sangen lautstark und betranken sich regelrecht.

»Gesellen, haltet euch ein wenig zurück, der Bauherr hat sich schon mehrmals beklagt.« Hildebrand war an ihren Tisch getreten und bat mit eindringlicher Stimme um Ruhe.

»Ach, Meister, Ihr habt uns so geschunden, nun lasst uns doch ein wenig Spaß.« Die dunklen Augen des stark angeschlagenen Rudolf blitzten angriffslustig.

Der Meister sah von einem zum anderen, er stand vor einer schwierigen Entscheidung. Vor dem Bauherrn durfte er sein Gesicht nicht verlieren und vor den Gesellen nichts von seiner Autorität einbüßen. Wenn er sich Rudolf schnappte, würden sich die anderen auf ihn stürzen, davon war er überzeugt. Plötzlich kam ihm der rettende Gedanke: »Gesellen, ich habe eine Idee, ich gebe euch zwei Gulden und ihr geht später ins Frauenhaus. Unser junger Geselle hier hat auf diesem Gebiet bestimmt Nachholbedarf.« Er deutete auf Hannes, der seine Schüchternheit mit zunehmendem Bier- und Weingenuss abgelegt hatte.

»Mit Gunst, Herr Meister, das ist löblich und ich denke, wir nehmen Euer Angebot an. Oder was meint ihr?« Der hünenhafte Parlier schien den lautstark zustimmenden Gesellen aus der Seele zu sprechen.

Das war knapp, dachte Hildebrand. Sicher, zwei Gulden waren eine Menge Geld, andererseits konnte er sich vor den hohen Gästen, es befanden sich einige Ratsherren sowie angesehene Kaufleute unter ihnen, keine Blöße geben.

Wenig später zogen die lärmenden Männer durch die Gassen und störten die Nachtruhe der Schlafenden. Aus einigen Fenstern warfen Anwohner Gegenstände auf sie herab.

»Halt!«, rief eine laute Stimme.

Sie sahen sich einem entschlossen aussehenden Mann gegenüber, der offenbar keinen Widerspruch duldete und dessen vernarbtes Gesicht unter dem breitkrempigen Hut von so manch überstandener Schlacht zeugte.

Er warf seinen Umhang nach hinten und umfasste die Hellebarde, die in seinen Händen eine tödliche Waffe war.

»Nichts für ungut, Herr Nachtwächter, wir kommen vom Richtschmaus und sind auf dem Weg nach Hause«, versuchte Frieder zu beschwichtigen.

»Wenn ich euch bei meinem nächsten Rundgang erneut erwische, landet ihr im Turm, ist das klar?«

Kleinlaut verdrückten sich die Gesellen.

»Was machen wir jetzt mit unseren Gulden?«

Walter fühlte sich um seinen Spaß betrogen. Hannes hingegen war es nicht unrecht, dass sie jetzt nach Hause mussten, denn ihm war flau in der Magengegend.

»So schnell geben wir nicht auf! Ich bin hin und wieder in diesem Frauenhaus und glaubt mir, der dortige Aufpasser, der mir sowieso noch einen Gefallen schuldet, wird uns zum Hintereingang hereinlassen. Dazu müssen wir aber einen kleinen Umweg gehen, damit wir dem übellaunigen Burschen nicht mehr über den Weg laufen.« Rudolf ging vorneweg und pochte, als sie das Haus erreicht hatten, heftig an die Eingangspforte.

»Was wollt ihr, Lumpenhunde? Schert euch zum Teufel, oder ich mach euch Beine!«

Die erschrockenen Gesellen wichen zurück, als ein grobschlächtiger, stiernackiger Mensch mit Glatze die Tür aufriss und sich auf sie stürzen wollte.

»Halt ein, Bruno, erkennst du mich denn nicht!«

Die finstere Miene des Frauenwirts hellte sich ein wenig auf, er ging auf Rudolf zu, legte ihm einen dicken Arm auf die Schulter und zog ihn ins Innere des Hauses.

Feixend folgten die anderen Gesellen den beiden die steile Treppe hoch und kamen in eine große, schummrig beleuchtete Bohlenstube.

In den Städten waren die von den Gemeinden tolerierten Einrichtungen die einzig legale Möglichkeit für ledige Männer, einer Frau beizuliegen. Der Aufpasser war zwar sein eigener Herr, musste jedoch eine hohe Abgabe entrichten. In der Regel bekam der Frauenwirt den dritten Teil vom Verdienst seiner Dirnen und musste den Frauen Kost und Logis bereitstellen.

»Setzt euch, meine Freunde.« Der müde wirkende Frauenwirt wies den angetrunkenen Männern einen Platz zu. »In diesem Raum empfange ich normalerweise die liebeshungrigen Freier. Etwas zu trinken kann ich euch noch geben, aber meine schönen Damen schlafen bereits.«

Die enttäuschten Handwerker begannen lautstark zu murren.

»Ich habe meinem jungen Kameraden in die Hand versprochen, dass er heute Nacht seine Unschuld verliert.«

Mit Daumen und Zeigefinger fasste sich der massige Mann an die Stirn. »Also gut, aber nur, weil du es bist, Rudolf. Petra, eine meiner Liebesdienerinnen, könnte ich womöglich wach antreffen. Sie arbeitet noch nicht lange in dem Gewerbe; eines Tages stand das arme Mädchen vor unserer Tür und bat um Einlass. Ich persönlich hege den leisen Verdacht, dass sie aus einem Kloster ausgerissen ist.«

»Eine Nonne, das ist genau das Richtige für unseren unerfahrenen Bruder.« Die Gesellen prusteten, Hannes jedoch blieb das Lachen im Halse stecken. Er konnte es nicht ausstehen, wenn sich die anderen über ihn lustig machten.

»Lasst die gute Frau doch in Ruhe, trinken wir aus und kommen morgen wieder«, probierte er zaghaft, sich aus der Affäre zu ziehen. Doch da war der Aufpasser bereits aufgestanden und hatte sich auf den Weg in eine der hinteren Schlafkammern gemacht.

Nach kurzer Zeit erschien er wieder, mit einem breiten Grinsen auf seinem runden Gesicht. »So, mein Junge, die Dame wäre bereit, dich zu empfangen.«

Unter den wilden Anfeuerungsrufen seiner Gesellenbrüder trottete Hannes, der sich in sein unvermeidliches Schicksal fügte, in Richtung der besagten Kammer.

Zaghaft klopfte er an die Tür, in der Hoffnung, nicht gehört zu werden.

»Herein!«, ließ sich eine leise Stimme vernehmen.

Hannes trat ein und erkannte das Mädchen zuerst nur schemenhaft, da lediglich zwei Talglichter angezündet waren. Sie musste gerade aufgewacht sein, da sie herzhaft gähnte.

»Es, äh, nun, es tut mir leid, ich wollte nicht …«

»Pst!« Sie legte den Finger an den Mund und kam näher, ihre vollen Brüste zeichneten sich unter dem Nachthemd ab und obwohl sie noch nicht lange in dem Haus tätig war, spürte sie die große Unsicherheit des jungen Mannes. »Entspanne dich, zieh dein Wams und deine Hosen aus und lege dich aufs Bett, ich lösche derweil die Lichter.«

Das Mädchen war wenig erfreut gewesen, als sie der Frauenwirt mitten in der Nacht geweckt hatte, um noch einen besoffenen Kerl zu empfangen, doch das schüchterne, etwas unbeholfene Auftreten des nicht unattraktiven Gesellen besänftigte sie.

Hannes nestelte unschlüssig an seiner Hose und tat, wie ihn die Dirne geheißen; sein Gemächt allerdings bedeckte er mit beiden Händen, bevor er sich aufs harte Lager begab und sich rasch zudeckte.

Kaum war das Licht gelöscht, spürte er, wie sich ein warmer Körper an ihn schmiegte, sein Geschlecht richtete sich auf und das Mädchen begann, mit flinken Fingern seinen prallen Penis zu massieren. Hannes liebkoste ihre herrlichen Brüste, stöhnte unvermittelt auf und entlud sich zuckend in die Hand der jungen Frau.

»Das ging jetzt aber schnell!«

»Es tut mir leid, ich konnte nicht mehr an mich halten.«

»Halb so schlimm, wir versuchen es nachher noch mal, wenn dein kleiner Freund sich wieder regt.«

Hannes dankte dem Mädchen insgeheim, dass es ihn nicht verspottete, und eine Zeit lang sagten beide nichts.

»Erzähle mir ein wenig aus deinem Leben«, brach die junge Frau das Schweigen.

Der junge Geselle berichtete von den ungewöhnlichen Begebenheiten auf der Reise nach Esslingen, die ihn offenbar sehr beeindruckt hatte, und in knappen Worten von den näheren Umständen der überstürzten Abreise aus seiner Heimatstadt. »Aber wozu erzähle ich dir das eigentlich alles?«

»Manchmal wirkt es befreiend, sich bei jemandem auszuweinen«, meinte sie verständnisvoll. »Du kannst mir glauben, dass ich mir mein Leben ebenfalls anders vorgestellt habe, doch als dritte Tochter eines vermögenden Goldschmieds war es recht früh klar, dass mein Vater sich die teure Mitgift sparen und mich für geringeres Entgelt in ein nahes Kloster geben würde. Gewiss, wir wurden mit den Zehnten der hörigen Bauern ausgezeichnet versorgt, allerdings hatte ich irgendwann meine Gefangenschaft trotz der unbestrittenen Annehmlichkeiten satt. Eines schönen Tages, als wir bei einer feierlichen Messe außerhalb der Klostermauern waren, schlich ich mich davon und landete nach einer langen Odyssee letztendlich in diesem Haus. Anfangs habe ich mich furchtbar geekelt, aber mit der Zeit gewöhnt man sich an alles, außerdem haben wir durchaus gewisse Privilegien. Die Stadtväter sorgen gut für uns und wir im Gegenzug dafür, dass die vielen ledigen Kerle die ehrbaren Bürgerinnen in Ruhe lassen.«

Unvermittelt wurde die Tür aufgerissen. »Los, komm raus, jetzt bin ich dran!« Mit glasigen Augen stand Walter in der Tür und starrte mit geiferndem Mund auf die entblößte Frau.

»Das kannst du vergessen, mach, dass du wieder rauskommst!« Hannes hatte sich vom Strohlager erhoben und stand dem lüsternen Gesellen nackt gegenüber, doch blitzschnell hatte dieser einen kleinen Dolch gezückt und kam mit kreisenden Armbewegungen näher.

Kapitel 7

»Wir müssen ihn zur Ader lassen!« Der Vater und nahe Verwandte des wie tot daliegenden frisch Vermählten standen ratlos um den eilig herbeigeholten Bader herum. Der Dominikaner wollte ihm schon die letzte Ölung verabreichen, als sich im Hintergrund die kräftige Stimme Marias vernehmen ließ. In ihrer Not hatte Anna eine Dienstmagd losgeschickt, um die Hebamme zu suchen, in der Hoffnung, diese heute Nacht noch innerhalb der Stadtmauern anzutreffen. Die junge Braut machte sich die schwersten Vorwürfe. In einem unbeobachteten Moment hatte sie sich aus dem Wohnzimmer geschlichen und vor der Haustür sehnsüchtig auf Maria gewartet.

»Gott sei Dank bist du nicht nach Hause gegangen!« Erleichtert hatte Anna die Heilerin begrüßt und ihr in knappen Sätzen von der Verabreichung des Pulvers und der buchstäblich niederschmetternden Wirkung erzählt.

»Nun, Herr Bader, ich denke, Ihr könnt Eure Schröpfköpfe wieder einpacken.«

Hasserfüllt starrte der Mann auf die hagere Hebamme, die ihm bereits so manchen Patienten abspenstig gemacht hatte. »Was willst du Hexe denn hier, dein fauler Zauber hilft dem jungen Herrn nicht!«

Feindselige Blicke der Umstehenden richteten sich auf die Heilerin, die für einen Moment unsicher wirkte.

»Lasst die Frau durch, wenn irgendjemand ihm helfen kann, ist sie es!« Der dröhnende Bass Gotthelf Burgwarts ließ die anderen verstummen und Maria wurde durchgelassen.

Sie schalt sich insgeheim eine Närrin, dass sie dem Drängen Annas nachgegeben hatte. Das zerriebene Pulver war für seine Wirkung bei Frauen bekannt, bei Männern hatte sie es noch nie zuvor ausprobiert. Zusammen mit Wein genossen, entfaltete es offenbar eine fatale Wirkung.

Zuallererst scheuchte sie die Leute aus dem Zimmer und schickte nach der Köchin.

Balthasar Neumann protestierte, schließlich war er es nicht gewohnt, in seinem eigenen Haus aus dem Zimmer gejagt zu werden, ließ sich aber von Burgwart beschwichtigen und folgte dem Gewürzhändler.

»Habt ihr Kamille da?«, fragte Maria die schläfrige Köchin.

»Ja, eine kleine Menge davon haben wir immer in der Küche.«

»Gut, mach bitte einen Aufguss und bring ihn mir in einem Becher herauf.«

Die Frau eilte dienstfertig davon.

»Habt Ihr das gehört, Bruder? Sie will den Todkranken mit einem Kamillenaufguss heilen!« Der Bader, der sich mit den anderen aus dem Schlafgemach entfernt hatte, hatte sich an Bruder Johannes gewandt.

»Ich kenne mich in der Heilkunde nicht sonderlich aus, doch diese Maßnahme erscheint selbst mir höchst ungewöhnlich«, meinte der hagere Mönch zweifelnd.

Die Heilerin hingegen träufelte dem vermeintlich Schwerkranken die Lösung in den Mund und legte ihn auf die Seite. Nach etwa einer halben Stunde regte er sich und begann zuerst zu schlucken, dann immer stärker zu würgen. Der Brechreiz wurde irgendwann so stark, dass er sich in eine bereitgestellte irdene Schüssel übergab.

Die aufgeregte Köchin brachte sofort frisches kaltes Wasser und Anna wusch Kaspar mit einem Tuch ab. »Was ist mit dir geschehen, mein Gemahl, ich dachte für einen kurzen Moment, du wärest tot!«

Nachdem die Würgeanfälle abflauten und sich nur noch etwas Flüssigkeit in die Schüssel ergoss, nahm Anna den Kopf Kaspars in ihre Hände und drängte ihren Bräutigam langsam auf das Lager. »Schlaf nun, ich werde die Nachtwache halten.«

Vergessen war für den Moment der Zwischenfall auf dem Richtfest ihres Vaters, vergessen auch die Absicht, niemals mit Kaspar das Lager zu teilen.

Nach ein paar Tagen hatte sich der junge Kaufmann vollständig erholt und konnte wieder im Kontor seines Vaters mitarbeiten. Er zermarterte sich unaufhörlich den Kopf darüber, wer ihm Gift in seinen Becher getan haben konnte, denn dass es Gift gewesen war, darüber bestand für ihn kein Zweifel. Übermäßiges Essen und Trinken waren ihm seit jeher verhasst.

Er rief sich in einem fort die anwesenden Gäste ins Gedächtnis, um stets aufs Neue festzustellen, dass niemand ihm übel gesonnen sein konnte, es sei denn …?

»Der Tag, am dem die Wechsel für den verdammten Geldverleiher fällig werden, rückt immer näher!« Die polternde Stimme seines Vaters holte Kaspar aus seinen Gedanken. »Unser Dominikaner macht sich morgen auf den Weg und du kannst dich nach deiner überstandenen Krankheit verstärkt um deinen Schwiegervater kümmern. Wir müssen versuchen, an seine prall gefüllte Börse zu kommen.«

»Er ist sehr vorsichtig in geschäftlichen Dingen«, gab Kaspar zu bedenken.

»Ach was!« Sein Vater wischte ärgerlich durch die Luft. »Zeig dich von deiner besten Seite und gewinne sein Vertrauen.«

Neumann zog seinen Sohn zu sich heran. »Kümmere dich obendrein besser um deine Ehefrau und verzichte künftig auf Besuche im Frauenhaus. Es steht verdammt viel auf dem Spiel! Burgwart würde es sicherlich nicht gefallen, wenn er von den Dingen erführe, die sich dort abspielen.«

»Aber Vater, ich weiß nicht …« Kaspar wollte sich aus dem Griff seines Vaters befreien.

»Mein Junge, wie du weißt, gibt es in dieser Stadt nicht vieles, was mir verborgen bleibt. Und jetzt lass uns über etwas anderes reden.«

Die beiden machten sich nun ins Lager auf, um die Ein- und Ausgänge der Waren zu überwachen.

Das zweiflügelige Holztor stand offen, die Knechte beluden gerade einen schweren vierspännigen Planwagen. Der Kutscher mit seinem wettergegerbten Gesicht fluchte und schrie die Männer an, die sich ihrerseits nichts gefallen ließen.

»Herrmann, was ist das für ein Geschrei, die Nachbarn haben bestimmt schon nach der Stadtwache geschickt!«

Der Angesprochene nahm seinen Hut ab und drehte ihn verlegen zwischen seinen Pranken. »Herr Balthasar, dieses faule Gesindel ist schuld daran, dass ich meine Termine nicht einhalten kann! Außerdem gehen sie mit Eurem wertvollen Tuch um, als wären es Schweinehälften!«

»Ich werde mir die nichtsnutzigen Knechte heute Nachmittag vorknöpfen, doch jetzt lasst uns in eine Schenke gehen. Ein deftiges Essen und guter Wein sollten helfen, deine Laune zu bessern.« Neumann wusste, was er an dem Kutscher hatte, es gab nicht viele vom Schlage Herrmanns, der sich stets furchtlos und sicher auf den gefährlichen Landstraßen bewegte.

Als die Geschäfte noch besser gingen, hatten die Wagen der Neumanns immer ein paar bewaffnete Söldner als Geleitschutz dabei gehabt. Heutzutage schlossen sie sich unterwegs mit anderen Händlern zu großen Karawanen zusammen.

Trotzdem war es in letzter Zeit vermehrt zu blutigen Überfällen gekommen, da sich in den Wäldern immer mehr Gesetzlose tummelten, die zu allem bereit waren. Während viele Wagenlenker beim ersten Auftauchen der Räuber die Flucht ergriffen und ihre Waren den Dieben kampflos überließen, war Herrmann einer der wenigen, die die Fracht ihres Herrn mit dem eigenen Leben verteidigten.

Diese Zuverlässigkeit ließ sich Neumann einiges kosten.

Anna verließ das Haus, als die drei Männer gerade um die Ecke bogen. Sie wollte nach ihrem Vater schauen, der nun allein in dem riesigen Haus wohnte.

Die eisigen Temperaturen waren Vorboten des nahenden Winters und die junge Frau hatte sich in einen dicken Mantel gehüllt. Anna ging in entgegengesetzter Richtung, sie wollte noch etwas durch die anmutigen Gassen ihrer Heimatstadt schlendern.

Auf unbestimmte Art fühlte sie sich sicherer als sonst, als sie an der mächtigen Stadtmauer entlangspazierte. Gegenüber vom Barfüßerkloster waren Zimmerleute damit beschäftigt, einen Dachstuhl aufzurichten, und Anna blieb stehen.

»Gott zum Gruß, Meister Wilhelm!«

»Gott zum Gruß!«, erwiderte der Angesprochene. »Wie geht es der jungvermählten Kaufmannsgattin? Für Euch und Euren Ehemann wäre es an der Zeit, in ein standesgemäßes Fachwerkhaus zu ziehen, das ich Euch natürlich liebend gern errichten würde!«, meinte er augenzwinkernd und Anna lachte.

»Wenn jemand unser Haus baut, so selbstverständlich Ihr, werter Meister«, sagte Anna und verabschiedete sich sodann. Komisch, dachte sie, es war allgemein bekannt, dass der Zimmermeister nicht mitarbeitete, doch heute sah es so aus, als ob er seine Gesellen und Lehrlinge antreiben wollte. Vielleicht war einer seiner Arbeiter ausgefallen oder davongelaufen. Sobald Anna weitergegangen war, zeigte Wilhelm seinem Sohn, der als Lehrling auf Hannes gefolgt war, wie man das Seil ums Holz schlang und den dafür notwendigen Knoten band.

»Himmelherrgottsakrament, ich hab es dir schon hundertmal gezeigt, so dumm kann doch kein Kuhschwanz sein!« Die Weinfahne, die aus des Meisters Hals kam, trieb dem Jungen fast die Tränen in die Augen. »Geh weg, jetzt zeig ich es dir ein letztes Mal, wenn du es dann immer noch nicht kapiert hast, setzt es Hiebe mit dem Winkeleisen! So, stell dich hierher und wir ziehen das Holz gemeinsam hoch. Seid ihr oben bereit?« Ohne eine Antwort abzuwarten, begann der Meister zu ziehen, und der Lehrling beeilte sich, ihm zu helfen.

Anna, die das Geschrei noch einige Häuser weiter hören konnte, schmunzelte amüsiert. So war es auch bei ihres Vaters Bau gewesen, in einem Anfall von Arbeitswut war Wilhelm aus der Schenke geeilt und hatte alles durcheinandergebracht. Die Gesellen ließen ihn gewähren, sie wussten ja, dass dieser Zustand nicht lange anhielt. Sie arbeiteten eigentlich gern bei ihm, da er sie meistens in Ruhe ließ und immer pünktlich bezahlte.

Als Anna in die nächste Gasse einbog, hörte sie plötzlich einen dumpfen Knall, dem ein wildes Geschrei folgte. Reflexartig drehte sie sich um und rannte zurück.

Blutüberströmt lag Wilhelm am Boden und während er nur noch leise röchelte, brüllte der Lehrling wie von Sinnen. Die Gesellen eilten die provisorische Treppe hinunter und Heinrich war der Erste, der die Situation richtig erfasste. Er gab dem unter Schock stehenden Lehrling eine saftige Ohrfeige und die anderen befreiten den schrecklich entstellten Körper des Meisters von dem auf ihm liegenden Balken.

Beim Anblick des Unfallopfers wurde Anna kreidebleich. »Ich habe doch gerade noch mit ihm geredet!«, stammelte sie entsetzt. »So tut etwas! Ich laufe währenddessen los und hole Hilfe!«

»Ich fürchte, dazu ist es zu spät.«

Mit einem letzten Seufzer war das Leben aus Wilhelm gewichen. Heinrich kniete nieder, machte das Kreuzzeichen über dem geschundenen Leib und sprach ein Gebet.

Die Nachricht von dem schrecklichen Unfall hatte sich in Windeseile verbreitet, Dutzende von Schaulustigen bevölkerten bereits kurze Zeit später die Unglücksstelle.

»Lasst den Diener Gottes durch, der ihm posthum die letzte Ölung verabreicht, auf dass er nicht in das ewige Fegefeuer kommt!« Der Dominikanermönch verschaffte sich mit ein paar Ellbogenstößen Durchlass zu dem Toten und auch die rauen Gesellen wichen ehrfürchtig zurück. »In nomine patris et filii et spiritus sancti. Du Erdenwurm hast das Diesseits verlassen, um im Jenseits auf das Jüngste Gericht zu warten!«

Anna bekam eine Gänsehaut, als der hagere Pater die Arme ausbreitete und Furcht einflößend vor dem Toten stand.

Heinrich hatte inzwischen im Nachbarhaus eine Decke besorgt und breitete sie über den Leichnam. Er nahm den heulenden Lehrling, der nur noch ein Häufchen Elend war, in den Arm.

»Vater, Vater!«, stammelte dieser immer wieder.

Der Parlier schickte einen Gesellen zum Totengräber, während sich durch die Zuschauermenge eine weinende ältere Frau drängte. Als der Junge seine Mutter sah, rannte er ihr in die Arme.

»Kann ich ihn sehen?«, fragte Adelheid.

»Ich wünschte, ich könnte Euch diesen Anblick ersparen, wartet lieber, bis der Totengräber ihn etwas hergerichtet hat.« Heinrich machte keine Anstalten, die Meistergattin zu ihrem Mann zu lassen.

»Aber wie konnte das geschehen, ich … Was wird jetzt aus mir und meinen Kindern?« Sie sank auf die Knie und rief ihren Schöpfer an.

Der Dominikaner witterte seine Chance: »Tue Buße für dich und deinen sündigen Gatten! Dein Mann ist ohne letzte Ölung verschieden und hat die Sterbesakramente nicht erhalten, die Höllenqualen werden furchtbar für ihn sein! Doch die heilige Mutter Kirche gibt dir die Möglichkeit, mit etwas finanziellem Aufwand deinen Angetrauten vor der ewigen Verdammnis zu retten.«

»Von Ablassbriefen steht nichts in der Bibel und jetzt lasst mich zu der Witwe durch!« Die Stimme gehörte dem stattlichen Pfarrer der Marienkirche, der dem Mönch fest in die Augen schaute. Dieser zeterte und wollte zunächst nicht klein beigeben, spürte jedoch, dass Alber bei den umstehenden Menschen sehr beliebt zu sein schien.

»Ihr werdet noch an meine Worte denken, spätestens, wenn Ihr beim Jüngsten Gericht vor unseren Herrn treten müsst!« Mit wild fuchtelnden Armen eilte Bruder Johannes davon. Bei dem Gedanken daran, den Ketzerpfarrer einer peinlichen Befragung zu unterziehen, hellte sich seine düstere Miene etwas auf.

»Ich möchte Euch mein herzliches Beileid aussprechen, Adelheid. Ich weiß, dass Euer Gatte immer ein gottesfürchtiger Mann war und deshalb glaube ich, dass er auch ohne Ablassbriefe am Jüngsten Tag zu den Gerechten zählen wird.« Alber hatte der armen Frau die Hand geschüttelt und, da die Worte des seltsamen Mönchs sie aufgerüttelt und furchtbar geängstigt hatten, etwas beruhigt.

Schlagartig kam Bewegung in die gaffende Menge, die Leute stoben auseinander, als wäre der Leibhaftige unter sie gekommen.

Der Totengräber und seine zwei Gehilfen zogen einen alten Karren hinter sich her, dessen Holzräder fürchterlich quietschten. Sofort senkten alle den Blick und bekreuzigten sich, keiner wollte die Totengräber bei ihrer schaurigen Verrichtung beobachten.

Die schwarz gekleideten Männer hievten den Leichnam auf ihren zweirädrigen Wagen, bedeckten ihn und beeilten sich, von der trauernden Menge fortzukommen. Der Totengräber war sich seiner Außenseiterrolle durchaus bewusst, aber manchmal gab sie ihm eine Art Macht in die Hände. Berührte ihn etwa einer der Schaulustigen, so konnte es für diesen die gesellschaftliche Ächtung bedeuten.

Er hatte sich früh mit seinem Schicksal abgefunden, schließlich lebte er nicht schlecht davon, die Leute unter die Erde zu bringen. In dem vorliegenden Fall würde die mächtige Binderzunft sämtliche Kosten übernehmen.

Die unheimlichen Männer fuhren durch das Mettmannstor hindurch in Richtung Vorstadt. Der Verstorbene musste im Haus des Totengräbers so weit hergerichtet werden, dass man ihn zu Hause für die Totenwache aufbahren konnte.

Nachdem es nichts mehr zu sehen gab, waren die Neugierigen gegangen, einzig die Gesellen waren geblieben, um den Unfallort zu säubern. Danach eilten sie in das Haus des Meisters, in dem sie wohnten, und zogen ihr Sonntagsgewand an, um bei der Totenwache Spalier zu stehen.

Einige Zeit später brachten die ausdruckslosen Totengräber den Verstorbenen in einem hastig herbeigeholten Holzsarg zu seinem Wohnhaus und verschwanden wieder. Der beauftragte Tischler musste Überstunden machen, um den richtigen Sarg herzustellen, da bereits für den morgigen Tag die Beerdigung angesetzt war.

Der umtriebige Obermeister der Binderzunft hatte alle Formalitäten erledigt, er war es gewesen, der den Sarg in Auftrag gegeben hatte. Die Gesellen trugen den Schrein mit dem darin liegenden Meister in das Wohnzimmer und stellten ihn in die Mitte des Raums. Nacheinander kamen zahlreiche Verwandte, Bekannte und Freunde, um Abschied zu nehmen.

Um den Sarg hatten sich die Arbeiter gruppiert. Ihre ernsten Mienen zeugten von ehrlicher Trauer, aber auch von Zukunftsangst. Die Frage, ob Heinrich die Witwe ehelichen und dadurch seine Liebe zu Elsbeth verraten würde, um zu Meisterehren zu gelangen, trieb sie um.

Aber für den fähigen Parlier war es die einzige Chance, die gesellschaftliche Leiter hochzuklettern. Wilhelms Sohn war zu jung für diese Aufgabe, außerdem stand er noch unter Schock und war nicht ansprechbar. Ob er jemals über diesen schrecklichen Unfall, dessen unmittelbarer Zeuge er war und dessen Opfer er selber hätte sein können, hinwegkommen würde, war mehr als fraglich.

»Wer wird jetzt wohl für die Kinder sorgen und den Gesellen Lohn und Brot geben?«, fragte Anna ihren Vater, nachdem sie wieder auf die Straße traten.

»Wie du vielleicht weißt, mein Kind, hat die Witwe ein Jahr Zeit, um einen Meister zu ehelichen, so schreibt es die Zunftordnung vor.«

Anna hatte ihren Vater aufgesucht und war mit ihm in das Haus des Verstorbenen gegangen, um dem Zimmermeister die letzte Ehre zu erweisen.

Ihren Ehemann sah sie in letzter Zeit fast nie, da für dessen Vater die Reisen immer beschwerlicher wurden und deshalb Kaspar an seiner Stelle die verschiedenen Faktoreien besuchen musste.

»Meinst du, dass Heinrich derjenige sein wird?«

»Ich weiß es nicht. Ich weiß nur, dass der alte Wilhelm, Gott sei seiner Seele gnädig, viele Schulden hatte. Als er noch lebte und für Aufträge sorgte, hielten die diversen Gläubiger still, wie sie sich jetzt verhalten werden …, das weiß der Himmel!«

»Hat er gespielt?« Anna machte ein besorgtes Gesicht.

»Das entzieht sich meiner Kenntnis, er war aber offenbar mehr in den Schenken anzutreffen als auf seinen Baustellen. Genug damit, man soll nicht schlecht über Verstorbene reden. Wollt ihr wohl auf die Seite gehen, ihr räudigen Köter?«

Sie wichen zwei Hunden aus, die sich um ein totes Ferkel balgten, als hinter ihnen ein Reiter die Bindergasse hochpreschte.

Anna drehte sich um und konnte den prächtigen Hengst ihres Angetrauten erkennen, die Hunde stoben jaulend davon.

»Brrrrrrr!« Mit einem Satz sprang Kaspar vom Pferd und begrüßte seine Gemahlin stürmisch. Kurz bevor er bei ihr anlangte, hatte er erkennen können, dass sie mit ihrem Vater unterwegs war. Mit einer theatralischen Geste nahm er seinen eleganten Hut ab und deutete eine Verbeugung an. »Grüß

Euch, werter Herr Schwiegervater! Stand Euch beiden der Sinn nach einem Abendspaziergang?«

»Wir kommen gerade von einer Totenwache.« Gotthelf Burgwart erzählte seinem Schwiegersohn in knappen Worten von dem Unfall mit Todesfolge.

»Ich wünsche euch eine geruhsame Nacht!« Am Marktplatz verabschiedete sich Burgwart, drehte sich nach ein paar Schritten nochmals um und blickte voller Stolz auf das glückliche Paar.

»Wo bist du so lange gewesen, Kaspar, ich habe mir große Sorgen gemacht, nachdem die sechste Woche vergangen war.« Anna bedrängte ihren Mann, der ihr ausweichend antwortete.

»Ich war in Schwäbisch Hall und außerdem in unserer Niederlassung in Heilbronn. Es gab Schwierigkeiten mit den Tuchen. Die Qualitätskontrollen wurden schlampig ausgeführt, Gott sei Dank habe ich sofort einen neuen Tuchweber gefunden.« Anna schien zufrieden mit dieser Antwort; dass er tatsächlich weder in der einen noch in der anderen Stadt, sondern in Frankfurt am Main gewesen war, brauchte sie nicht zu interessieren.

Sobald sie vor ihrem Haus angelangt waren, kam sofort der junge Pferdeknecht herbeigeeilt.

»Ich muss mich noch mit meinem Vater besprechen, du kannst dich unterdessen frisch machen. Wir sehen uns beim Abendbrot.«

Anna war etwas enttäuscht, als sie allein die Treppe hochging, sie hatte erwartet, dass Kaspar sich ausschließlich um sie kümmern würde.

»Nun, mein Sohn, was hast du erreicht?« Entgegen seiner sonstigen Art war Balthasar Neumann ungeduldig.

»Er räumt uns eine letzte Frist von sechs Monaten ein,

dafür nimmt er allerdings einen Zinssatz von vierzig Prozent!«

Der ältere Kaufherr schluckte schwer, Schweißperlen bildeten sich auf seiner Stirn und er musste sich an seinem eleganten Scherenstuhl festhalten. »Verflucht sei dieses elende Pack! Um allein die horrenden Zinsen bezahlen zu können, müssten wir Haus und Hof veräußern! Sollte Bruder Johannes nichts erreichen, sind wir geliefert!« Er räusperte sich und seine Miene hellte sich ein wenig auf. »Wenigstens haben wir ein halbes Jahr Zeit, um diese Angelegenheit in Ordnung zu bringen.«

Als Kaspar in die Küche kam, um die Dienstboten anzuweisen, fand er alles gesäubert und aufgeräumt vor. Heftig pochte er an die Kammertür, hinter der Köchin und Magd friedlich schliefen. »Steht auf, ihr faules Gesindel, oder wollt ihr euren Herrn, der einen anstrengenden Ritt hinter sich hat, verhungern lassen?«

Es dauerte keine fünf Minuten, bis beide demütig in dem rauchgeschwärzten Raum standen. »Wir haben von heute Mittag noch etwas Rebhuhn, das wir Euch gern servieren, dazu kann ich einen Wein mit erlesenen Gewürzen empfehlen. Eine feine Gemüsesuppe mit Kalbshirn als Vorspeise und zum Abschluss einen Apfelkuchen könnte ich Euch ebenfalls kredenzen.« Die Köchin überschlug sich fast vor Freundlichkeit, obwohl sie innerlich kochte.

»Ja, ja, schon gut.« Mit einer abfälligen Geste ging Kaspar zur Tür hinaus. »Aber beeilt euch oder ich mach euch Beine!«

»Was fällt dem ungehobelten Kerl eigentlich ein? Wir sind doch keine Leibeigenen. Am liebsten würde ich ihm die Suppe mit etwas Urin verfeinern, aber die junge Frau isst vielleicht gleichfalls davon und ihr möchte ich nichts Schlechtes tun, schließlich behandelt sie uns nicht so von oben herab.« Die pausbäckige Köchin war außer sich vor Wut. Sie war sich ihrer Fähigkeiten durchaus bewusst und könnte jederzeit eine andere gute Stellung bekommen.

»Jetzt beruhige dich, der junge Herr ist doch meist auf Reisen und im Großen und Ganzen haben wir es gar nicht so schlecht.« Dass sie dem jungen Neumann ab und an zu Willen sein musste, verschwieg die blonde Magd.

Sobald er die letzten Kuchenbrösel gegessen hatte, erhob Kaspar sich und streckte seine Glieder. »So, liebste Anna, dann wollen wir uns jetzt zurückziehen. Seit sechs langen Wochen bin ich enthaltsam und konnte es fast nicht erwarten, zu dir zurückzukehren.« Mit lüsternen Blicken betrachtete er ihr tief ausgeschnittenes Mieder. Nach der Aufregung der ersten gemeinsamen Nacht hatte Anna sich in ihr Schicksal gefügt und stellte zu ihrer Freude fest, dass Kaspar keinesfalls der rücksichtslose Liebhaber war, für den sie ihn gehalten hatte. Sie hatte sich immer ausgemalt, wie es wohl sein würde, ihre Jungfernschaft zu verlieren, aber die ganzen Geschichten über unerträgliche Schmerzen hatten sich nicht bewahrheitet.

Wenn sie hin und wieder an Hannes dachte, schalt sie sich jedes Mal eine Närrin. Ich muss ihn vergessen, so wie er mich bestimmt schon lange vergessen hat. Meine Zukunft ist hier bei meinem Gemahl, ihm werde ich Kinder schenken und diesen eine gute Mutter sein.

Anna verrichtete ihre Notdurft in einen bereitstehenden Nachttopf, blies die Kerze aus und wollte ihr Schlafgewand anlegen, als Kaspar sie aufs Lager zog. Er schien es heute besonders eilig zu haben.

»Eine Sache, lieber Mann.«

Der Tatendrang des jungen Kaufherrn wurde jäh gebremst.

»Ich hatte dich bereits vor geraumer Zeit darum gebeten, dir in geschäftlichen Dingen helfen zu dürfen.« Sie setzte eine flehende Miene auf. »Ich fühle mich so nutzlos und wie du vielleicht noch weißt, habe ich bei meinem Vater einen nicht unerheblichen Teil der Kontorstätigkeit geleistet.« Diese Angelegenheit beschäftigte Anna seit Beginn ihrer Ehe und auch wenn es höchst ungewöhnlich für eine Frau war, würde sie um dieses Recht kämpfen.

»Das hat doch Zeit bis morgen«, versuchte Kaspar zu beschwichtigen. Wenn Anna tatsächlich schon Kontorsarbeit ausgeführt hatte, musste sie relativ schnell dahinterkommen, dass im Geschäft der Neumanns irgendetwas faul war, dachte der junge Kaufmann. Deshalb durfte sie auf keinen Fall Einblick in die Bücher erhalten.

»Du weißt gar nicht, wie sehr du mir gefehlt hast«, flüsterte er und begann, an ihrem Ohrläppchen zu knabbern. Wie zufällig strich er mit seiner Hand über die wohlgeformten Brüste. Als sich ihre Brustwarzen aufrichteten, fing er an, diese zu liebkosen.

Annas Widerstand war schnell gebrochen, sie umfing sein pulsierendes Geschlecht mit ihrer Hand und führte es in ihre feuchte Scheide. Doch viel zu schnell kam er zum Höhepunkt, seufzte lustvoll und rollte sich im nächsten Moment von ihr herunter, um wenig später laut loszuschnarchen.

Anna war noch zu erregt, um einzuschlafen; sobald sie sich etwas beruhigt hatte, kam ihr erneut das leidige Thema in den Sinn.

War es Absicht, dass ihr Gemahl und ihr Schwiegervater sie aus dem Büro fernhalten wollten? Schon mehrmals hatte sie ihre Mitarbeit angeboten und sich einmal sogar ohne ausdrückliche Erlaubnis ins Kontor begeben. Der alte Neumann hatte sie in einer ihr bis dato unbekannten Art und Weise angeherrscht und ihr mit deutlichen Worten zu verstehen gegeben, dass eine Frau dort nichts zu suchen habe. Na ja, Balthasar war nicht mehr der Jüngste und wenn Kaspar die Geschäfte leitete, würde sich bestimmt eine Möglichkeit ergeben.

Am nächsten Morgen wurde Wilhelm in den eigens für ihn gefertigten Sarg gelegt. Getragenen Schrittes brachten ihn die Gesellen auf die Straße, hievten ihn in den bereitstehenden prächtigen Wagen und traten zur Seite. Die Mitglieder der Binderzunft hatten mit ihrer Fahne und dem kunstvoll gearbeiteten Zunftwappen bereits dahinter Aufstellung genommen und ein jeder hatte sein schönstes Kleid angelegt. Der traurige Anlass war zugleich eine willkommene Gelegenheit für die Meister, sich als starke Zunft zu präsentieren.

»Ho, ho!« Der Fahrer des Leichenwagens musste seine zwei Rappen immer wieder zügeln.

Die Ehefrau mit ihren vier Kindern und die engsten Verwandten hatten allergrößte Mühe, Schritt zu halten. Auch für Klageweiber hatte die Zunft gesorgt, die Schwestern vom Orden der Franziskanerinnen weinten, wimmerten und von Zeit zu Zeit schluchzten sie laut auf. Den Schluss bildeten die Zimmermannsgesellen, verstärkt durch Wagner-, Küfer- und Maurergesellen sowie die weiterer Gewerke, die der Binderzunft angehörten, wobei die Arbeiter mindestens so stolz einherschritten wie ihre Meister. Um auf den Friedhof zu gelangen, musste der Trauerzug durch die Stadt ziehen, vorbei an zahlreichen Schaulustigen, die teilweise ins lautstarke Jammern und Heulen einstimmten.

Die massiven Eichentore wurden entriegelt und geöffnet, als sie am Unteren Tor ankamen, des Weiteren wurden die schweren Falltore rasselnd in die Höhe gezogen.

Sehr zum Leidwesen der anwesenden Mönche wurde die Totenmesse von Matthäus Alber in deutscher Sprache gehalten. »Der Herr gibt, der Herr nimmt.« Die dunkle, wohltönende Stimme des Pfarrers erreichte auch die weiter entfernt stehenden Menschen. »Der Verstorbene war stets freundlich und hilfsbereit, ich denke, jedermann pflichtet mir bei, wenn ich sage, er war in der ganzen Stadt beliebt. Durch seinen gefährlichen Beruf musste er so manches Mal dem Tod ins Auge blicken; dass der Herr ihn jedoch so früh zu sich rufen würde, hat uns alle betroffen gemacht. Der barmherzige Gott sei seiner Seele gnädig.«

Nach weiteren Trost spendenden Worten Albers war es am Obermeister der Binderzunft, das langjährige Mitglied zu ehren, und der bedächtig sprechende Mann schilderte den Werdegang des Verunglückten in chronologischer Reihenfolge. Wilhelm hatte schon als sehr junger Mann das florierende Geschäft von seinem Vater übernehmen müssen, da dieser aufgrund einer schweren Erkrankung gezwungen war, sich aufs Altenteil zurückzuziehen. Zu dieser Zeit war Wilhelm bestrebt, in der Zunft aufzusteigen, und wurde, nachdem er mehrere Posten innegehabt hatte, sogar zum jüngsten Obermeister seit Generationen gewählt. Dem Rat der freien Reichsstadt gehörte er damals auch an, und sein Wort hatte bei den Sitzungen Gewicht.

Nach dem Zunftoberhaupt ergriff der Bürgermeister Jörg Kaiser das Wort. Der honorige Mann schloss sich mit Lobpreisungen des Verstorbenen seinen Vorrednern an. Doch wie der Obermeister und der Pfarrer vor ihm vermied er es tunlichst, den letzten Lebensabschnitt Wilhelms auch nur mit einem Wörtchen zu erwähnen. Beinahe jeder mündige Bürger der Reichsstadt wusste um das lasterhafte Leben des Meisters. Wie es jedoch zum Bruch im Leben des Verstorbenen kam, war nur zwei Menschen bekannt. Und just in diesem Moment blickten sich Adelheid und Heinrich in die Augen. Dabei kam beiden die Erinnerung an die unselige Tat und deren Vorgeschichte in den Sinn:

Wilhelms Eltern und die seiner späteren Frau Adelheid waren sich über eine Vermählung ihrer Kinder schnell einig geworden, handelte es sich doch bei beiden um einflussreiche Handwerkerfamilien. Obwohl die jungen Leute nicht gefragt wurden, entstand im Laufe der Jahre eine innige Verbundenheit und kurz hintereinander kamen drei Mädchen auf die Welt.

Er ließ es sich nicht anmerken, allerdings haderte er schwer mit seinem Schicksal und vernachlässigte seine Frau in zunehmendem Maße. Nachdem diese wider Erwarten zum siebten Mal schwanger wurde, war die Hoffnung bei ihm so groß wie nie zuvor, und tatsächlich gebar sie ihm einen Knaben.

Jeder, der das Neugeborene betrachtete, war entzückt und sah die Ähnlichkeit mit Wilhelm. Nach zwei Jahren jedoch war von der Gemeinsamkeit nichts mehr zu sehen, im Gegenteil, der Meister sah in dem Jungen das Ebenbild eines Mannes, den er gut zu kennen glaubte. Eines Abends kam er von einer Zunftversammlung nach Hause. Der Wein hatte seine Zunge gelockert und er stellte seine Frau zur Rede.

Sie stritt sämtliche Anschuldigungen ab und brachte ihn damit immer mehr in Rage. In seinem unbändigen Zorn schlug er seine Angetraute zu Boden und versetzte der hilflosen Frau noch einen kräftigen Tritt.

Zitternd vor Angst in einer Ecke kauernd, offenbarte sie ihm schließlich die grausame Wahrheit und einige Tage später lauerte er dem Mann auf, der ihn zum Hahnrei gemacht hatte.

»Auf ein Wort, Parlier.« Wilhelm stellte sich drohend vor seinen Vorarbeiter.

»Welch Freude, Herr Meister, Euch zu sehen. Was verschafft mir die Ehre?« Der als großspurig und wenig einfühlsam bekannte Gerhard unterschätzte die gefährliche Situation vollkommen. Das erwies sich als verhängnisvoller Fehler, denn ehe er sich versah, hatte ihm der große, wuchtige Mann die Faust ins Gesicht gedonnert.

Gerhard wehrte sich nach Kräften, konnte aber dem wie entfesselt zuschlagenden Wilhelm nichts Entscheidendes entgegensetzen. Ein weiterer Hieb ließ ihn taumeln und zu Boden gehen, dabei landete er unglücklich mit dem Hinterkopf auf dem harten Steinpflaster.

»Das soll dir eine Lehre sein, wenn du fürderhin fremde Weiber begatten willst.« Schwer atmend und voller Hass blickte Wilhelm auf den am Boden Liegenden. »Morgen kannst du deinen ausstehenden Lohn abholen und danach will ich dich in dieser Stadt nicht mehr wiedersehen.« Alle Anspannung war aus ihm gewichen und er trottete mit schleppenden Schritten nach Hause.

»Herr Meister, so wartet doch!«, ließ sich eine junge Stimme kurz darauf hinter ihm vernehmen.

Der Gerufene drehte sich halb um und konnte seinen Lehrling erkennen. »Was willst du, Heinrich? Lass mich gefälligst in Ruh!«, war die barsche Antwort.

»Bitte hört mich an!« Der Junge war jetzt neben Wilhelm getreten und ließ sich nicht abwimmeln. »Ich war unfreiwilliger Zeuge Eurer Auseinandersetzung mit Gerhard. Nachdem Ihr weggegangen wart, wollte ich ihn zurück auf die Beine stellen, aber er hing nur noch leblos in meinen Armen.«

Wilhelm drehte sich zu seinem Lehrjungen, fasste ihn mit beiden Händen am Wams und zog ihn zu sich heran. »Was redest du da, Bursche?«

»Ich ... Er atmete nicht mehr«, wimmerte Heinrich.

Der Meister rief sich die Szene nochmals ins Gedächtnis und erfasste blitzschnell die veränderte Situation. »Ist dir jemand aufgefallen, der uns beobachtet hat?«

»Ich habe niemanden gesehen«, antwortete der Lehrling wahrheitsgetreu.

»Jetzt hör mir mal gut zu. Wenn du in drei Jahren zurückkehrst, werde ich dich zu meinem Parlier machen, so wahr ich Wilhelm Mäder heiße.

Wie du gesehen hast, war es ein fairer Kampf und Gerhard ist unglücklich gestürzt. Trotzdem möchte ich dich inständig bitten, niemandem von der nächtlichen Auseinandersetzung zu erzählen. Und dann möchte ich dir noch etwas sagen, das dir hilft, meinen unbändigen Zorn zu verstehen. Gerhard ist der Vater meines Sohnes!«

Heinrich war wie vom Donner gerührt.

Stumm schritt er neben dem düster dreinblickenden Meister her und warf angsterfüllte Seitenblicke auf den Mann, der gerade einen anderen Menschen getötet hatte.

Die gründlichen Nachforschungen der Stadtbüttel blieben letztendlich erfolglos, es fand sich niemand, der etwas gesehen hatte, und so wurden die Ermittlungen eingestellt.

Kurz danach ging Heinrich auf die Walz und kehrte nach drei ereignisreichen Jahren nach Reutlingen zurück. Mäder hielt Wort und stellte Heinrich als Parlier ein. Aber Wilhelm war offenbar mit der dunklen Vergangenheit nicht klargekommen und hatte angefangen, unmäßig zu trinken.

Adelheid und Heinrich wurden aus ihren düsteren Gedanken gerissen, denn nun wurde der Sarg von dem Totengräber und seinen Gehilfen in die dunkle Grube gesenkt. Sämtliche Trauergäste machten sich eilig davon, um die Arbeit der unehrlichen Handwerker nicht mit ansehen zu müssen.

Meister, Ratsmitglieder und die nächsten Verwandten waren ins Zunfthaus der Binder eingeladen.

Schon nach mehreren Stunden war die Stimmung ausgelassener als auf mancher Hochzeit.

»Tja, Frau Mäder, Ihr müsst wohl nach einem neuen Gemahl Ausschau halten.« Der vom vielen Weingenuss rotgesichtige Stellvertreter des Obermeisters, dessen loses Mundwerk stadtbekannt war, ließ jegliche Pietät vermissen.

»Das lasst nur meine Sorge sein!«, entgegnete die Witwe unwirsch, der Mann hatte offenbar einen Nerv getroffen.

Da die Gespräche sich nun mehr und mehr um sie drehten, sammelte Frau Mäder ihre Kinder ein und verabschiedete sich. »Gehabt Euch wohl, Ihr edlen Damen und Herren, mir steht der Sinn nicht nach Feiern.«

Einige Gassen weiter, in der nicht sehr gut beleumundeten Schenke ›Zum Hirschen‹, saßen einige Gesellen an einem runden, ölig glänzenden Holztisch.

»Auf ein Wort, Herr Parlier, wann wird denn Hochzeit mit der edlen Adelheid gefeiert?« Der riesenhafte Erwin war einer der wenigen, die es sich erlaubten, den Altgesellen zu necken. »Aber wie du sicherlich weißt, musst du das Trauerjahr abwarten.«

Auch in dieser Runde drehte sich alles um die Zukunft des Geschäfts.

»Ich bin gern bereit, hinter dir zurückzustehen, schließlich sehnt sich doch jede Frau nach so einem starken Kerl, wie du einer bist.«

Heinrich ließ sich nicht aus der Reserve locken, gewiss hatte er sich seit Wilhelms Ableben Gedanken um seine Zukunft gemacht.

So eine Chance würde sich ihm kein zweites Mal bieten, aber gab es denn wirklich keine andere Möglichkeit, als die Meisterin zu freien?

»Ich muss noch zum Zimmerplatz, Werkzeuge schärfen und die Pläne für das neue Haus des Kaufherrn Eder durchsehen, also gute Nacht.«

»Viel Vergnügen mit deinem scharfen Werkzeug«, entgegnete Erwin zweideutig. Die Gesellen klatschten sich auf die Schenkel und ihr Lachen begleitete Heinrich durch die niedrige Tür des Gastraumes.

Gierig sog er die kühle, frische Novemberluft ein und lenkte seine Schritte in Richtung Weingärtnergasse, wo er sich mit Elsbeth und ihrem Vater beratschlagen wollte.

Als er vor dem zweigeschossigen Fachwerkhaus stand und Einlass begehrte, kam ihm eine Idee. Im nächsten Moment verwarf er den Gedanken. Doch, so könnte es gehen. Mit klopfendem Herzen trat er ein.

Kapitel 8

»Darauf habe ich schon lange gewartet!« Blitzschnell stach Walter zu, die scharfe Klinge ritzte den sich wegduckenden Hannes an der Seite.

»Bist du verrückt geworden? Was habe ich dir denn getan?« Hannes spie die Worte aus, die Todesangst stand ihm ins Gesicht geschrieben.

»Hilfe!«, kreischte das entsetzte Mädchen.

»Halt's Maul, zu dir komm ich später, wenn ich mit dem fertig bin.« Der schwer alkoholisierte Mann hatte den nackten Gesellen in eine Ecke gedrängt. Beim Blick in die blutunterlaufenen Augen seines Gegenübers sah Hannes keine andere Möglichkeit mehr, als sich auf Walter zu stürzen.

Plötzlich jaulte der auf, ließ das Messer fallen und ging zu Boden. Hinter ihm stand die ebenfalls unbekleidete Petra, die dem enthemmten Mann mit voller Wucht zwischen die Beine getreten hatte.

Im selben Moment stürzten die anderen, allen voran der wuchtige Frauenwirt, ins Zimmer. Petra bedeckte notdürftig ihre Blöße, Hannes hingegen war auf einen Stuhl gesunken und starrte mit leerem Blick an die Wand.

»Ihr seid mir ja die Richtigen, zuerst lasse ich euch bei nachtschlafender Zeit ins Haus und verstoße damit gegen die Regeln, und dann bringt ihr euch fast gegenseitig um. Jetzt ist Schluss, macht, dass ihr rauskommt, und lasst euch so schnell nicht wieder hier blicken.«

Rudolf wollte beschwichtigen, stieß allerdings bei dem aufgebrachten Mann auf taube Ohren.

»Hannes, zieh dich an und ab nach Hause, das hier wird beim nächsten Gesellenabend ein Nachspiel haben.« Frieder war ebenfalls sehr wütend und stürmte hinaus.

Walter und Hannes gingen sich in den nächsten Tagen so gut es ging aus dem Weg. Frieder hatte außerdem dafür gesorgt, dass die beiden auf verschiedenen Baustellen arbeiteten.

Am darauffolgenden Samstag hatten die Gesellen ihre vierzehntägige Zusammenkunft in der Herberge. Bei offener Zunftlade begann der Altgeselle mit dem althergebrachten Ritual, in dessen Verlauf jeder in Arbeit stehende Geselle einen bestimmten Betrag entrichten musste. Von diesem Geld wurden die Kranken und Arbeitslosen sowie die alten, arbeitsunfähigen Gesellen unterstützt.

Nachdem verschiedene Punkte abgehandelt waren, entwickelte sich ein lebhaftes Gespräch. Irgendjemand hatte Gerüchte über einen heftigen Streit zweier Zimmermannsgesellen aufgeschnappt und man konnte davon ausgehen, dass der Abend alles andere als friedlich enden würde. Schließlich unterbrach einer den heftigen Disput und stimmte ein lustiges Lied an, in das die anderen lauthals einstimmten.

»Wie euch vielleicht zu Ohren gekommen ist«, setzte der Altgeselle kurze Zeit später mit entschlossener Miene die Sitzung fort, »gab es vor ein paar Tagen eine Auseinandersetzung, die beinahe tödlich verlaufen wäre. Da die Gerichtsbarkeit für kleinere Delikte uns von den Meistern übertragen worden ist, wollen wir nun die Aufklärung dieses heiklen Falls betreiben. Wie es alter Brauch ist, werden wir die beiden Widersacher anhören und die ganze Gesellenschaft wird im Anschluss entscheiden, wer die Schuld trägt und wie die jeweilige Strafe ausfällt. Ich denke, in eurem Namen zu sprechen, wenn Walter zuerst spricht und der junge, unerfahrene Geselle das letzte Wort hat.«

»Das ist löblich«, erschallte es wie aus einem Mund. »Also, tritt vor, Walter, und erzähl uns, wie sich der Streit aus deiner Sicht zugetragen hat.«

Der Angesprochene erhob sich und blickte mit Büßermiene in die Runde.

Er war heute während der Mittagspause ins hiesige Kontor der Neumanns zitiert worden, wo man ihm eröffnet hatte, dass derzeit wohl keine Korrespondenz zwischen Anna und Hannes stattfand, er aber gleichwohl ein Auge auf den jungen Gesellen haben solle. Nach seinem Bericht, in dem er den Vorfall im Frauenhaus wohlweislich nicht erwähnte, bekam er sein Geld, mit der Auflage, sich in zwei Wochen wieder zu melden. Er musste sich jetzt irgendwie aus der Sache herauswinden und das verlorene Vertrauen von Hannes wenigstens teilweise wiedergewinnen. Darum hatte Walter vorgestern nach Feierabend seinen jüngeren Kollegen abgepasst und in perfekter Manier den einsichtigen Sünder gespielt. Der reichlich naive Hannes war zu gutgläubig, um hinter der gespielten Reue eine böse Absicht zu erkennen, und vergab Walter die Tat.

»Ich habe einen großen Fehler gemacht.« Zerknirscht und mit niedergeschlagenen Augen begann der Geselle seine Rede vor der versammelten Bruderschaft. »Das viele Bier, der unmäßige Weingenuss und zudem die lange Zeit ohne ein Weib haben bei mir eine Reaktion ausgelöst, die ich mir selbst nicht erklären kann.« Entgegen seiner sonstigen Art sprach er leise und bedächtig. »Ich hoffe, dass ihr noch einmal Gnade vor Recht ergehen lasst, und insbesondere bitte ich meinen jungen Reisekameraden vielmals um Entschuldigung.«

»Du bist schon einige Jahre auf der Wanderschaft und weißt, dass es bei uns Gesellen nicht zimperlich zugeht. Dir dürfte aber ebenso bekannt sein, dass ein tätlicher Angriff eines Mitbruders, noch dazu mit einem Messer, den Ausschluss aus der Bruderschaft bedeuten kann. Welche Folgen das für dich hätte, brauche ich dir nicht im Einzelnen zu erklären.«

Walter wurde ganz mulmig zumute. Frieder schien es verdammt ernst zu meinen und auch die anderen Gesellen verlangten offenbar eine drakonische Strafe.

»Bevor wir ein Urteil fällen, soll nun der Angegriffene das Wort haben.«

Hannes warf einen scheuen Blick in die Runde. »Ich … möchte nicht, dass mein Kamerad aus der Bruderschaft ausgeschlossen wird.« Die Schamröte stieg dem jungen Gesellen ins Gesicht. Er war es nicht gewohnt, vor so vielen Leuten zu sprechen, und obwohl er sich die Worte sorgfältig zurechtgelegt hatte, konnte er nur stammeln. »Das heißt also, ich meine, ich will keine Klage gegen Walter erheben.«

Ein Raunen ging durch den Raum und einige Stimmen wurden laut, das Gesicht des Angeklagten jedoch hellte sich auf.

»Mit Gunst und Verlaub …«, der Altgeselle hatte große Mühe, sich Gehör zu verschaffen. »Hannes, ich frage dich hier und jetzt, hat Walter dir Gewalt angedroht oder dich anderweitig zu dieser Aussage gezwungen?«

»Nein, natürlich nicht!« Die Antwort kam spontan und überzeugend.

»Gut, ich will dir glauben. Nun zu dir, Walter. Einige Gesellen, die dich in anderen Städten getroffen haben, erzählten mir, dass du bereits mehrfach mit den Gesetzen der Bruderschaft und auch mit denen der Obrigkeit in Konflikt geraten bist.«

»Aber ich …«

»Ruhe, jetzt rede ich. Da Hannes keine Anklage erhoben hat, bin ich gegen einen Ausschluss, dennoch hast du dir eine gehörige Strafe allemal verdient.«

Lautstarke Zustimmung kam von den übrigen Handwerkern. Dadurch bestärkt, fuhr der Altgeselle fort: »Die wirkungsvollste Art, dich für alle Zukunft an dein Vergehen zu erinnern, wäre meiner Meinung nach die Gasse.«

Auf einmal gab es kein Halten mehr unter den Gesellen und bei einigen stellte sich eine gewisse Vorfreude ein.

»Hört mich weiter an.« Frieder hatte große Mühe, sich erneut Gehör zu verschaffen. »Wir wollen es halten wie unsere Altvorderen und darüber abstimmen. Wer für die von mir vorgeschlagene Strafe ist, der hebe seine rechte Hand.«

Eine überwältigende Mehrheit war mit dem Urteil einverstanden, Hannes war einer der wenigen, die sich der Stimme enthielten.

»Mit Gunst, nach diesem eindeutigen Ergebnis erkläre ich die heutige Zusammenkunft für beendet und bitte euch nun, die Gasse für Walter zu bilden.«

Die Gesellen holten ihre Stöcke, die sie im Gastraum der Herberge deponiert hatten, denn während der Versammlungen waren keine Waffen erlaubt. Sobald sich zwei gegenüberstehende Reihen mit einem drei Ellen breiten Durchgang gebildet hatten, stimmte der Altgeselle ein Lied an als Zeichen für den Delinquenten loszulaufen.

Walter wusste, dass er nicht zu schnell gehen durfte, da es sonst eine Wiederholung geben würde.

Den ersten Schlägen, die auf ihn niederprasselten, konnte er noch einigermaßen ausweichen, aber danach wurde er erbarmungslos getroffen. Mit den Armen versuchte er, seinen Kopf zu schützen. Kurz bevor er das Ende der Gasse erreicht hatte, ging er zu Boden.

»Genug, hört auf! Ich denke, er ist bedient.« Frieder hob die Hand und bot dem brutalen Treiben Einhalt. »Legt ihn auf den Tisch, der Fassgeselle soll nach trockenen Tüchern und sauberem Wasser Ausschau halten.« Danach schickte er einen anderen Mann los, um einen heilkundigen Bader aufzutreiben. So heftig Walter geschlagen wurde, so rührend wurde er danach umsorgt. Der Geselle hatte für seine schlimme Tat gebüßt und war jetzt wieder ein Bruder wie jeder andere.

Wenig später erschien der hochgewachsene Bader und begann sofort, den Verletzten zu untersuchen. »Der Rücken und die Arme haben am meisten abbekommen, die blutige Hand werde ich ihm verbinden, aber all das bringt ihn nicht um, er ist ja ein starker Kerl. Was mir mehr Sorgen bereitet, ist die Wunde am Hinterkopf, es scheint, dass diese Verletzung schwerwiegender ist.«

Hatten sie den Gesellen zu hart angefasst? Frieder bekam

plötzlich Gewissensbisse, hoffentlich blieben keine dauerhaften Schäden zurück.

Sobald Walter notdürftig versorgt war, wurde er auf eine eilig herbeigeholte Trage gelegt und von vier Männern zum Haus des Meisters gebracht.

»Um Gottes willen, was ist mit dem geschehen?« Sophie hatte nach mehrmaligem Klopfen die Tür geöffnet und blickte erschrocken auf den schwer malträtierten Walter. »Ihr bringt ihn am besten nach oben auf sein Strohlager, ich werde mich um ihn kümmern.«

Sie trugen ihn unters Dach, wo die Gesellen ihre Schlafstatt hatten, und legten ihn behutsam auf sein Bett. Die besorgte Frau des Meisters war ihnen mit einer zusätzlichen Decke und einem Becher Wein gefolgt.

»Wenn man uns nicht mehr braucht, bitten wir um Erlaubnis zu gehen.« Die Träger traten von einem Fuß auf den anderen.

»Es ist gut, macht, dass ihr fortkommt.«

Laut polternd stürmten die ihrer Aufgabe entledigten Männer die Treppe hinunter und verließen das Haus.

»Was ist mit dir, Hannes, willst du dich nicht deinen Kameraden anschließen?«

»Mir ist die Lust am Feiern gründlich vergangen. Wenn Ihr nichts dagegen habt, helfe ich Euch, ihn zu versorgen.«

Sophie besah sich die Wunden. Der erfahrene Bader hatte offenbar gute Arbeit geleistet und ihr blieb nur noch, dem Verletzten einen Schluck Wein einzuflößen.

»Das ist nett von dir, aber der Kranke braucht uns momentan nicht. Wie wäre es, willst du mir nicht ein wenig Gesellschaft leisten? Mein Mann ist in der Zunftstube und die Kinder schlafen bereits selig.«

Hannes wusste nicht so recht, ob es sich gehörte, mit der Meisterin allein in der Stube zu sitzen, doch Sophie nahm ihm die Entscheidung ab. »Was darf ich dir zu trinken bringen?«

»Eigentlich, äh, bin ich ziemlich müde.« Hannes versuchte, sich herauszuwinden; was, wenn der Meister überraschend nach Hause kam?

»Bier oder Wein?« Sophies Blick duldete keinen Widerspruch.

»Also gut, einen kleinen Becher vom Rebensaft.«

Sie unterhielten sich über Gott und die Welt, so blieb es nicht bei dem einen Trunk. Hannes erzählte aus seiner Vaterstadt und seine anfängliche Scheu legte sich zunehmend. Sophie konnte gut zuhören und stellte nur ab und an Zwischenfragen, denn sie spürte förmlich, dass sich der junge Mann gewisse Dinge von der Seele reden wollte.

Wie bei der jungen Dirne, nur etwas ausführlicher, berichtete der Geselle von seiner unglücklichen Liebe und hatte mit einem Mal Tränen in den Augen. Die einfühlsame Sophie nahm ihn daraufhin in den Arm und strich ihm sanft übers Haar. Die unmittelbare Nähe der attraktiven Frau wurde Hannes allmählich bewusst und er musste an sich halten, um die Situation nicht auszunutzen. Er löste sich schnell aus der Umarmung, gab der verdutzten Sophie einen flüchtigen Kuss auf die Wange und verabschiedete sich.

»Habt Dank für den schönen Abend, aber ich glaube, es ist jetzt Zeit für mich, nach oben zu gehen und nach Walter zu schauen.«

Der gepeinigte Geselle schlief tief und fest, seine Atemzüge gingen regelmäßig. Hannes hingegen wälzte sich noch lange auf seiner Strohmatte. Er grübelte über die vielfältigen Ereignisse des heutigen Tages, die scheinbar notwendige rohe Gewalt, um den Übeltäter zu bestrafen, auf der anderen Seite die Zuneigung, die er erfahren hatte.

Walters Genesung schritt schnell voran, sodass er zwei

Wochen später die Arbeit wieder aufnehmen konnte. Zwar klagte er gelegentlich über Kopfschmerzen, dank seiner guten körperlichen Konstitution schien er jedoch die Prügel gut verdaut zu haben.

Einzig seine Abneigung Hannes gegenüber, den er für den ganzen Schlamassel verantwortlich machte, wurde immer größer und nur sein Auftrag, den Gesellen für die Neumanns auszuspionieren, hinderte ihn daran, Hannes nach dem Leben zu trachten. Aber irgendwann würde seine Stunde schon kommen.

Das Wetter verschlechterte sich zunehmend, der Winter brachte das Land in seine Gewalt und die noch anstehenden Außenarbeiten gestalteten sich immer schwieriger und gefährlicher. Doch Meister Hildebrand kannte kein Erbarmen. Er musste seine terminlichen Zusagen einhalten und so trotzten die frierenden Gesellen bis Weihnachten tapfer dem eisigen Wind und dem kalten Schnee.

Jeder Arbeiter fieberte dem Heiligen Abend entgegen, denn an diesem besonderen Tag gab es ein üppiges Festessen, in dessen Anschluss sich die ausgelaugten Männer ein paar Tage ausruhen konnten.

Endlich war der lang ersehnte Tag gekommen und nachdem am Vormittag noch die Werkstatt aufgeräumt worden war, versammelten sich alle Hausbewohner am frühen Abend um den großen Esstisch. Zur Begrüßung erhob sich der offenbar zufriedene Meister und bei genauerem Hinsehen konnte man erkennen, dass seine Mundwinkel leicht nach oben gingen, was bei ihm eher eine Ausnahme war.

»Bevor wir anfangen zu essen, lasst mich einige Worte an euch richten. Zuerst wollen wir Gott danken, dass er uns vor größerem Unheil verschont und uns Kraft gegeben hat, unser Tagwerk, sei es in der Küche, auf dem Acker oder auf der Baustelle, allezeit zu erfüllen.«

Rudolf, der gegenüber von Hannes saß, rollte verärgert die Augen. Es passte einfach nicht zu Hildebrand, den Gottesfürchtigen zu mimen, die Gesellen kannten ihn besser. Nach weiteren salbungsvollen Worten erklärte er endlich die festliche Tafel für eröffnet. Zum Appetitanregen wurden fette Würste und feines Weißbrot gereicht, was die meisten Anwesenden dieses Jahr zum ersten Mal aßen. Einer Fleischbrühe, in der verschiedenes Gemüse schwamm, folgte für jeden ein halber gebratener Hahn, dessen köstliches Fleisch mit den Zähnen genüsslich von den Knochen gerissen wurde. Der Wein, den Sophie selbst mit Gewürzen verfeinert hatte, war hervorragend und das ständige Rülpsen bezeugte ihr, dass es allen gut schmeckte.

Der Hauptgang jedoch verschlug den Leuten die Sprache: Auf einer riesigen Platte war ein Wildschwein drapiert. Die mächtigen Hauer hatte man nicht entfernt und im Maul des Tieres steckte ein roter Apfel.

»Aber Meister, wo um alles in der Welt habt Ihr das Schwein her?« Frieder konnte sein Erstaunen nicht verbergen. »Wie wir alle wissen, können nur Adelige und reiche Kaufherrn sich solch eine ausgesuchte Spezialität leisten.«

»Ja, mein Lieber, ich habe eben gute Beziehungen«, erwiderte Hildebrand mit unverhohlenem Stolz. »Mein jüngerer Bruder ist seit einigen Jahren Jagdaufseher im Schönbuch. Sein Dienstherr, Ulrich von Württemberg, musste bekanntlich fliehen und die Kaiserlichen, die jetzt im Lande das Sagen haben, sind eher nachlässig. So konnte ich das Tier für ein paar Gulden erstehen. Aber genug geredet, lasst uns anfangen, bevor das gute Stück kalt wird.«

Das wohlschmeckende Schwein war in Windeseile verzehrt und kurz darauf waren die Glocken von Sankt-Dionys, die die Menschen zur Messe einluden, zu hören.

»Macht euch bereit zum Kirchgang. Sophie, du kümmerst dich um die Kinder, ich gehe schon mal vor.«

Aus allen Häusern traten Menschen und strömten in Richtung Gotteshaus. Hannes hatte auf Sophie und ihre Kinder gewartet. Ihm gefiel es, mit den Kleinen herumzutollen, die ihn sofort, als sie auf der Gasse waren, mit Schneebällen bewarfen.

»Na, Hannes, wie lange bleibst du noch bei uns?« Sophie hatte den Gesellen eingeholt.

»Rudolf hat mich neulich gefragt, ob ich mit ihm im kommenden Frühjahr weiterreisen will, und wenn dein Mann Arbeit für uns hat, bleiben wir so lange hier.«

Der um ein Jahr ältere Rudolf wollte nach Nürnberg, von dessen Reichtum und Pracht er von anderen Reisenden immer wieder gehört hatte, und da Hannes mit dem draufgängerischen Gesellen hervorragend auskam, hatte er zugesagt.

»Hast du dir das gut überlegt?« Sophie war der dunkle, zweifellos gut aussehende Rudolf nicht ganz geheuer. Wenn er sie aus seinen tiefschwarzen Augen heraus ansah, bekam sie eine Gänsehaut.

»Ich komme sehr gut mit ihm klar und denke, dass er mir in jeder Hinsicht etwas beibringen kann.«

Rudolf hatte vor eineinhalb Jahren seine Heimatstadt Tübingen verlassen und war in der Zwischenzeit in Rottweil, Schaffhausen und Füssen gewesen. Besonders das Allgäu hatte es ihm angetan und er wurde nicht müde, Hannes von den beeindruckend hohen Bergen, den klaren Seen und der guten Verpflegung in diesem schönen Landstrich zu erzählen.

Hannes war sehr euphorisch beim Gedanken an das kommende Frühjahr, aber bis dahin waren sie ihrem Meister auf Gedeih und Verderb ausgeliefert. Bereits während seiner Lehrzeit hatte er mitbekommen, dass der lange Winter für die Gesellen die schlimmste Jahreszeit war. Beim Essen wurde drastisch gespart, Fleisch war Mangelware, Kraut und Kohl in allen Variationen bildeten die Nahrungsgrundlage. Die Meister konnten sich die besten Arbeiter heraussuchen, während die anderen mehr schlecht als recht von der Bruderschaft durchgefüttert wurden.

Die aufgeweckten Kinder waren davongerannt und die beiden Erwachsenen so in ein Gespräch vertieft, dass sie das Ende des Glockenspiels nicht mitbekamen. Am kunstvoll geschnitzten Kirchenportal angekommen, mussten sie feststellen, dass der Gottesdienst bereits begonnen hatte.

Sophie rief ihre Kinder zu sich, die zwischen den zerlumpten Bettlern umherhüpften. »Ich habe euch schon hundertmal gesagt, dass ihr mit den armen Leuten keinen Schabernack treiben sollt. Hier habt ihr ein paar Heller.« Sie kramte in ihrem Beutel. »Gebt jedem ein Geldstück!«

Die abgerissenen, Mitleid erregenden Gestalten froren sichtlich in ihren für die Jahreszeit viel zu dünnen Kleidern. Manche unter ihnen hatten Frostbeulen im Gesicht und doch fingen sie behände die Münzen, die ihnen die Kinder zuwarfen.

»Nehmt eure Kappen ab und folgt mir.« Mit erhobenem Haupt schritt Sophie mit ihren Kindern durch die brechend volle Kirche. Viele Leute fingen an zu tuscheln, als sie des jungen Gesellen an ihrer Seite gewahr wurden.

Hannes drückte sich zu seinen Gesellenbrüdern, Sophie ging nach vorn zu den anderen Meistergattinnen. Ihr Mann hatte vom Zunftgestühl aus die ganze Szene bewegungslos mit angesehen, sein Gesicht war zu einer Maske erstarrt, seine kalten Augen beobachteten die Gattin von der Seite.

Der Geistliche hatte sich nicht zu den Zuhörern

umgedreht, dennoch kurz innegehalten, weil er etwas gehört hatte. Unbeirrt setzte er dann aber seine Litanei fort.

Nach gut einer Stunde entließ der Pfarrer die Gläubigen in die Nacht und die Menschen drängten aus der Kirche. Doch die entschlossenen Bettler versperrten ihnen regelrecht den Weg, denn heute Nacht musste jeder etwas spenden, um sein Seelenheil nicht zu gefährden.

Mit einigen kräftigen Ellbogenschlägen bahnte sich Hildebrand eine Gasse. Diejenigen der Habenichtse, die aufbegehren wollten, verstummten beim Anblick seines finster entschlossenen Gesichts.

Sophie beeilte sich, ebenfalls nach Hause zu kommen; die Kinder im Schlepptau, lief sie ihrem Mann hinterher. Die Gesellen und die Hausbediensteten unterhielten sich noch mit Ihresgleichen, sodass die Familie unter sich war.

Kaum hatte Sophie die warme Wohnstube betreten, wurde sie von der Wucht eines Schlages in eine Ecke geschleudert und die ängstlichen Kinder machten sich schleunigst auf die Suche nach einem sicheren Versteck. Die bass erstaunte Meisterin schmeckte das Blut, das ihr aus Nase und Mund rann.

»Dir werde ich es austreiben, mich vor der ganzen Stadt lächerlich zu machen. Erst kommst du zu spät zur Messe und als sei dies nicht schon schlimm genug, stolzierst du mit meinem Gesellen durch die Kirche.«

»Aber ich …«

Sophie wollte etwas erwidern, da zog er sie an den Haaren hoch und gab ihr mehrere schallende Ohrfeigen. »Meinst du, ich bin blind und sehe nicht, wie du den Gesellen schöne Augen machst? Aber merke dir eins, ich lasse mich von dir nicht zum Narren halten.« Hildebrand war völlig außer

Atem. »Und jetzt geh mir aus den Augen, bevor ich dich totschlage.«

Sophie rappelte sich auf, huschte aus dem Zimmer und begab sich in die Küche, wo die Kinder vor dem Feuer kauerten. Sie verbrachten auch die Nacht hier, aus Furcht vor dem rasenden Hildebrand, der, entgegen seiner sonstigen Gewohnheit, mehrere Krüge unverdünnten Wein trank und irgendwann vom Stuhl kippte.

Sophie hatte hie und da als Prellbock herhalten müssen, wenn ihrem krankhaft ehrgeizigen Mann etwas misslungen war oder er einfach seine schlechte Laune an irgendjemandem abreagieren musste. Auch die Kinder bekamen mindestens einmal im Monat ihre Tracht Prügel verabreicht, doch so außer sich hatte sie ihren Mann nie zuvor erlebt. Wahrscheinlich hatten ihn seine Zunftkollegen geneckt, und das Gesicht zu verlieren, war mit das Schlimmste, was Hildebrand passieren konnte.

»Ei, Frau Meisterin, was ist mit Euch geschehen, habt Ihr ...« Frieder konnte seinen Satz nicht zu Ende bringen.

»Das geht euch überhaupt nichts an. Esst jetzt euren Brei und dann geht raus zum Schneeschaufeln, wir müssen diese Woche die Gasse frei räumen.«

Die Hausbewohner, die sich in der Küche versammelt hatten, duckten sich über ihrem Essen, einzig Rudolf blickte Hildebrand geradewegs in die Augen. »Wenn der Herr Meister schlechte Laune hat, braucht er sie nicht an uns auszulassen.«

Stille breitete sich in dem Raum aus, nur das Prasseln des Feuers war noch zu hören.

Hildebrand erhob sich von seinem Platz und baute sich vor dem Gesellen auf. »Hör zu, Bürschchen, wenn dir hier irgendetwas nicht passt, gehe in die Kammer, schnüre dein Bündel und hau ab.«

Auch Rudolf war nun aufgestanden und sekundenlang fixierten sich die beiden Männer.

»So wollen wir mal anfangen zu schippen, sonst schaffen wir die zwei Ellen, die es heute Nacht geschneit hat, nicht.« Frieder hatte die Situation gerettet, indem er Rudolf den Arm um die Schulter legte und den widerspenstigen Gesellen mit seinen Bärenkräften zur Tür hinausdrängte.

Draußen versuchte der wütende Rudolf, sich freizumachen, die Arme Frieders jedoch hielten ihn wie zwei Schraubzwingen. »Merk dir eines, ich bin der Parlier und wenn du Ärger mit dem Meister hast, wende dich vertrauensvoll an mich. Außerdem bin ich Altgeselle in der Bruderschaft, der du angehörst, und in dieser Eigenschaft sage ich dir, halte dich zurück mit deinen Äußerungen.«

»Willst du mir drohen?« Rudolfs Augen funkelten angriffslustig.

»Er hatte doch recht«, goss Walter Öl ins Feuer.

»Jetzt hört mal gut zu«, erwiderte Frieder mit erhobenem Zeigefinger. »Wenn ihr nicht sofort aufhört und euch ans Schneeräumen macht, hat das beim nächsten Gesellenabend ein Nachspiel, speziell du, Walter, solltest eigentlich geheilt sein.«

Beim Gedanken an die Gasse gab selbst der stolze Rudolf klein bei.

Hannes arbeitete lustlos und rief sich beständig das Bild Sophies ins Gedächtnis, die offenbar heftig geschlagen worden war. Seine Ohnmacht, ihr nicht helfen zu können, machte ihn erst recht zornig.

Beim gemeinsamen Abendessen war die Stimmung keinen Deut besser und das Mahl sehr spartanisch.

»Gesellen, morgen fahren wir in den Schönbuch, um Bäume zu fällen, die Mondphase ist günstig und das Wetter bleibt nach meinem Dafürhalten einige Tage beständig. Geht heute Abend früh zu Bett, ich habe eine Kutsche gemietet, die uns um vier Uhr am Wolfstor abholt. Äxte und Sägen habe ich bereits geschärft, eine Brotzeit wird uns die Köchin herrichten.«

Erstaunt und etwas ungehalten sahen die Männer ihren Meister an, denn eigentlich war es Brauch, dass sie noch zwei Tage frei hatten. Nach dem Zwischenfall beim Frühstück wollte jedoch keiner aufmucken und so machten sich die Gesellen mit knurrendem Magen in ihre eiskalte Dachkammer auf.

»Wenn Frau Sophie uns keine zweite Decke gegeben hätte, würden wir hier elendiglich erfrieren.« Die von innen sichtbaren Dachziegel waren mit Raureif beschichtet, und Rudolf beschloss, seine Kleider anzubehalten.

»Der Hunger ist fast noch schlimmer als die Kälte, den nächsten Krauter schaue ich mir genauer an«, entgegnete Walter, dem die Nase tropfte.

»Meint ihr nicht, wir könnten den Meister dazu bewegen, seine Frau besser zu behandeln?«, fragte Hannes, dem andere Dinge als seinen Kameraden im Kopf herumgingen.

»Sie hat doch selbst schuld, wenn sie ihn zum Trottel macht, also ich habe kein Mitleid mit ihr.«

»Walter, ich erwarte bestimmt nicht von dir, dass du für irgendjemand Mitleid empfindest.« Hannes funkelte den Älteren angriffslustig an. Walter wollte schon aufspringen, um dem Grünschnabel das Maul zu stopfen, besann sich aber eines Besseren, da seine Wunden erst vor Kurzem verheilt waren.

»Würdet ihr jetzt bitte schlafen und eure Streitigkeiten ein andermal austragen?«, herrschte Rudolf die beiden an.

Hannes murmelte noch etwas und nach geraumer Zeit war nur mehr gleichmäßiges Schnarchen zu hören.

Die Nacht war viel zu kurz und ein kräftiges Klopfen an der Tür ließ die Männer hochfahren.

»Macht, dass ihr aufsteht!«, brüllte Frieder, der in seiner eigenen Kammer bereits von Hildebrand geweckt worden war.

Der Meister wartete ungeduldig in der Küche auf die Gesellen, die sich an der bläulich schimmernden Glut wärmten und sich die verquollenen Augen rieben. Nur mit einem leichten Proviantbündel auf der Schulter stapften sie durch den pulverigen Schnee in Richtung Wolfstor.

Die Kutsche erwies sich als zweiräderiger Karren mit einem misslaunigen kleinen Menschen darauf, neben den sich der Meister setzte. Während die beiden auf dem gefederten Kutschbock mehrere Decken zum Daraufsitzen und Zudecken hatten, wurden die Gesellen auf der Ladefläche heftig durchgeschüttelt und bei jeder Steigung mussten sie absteigen und hinterherlaufen.

»Mein Adam ist nicht mehr der Jüngste und euch Burschen schadet ein kleiner Fußmarsch sowieso nicht«, meinte das Männchen grinsend.

Im Schönbuch stoppten ein ums andere Mal Schneeverwehungen das Gefährt und die Gesellen mussten schieben. Nach mehreren Stunden Fahrt hielten sie endlich vor einer großen Jagdhütte an.

»So, da wären wir.«

Hildebrand sprang gut gelaunt vom Kutschbock herunter und streckte seine Glieder. Die Gesellen hingegen waren wie zerschlagen und mussten sich manchen Fluch verkneifen.

»Ich geh mal nachsehen, ob mein Bruder da ist, ihr ladet schon mal Äxte und Sägen ab.« Der Meister wandte sich dem

Kutscher zu, öffnete seinen Beutel und kramte etwas Kleingeld heraus. »Hier hast du ein halbes Pfund Heller, den Rest gibt es in drei Tagen, wenn du uns wieder abholst.«

Eine unerwartete Hitze schlug Hildebrand entgegen, nachdem er in die reich möblierte Hütte eingetreten war. Die vier rotgesichtigen Männer waren offenbar in einen heftigen Disput vertieft, sodass sie den Besucher nicht sofort bemerkten.

»Gott zum Gruße, Ihr Herren, wie ich sehe, weilt mein teurer Bruder Konrad unter Euch.«

Die Angesprochenen verstummten augenblicklich, einer erhob sich und fasste Hildebrand fest an beiden Schultern. »Lass dich umarmen, alter Haudegen. Komm, setz dich zu uns, du wirst hungrig und durstig sein nach der langen Fahrt.«

Hildebrand wollte eigentlich sofort an die Arbeit gehen, aber nachdem Konrad die frierenden Gesellen hereingeholt und jedem einen Becher mit heißem Gewürzwein in die kalte Hand gedrückt hatte, machte der Meister gute Miene zum bösen Spiel.

Hannes, der die beiden Brüder aufmerksam beobachtet hatte, war bereits nach kurzer Zeit aufgefallen, dass zwei so nahe Verwandte grundverschiedener nicht sein konnten, angefangen vom Aussehen bis hin zum Charakter. Während Hildebrand drahtig und schlank war, hatte Konrad eine eher rundliche Figur, ohne allerdings fett zu wirken. Zudem schätzte Hannes den Zimmermeister als jemanden ein, der seinem brennenden Ehrgeiz alles unterzuordnen schien, sein Bruder jedoch wirkte auf den Gesellen leutselig und gemütlich.

Die Hütte war sehr geräumig. An den Wänden hingen etliche Bilder mit Jagdmotiven und auf einem Regal verstaubten schöne Trinkpokale. Den Mittelpunkt bildete allerdings ein wunderschöner Ofen, der aus grünen, reich verzierten Kacheln zusammengesetzt war.

»Da staunt ihr, was? So oft bekommt man nicht die Gelegenheit, im Jagdhaus eines leibhaftigen Herzogs zu sitzen und seinen Wein zu trinken, ha, ha.« Konrad hatte demselben offensichtlich schon reichlich zugesprochen und erzählte eine Geschichte nach der anderen. »Vor der Verbannung Ulrichs musste ich mit einem anderen Untergebenen zusammen Mundschenk und bisweilen Hofnarr für die hohen Herren spielen, was oftmals bedeutete, dass wir Opfer der derben Späße des seltsamen Herzogs wurden. Eine Begebenheit ist mir noch besonders gut in Erinnerung, ich glaube, es war anlässlich des Abschusses eines kapitalen Zwölfenders. Mein Kamerad und ich kamen fast nicht nach, die leer gesoffenen Krüge wieder zu füllen. Plötzlich, wie aus dem Nichts, schnappte der Herzog meinen Freund am Kragen, beschimpfte ihn aufs Übelste und behauptete im Brustton der Überzeugung, der Diener habe ihm absichtlich sauren Wein eingeschenkt. Auf einen Wink des Herzogs hin packten drei Männer den Unglücklichen, warfen ihn zu Boden, steckten ihm eine Art Trichter in den Hals und begannen, ihn mit Wein zu füllen. Als der Bauch des armen Kerls anfing, sich furchtbar zu wölben, machte sich einer der Ritter einen Spaß daraus und hüpfte darauf. Fieberhaft suchte ich nach einem Weg, meinen Gefährten zu retten, als unvermittelt Hans von Hutten in der Tür stand. Dieser Edelmann war der Einzige, der dem maßlosen Ulrich von Zeit zu Zeit Einhalt gebot. Beim Anblick dieses Mannes, den er als Freund bezeichnete, verging dem Fürsten die Lust an der Bestrafung und mein Kamerad überlebte den derben Spaß. Aber vergessen wir jetzt den Herzog und trinken auf den Statthalter des Kaisers, der uns ein sorgloses Leben beschert.« Mit einem Augenzwinkern prostete er seinem Bruder zu, der sich beim Trinken sehr zurückhielt, diese Geste jedoch freundlich erwiderte.

Hinter Hildebrands Fassade allerdings brodelte es, denn so, wie es aussah, würden heute keine Bäume mehr gefällt werden. Die drei Holzfäller hatten dem Wein nicht weniger zugesprochen als Konrad. Auch seine Gesellen hatten ihren Durst ausgiebig gelöscht und waren nicht mehr zur Arbeit zu bewegen.

Die Nacht brach schließlich herein und Talglichter wurden angezündet, was der guten Stimmung der Männer keinen Abbruch tat.

Konrad erzählte noch weitere Anekdoten über seine bewegte Zeit in Diensten des Herzogs, und Hannes meinte, eine gewisse Wehmut herauszuhören, ganz so, als ob der Jagdaufseher dem brutalen Menschenschinder nachtrauerte.

Der junge Geselle spürte, wie ihm der Wein langsam zu Kopf stieg, und beschloss daher, ein wenig an die frische Luft zu gehen. Außerdem war seine Meinung über Ulrich als ehemaliger Einwohner der freien Reichsstadt Reutlingen eine ganz andere. Er dankte Gott dafür, dass der Schwäbische Bund den unbotmäßigen Herzog davongejagt hatte wie einen tollwütigen Hund.

Die kalte Luft verstärkte die Vernebelung seiner Sinne und so entschied Hannes, sich im Wald etwas die Füße zu vertreten. Gerade als er dabei war, an einer mächtigen Eiche sein Wasser abzuschlagen, hörte er gedämpfte Stimmen.

»Du weißt genau, dass ich die Gesellen und den Kutscher bezahlen muss, nun erkläre mir mal, wie wir den verlorenen Tag wieder hereinholen können.« Hildebrand wirkte verärgert.

»Beruhige dich, Bruderherz, meine Holzfäller sind die

besten vom ganzen Schönbuch und deine Zimmerleute sehen ganz so aus, als ob sie nicht nur beim Wein tüchtig hinlangen können.«

Die beiden Männer waren nun ziemlich nahe gekommen, und Hannes musste sich eng an den Baum drücken.

»Was raschelt denn da?«

»Ach, Hildebrand, mach dir nicht in die Hose, das war irgendein nachtaktives Tier.«

Das Misstrauen des Meisters jedoch schien geweckt und so suchte er die nähere Umgebung nach unliebsamen Zuhörern ab. Der Geselle traute sich fast nicht mehr zu atmen.

Die nächsten Sätze, die Hannes mit anhörte, waren so ungeheuerlich, dass er glaubte, seinen Ohren nicht zu trauen.

Als er seinen Bruder angehört hatte, fragte Konrad besorgt: »Hast du keine Angst, dass dich jemand erwischt?«

»Das lass nur meine Sorge sein.«

Die Stimmen der Brüder entfernten sich, sie schienen tiefer in den Wald zu gehen. Hannes ergriff die Chance und schlich auf leisen Sohlen zurück. Seine Augen hatten sich gut an die Dunkelheit gewöhnt, mittlerweile fror er aber entsetzlich.

Der Anblick, der sich ihm beim Betreten der Hütte bot, entlockte dem Gesellen ein Grinsen. Walter und einer der Holzfäller waren von der Sitzbank gesunken und lagen ausgestreckt auf dem Holzfußboden. Die anderen Männer hatten die Arme auf dem Tisch verschränkt und ihre Köpfe darin vergraben. Schnell legte sich Hannes zu den auf dem Boden Kauernden und stellte sich schlafend. Die Kacheln des gemauerten Ofens strahlten eine ordentliche Hitze ab und da die massive Holzkonstruktion zudem kaum Wärme entweichen ließ, musste keiner in der Nacht frieren.

Am nächsten Morgen übernahm Hildebrand ungeduldig

das Kommando. »Steht auf, Männer, uns erwartet ein harter Tag. Esst eine Kleinigkeit und dann flugs an die Arbeit.«

Laut fluchend verließen die Arbeiter schließlich den gastlichen Ort und folgten Konrad, der gerade dabei war, die infrage kommenden Eichen mit seinem Beil zu markieren. Danach wurden Zweiergruppen gebildet, die mit jeweils einer Säge und zwei Äxten ausgerüstet waren. Hannes war mit Rudolf zusammen, dessen Nacken von der unbequemen Schlafstellung noch wehtat und dessen vom Wein getrübter Blick unscharf umherging.

Überall war kurz danach das singende Geräusch der Sägen zu hören, die sich in das frische Holz fraßen, sowie die wuchtigen Schläge der schweren Beile, die die Bäume zu guter Letzt zu Fall brachten.

Die Arbeit war mühselig und außerdem sehr gefährlich, dennoch lagen am späten Nachmittag einige der riesigen Eichen am Boden.

»He, ihr beiden, nach diesem schönen Exemplar ist Schluss für heute. Bringt euer Werkzeug mit, wir treffen uns an der Hütte!«, rief der Jagdaufseher Hannes und Rudolf zu.

Etwa eine Elle vom Boden weg fingen die Gesellen an, mit ihren scharfen Äxten eine Fallkerbe in den Baum zu schlagen.

»Meinst du nicht, dass wir zu tief gebeilt haben?«

Der Ältere schaute sich den Keil nochmals eingehend an. »Das passt schon, jetzt komm, geben wir ihm den Rest, die anderen haben schon Feierabend gemacht.«

Trotz der beginnenden Dunkelheit begaben sie sich auf die andere Seite des Stammes, wo sie ihre Säge ansetzten. Doch nachdem sie sich der Kerbe auf ein paar Zoll genähert hatten, klemmte die Säge fest.

»Was tust du denn?«, wollte Rudolf wissen.

Bevor Hannes antworten konnte, begann ein Ächzen und

Knarren, das immer lauter wurde. Die beiden Männer wurden von Panik ergriffen und rannten davon. Es sah so aus, als ob der Riese sich gegen seinen Absturz wehren wollte. Er verharrte für einen Moment in seiner Stellung, neigte sich langsam nach links, drückte mit seinen mächtigen Ästen die anderen Bäume zur Seite und schlug mit einem ohrenbetäubenden Knall auf die Erde. Danach breitete sich eine unheimliche Stille aus.

Kapitel 9

Martin Fritz öffnete die Tür und ein freudiges Lächeln zeigte sich in seinem von Falten durchzogenen Gesicht, als er den späten Gast erkannte. »Guten Abend, Heinrich.« Der durch die harte Arbeit gebeugte Weingärtner streckte seine rechte Hand zur Begrüßung vor. »Komm herein und setz dich zu uns. Reichlich zu essen und zu trinken steht auf dem Tisch, ganz so, als hätten wir dich erwartet.«

Der hochgewachsene Mann ließ sich nicht zweimal bitten und betrat mit eingezogenem Kopf den niedrigen Raum, in dem sich die Familie um einen rechteckigen Holztisch versammelt hatte. Die Luft war zum Schneiden. Da das Haus keinen Kamin besaß, verteilte sich der Rauch in der ganzen Wohnung und entwich durch die zahllosen Mauerritzen sowie durchs Dach.

»Entschuldigt, wenn ich Euch zu solch später Stunde noch überfalle, aber die gegenwärtige Situation erfordert schnelles, umsichtiges Handeln.« Heinrich drückte sich auf die einfache, ohne Rückenlehne ausgestattete Sitzbank und nahm dankend den ihm dargereichten Becher entgegen.

Martin Fritz sah in dem tüchtigen Gesellen bereits seit geraumer Zeit den künftigen Schwiegersohn. Dass einige der Nachbarn die Nase rümpften und es als unschicklich betrachteten, wenn Heinrich mehrmals unter der Woche das Haus betrat, kümmerte den Weingärtner herzlich wenig.

Fritz war ein unerbittlicher Mann, der es in seinem bisherigen Leben nicht gerade leicht gehabt hatte. Seinen Kindern war er fast immer ein strenger Vater gewesen und in seiner Zunft ein bisweilen streitbarer Geist.

Die Familie war nicht sehr wohlhabend, das hatte seinen Ursprung darin, dass Martin die Nachfolge des gebrechlichen alten Weingärtners angetreten und daraufhin die noch lebenden Geschwister seiner Frau ausbezahlt hatte. Nur durch eisernes Sparen und harte Arbeit konnte dieser Aderlass einigermaßen kompensiert werden.

All das wusste Heinrich, er wusste zudem, dass sich dies nicht wiederholen würde, hatte Martin Fritz doch mehrfach betont, seinem ältesten Sohn den gesamten Besitz zu vererben.

»Ich möchte nicht lange drum herumreden, der tragische Tod von Meister Wilhelm, den ich zutiefst bedauere, eröffnet mir eine völlig neue Lebensperspektive. Jedermann in der Stadt erwartet nun natürlich, dass ich nach einer angemessenen Trauerzeit um des Meisters Witwe freie. Zu meiner Schande muss ich gestehen, dass ich daran gedacht habe. Allerdings nur für einen kurzen Augenblick, da ich lediglich mit einer Frau eine Familie gründen will.« Dabei sah er Elsbeth an, die seinen Blick freudestrahlend erwiderte.

»Wie willst du es aber anstellen? Wenn du die Witwe nicht heiratest, wird sich mit Sicherheit ein anderer finden«, gab Martin Fritz zu bedenken.

»Ich habe mich ein wenig umgehört, es gibt eine Möglichkeit, die in anderen Städten bereits praktiziert und von der jeweiligen Zunft in den meisten Fällen anerkannt wurde. Und zwar müsste ich der Witwe Wilhelms eine lebenslange Leibrente bezahlen, von der sie und ihre Kinder leben könnten. Im Gegenzug übereignet sie mir das Geschäft.«

»Aber wie stellst du dir das vor, das würde dich ja ein Vermögen kosten. Außerdem müsstest du die Meisterprüfung teuer bezahlen und von mir kannst du leider keine finanzielle Unterstützung erwarten.« Der Weingärtner schämte sich fast dafür, dass er seinem künftigen Schwiegersohn nicht unter die Arme greifen konnte.

»Ich habe Euch nicht des Geldes wegen aufgesucht, sondern nur, um Eure Meinung zu hören, da es auch Eure Tochter betrifft«, entgegnete Heinrich heftig. »Irgendwie werde ich das Geld auftreiben. Adelheid zu überzeugen, wird, glaube ich, das größere Problem darstellen.«

Mit einem Mal redeten alle durcheinander und es entbrannte eine heftige Debatte. Nachdem sich die Gemüter wieder beruhigt hatten, trank Heinrich seinen Becher leer und verabschiedete sich.

Beim Gang durch die verwinkelten Gassen mit den herrlichen von Zimmermanns Hand gefertigten Fachwerkhäusern wurde ihm mehr und mehr bewusst, dass er sein eigener Herr in seinem eigenen Betrieb sein wollte. Es musste einfach klappen, davon war er jetzt überzeugt, der Wein tat ein Übriges und versetzte ihn in einen Zustand der Zuversicht.

Beim Frühstück am nächsten Morgen war alles wie vor dem Tod des Meisters, mit einer kleinen Ausnahme, die Witwe bediente den Parlier zuerst. »Weißt du schon, wo ihr heute arbeitet? Ich würde euch gern eine Brotzeit und eine Kanne Bier vorbeibringen.«

Adelheid war nicht wiederzuerkennen, auch die anderen Gesellen blickten erstaunt auf.

»Heute, äh, also …«, Heinrich rang nach Worten, er wollte es nicht so deutlich aussprechen. »Da, wo der tragische Unfall sich ereignet hat, müssen wir die Arbeit noch vollenden.«

Die Witwe verzog keine Miene, sondern trug weiterhin eine heitere Gelassenheit zur Schau.

Auf dem Weg zur Baustelle machten sich die Gesellen einen Spaß daraus, den Parlier zu verspotten. »Heinrich, du weißt aber, dass das Bett der Meisterin für ein Jahr gesperrt ist, da musst du dich wohl oder übel noch ein wenig gedulden.«

»Hört mir mal gut zu.« Heinrich baute sich drohend vor ihnen auf, die Arme in die Seiten gestemmt und die Augen zu Schlitzen verengt. »Ich bin zwar noch kein Meister, aber bis ich es bin oder die Witwe einen anderen heiratet, habe ich hier das Sagen. Bis zum Tod von Wilhelm war ich einer von euch, doch beim nächsten Gesellenabend lege ich das Amt des Altgesellen nieder. Ich bitte euch, lasst uns offen miteinander reden«, fuhr Heinrich versöhnlich fort. »Ich versuche alles in meiner Macht Stehende zu tun, um die Meisterwürde zu erhalten und somit das Geschäft fortführen zu können. Deshalb erwarte ich von euch, dass ihr mir mit dem gebotenen Respekt begegnet. Ob ich die Meisterin eheliche oder auf andere Weise an mein Ziel gelange, das lasst meine Sorge sein. So Gott will, werde ich euch ein guter Meister sein, und jetzt lasst uns an die Arbeit gehen.«

Zur Mittagszeit kehrten die Männer in einer der umliegenden Schenken ein.

»Nach dem Essen muss ich einen Kunden besuchen, aber ihr wisst ja, was zu tun ist.« Heinrich schlang das Sauerkraut mit Räucherspeck und Blutwürsten innerhalb kürzester Zeit hinunter und machte sich auf den Weg zum Marktplatz, dessen buntes Treiben ihn beständig aufs Neue faszinierte. Seine scharfen Augen spähten umher und blieben an der Person hängen, die er zu sprechen wünschte.

»Kommt herbei, holdes Weib, für Euch habe ich die größten Zander und Forellen zurückgehalten. Möge das Licht Eurer unbeschreiblichen Schönheit auch mich in meinem schattigen Dasein erhellen.«

Ein Grinsen legte sich um Annas Mundwinkel. Der Fischhändler war für seine blumige Redensart ebenso bekannt wie für seine erstklassige Ware. »Wie Ihr vielleicht wisst, bin ich seit ein paar Monaten verheiratet, also haltet Euch zurück«, entgegnete sie mit erhobenem Zeigefinger und gespielter Entrüstung. »Gebt mir lieber ein paar von Euren Fischen.« Sie zeigte auf einige besonders schöne Exemplare, deren klare Augen ihre Frische bezeugten.

»Euer fachkundiger Blick hat wie immer die beste Ware entdeckt.« Der Mann verdrehte die Augen. »Leider sind es auch meine teuersten.«

Augenzwinkernd zahlte Anna ihm die geforderte Summe, normalerweise feilschte sie mit den Marktleuten, heute hatte sie es jedoch ziemlich eilig. Das Recht auf den Marktbesuch hatte sie ihrem Mann regelrecht abgerungen. Nach dessen Standesdenken gehörte es sich nicht für eine reiche Kaufmannsgattin, die Einkäufe selbst zu tätigen.

Ihren geflochtenen Korb fest umfassend, schlenderte sie zum benachbarten Gemüsehändler, als ein stämmiger Mann neben sie trat.

»Ich grüße Euch, werte Frau Neumann.« Heinrich hatte den Hut abgenommen und drehte ihn aufgeregt zwischen seinen Fingern. »Verzeiht meine Aufdringlichkeit, aber ich müsste Euch in einer wichtigen Angelegenheit sprechen. Seid so gut und schenkt mir eine Viertelstunde Eurer kostbaren Zeit.«

»Seid gegrüßt, Heinrich.« Anna war zusammengezuckt, hatte sich aber schnell wieder in der Gewalt. »Ist irgendetwas mit Hannes geschehen?«, fragte sie besorgt.

Der große Mann lächelte. »Nein, nein, nach meinen letzten Informationen, die allerdings bereits etliche Wochen alt sind, geht es ihm gut und er gewöhnt sich langsam an das Leben in der Fremde.« Heinrich räusperte sich und schaute sich nach möglichen Lauschern um. »Mein Anliegen ist ein anderes und betrifft ausschließlich meine zukünftige Frau und mich. Ihr habt den tragischen Unfall fast hautnah miterlebt, bei dem Gott den allseits beliebten Meister zu sich rief.«

Anna schaute ihm tief in die Augen. »Diesen schrecklichen Tag werde ich mit Sicherheit niemals vergessen«, seufzte sie.

»Ich genauso wenig, aber sei es drum, das Leben geht weiter und für mich tut sich eine Chance auf, von der ich nicht einmal zu träumen gewagt habe.«

»In der Stadt halten sich hartnäckig Gerüchte, wonach Ihr bald um die Hand der Witwe anhalten werdet. Braucht Ihr nun jemanden, der es der unglücklichen Elsbeth schonend beibringt?«, entgegnete Anna spitz, die von dem Verhältnis der beiden seit Längerem wusste.

»Ihr beleidigt mich. Habt Ihr wirklich geglaubt, ich würde Elsbeth aufgeben, um meinen Traum vom eigenen Geschäft zu verwirklichen? Das Gegenteil ist der Fall, ich will dieses ehrgeizige Ziel mit ihr gemeinsam erreichen, deswegen brauche ich Eure Hilfe.«

Anna fasste den Handwerker an seinem gefütterten Wams und zog ihn in einen ruhigen Gebäudewinkel. »Was Ihr mir zu sagen habt, ist bestimmt nicht für fremde Ohren bestimmt und ich habe einige Leute gesehen, die interessiert in unsere Richtung geblickt haben. Des Weiteren verspüre ich keine Lust, auf eine Anzeige hin wegen Ehebruchs am Pranger zu stehen.«

Ein Mann allerdings, der sie aufmerksamer beobachtete als alle anderen, pirschte sich unbemerkt heran, um ein paar Worte aufzuschnappen.

»Ich habe folgenden Plan.« Der sonst so souveräne Heinrich war etwas gehemmt in der unmittelbaren Nähe der attraktiven Kaufmannsgattin und legte ihr stockend sein Konzept dar. »Könntet Ihr Euren Vater dazu bewegen, mir wenigstens zuzuhören?«

»Ich lehne mich so weit aus dem Fenster und verspreche Euch, dass er Euch auf jeden Fall unter die Arme greift, allein um Elsbeths willen. So, jetzt muss ich mich aber sputen, ich habe heute noch ein üppiges Festmahl zu organisieren. Mein Schwiegervater lädt jedes Jahr um die Weihnachtszeit Geschäftspartner und honorige Bürger zu sich ein. Also, gehabt Euch wohl.«

Die junge Frau nahm ihren Korb und wollte davoneilen, doch Heinrich fasste sie an der Schulter. »Vielen Dank im Voraus für Eure Bemühungen.«

Anna machte sich frei und ging freudig lachend zurück zum Markt, der Beobachter stahl sich ebenfalls davon.

Am späten Nachmittag betrat Anna das Kontor, um mit ihrem Schwiegervater die letzten Einzelheiten für den abendlichen Empfang zu besprechen, und traf dort auf den merkwürdigen Mönch, den sie schon mehrfach gesehen hatte. Er fixierte sie eindringlich mit seinen kalten Augen. »Ah, meine liebe Tochter, tritt näher, den ehrwürdigen Vater hier kennst du ja.«

Anna fühlte sich unwohl in der Gesellschaft des Dominikanerpaters, sie wandte ihren Blick von ihm ab und brachte ihr Anliegen vor. »Ich möchte Euch nicht stören, meine Herren. Ich wollte nur kurz die Abfolge der verschiedenen Speisen mit Euch besprechen, werter Balthasar.«

»Geh doch voraus in die Küche, ich komme nach, sobald Bruder Johannes gegangen ist.«

Ohne Abschiedsgruß drehte Anna sich um und machte sich auf den Weg zur Kochstelle. Eigentlich war es nicht ihre Art, alles kommentarlos hinzunehmen, aber hier im Haus der Neumanns gab es nur ein Gesetz. Die leutselige, herzliche Art des alten Kaufherrn war lediglich gespielt, in Wirklichkeit steckte hinter dieser Maske ein herrischer Charakter, der keinerlei Widerspruch duldete.

Die aufwendigen Vorbereitungen neigten sich dem Ende zu, die Speisen waren erlesen und die Weine köstlich. Zur siebten Stunde waren die Gäste vollzählig erschienen, sämtliche Ratsmitglieder, Zunftmeister und sogar der amtierende Bürgermeister Jörg Kaiser waren gekommen.

Neumann hatte natürlich nicht ohne Hintergedanken eingeladen. Der schlaue Fuchs wollte die Stimmung bei den mächtigen Männern der Stadt ausloten, um gegebenenfalls die Wankelmütigen bei späterer Gelegenheit auf seine Seite zu ziehen. Nachdem der erste Hunger gestillt und so mancher Becher goldenen Weines geleert war, begannen anfänglich zaghafte Debatten, die sich sehr schnell zu lautstarken, hitzigen Diskussionen entwickelten. Das Hauptthema war die Reformation, die sich wie eine Landplage zu verbreiten schien, und hier in Reutlingen saß ein führender Kopf der Bewegung.

»Wir müssen uns geschlossen hinter unseren Pfarrer Alber stellen. Nur so können wir den erzkatholischen Kräften, die das Rad zurückdrehen wollen, die Stirn bieten, darin sind wir uns doch alle einig?« Der Zunftmeister der Weingärtner schätzte die Lage offenbar falsch ein. Gewiss galt seine Zunft als mächtigste in der Reichsstadt, aber bei Weitem nicht alle seiner Kollegen wollten sich aufs dünne Eis wagen und den entscheidenden Schritt tun.

Aufs Neue riefen alle wild durcheinander. Bevor sie sich an die Gurgel gehen, muss ich einschreiten, dachte Neumann. »Aber, aber, meine Herren, wir wollen uns doch wie erwachsene Männer benehmen. Wir stimmen ja alle sicherlich darin überein, dass die heilige Mutter Kirche gewisser Veränderungen bedarf, aber ich finde, das sollte mit Bedacht geschehen.«

Die meisten Anwesenden signalisierten ihre Zustimmung zu diesen Worten und so fuhr Balthasar fort: »Schließlich wollen wir es uns nicht mit unserem obersten Herrn, dem Kaiser, verderben. Wie ihr alle wisst, ist Karl der Fünfte sehr katholisch erzogen worden und ich kann mir schwerlich vorstellen, dass er seine freien Reichsstädte kampflos einem Luther, oder, wie in unserem Fall, einem Alber übergeben wird. Lasst es uns von der praktischen Seite betrachten und uns über mögliche Konsequenzen unseres Handelns klar werden, als da wären Handelsbeschränkungen und Strafzölle, um nur einige zu nennen. Wenn ihr mich fragt, gibt es zwei Möglichkeiten. Die erste und wahrscheinlichste ist die, dass sich der ganze Spuk in Wohlgefallen auflöst, die Kirche einige Reformen durchführt und das Leben danach seinen gewohnten Gang geht. Die andere, weitaus gefährlichere Variante wäre eine Verschärfung des Konflikts, was zur Exkommunizierung unseres Priesters und zur Verhängung des Kirchenbanns über unsere schöne Stadt führen dürfte.« Die letzten Worte schrie Neumann hinaus, weil die Gäste im Verlauf seiner Ausführungen immer lauter geworden waren.

Er musste sich eingestehen, die Lage völlig falsch eingeschätzt zu haben, nichtsdestotrotz hatte er sich die

Gesichter der unentschlossenen Ratsmitglieder eingeprägt. Zu gegebener Zeit würde er sich mit ihnen befassen, momentan war er bedacht, die Wogen zu glätten. »Meine Herren«, wieder musste er seine Stimme anheben, um sich Gehör zu verschaffen. »Eine besondere kulinarische Überraschung wartet noch auf uns.«

Bei diesen Worten erstarb das Gespräch und aller Augen waren auf Neumann gerichtet.

»Dank meiner guten geschäftlichen Verbindungen bin ich in der Lage, euch ein paar besondere Leckereien als Nachspeise aufzutischen. Die herrlichen Feigen stammen aus Nordafrika und der frische Schafskäse, in den sie eingebettet sind, von der Mittelmeerinsel Korsika. Gewissermaßen als Krönung ist das Ganze mit einem köstlichen provenzalischen Lavendelhonig überzogen. Bedient euch! Ich hoffe, euren anspruchsvollen Gaumen zufriedenstellen zu können.«

Die Gäste machten sich über den nicht alltäglichen Nachtisch her. Niemand bemerkte das hämische Grinsen ihres Gastgebers, der sich seinen Gästen überlegen fühlte. Euch bringe ich schon noch auf meine Seite, dachte er. Mit Geschenken oder sanften Drohungen ließ sich viel erreichen, die meisten dieser feinen Herren hatten irgendeine Leiche im Keller.

Es musste ihm gelingen, den allzu forschen Prediger aus dem Weg zu schaffen.

Der Nachtwächter hatte gerade die zwölfte Stunde verkündet, als Neumann die Tafel aufhob und seine zum großen Teil schwer angetrunkenen Gäste zur Tür begleitete.

»So, mein Sohn, das Pack wären wir fürs Erste los.«

Kaspar, der später dazugestoßen war, grinste. Anna hingegen war schockiert, wie gering der Kaufherr die honorigen Männer achtete.

»Kannst du mir trotz der späten Stunde noch ins Kontor folgen, es geht um eine wichtige Sache.« Ohne hinter seinem Schreibtisch Platz zu nehmen, kam Balthasar zur Sache. »Deine Frau wurde beobachtet, wie sie sich lange und intensiv mit dem Parlier des verstorbenen Meisters Mäder unterhielt. Frag sie aus, was er von ihr wollte. Ich habe Erkundigungen eingeholt. Obwohl dieser Heinrich den Betrieb des Toten noch nicht offiziell leitet, gilt er schon als der kommende Mann in der Binderzunft. Es wäre nicht schlecht, wenn wir ihn frühzeitig in irgendeiner Form an uns binden könnten. Und jetzt wünsche ich dir eine geruhsame Nacht.«

»Gute Nacht, Vater.« Manchmal beschlich Kaspar ein unheimliches Gefühl und er bekam richtig Angst vor seinem skrupellosen Vater. Der Feind dieses Mannes wollte er nicht sein.

Der junge Kaufmann stieg die knarrende Treppe hinauf und betrat ohne anzuklopfen die Schlafkammer. Anna stand halb nackt im Raum und zog sich gerade ein Nachthemd über. Die begehrlichen Blicke ihres Gatten konnte sie fast körperlich spüren, heute war sie jedoch nicht in der Stimmung, ihre Monatsblutung hatte eingesetzt.

Neumann trat zu ihr, blickte ihr tief in die Augen und versuchte, ihr das Hemd wieder auszuziehen, doch Anna wandte sich ab. »Ich stoße dich nicht gern zurück, aber seit heute bin ich unrein.«

Verblüfft schaute Neumann seine Frau an. Er war es gewohnt, seinen Willen durchzusetzen, und um ein Haar hätte er der ahnungslosen Anna Gewalt angetan. Er drehte sich kurz weg, atmete ein paar Mal tief durch und wandte sich erneut seiner Frau zu. Auf seinen Lippen lag das schönste Lächeln, dessen er fähig war. »Hattest du einen schönen Tag, meine Liebe? Mein Vater erzählte mir, dass du den köstlichen

Fisch, der unseren Gästen so trefflich gemundet hat, selbst besorgt und zubereitet hast.«

Anna fühlte sich geschmeichelt und berichtete ihrem Gatten von dem ungewöhnlichen Fischhändler. »Und dann hat mich noch jemand um eine Aussprache gebeten.«

»Jetzt machst du mich aber neugierig«, meinte Kaspar mit gespieltem Erstaunen.

»Ich glaube nicht, dass dich das interessiert.«

»Erzähl ruhig.«

»Na gut, es handelt sich um einen Handwerker, dessen Meister einen tödlichen Unfall hatte und der jetzt die Möglichkeit hätte, die Meisterin zu freien, um danach das Geschäft zu übernehmen.«

»Aber das ist doch etwas Alltägliches«, gab Neumann zu bedenken.

»Eigentlich schon, nur in diesem Fall möchte der Geselle die Witwe nicht heiraten, sondern ihr eine Leibrente bezahlen, um die Frau seines Herzens ehelichen zu können.«

»Das ist in der Tat ein wenig ungewöhnlich.« Kaspar kratzte sich nachdenklich am Kinn.

»Er hat mich nun gebeten, da es sich bei seiner Liebsten um Elsbeth, die Magd meines Vaters, handelt, diesen wegen eines Kredits zu fragen, und das werde ich morgen tun«, meinte Anna bestimmt.

»Diese Unterstützung könnten auch wir leisten«, platzte Kaspar heraus. »Einem redlichen Handwerker zu helfen, ist schließlich unsere Pflicht. Gleich in der Früh rede ich mit meinem alten Herrn. So, und jetzt lass uns schlafen.«

Für ihn war die Sache beschlossen und in der nächsten Sekunde schnarchte der Kaufmann lautstark. Anna lag noch wach, sie fragte sich, ob Heinrich bei den Neumanns gut aufgehoben war, aber irgendwann verwarf sie ihre Zweifel.

Mit der Erkenntnis, dass Kaspar und sein Vater den Handwerker schon nicht übervorteilen würden, schlief sie endlich ein.

Am selben Abend hatte Heinrich die Witwe um eine Aussprache gebeten. Adelheid hatte freudig zugestimmt, glaubte sie doch fest daran, dass ihr der Parlier einen Heiratsantrag machen würde.

Der große, kräftige Mann mit der ruhigen Ausstrahlung gefiel ihr ausnehmend und auch der relativ große Altersunterschied störte sie nicht. Es war bereits des Öfteren geschehen, dass der Meister vor seiner Frau verschied, worauf diese einen deutlich jüngeren Gesellen zum Mann nahm.

»Frau Mäder, ich glaube, Ihr könnt Euch denken, in welcher Angelegenheit ich mit Euch reden muss.« Entschlossen schaute er ihr tief in die Augen. So direkt hatte er die Meisterin noch nie angesehen. »Es war nicht einfach für Euch in der letzten Zeit, Euer Mann, Gott hab ihn selig, war der beste Meister, bei dem ich jemals in Lohn und Brot stand. Sein jäher Tod hat bei uns allen eine tiefe Wunde hinterlassen.«

Adelheid verdrückte eine Träne, sie hatte sich längst von ihrem verstorbenen Gatten verabschiedet. Das Leben war in den letzten Jahren alles andere als angenehm für sie gewesen, doch jetzt war sie plötzlich in den Mittelpunkt der Aufmerksamkeit gerückt. Die Fortführung des Geschäfts war nur mit ihrem Einverständnis möglich. Dieses Wissen gab ihr ein neues Gefühl, ein Gefühl von Macht.

»Um es kurz zu machen, Frau Mäder, ich werde Euch nicht heiraten.«

Die soeben noch überlegen lächelnde Frau war sichtlich erschüttert, ihre Nasenflügel begannen zu beben und mit weit aufgerissenen Augen schaute sie Heinrich ungläubig an. »Das ist ja wohl nicht dein Ernst! Jedermann in der Stadt betrachtet uns schon als Brautpaar und das Gewerk meines Mannes kannst du nur fortführen, wenn du mich heiratest.« Adelheid gab sich kämpferisch.

»Es gibt eine Ausnahme, die die Zunft akzeptiert, und zwar kann ich den Betrieb übernehmen, wenn ich, Euer Einverständnis vorausgesetzt, Euch und Euren Kindern eine lebenslange Leibrente bezahle.«

»Ha, das kannst du vergessen. Ich muss von niemandem Almosen annehmen und wenn du mich nicht willst, nehme ich mir einen anderen Gesellen, auf den ich bestimmt nicht lange warten muss.« Einerseits tat es der Witwe leid um den zuverlässigen Gesellen, andererseits war ihre Entscheidung gefallen und so fuhr sie in einem unversöhnlichen Ton fort: »Jetzt pack deine Sachen und verlasse mein Haus, ich will dich hier nie wieder sehen.«

Der herablassende Ton der Meisterin brachte den sonst so besonnenen Heinrich in Rage. Wie hatte er ernsthaft an eine einvernehmliche Lösung glauben können? Nun stand alles auf dem Spiel, eine wilde Entschlossenheit nahm von ihm Besitz. »Was glaubt Ihr eigentlich, wer Ihr seid?« Heinrichs Stimme zitterte vor Aufregung. »Ich bin es doch, der das Geschäft seit Jahren leitet, glaubt Ihr allen Ernstes, Euer versoffener Ehemann hätte auch nur einen Auftrag abwickeln können?«

»Hinaus! Ich werde dafür sorgen, dass du in dieser Stadt keinen Fuß mehr auf den Boden bringst.«

Mit sich überschlagender Stimme öffnete Adelheid die Tür. Heinrich zog sie zurück in den Raum und versetzte der um sich schlagenden Frau eine kräftige Ohrfeige. »Ihr lasst mir keine andere Wahl.« Heinrich schnappte nach Luft. »Wollt Ihr, dass die Öffentlichkeit die Wahrheit über den Mord an Eurem früheren Parlier erfährt, der, wie Ihr nur zu gut wisst, der Vater Eures Sohnes ist?«

Jäh wich sämtliche Farbe aus Adelheids Gesicht, die Frau sackte förmlich in sich zusammen. »Was … Woher weißt du …?« Sie suchte verzweifelt nach Worten.

»Der Zufall wollte es, dass ich damals am Ort des tödlichen Streits vorbeikam. Euer Mann nahm mir das Versprechen ab, keiner Menschenseele etwas zu erzählen, und ich habe mich all die Jahre daran gehalten. Glaubt mir, es fällt mir nicht leicht, Euch zu erpressen, doch für mich steht zu viel auf dem Spiel. Ihr werdet keinerlei finanzielle Einbußen hinnehmen müssen, das verspreche ich Euch.«

Die Frau, die nun schluchzend ihren Tränen freien Lauf ließ, tat Heinrich so leid, dass er seine Forderungen fast rückgängig gemacht und das Weite gesucht hätte.

»Da habe ich wohl keine andere Wahl, allein um meiner Kinder willen. Was also sind deine Bedingungen?« Adelheid hatte sich nach quälenden Minuten so weit gefasst.

»Ihr und Eure Familie könnt im Haus wohnen bleiben, ich denke, es ist groß genug für uns alle. Was Euren Sohn betrifft, so hoffe ich inständig, dass er wieder gesund wird und seine Lehrzeit beenden kann.«

Der Augenzeuge des schrecklichen Unfalls hatte seit jenem schicksalhaften Tag nicht mehr geredet und saß apathisch in einer Ecke; Essen und Trinken musste man ihm mit Gewalt einflößen.

»Eure Entscheidung werdet Ihr dem Zunftmeister mitteilen, er wird es akzeptieren. Die anderen Meister sind mir bekannt und ich bin mir sicher, dass sie mich nach bestandener Prüfung in ihrer Mitte aufnehmen werden. An Leibrente habe ich mir sechs Gulden vorgestellt, das ist das Doppelte eines Gesellenlohns. Das Geschäft müsste eigentlich so viel abwerfen, trotzdem würde ich mit Eurer Erlaubnis noch gern einen Blick in die Bücher werfen. Meine zukünftige Frau und Ihr könnt euch die Kochstelle teilen, in

seinen eigenen Räumen ist jeder für sich selbst verantwortlich. Verpflegung für Gesellen und Lehrling übernehmen selbstverständlich wir, die Magd jedoch wird sich nach etwas anderem umschauen müssen, da ich die ersten Jahre jeden Heller zweimal umdrehen muss. Es ist jetzt an Euch zu entscheiden, aber ich denke, es ist ein gerechtes Angebot.«
Heinrich hatte seine Ruhe wiedergefunden, als er der Witwe seine Bedingungen aufzählte, und doch hatte er Mühe, zu der aufgewühlten Frau durchzudringen. Nach mehrmaliger Aufforderung, ihm endlich eine Antwort zu geben, erwachte sie schließlich aus ihrer Lethargie.

»Wenn du einen Gulden drauflegst, nehme ich an.«

Heinrich konnte sein Glück kaum fassen. Als Nächstes musste er den Kredit unter Dach und Fach bringen. »Morgen suchen wir einen Advocatus auf, der einen schriftlichen Vertrag aufsetzt. Hand drauf.« Er streckte ihr seine kraftvolle Pranke hin, die Adelheid geflissentlich ignorierte.

Am darauffolgenden Tag kam ein Bote auf die Baustelle. »Ist unter euch Zimmerleuten ein Mann namens Heinrich?«

Ein großer Mann stieg vom Gerüst herab und stellte sich breitbeinig vor den Jungen. »Was ist dein Begehr?«

»Ich bin im Auftrag des allseits geachteten Kaufherrn Neumann hier.« Der Halbwüchsige war einen Schritt zurückgewichen. »Er bittet Euch in einer dringenden Sache in sein Kontor.«

Heinrich fragte sich, was der bedeutende Mann wohl von ihm wollte. Soviel er wusste, gehörten die Neumanns nicht zu Wilhelms Kunden, aber was nicht ist, kann ja noch werden. »Sag dem edlen Herrn, dass ich ihn nach der Mittagspause aufsuchen werde.« Heinrich schwang sich wieder aufs Gerüst und setzte seine Arbeit fort.

Der erste Schnee war bereits gefallen, es war grau,

neblig und kalt. Die Männer waren gerade dabei, auf einem neu errichteten Dachstuhl die Traglatten anzubringen. Diese wurden in einem immer gleich bleibenden Abstand angenagelt, sodass danach der Dachdecker kommen und seine Platten einhängen konnte. Tonziegeldächer dominierten mittlerweile das Stadtbild, es war nur noch eine Frage der Zeit, bis die verbliebenen Strohdächer erneuert wurden. Die Brandgefahr war einfach zu groß und die Stadtväter übten mehr und mehr Druck auf die ärmlichen Besitzer aus.

Das Glöcklein schlug zwölf Mal und die Gesellen gingen hungrig in ihr angestammtes Wirtshaus.

»Das Mittagessen und die Getränke gehen heute auf mich.«

»Gibt es was zu feiern, Parlier?« Die Worte des riesenhaften Gesellen gingen in einem Reigen von Schmatzen und Rülpsen unter, das herabtropfende Fett der Schweinerippchen glänzte auf seinem Kinn. Ungeniert stocherte er mit den Fingernägeln auf der Suche nach den letzten Fleischresten in den Zähnen.

»Das wird sich zeigen, Erwin. Der erste Schritt ist getan, ich habe mich mit der Meisterin gütlich geeinigt. Nun steht als Nächstes meine Zulassung zur Meisterprüfung an.«

»Das kostet bestimmt ein Heidengeld, hast du etwa einen Kaufmann überfallen?«

»Wo denkst du hin? Aber im Ernst, ich muss gleich los, um wegen eines Kredits zu verhandeln.« Heinrich nahm einen letzten Schluck, ging zum Schankwirt und öffnete seinen Beutel. »Die Zeche heute übernehme ich.« Er zählte dem Mann die geforderte Summe auf den Tisch und ging zur Tür hinaus. In den Gassen blieb er mitunter stehen, um mit Kunden seines verstorbenen Meisters zu reden oder sie zu grüßen.

Vor dem prächtigen Haus der Neumanns wurden gerade

vier kräftige Pferde angeschirrt und Heinrich betrachtete interessiert das Vorhaben. Gerade als er anklopfen wollte, kam ihm der junge Neumann entgegen. »Was wollt Ihr? Meines Wissens wurde nach keinem Handwerker geschickt.« Kaspar taxierte den Gesellen missmutig von oben nach unten, woraufhin dieser seine schmutzige Kappe abnahm.

»Entschuldigt, mein Herr, aber Euer Vater hat nach mir geschickt, ich bin der Parlier des verstorbenen Meister Mäder.« Heinrich kannte diesen Gecken, der durch die Straßen stolzierte, als wäre er ein Königssohn, ließ sich jedoch von der herablassenden Art des Mannes nicht provozieren, sondern blieb freundlich. Bis zum heutigen Tag war es ihm ein Rätsel, warum Annas Vater den jungen Neumann zu seinem Schwiegersohn gewählt hatte.

»Ah, Ihr seid dieser Heinrich, das ist natürlich etwas anderes. So kommt herein, mein Herr, Ihr werdet erwartet.« Elegant öffnete Kaspar die Tür zum Kontor. Heinrich hatte kaum den Raum betreten, als ihm der alte Neumann die Hand schüttelte.

»Seid willkommen, wackerer Zimmermann, und tretet näher. Ich habe schon viel von Eurer Tatkraft und Eurer fachlichen Kompetenz gehört, leider war es mir bislang nicht vergönnt, Eure Bekanntschaft zu machen.«

Gleichmütig nahm Heinrich die Lobhudelei entgegen.

»Nehmt doch bitte Platz. Kaspar, könntest du bei der Magd eine Kleinigkeit zu trinken für uns bestellen?«

Heinrich setzte sich auf einen kunstvoll verzierten Scherenstuhl. Er beobachtete, wie der alte Kaufmann mit einer für seine Leibesfülle erstaunlichen Behändigkeit hinter dem ovalen Tisch aus Kirschbaumholz Platz nahm, dessen Oberfläche mit edlen Elfenbeinintarsien versehen war.

Die bleiumrahmten Scheiben ließen die Sonnenstrahlen fast ungehindert durch, sodass der Raum in helles Licht getaucht war. Heinrich ließ seinen Blick unauffällig umherschweifen und musste an sich halten, sein Staunen zu unterdrücken, denn sämtliche Gegenstände, die er sah, waren von erlesener Pracht und Schönheit.

»Herr Klingner, zuallererst möchte ich Euch den Grund unserer kleinen Unterredung nennen. Einen Auftrag für eine Handwerksleistung kann ich Euch leider nicht erteilen, wenngleich es durchaus möglich ist, dass ich Eure Hilfe in naher Zukunft in Anspruch nehmen muss. Ich habe Euch hergebeten, weil mir zu Ohren gekommen ist, dass Ihr beabsichtigt, einen Betrieb zu übernehmen und deshalb einen kleinen Kredit benötigt.«

Verblüfft wollte Heinrich etwas entgegnen, doch Balthasar Neumann ließ ihn nicht zu Wort kommen.

»Mein Sohn hat mir von Eurem Gespräch mit Anna erzählt und mich gefragt, ob nicht unser Haus einem aufstrebenden Handwerker unter die Arme greifen könnte.«

Der Parlier war bass erstaunt, dass solch ein bedeutender Mann ausgerechnet ihm helfen wollte.

»Hier nun mein Vorschlag: Ich gebe Euch das Geld, das Ihr braucht, zu einem Zinssatz von, sagen wir mal, fünfundzwanzig Prozent, die Raten zahlbar an Martini.

Zum Vergleich ließe sich anmerken, dass die jüdischen Geldverleiher fünfzig und mehr nehmen, Ihr seid bei uns also in guten Händen. Des Weiteren werde ich Euch helfen, wenn es mit der Zunft irgendwelche Schwierigkeiten geben sollte.«

Heinrichs Finger waren krampfhaft ineinander verzahnt und hinter seiner hohen Stirn überschlugen sich die Gedanken. Er war zwar ein ausgezeichneter Zimmermann, aber in finanziellen Dingen nicht sehr beschlagen. Heinrich wog Vor- und Nachteile gegeneinander ab, doch schließlich gab die angebotene Unterstützung des einflussreichen

Kaufherrn den Ausschlag und so unterzeichnete er den vorgefertigten Vertrag. Zur Feier des Abschlusses wurde teurer Burgunderwein gereicht. Bereits nach zwei Bechern jedoch verließ der aufgewühlte Parlier die Kaufleute mit der Begründung, auf der Baustelle dringend gebraucht zu werden.

Die frische Luft tat ihm gut. Er war zwar froh, einen Geldgeber gefunden zu haben, doch irgendwie waren ihm die beiden zu glatt und zu freundlich. Irritiert eilte er zurück an die Arbeit.

»Den haben wir in der Tasche«, meinte Kaspar überschwänglich und führte seinen Zinnkrug an die Lippen.

»Unterschätze mir den Handwerker nicht, Heinrich ist nicht auf den Kopf gefallen«, bremste der alte Kaufmann die Euphorie seines Sohnes. »Doch ich bin ebenfalls der Meinung, dass uns dieser Mann noch von großem Nutzen sein wird.«

Die nächste sogenannte Morgensprache der Binderzunft zu Reutlingen war auf den zweiten Samstag im neuen Jahr anberaumt. Während in der Vergangenheit die Versammlung traditionell am Morgen abgehalten wurde, fand sie nun abends statt. Wann sich diese Gepflogenheit geändert hatte, wussten selbst die ältesten Meister nicht zu sagen.

Heinrich wollte bei der Morgensprache der Zunft seine Pläne verkünden. Nach längerer Suche hatte er bei einem Schneidermeister neuwertige Festkleider entdeckt, die dieser ursprünglich für einen anderen Meister gefertigt hatte. Zwischen Maßnehmen und Fertigstellung war der Mann jedoch aufgegangen wie ein Hefeteig und so kam Heinrich günstig zu einem Sonntagsstaat. Der Parlier hatte sich eine Stunde vor Beginn der Sitzung im Gastraum des Binderzunfthauses eingefunden.

Heinrich war so aufgeregt wie selten zuvor in seinem Leben. Das Bier wollte ihm nicht richtig schmecken und auch die feixenden Gesellen an den Nebentischen ignorierte er. Dieses Gebäude war ihm eigentlich vertraut, aber die oberen Räume, die ausschließlich den Meistern vorbehalten waren, würde er heute nach langer Zeit zum ersten Mal wieder betreten. Dunkel erinnerte er sich noch an die prächtig ausstaffierte Stube, in der er zum Gesellen ernannt worden war.

Gegen acht Uhr waren die Angehörigen der Zunft erschienen, einige grüßten ihn freundlich, andere gingen schnurstracks durch den Schankraum und hin zu der Treppe, die nach oben führte.

Es verging eine weitere quälende Stunde, ehe ein jüngerer Meister an Heinrichs Tisch trat und ihn bat, ihm zu folgen.

Sein Herz pochte wie wild, als er den holzgetäfelten Raum betrat, dessen Wände eine Art Ahnengalerie waren und Gemälde von verstorbenen Zunftmeistern zeigten.

»Nehmt Platz und lasst Euch Wein geben.«

Heinrich nickte den Männern zu, die sich in den oberen Räumen versammelt hatten. Durch sein Amt als Altgeselle wusste er so einiges über die hochnäsig auf die einfachen Handwerker herabschauenden Meister. Wie überall gab es unter ihnen Gesellenschinder, Geizkrägen, Betrüger, aber auch aufrechte Männer, die ihre Arbeiter korrekt behandelten und entlohnten.

»Heinrich Klingner, Ihr habt einen Antrag gestellt, in dem Ihr um Aufnahme in die Binderzunft bittet.« Der Zunftmeister machte eine kurze Pause, bis Ruhe eingekehrt war. »Es ist jedoch nicht alltäglich, dass ein Geselle die Witwe eines verstorbenen Mitglieds nicht ehelichen, sondern ihr eine Leibrente bezahlen will. Ich für meinen Teil sehe darin kein Problem, weiß ich doch, dass Ihr ein tüchtiger und besonnener Mann seid. Gleichwohl, es ist seit Alters her Sitte, dass solch ein Anliegen eines einstimmigen Beschlusses bedarf. Ich bitte Euch nun, Euren Antrag in aller Form vor der ehrenwerten Binderzunft vorzubringen.«

Heinrich erhob sich von seinem Sitz, atmete noch einmal tief durch und rief sich ins Gedächtnis, dass von dieser Rede seine Zukunft abhing. »Ehrwürdige Meister, zuallererst möchte ich Euch danken, dass Ihr mir Gehör schenkt.« Mit jedem weiteren Satz verlor er die Anspannung und als er nach einer halben Stunde geendet hatte, glaubte Heinrich felsenfest daran, dass er alle Anwesenden überzeugt hatte.

»Das war gut gesprochen, ich denke, Eure Aufnahme ist nur mehr eine Formalität. Nichtsdestotrotz möchte ich Euch bitten, unten Platz zu nehmen, wir teilen Euch den Beschluss so bald als möglich mit.«

Im Gefühl des sicheren Sieges verließ Heinrich leichtfüßig den Saal und ließ sich vom Schankwirt ein schäumendes Bier bringen, das er beinahe in einem Zug leerte.

Heinrich ging dem jüngeren Meister, der wenig später wieder erschien, in freudiger Erwartung entgegen.

»Ich soll Euch im Namen der Binderzunft mitteilen, dass Euer Antrag abgelehnt wurde.«

Ungläubig blickte der Parlier auf den deutlich kleineren und schmächtigeren Mann und ihm war, als hätte er einen wuchtigen Schlag in die Magengegend erhalten. »Was?«, schrie Heinrich. Sein Gesicht hatte einen zornigen Ausdruck angenommen und er war dabei, vollends die Beherrschung zu verlieren.

Der Meister wich ängstlich zurück und wollte sich durch die Tür drücken.

Kapitel 10

Am ganzen Leib zitternd, krochen die beiden Gesellen unter dem riesigen Stamm hervor. Rudolf hatte die bedrohliche Situation blitzschnell erkannt und Hannes mit sich zu Boden gerissen. In einer natürlichen Kuhle liegend, hatten sie den Aufprall des Riesen überlebt und waren wie durch ein Wunder von keinem Ast durchbohrt worden.

»Das war mehr als knapp!« Rudolf hatte als Erster die Sprache wiedergefunden und umarmte den etwas kleineren Hannes.

»Oh Herr im Himmel, du hast mir das Leben gerettet, das werde ich dir niemals vergessen«, schluchzte Hannes, der den Tränen nahe war.

»Unsere Zeit ist offenbar noch nicht gekommen, der Herrgott will uns noch nicht bei sich haben«, bemerkte Rudolf flapsig, während sie zur Jagdhütte mehr taumelten, als dass sie gingen.

»Was ist mit euch passiert?«, wollte Konrad wissen, als er in die zerkratzten Gesichter sah.

Mit knappen Worten schilderte Rudolf den Hergang des Geschehens. Hannes nahm dankend den dargereichten Becher und trank gierig von dem Gewürzwein. Am nächsten Morgen hatten weder er noch Rudolf Erinnerungen an den vergangenen Abend, Hannes' Kopf war irgendwann auf den Holztisch gesunken und die anderen hatten die Betrunkenen behutsam auf ihr Lager gelegt.

Konrad trennte die beiden am nächsten Tag bei der Arbeit voneinander, außerdem schaute er sich jeden markierten Baum äußerst genau an und legte die Fällrichtung fest. Noch vor Einbruch der Dunkelheit war die Arbeit beendet und die Brüder blickten zufrieden in den Wald, wo ungefähr dreißig Stämme lagen. Der Abend verlief weitgehend harmonisch und nachdem Konrad einige aufregende Geschichten erzählt hatte, gingen die müden Männer zeitig schlafen.

Der Kutscher erschien nach dem Morgenmahl und drängte sogleich zur Eile. »Beeilt euch, heute Nachmittag wird es schneien, da sollten wir zu Hause sein.«

Äxte und Sägen wurden verladen, danach verabschiedeten sich die Gesellen lautstark von Konrads Holzknechten.

»Bis bald, Hildebrand.« Der Jagdaufseher umarmte seinen Bruder, was dieser teilnahmslos mit sich geschehen ließ, und raunte ihm etwas ins Ohr.

»Das ist ein guter Vorschlag. Also, pass gut auf dich auf, Konrad.«

Nach einem letzten Händedruck setzte sich der Meister zum Kutscher. Für Hildebrands Arbeiter hingegen war es dieselbe Tortur wie auf der Hinfahrt, nur dass es diesmal um einiges kälter war.

»Müssen wir uns das eigentlich gefallen lassen?«, schrie Rudolf. »Ich wäre dafür, dass wir unsere Bündel packen und abreisen.«

»Bei dieser schlechten Witterung müssten wir auf der Landstraße verhungern, sei lieber froh, dass wir in Lohn und Brot stehen«, entgegnete Frieder besänftigend.

Vor dem Esslinger Wolfstor hielt der Fahrer an und ließ die durchgefrorenen Gesellen absteigen. Der Meister schälte sich aus seiner Decke und bezahlte den Rest des Fuhrlohns, bevor er ebenfalls herunterstieg.

»Ihr seht aus, als ob ihr eine warme Brühe und einen heißen Wein vertragen könnt.« Sophie empfing die Männer so freundlich wie immer. »Was ist passiert?«, fragte sie besorgt, nachdem sie die Schrammen in Hannes' Gesicht gesehen hatte.

»Nichts, was dich zu interessieren hätte, und jetzt schau zu, dass du das Nachtmahl auf den Tisch bringst«, fuhr Hildebrand seine junge Frau barsch an.

Die Kinder liefen fröhlich auf die Gesellen zu. Dass sie von ihrem Vater ignoriert wurden, schienen sie gewöhnt zu sein. Das Essen wurde schweigend eingenommen, Hildebrand beendete es als Erster und erhob sich. »Ich muss noch einen Kunden aufsuchen, der möglicherweise eine Treppe in Auftrag gibt. Sollte ich mit ihm handelseinig werden, könnt ihr bis Februar bleiben.«

Sobald sie satt waren, trugen die Gesellen ihr Geschirr ab und wünschten anschließend eine gute Nacht. Die angenehme Wärme, die in der Küche herrschte, hatte die bleierne Müdigkeit der Männer verstärkt.

»Wenn ihr kurz wartet, Rudolf und Hannes, so behandle ich eure Wunden mit einer sehr wirksamen Salbe.«

»Danke, Frau Meisterin, aber bei mir ist es nicht so schlimm.« Der ältere Geselle war mit diesen Worten bereits draußen, Hannes hingegen ließ sich gern von der jungen Frau verarzten. Er setzte sich zurück auf seinen Stuhl und wartete auf Sophie, die ihre Kinder zu Bett brachte.

Geraume Zeit später erschien die Meisterin wieder und reinigte die teilweise noch nässende Wunde. »Wenn du Glück hast, bleibt dir eine Narbe erspart.«

Wie zufällig drückte Sophies Knie längere Zeit gegen Hannes' Bein, was den Gesellen zunehmend irritierte und zugleich erregte, war er doch seit seiner Erfahrung im Frauenhaus keiner weiblichen Person mehr so nahe gewesen.

Nach einem intensiven Augenkontakt legte Hannes der hübschen Meisterin den Arm um die Taille und zog sie auf seinen Schoß. Sophie wollte sich zuerst befreien, gab dann jedoch dem sanften Druck nach. Mit einem Mal umarmten und küssten sich die beiden heftig. Sie waren wie in einem Rausch, rissen sich gegenseitig die Kleider vom Leib und fanden sich schließlich auf dem kühlen, mit gebrannten Tonplatten ausgelegten Boden wieder. Hannes liebkoste Sophies weiche Brüste und versuchte ungelenk, mit seinem aufgerichteten Glied in sie einzudringen.

Ihre weibliche Intuition sagte ihr, dass es für den Gesellen offenbar das erste Mal war, und so gab sie ihm sanfte Hilfestellung. Hannes war wie vom Donner gerührt. Dieses einzigartige Gefühl drohte ihm den Atem zu rauben und er begann, sich rhythmisch zu bewegen, zuerst langsam, dann immer schneller. Sophie bremste den unerfahrenen Mann, doch nachdem sie ihren Höhepunkt erreicht hatte, gab es für Hannes kein Halten mehr. Jäh brachen seine Bewegungen ab, er stöhnte lustvoll auf und ergoss sich in ihr. Kurz danach löste sich die junge Frau aus der innigen Umarmung und begann sich anzuziehen, als laut hörbar die Haustür ins Schloss fiel.

In diesem Moment wurde beiden mit einem Schlag klar, was sie getan hatten. Ehebruch war eine sehr schwere Straftat.

»Zieh dich schnell an, Hannes, und verstecke dich irgendwo, ich will verhindern, dass er in die Küche kommt«, flüsterte Sophie und schlüpfte blitzschnell in ihre restlichen Kleider.

Hildebrand war gerade dabei, seine schweren Stiefel abzulegen, als er seine Frau gewahrte, offensichtlich war er in einer ziemlichen Hochstimmung. »Lass uns in der Küche noch einen Becher Wein miteinander trinken. Ich bin mit dem Lehmann einig geworden, wir können die Treppe fertigen. Das ist ein Grund zu feiern!«

»Das freut mich. Aber wollen wir uns nicht in die Wohnstube setzen? Geh schon mal voraus, ich bringe den Wein«, entgegnete Sophie hastig.

»Ach was, die Stube ist nicht geheizt, ich setze mich an den Küchentisch.« Irgendetwas am Verhalten seiner Frau kam dem Meister seltsam vor und er stapfte in Richtung Kochstelle.

Fieberhaft suchte Sophie nach einem Ausweg. »Liebster Gatte, lass uns den Abschluss doch auf eine andere Weise feiern.« Mit einem Gesichtsausdruck, der keine Fragen offen ließ, nickte sie in Richtung Schlafzimmer. Hildebrand betrachtete seine junge Frau eingehend und musste sich eingestehen, dass er sie noch immer sehr anziehend fand, wenngleich er sie in letzter Zeit stark vernachlässigt hatte.

Hannes ließ eine gute Stunde verstreichen, ehe er in die Gesellenkammer schlich.

»Na, mein Kleiner, du hast es der Meisterin aber ordentlich besorgt, ob ihr Mann allerdings begeistert ist, wenn er davon erfährt …« Walter hatte sich auf seinem Lager halb aufgerichtet und grinste hämisch.

In dem dunklen Raum konnte keiner sehen, wie Hannes kalkweiß wurde.

»Ich …, ich weiß nicht, wovon du sprichst«, stammelte der Geselle.

»Durstig, wie ich war, wollte ich in die Küche, um ein wenig Wasser zu trinken, als ich euch beide auf dem Boden liegen sah. Junge, Junge, du kannst dir schon mal überlegen, was dir mein Schweigen wert …«

Weiter kam er nicht, denn ein scharfes Messer ritzte an seinem Hals. »Merk dir eins, du Hundsfott, wenn du dem Meister das kleinste Sterbenswörtchen erzählst, bringe ich dich um.«

Nicht nur die Waffe, sondern ebenso die wilde Entschlossenheit, die von Rudolf ausging, versetzte Walter in Todesangst.

»Bitte tu mir nichts, ich schwöre bei allem, was mir heilig ist, dass ich niemandem etwas davon sage«, winselte der sonst so überhebliche und skrupellose Mann um sein Leben.

»Auf deine Schwüre gebe ich nichts, ich habe dich einmal gewarnt und das muss reichen«, erwiderte Rudolf trocken, steckte sein Messer ein und legte sich wieder in sein Bett. Mit zittrigen Händen fasste sich Walter an den Hals und spürte das warme, klebrige Blut, das aus der kleinen Wunde trat.

Hannes war ebenfalls in höchstem Maße erregt, als er sich auf seine Schlafstatt begab. Er wälzte sich lange hin und her, bevor er einschlief.

In der folgenden Woche wurde frisches Holz angeliefert und es begann eine der mühsamsten Arbeiten des Zimmerhandwerks. Die Stämme wurden auf die richtige Länge abgesägt und mithilfe eines aus mehreren Umlenkrollen bestehenden Flaschenzugs, den die Männer im Vorfeld erstellt hatten, auf die Arbeitsböcke gehievt. Bei den leichteren Bäumen zogen die Zimmerleute selbst an dem dicken Hanfseil, für die schwereren hatte Hildebrand ein stämmiges Pferd besorgt. Zuallererst wurden mittels einer in nasser Asche eingelegten Schnur gerade Striche auf die Bäume gezeichnet. Danach fingen die Gesellen mit ihren rasiermesserscharfen Äxten und Breitbeilen an, das Holz zu behauen. War auf diese Weise ein vierkantiger Balken entstanden, wurde dieser ebenfalls mit der Winde auf zwei bereitstehende übermannshohe Böcke geschafft. Nun begab sich ein Geselle nach oben und stellte sich auf den Balken, ein anderer Arbeiter befand sich darunter. Die beiden Auserwählten, Frieder, der Parlier, oben, Hannes als Jüngster unten, nahmen die überdimensionale Säge mit zwei Holzgriffen entgegen und fingen an, gleichmäßig zu ziehen. Auf diese höchst anstrengende Art und Weise wurden längsseits Bretter und Bohlen aufgetrennt, aus dem dann abgelagerten Holz in den darauf folgenden Jahren Treppen gebaut. Regelmäßig wechselten sich die Gesellen ab, denn selbst an dem bärenstarken Frieder ging die kräftezehrende und trotz der Eiseskälte schweißtreibende Arbeit nicht spurlos vorbei.

Der Meister beschäftigte sich indes in seiner beheizten Werkstatt mit dem Zeichnen eines Grundrisses der zu fertigenden Treppe. Außerdem gehörte die Herstellung von Schablonen für Trittstufen und Treppenwangen zu seinen Aufgaben.

Das Auftrennen der Bohlen war nach einigen Tagen beendet und Hildebrands Vorbereitungen waren so weit abgeschlossen, dass auch die Gesellen in den Genuss einer warmen Arbeitsstätte kamen. Das Problem war jedoch die Enge des Raums, in dem sich die vier Männer dauernd auf den Füßen standen. Hinzu kam ein Meister, der die wetterbedingte Abhängigkeit seiner Männer trefflich ausnutzte. Auch das ihnen wochenlang servierte Kraut, in das sich nur ab und zu ein Fleischstückchen verirrt hatte, setzte den Männern zu und so war es kein Wunder, dass sie abends gelegentlich über die Stränge schlugen.

In Esslingen gab es wie in jeder anderen Stadt Schenken, die von angesehenen Bürgern besucht wurden, aber ebenso Kaschemmen, in die kein anständiger Mann seinen Fuß setzen würde.

»Hannes, kannst du mir ein paar Heller borgen? Mein letztes Geld haben sie mir gestern beim Würfelspiel abgenommen«, meinte Walter.

»Wenn es unbedingt sein muss«, entgegnete der Angesprochene widerwillig.

Die Gesellen schlenderten an der Stadtmauer entlang, sie waren auf dem Weg zum ›Weißen Rössle‹, das im Volksmund geringschätzig nur ›Esel‹ genannt wurde. Auch an diesem Freitagabend wimmelte es in dem stickigen Gastraum nur so von Leuten, denen das wenig vornehme Ambiente offenbar nichts ausmachte. Die Zimmerleute drängten sich durch das Gewühl, vorneweg der rothaarige Frieder, dem selbst die finstersten Galgenvögel Platz machten. Die speckigen, teilweise fast schwarzen Tische wurden den ganzen Abend so gut wie nicht abgeräumt und so landete manch ein Würfel in einem fettglänzenden Teller.

In einer Nische fanden sie endlich einen nur teilweise besetzten Tisch, an dem drei abgebrüht wirkende Männer saßen.

»Guten Abend, die Herren, mit eurer Erlaubnis würden wir uns gern zu euch setzen.«

Ein schwarzhaariger Kerl mit einer Augenklappe und einem ausgeprägten Muttermal mitten auf der Stirn machte eine einladende Geste. »Macht es euch gemütlich. Eurer Kleidung nach zu urteilen, seid ihr Handwerksgesellen.«

»Da habt ihr recht und ganz durstige obendrein, aber eure Gesichter habe ich hier drinnen noch nie gesehen.«

»Wir sind ...«

Bevor sein Nebensitzer weiterreden konnte, riss der Dunkle, der offensichtlich der Anführer war, das Wort wieder an sich. »Wir sind auf der Durchreise, sind auf dem Weg nach Nördlingen. Unser schöner Marktstand müsste euch aufgefallen sein.«

Wie Marktleute sehen die nicht aus, dachte Hannes, dem die Gesellschaft ein wenig unheimlich war.

Mit zunehmendem Bier- und Weingenuss entwickelte sich jedoch eine beinahe freundschaftliche Atmosphäre. Der Mann mit der Augenklappe stellte sich als Michel aus Dinkelsbühl vor, sein rechts von ihm sitzender, sehr beleibter Gefährte hieß Karl. Der dritte im Bunde, dessen kalte Augen immer wieder in der Schenke umhergingen, nannte sich Robert.

Manche lustige Geschichte wurde zum Besten gegeben und dazu herzhaft gelacht. Selbst Hannes, dem die drei Männer anfangs nicht geheuer waren, amüsierte sich trefflich.

Seiner aufmerksamen Beobachtung entging jedoch nicht, dass sich Michel und Robert beim Trinken merklich zurückhielten. Sie prosteten zwar den anderen nicht gerade selten zu, verstanden es aber, ihren Krug entweder unauffällig auf den Boden zu leeren oder ihn umzuwerfen. Karl hingegen, dessen Gesicht seinen ausschweifenden Lebenswandel widerspiegelte, leerte einen Becher nach dem anderen.

Die Stimmung ging ihrem Höhepunkt entgegen, viele der betrunkenen Gäste grölten lautstark zotige Lieder, als urplötzlich ein ohrenbetäubender Pfiff ertönte. Der übernächtigt aussehende Gastwirt war auf einen Stuhl gestiegen und versuchte, sich Gehör zu verschaffen. »Meine lieben Gäste, ich muss euch leider mitteilen, dass der Nachtwächter mir angedroht hat, die Stadtwache zu benachrichtigen, sollte bei seinem nächsten Kontrollgang in einer Stunde noch jemand hier sitzen.«

Die Antwort war ein vielstimmiges Gejohle.

»Es ist doch bestimmt nicht in eurem Sinn, dass ich Scherereien mit der Obrigkeit bekomme.«

Kaum hatten Michel und Robert die Worte des Wirts vernommen, drängten sie bereits zum Aufbruch, sie schienen wie auf Kohlen zu sitzen und fixierten ständig den Ausgang.

»Karl, trink aus, wir wollen zu unserer Herberge gehen, morgen haben wir einen anstrengenden Tag.«

»Was seid ihr nur für Spielverderber. Ihr könnt schon mal vorausgehen, ich trinke noch einen Krug«, lallte der Angesprochene.

Die Gesellen, mit Ausnahme von Hannes, hatten ebenfalls ein Stadium erreicht, in dem das Sprechen und Gehen schwerfiel.

Ohne Vorwarnung standen unvermittelt bewaffnete Stadtbüttel im Raum und gingen mit gezogenem Degen von Tisch zu Tisch, um sich die Zecher genau anzusehen.

Robert wollte aufspringen, doch der besonnene Michel hielt ihn zurück und wandte sich flüsternd an Hannes. »Hör mir zu, mein Junge, wir kennen uns noch nicht lange, aber wir brauchen dringend deine Hilfe, du wirst es nicht bereuen.«

Der Geselle schluckte schwer, fing sich indes sogleich wieder. »Was …, was kann ich für euch tun?«

»Wir sind nicht die, für die wir uns ausgegeben haben. Wir bräuchten für die Nacht ein unauffälliges Quartier, denn ich bin mir sicher, dass die Wachen nach uns Ausschau halten.«

Hannes war unschlüssig. Warum sollte er diesen Männern helfen und sich womöglich selbst in Gefahr bringen? »Ich habe eine Idee.« Seine Sympathie für Michel gab schließlich den Ausschlag. Er beugte sich zu dem Mann mit der Augenklappe und flüsterte ihm etwas ins Ohr. Wenige Sekunden später richtete er sich auf.

»Gesellen, ich muss dringend an die frische Luft, ich geh dann gleich nach Hause.«

»Unser Kleiner hat wahrscheinlich die Hosen voll wegen den Wächtern, ha, ha.«

Hannes ignorierte den Spott, ging zum Schanktisch und beglich seine Zeche. Er wandte sich zum Ausgang, doch gerade, als er die Tür öffnete, schrie ihm jemand hinterher: »Halt, stehen geblieben, dreh dich um und schau mir ins Gesicht!«

Hannes mimte den Besoffenen, er würgte in regelmäßigen Abständen und schien kurz davor, sich zu erbrechen. Sichtlich angewidert, ließ der Söldner ihn passieren. Als die

Bewaffneten immer näher kamen, gab Michel seinem hageren Gefährten ein Zeichen. Dieser hieb daraufhin dem schlafenden Karl mit voller Kraft den Ellbogen in die Seite, warf den wuchtigen Holztisch um, der mit großem Getöse zu Boden ging, und zog seinen zeternden Freund mit sich zum Ausgang.

Der geschmeidige, kampferprobte Michel war vorausgestürmt und hatte die beiden als Wache postierten Männer kurzerhand niedergeschlagen.

Die meisten Gäste, die die Nische der Gruppe nicht einsehen konnten, hatten von der ganzen Aktion nichts mitbekommen. Blitzschnell hatten die gejagten Männer reagiert und waren durch das Gedränge zum Ausgang hin verschwunden. Draußen trafen sie auf Hannes, dem vor Angst und Kälte die Knie schlotterten.

»Mir nach!« Ohne viele Worte zu verlieren, eilte der Geselle voraus. Die flüchtenden Männer folgten ihm, selbst der beleibte Karl, der halbwegs zu sich gekommen war, rannte um sein Leben.

Hannes lief in eine schmale Straße, die in eine noch engere Gasse mündete.

»Was soll das, willst du uns reinlegen?« Robert baute sich drohend vor dem Gesellen auf.

Die Männer standen vor einem breiten Haus, die Gasse endete hier und das Geschrei der Söldner kam bedrohlich näher.

»Hilf mir lieber, anstatt mich so böse anzuschauen.« Hannes hatte begonnen, eine Klappe anzuheben, die unauffällig in das grobe Straßenpflaster eingearbeitet war. »Springt hinunter in den Keller. Das Haus wird derzeit umgebaut, ihr müsst nur morgen früh verschwunden sein, falls irgendwelche Arbeiter kommen.«

Michel drehte sich um und drückte dem Gesellen etwas in

die Hand, bevor er seinen Freunden folgte. Die drei Männer waren kaum in das dunkle Gewölbe hinabgestiegen, als Hannes sich daranmachte, die Klappe wieder umzulegen. Er schob und presste, doch sie schien zu klemmen. Der Schweiß trat ihm aus allen Poren, er sah sich schon in einem finsteren Verlies bei Wasser und Brot sitzen.

»Da vorn müssen die Strauchdiebe sein, aber aus dieser Gasse gibt es kein Entrinnen.«

»Komm mal her mit deiner Laterne!«, rief ein anderer.

»Achtung, haltet eure Waffen bereit, da vorn steht einer.« Der vorderste Söldner hatte seinen Degen gezückt und wollte sich auf den gebückten Mann stürzen.

»Oje, ist mir schlecht!« Hannes hatte die Klappe rechtzeitig entriegelt und sich danach den Finger in den Hals gesteckt.

»Der sieht aber nicht wie ein gemeingefährlicher Räuber aus. He, Bursche, was bist du für einer?«

»Will nach Hause!« Der Geselle wankte bedenklich hin und her, sein Lallen war nur sehr schwer zu verstehen.

»Hör gut zu, du Spaßvogel!« Zwei kräftige Hände packten und schüttelten ihn. »Wir suchen drei gefährliche Verbrecher, hast du irgendjemanden gesehen?«

»Muss morgen arbeiten, nach Hause.«

Ein hoch aufgeschossener Söldner zog seinen Kameraden weg von Hannes. »Das hat doch keinen Zweck, der Junge hilft uns nicht weiter.«

»Aber ich könnte meinen Kopf verwetten, dass die Halunken in diese Gasse eingebogen sind.« Mit seiner flackernden Lampe lief der Söldner vor dem Haus hin und her und meinte: »Vielleicht sind sie in diesen Bau eingestiegen und verstecken sich darin.«

Der große Wächter beugte sich zum Ohr des anderen herunter. »Warum sollen wir in der Dunkelheit da hineingehen und uns in Stücke hauen lassen? Lass uns lieber morgen die Wachen an den Stadttoren so verstärken, dass keine Maus ungesehen hinauskommt.«

Der kleinere Mann war der Weibel der Stadtwache und beileibe kein Held, er nahm den Vorschlag gern an. »Du hast recht. Für die paar Heller, die wir verdienen, brauchen wir unser Leben nicht aufs Spiel setzen.«

Ohne sich weiter um den betrunkenen Gesellen zu kümmern, marschierten die Söldner Waffen klirrend davon.

Hannes hatte sich vor Angst beinahe in die Hosen gemacht und auf dem Nachhauseweg schaute er immer wieder über die Schulter, ob ihm jemand folgte.

Die Tür bei Hildebrand war unverschlossen und er stieg so lautlos als möglich die knarrende Treppe empor, um sich sogleich angezogen in sein Bett zu legen.

Beim gemeinsamen Essen am nächsten Morgen konnte es sich Frieder nicht verkneifen, vom vergangenen Abend zu erzählen. Gestenreich schilderte er ihr Abenteuer, nicht ohne hier und da ein wenig auszuschmücken. Hannes verhielt sich ruhig und beschloss wohlweislich, seine Rettungstat für sich zu behalten.

Als die Männer wie jeden Tag auf dem Weg zur Werkstatt das Wolfstor passieren wollten, mussten sie zu ihrer Überraschung feststellen, dass das massive Eisengitter heruntergelassen war.

»Was ist denn hier los? Werden wir belagert? So was habe ich ja noch nie erlebt!« Hildebrand war außer sich, wütend stapfte er durch die Stadt in Richtung Schelztor, die Gesellen folgten ihm mit einigen Schritten Abstand.

Eine Menschentraube hatte sich vor dem Turm gebildet, der von den Söldnern der Stadtwache abgeriegelt war. Nur nach gründlicher Untersuchung durften die Leute einzeln passieren.

»Kann mir mal jemand sagen, was die Kerle eigentlich suchen?« Der aufgebrachte Meister blickte sich fragend um.

»Heute Nacht sind unseren Beschützern ein paar Mordbuben durch die Lappen gegangen, jetzt versuchen sie, die Burschen beim Verlassen der Stadt zu verhaften!«, rief ihm ein kotverschmierter Viehhändler zu.

Ein vornehm gekleideter Kaufherr ereiferte sich: »So weit ist es schon gekommen, wofür zahlen wir einen Haufen Steuern, wenn wir zwischen unseren Mauern nicht mehr sicher sind?«

Auch die Zimmerleute mussten sich einer eingehenden Kontrolle unterziehen.

»Da ist ja unser junger Freund von gestern. Das nächste Mal sperren wir dich in den Turm zum Ausnüchtern.«

Hannes drückte sich schnell an den feixenden Wachen vorbei und fühlte sich ganz und gar nicht wohl in seiner Haut.

»Das gefällt mir aber nicht, wenn einer meiner Gesellen in der Öffentlichkeit unangenehm auffällt.« Hildebrand schaute Hannes strafend an, die Laune des Meisters war jetzt auf dem Tiefpunkt.

»Es …, es wird nicht mehr vorkommen.«

Zur Strafe und wohl auch, um sich selbst abzureagieren, trug Hildebrand seinem jungen Gesellen ausschließlich niedere Arbeiten auf, die gewöhnlich vom Lehrling ausgeführt wurden. Dieser jedoch war eines Tages nicht mehr erschienen, nachdem ihn der Meister zuvor mit dem Winkeleisen verprügelt hatte.

Hannes schluckte seinen Ärger hinunter und begann damit, die Werkstatt aufzuräumen. Am liebsten wäre er sofort abgereist, doch der viele Schnee und die Tatsache, dass er zu wenig Zehrgeld angespart hatte, besänftigten sein Gemüt.

Seit ihrem gemeinsamen Erlebnis verhielt sich die Meisterin seltsam. Bei den Mahlzeiten ignorierte sie ihn, obwohl er intensiv den Blickkontakt mit ihr suchte.

Eines Abends, nachdem Hildebrand zu einer Zunftversammlung aufgebrochen war, nahm Hannes seinen ganzen Mut zusammen und sprach sie an. »Frau Meisterin, ich müsste Euch in einer dringlichen Angelegenheit sprechen.«

»Ich wüsste nicht, was wir beiden Wichtiges zu bereden hätten«, erwiderte sie barsch.

»Hört mir nur kurz zu, ich flehe Euch an.«

Sie überlegte einen Augenblick. »Kinder, geht nach oben in eure Kammer und legt euch hin.«

»Aber Mutter, wir sind nicht müde, bitte lass uns noch eine halbe Stunde spielen, wir sind auch ganz still.«

»Keine Widerrede. Seid folgsam, sonst erzähle ich es morgen eurem Vater.« Eigentlich widerstrebte es Sophie, solche Drohungen auszusprechen, doch jetzt hatte sie keine Geduld, um mit ihren Kleinen zu diskutieren.

Die Aufforderung verhallte nicht ungehört, da Hildebrand die Kinder bereits des Öfteren aus nichtigem Anlass verdroschen hatte, und so saßen Hannes und die Meisterin kurz danach allein am Tisch.

»Also ..., was ich Euch sagen wollte ...«

»Es tut mir leid, dass ich dich so lange nicht beachtet habe«, unterbrach Sophie das Gestammel des Gesellen. »Aber ich hatte ein schlechtes Gewissen wegen des, äh, Vorfalls.« Das Gesicht der Frau färbte sich purpurrot. »Ich mag dich sehr, Hannes, doch weiß ich nicht, was mich an diesem Abend verleitete. Auch wenn mein Mann bisweilen ein Tyrann ist, so bin ich nun mal sein vor Gott angetrautes Eheweib. Ich kann mein Verhalten nicht entschuldigen und habe bisher nicht einmal den Mut aufgebracht, zur Beichte zu gehen.«

Sophie fing an zu weinen. Hannes legte ungelenk den Arm um ihre Schulter, doch wie von einer Giftschlange gebissen, zuckte sie zurück. »Für mein Verbrechen muss ich bestimmt bis zum Jüngsten Tag in der Hölle schmoren.«

»Hat nicht Christus, unser Herr, einmal eine Ehebrecherin verteidigt und gesagt, wer ohne Schuld ist, der werfe den ersten Stein?«

»Woher weißt du so etwas?« Ungläubiges Staunen machte sich auf Sophies Gesicht breit.

»In Reutlingen, meiner Heimatstadt, hält der dortige Priester Matthäus Alber seine Predigten für jedermann verständlich in deutscher Sprache und diese Geschichte ist mir besonders in Erinnerung geblieben.«

»Auf Deutsch, sagst du, das kann doch nicht sein.« Sie schüttelte den Kopf.

»So wahr ich hier sitze. Habt Ihr noch nie von dem Mönch aus Wittenberg gehört, der damit anfing, den Leuten das Evangelium in ihrer eigenen Sprache nahezubringen? Er heißt Luther oder so ähnlich. Unser Beiwohnen neulich ist aber nicht der Grund für die Aussprache, um die ich gebeten habe. Es geht vielmehr um Euren Mann. Ich glaube, er ist im Begriff, eine große Dummheit zu begehen.«

Sophie schaute ihn fragend an.

»Bisher habe ich noch mit niemandem darüber geredet und es ist mir außerdem ziemlich egal, was mit Eurem Mann geschieht. Aber weil mir Euer Wohlergehen und das Eurer Kinder am Herzen liegt, würde ich Euch gern erzählen, was ich weiß.«

Die junge Frau nickte ihm zu und so berichtete Hannes von dem Gespräch, das er unfreiwillig mit angehört hatte.

»Was? Das kann doch unmöglich wahr sein!« Mit vor Schreck geweiteten Augen blickte sie auf den Gesellen. In Gedanken sah sie, wie sie und ihre Familie zur Stadt hinausgejagt wurden. »Mit seiner verfluchten Gier richtet er sich selbst und uns alle noch zugrunde.« Die Meisterin atmete tief durch. Hannes hatte sie nie zuvor so erzürnt gesehen.

»Wir könnten die anderen Gesellen einweihen, gemeinsam müssten wir ihn von seinem Vorhaben abbringen können.«

»Du kennst ihn nicht, Hannes. Wenn er sich etwas in den Kopf gesetzt hat, nimmt er auf niemanden mehr Rücksicht, am allerwenigsten auf seine Angehörigen.« Resigniert starrte Sophie minutenlang auf den Boden, es schien alles so aussichtslos zu sein. Plötzlich erhellte sich ihr hübsches Gesicht. »Es gibt vielleicht eine Möglichkeit, mir ist eben eine Idee gekommen. Möge der Allmächtige uns beistehen, dass es gelingt.« In knappen Worten berichtete sie dem Gesellen von ihrem Vorhaben.

»Das könnte funktionieren, einen Versuch ist es allemal wert.«

Die Lage an seinem Arbeitsplatz hatte sich für Hannes nicht gebessert, er war immer noch derjenige, der die Aufgaben des verschwundenen Lehrjungen verrichten musste. Eines Morgens, als er wieder einmal die Werkstatt aufzuräumen hatte, nahm er seinen Mut zusammen und sprach Hildebrand an. »Herr Meister, was habe ich Euch getan, dass Ihr mir seit Wochen Hilfsarbeiten auftragt?«

Hildebrand akzeptierte keine Kritik und stellte sich drohend vor Hannes. »Für dich gilt dasselbe wie für deinen Kameraden Rudolf. Wenn es dir nicht passt, geh nach Hause zu meiner Frau, lass dir deinen Restlohn ausbezahlen und verschwinde. Wenn du dann durch den hohen Schnee stapfst, wirst du dich gern an meine warme Werkstatt erinnern.«

Hannes musste an sich halten, damit er nicht mit dem Besen, den er verkrampft zwischen seinen Händen hielt, auf den verhassten Mann losging.

Am darauffolgenden Samstag saßen die Gesellen nach der Bruderschaftsversammlung im Gastraum der Herberge zusammen und während ein Krug frisches Bier dem anderen folgte, wurden zünftige Lieder gesungen.

»Rudolf, ich würde gern etwas mit dir besprechen, lass uns kurz nach draußen gehen.«

»Von mir aus.«

Hannes hatte kaum die Tür geöffnet, als ihnen ein eisiger Schneesturm ins Gesicht schlug.

»Was gibt es denn so Wichtiges, dass wir uns Frostbeulen holen müssen?«

»Ich halte es bei dem Meister nicht mehr aus. Was hältst du davon, wenn wir Anfang März unsere Bündel packen?«, schrie Hannes gegen den Wind an.

»Das wäre in zwei Wochen, wenn du glaubst, dass dann der Frühling da ist, hast du dich getäuscht.«

Die Gesellen hüpften von einem Bein auf das andere.

»Falls du hierbleiben willst, kann ich das verstehen, in diesem Fall reise ich allein weiter. Beim nächsten Treffen lasse ich mir meine Papiere geben und dann bin ich weg.«

Rudolf spürte die Entschlossenheit seines Kameraden. Eigentlich hielt auch ihn nichts mehr in dieser Stadt, das einzige Argument für ein längeres Verweilen war der strenge Winter.

»Also gut, in vierzehn Tagen hauen wir ab.« Er reichte Hannes seine Rechte, die dieser freudig schüttelte.

Am Montag schneite es weiterhin und die Gesellen waren fast ausschließlich mit Schneeräumen beschäftigt. Hildebrand hatte noch schlechtere Laune als sonst. Seine Frau und die Kinder duckten sich, um seinen Zorn nicht auf sich zu ziehen, aber auch die Gesellen, Hannes im Besonderen, hatten unter seiner Wut zu leiden.

Als am Donnerstag derselben Woche unerwartet Tauwetter einsetzte, besserte sich die Stimmung Hildebrands schlagartig. Am nächsten Tag wurde das Holz angeliefert, das die Zunft für alle Zimmermeister geordert hatte. Die Menge, die der Einzelne erhielt, differierte; der Preis für den Klafter hingegen war für alle derselbe. Zudem war das Entgelt, das die Bauherren für Material und Arbeitslohn bezahlen mussten, streng reglementiert und sobald ein Zunftmitglied gegen die Regelung verstieß, musste er mit empfindlichen Strafen rechnen.

Zu ihrer großen Überraschung gab Hildebrand seinen Gesellen am Samstagnachmittag frei und auch der Umstand, dass die angelieferten Stämme wild umherlagen, machte die Männer stutzig.

»Macht euch ein paar schöne Stunden.« Der Meister kramte einige Münzen aus seinem prall gefüllten Beutel und gab sie dem staunenden Parlier.

»So freigiebig habe ich den Alten ja noch nie erlebt«, gab Frieder auf dem Weg zur Schenke seiner Überraschung Ausdruck.

»Uns kann es nur recht sein, wenn der verdammte Geizhals endlich mal einen ausgibt.« Voller Vorfreude leckte sich Walter die Lippen.

Auch Hildebrand war in freudiger Erregung, als er in seiner beheizten Werkstatt stand und Hufgetrappel hörte. Er ergriff eine bereitgestellte Fackel sowie eine scharfe Axt, eilte nach draußen und sah die schweren Wagen, die von jeweils vier muskulösen Pferden gezogen wurden.

»Hoo, brrrrr!« Der Kutscher des vorderen Wagens brachte sein Gefährt geräuschvoll zum Halten. Konrad, der neben ihm saß, hatte sich erhoben und war vom Bock gesprungen.

»Gott zum Gruße.« Die ungleichen Brüder gaben sich die Hand.

»Hast du deinen Leuten gesagt, dass sie nicht so laut sein sollen?«

»Ja, natürlich, aber so ganz ohne Geräusche wird es nicht gehen. Du wolltest doch gleichfalls Vorsorge treffen.«

»Dem Torwächter habe ich erzählt«, Hildebrand zeigte auf den nächstgelegenen Turm, der als Silhouette erkennbar war, »dass eine kleine Feier stattfindet. Er hat ein fürstliches Schweigegeld erhalten.«

Nun wurden die schweren Ketten, die die Stämme zusammenhielten, gelöst und danach die Pferde ausgeschirrt. Konrad wählte sodann die drei stärksten Kaltblüter aus und brachte ein dickes Hanfseil an ihren Kummets an, das andere Ende des Taus wurde am jeweiligen Rundholz befestigt. Auf ein Kommando hin liefen die Pferde los, um die Eichen einzeln von den Wagen zu ziehen.

Sich voller Genugtuung die Hände reibend, beobachtete Hildebrand die Arbeit seines Bruders und von dessen Knechten. Die Anspannung der letzten Tage löste sich allmählich von ihm.

»Ich dachte, das Holz für die Zimmerleute sei gestern abgeladen worden, Meister Hildebrand.«

Der Angesprochene fuhr herum und erschrak fast zu Tode beim Anblick des vornehm gekleideten Mannes. Blitzschnell wurde ihm klar, dass irgendetwas schiefgelaufen war. Er packte seine schwere Axt und war zum Äußersten bereit, als wie aus dem Nichts zwei bis an die Zähne bewaffnete Männer auftauchten.

»Nur eine kleine Vorsichtsmaßnahme, damit du nicht auf dumme Gedanken kommst. Wollen wir nicht in deine Werkstatt gehen und uns ein wenig unterhalten?«

Jegliche Kraft schien aus Hildebrand entschwunden zu sein, mit hängenden Schultern trottete er vorneweg, ohne auf die wütenden Zurufe seines Bruders zu reagieren.

Während der Meister in der Werkstatt ein paar weitere Talglichter anzündete, ging der mittelgroße Mann, der einen schweren, mit Fuchspelz verbrämten Mantel trug, zu dem gusseisernen Ofen und rieb sich die Hände. Unter seiner schwarzen Kappe lugten graue Haare hervor, die wachen Augen folgten jeder Bewegung Hildebrands. »Deine Frau hat mich aufgesucht und mir ihr Leid geklagt.«

Franz Meiering war der Onkel Sophies, einer der einflussreichsten Stadträte, dessen florierender Weinhandel ihn zu einem sehr vermögenden Mann gemacht hatte. Seit dem Tod seines Bruders war er zum Ersatzvater seiner Nichte geworden, wohl auch, weil seine Gemahlin ihm keine eigenen Kinder geschenkt hatte. Meiering erinnerte sich noch gut an den Tag, als der junge, tüchtige Parlier um Sophies Hand angehalten hatte, mit Freuden hatte er zugestimmt und Hildebrand somit die Möglichkeit gegeben, das Geschäft seines verstorbenen Schwiegervaters zu übernehmen.

Am Anfang der Ehe hatte der Weinhändler den beiden frisch Vermählten seine Hilfe angeboten, Hildebrand gab ihm jedoch mit knappen, unmissverständlichen Worten zu verstehen, dass er sehr wohl allein zurechtkam, und auch Sophie hatte sich nie über ihr Schicksal beklagt. Umso erstaunter war er gewesen, als sie ihn neulich in seinem Kontor aufsuchte.

Eigentlich wollte sie ihren Onkel nur bitten, mit Hildebrand bezüglich des Betrugs, den er im Begriff war zu begehen, ein ernstes Wort zu wechseln, doch plötzlich brach ihre Verzweiflung durch und sie erzählte von ihrem Martyrium. Sie berichtete von den Schlägen und, was für die junge Frau weitaus schwerer wog, der Gefühlskälte, unter der sie und die Kinder zu leiden hatten.

Meierings Miene hatte sich während ihrer Schilderungen verfinstert. Nach kurzem Überlegen hatte er die Idee, Hildebrand auf frischer Tat zu ertappen.

»Du kennst mich als jemanden, der stets um Effizienz bemüht ist. Ich gebe dir zwei Möglichkeiten, die Angelegenheit aus dem Weg zu räumen. Entweder du versprichst mir, fürderhin ein treu sorgender Ehemann und Vater zu sein, der die Finger von krummen Geschäften lässt, die ihm einen Vorteil vor seinen Kollegen einbringen, oder ich zeige dich bei deiner Zunft an, was für mich ein Leichtes wäre. Was dir in diesem Fall blüht, brauche ich dir nicht zu sagen, und falls du auf meinen Tod spekulierst, so muss ich dich enttäuschen, denn ich habe bei einem Magister der Jurisprudenz eine Schrift hinterlegt, in der alles minutiös aufgeführt ist.«

Der verzweifelte Hildebrand zermarterte sich die ganze Zeit seinen Kopf mit der Frage, wie Sophie von dem Holzhandel erfahren konnte. Er war sich sicher, nur mit seinem Bruder darüber gesprochen zu haben. Irgendjemand musste gelauscht haben.

»Was geschieht mit den Stämmen, die jetzt gerade abgeladen werden, für den Fall, dass ich mich für die erstgenannte Alternative entscheide?« Der Meister war natürlich längst zu einem Entschluss gelangt, blieb ihm doch keine andere Wahl.

»Mir gehört in der Heugasse ein altes, schiefes Haus, das werden wir im Frühjahr abreißen und du erstellst mir mit deinem Holz das Fachwerkgerippe, umsonst, wohlgemerkt.«

»Aber das kann ich nicht machen«, versuchte Hildebrand kleinlaut aufzubegehren, doch der Oheim seiner Frau fuhr unbeirrt fort. »Einigen Ratskollegen habe ich erzählt, dass heute Abend Holz von meinen Wäldern auf deinem Platz angeliefert wird, falls jemand auf die Idee kommen sollte, die Zunft zu benachrichtigen.«

Hildebrand hätte dem Kaufmann am liebsten das leichte

Grinsen aus dem Gesicht geschlagen, fügte sich letztendlich aber in sein Schicksal, wenngleich das mit seinem Stolz und Ehrgeiz nur schwer in Einklang zu bringen war.

»Das Haus, das du errichtest, wird neben einigen anderen Dingen dereinst nach meinem natürlichen Tod meine liebe Sophie erben.« Meiering wollte dem arg gebeutelten Handwerksmeister die Entscheidung ein wenig versüßen. »Und nun möchte ich dir eine geruhsame Nacht wünschen. Nein, warte, da wäre noch eine Kleinigkeit. In Zukunft werde ich mich einmal die Woche bei euch zum Nachtessen einfinden, es gibt ja immer viel zu bereden. Ich erwarte natürlich, dass du ebenfalls daran teilnimmst.« Beim Verlassen des Raumes spürte der Kaufmann die Blitze, die ihm Hildebrands Augen hinterherschleuderten, fast körperlich.

»Was ist jetzt eigentlich los?« Konrad hatte gesehen, wie Meiering aus der Werkstatt gekommen war, und hatte sich postwendend in Bewegung gesetzt. Er fand seinen Bruder wie ein Häuflein Elend in einer Ecke kauern.

»Was los ist, willst du wissen? Ich habe soeben meine Unabhängigkeit verloren, das ist los. Den Rest meiner Tage kann ich ab sofort damit zubringen, meiner verehrten Gattin zu dienen.« Hildebrands Blick traf auf seine Axt. In einem Anflug grenzenloser Wut schnappte er das scharfe Werkzeug und schleuderte es gegen die Wand.

Am guten Montag überprüften Hannes und Rudolf ihre Kleider, die fürsorgliche Meisterin brachte ihnen Nadel und Zwirn. Sophie war die Einzige, die von der bevorstehenden Abreise der beiden wusste.

»Erlaubt mir eine Frage, wohin werdet ihr euch wenden, nachdem ihr dem schönen Esslingen den Rücken gekehrt habt?«

»Die prächtige Stadt Nürnberg ist unser Ziel. Glaubt man den Erzählungen anderer Handwerksburschen, so gibt es im Kaiserreich kaum etwas Vergleichbares.«

Hannes und Rudolf war anzumerken, dass sie von einer unbändigen Reiselust beseelt waren, und so hatte niemand die Dienstmagd bemerkt, die sich an der Herdstelle zu schaffen machte.

»Wusstest du, dass deine zwei jungen Kollegen uns nächste Woche verlassen?«

Walter war sichtlich überrascht. »Sag das noch mal. Das kann nicht sein, es liegt doch überall Schnee, kein vernünftig denkender Geselle verlässt ohne Not im Winter eine Stadt.«

Ungläubig stierte er die dralle Magd an, mit der er seit einigen Wochen, von den anderen unbemerkt, das Lager teilte. Die etwas beschränkte Frau machte sich Hoffnungen, dass Walter in der Stadt bleiben würde, seine dreijährige Reisezeit hatte er vor einigen Wochen bereits beendet.

Für den Gesellen war die Magd jedoch nur Mittel zum Zweck und allein dieser Nachricht wegen hatte sich das Techtelmechtel gelohnt. »Ich, äh, muss noch mal weggehen, um nach meinen neuen Stiefeln zu schauen.« Walter zog sich an und eilte zum Marktplatz. Er schaute sich nach allen Seiten um, bevor er das stattliche Fachwerkhaus durch die reich verzierte Tür betrat.

»He, komm mal her!«, herrschte er einen vorbeieilenden Lehrling an. »Ist der Leiter der Faktorei auch im Haus?«

»Ja, er ist da vorn im Tuchlager.«

Der Geselle blickte in die angegebene Richtung und erkannte den gut gekleideten Mann wieder. »Guten Tag, Herr Hauser.«

Der Angesprochene drehte sich um und beäugte den unliebsamen Besucher kritisch.

»Ich hätte eine neuerliche Information für Herrn Neumann.« Eigentlich hatte Walter mit einer reichlicher sprudelnden Quelle gerechnet, aber heute war erst das zweite Mal, dass er die Esslinger Faktorei der Neumanns aufsuchen konnte. Beim ersten Mal ging es um einen Brief, den Anna unmittelbar vor ihrer Hochzeit an Hannes geschrieben hatte, und Kaspar Neumann, der zufällig an diesem Montag zugegen war, zeigte sich ungewöhnlich spendabel.

Nase rümpfend notierte sich Hauser die Nachricht, gab dem unangenehmen Besucher einen Gulden und komplimentierte ihn wieder hinaus.

Walter ließ die Münze in seiner Hand tanzen und schlenderte gut gelaunt zum Hafenmarkt, wo er in eine nahe gelegene Schenke einkehrte.

Am ersten Arbeitstag der neuen Woche begannen die Gesellen damit, die Stämme für Meierings Haus zu behauen. Mit den groben Äxten und den rasiermesserscharfen, riesigen Breitbeilen hieben sie auf die Eichen ein, sodass Rinden- und Holzstücke wild umherflogen. Die schwere körperliche Anstrengung ließ die Männer abends ermattet nach Hause gehen, aber trotz ihrer bleiernen Müdigkeit entging ihnen die offensichtliche Verwandlung Hildebrands nicht.

Tagsüber unterließ er seine ständigen Sticheleien sowie die üblen Beschimpfungen, und des Abends herzte er seine Frau und kümmerte sich rührend um seine Kinder.

Die abreisewilligen Gesellen taten am Freitag beim gemeinsamen Abendessen in der rußgeschwängerten Küche ihre Absicht kund, die Stadt in der darauffolgenden Woche zu verlassen, und baten den Meister, ihnen ein Arbeitszeugnis auszustellen.

Angesichts der noch immer eisigen Wetterlage war es Hildebrand nicht unrecht, wenn sich seine Belegschaft halbierte, außerdem hatte er somit zwei Esser weniger am Tisch.

»Ich werde mich den beiden anschließen und ebenfalls weiterziehen.«

»Das geht nicht, Walter, dich und Frieder benötige ich auf jeden Fall, sonst kann ich mein Geschäft ja gleich zumachen.«

»Der Meister hat recht«, mischte sich der Parlier ein. »Aber sobald ein neuer Geselle in die Stadt zureist, kannst du ebenfalls deine Sachen packen.«

»So lasst uns heute Abend ein wenig feiern und Abschied nehmen. Ihr zwei werdet mir fehlen«, warf Sophie ein. Den dunklen Rudolf streiften die Blicke der Meisterin nur flüchtig, während Sophie für einen längeren Augenblick in Hannes graublauen Augen versank.

Mit zunehmendem Weingenuss steigerte sich Walters Abneigung gegen seine Kameraden und schließlich gab er seiner unbändigen Wut Ausdruck. »Auf ein Wort, Herr Meister, ich muss Euch noch von einer kleinen Begebenheit, die sich neulich in Eurem Haus zugetragen hat, erzählen.«

Sofort waren sämtliche anderen Gespräche verstummt und aller Augen richteten sich auf Walter.

»Ach, was willst du denn erzählen, du bist ja besoffen, also halt das Maul.« Rudolf konnte sich denken, welche Geschichte der Geselle zum Besten geben wollte, und versuchte, ihn am Sprechen zu hindern.

»Nein, nein, lasst ihn nur reden.« Hildebrands Interesse war geweckt. Er wandte sich dem Gesellen zu und bemerkte nicht, dass Sophie immer blasser wurde. Sie schien zu ahnen, was die Stunde geschlagen hatte.

»Nachdem der Herr Meister neulich abends noch mal das Haus verlassen hat …«, Walter unterbrach seine Ausführungen und bedachte Hannes mit einem süffisanten Lächeln, »da saß die Frau Meisterin mit unserem jungen … Aaaaahhhh!« Jäh unterbrach Walter seine Rede und sackte, begleitet von einem lang gezogenen Schmerzensschrei, in sich zusammen.

»Was, um Gottes willen, ist denn auf einmal mit dem los?«

»Unser Kamerad verträgt manchmal den Wein nicht, deswegen braucht Ihr Euch keine Sorgen machen. Wir bringen ihn am besten sofort nach oben und legen ihn in sein Bett«, antwortete Rudolf, der den gegenübersitzenden Mann mit einem gezielten Fußtritt zwischen die Beine außer Gefecht gesetzt hatte.

Die Männer schleiften Walter die steile Treppe hoch und legten ihn auf sein hartes Lager. Rudolf beugte sich zu dem wimmernden Gesellen hinunter und packte ihn mit beiden Händen am Wams. »Ich habe Frieder die ganze Geschichte erzählt und ihn gebeten, auf dich aufzupassen. Also halte dich zurück, denn es ist nicht im Sinne der Bruderschaft, wenn der Meister erfahren sollte, was du angeblich gesehen hast.«

Diese erneute Drohung verfehlte ihre Wirkung offenbar nicht, denn der eingeschüchterte Walter beteuerte, nichts mehr über die unselige Sache verlauten zu lassen.

Der letzte Arbeitstag begann erneut mit Schneeräumen, jedoch wurde heute selbst diese eintönige Tätigkeit gern ausgeführt und zur Mittagszeit suchten die Männer ihre Lieblingsschenke auf, um nochmals herzhaft zu speisen.

Alles war wie immer zur vollsten Zufriedenheit der Gesellen, doch als sie am Schanktisch dem schwammigen Wirt die Münzen abgezählt hatten und gerade im Begriff waren, das gastliche Wirtshaus zu verlassen, kam zu ihrer großen Überraschung Hildebrand zur Tür herein.

»Wir wollten gerade gehen, Meister.« Frieder war vorgetreten. Er wollte keinen Ärger, da er beabsichtigte, noch eine Zeit lang in Esslingen zu verweilen.

»Ich bin nicht gekommen, um euch zurück zur Arbeit zu holen, sondern um mit den scheidenden Gesellen ein paar Krüge zu leeren.«

Die Männer schauten sich verdutzt an. Was um alles in der Welt war nur in Hildebrand gefahren? Doch sie ließen sich nicht lange bitten und so brachte die hübsche Magd einen Krug nach dem anderen, wobei sie dem rothaarigen Frieder jedes Mal einen schmachtenden Blick schenkte.

Irgendwann am späten Nachmittag schien für den Meister der richtige Zeitpunkt gekommen zu sein. »Auf ein Wort, wer von euch Lumpen hat meiner Frau von dem Holzgeschäft mit Konrad erzählt? Es wird für denjenigen keine Konsequenzen haben, ich würde es nur zu gern wissen.«

Hildebrand, der einen nach dem anderen aufmerksam musterte, war sofort aufgefallen, dass Hannes selbst in seinem halben Rausch tiefrot anlief.

»Mit Verlaub, Herr Meister.« Der junge Geselle konnte sich nur schlecht verstellen, zudem tat das viele Bier sein Übriges und lockerte seine Zunge. »Unabsichtlich habe ich Euch und Euren Bruder im Wald belauscht und es danach mit Eurem Weibe besprochen.«

Hildebrand nahm eine drohende Haltung ein und funkelte Hannes an. »Zum Stadttor hinausprügeln sollte ich dich.« Der erregte Mann atmete tief durch. »Aber andererseits muss ich dir wohl dankbar sein, denn du hast mich vor einer großen Dummheit bewahrt«, meinte der Meister verschmitzt und bestellte noch eine Lage, nachdem er Hannes freundschaftlich auf die Schulter geklopft hatte.

Nach Einbruch der Dunkelheit kam die lärmende Mannschaft vor Hildebrands Haus an. Besorgt eilte Sophie hinaus, doch bei dem Anblick, der sich ihr bot, entspannte sie sich sofort wieder. Es war das erste Mal, seit sie mit Hildebrand verheiratet war, dass er mit seinen Gesellen gezecht hatte.

»Heute Abend ist eine Zusammenkunft eurer Bruderschaft, da wird es das Beste sein, ihr legt euch noch zwei Stunden hin, ich werde euch wecken, keine Sorge.«

Die Arbeiter ließen sich von der liebenswürdigen Frau ins Haus schieben und begaben sich lautstark nach oben.

Während sie ihren stark angetrunkenen Mann ins gemeinsame Schlafzimmer bugsierte, grübelte Sophie darüber nach, ob ihre List womöglich ein Fehler gewesen war.

Die abendliche Versammlung verlief ohne größere Zwischenfälle, wenngleich Frieder, der Altgeselle, Mühe hatte mit seiner Aussprache.

Gegen das Abreisen der beiden Gesellen wurden keine Einwände laut. Sie konnten glaubhaft versichern, dass sie bei niemandem Schulden hatten und gegen sie kein Gerichtsverfahren anhängig war.

»Wir treffen uns am Montagmorgen wieder hier und bringen die zwei zum Abschiedstor hinaus.« Mit diesen Worten beendete der sichtlich angeschlagene Frieder das Zeremoniell.

Auf diesen Tag habe ich mich schon lange gefreut, dachte Hannes und rekelte sich auf seinem Lager. Die Sonne lugte durch das kleine Giebelfenster, der gute Montag machte seinem Namen alle Ehre.

Lächelnd ruhte sein Blick auf den schnarchenden Kameraden. Schließlich hielt er es nicht mehr in seinem Bett aus, er erhob sich und begann, sein Bündel zu packen. Beim Gedanken an die bevorstehende Abreise machte sein Herz einen

Sprung, denn er freute sich auf die Abenteuer, die ihn und Rudolf womöglich erwarteten.

Beim Frühstück drehte sich erwartungsgemäß alles um die beiden.

»Woher kennt ihr eigentlich den Weg nach Nürnberg?«, wollte Sophies Tochter Marie wissen.

»Das ist ganz einfach, wir gehen ohne Umschweife den anderen hinterher, ha, ha. Im Ernst, es gibt im Kaiserreich wichtige Handelsstraßen, an denen die meisten Städte liegen, außerdem sind die Flüsse nicht weit, an denen man sich gut orientieren kann, so wie bei euch der Neckar.« Rudolf erzählte noch ein wenig von der weiten Welt und die Kinder hörten ihm gebannt zu. Endlich schulterten die Gesellen ihre Bündel, nahmen den Stock in die Hand und verabschiedeten sich wortreich von des Meisters Familie sowie vom Gesinde.

»Du wirst deinen Weg gehen, davon bin ich felsenfest überzeugt.« Sophie drückte dem überraschten Hannes einen Kuss auf die Wange. »Lass es dir gut gehen und vielen Dank für deine Hilfe«, ergänzte die junge Frau vielsagend und schenkte dabei ihrem Ehemann ein zufriedenes Lächeln.

»Auch ich bin Euch, äh … also …«

»Nun komm endlich, Hannes, wir haben nicht den ganzen Tag Zeit.« Den Kindern zuwinkend, marschierte Rudolf los und erlöste seinen Kameraden, der händeringend nach Worten suchte.

Zielstrebig, aber ohne zu hetzen, gingen die Gesellen in Richtung Herberge. Eile tat jetzt nicht mehr Not, denn in den nächsten Tagen und Wochen stand kein Meister hinter ihnen, der sie beständig antrieb. In ihren Beuteln klingelten einige Münzen, von denen sie bis zur Ankunft an ihrem Zielort einigermaßen sorglos leben konnten.

Die Herberge war zum Bersten gefüllt und auch Gesellen von anderen Bruderschaften hatten sich eingefunden, um Hannes und Rudolf zünftig zu verabschieden. Es herrschte bereits eine blendende Stimmung, als Frieder das Zeichen zum Aufbruch gab.

Das Ritual war dasselbe wie bei Hannes' Abreise aus Reutlingen. Die Männer folgten dem Fassgesellen, der seinen Tonkrug in den angrenzenden Gasthäusern pausenlos mit Bier füllte, woraus die Gesellen gierig tranken. Die Straßen wurden von zahlreichen Menschen gesäumt, Kinder wuselten um die Handwerker herum und so mancher allzu vorwitzige Hund suchte, von einem Fußtritt getroffen, heulend das Weite.

Am Ende einer kräftezehrenden Wanderung war das Schelztor erreicht, wo es nach einem letzten Händeschütteln Abschied nehmen hieß.

»Wir sehen uns wieder.« Das hinterhältige Grinsen Walters war so ziemlich das Letzte, wonach Hannes Sehnsucht haben würde. Er wollte gerade etwas entgegnen, als der narbengesichtige Geselle von Frieder weggedrängt wurde.

»Ob wir uns jemals wiedersehen, entscheidet ein anderer, aber, und ich denke, im Namen aller Gesellen zu sprechen, wir werden Rudolf und dich immer in bester Erinnerung behalten. Nun lebt wohl und lasst es euch allzeit gut gehen.« Der rothaarige Altgeselle hob die Hand zum Abschied, die Torwächter hatten ihre langen Spieße in die Luft gereckt und bildeten den Handwerksburschen ein Spalier, das diese unter Jubelrufen passierten.

Selten zuvor in seinem Leben hatte sich Hannes besser gefühlt als in diesem Moment, da er neben seinem singenden Kameraden einherging.

Kapitel 11

In seiner grenzenlosen Wut wollte Heinrich den eingeschüchterten Meister am Wams packen, besann sich aber in letzter Sekunde eines Besseren. »Richte deinen Zunftkollegen aus«, der aufgebrachte Mann rang sichtlich um Fassung, »dass Heinrich Klingner nicht so schnell aufgibt.« Grußlos, nicht nach rechts oder links schauend, verließ er das altehrwürdige Zunfthaus und rannte, ungeachtet der Kälte, durch die Gassen. Seine Gedanken kreisten unentwegt um die Abfuhr, die er soeben erhalten hatte.

Was war der Grund, warum die strengen Zunftregeln nicht einmal eine Ausnahme gestatteten? Auf der Suche nach einem Ausweg überlegte er hin und her, bis ihm plötzlich ein rettender Gedanke kam. Hatte nicht der alte Neumann gesagt, falls es irgendwelche Probleme gäbe, könne Heinrich sich vertrauensvoll an ihn wenden? Gleich morgen nach der Messe würde er den Kaufmann um eine Unterredung bitten.

Die Kirche war an diesem Tag erneut zum Bersten gefüllt, was vielleicht damit zusammenhing, dass der beliebte Pfarrer Alber mehr und mehr dazu übergegangen war, den Gottesdienst im Sinne Luthers zu zelebrieren.

Was dem gottesfürchtigen Mann jedoch nach wie vor große Sorgen bereitete, war die Tatsache, dass der aufrührerische Wittenberger Mönch seit seiner Heimreise vom Reichstag in Worms nicht mehr gesehen worden war. Alber stand in regelmäßigem Briefkontakt mit seinem früheren Studienkollegen Melanchton, doch auch dieser enge Gewährsmann

Luthers wusste nichts über den Verbleib seines Freundes und rechnete mit dem Schlimmsten, zumal das Wormser Edikt den Kirchenkritiker für vogelfrei erklärt hatte. Das bedeutete, dass jedermann Luther gefangen nehmen oder sogar erschlagen konnte, ohne dafür zur Rechenschaft gezogen zu werden.

Aber auch Pfarrer Alber hatte mit allerlei Widrigkeiten zu kämpfen. Gewiss war die Zustimmung zu seinen Veränderungen zumindest bei der einfachen Bevölkerung enorm, doch im Rat der Stadt saßen einflussreiche Männer, die ihn lieber heute als morgen brennen sehen würden. Der Prediger wurde zudem das Gefühl nicht los, auf Schritt und Tritt beobachtet zu werden, weswegen er mehrfach mit dem Gedanken gespielt hatte, als reuiger Sünder in den Schoß der Mutter Kirche zurückzukehren. Stand er jedoch, wie an diesem Sonntag, vor seiner in Scharen versammelten Gemeinde, fiel jeglicher Wankelmut von ihm ab.

Der in der hintersten Reihe bei einigen Barfüßerbrüdern sitzende Dominikanerpater Johannes musste sich während der heutigen Predigt nicht zum ersten Mal eingestehen, dass die gut verständlichen Sätze bei den meisten anwesenden Leuten auf fruchtbaren Boden fielen.

Und genau das machte Alber so gefährlich für die Kirche. Der düstere Mönch musste an sich halten, um nicht aufzuspringen und den Pfarrer der Ketzerei zu beschuldigen. Er selbst wäre niemals auf die Idee gekommen, seine Institution infrage zu stellen. Der Papst war der Stellvertreter Gottes auf Erden und somit über jeden Zweifel erhaben. Johannes sah sich als eine der Speerspitzen im Kampf gegen die reformatorischen Kräfte, die seiner Ansicht nach vom Leibhaftigen gesandt waren. Doch er ermahnte sich zur Ruhe, sein Auftrag war klar umrissen und deswegen musste er seinen Gegner eingehend studieren, bevor er zuschlagen konnte. Seinem

Auftraggeber hatte Johannes bereits mehrere Berichte zugesandt und dem Kirchenfürsten zudem seine neu geknüpfte Verbindung zu dem Kaufherrn Neumann dargelegt.

Die Antwort auf seinen letzten Brief war unmissverständlich gewesen: Sollte es ihm nicht gelingen, den aufsässigen Priester mit Drohungen zur Vernunft zu bringen, so mussten radikalere Mittel eingesetzt werden. Doch dazu brauchte er die Hilfe Balthasar Neumanns, denn die freie Reichsstadt war gewissermaßen ein Staat im Staate. Aus diesem Grund hatte er den Tuchhändler am Vortag erneut aufgesucht.

Der Kaufmann hatte jedoch nur seine Bedingungen erneuert und Johannes nochmals dazu gedrängt, die heikle Mission durchzuführen. Zur großen Überraschung des Mönchs und um ihn zusätzlich zu motivieren, hatte Neumann ihm eine Korrespondenz gezeigt, die besagte, dass sein Bischof ebenfalls eine beträchtliche Summe im Hause Neumann eingelegt hatte. Diese wäre unrettbar verloren, sollte der Reutlinger Kaufmann Bankrott machen.

»Wenn Ihr mit Eurer Mission scheitert, wäre nicht nur mein Unternehmen gefährdet, sondern auch Euer Dienstherr würde einen Großteil seines Vermögens verlieren.« Die beiden Männer waren schließlich übereingekommen, dass Johannes seine Reise antreten sollte, sobald Tauwetter einsetzen würde.

Würdevoll schritten die Ratsherren als Erste zum Ausgang, nachdem Alber den Gottesdienst beendet hatte, ihnen folgten sämtliche Zunftmitglieder. Erst am Schluss konnte sich das gemeine Volk erheben.

»Auf ein Wort, edler Herr.« Heinrich hatte von seinen starken Armen Gebrauch gemacht, um in die Nähe von Balthasar Neumann zu gelangen.

Der nach allen Seiten grüßende Kaufmann war gerade im Begriff, die Ratsstube zu betreten, als ihn die Worte des Handwerkers erreichten. »Seid gegrüßt, wackerer Zimmermann. So wie Ihr dreinschaut, scheint nicht alles nach Euren Plänen verlaufen zu sein.«

Neumanns einnehmende Art ließ jegliche Unsicherheit von Heinrich abfallen.

»Lasst uns ein paar Schritte gemeinsam gehen und berichtet mir von Euren Sorgen. Der gute Wein, der hier ausgeschenkt wird, muss eben noch warten.«

Ohne Umschweife kam Heinrich zur Sache. »Die Binderzunft hat mir das Recht auf Erlangen des Meistertitels verweigert. Bei der entscheidenden Versammlung hat offenbar ein Mitglied meinen Antrag abgelehnt.«

Neumanns Züge nahmen unvermittelt Härte an; nichts erinnerte mehr an den freundlichen Kaufmann, den Heinrich kennengelernt hatte. »Seid ohne Sorge. Beim nächsten Mal werden sie Euch mit Handkuss aufnehmen, das verspreche ich Euch.«

Beim Gang zurück zur Ratsstube kam Balthasar erneut in den Sinn, dass sein geschäftliches Überleben an einem sehr dünnen Faden hing. Ein Vertreter Jakob Fuggers hatte ihn letzten Monat aufgesucht und mit Nachdruck eine baldige Lösung mit dem hiesigen Reformator gefordert. Der junge katholische Kaiser würde den Rest des Geldes, mit dem ihm die Kaufleute den Thron erkauft hatten, nur zurückzahlen, wenn die Religionshändel so schnell wie möglich aufhörten.

Neumann schlug sich mit der flachen Hand an die Stirn und aufs Neue kam ihm die Blindheit, mit der er geschlagen gewesen war, zu Bewusstsein. Niemals hätte er sich mit den Augsburgern, die noch weniger Skrupel besaßen als er selbst, einlassen dürfen.

Er hatte im Reigen der Großen mitspielen wollen und sie ließen ihn bereitwillig gewähren, doch bald musste Neumann erkennen, dass ihn die Regeln des Spiels Kopf und Kragen kosten konnten.

Der Fugger'sche Gesandte verlangte nicht mehr und nicht weniger, als dass Balthasar seine Forderungen hintanstellte, bis der Kaiser seine Schulden beglichen hatte, und das konnte lange dauern. Wenn es ihm bis dahin nicht gelungen war, die Verbindlichkeiten bei dem Geldverleiher auf die eine oder andere Art zu tilgen, war sein Ruin unausweichlich. Er ballte die Faust. Nein, so leicht gab sich ein Balthasar Neumann nicht geschlagen, bisher hatte er noch jeden Stein aus dem Weg geräumt und es würde ihm auch diesmal gelingen.

In der Ratsstube ging es hoch her, als er eintrat. Seine Blicke eilten flink umher und blieben an dem Mann haften, den er gesucht hatte. »Werter Meister Reichenbach, wie ich sehe, ist der Platz zu Eurer Rechten nicht besetzt.«

Der Zunftmeister überlegte. Sollte sich Freudemann, der gerade sein Wasser abschlug, doch woanders hinsetzen. »Aber natürlich nicht, es ist mir eine Ehre, Euch neben mir zu haben.« Er schob den Weinbecher des anderen zur Seite und bedeutete Balthasar, Platz zu nehmen.

Nach kurzem Geplänkel und Gejammer darüber, wie schlecht die Geschäfte liefen, beugte sich der Kaufmann zu seinem Nebenmann und flüsterte ihm ins Ohr: »Wir haben uns immer gut verstanden, Meister Reichenbach. Wegen einer dringenden Angelegenheit, die keinen Aufschub duldet, muss ich bei Euch vorstellig werden. Es geht um einen Mann, dem ich sehr gewogen bin, wenn Ihr versteht, was ich meine.«

Der Zunftmeister nickte verständig mit dem Kopf.

»Und zwar betrifft es den Zimmermann, der neulich um

Aufnahme in Eure Zunft gebeten hat, was ihm jedoch verweigert wurde.«

»Ihr meint Heinrich Klingner, ach ja, das ist dumm gelaufen. Meister Freudemann hat sich als Einziger aus mir unbekannten Gründen quergestellt und da eine Entscheidung von solcher Tragweite nur im Konsens getroffen werden kann, reichte die eine Gegenstimme.«

Ein zufriedenes Lächeln umspielte die Mundwinkel des Kaufmanns. So, so, Freudemann, den würde man doch bestimmt auf irgendeine Weise umstimmen können. »Ihr habt mir sehr geholfen, Herr Reichenbach, und jetzt müsst Ihr mich leider entschuldigen, da ich bei meiner Schwiegertochter zum Mittagsmahl eingeladen bin. Einen schönen Sonntag wünsche ich Euch noch.« Neumann stand auf und hob lässig seine Kappe zum Abschied.

Am nächsten Morgen schickte er einen Lehrjungen zu einem Mann in die Metzgergasse, der dort in einer kleinen Kemenate wohnte, um ihn ins Kontor zu bitten.

In knappen Sätzen umriss Neumann die neue Aufgabe. Sein unauffälliger Gesprächspartner hatte schon mehrmals brisante Aufträge für den Kaufmann erledigt.

Die Besuche Annas im Hause ihres Vaters häuften sich in der letzten Zeit, was nicht unmittelbar mit Burgwart zu tun hatte, sondern mit der Tatsache, dass sie hier Elsbeth antreffen konnte. Mehr und mehr war ihr die Magd zur Freundin geworden, der sie sich bedenkenlos anvertraute, ohne sich um lästige Standesunterschiede zu kümmern. Zudem gefiel ihr Elsbeths offenes und fortschrittliches Wesen. Bereits des Öfteren hatte sie Anna darin bestärkt, im Unternehmen ihres Schwiegervaters mitzuarbeiten. Hauptsächliches Thema war erneut ihre offensichtliche Außenseiterrolle im Hause Neumann.

»Was meinst du, Elsbeth, soll ich mit Vater über eine mögliche Kooperation mit Kaspar reden?«

»Einen Versuch wäre es allemal wert, vielleicht verbessert das Eure Position. Balthasar ist schließlich nicht mehr der Jüngste, wenn er sich daraufhin aufs Altenteil zurückziehen würde, könntet Ihr zusammen mit Eurem Gatten den Betrieb leiten.«

Die Logik in den Worten der Magd veranlasste Anna letztendlich, das Gespräch zu suchen. Sie traf ihren Vater in dem großzügigen Wohnzimmer an, wie er scheinbar geistesabwesend zum Fenster hin über den Marktplatz schaute.

»Geht es dir nicht gut? Deine fahle Gesichtsfarbe gefällt mir gar nicht, du solltest dich schonen und weniger arbeiten.«

»Ach was, mir geht es gut«, erwiderte Burgwart mit einer wegwerfenden Geste. »Ich habe gerade nur viel um die Ohren, da mir meine Zwischenhändler in Venedig unverhofft Schwierigkeiten machen. Aber das sollte dein hübsches Köpfchen nicht weiter belasten.«

Er streichelte seiner Tochter über das dunkelbraune Haar, wie er es früher oft getan hatte. Anna nahm das als Zeichen, die Gelegenheit beim Schopf zu packen. »Vielleicht solltest du eine Partnerschaft mit meinem Schwiegervater eingehen, zu zweit wärt ihr auf jeden Fall schlagkräftiger und du wärst spürbar entlastet.«

»Solange ich einigermaßen gesund bin, werde ich diesen Schritt mit Sicherheit nicht tun«, antwortete Gotthelf Burgwart mit ungewohnter Schärfe. »Lass uns lieber über etwas anderes reden. Bist du bereits mit einem Kind gesegnet?«

Anna errötete leicht. »Leider bin ich noch nicht guter Hoffnung, aber das wird sich bestimmt recht bald ändern.« Sie war ein wenig verstimmt, hatte sie doch gehofft, ihr Vater würde in die Geschäftsliaison einwilligen und ihrem Ehemann auf diese Weise eine große Freude bereiten. Trotzdem beschloss Anna, ihn nicht stärker zu bedrängen.

»Ich werde mich nun nach Hause verabschieden. Bevor ich es vergesse: Hat Elsbeth dir von Heinrichs ungerechtfertigter Ablehnung erzählt?«

»Das ist eine Riesenschweinerei! Ich kenne keinen Mann, der tüchtiger und geeigneter wäre als er«, ereiferte sich Burgwart. »Auf jeden Fall habe ich Elsbeth angeboten, ihrem hoffentlich zukünftigen Gatten in finanzieller Hinsicht zu helfen und ihn zu unterstützen, wo ich nur kann.«

»Das wird …« Im letzten Moment besann sich Anna und beschloss, ihrem Vater nichts von der Unterstützung durch Neumann zu erzählen. »Das wäre hervorragend. Eine geruhsame Nacht wünsche ich dir.« In der einsetzenden Dämmerung stapfte Anna durch den knöchelhohen Schnee. Auf halbem Weg drehte sie sich jedoch kurz entschlossen auf dem Absatz um und wandte sich in Richtung Mettmannstor. Sie wollte noch bei Maria vorbeischauen, um heilende Kräuter zu erwerben und sich bei dieser Gelegenheit mit der Hebamme zu unterhalten, die ihr ebenso wie Elsbeth zu einer engen Vertrauten geworden war.

Sie pochte an der Pforte des kleinen Hauses, dabei streifte ihr Blick das unmittelbar in der Nähe gelegene Frauenhaus, wo sie einen Mann zur Tür hineinhuschen sah. Anna erschrak, denn sie hätte schwören können, dass es sich dabei um Kaspar handelte, doch im nächsten Augenblick schalt sie sich eine Närrin. Ihr Gatte war geschäftlich in Würzburg und wurde erst nächste Woche zurückerwartet. Außerdem konnte sie sich beim besten Willen nicht vorstellen, dass er zu einer käuflichen Dame gehen würde. Ohne sich weitere Gedanken zu machen, betrat sie das Häuschen der Heilerin.

»Nun, was habt Ihr herausgefunden?«

»Die Information wird bestimmt zu Eurer Zufriedenheit sein, vorher würde ich jedoch gern die Gulden in meinem Beutel klimpern hören.«

»Ach ja, natürlich, wie konnte ich das nur vergessen.« Neumann öffnete die unterste Schublade seines ausladenden Schreibtisches, holte drei Münzen hervor und gab sie dem unscheinbaren Mann, der die Geldstücke sofort in seiner Geldkatze verschwinden ließ.

»Zuerst habe ich mich in einer Schenke umgehört, in der Fuhrleute verkehren, die der hiesigen Karcherzunft angehören. Von ihnen habe ich erfahren, dass sich in letzter Zeit Unfälle mit Wagen, die von Meister Freudemann gefertigt wurden, gehäuft haben. Untersuchungen haben ergeben, dass für die Radnaben minderwertiges Holz verwendet wurde, weshalb sie gesplittert sind. Der Meister musste sich deswegen schon wiederholt vor der Zunftkommission für Qualitätsprüfung verantworten und wie ich von einem Kollegen Freudemanns erfahren habe, wird es bei einer weiteren Verfehlung nicht mehr mit einer Geldbuße getan sein.«

Neumann überlegte kurz, dann überzog ein maliziöses Grinsen sein Gesicht. »Das trifft sich ja gut. Ob Ihr es glaubt oder nicht, gestern habe ich eine schwere Kutsche aus Freudemanns Werkstatt erhalten. Ich denke, das Weitere wird sich finden. Verratet mir nur noch eins, was ist der Grund für die Abneigung des Wagners gegen Heinrich?«

»Freudemann ist nach allem, was ich erfahren habe, ein ziemlich übler Bursche. Nachdem er mehrmalig den Gesellen zu wenig Lohn ausbezahlt hatte, suchte Heinrich ihn in seiner Funktion als Altgeselle auf und hat ihm unmissverständlich die Leviten gelesen. Er hat ihm wohl angedroht, dass er von der Bruderschaft schwarz gemacht wird. Und das hat ihm der gute Freudemann wohl bis heute nicht verziehen.«

Der wuchtige Kaufmann war hinter seinem Schreibtisch hervorgekommen und geleitete seinen Gast hinaus. »Ich danke Euch für Eure Bemühungen. Wahrscheinlich werde ich Eure Dienste in naher Zukunft erneut in Anspruch nehmen.«

Müde und abgespannt verließ Anna am nächsten Morgen ihre Kammer. Sie hatte sehr schlecht geschlafen, ununterbrochen war ihr die Szene vor dem Frauenhaus ins Gedächtnis getreten. Ihr Misstrauen verstärkte sich noch, als am Nachmittag überraschend Kaspar erschien.

»Wolltest du nicht bis nächste Woche in Würzburg verweilen?«

»Das englische Tuch ist früher als erwartet in der Bischofsstadt eingetroffen und außerdem habe ich es vor Sehnsucht nach dir kaum ausgehalten.« Er schenkte seiner Frau sein strahlendstes Lächeln und nahm sie in die Arme.

Anna schmolz förmlich dahin und wollte ihm alles glauben, beschloss dennoch insgeheim, Maria zu bitten, ein Auge auf das Frauenhaus zu haben.

Durch den Stoff hindurch spürte sie seine pulsierende Männlichkeit und folgte Kaspar bereitwillig in die gemeinsame Kammer. Dort angekommen, riss er ihr buchstäblich die Kleider vom Leib und fiel über sie her. Anna musste erneut feststellen, dass die Zärtlichkeit, die er am Anfang ihrer Ehe gezeigt hatte, vollkommen aus ihrer Beziehung verschwunden war. Im Gegenteil beschlich sie das Gefühl, dass es Kaspar Spaß machte, ihr Schmerzen zuzufügen.

»Hast du schon mit deinem Vater über meinen Vorschlag einer Zusammenlegung der beiden Unternehmen gesprochen?«, fragte der junge Kaufherr, nachdem sie sich wieder angezogen hatten, und hob erwartungsvoll seine Augenbrauen.

»Ja, erst gestern habe ich mit ihm darüber geredet«, entgegnete Anna kleinlaut. »Leider ist er nicht der Ansicht, dass es für ihn von Vorteil wäre, und so hat er abgelehnt.«

»Dieser …« Für einen unbedachten Moment verzog sich Kaspars schönes Gesicht zu einer grässlichen Fratze, er hatte sich jedoch sofort wieder in der Gewalt. »Schade … Nun gut, dein Vater ist alt genug, um zu wissen, was er tut.«

»Ich hoffe, du bist mir nicht böse?« Fast unterwürfig schaute die ehemals so selbstbewusste und bisweilen auch rebellische Frau ihren Gatten an.

»Aber nein, meine Liebste, du kannst doch am allerwenigsten dafür. Jetzt entschuldige mich bitte, mein Vater wartet ungeduldig auf einen Bericht von meiner Geschäftsreise.« Eilig verließ er das Zimmer und ließ seine verunsicherte Frau mit ihren Gedanken allein.

»Du bringst mir hoffentlich gute Nachrichten, mein Junge.« Balthasar Neumann begrüßte seinen Sohn herzlich.

»Die Einkäufer des Fürstbischofs haben mir das englische Tuch regelrecht aus der Hand gerissen«, berichtete Kaspar stolz. »Sie hätten beinahe jeden Preis akzeptiert.« Er strahlte, es war das erste Mal, dass er einen Handel selbstständig und dazu noch erfolgreich getätigt hatte. »Unter dem Strich können wir einen fetten Gewinn verbuchen.«

Die Verbindung zu den Tuchwebereien auf der Insel hatte sich bereits mehrfach ausgezahlt und der alte Neumann dachte daran, wie er vor mehr als zwanzig Jahren den gebrochen Deutsch sprechenden Engländer bei einer Messe in Frankfurt am Main kennengelernt hatte.

Der Mann war auf der Suche nach Absatzmöglichkeiten auf dem Kontinent und speziell im Kaiserreich gewesen. Die

Ware, die ein Bruder des Händlers in einer Großweberei bei London herstellte, war von ausgesuchter Qualität, wie das fachkundige Auge Balthasars sofort feststellte. All die Jahre hatte er die Handelsbeziehung aufrechterhalten und den Engländer nie übervorteilt, was durchaus nicht selbstverständlich bei Neumann war.

»Hattest du neben den Geschäften einen angenehmen Aufenthalt in der Bischofsstadt?«, fragte der Alte mit einem süffisanten Lächeln.

»Die Herberge war nicht schlecht und auch sonst habe ich es mir gut gehen lassen«, erwiderte Kaspar lakonisch. Seine diversen amourösen Abenteuer brauchten seinen Vater nicht zu interessieren.

»Ich habe noch eine Bitte.« Das Lächeln war aus seinem Gesicht verschwunden und Balthasar fixierte seinen Sohn eindringlich. »Wenn du das nächste Mal dieser Dirne im hiesigen Frauenhaus einen Besuch abstattest, lass mehr Vorsicht walten. Wir sind angesehene Kaufleute, für die es sich nicht geziemt, am helllichten Tage solche Einrichtungen aufzusuchen.«

»Aber ... Woher ...?« Mit erstickter Stimme versuchte Kaspar zu antworten.

»Ich habe dir schon mehrfach gesagt, in dieser Stadt entgeht mir nicht viel. Sollte dein Schwiegervater davon Wind bekommen, wäre das sehr unvorteilhaft für unsere Pläne. Meinetwegen suche dir ein altes Haus an der Stadtmauer, in dem sie dich empfangen kann, aber sei um Gottes willen ein wenig vorsichtiger. Haben wir uns verstanden?«

»Ja, Vater«, brummte Kaspar widerwillig.

»Guten Tag, ist Herr Heinrich Klingner da?«

»Ich gehe ihn holen.« Der riesenhafte Erwin stieg die provisorische Bautreppe hinauf und tippte dem Gesuchten, der auf dem Fußboden kniete und gerade dabei war, mit einem schweren Hammer Nägel in ein Brett einzuschlagen, auf die Schulter. »Du hast hohen Besuch, mein Freund.«

Fragend schaute Heinrich zu dem Gesellen auf. Erwin bückte sich und flüsterte seinem Parlier etwas ins Ohr.

Daraufhin legte dieser das Werkzeug zur Seite, erhob sich und begab sich nach unten. »Gott zum Gruße, Zunftmeister, was führt Euch zu mir?«

Reichenbach streckte ihm lächelnd die Rechte hin, Heinrich ignorierte die Geste geflissentlich und verschränkte die Arme vor seiner mächtigen Brust.

»Dass Ihr nicht sonderlich gut auf die Zunft zu sprechen seid, kann ich verstehen, aber glaubt mir, ich für meine Person habe mich sehr für Eure Belange eingesetzt.« Er räusperte sich. »Ich habe Euch jedoch nicht aufgesucht, um mich zu entschuldigen, sondern um Euch davon in Kenntnis zu setzen, dass der Meister, der sich gegen Euch ausgesprochen hat, seine Einwände aufgegeben hat.«

Ungläubig glotzte Heinrich den Zunftmeister an.

»Eurer Mitgliedschaft steht also nichts mehr im Weg.«

Endlich verstand der Parlier die ganze Tragweite der Worte.

»Natürlich müsst Ihr zuerst Euer Meisterstück machen und einen nicht unerheblichen Betrag an Gebühren entrichten, um überhaupt zur Prüfung zugelassen zu werden.«

Der sonst eher rational und überlegt handelnde Heinrich war kurz davor, einen Freudensprung zu machen. »Ich danke Euch für die freudige Nachricht, Meister Reichenbach. Jetzt müsst Ihr mich nur noch über die Modalitäten und mein weiteres Vorgehen unterrichten.«

»Das ist schnell erklärt, zuerst müsst Ihr mir die Papiere aushändigen, die Eure drei Wanderjahre sowie die Zeit, die Ihr hier in Reutlingen als Parlier gearbeitet habt, belegen.

Als Meisterstück schließlich wird die Errichtung eines kompletten zweigeschossigen Fachwerkhauses mit sämtlichen Werkplänen verlangt.«

Heinrich runzelte die Stirn. »Vor der Ausführung würde ich mich nicht so sehr fürchten, aber wo soll ich einen solchen Bau hernehmen? Um neue Aufträge habe ich mich in letzter Zeit überhaupt nicht gekümmert.«

»Zufällig hat Euer zukünftiger Kollege, Meister Häussermann, den Auftrag für ein Haus, das den Anforderungen gerecht werden würde«, beschwichtigte Reichenbach. »Das Holz wurde bereits angeliefert und könnte sofort bearbeitet werden. Ihr müsst Euch nur noch vorher mit dem Bauherren besprechen, damit Ihr nach dessen Wünschen den Plan fertigen könnt. Der Entwurf ist der erste Teil, den wir prüfen werden. Sobald es das Wetter erlaubt, könnt Ihr mit der Ausführung beginnen.«

Bedächtig kratzte Heinrich sich am Kinn. »Wenn ich Euch richtig verstanden habe, helfen mir Häussermanns Gesellen und sein Lehrling bei der Aufgabe, ich arbeite unentgeltlich und verhelfe dem guten Meister somit zu einem ansehnlichen Gewinn.«

Reichenbach lachte angestrengt. »Das ist richtig, aber bedenkt, dass Ihr in Zukunft von dieser Regelung genauso profitieren werdet. Wenn Ihr die Prüfung bestanden habt, wovon ich natürlich ausgehe«, Heinrich quittierte mit einem Lächeln Meister Reichenbachs Schmeichelei, »habt Ihr vierzig Gulden in die Handwerksbüchse zu entrichten.«

»Aber ... Das ist mehr, als ein Geselle im ganzen Jahr verdient.« In Gedanken stellte Heinrich eine Rechnung über die Höhe des Kredits an, den er benötigte, und kam zu dem Schluss, dass er über Jahre hinaus hoch verschuldet sein würde. Elsbeths Mitgift war bescheiden und auch seine Ersparnisse, die er unter seinem Strohlager verbarg, waren alles andere als üppig. Vor allem, und das war bei Weitem das Schlimmste, würde er den Neumanns auf Gedeih und Verderb ausgeliefert sein, kurz, seine Unabhängigkeit war dahin.

Reichenbach spürte deutlich, dass sein Gegenüber ins Grübeln kam und sich wohl erhebliche Zweifel bei ihm einschlichen, die der Zunftmeister zerstreuen musste. Nicht nur, um der Bitte Neumanns zu entsprechen, sondern auch, weil er in dem ruhigen, eine natürliche Autorität ausstrahlenden Mann einen Gewinn für die Binderzunft und eventuell einen potenziellen Nachfolger für sein eigenes Amt sah.

»Macht Euch keine allzu großen Sorgen um die finanziellen Dinge, Ihr seid jung und ein Handwerksbetrieb in Reutlingen hat noch jeden fleißigen, strebsamen Mann zu Wohlstand gebracht. Gewiss, Euer alter Meister, Gott hab ihn selig, hat ziemliche Schulden angehäuft, weil er sich in den vergangenen Jahren nicht mehr in dem Maße ums Geschäft gekümmert hat. Aber schaut Euch einmal die Bücher aus früheren Zeiten an, ich bin mir sicher, dass er da ordentlich verdient hat.«

Heinrich nickte mehrmals mit dem Kopf.

»Wenn Ihr den Obolus entrichtet habt, könnt Ihr das Bürgerrecht erwerben, was in Eurem Fall nur eine Formalität sein dürfte. Seid Ihr vollwertiger Bürger, habt Ihr das Recht, zu heiraten und eine Familie zu gründen.«

Diese Aussicht war ausschlaggebend für Heinrich, den Schritt zu wagen. Mit einem herzlichen, festen Händedruck verabschiedeten sich die beiden Männer voneinander.

»Wie hast du es nur angestellt, Barbara, dass ich so besessen von dir bin?« Nachdenklich schaute der vollkommen nackte Kaspar Neumann auf die sich aufreizend rekelnde Frau.

»Vielleicht ist es, weil ich um deine geheimsten Begierden

weiß und dir diese tagein, tagaus gern erfülle.« Barbara hatte ein ausgeprägtes Gespür für die Wünsche ihrer Freier. Diese Eigenschaft, gepaart mit ihrem makellosen Körper, machte sie für den Frauenwirt so wertvoll.

Was hätte ich alles mit meinen Möglichkeiten erreichen können?, fragte sich die junge Frau so manches Mal und dachte voller Melancholie an ihre freudlose Kindheit zurück.

Als siebtes Kind eines armen Webers war Barbara in einem Dorf in der Umgebung von Reutlingen zur Welt gekommen.

Ihre älteren Geschwister fügten sich in ihr unvermeidbares Schicksal, doch Barbara träumte unbeirrt von einer besseren Zukunft. Jeden Abend, wenn sie mit zerschlagenen Gliedern auf ihre harte Strohmatte sank, schloss sie ihre Augen und sah sich als Tochter eines reichen Bürgers im nahen Reutlingen. Als kleines Kind hatte sie ihren Vater bei der Auslieferung seiner Waren in die Stadt begleiten dürfen und bis heute waren ihr die vornehm gewandeten Frauen im Gedächtnis geblieben. Schon damals hatte sie sich geschworen, dass sie alles daransetzen würde, um eines Tages ebenfalls so daherstolzieren zu können.

Im Alter von vierzehn Jahren wurde ihr zum ersten Mal bewusst, dass Männer ihr begehrliche Blicke hinterherwarfen. Trotz der gebetsmühlenhaft vorgetragenen Ermahnungen der Mutter fiel sie zwei Jahre später auf den Sohn des Bürgermeisters herein. Der als Schürzenjäger nur allzu bekannte junge Mann versprach ihr die Ehe und bedrängte Barbara so lange, bis sie letztendlich nachgab. In einem halb verfallenen und nicht mehr genutzten Schafstall verlor sie ihre Unschuld und er recht bald das Interesse an ihr.

Das Unausweichliche geschah und ihre Monatsblutung blieb aus. Als sie den zukünftigen Kindsvater mit der Situation konfrontierte und ihn an sein gegebenes Eheversprechen erinnerte, versicherte der ihr lachend, dass er alles abstreiten würde.

Zutiefst gedemütigt, dachte sie daran, den Freitod zu suchen, nur die Angst vor der ewigen Verdammnis hielt sie davon ab. Schließlich vertraute sich Barbara ihrer ältesten Schwester an, die sie nur ungläubig anstarrte. »Vater schlägt dich tot, wenn er davon erfährt, wir müssen eine Hebamme aufsuchen, die sich als Engelmacherin betätigt.«

Nach der Abtreibung war etwas in ihr zerstört, sie aß tagelang so gut wie nichts und ihre Augen waren leer.

Wie zufällig machte zu der Zeit eine Gruppe von Gauklern und Spielleuten im Dorf Station und veranstaltete einen Spektakel. Die exotischen Menschen übten eine magische Anziehungskraft auf Barbara aus und besonders der dunkeläugige Mann, der die Gruppe zu leiten schien, hatte es ihr angetan. Ohne auf das heimliche Gerede der Dorfbewohner zu achten, machte sie ihm schöne Augen, und als eines Abends nach einer Vorstellung alle nach Hause gegangen waren, teilte sie das Lager mit dem gut aussehenden Mann.

Am nächsten Morgen warteten die Eltern vergebens am Frühstückstisch. Barbara war auf und davon, die Kleider, die sie am Leibe trug, waren ihre einzige Habe.

Sie fügte sich verhältnismäßig schnell in die ungewöhnliche Gemeinschaft ein, doch meinte sie sterben zu müssen, wenn Marco, der Anführer, seine Aufmerksamkeit einer anderen Frau schenkte. Sie spürte nicht, dass ihre Eifersucht und die daraus resultierenden Intrigen die Gruppe gegen sie aufbrachte, erst recht, nachdem den Spielleuten klar wurde, wie sehr Marco sich von der attraktiven Frau vereinnahmen ließ.

Mehrere Wochen waren die Gaukler in den umliegenden Dörfern aufgetreten, ehe sie ihre Zelte vor den Toren der Reichsstadt aufschlugen. Bei den Bürgern von Reutlingen war mit Sicherheit mehr zu holen als bei den armen Bauern, denen die vielen Abgaben schier die Gurgel zudrückten.

Ihre aufsässigen und witzigen Lieder, begleitet von allerlei Akrobatik, gefielen den Leuten und auch das Theaterstück, das sie im Schatten der gewaltigen Marienkirche aufführten, brachte ihnen viel Beifall sowie zahlreiche Münzen ein.

Marco hatte die junge Frau bei einer Rast einmal gebeten, ihm etwas vorzuspielen. Dabei war ihm aufgefallen, dass sie schauspielerisches Talent besaß, und so ließ er Barbara gegen den Willen der anderen die Hauptrolle in ihrem Schwank spielen. Sie bekam viele anzügliche Bemerkungen zu hören und noch mehr eindeutige Avancen. Sie jedoch hatte nur Augen für Marco. Der mittelgroße Mann mit dem ausgeprägten Kugelbauch, der sie seit drei Tagen starr und abschätzend fixierte, war ihr ebenso wenig aufgefallen wie die neidvollen Blicke der anderen Mitglieder der Truppe.

Auch an diesem Tag strebte die Gruppe in der beginnenden Dämmerung nach der Aufführung dem Mettmannstor zu, um die Stadt wieder zu verlassen.

»Wartet mal!«, rief eine Kinderstimme hinter ihnen. Ein Junge kam barfuß angerannt, seiner schäbigen, zerschlissenen Kleidung und seinen hohlen Wangen nach zu schließen, gehörte er zu den Bettlern. »Ist unter Euch eine Frau, die Barbara genannt wird?«

»Ja, wieso?« Verdutzt sah ihn die Angesprochene an.

»Ein Mann aus Eurem Dorf schickt mich, er hat Euch vor der Kirche gesehen und will Euch eine dringliche Nachricht von Eurer Familie überbringen. Falls es Euch interessiert, sollt Ihr sogleich in das Gasthaus ›Zur Rose‹ kommen.«

»Wie heißt er?«

»Das habe ich vergessen. Ich habe es Euch ausgerichtet und nun lebt wohl.«

Barbara schaute dem davonrennenden Jungen nachdenklich hinterher. Zuerst wollte sie nicht zurückgehen, doch ihre Gefährten redeten ihr ins Gewissen und seinem Blick nach zu urteilen, schien auch Marco von ihr zu verlangen, sich mit dem Mann zu treffen.

Eine ältere Frau, die sie nach dem Weg zu der Schenke fragte, gab ihr bereitwillig Auskunft. Barbara war gespannt, um welchen Dorfbewohner es sich handelte, war es am Ende noch ein Verwandter von ihr? Kurz vor dem Gasthaus wurde die junge Frau jäh aus ihren Gedanken gerissen. Zwei entschlossen dreinblickende Männer stürzten aus einem Winkel hervor und ehe Barbara reagieren oder um Hilfe rufen konnte, sauste ein Holzknüppel auf ihren Kopf nieder. Blitzschnell packten die beiden sie in einen groben Leinensack und der Kräftigere legte sich die bewusstlose Frau wie einen Sack Rüben über die Schulter. Am nächsten Morgen erwachte sie in einer stinkenden Kammer mit schweren Kopfschmerzen und einer gewaltigen Beule.

Der Mann, der als Erster das Zimmer betrat, verhieß nichts Gutes. Das brutale Gesicht passte zu seinem grobschlächtigen Körper.

»Was wollt Ihr von mir? Nehmt meine Geldkatze und lasst mich sofort frei, meine Freunde haben mich sicher schon bei der Stadtwache als vermisst gemeldet. Es ist nur eine Frage der Zeit, bis sie hier auftauchen, noch könnt Ihr Euren Hals retten.«

»Hör mal gut zu, mein Täubchen.« Das Raubtierlachen des Mannes entblößte eine Reihe fauliger Zähne, seine Hand umklammerte ihr Kinn. »Dreißig Gulden habe ich deinen sogenannten Freunden für dich bezahlt und dieses Geld will ich so schnell wie möglich zurückbekommen. Sobald deine Wunde verheilt ist, kommen die ersten Freier.« Der bei der

Stadt angestellte Mann machte offenbar noch Geschäfte nebenher.

Die nächsten Wochen und Monate waren für Barbara die Hölle. Anfangs rechnete sie noch damit, dass Marco, der mit der Sache bestimmt nichts zu tun hatte, sie befreien würde. Doch irgendwann gewann ihr Pragmatismus die Oberhand und sie machte das Beste aus ihrer ausweglosen Lage. Mit ihrem schauspielerischen Talent, ihrem Ehrgeiz und natürlich ihrer betörenden Schönheit war sie bald die zuverlässigste Einnahmequelle für Paul, den Frauenwirt.

Die Qualitäten der neuen Liebesdienerin sprachen sich schnell in Reutlingen herum, und so gehörten in Kürze auch angesehene Bürger zu ihren Kunden. Eines Tages brachte Paul jemanden auf ihr Zimmer und flüsterte ihr ins Ohr, besonders nett zu dem Kaufmannssohn zu sein. Barbara traute ihren Augen kaum, als sie dieses blendend aussehenden jungen Mannes gewahr wurde. Vielleicht war er ihre Chance, diesem Elend zu entrinnen.

Bereits nach kurzer Zeit hatte sie Kaspar Neumann so weit, dass er ihr aus der Hand fraß. Nach seiner Hochzeit waren seine Besuche etwas seltener geworden, doch der erotische Zauber, den sie auf ihn ausübte, war stärker als all seine Vernunft und so ließ er sämtliche Vorsichtsmaßnahmen außer Acht. Bis zu dem Zeitpunkt, da ihn sein Vater eindringlich warnte.

»Verlasse deine Frau, dann kannst du jeden Tag bei mir liegen und brauchst obendrein nicht dafür bezahlen«, gurrte Barbara und kraulte seinen Rücken.

»Du weißt, dass das nicht geht, nicht um alles in der Welt. Die Standesunterschiede zwischen uns sind viel zu groß«, antwortete Kaspar niedergeschlagen.

»Dann muss ich mir einen anderen suchen, der mich hier herausholt, einen mit mehr Mumm in den Knochen.«

Abrupt hatte sie aufgehört, ihn zu streicheln. Ihre betont lässig dahingesagten Worte trafen ihn bis ins Mark. Kaspar wusste seit geraumer Zeit, dass er dieser Frau hörig war, ja, sich ein Leben ohne Barbara schlichtweg nicht vorstellen konnte. »Ich verspreche dir, alles zu tun, um dich zu befreien, noch heute vereinbare ich mit Paul einen Preis.«

»Von deinen Versprechen kann ich mir nichts kaufen. Wenn du das nächste Mal hierher kommst, sage mir, wie du es anstellen willst. Und jetzt entschuldige mich, ich muss mich für den nächsten Mann ein wenig frisch machen.« Unmissverständlich wies sie Kaspar die Tür und dieser schlich, entgegen seines sonstigen Auftretens, geknickt hinaus.

In seinem Kopf nahm jedoch bereits ein Plan Gestalt an, wie er die knifflige Geschichte mit den beiden Frauen am besten lösen konnte. Hatte Barbara nicht erzählt, dass sie seine Gattin wiederholt vor dem Haus der Heilerin Maria Kruppner gesehen hatte?

Kapitel 12

Trotz der hohen Schneelage waren die zwei Gesellen gut vorangekommen und hatten noch vor Einbruch der Dunkelheit einen Heuschober entdeckt, der abseits der Handelsroute nach Nördlingen gelegen war.

Zu Hannes' Überraschung packte Rudolf einen Beutel

aus, der zusätzlich mit einem Filzstreifen umwickelt war, um den Inhalt vor Feuchtigkeit zu schützen.

»Lass uns dürre Äste von den Bäumen brechen und trockenes Heu aus der Scheune holen.« In der Holzhütte fand Rudolf ein Brett, mit dem er, in gebührendem Abstand zu der Scheuer, ein kreisrundes Loch in den Schnee grub. Danach legte der Geselle das Heu hinein, holte aus seinem Beutel etwas Eisen, einen Stein sowie einige Stücke eines wergartigen Schwammes, die er aufs getrocknete Gras legte.

»Was ist denn das für ein Zeug?«, fragte Hannes neugierig.

»Das ist ein sogenannter Zunderschwamm, ein Pilz, den man an Buchen findet. Die Innereien werden getrocknet und mit Salpeter getränkt. Du wirst gleich sehen, wie es sich entzündet, wenn ich Funken schlage und diese auf den Zunder treffen.«

Tatsächlich begann es aus dem Loch nach ein paar Versuchen zu glimmen. Rudolf blies vorsichtig hinein und das trockene Heu loderte auf. Schnell legte er dünnes Holz nach und wenige Zeit später hatten sie ein wärmendes Feuer. Der Geselle hatte einen kleinen Topf aus getriebenem Kupfer dabei. Diesen füllte er mit Schnee und stellte ihn aufs Feuer. Die beiden Männer aßen von ihrem Proviant, tranken heißes Wasser dazu und redeten noch eine Zeit lang. Hin und her wogte die Unterhaltung und Rudolf erwies sich erneut als guter Zuhörer. Hannes kannte nicht viele Leute, die ihn zu Wort kommen ließen, ohne dauernd zu unterbrechen.

Bei dieser Gelegenheit kam ihm Anna in den Sinn, die ihn ebenfalls beharrlich ermutigt hatte, seine Sorgen und Nöte offen auszusprechen. Es wurde ihm schmerzlich bewusst, dass er die erste große Liebe seines Lebens vielleicht nie wiedersehen würde und wenn doch, so in den Armen eines anderen Mannes. Offenbar war sie besser über den Verlust hinweggekommen, da Hannes während seines Aufenthaltes in Esslingen keine Antwort auf seinen Brief erhalten hatte.

»So, mein Freund, wir füllen jetzt unseren Überhang und unser Wams mit Heu, dann haben wir eine leidlich warme Decke.« Rudolf nahm einen brennenden Stock und benutzte ihn als Fackel. Mithilfe dieses Lichtes machten sie in dem Schuppen ihr Nachtlager zurecht.

Sie schliefen beide schnell ein, doch Hannes wachte mitten in der Nacht auf, weil er entsetzlich fror und ihm die Nachtgeräusche unheimlich waren. Bestimmt schlichen blutrünstige Wölfe umher. Bei diesem Gedanken rückte er näher an den gleichmäßig schnarchenden Rudolf heran.

Irgendwann im Morgengrauen stand Hannes auf, schüttelte das Heu aus seinen Kleidern und streckte sich. Er hatte so gut wie kein Auge zugemacht und fühlte sich wie gerädert. Ohne seinen Kameraden zu wecken, erhob er sich und entfachte mit Rudolfs Hilfsmitteln das Feuer aufs Neue. Danach legte er das restliche Holz auf. Die Flammen züngelten bereits wieder recht hoch, als auch Rudolf sich endlich von seinem spartanischen Bett erhoben hatte und sich gehetzt umschaute.

Der Geselle schien es mit einem Mal eilig zu haben. »Schnapp dein Bündel und deinen Stenz, wir müssen verschwinden, bevor noch jemand kommt. Die Wildhüter sehen es gar nicht gern, wenn man in der Nähe des Waldes ein Feuer entfacht.« Er nahm ein Brett und schaufelte Schnee auf die Flammen. Danach stapften sie mit eiligen Schritten durch die weiße Pracht, bis sie die Handelsstraße erreicht hatten.

Da noch kein Tauwetter eingesetzt hatte, sorgten die klobigen Holzräder der Fuhrwerke und die Pferdehufe dafür, dass es durch den niedergedrückten Schnee für Fußgänger weniger beschwerlich war, die Straße zu begehen. Sie kamen gut voran, die Sonne lugte durch die Baumwipfel und trotz der grimmigen Kälte waren die Gesellen guter Dinge. Gelegentlich wurden sie von Kutschen überholt, die in ihre Richtung fuhren. Obwohl die Zimmerleute den Lenkern eindeutige Zeichen gaben, sie mitzunehmen, stießen sie auf wenig Barmherzigkeit.

Das leichte Schneetreiben, das irgendwann eingesetzt hatte, beunruhigte die Männer nicht sonderlich. Doch urplötzlich frischte der Wind auf, rasend schnell nahm er an Stärke zu und trieb die Flocken waagerecht vor sich her. Die Gesellen versuchten verzweifelt, sich mit ihren leichten, linnenen Umhängen vor dem Sturm zu schützen. Jegliche Gelassenheit war von ihnen abgefallen.

»Wir müssen einen Unterstand suchen! Das Wichtigste ist, dass wir zusammenbleiben!« Rudolfs Brüllen ging in dem tosenden Wind unter und sein Kamerad, der sich noch nie in einer solchen lebensbedrohlichen Situation befunden hatte, bekam es mit der Angst zu tun.

Es war, als ob sich vor den beiden eine riesige unüberwindliche Wand auftürmte. Hannes drehte sich fortwährend nach links, um sich zu vergewissern, dass Rudolf noch an seiner Seite ging. Nach einer besonders heftigen Böe suchten seine schmerzenden Augen vergeblich den älteren Gesellen. Rudolf war verschwunden, wie vom Erdboden verschluckt. Er gab sich die größte Mühe, die Panik, die langsam in ihm hochkroch, zu bekämpfen und stemmte sich mit aller Macht gegen den Orkan.

Wo sollte er sich hinwenden? Hannes hatte vollständig die Orientierung verloren und suchte resignierend hinter einem mächtigen Baum Schutz, was dieser allerdings kaum bot.

»Ich bin schuld, wenn wir beide umkommen!«, schrie er seine Wut mit tränenerstickter Stimme hinaus, setzte sich in den kalten Schnee und ließ sich von der Hoffnungslosigkeit, in der er sich befand, überwältigen.

»Bitte, Ihr Herren, öffnet einem in Not geratenen Handwerksgesellen das Tor!« Wie von Sinnen klopfte Rudolf an die Eingangspforte der Jagdhütte, die wie aus dem Nichts vor ihm aufgetaucht war.

Die klobige Holztür öffnete sich knarrend und bevor der Geselle reagieren konnte, berührte eine Degenspitze seinen Hals. »Verschwinde oder ich steche dich ab wie ein Schwein!« Der gut gekleidete Mann schien zu allem entschlossen, das Führen einer Waffe hatte er offensichtlich gelernt.

Rudolf wagte nicht, sich zu bewegen. »Bitte, Herr, tut mir nichts, ich bin weder ein Räuber noch ein Halsabschneider, sondern nur ein einfacher Zimmermann, der sich bei diesem Unwetter verlaufen hat«, röchelte der ansonsten so stolze Rudolf.

Aus den Augenwinkeln sah er einen anderen Mann, eher klein von Wuchs, heranhinken. »Thomas, was soll das? Nimm deine Waffe weg und bitte den armen Mann herein, bevor er uns noch erfriert.«

Zuerst schien der Angesprochene den Befehl ignorieren zu wollen, doch nach mehreren Augenblicken voller Anspannung nahm er widerwillig seinen Degen und steckte ihn in die an seiner Seite baumelnde Scheide.

»Verzeih, ehrbarer Handwerksmann, es ist sonst nicht Thomas' Art, hilfsbedürftigen Leuten mit dem Schwert zu drohen, jedoch vor nicht allzu langer Zeit ist seine Schwester von Räubern überfallen worden und seither ist er übervorsichtig. Leg erst einmal deine durchnässten Sachen ab und wärme dich am Kaminfeuer.«

Der Geselle fasste sich an den Hals. »Ich würde Euer

freundliches Angebot gern annehmen, edler Herr, aber mein Kamerad, der mit mir unterwegs ist, befindet sich noch irgendwo da draußen. Plötzlich habe ich ihn in dem Sturm aus den Augen verloren und nun wollte ich die edlen Herren untertänigst bitten, mir bei der Suche zu helfen.« Rudolf fiel es sichtlich schwer, vor diesen Gecken zu buckeln, allerdings war es seine einzige Chance.

Ohne lange zu überlegen, zog sich der Kleinere seine geschmeidigen Stiefel an, warf sich einen schweren Mantel über und setzte sein schwarzes Barett auf.

»Was machst du, Ulrich? Das ist ein Hinterhalt! Du wirst doch wohl nicht darauf hereinfallen?« Thomas packte seinen Freund bei den Schultern und versuchte, ihn zurückzuhalten.

»Lass mich los!«, entgegnete Ulrich energisch. »Du kannst so lange die Hütte bewachen und dich um unseren Gast kümmern. Ich gehe allein.« Seine befehlsgewohnte Stimme duldete keinen Widerspruch und ohne sich weiter um die zwei zu kümmern, hinkte er zur Tür hinaus. Die Wucht des Sturms überraschte ihn, trotzdem kämpfte er sich bis zum Zwinger vor und leinte einen der beiden ungeduldig mit dem Schwanz wedelnden schwarzen Hütehunde an.

Unterdessen beäugten sich die zurückgebliebenen Männer misstrauisch. Rudolf wollte die Situation entschärfen, indem er sich auszog und dem anderen auf diese Weise zeigte, dass er unbewaffnet war.

Schon nach wenigen Schritten fing der große Hund an zu bellen, die Leine spannte sich fast zum Zerreißen und der schmächtige Mann hatte Mühe, sie festzuhalten. Hinter einer Eiche hielt das Tier an und Ulrich sah einen zusammengekauerten Mann dasitzen, der sich offenbar in sein Schicksal gefügt hatte. Er trat zu ihm hin und schüttelte den fast vollständig mit Schnee bedeckten Körper.

Der sichtlich benommene Hannes schlug kurz seine Augen auf und sah die fletschenden Zähne einer Bestie direkt vor seinem Gesicht. Das ist also mein Ende, dachte er, von hungrigen Wölfen zerfleischt. Erst nach und nach spürte er die Schläge, die auf seine Wangen prasselten.

»Steh auf, Junge!«

Wie von weit her drang eine Stimme an sein Ohr, irgendwann ließ er sich ohne Gegenwehr auf die Beine stellen. Der aufmerksame Hund grub mit seinen Vorderläufen im Schnee und förderte Hannes' Bündel zutage, das sich Ulrich über die Schulter warf. Der Geselle stützte sich derweil auf seinen knorrigen Stock, der zum Glück mit einem um sein Handgelenk geschlungenen Lederriemen an ihm befestigt war.

Nach links und rechts schnüffelnd, suchte das Tier den Weg zurück. Die Männer wankten, sich gegenseitig Halt gebend, hinter ihm drein.

Der kräftige Thomas hatte ungeduldig an der Tür gewartet und zusammen mit Rudolf nahm er dem schwer atmenden Ulrich die Last ab. Gemeinsam trugen sie den apathisch dreinblickenden Gesellen zum lodernden Feuer, zogen ihm die nassen Sachen aus, umwickelten den zitternden Körper mit mehreren Decken.

»Wenn ich ihn eine Stunde später gefunden hätte, wäre er wahrscheinlich nicht mehr am Leben gewesen.« Der Retter hatte sich ebenfalls trockene Sachen angezogen und nahm neben Hannes Platz, der teilnahmslos in die Flammen stierte.

»Hier, trink davon, das wird dir guttun.« Thomas, der seine Meinung über die Eindringlinge offenbar geändert hatte, hielt dem zähneklappernden Gesellen einen Becher mit einer dampfenden, wohlriechenden Flüssigkeit hin.

Der heiße Gewürzwein wärmte Hannes und holte ihn aus seiner Apathie, die wiedergewonnenen Lebensgeister brachten allerdings schlagartig den quälenden Hunger zurück.

Als könnte er Gedanken lesen, trug Ulrich Geräuchertes, Schweineschmalz und Schwarzbrot herein und ohne sich um irgendwelche Tischmanieren zu kümmern, fielen die vier Männer über die dargebotenen Speisen her.

»Jetzt wollen wir uns erst einmal gegenseitig vorstellen«, schlug Thomas nach einer quälend langen Gesprächspause vor, als das gemeinsame Mahl beendet war.

»Hier zu meiner Linken sitzt der weithin bekannte Dichter, Humanist und ehemalige Landsknecht Ulrich von Hutten. Solch einen berühmten Mann trifft man nicht alle Tage.«

Dieser winkte verärgert ab, die Lobhudelei war ihm sichtlich peinlich. Und doch war er eine herausragende Persönlichkeit im Kaiserreich. Er entstammte einem alten, hoch angesehenen Adelsgeschlecht. Wegen seiner eher schwächlichen körperlichen Konstitution hatte er nicht den Weg eines Kriegsmannes gewählt, sondern sich an der Universität in Padua für ein juristisches Studium eingeschrieben. Das Geld jedoch war früher aufgebraucht als geplant. Sein Stolz verbot es ihm, seine wohlhabende Familie um Unterstützung zu bitten, und aus diesem Grund suchte er doch die Nähe zur Armee. Als Landsknecht diente er in verschiedenen Feldzügen, jedoch ließ ihn der Krieg nicht abstumpfen, sondern sensibilisierte ihn eher für die humanistischen Themen, von denen viele seiner Schriften handelten.

»Mein Name ist Thomas von Reuchenstein, ich bin nur ein kleiner Beamter des Erzherzogs, der anstelle des davongejagten Herzogs von Württemberg das Land kommissarisch verwaltet.«

»Mit einer solch hohen Geburt können wir zwei leider nicht aufwarten«, entgegnete Rudolf sarkastisch. »Nichtsdestotrotz tragen wir unser kleines Scherflein dazu bei, dass die Leute ein Dach über dem Kopf bekommen. Rudolf Waldner werde ich genannt und meine Heimatstadt ist das schöne Tübingen, wo ich nach einer an Schlägen und Entbehrungen reichen Lehrzeit vor eineinhalb Jahren mein Bündel geschnappt habe, um in die weite Welt zu ziehen. Viele Dinge habe ich gesehen, bittere, bisweilen tödliche Armut, aber auch verschwenderische Pracht und protzenden Reichtum. Diese krassen Gegensätze haben sich tief in meinem Gehirn eingegraben, aber was soll es, wir weniger Begüterten können uns ja mit der Aussicht aufs Jenseits trösten. Schließlich ist die Ordnung von Gott gegeben.«

»Schweig, das ist verlogen!«

Rudolf zuckte zurück. Die heftige Antwort Ulrichs überraschte ihn völlig und beim Blick in die Augen des Dichters gewahrte er einen seltsamen Glanz, ja fast schon ein irrlichterndes Feuer.

»Das Leben ist schön, wir müssen uns im Diesseits einrichten und es uns gut gehen lassen, wenngleich uns die Pfaffen das Gegenteil glauben machen wollen. Die Geistlichkeit, ob hohe oder niedere, lebt in Saus und Braus auf Kosten des kleinen Mannes, den sie mit der Aussicht auf ein schönes Leben nach dem Tod niederhält. Sie fressen und saufen sich auf unsere Kosten den fetten Wanst voll, über das Zölibat lachen sie schon lange. Papst Alexander hat unzählige Kinder mit verschiedenen Frauen gezeugt und seine Nachfolger sind um keinen Deut besser. Das heilige Rom ist der größte Sündenpfuhl der bekannten Welt.« Ulrich von Hutten hatte sich in Rage geredet. Sein fleckiges Gesicht bekam eine hochrote Tönung. Die anderen Männer hingen förmlich an seinen Lippen.

»Glaubt mir, wenn ich euch sage, dass die bisherige Ordnung zerbrechen wird. Die Kirche, die an Geist und Gliedern vermodert ist, wird sich erneuern. Und noch etwas prophezeie ich euch, in spätestens zehn Jahren werden sämtliche Standesunterschiede beseitigt sein. Ich hoffe, dass ich zu diesen Veränderungen tatkräftig beitragen kann.«

»Verzeiht, mein Herr, wenn ich Euch unterbreche, aber ist es nicht so, dass derjenige, der gegen die von Gott eingesetzte Obrigkeit aufbegehrt, sich in höchstem Maß versündigt?« Schüchtern und mit brüchiger Stimme beteiligte sich Hannes am Gespräch.

»Ach, mein junger Freund ist zu sich gekommen und stellt eine interessante Frage, die ich dir gleich beantworte. Stell dich doch zuerst einmal vor.« Wohlwollend nickte Hutten dem Gesellen zu.

»Hannes Fritz ist mein Name, mein Vater ist ein ehrbarer Weingärtner in Reutlingen. Nach harten Lehrjahren wurde ich letzten Herbst als frischgebackener Zimmermannsgeselle in die Fremde entlassen und hättet Ihr mich nicht gerettet, edler Herr, so wäre meine Wanderschaft jäh beendet gewesen, bevor sie richtig begonnen hätte.« Dankbar heftete sich Hannes' Blick auf den kleinen Gelehrten, der sich nachdenklich am Kinn kratzte.

»Wie sagtest du, ist dein Familienname, Fritz?«

Hannes nickte.

»Ich weiß nicht, wie weit verstreut deine Familie ist, aber im Badischen gibt es einen berühmten Mann namens Joß Fritz, der bereits mehrfach gegen die, wie du dich ausgedrückt hast, von Gott eingesetzte Obrigkeit rebelliert hat.«

»Mein Vater kommt ursprünglich aus Baden und sein Bruder heißt tatsächlich Joß«, antwortete der junge Geselle aufgeregt. »Während meiner ganzen Kindheit und auch später in der Lehre habe ich nie von einem Onkel reden hören, doch kurz bevor ich meine Heimatstadt verließ, nahm mich mein Vater zur Seite und erzählte mir zum ersten Mal von diesem rätselhaften Mann, den er seit ihrer gemeinsamen Zeit bei den Landsknechten nicht mehr wiedergesehen hatte.« Hannes redete jetzt furchtbar schnell. »Er beschrieb mir den Onkel als hochgewachsen, mit stechenden Augen und einem sehr großen Muttermal auf dem linken Handgelenk als besonderes Merkmal. Das letzte Lebenszeichen, das mein Vater von Joß erhielt, war ein Brief, in dem dieser mitteilte, dass er untertauchen müsse, weil er an einem erfolglosen Aufruhr beteiligt gewesen war.«

Verblüfft blickte Ulrich von Hutten von einem Gesellen zum anderen und schüttelte den Kopf. »Deine Beschreibung stimmt mit der überein, die mir ein Weggefährte von Joß gegeben hat. Das ist ja kaum zu glauben, da bin ich in dieser wahrhaften Einöde, um mich ein wenig zu erholen, und zufällig begegne ich dem Neffen des berüchtigten Bundschuhanführers. Darauf müssen wir trinken.«

Die vier Männer hoben daraufhin ihre Becher und prosteten sich zu.

»Wenn ihr anderen nichts dagegen habt, würde ich euch gern mehr über diesen außergewöhnlichen Mann, der gewissermaßen eines meiner Vorbilder ist, erzählen«, meinte Ulrich, nachdem er einen tiefen Schluck genommen hatte.

Zustimmendes Gemurmel bestärkte ihn in der Absicht fortzufahren.

»Joß Fritz hat, wie viele andere Menschen auch, viel Leid und Unterdrückung gesehen. Doch im Gegensatz zu den anderen begann er sich immer mehr zu fragen, ob es denn der

Wille Gottes sein konnte, dass die Besitztümer und die Machtverhältnisse so ungleich verteilt waren. Sein gesunder Menschenverstand gab letztendlich den Ausschlag dafür, dass er sich selbst ein Nein zur Antwort gab, und so war es nur noch eine Frage der Zeit, bis Joß Fritz mit seinen herausragenden Führungseigenschaften Männer um sich scharte, die mit ihm gemeinsam gegen die offensichtlichen Missstände ankämpften. Der Bundschuh war das Symbol eines elsässischen Geheimbundes, der einige Jahre zuvor in Schlettstadt einen Aufstand gewagt hatte, und dieses vor allem für die armen Bauern so aussagekräftige Zeichen griff Joß auf. Denn der Bundschuh ist nicht nur deren Fußbekleidung, ›den Bundschuh aufwerfen‹ bedeutet darüber hinaus, sich sein angestammtes Recht wenn nötig auch mit Gewalt zu nehmen. Joß Fritz wollte nicht mehr und nicht weniger, als das gesamte Reich zu reformieren und den einfachen Menschen zu ihren natürlichen Rechten zu verhelfen. Sein erklärtes Ziel war die Schaffung einer Demokratie nach griechischem Vorbild, jedoch mit einem Kaiser als Repräsentanten an der Spitze.«

»Entschuldigt meine Unwissenheit«, unterbrach Rudolf mit einem Räuspern den Erzähler, »aber was ist eine Demokratie?«

»Das ist ganz einfach zu erklären. Es findet eine Wahl statt, bei der sich verschiedene Leute aus den einzelnen Ständen um den Sitz in einer gesetzgebenden Volksversammlung bewerben. Jeder erwachsene Mann und jede Frau haben eine Stimme, die sie dem Kandidaten ihrer Wahl geben können. Die Führung des Staates in dieser Regierungsform liegt also in den Händen von Menschen, die vom Volke gewählt wurden. Der Kaiser fungiert nur noch als Repräsentant nach außen und Vermittler nach innen.«

»Aber das ist ja ungeheuerlich! Was geschieht dann mit den ganzen Fürsten und Bischöfen, die von Gott eingesetzt wurden?«, ereiferte sich Hannes, der sich immer noch schwertat mit dem Gedanken, die bestehende Ordnung könnte nicht von einer höheren Macht eingesetzt sein.

Ulrich von Hutten lächelte milde und nachsichtig. »Ich kann deine Aufregung ja verstehen. Andererseits kann ich dir aber auch sagen, dass in der Bibel nirgends die Rede davon ist, dass ein Mensch von dem anderen ausgebeutet wird, und ebenso die Pfaffen, die sich auf Kosten des kleinen Mannes mästen, kommen darin nicht vor. Die hohe Geistlichkeit und die Fürsten werden niemals ihre über Jahrhunderte zusammengerafften Pfründe aufgeben und die Honigtöpfe freiwillig räumen. Deshalb stellte Joß Fritz eine Armee der Entrechteten auf. Es müssen so um die sechstausend Männer und einige hundert Frauen gewesen sein, die ihrem Anführer überallhin gefolgt wären, alle … bis auf einen Judas. Der verriet den Plan an den Bischof von Speyer, noch bevor Joß Fritz das Zeichen zum Losschlagen geben konnte. Der Markgraf von Baden sowie der Bischof von Straßburg kamen dem von Speyer zu Hilfe und gemeinsam hielten sie furchtbar Gericht, folterten, töteten und vertrieben mannigfach Aufständische aus ihren Dörfern. Vielen der Gefangenen wurden Zeige- und Mittelfinger der rechten Hand, mit denen sie auf den Bundschuh geschworen hatten, abgehackt. Der Mann jedoch, der die Rebellion geplant und die Organisation aufgebaut hatte, konnte mit Gottes Hilfe entkommen.« Ulrich hielt inne und griff nach seinem Trinkgefäß.

»Ah, tut das gut, viel Schwatz macht Durst, wo war ich stehen geblieben? Joß Fritz war geschlagen, aber nicht gebrochen. Nachdem man einige Jahre nichts von ihm gehört hatte, tauchte er unvermittelt im Jahre des Herrn 1513 in der Nähe von Freiburg wieder auf. Erneut begann er damit, Leute um sich zu versammeln und sie mit seinem Traum von Freiheit und Gleichheit zu begeistern. Bei diesem neuerlichen Aufstand legte er noch mehr Wert auf Geheimhaltung. Die verschiedenen Anführer operierten unabhängig voneinander, damit auf der Folter keiner mehrere Namen preisgeben konnte. Dieses Mal würde es klappen, Joß hatte sich eine Fahne anfertigen lassen, auf die seine Gefolgsleute schwören und mit der er vorneweg marschieren würde. Doch wie es der Zufall wollte, hielten drei seiner Anhänger zu der Zeit, als Joß die Flagge abholte, einen armen Bauern an und bedrängten ihn, bei dem Ringen gegen die Obrigkeit mitzumachen. In ihrem Eifer, ihn zu bekehren, offenbarten die Freiheitskämpfer dem Mann zu viel von dem Vorhaben, der Bauer flüchtete und erzählte dem Pfaffen seiner Heimatgemeinde von dem ungewöhnlichen Vorfall. Mit seiner neuen Fahne und voller Tatendrang kehrte Joß zurück, doch da war schon alles vorbei. Wie beim ersten Aufstand fanden zahllose seiner Gefährten den Tod, wurden grausam gefoltert, gevierteilt und aufs Rad geflochten, vielen wurden die Schwurfinger abgehackt. Ein weiteres Mal konnte Joß Fritz ungeschoren entkommen, und obwohl sein Versuch, die Welt zu verändern, erneut gescheitert war, gab dieser außerordentlich mutige Mann nicht auf. In der Nähe der freien Reichsstadt Rosheim im schönen Elsass fand er viele Unzufriedene, und nicht nur bei Bauern, Heimatlosen und Bürgern fielen seine kraftvollen Worte auf eine starke Zustimmung. Es hält sich hartnäckig das Gerücht, dass Joß für die Rekrutierung von Kriegsvolk von jüdischen Kaufleuten Geld bekommen haben soll, viel Geld.«

»Was!«, entfuhr es Thomas von Reuchenstein. »Von den Ungläubigen, den Mördern unseres Herrn, hat er sich seine Revolte finanzieren lassen?«

»Hast du dich schon einmal gefragt, mein Freund, was die Juden von heute mit einem Mord, der vor rund fünfzehnhundert Jahren passiert sein soll, zu tun haben?« Ulrichs Worte wurden schärfer.

»Aber ist es denn nicht wahr, dass sie Christenkinder schächten, Brunnen vergiften und heilige Hostien schänden?«

»Thomas, ich kann dieses dumme, unwissende Geschwätz nicht mehr hören!«, schrie von Hutten und die Adern auf seiner Stirn traten hervor. »Es gibt bei den Juden genauso viele gute und schlechte Menschen wie bei uns Christen oder bei den Mohammedanern. Und glaube mir, für die vermeintlichen Untaten, die man ihnen anlastet, gibt es keinerlei gesicherte Beweise.« In den Augen des Humanisten brannte plötzlich ein Feuer, das alles zu versengen drohte, was sich ihm in den Weg stellte, und keiner der anderen Männer wagte es, auch nur einen Ton von sich zu geben.

»Joß Fritz hatte die Erfahrung von zwei fehlgeschlagenen Umsturzversuchen, vielleicht waren deshalb beim dritten Anlauf seine Forderungen so radikal wie nie zuvor. Landesherren, Großgrundbesitzer und auch die reichen Klöster wollte er enteignen, um mit diesem frei werdenden Vermögen eine Kranken-, Alten- und Armenpflege einzurichten. Die Vorbereitungen waren abgeschlossen und Joß setzte den Beginn der Aktion auf den achten September fest. Aber wieder einmal bekam ein Mitverschwörer Angst um sein Seelenheil und beichtete bei einem Priester, der sich keinen Deut um das Beichtgeheimnis scherte, sondern sein Wissen unmittelbar zur Obrigkeit trug. Diese zögerte nicht lange und schlug erbarmungslos zu, folterten und töteten viele Menschen.«

»Und mein Onkel, was geschah mit ihm?«, stellte Hannes die bange Frage.

»Er konnte abermals wie durch ein Wunder entkommen und untertauchen. Ich gebe die Hoffnung nicht auf, diesen aufrechten Mann, der solch empfindliche Niederlagen einstecken musste, eines Tages zu treffen und ihn für unsere Sache zu gewinnen.«

Nach dieser spannenden Geschichte waren die Gesellen aufgewühlt und auch auf dem Gesicht Thomas von Reuchensteins zeichnete sich kurz eine Gefühlsregung ab. »Der unglückliche Verlauf dieser Revolten zeigt ganz deutlich, dass man die Sache anders anpacken muss.«

»Plant Ihr etwa auch einen Umsturz?«, fragte Rudolf verblüfft, woraufhin Ulrich von Hutten nickte.

»Aber wie wollt Ihr es bewerkstelligen, wenn es ein so begnadeter Mann wie Hannes' Onkel selbst beim dritten Mal nicht geschafft hat?«

»Das will ich euch gern erklären.« Ein überlegenes Lächeln umspielte seine Mundwinkel. »Im Gegensatz zu Joß Fritz werden wir von Anfang an öffentlich operieren und darüber hinaus haben wir einen Mann, der die Führung des Unterfangens übernehmen wird. Es ist kein Geringerer als Franz von Sickingen, der angesehenste und tapferste Heerführer des verstorbenen Kaisers Maximilian.« Mit einer ansteckenden Begeisterung berichtete Ulrich von dem bevorstehenden Aufstand der Ritter, dem sich nach den ersten Erfolgen auch alle anderen Stände anschließen würden.

»Und, äh, wann soll es losgehen, wenn ich fragen darf?« Hannes war unbehaglich zumute angesichts dieser Ungeheuerlichkeiten, die ihnen der Gelehrte so bereitwillig offenbarte.

»Von Sickingen hat bereits mehrere Tausend Kämpfer angeworben und ich bin ebenfalls nicht untätig. So ziehe ich durch die Lande und versuche, möglichst viele Menschen für unsere Sache zu gewinnen. Den Herbst dieses bedeutenden Jahres werden die Herren da oben nicht so schnell vergessen. Nun hebe ich meinen Becher und stoße mit euch an, meine Freunde, auf dass unser Vorhaben gelingt, damit wir Einwohner des Heiligen Römischen Reiches fürderhin in einer gerechteren Welt leben können.«

Irgendwann gegen Morgen wankten die beiden Ritter in ihre Kammern. Hannes und Rudolf hingegen legten sich mit einer Decke vor das prasselnde Feuer.

Beim ersten gemeinsamen Mahl am nächsten Tag waren die Männer noch ziemlich angeschlagen und erst nachdem einige Kannen verdünntes Bier die ausgetrockneten Kehlen befeuchtet hatten, lockerte sich allmählich die Stimmung.

»Wollt ihr Gesellen noch ein paar Tage hierbleiben und eure Reisekasse aufbessern?«, wollte Thomas von Reuchenstein wissen. Die Idee, die Handwerker zu beschäftigen, kam allerdings von seinem Freund.

»Euer Werkzeug habt ihr doch bestimmt dabei?«

Das Interesse der beiden war geweckt und da das Marschieren auf der Landstraße bei diesem Wetter alles andere als ein Honigschlecken war, bedurfte es keiner großen Überredungskunst, um die Zimmerleute eine Zeit lang an diesem gastlichen Ort zu halten.

Aus ein paar Tagen wurden drei Wochen, in denen die Gesellen einen neuen Geräteschuppen errichteten, Brennholz hackten und oft gebannt den spannenden Vorträgen Ulrichs von Hutten lauschten.

Der Winter hatte seine eisige Umklammerung ein wenig gelöst, als die Gesellen sich wortreich von ihren neu gewonnenen Freunden verabschiedeten.

»Besucht mich im Herbst auf der Ebernburg, wenn das Deutsche Reich ein neues, menschlicheres Gesicht hat!«, rief ihnen Ulrich freudig hinterher.

Den Weg bis zur Landstraße hatte ihnen Thomas von Reuchenstein gut beschrieben, sodass sie sich nach wenigen Meilen querfeldein wieder auf dem Weg nach

Nördlingen befanden. Die Gesellen fielen in einen gemächlichen Schritt und unterhielten sich lebhaft über die vergangenen Tage.

»Was hältst du von der ganzen Geschichte? Was Ulrich und dieser von Sickingen vorhaben, ist doch Hochverrat, eigentlich wäre es unsere Pflicht, diesen Wahnsinn zu melden.« Hannes war immer noch halbwegs mulmig zumute.

»Du bist mir ja ein schöner Hasenfuß, da ist dein Onkel aus einem anderen Holz geschnitzt«, erwiderte Rudolf hämisch. »In gewisser Weise betrifft uns Gesellen die Sache genauso. Unsere Bruderschaften sind der Obrigkeit schon lange ein Dorn im Auge. Glaube mir, am liebsten würden sie unsere Zusammenkünfte gänzlich verbieten, doch sie sind auf unsere Arbeitskraft angewiesen und das hält sie von einem schärferen Vorgehen ab.«

Hannes ließ sich die Worte durch den Kopf gehen und wollte etwas erwidern, als sie hinter der nächsten Biegung eine große Kutsche sahen, aus der gerade seltsam gewandete Männer ausstiegen.

»Das sind Juden!« Rudolf spie die Worte förmlich aus und machte das Kreuzzeichen. »Wir machen einen großen Bogen um die Wucherer und Halsabschneider.«

»Du kannst ja weiterwandern, aber so wie es aussieht, haben sie Probleme mit ihrem Gefährt.«

Erstaunt blickte Rudolf auf seinen Reisekameraden, offensichtlich war etwas von Ulrichs Ansichten haften geblieben. »Du hast recht, sehen wir uns den Schaden mal an.«

Die beiden Männer mit den langen Bärten, den wallenden Kaftanen, deren Säume den Schnee streiften, und den spitzen Hüten beäugten die näher kommenden Gesellen misstrauisch.

»Gott zum Gruße, Ihr Herren, können wir Euch irgendwie behilflich sein?« Rudolf hatte seinen Hut abgenommen und in Richtung der Juden geschwenkt.

»Solltet Ihr vorhaben, uns auszurauben, so muss ich Euch leider enttäuschen, unser ganzes Geld und den wertvollen Schmuck dazu haben die Reisigen, die wir eigentlich zu unserem Schutz angeheuert haben, an sich genommen. Nachdem die Achse gebrochen war, haben sich die mutigen Burschen aus dem Staube gemacht. Der Kutscher hat ein Pferd abgeschirrt und ist ebenfalls auf und davon«, bemerkte der Jüngere, dessen Bart nicht so lang und so grau war wie der des Älteren, spöttisch.

»Wollt Ihr Leute uns beleidigen?«, rief Hannes aufgebracht. »Wir sind ehrbare Handwerksgesellen und möchten Euch lediglich unsere Hilfe anbieten, die Ihr anscheinend dringend benötigt.«

Ohne eine Antwort abzuwarten, besahen sich Hannes und Rudolf mit fachmännischem Blick die gebrochene Achse. »Wir sind leider keine Wagner, aber ich denke, dass es uns gelingt, die Kutsche notdürftig herzurichten, sodass Ihr wenigstens bis ins nächste Dorf kommen könnt.«

»Warum wollt Ihr das tun?«, fragte der Alte misstrauisch. Er hatte wahrscheinlich schon des Öfteren schlechte Erfahrungen mit Nichtjuden gemacht. Seine buschigen Brauen, die über der Nase zusammengewachsen waren, und seine tief in den Höhlen liegenden Augen verliehen ihm etwas Mystisches. Unter dem Blick des Alten wichen die Gesellen unmerklich zurück, der Mann hatte zweifellos eine geheimnisvolle Aura.

»Es …, nun …, es ist unsere Pflicht als gute Christen, einem in Not Geratenen zu helfen, egal, welcher Religion er angehört.« Hannes legte sein Bündel in den Schnee und entnahm ihm einen Zollstock, die scharfe Axt sowie einen großen Stechbeitel. Rudolf folgte seinem Beispiel.

»Wir müssen die Kutsche aufbocken, damit die Last von den Rädern genommen wird. Es wäre daher sinnvoll, wenn wir zuallererst das gesamte Gepäck ausladen würden.«

Die Bärtigen verloren zunehmend ihre Scheu und packten mit an.

Hannes öffnete die Tür und wollte sehen, ob sich im Inneren des Wagens noch etwas befand, als er in ein Paar geheimnisvolle schwarze Augen blickte.

»Fasst mich nicht an, oder Ihr seid des Todes!« Das Mädchen hatte einen perlenbestickten Dolch in der Hand und fuchtelte vor Hannes' Gesicht herum, der erst nach einer kurzen Schrecksekunde reagierte.

»Verzeiht mir, edle Maid, ich wollte Euch nicht erschrecken.« Wie vom Donner gerührt stand er da und meinte zu träumen. Nie zuvor hatte er eine solch anmutige Frau gesehen. Ihre bläulich schimmernden, lockigen Haare umrahmten ein Gesicht mit hohen Wangenknochen und einer fein modellierten Nase. Die vollen, sinnlichen Lippen gaben zwei Reihen perlmuttfarben schimmernder Zähne frei.

»Wir …, also mein Freund und ich, wir wollen Euch nur helfen, hier wegzukommen.« Hannes spürte deutlich, wie er rot anlief.

»Du brauchst keine Angst zu haben, Ruth, die Handwerker haben uns ihre Hilfe angeboten.«

Zögerlich gab das Mädchen seine abwehrende Haltung auf und wollte an dem wie angewurzelt dastehenden Hannes vorbei ins Freie. Reflexartig hob dieser seine Hand, um ihr zu helfen.

»Kannst du uns, anstatt dauernd Süßholz zu raspeln, bei dieser schweren Kiste behilflich sein?« Schwer atmend hievten Rudolf und der jüngere Jude gerade einen riesigen, sehr massiv wirkenden Eichenkasten herunter.

Hannes eilte hinzu und gemeinsam setzten sie das Möbelstück in den Schnee.

»So, jetzt können wir mit der Reparatur beginnen. Zuerst müssen wir uns stabile Äste besorgen, die wir als Sprieße benutzen, um den Karren anzuheben, dann wäre es geschickt, wenn wir etwas unter das Fahrgestell schieben könnten.« Rudolfs Blick fiel auf die schwere Truhe und er zeigte mit dem Finger darauf. »Wäre es schlimm, wenn das Ding hier einen kleinen Schaden abbekäme?«

Der Alte räusperte sich und rollte mit den Augen. »Wenn es dem Zweck dient, uns von hier wegzubringen, so kann ich die Schrammen verkraften.«

Während der Arbeit begann Rudolf ein Gespräch mit den Männern, die junge Frau stand schweigend hinter ihnen und schaute teilnahmslos zu. »Darf ich fragen, woher Ihr seid und wohin Euch Euer Weg führt?«

»Unsere Heimatstadt ist Frankfurt am Main, einer der wenigen Orte, wo Juden noch zahlreich vertreten sind«, antwortete der Ältere bitter. »Mein Name ist Ephraim, das hier sind meine Kinder Josel und Ruth. Eigentlich sind wir auf der Rückreise und wollten in Stuttgart noch Geschäftsfreunde besuchen.«

Hannes seufzte hörbar. Er fand Ruth hinreißend und hatte insgeheim befürchtet, sie sei mit dem Jüngeren verheiratet.

Nach mehreren Fehlversuchen konnten sie den Kasten unterschieben und die Räder sowie die defekte Achse ausbauen.

Die Gesellen waren in ihre Arbeit vertieft und auch die sie beobachtenden Hebräer bemerkten nicht, dass sie von einer Gruppe finster dreinblickender Männer umringt wurden. »Seid gegrüßt, Ihr Herrschaften.« Die tiefe, kehlige Stimme verhieß nichts Gutes. »Wenn mich nicht alles täuscht, haben wir hier einen fetten Braten vor uns. Ich wette mit euch, dass die Bärtigen und das Täubchen Gold und Schmuck zuhauf mit sich schleppen.«

Hannes und Rudolf waren behände unter der Kutsche hervorgekrochen, schnappten ihre Äxte und wollten sich auf die ihnen am nächsten stehenden Männer stürzen, als sich ihnen Ephraim in den Weg stellte. »Werft Euer junges Leben nicht sinnlos weg, ich bin überzeugt, dass wir mit den Herren, die uns so überraschend Gesellschaft leisten, verhandeln können.«

»Red nicht so geschwollen, Jude, sag mir lieber, wo deine Geldkatze versteckt ist, und ihr«, er deutete auf drei seiner Männer, »nehmt den Handwerksburschen die Werkzeuge ab, bevor sie sich noch damit verletzen, ha, ha.«

Der Mann, der die Befehle gab, ein großer, breitschultriger Kerl mit mordlüsternen, gelben Augen und mehreren quer übers Gesicht laufenden Narben wandte sich nun wieder Ephraim zu, seine Degenspitze berührte die Brust des alten Mannes. »Wenn du mir nicht sofort erzählst, wo ihr euer Geld habt, besorg ich es der süßen Kleinen, bevor ich sie vor deinen Augen töte.« Auf seinen Wink hin wurde Ruth von zwei besonders verwegen aussehenden Männern gepackt und zu dem Anführer geschleift, dem bei ihrem Anblick der Speichel aus dem Maul troff.

Blitzschnell riss Hannes sich von seinen Bewachern los und rannte todesmutig in Richtung des Mädchens, um es zu beschützen. Doch wie von einer Axt gefällt ging er zu Boden, als ihn ein taubeneigroßer Stein aus einer Schleuder am Hinterkopf traf.

Trotz der eisigen Kälte löste der Gelbäugige seinen Gürtel und ließ seine Hosen herunter, Ruth starrte voller Angst auf sein riesiges erigiertes Glied.

Kapitel 13

»ANNA, ICH GLAUBE, ich eigne mich nicht als Spionin.« Die Heilerin setzte den schweren eisernen Topf auf den im Feuer stehenden Dreifuß.

»Bitte tue mir den Gefallen. Kaspar würde mich niemals hintergehen, das spüre ich, aber trotzdem haben sich gewisse Zweifel in einem Teil meines Gehirns festgesetzt. Erst wenn diese beseitigt sind, kann ich wieder beruhigt schlafen und meinem Mann rückhaltlos vertrauen.« Die junge Frau blickte nachdenklich in die züngelnden Flammen.

»Na schön, dir zuliebe werde ich mich ein wenig umhören, ohnehin bin ich relativ oft bei den Damen im Frauenhaus, um sie von Krankheiten zu heilen oder ihnen bei ungewollten Schwangerschaften zu helfen.« Maria verschwieg die zahllosen Blessuren, die den Frauen von brutalen Freiern oder von ihrem sogenannten Beschützer zugefügt wurden.

Der Heilerin zerriss es fast das Herz beim Gedanken an die armen Dinger, die in ihrer unmittelbaren Nachbarschaft den stinkenden und verrohten Männern gegen Geld zu Diensten sein mussten. Andererseits waren die käuflichen Damen das einzige Ventil für die vielen unverheirateten Männer in der Stadt. Gäbe es die Liebesdienerinnen nicht, könnte sich wohl keine ehrbare Frau mehr sicher in den Gassen bewegen.

»Maria, ich habe ein weiteres Problem, das ich mit dir besprechen muss. Also, wie soll ich anfangen?« Anna druckste herum und ihre Wangen begannen sich zart zu röten.

»Du willst wissen, weshalb du immer noch nicht schwanger bist, nicht wahr?« Die Heilerin schaute ihr tief in die Augen.

Die junge Frau nickte verlegen.

»Du weißt doch bestimmt, wann die beste Zeit für eine Frau ist, den Samen des Mannes zu empfangen?«

Anna schüttelte verschämt den Kopf.

»Dann werde ich es dir sagen. Es gibt die verschiedensten Theorien, meiner Erfahrung nach ist in der zweiten Woche nach der Mondphase die Chance auf eine Empfängnis am höchsten.«

»Das wäre diese Woche.« Die Kaufmannsgattin hatte geschwind nachgerechnet und schaute versonnen ins Feuer.

»Und Kaspar ist nicht auf Reisen. Hast du nicht irgendetwas, um ihn zusätzlich zu stimulieren?« Maria war verblüfft, konnte sich ein Mensch in kurzer Zeit so verändern? Vor einem halben Jahr hatte Anna ihren frisch angetrauten Gemahl fast vergiftet, um kein Kind von ihm austragen zu müssen, und jetzt konnte es ihr nicht schnell genug gehen, denselben Mann zum Vater zu machen. »Du hast dich verändert, Anna, was ist aus der freiheitsliebenden Frau geworden, die sich nicht unterkriegen ließ?«

»Du hast gut reden, du kannst deine Selbstständigkeit ausleben, ohne Rücksicht auf andere nehmen zu müssen. Ich glaube einfach, dass sich meine Stellung im Haus von Grund auf bessert, wenn ich Kaspar einen Stammhalter schenke. Sein Vater behandelt mich kühl und distanziert, er führt sich auf wie der absolute Herrscher. Wenn wir eine richtige Familie sind und zusammenhalten, so bin ich überzeugt, dass wir Balthasar die Stirn bieten können.«

Maria nahm die junge Kaufmannsgattin in den Arm. »Deine weiblichen Reize könnten jeden Mann um den Verstand bringen. Setze sie richtig ein und ich bin überzeugt, dass du ohne Hilfsmittel in Bälde mit einem Kind gesegnet sein wirst. Und jetzt entschuldige mich bitte, ich muss noch einen Krankenbesuch machen.«

Anna verließ das kleine Häuschen und wandte sich nach einem verstohlenen Blick zum Frauenhaus in Richtung Mettmannstor, als sich ihr in der beginnenden Dunkelheit eine hochgewachsene Gestalt näherte.

»Entschuldigt meine Aufdringlichkeit, Frau Neumann, darf ich Euch ein Stück Wegs begleiten?«

»Aber natürlich, werter Heinrich, welche Dame wünschte sich nicht einen Beschützer wie Euch?«, erwiderte Anna kokett.

»Dafür, dass Ihr Euch bei Eurem Schwiegervater für mich eingesetzt habt, möchte ich Euch nochmals meinen allerherzlichsten Dank aussprechen.«

»Ihr hattet mich zwar gebeten, bei meinem Vater um Unterstützung zu bitten, doch dann bot unerwarteter Weise Balthasar Neumann seine Hilfe an. Übrigens, wie weit seid Ihr mit Eurem Meistertitel?« Trotz des schwindenden Sonnenlichts sah sie, wie Heinrich strahlte.

»Das Haus, das ich errichtet habe, wurde von der Prüfungskommission für gut befunden und am kommenden Samstag werde ich offiziell in die Binderzunft aufgenommen. Danach wird mir das Bürgerrecht verliehen und in drei Wochen endlich werden Elsbeth und ich uns vermählen. Eure Familie wird selbstverständlich auch geladen sein.«

»Ich freue mich so sehr, dass Ihr alle Hindernisse überwunden habt und jetzt glücklich vereint seid.«

Am Marktplatz verabschiedeten sie sich herzlich voneinander. Anna beeilte sich, nach Hause zu kommen, da es sich für eine Bürgersfrau nicht geziemte, nach Einbruch der Dunkelheit allein durch die Stadt zu laufen. Am Haus der Neumanns angekommen, öffnete Anna die schwere Eichentür, huschte hindurch und prallte mit einem Mann zusammen. »Oh, entschuldigt meine Unachtsamkeit.« Die junge Frau zuckte erschrocken zusammen. Es war erneut dieser düstere Mönch, der hier offensichtlich aus und ein ging.

»Ihr seid noch spät unterwegs als Gattin eines ehrbaren Kaufherrn«, tadelte sie der Diener Gottes angewidert.

»Nun, äh, ich musste dringende Besorgungen erledigen.« Schnell wandte sie sich ab und eilte die Treppe hinauf. Was fiel diesem frechen Mönchlein überhaupt ein, sie im eigenen Haus auszuschimpfen, dachte Anna voller Abscheu.

»Kommt herein, Bruder.« Mit einer einladenden Geste wies Balthasar seinem Gast den Weg.

Der Mönch nahm in dem ihm zugewiesenen Scherenstuhl Platz und wurde sodann von Neumann scharf fixiert. »Nächsten Dienstag beginnt Eure Mission, meine Zuträger haben mir berichtet, dass überall Tauwetter eingesetzt hat.«

»Dann ist es endlich so weit, aber Gott der Herr wird mir bei dieser Tat von symbolischem Charakter beistehen.« Der Dominikaner blickte visionär zu dem Bleiglasfenster hinaus, das das Wohnzimmer des Kaufherren zierte. »Aber lasst mich noch zwei Dinge ansprechen. Zum einen, was geschieht mit dem Ketzer, der Sonntag für Sonntag versucht, die aufrechten Christen in dieser Stadt vom rechten Glauben abzubringen?«

»Wie ich bei unserem letzten Treffen schon gesagt habe«, entgegnete Neumann ärgerlich, »bin ich dabei, dieses Problem ein für alle Mal zu lösen. In jeder Zunft habe ich einen oder mehrere Männer, die mir in irgendeiner Form verpflichtet sind. Diese Gefolgsleute wollen massiv Front gegen Alber machen und ihn allenthalben in Verruf bringen, sodass es nur noch eine Frage der Zeit ist, dass er trotz seiner offensichtlichen Beliebtheit beim Pöbel in Ungnade fällt und zum Stadttor hinausgejagt wird.«

Johannes nickte zufrieden. »Zum anderen würde ich, um das Gelingen des Vorhabens zu gewährleisten, einen von mir hoch geschätzten Mitbruder einweihen und auf die Reise mitnehmen.«

Leichte Zornesfalten zeigten sich auf Neumanns Stirn. Es war ihm nicht im Geringsten recht, einen weiteren Mann in ihr Geheimnis einzuweihen, doch der Dominikaner überzeugte Balthasar von den Qualitäten des anderen Mönches und so stimmte der Kaufherr dem Anliegen zu.

Der beleibte Pfarrer saß über der Predigt, die er am Sonntag anlässlich einer Trauung halten wollte, aber zu seinem Ärger fiel ihm nichts Passendes ein. Zu sehr wühlte Alber die Nachricht auf, die er heute von seinem Freund Melanchton erhalten hatte. Am liebsten hätte der Prediger einen Luftsprung gemacht, nachdem er das Siegel zerbrochen und die wenigen Zeilen gelesen hatte. Der Mann, der es gewagt hatte, die Mutter Kirche öffentlich zu kritisieren und der auch vor dem allmächtigen Kaiser Karl nicht klein beigegeben hatte, dieser Mann, Martinus Luther genannt, war offenbar von den Toten auferstanden.

Der Kirchenkritiker war nicht, wie alle dachten, auf dem Nachhauseweg vom Reichstag zu Worms erschlagen, sondern von Reisigen des sächsischen Kurfürsten auf die Wartburg gebracht worden. Aber das Unglaublichste war, dass er dort offenbar die komplette Heilige Schrift vom Griechischen ins Deutsche übersetzt hatte.

Pfarrer Alber hatte zwar immer wieder Passagen von der lateinischen Bibel in seine Muttersprache transferiert, aber ein komplettes Buch der Bücher in deutscher Sprache würde dank der genialen Erfindung des Meisters Gutenberg die Kirche revolutionieren. Je mehr der Priester über die Möglichkeiten nachdachte, die sich daraus ergaben, desto mehr steigerte er sich in seine Begeisterung hinein. Jedermann, der des Lesens mächtig war, würde sich ein Neues und Altes Testament kaufen und daraus den vielen Analphabeten im Reich vorlesen können.

Bei dieser Vorstellung musste er an seine eigene Schulzeit zurückdenken. Die Bedingungen hätten günstiger kaum sein können: Sein Vater, ein wohlhabender Goldschmied, stellte einen besonders aufgeweckten Mönch der hiesigen Barfüßer als Lehrer an. Matthäus zeigte sich als gelehriger Schüler und machte seinen Eltern große Freude, bis eines Nachts der Goldschmied, der gerade im Begriff war, sich zu seiner Frau zu legen, Rauchgeruch wahrnahm. Da das Haus keinen Kamin besaß, war das nicht weiter verwunderlich, trotzdem wollte er in der Küche nachsehen, ob sich womöglich etwas entzündet hatte. In der Kochstelle glimmte die Glut vor sich hin, aber auch das war nichts Außergewöhnliches. Während er die Treppe hochstieg und zurück in seine Kammer gehen wollte, war es ihm, als ob der Geruch hier oben intensiver war. Vielleicht hatte der Geselle noch ein Talglicht brennen. Der Goldschmied hatte kaum die Tür zu dessen Zimmer geöffnet, da schlugen ihm unvermittelt hohe Flammen entgegen und beißender Qualm füllte seine Lungen. Seine Rufe verhallten ungehört, der Geselle lag bewegungslos auf dem Boden. Ohne lange zu überlegen, stürzte Herr Alber in die Kammer und zerrte den Ohnmächtigen aus dem Zimmer. Von dem Lärm war seine Gattin aufgewacht. Sie erfasste sofort den Ernst der Situation, rannte in die Kammer ihres Sohnes und stürmte gemeinsam mit Matthäus ins Freie. Frau Alber alarmierte die Nachbarn und innerhalb kürzester Zeit war die halbe Stadt auf den Beinen, um zu helfen. Nach schier endlos langer Zeit erschien der Goldschmiedemeister mit rußverschmiertem Gesicht in der Tür, auf seinen breiten Schultern lag der reglose Geselle. Der völlig erschöpfte Mann legte den Arbeiter behutsam auf den Boden und wollte sich erneut in das brennende Haus begeben. Es bedurfte starker Arme, um ihn daran zu hindern, das Gold und seine Ersparnisse zu retten.

Hilflos musste die leidgeprüfte Familie mit ansehen, wie ihre Zukunft sich buchstäblich in Rauch auflöste. Dem beherzten Eingreifen der Bürgerschaft sowie dem Umstand, dass irgendwann in der Nacht Regen einsetzte, war es zu verdanken, dass das Feuer sich nicht weiter ausbreiten konnte. Der Geselle, der die Schuld an dem Brand trug, kam nicht mehr auf die Beine, er erlag am folgenden Tag seinen schweren Verbrennungen.

In der Folgezeit wurde den Albers große Hilfe zuteil. Die Schmiedezunft, der auch die Goldschmiede angehörten, öffnete großzügig ihre Lade und half dem Zunftgenossen über die erste schlimme Zeit. Doch der einst vitale Mann verkam zu einer gramgebeugten Figur und wachte eines Morgens einfach nicht mehr auf. Dafür, dass er sich selbst entleibt hatte, wie man hinter vorgehaltener Hand tuschelte, gab es keinerlei Beweise, wahrscheinlicher war, dass er seiner Schwermut erlag.

Die Mutter von Matthäus war nach diesem weiteren schweren Schicksalsschlag vollends am Boden und ihre einzig verbliebene Hoffnung war, dass ihr begabter Sohn nach Schul- und Studienjahren ein Priester werden würde.

Die Zunft zahlte der Witwe eine bescheidene Leibrente. Sie sparte sich jeden Heller vom Mund ab und so ermöglichte sie es Matthäus, als sogenannter fahrender Schüler zu reisen.

Der gerade sechzehnjährige Matthäus kehrte nach harten, aber lehrreichen Jahren in seine Heimatstadt zurück und wieder war es die mächtige Schmiedezunft, die sich dafür einsetzte, dass er eine Stelle als Lehrer erhielt. Diese Organisation war es auch, die dem wissbegierigen Mann zwei Jahre später einen Platz in einem Tübinger Studentenheim ermöglichte. Er traf dort auf den brillanten und ob seiner überragenden Bildung bereits über die Grenzen hinaus bekannten Philipp Melanchton, der, obgleich jünger als Alber, schon Magister und somit Lehrer des jungen Studenten war. Aus dem Verhältnis zwischen Lehrer und Schüler entwickelte sich recht bald ein starkes Freundschaftsband, das von beiden bis zum heutigen Tage intensiv gepflegt wurde. In zahllosen Disputen erörterten sie über die Jahre das miserable Erscheinungsbild der Kirche und suchten nach Auswegen aus den himmelschreienden Zuständen, die oftmals in krassem Gegensatz zu der christlichen Lehre im Neuen Testament standen.

Der Magister war es auch, der den angehenden Priester Matthäus zum ersten Mal mit den aufrührerischen Schriften Luthers konfrontierte.

Alber wurde nach bestandener Prüfung von seiner Heimatstadt eine Predigerstelle angeboten. Die Schmiedezunft hatte für die Hinterbliebenen ihres verstorbenen Mitglieds gesorgt, alles wäre in geregelten Bahnen verlaufen. Doch der junge Priester hatte seinen eigenen Kopf. Die regelmäßigen Briefe Melanchtons über das Reformbestreben des unbeugsamen Luther taten ein Übriges und halfen Matthäus über viele Zweifel hinweg. Das Einzige, was ihm gelegentlich die Kehle zuschnürte, war der Gedanke daran, wegen seiner kritischen Haltung als Ketzer verbrannt zu werden. Denn seit jener Nacht, in der sein Elternhaus abgebrannt war, hatte er panische Angst vor Feuer. Sein fester Glaube und das drängende Bedürfnis, etwas verändern zu wollen, waren jedoch stärker als die Furcht vor der Inquisition und das unerwartete Wiederauftauchen Luthers hatte ihm heute zusätzliche Motivation verliehen.

Ein ungeduldiges Klopfen an der Tür riss den Priester aus seinen weit abschweifenden Gedanken. Mit einem tiefen Seufzer erhob er sich und öffnete.

»Guten Abend, werter Herr Pfarrer, kann ich kurz hereinkommen?«

»Äh, Herr Burgwart.« Matthäus war überrascht. »Seid gegrüßt, Ihr seid mir stets willkommen in meinem bescheidenen Heim.« Alber lebte sehr spartanisch und teilte das kleine Häuschen mit seiner Haushälterin. »So setzt Euch, darf ich Euch einen Becher Wein anbieten?«

Ohne eine Antwort abzuwarten, ging der Priester in seinen Vorratskeller. »Was verschafft mir die Ehre Eures Besuches, Gotthelf?«, fragte er, als sich beide an dem rohen Holztisch gegenübersaßen.

»Der Grund meines nächtlichen Eindringens ist, nun, äh, wie soll ich mich ausdrücken, ich möchte mich gern bei Euch revanchieren.« Der Kaufmann nahm einen vorsichtigen Schluck und verzog sein Gesicht.

»Das ist der Wein der kleinen Leute.« Matthäus grinste. »Ungewürzt ist er fast so sauer wie Essig.«

»Bei Gelegenheit werde ich Euch ein Fässchen Burgunder vorbeischicken.« Burgwart räusperte sich. »Dass Ihr letztes Jahr meine einzige Tochter vor einem tristen Leben im Kloster bewahrt habt, werde ich Euch nie vergessen.« Von tiefer Dankbarkeit ergriffen, schaute er Alber in die Augen.

»Ich bin hier, um Euch zu warnen. Es sind Umtriebe erkennbar, die nur den einen Schluss zulassen, dass Euch ein einflussreicher Mann vernichten will, aus welchen Gründen auch immer.« Das eben noch gutmütig wirkende

Gesicht des Gewürzhändlers nahm einen besorgten Ausdruck an. »In den einzelnen Zünften gibt es Meister, die sich offen dafür einsetzen, Euch sobald als möglich das Bürgerrecht zu entziehen und aus den Stadtmauern zu entfernen. Welche Konsequenzen das mit sich brächte, brauche ich Euch nicht zu erläutern. Meine Informanten sprachen ausdrücklich davon, dass diese Strömung in allen Zünften vorhanden ist, darum erscheint mir eine gesteuerte Aktion immer wahrscheinlicher.«

»Ja, das Ganze ergibt jetzt einen Sinn«, sprach der Pfarrer mehr zu sich selbst. »Morgen muss ich vor dem kleinen Rat erscheinen.« Dieses Gremium war zusammen mit dem Bürgermeister die oberste Regierungsbehörde der freien Reichsstadt und wurde jedes Jahr aufs Neue von den Bürgern gewählt. »Der kleine Rat wird Euch zuerst anhören und danach eine Empfehlung an den großen Rat geben, der letztendlich über Eure Zukunft bestimmen wird. Ich werde meinen nicht unbeträchtlichen Einfluss geltend machen, um Euch zu helfen, werter Matthäus, und sollte der Beschluss wider Erwarten zu Euren Ungunsten ausfallen, so gebe ich Euch sicheres Geleit in eine Stadt Eurer Wahl.« Der hochgewachsene Kaufmann war für seine unwirsche Art bekannt, doch wer in seiner Gunst stand, konnte sich der rückhaltlosen Hilfe Burgwarts sicher sein.

»Dafür danke ich Euch schon im Voraus, aber ich werde für meinen Glauben kämpfen und wenn es Gottes Wille ist, so werde ich bestehen«, antwortete Alber bestimmt.

Mit Widerwillen betrat Maria das Haus, doch schließlich lebte sie davon, Menschen zu behandeln und nach Möglichkeit zu heilen. Am gestrigen Tag war sie von Paul, dem unangenehmen Frauenwirt, gebeten worden, nach zwei Dirnen zu sehen, von denen die eine schwanger war und die andere an der rätselhaften französischen Krankheit zu leiden schien.

Die Heilerin wurde von einem Gehilfen Pauls zu einer kleinen Kammer geführt. Als er die Tür öffnete und Maria das Zimmer betrat, raubte ihr der bestialische Gestank, der sich in ihrer Nase festsetzte, fast die Sinne. Sie musste an sich halten, um nicht fluchtartig das Haus zu verlassen.

»Ihr könntet ein wenig mehr auf Sauberkeit achten.« Angewidert schaute sie zu dem stumpfsinnig dreinblickenden Mann hinüber, der nur mit den Achseln zuckte und erneut verschwand.

Das Gesicht der Frau, die sich ruhelos auf einer Strohmatte wälzte, war übersät mit feuerroten Pusteln. Offenbar wurde sie von Fieberträumen heimgesucht. Maria hatte des Öfteren mit dieser schrecklichen Krankheit zu tun gehabt und musste jedes Mal hilflos mit ansehen, dass ihre Heilmittel wirkungslos blieben. Auch in diesem Fall konnte sie dem jungen Mädchen nur Linderung durch ein starkes Schmerzmittel verschaffen, außerdem schickte sie nach Wasser und wusch den geschundenen Körper gründlich ab.

Es war immer wieder derselbe Ablauf: Am Anfang wurden die befallenen Menschen körperlich entstellt, erholten sich aber erstaunlicherweise wieder und außer den hässlichen Narben blieb nichts zurück. Danach kehrte eine trügerische Ruhe ein, bevor die Krankheit mit einer unglaublichen Heimtücke zurückkehrte und ausnahmslos den Tod brachte.

Marias erste Patientin war nach dem Verabreichen eines Stechapfelsuds in einen ruhigen Schlaf gefallen, die Heilerin wandte sich der nächsten Kammer zu.

»Seid gegrüßt.« Maria wurde von einer auffallend hübschen Frau hereingebeten.

»Guten Tag, Barbara, wenigstens du siehst gesund aus. Wie mir Paul erzählte, bist du mit einem Kind gesegnet?«

Das Gesicht der jungen Dirne verfinsterte sich und sie nahm eine abwehrende Haltung ein. »Wenn Ihr hier seid, um mir einen Engelstrunk zu geben, so seid Ihr vergeblich gekommen, denn ich werde dieses Kind austragen, es ist meine Versicherung für ein besseres Leben.«

»Wie stellst du dir das vor? Paul wird wenig begeistert sein, wenn du keine Freier mehr empfangen kannst.« Der rohe und bisweilen gewalttätige Frauenwirt war nicht für seine Feinfühligkeit bekannt.

»Der Vater dieses Kindes«, Barbara streichelte den kleinen Bauchansatz, »ist der Sohn eines mächtigen Mannes.«

Maria wurde hellhörig.

»Er hat mir bei allem, was ihm heilig ist, geschworen, mich zu sich zu holen, um mit mir ein neues Leben zu beginnen.« Die junge Frau war geradewegs euphorisch.

»Erlaube mir eine Frage, Barbara, wie wollt ihr beide das bewerkstelligen?«, fragte die Heilerin scheinbar arglos. »Wenn dein Galan ein angesehener Bürger ist, so darf er dich nicht heiraten.«

»Er ist schon verheiratet«, entfuhr es Barbara. »Aber er wäre bereit, mit mir in eine andere Stadt zu ziehen, wo uns keiner kennt und wo er mich als seine Frau ausgeben könnte.«

Plötzlich waren Annas Befürchtungen gar nicht mehr so abwegig.

»Dem Frauenwirt werde ich erzählen, dass Ihr mir ein Elixier gegeben habt, so habe ich noch zwei bis drei Wochen Zeit, bevor Kaspar mich herausholt.«

Die Kinnlade klappte der Hebamme herunter, als sie den nicht alltäglichen Vornamen hörte, sie hakte nach.

»Seid Ihr sicher, dass Euch der junge Neumann aus diesem Haus befreit? Immerhin ist er frisch vermählt«, gab Maria aufs Geradewohl zu bedenken und als Barbara antwortete, der Kaufmann liebe sie, wusste die Heilerin, dass sie ins Schwarze getroffen hatte.

»Er hat mir erzählt«, Barbara hatte jetzt Vertrauen gefasst und verlor jegliche Vorsicht, »dass er seine Frau nur wegen der üppigen Mitgift und der Aussicht auf ein reiches Erbe geheiratet hat.«

Um an das zu kommen, musste er seine Gemahlin aus dem Weg schaffen, dachte Maria bestürzt, darauf verzichten würde Kaspar gewiss nicht. Ihr lief ein eiskalter Schauer den Rücken hinunter. Die schwangere Frau war gefährlich, sie würde alles veranlassen, um ihrem kümmerlichen Dasein zu entrinnen.

»Ihr dürft keiner Menschenseele von diesem Gespräch erzählen.« Barbara hatte sich vorgebeugt und flüsterte jetzt, nachdem im Nebenraum ein Mann laut gehustet hatte. Offenbar kam ihr erst in diesem Moment zu Bewusstsein, dass Maria die Gattin Kaspars kannte und diese warnen könnte. »Das müsst Ihr mir versprechen.«

»Natürlich werde ich mit niemandem darüber reden«, entgegnete die Heilerin knapp und verabschiedete sich. Unten auf der Straße wurde ihr die Tragweite des soeben Gehörten erst richtig bewusst. Es war nicht auszudenken. Wenn der junge Kaufmann tatsächlich vorhatte, seine Gattin aus dem Weg zu räumen, musste sie Anna so schnell als möglich warnen. Arglos öffnete sie die Tür ihres Häuschens und wurde im selben Moment von starken Armen gepackt. »Seid Ihr Maria, Heilerin und Hebamme?«

»Ja, das bin ich und jetzt lasst mich sofort los, ihr dreckigen Kerle!« Die hagere Frau bemühte sich vergeblich, sich aus der Umklammerung zu lösen.

»Wir haben Befehl, Euch in den Turm zu bringen«, erwiderte einer der Männer ungerührt.

»Was für ein Verbrechen lastet ihr mir an, soll ich ein paar Äpfel gestohlen haben?«, fragte sie spöttisch.

»Euch wird das Lachen noch vergehen. Die Bürgerin Anna Neumann wurde beim Versuch ertappt, ihren Ehegatten zu vergiften. Sie wurde gesehen, wie sie Euer Haus verlassen hat, darum liegt der Verdacht nahe, dass sie das Pulver von Euch bekommen hat.«

»Das ist eine infame Lüge!«, schrie sie den Stadtknecht an, der jedoch nur mit den Schultern zuckte und seinen beiden Gehilfen einen Wink gab, die sich heftig wehrende Frau abzuführen.

An einem wunderschön gearbeiteten Tisch saßen die Ratsherren und unterhielten sich über die Themen der anstehenden Versammlung. Der Sitzungssaal war der prächtigste Raum des stattlichen Rathauses, das als repräsentativer Bau wegen seiner anmutigen Form weit über die Grenzen der Reichsstadt Reutlingen hinaus bekannt war. Geschnitzte Holzkassetten an Decken und Wänden zeigten Szenen der ereignisreichen Stadtgeschichte, die mächtigen Eichenbalken vermittelten dem Betrachter ein Gefühl von Sicherheit.

Das Bimmeln der kleinen Glocke ließ die Ratsherren mit einem Mal verstummen und sie wandten sich dem hochgewachsenen, Autorität ausstrahlenden Mann zu.

»Meine sehr verehrten Herren, ich möchte ohne Umschweife zum Hauptgrund unseres heutigen Beisammenseins kommen. Unsere werten Bürger sind in hohem Maße verunsichert, da es im ganzen Kaiserreich zu gären scheint, seit dieser Luther es gewagt hat, den Papst herauszufordern, und mit seinen Schriften für große Unruhe sorgt.

In unserer schönen Stadt gibt es diese Umtriebe ebenfalls und ich möchte Euch ausdrücklich darauf hinweisen, dass unserem Herrn, dem Kaiser Karl, sehr daran gelegen ist, hier mit eisernem Besen zu kehren, damit wieder Ruhe und Ordnung einkehren.

Für heute habe ich deswegen unseren Pfarrer Alber vorgeladen, der sich öffentlich zu den aufrührerischen Thesen dieses Wittenberger Mönchs bekennt. Wir müssen dem Priester klarmachen, dass wir sein gesetzwidriges Tun und seine Art, den Gottesdienst zu zelebrieren, aufs Schärfste verurteilen.« Bürgermeister Kaiser hatte seinen Standpunkt dargelegt und war sich sicher, dass ihm der kleine Rat folgen würde. Er war deshalb ziemlich erstaunt, als einige Herren sich wohlwollend über den Priester äußerten und Alber vehement verteidigten.

Daraufhin redeten alle durcheinander und warfen sich gegenseitig unflätige Worte an den Kopf. Kaiser nahm erneut seine Glocke zur Hand, um sich Gehör zu verschaffen. »Ich bitte Euch, lasst uns wie zivilisierte Menschen miteinander umgehen! Jeder, der sich zu Wort melden will, hebe die rechte Hand. Ja, Meister Braun.« Er zeigte auf den vierschrötigen Zunftmeister der Schmiede.

»Der Mann ist vom großen Rat als Priester eingesetzt worden und hat somit das Recht, sich zu verteidigen. Ich finde, wir sollten uns anhören, was er zu sagen hat, und erst dann über ihn richten.«

Zustimmendes Gemurmel signalisierte dem Bürgermeister, dass er sich mit seiner Vorverurteilung zu weit aus dem Fenster gelehnt hatte, doch sein feines Gespür für die verschiedenen Stimmungen ließ ihn auch diesmal nicht im Stich. Er ging zur Tür hinaus und bat den davor postierten Ratsdiener, Herrn Alber hereinzuholen.

»Gott zum Gruße, Ihr ehrbaren Ratsdiener.« Der Pfarrer

deutete eine Verbeugung an und hoffte, dass die honorigen Männer seine Aufregung nicht bemerkten. Die Schweißperlen auf seiner Stirn hatten nichts mit der Wärme in diesem Raum zu tun, trotz allem gab er sich keineswegs unterwürfig.

Matthäus nickte den Anwesenden zu und hoffte insgeheim, bei dem ein oder anderen auf Verständnis, wenn nicht sogar Zustimmung zu treffen. Tatsächlich wusste er um die starken Verbündeten in der Weingärtner- und der Schmiedezunft, aber würde das reichen?

»Herr Alber, Ihr wisst, warum Ihr hier seid?« Mit starren Augen fixierte Jörg Kaiser den Prediger, der dem Blick jedoch mutig standhielt. »Der kleine Rat der freien Reichsstadt hat Euch geladen, weil Ihr nach unserem Dafürhalten in Eurer Arbeit stark von den Vorgaben der katholischen Kirche abweicht, an die Ihr Euch eigentlich strikt halten solltet.« Jörg Kaiser hob die dunklen Augenbrauen. »Ihr wisst, was ein Ketzer zu erwarten hat.« Er schenkte dem Pfarrer ein kaltes Lächeln. »Nun, so weit muss es nicht kommen, innerhalb der starken Mauern unserer wehrhaften Stadt seid Ihr sicher. Erzählt uns also Eure Sicht der Dinge und der Rat wird weise über Euch urteilen.« Mit einem Kopfnicken und einer auffordernden Handbewegung erteilte er dem Priester das Wort.

Matthäus hatte sich die Worte fein säuberlich zurechtgelegt, wusste er doch, dass von seiner Rede nicht nur sein eigenes Schicksal abhing, sondern bei einer Verurteilung seine Bemühungen um eine Reform der Kirche gleichfalls zunichte wären. »Edle Herren, Ihr alle habt schon mindestens einen von mir gehaltenen Gottesdienst besucht. Während meiner Predigt habt Ihr mir ins Antlitz schauen können und Ihr habt mich in Eurer Muttersprache das Evangelium verkünden gehört. Und nun frage ich Euch allen Ernstes, kann es verwerflich sein, wenn die Gläubigen verstehen, was ihnen der Pfarrer erzählt?«

Bei einigen Ratsherren konnte Alber beobachten, wie sich die anfängliche Skepsis in Zustimmung verwandelte, andere jedoch behielten ihre steinerne Miene bei. Wortgewaltig verteidigte Matthäus die Veränderungen, die er in der altehrwürdigen Marienkirche herbeigeführt hatte. Im Laufe seiner fesselnden Rede legte er seine anfängliche Unsicherheit immer mehr ab.

»Mit einem Zitat Martin Luthers möchte ich enden: ›Wenn ich durch die Heilige Schrift widerlegt werde, so will ich sofort widerrufen.‹ Ich danke Euch für Eure Aufmerksamkeit.«

Nicht wenige der achtzehn Männer klatschten zustimmend in die Hände.

»Herr Alber, ich bitte Euch, draußen Platz zu nehmen. Sobald der Rat eine Entscheidung getroffen hat, werde ich es Euch mitteilen.«

Nachdem der Pfarrer den Saal verlassen hatte, entbrannte eine mehrstündige Debatte. Am Ende der hitzigen Diskussion rief der sichtlich entnervte Jörg Kaiser zur Abstimmung auf. »Wer dafür ist, Matthäus Alber, Stadtpfarrer zu Reutlingen, wegen seiner ketzerischen Umtriebe aus der Stadt zu verbannen, der möge die rechte Hand heben.«

Während der Debatte und der darauffolgenden Abstimmung wanderte der Prediger rastlos durch die Kammer, die ihm der Ratsdiener zugewiesen hatte. Der quälende Hunger, der sich anfangs eingestellt hatte, war inzwischen vergangen.

Da endlich öffnete sich die Tür und der Bürgermeister trat mit ernster Miene in den Raum.

Kapitel 14

»Das reicht, Odo.« Ein mittelgroßer, dunkelhäutiger Mann war unbemerkt herangetreten und schaute seinem Kumpanen mit der heruntergelassenen Hose herausfordernd ins Gesicht. Ein riesiger Hund an der Seite des Neuankömmlings begann knurrend, seine dolchartigen Zähne zu fletschen.

Der Angesprochene erwiderte ärgerlich den Blick. Daraufhin fochten die Männer ein stummes Duell aus, in dessen Verlauf es beinahe so aussah, als ob der Odo Genannte sich auf den deutlich kleineren Störenfried stürzen wollte, um vor den anderen nicht das Gesicht zu verlieren. Er wog seine Chancen ab und gab schließlich klein bei, nachdem mittlerweile auch die beiden treuesten Gefährten des Dunkelhäutigen hinzugetreten waren. Es würde sich bestimmt noch eine bessere Gelegenheit bieten, mit dem ungeliebten Anführer abzurechnen. »Na schön, ich werde mich im Lager um die Kleine kümmern, aber was machen wir mit den Bärtigen und den Handwerksburschen?«

»Du nimmst dir zwei Männer«, wandte sich der Anführer an den rundlichen Mann an seiner Seite, »die mit dir gemeinsam die Kutsche gründlich durchsuchen. Alle anderen kommen mit. Für die Juden gibt es vielleicht ein hübsches Lösegeld; die Gesellen können uns mit Sicherheit auch von Nutzen sein. So, jetzt wollen wir uns aber beeilen, bevor wir noch ungebetenen Besuch bekommen.«

Die Gefangenen wurden gefesselt, geknebelt und mit einer Augenbinde versehen. Den immer noch bewusstlosen Hannes legten sie bäuchlings auf einen Esel, und die magere

Beute warfen die Räuber auf einen klapprigen Wagen, der von einer lahmenden Stute gezogen wurde.

Nach einem längeren Marsch durch den Schnee wurde den Gefesselten endlich die Augenbinde abgenommen und ihr Blick fiel auf windschiefe, mit bescheidenen Mitteln errichtete Holzhütten, die auf einer kleinen Lichtung standen. Frauen in abgewetzten Kleidern eilten geschäftig umher, während zahlreiche hohlwangige Kinder sie in der Hoffnung bedrängten, ihnen etwas Essbares zu entreißen. Auf den ersten Blick schien das Räuberleben wenig einträglich zu sein.

Zwei kräftige Renegaten nahmen den ohnmächtigen Gesellen von dem Esel herunter und legten ihn auf ein provisorisch errichtetes Strohlager in einem der baufälligen Häuser, in das auch die restlichen Gefangenen hineingestoßen wurden.

»Komm her zu mir, Mädchen.«

Ruth sträubte sich gegen den Befehl, da trat der Anführer zu ihr, holte seinen scharfen Dolch hervor, packte die sich heftig wehrende junge Frau am Arm und durchtrennte mit einem Schnitt den groben Hanfstrick, mit dem sie gefesselt war. »Du kümmerst dich um den Burschen, lass dir von den Frauen heißes Wasser und saubere Tücher geben. Nachdem du die Wunde gereinigt hast, wird dir unser Bader«, er deutete auf einen vorbeigehenden Mann, dessen Kleider bereits bessere Zeiten erlebt hatten, »eine Kräutertinktur reichen, die du auf die Wunde gibst. Er wird dir außerdem zeigen, wie man einen Verband anlegt.«

Der Räuber ließ Ruth, die den zerlumpten Mann mit skeptischem Blick musterte, zurück und wandte sich ihrem Vater und Bruder zu. »Eure Kutsche haben wir auf den Kopf gestellt, aber leider nichts von großem Wert gefunden«, stellte er ruhig und mit einem gefährlichen Unterton in der Stimme fest. »Das Mädchen ist jung und sehr hübsch, wir könnten sie einem Frauenwirt verkaufen, doch was euch beide betrifft, so müsst ihr mir sagen, was mich davon abhalten soll, eurem elenden Leben ein Ende zu bereiten.« Er reinigte sich gelangweilt mit der Spitze seines Dolchs seine schmutzigen Fingernägel.

»Bitte verschont uns!«, jammerte Josel, fiel auf die Knie und flehte um Gnade.

»Steh auf, du Jammerlappen!«, herrschte ihn sein Vater an. »Ich habe es bereits vorhin den Handwerksgesellen erzählt.« Ephraim wandte sich dem dunkelhäutigen Wegelagerer zu. »Unser sogenannter Begleitschutz hat sich nach dem Achsbruch mit unseren Wertsachen und den Pferden davongemacht aus Angst vor irgendwelchem Diebesgesindel, was ja offensichtlich nicht ganz unbegründet war.«

Die Augen des Anführers verengten sich zu Schlitzen und er duckte sich wie vor einem Angriff, der Alte zeigte jedoch keinerlei Furcht.

»Lasst uns verhandeln, wie es unter Geschäftsleuten üblich ist. Ich biete Euch einen Tausch: Unser Leben gegen einen von mir ausgestellten Schuldschein, den Ihr bei einem Geschäftsfreund in Stuttgart einlösen könnt. Über die Höhe der Summe müssen wir uns noch unterhalten.«

»Ihr seid nicht in der Lage, irgendetwas zu verlangen.« Der hünenhafte Odo stand im Türrahmen, seine mächtige Gestalt ließ fast kein Licht mehr in den Raum. »Das Gesindel will uns bloß hinhalten, bestimmt haben sie ihr Gold und ihr Geschmeide unbemerkt beiseitegeschafft. Lass mich mit ihnen reden, ich verspreche dir, es dauert keine halbe Stunde und wir kennen das Versteck.« Schiere Mordlust blitzte aus den gelben Augen.

»Hm, vielleicht hast du recht.« Der dunkelhäutige Mann kratzte sich nachdenklich in den verfilzten Haaren, er wollte nicht erneut einen Machtkampf mit seinem gefährlichen Stellvertreter ausfechten. »Und was machen wir mit den Handwerksgesellen?«

»Ich kenne da einen skrupellosen Menschenhändler, der die Burschen nach Venedig schafft, um sie dann an ungläubige Türken zu verschachern. Das bringt uns zusammen mit der schönen Judendirne ein hübsches Sümmchen ein.«

»Also gut, meinetwegen. Schnapp dir den kleinen Juden, der ist bestimmt bald gesprächsbereit.«

Odo rieb sich voller Vorfreude seine bratpfannengroßen Hände und zerrte den greinenden Mann mit sich. Ephraim versuchte noch, den Räuber trotz seiner gefesselten Hände aufzuhalten, wurde aber abgeschüttelt wie ein lästiges Insekt.

»Ihr verdammten Schweine könnt uns nicht an die Muselmanen verkaufen, die Bruderschaft, der wir angehören, ist sehr mächtig. Sie wird uns suchen und euch elenden Halunken den Garaus machen.« Verzweiflung sprach aus Rudolfs Worten.

»Da mach ich mir ja jetzt schon in die Hosen, ha, ha.« Der Anführer machte ebenfalls Anstalten, den Raum zu verlassen, als unvermittelt der Verwundete zu stöhnen anfing.

»Wo …, wo bin ich?« Hannes schlug die Augen auf und glaubte immer noch zu träumen, als er das madonnengleiche Gesicht Ruths vor sich sah.

»Im Himmel bist du jedenfalls nicht, auch wenn das Mädchen einem Engel gleicht. Ich freue mich, dass du auf dem Weg der Besserung bist, umso schneller werden wir euch los.« Der Blick des Anführers blieb auf einem Medaillon haften, das der junge Geselle um den Hals trug, und ungläubiges Staunen zeigte sich in seinem Gesicht. »Woher hast du das?«, keuchte der Räuber und packte den Verwundeten an der Schulter. »Los, antworte!«

»Wollt Ihr ihn gleich umbringen?« Ruth funkelte ihn zornig an. »Wenn er seine Sinne wieder beisammen hat, wird er Euch mit Sicherheit antworten.«

»Mir ist so schlecht, ich glaube, mein Kopf platzt gleich.«

»Wenn du nicht sofort mit der Wahrheit rausrückst, dann …« Der Anführer wurde immer ungeduldiger.

»Es war in Esslingen.« Der noch halb benommene Hannes hatte sichtlich Mühe zu reden. »Ein Mann, dem ich dort einen Dienst erwiesen habe, hat mir diesen Anhänger geschenkt.«

»Um welche Art von Gefallen hat es sich gehandelt?« Das Interesse des Anführers schien aufrichtig zu sein.

»Ich habe ihm und seinen Kumpanen in einer Notsituation ein Versteck besorgt.« Weshalb wollte der Mann das alles von ihm wissen? Hannes fasste sich mit der flachen Hand an seine pochende Stirn, die Züge des Vaganten hingegen erhellten sich. Ungestüm umarmte er den verdutzten Zimmermann und drückte ihn an sich. »Erkennst du mich denn nicht, ich bin Michel, derjenige, dem du aus der Patsche geholfen hast.«

Ungläubig musterte Hannes den drahtigen Räuber. »Aber der Mann, den ich in Esslingen kennengelernt habe, trug eine Augenklappe.«

Michel kramte in seiner kleinen Umhängetasche und förderte ein ledernes Utensil zutage, das er sich vors Auge hielt. »Wenn ich dieses Ding trage, erkennt mich niemand wieder, der mich später ohne die Klappe antrifft.«

Jetzt entspannte sich der junge Geselle. Er schaute auf das prägnante Muttermal oberhalb der Nase, das ihm an jenem schicksalhaften Abend bereits ins Auge gefallen war, und erinnerte sich nun an Michel.

Die völlig verwirrte Ruth blickte von einem zum anderen und konnte sich keinen Reim darauf machen, was den überraschenden Sinneswandel des Räubers bewirkt haben könnte.

»Er hat mir das Leben gerettet«, sagte der Anführer freudig zu dem Mädchen. »Ohne uns zu kennen, nahm er das Risiko auf sich, selbst von der Wache verhaftet und ins finstere Verlies gesteckt zu werden. Ich bin ein Dieb und Halsabschneider, habe schon so manchen braven Mann gemeuchelt, aber so viel Ehre ist mir noch verblieben, dass ich dir jeden Wunsch gewähre, dessen Erfüllung meine Macht mir erlaubt.«

Hannes brauchte nicht lange zu überlegen. »Schenkt den Hebräern und uns Gesellen die Freiheit, mehr begehre ich nicht von Euch.« Er war von seiner forschen Art selbst überrascht.

»Das ist das Mindeste, was ich tun kann, aber bevor ihr uns verlasst, möchte ich zum Dank ein rauschendes Fest veranstalten. Die Wegelagerei hat uns zwar noch keine Reichtümer beschert, aber fürs Fressen und Saufen reicht es allemal.«

Bevor er es sich anders überlegen konnte, bat Ruth den sich in einer geradezu euphorischen Stimmung befindenden Mann um seinen Dolch und zerschnitt Rudolfs und ihres Vaters Fesseln. »Aber jetzt müsst Ihr zuallererst Euren schrecklichen Gefährten davon abhalten, meinen armen Bruder zu quälen, bitte.«

Mit der jungen Frau und dem alten Juden im Schlepptau, stürmte Michel aus der Hütte und sah, wie mehrere Männer den jammernden Josel umringten. Sie standen unter einer uralten Eiche, die bereits einigen Blitzschlägen getrotzt hatte, und hatten ein langes Seil um einen dicken Ast geschlungen. Ein Ende war mit dem Lederriemen verbunden, mit dem die Arme des bemitleidenswerten Mannes hinter dessen Rücken gefesselt waren. Das andere wurde von zwei starken Räubern in ihren schrundigen Händen gehalten. Odo war gerade im Begriff, den Befehl zu geben, den schluchzenden Hebräer nach oben zu ziehen.

»Haltet ein, es hat sich eine völlig neue Situation ergeben!«

Der große, finstere Mann schaute seinen Hauptmann verblüfft an und wirkte wie ein Kind, dem man sein Lieblingsspielzeug wegnehmen wollte. »Das ist nicht dein Ernst«, entgegnete Odo gedehnt.

»Doch, denk dir nur, es hat sich herausgestellt, dass einer der Handwerksburschen uns in Esslingen aus einer verdammt misslichen Lage befreit hat.«

»Schön für euch, aber was hat das mit den Juden zu tun?«

»Zum Dank habe ich ihm und seinen Begleitern die Freiheit geschenkt, außerdem werden wir heute Abend eine große Feier veranstalten.« Der sonst eher kühl und beherrscht wirkende Michel schien außer sich zu sein vor Freude, dass er seinen Lebensretter auf so ungewöhnliche Art wiedergetroffen hatte.

»Jetzt mach mal langsam.« Ein gefährlicher Unterton schwang in den Worten Odos mit, er schien die Ansicht seines Anführers nicht zu teilen.

»Meinetwegen kannst du den Gesellen freilassen, aber die anderen werden wir zu Geld machen, das unsere Gemeinschaft dringend benötigt. Du bist zwar unser gewählter Hauptmann, das gibt dir jedoch noch lange nicht das Recht, ein paar fette Gänse einfach freizulassen.«

Jäh waren das Lachen und die Freude aus Michels Gesicht gewichen und schlagartig wurde ihm bewusst, dass er diese Angelegenheit ein für alle Mal aus der Welt schaffen musste, wenn er die Leute weiterhin führen wollte. »Ich habe dem jungen Zimmermann mein Ehrenwort gegeben.«

Odo lachte laut auf.

»Er hat drei Männern dieser Bande uneigennützig geholfen. Und wenn dir mein Beschluss nicht passt, so kannst du jederzeit verschwinden, ich weine dir keine Träne nach.«

Zahlreiche Leute waren aus ihren Hütten gekommen, um dem Streit beizuwohnen, einige klatschten bei Michels Worten zustimmend in die Hände. Einige schlugen sich aber auch auf Odos Seite, was diesen offenbar beflügelte und jeglichen Respekt vor seinem Anführer verlieren ließ.

»Genau das werde ich nicht tun, zu lange habe ich geschluckt, was sonst überhaupt nicht meine Art ist.« Wie um seine Rede zu unterstreichen, griff er nach seiner Streitaxt, an der das Blut Dutzender Feinde klebte. »Du bist ein schlechter Hauptmann, wenn du Leute freilassen willst, die uns hohen Profit versprechen. Ich fordere dich hiermit zum Zweikampf auf Leben und Tod, bei dem es keine Regel gibt, außer der, dass der Überlebende die Führung der Gruppe übernimmt.«

Michel hatte mit dieser Entwicklung gerechnet, seit sie den äußerst kaltblütigen und kampferprobten ehemaligen Landsknecht aufgenommen hatten. Die Chance, den Kampfplatz als Sieger zu verlassen, war für beide gleich groß; die körperliche Überlegenheit seines deutlich größeren und kräftigeren Gegners konnte er durch seine fast sprichwörtliche Schnelligkeit wettmachen. Aber war es dieser Streit wirklich wert, das Leben dafür zu lassen?

»Was ist los? Kneift unser mutiger Anführer, hat er etwa die Hosen voll?«

Die beleidigenden Worte ließen Michel vor Zorn die Fäuste ballen. »Bisher bin ich noch vor keinem Gegner davongelaufen, erst recht nicht vor einem großmäuligen, vollgefressenen Ochsen wie dir.« Er zog seinen Katzbalger aus der Scheide, die waagerecht vor seinem Bauch baumelte, auch er hatte in einem Fähnlein für Kaiser Maximilian gefochten.

Ihre Waffen in den Händen wiegend, kamen sich die beiden ungleichen Männer vorsichtig näher. Die Zuschauer hielten den Atem an, sogar die sonst so lärmenden Kinder spürten, dass hier eine Entscheidung ausgetragen wurde, die auch sie betraf.

Die Streitaxt war selbst bei erfahrenen Landsknechten eine eher seltene Waffe, da sie ein hohes Maß an Kraft voraussetzte und an Wendigkeit dem Katzbalger genannten Kurzschwert deutlich unterlegen war.

Für Odo war es das ideale Instrument, da er die körperlichen Voraussetzungen mitbrachte und den Umgang mit einem Schlachterbeil seit seiner Metzgerlehre gewohnt war.

Während seiner Zeit als Lehrjunge war ihm klar geworden, dass er mit gewöhnlicher Arbeit seinen Lebensunterhalt nicht bestreiten wollte. Die darauf folgende Wanderschaft beendete Odo kurzerhand, als er einen Werber der Landsknechte traf. Er verwendete seinen Notgroschen darauf, sich eine Ausrüstung zu kaufen.

Seine Ausbildung war geprägt von schweren Züchtigungen und Erniedrigungen seitens seiner Vorgesetzten, die er gottergeben hinnahm. Ohne zu murren, ließ er alles mit sich geschehen, schwor sich aber insgeheim, dass er niemals wieder vor einem anderen im Staube kriechen würde. Schon bald zeichnete er sich durch große Tapferkeit aus. Diese Eigenschaft und ein hohes Maß an Brutalität sorgten dafür, dass der Kapitän seines Fähnleins auf Odo aufmerksam wurde und ihn in seine persönliche Leibwache aufnahm. Nachdem Kaiser Maximilian einmal mehr den Sold schuldig blieb, schloss sich der gesamte Tross dem französischen König an.

Den größten Teil seiner Narben verdankte Odo der Schlacht von Navarra, wo sie von den im Dienste des Kaisers kämpfenden Schweizern buchstäblich in Stücke gehauen wurden. Sein Kapitän, dem er in einer brenzligen Situation zur Seite gestanden war, und er überlebten als eine der wenigen dieses Gemetzel.

Einige Zeit später schlossen sich die Männer der berüchtigten schwarzen Bande an, die ebenfalls von dem jungen und sehr ehrgeizigen französischen Souverän rekrutiert wurde. Die Armee zog über die Alpen. Bei der Stadt Marignano nahmen die Landsknechte furchtbar Rache an den hoffnungslos unterlegenen Schweizern, woran Odo einen nicht unbeträchtlichen Anteil hatte. Er steigerte sich in einen wahren Blutrausch hinein und zahlreichen Eidgenossen war durch seine Axt der Schädel gespalten worden. Die siegestrunkenen Männer zogen plündernd und brandschatzend durch Mailand. Bei der anschließenden Feier geriet Odo mit dem Profoss aneinander. Dieser durchaus beliebte, aber gnadenlos harte Mann war für die Aufrechterhaltung der Disziplin im Lager verantwortlich und hatte in der Zeit ihres gemeinsamen Dienstes mit dem hitzigen und oftmals über die Stränge schlagenden jungen Landsknecht seine liebe Mühe.

In dieser Nacht versuchte Odo, einer Marketenderin Gewalt anzutun, doch der von einer Freundin der Frau herbeigerufene Profoss ging dazwischen und wollte den Übeltäter von der Händlerin herunterzerren. Dieser zückte in einer fließenden Bewegung seinen kurzen Dolch und rammte ihn dem überraschten Mann in den Bauch. Jäh war Odo wieder nüchtern. Er schlug der wild kreischenden Frau die Faust ins Gesicht und suchte hastig seine Sachen zusammen. Seine

Flucht führte ihn zurück nach Württemberg, wo er sich verschiedenen marodierenden Gruppen anschloss, bis er eines Tages schließlich auf Michel traf, mit dem zusammen er damals bei der schwarzen Bande gedient hatte.

Blitzschnell warf Odo sich nach vorn. Seine Axt schrammte um Haaresbreite an Michels Kopf vorbei, der seinerseits das Kurzschwert in Richtung seines Gegners stieß, diesen aber nur an der Seite streifte. Ein Gefühl von Todesangst kroch in dem Hauptmann hoch und zum ersten Mal in seinem Leben spürte er, dass er einem übermächtigen Angreifer gegenüberstand.

»Na los, du Feigling«, keuchte er, »komm endlich näher, damit ich dir den Katzbalger in deinen fetten Wanst rammen kann!«

Mit Beleidigungen versuchte er, Odo zu unvorsichtigen Handlungen zu bewegen, der war sich jedoch seiner Überlegenheit bewusst und grinste nur hämisch. Mit wuchtigen Axthieben trieb er Michel vor sich her, dessen Bewegungen aber nicht einer blinden Flucht gleichkamen, sondern immer noch anmutig und geschmeidig wirkten. Er wollte den wild um sich schlagenden Odo in die Nähe des Baches locken, wo der Untergrund feucht war. Rückwärts watete der Hauptmann durch den sumpfigen Morast, übersah dabei allerdings eine überstehende Baumwurzel und schlug der Länge nach hin.

Odo war sofort bei dem hilflos daliegenden Mann und trennte mit seinem hinabfahrenden Beil Michels Schwerthand vom Unterarm. Der völlig überraschte Anführer glotzte ungläubig auf den Stumpf, während sein ehemaliger Kamerad zum entscheidenden Schlag ausholte, als wie aus dem Nichts eine Bestie mit dolchartigen Zähnen auftauchte und sich in Odos Arm festbiss.

Die unerwartete Hilfe seines Wolfshundes setzte neue Energie frei und der beinahe besinnungslose Michel war mit letzter Kraft aufgestanden. Er trat seinem schreienden Kontrahenten mit voller Wucht zwischen die Beine und mit schmerzverzerrtem Gesicht ging der große Mann in die Knie. Odo schnappte nach Luft, da sauste ein schwerer Stein auf seinen Kopf nieder.

Fast gleichzeitig war Robert bei seinem verletzten Freund, um ihm mithilfe eines Strickes und eines Astes den blutenden Arm abzubinden. Einige der Männer und Frauen des Lagers fühlten sich um ihren Spaß betrogen und fingen an zu murren.

»So, Leute, der Kampf ist aus, ihr könnt jetzt wieder an eure Arbeit gehen.« Der massige Karl war auf einen Baumstumpf gestiegen. »Immerhin wollen wir heute Abend ein Fest feiern.«

Lautes Gelächter war die Antwort, aber letztendlich zerstreuten sich die Menschen.

»Wird Michel durchkommen?«, wollte Robert von dem herbeigeeilten Bader wissen.

»Er ist robust«, antwortete der schmierige Heiler. »Das wird er schaffen.«

Unterdessen hatte Karl dem ohnmächtigen Herausforderer die Arme auf den Rücken gebunden und ihm außerdem Fußfesseln angelegt. Auch die Gefangenen waren mittlerweile hinzugekommen, war ihr weiteres Schicksal doch untrennbar mit dem des nun ebenfalls besinnungslosen Hauptmannes verbunden.

»Darf ich Euch zur Hand gehen?«, fragte Ruth den Bader, der die Wunde gründlich inspizierte. »In Frankfurt habe ich ein wenig Erfahrung in diesen Dingen gesammelt. Mein Onkel Jakob ist ein erfahrener und auch bei der nichtjüdischen Bürgerschaft gleichermaßen angesehener

Medicus. Gelegentlich durfte ich ihn begleiten und ihm helfen.«

Der Bader brummelte etwas von Judendirne und Zauberei, doch Michels Frau mischte sich ein. »Das ist eine gute Idee, ich will mir nicht später vorwerfen, dass nicht alles Menschenmögliche getan wurde, um unseren Hauptmann zu retten.«

»Zuerst benötige ich ein glühendes Eisen, los!« Unwirsch blaffte der Bader Hannes an. »Geh zu unserem Schmied, er soll ein Stück heiß machen.« Er wies auf eine völlig in Rauch gehüllte Hütte.

»Aber beeile dich!«, schrie er dem Gesellen hinterher, der noch ein wenig unsicher auf den Beinen war.

»Außerdem benötigen wir klares, kochendes Wasser und saubere Tücher!«, meldete sich Ruth zu Wort. Sie achtete nicht auf den verblüfften Barbier, der es nach ihrem Dafürhalten mit der Hygiene nicht so genau nahm, und blickte Hilfe suchend auf Michels Gefährtin.

Inzwischen hatten mehrere Männer den schwer verletzten Hauptmann vorsichtig auf eine Trage gebettet und brachten ihn in seine Hütte, wo sie ihn auf eine Strohmatte legten, die inzwischen mit einem sauberen Laken bezogen war.

Hannes war keuchend eingetroffen, er hielt dem schwitzenden Bader die Zange hin, die ein Stück rot glühenden Stahls umfasste. Die Schweißperlen auf dessen Stirn rührten keineswegs nur von der Hitze her; er hatte zwar einmal einem großspurigen Mann zugehört, der sich damit brüstete, im Krieg oft amputiert und danach die Stümpfe ausgebrannt zu haben, selber hatte der Bader diese Behandlungsmethode jedoch bis zum heutigen Tage nicht angewandt.

»Gib schon her!« Er riss Hannes die Zange aus der Hand und drückte das Metall an die Blutadern, damit diese sich verschlossen. Sofort erfüllte der Geruch verbrannten Fleisches die Hütte und löste bei allen Brechreiz aus. Nachdem er das Eisen zur Seite gelegt hatte, begann Ruth damit, die Wunde sorgfältig zu reinigen. Der Bader hatte jetzt jegliche Aufregung abgelegt, ließ sich eine Nadel und einen Faden geben und verwob die Hautfetzen zu einem Geflecht. Gewissenhaft strich die junge Jüdin nun eine zähflüssige Masse, die unter anderem Alaun enthielt, auf den Stumpf, nahm ein sauberes Tuch und legte dem Verwundeten einen Verband an.

»Man muss die ganze Zeit nach ihm sehen und ihn alle Stunde neu verbinden.« Der Bader schaute Ruth eindringlich an. »Sollte Michel zu sich kommen, so gibst du ihm von diesem Pulver in den Wein.« Der schmierige Mann hob mahnend seinen Zeigefinger. »Aber nur eine winzige Messerspitze.«

»Was ist das für ein Zeug?«, wollte Hannes wissen.

»Tollkirsche!« Der Bader schlug den Vorhang zurück und ließ die beiden jungen Leute allein mit dem Schwerverletzten und dessen aufgewühlter Frau.

»Aber das ist doch ein tödliches Gift!«

»Keine Angst, in der richtigen Dosierung ist es eines der besten Schmerzmittel«, beruhigte Ruth den entsetzt dreinschauenden Zimmermann.

»Hoffentlich kommt er durch. Unser aller Leben könnte davon abhängen.« Sabina, die Gefährtin des Hauptmanns, sprach die bittere Wahrheit unverblümt aus und Hannes lief es bei diesen Worten eiskalt den Rücken hinunter.

»Kann ich euch zwei eben allein lassen? Ich möchte nach meinen Kindern sehen.«

»Seid unbesorgt, er ist bei mir in guten Händen«, antwortete Ruth, die offenbar mit einer gesunden Portion Selbstvertrauen ausgestattet war. Hannes hingegen konnte sein Glück kaum fassen, bescherte ihm doch der schwer darnieder liegende Räuberhauptmann die überraschende Möglichkeit, mit dem bezaubernden, fremdartigen Mädchen allein zu sein.

»Was habt ihr eigentlich gemacht auf eurer Reise?« Dem Gesellen fiel gerade nichts anderes ein, um die ins Stocken geratene Unterhaltung fortzusetzen.

»Das geht dich nichts an.«

Hannes schaute sie enttäuscht an.

»Aber … warum eigentlich nicht.« Beim Gedanken daran, wie der Geselle bei der missglückten Rettungsaktion ihretwegen am Kopf getroffen worden und zu Boden gegangen war, wurde sie von einem warmen Gefühl der Dankbarkeit erfasst. Es war für Ruth eine völlig neue Erfahrung, dass ein Mann, noch dazu ein nichthebräischer, sein Leben aufs Spiel setzte, um sie zu schützen. »Hm, wie soll ich es dir erklären. Hast du schon einmal in deinem Leben ein Judenviertel gesehen?« Beim Blick auf den kopfschüttelnden Hannes wurde der schönen Jüdin bewusst, dass sie sich noch niemals mit einem jungen Christen unterhalten hatte.

»Du musst es dir als Stadt in der Stadt vorstellen, wobei die Siedlung zusätzlich von einer hohen Mauer umgeben und unvorstellbar eng ist. Die einzige Möglichkeit, neuen Platz für die wachsende Population zu bekommen, ist das Errichten neuer Stockwerke. Unsere Häuser zählen bereits jetzt zu den höchsten in Frankfurt. Um dem schnellen Bevölkerungswachstum einigermaßen Herr zu werden, dürfen nur die erstgeborenen Söhne heiraten. Somit gibt es einen Überfluss an unvermählten Mädchen. Und um in den wenigen verbliebenen Judenstädten einen Ehemann für mich zu finden, sind wir umhergezogen.«

»Du …, du hast einen Bräutigam?«, stammelte Hannes.

»Es ist noch nicht beschlossen. Mein Vater hat einem älteren Witwer zwar schon eine vage Zusage gegeben, doch wie ich aus einem Gespräch herausgehört habe, wollen sie in einer nördlichen Stadt nach einer besseren Partie Ausschau halten.«

»Du machst keinen sehr glücklichen Eindruck.«

»Es ist nicht meine Pflicht, glücklich zu sein. Ich muss meinem Vater gehorchen und froh darüber sein, überhaupt einen Mann zu bekommen.« Eine melancholische Stimmung schien sich ihrer zu bemächtigen. »Aber wieso erzähle ich dir das alles? Wir leben in zwei verschiedenen Welten und du wärest einer der ersten Christen, die sich für unsere Belange interessieren.«

»Bitte erzähle mir von deinem Leben in Frankfurt«, flehte der junge Geselle, der sich nicht sattsehen konnte an diesem exotischen Mädchen und der begierig war, ihre dunkle, warme Stimme zu hören.

Ruth schien mit sich zu ringen. Jeder in ihrem Umfeld hatte sie immer wieder eindringlich vor den Christen gewarnt, zu tief hatten sich die an ihrem Volk verübten Gräueltaten ins Bewusstsein der Israeliten eingegraben. Doch dieser junge Handwerksbursche schien ein ehrliches Interesse an ihrer Lebensgeschichte zu haben.

»Also gut«, begann sie und Hannes hatte plötzlich das Gefühl, in diesen tiefschwarzen, geheimnisvollen Augen zu versinken. »Nach eurer Zeitrechnung bin ich im Jahre 1505 in Frankfurt zur Welt gekommen. Mein Vater hatte es zu einem bescheidenen Wohlstand gebracht, weshalb meine Kindheit nicht so trist wie die der meisten in der Judengasse am Wollgraben war. Da es unseren Männern nicht erlaubt ist, in die Zünfte einzutreten, sind der Handel mit Gütern sowie diverse Geldgeschäfte die einzigen Möglichkeiten für sie, den Lebensunterhalt zu bestreiten. Wenn wir das Viertel verlassen, und das dürfen wir nur zu bestimmten Zeiten, müssen wir eine spezielle Kleiderordnung einhalten. Männer müssen einen faustgroßen, grauen Kreis sichtbar an der Brust tragen und Frauen einen breiten, grauen Stoffstreifen wie einen Schal um die Schultern legen.«

»Ist Frankfurt eine große Stadt?«, unterbrach Hannes ihre Erzählung.

»Ihr Christen seid wirklich naiv und schaut selten über euren Tellerrand hinaus.« Ruth musste lachen. »Ich hoffe für dich, dass du herumkommst auf deiner Wanderschaft und die Welt ein wenig kennenlernst. Bei uns weiß jedes Kind über die großen Städte im Kaiserreich Bescheid«, belehrte ihn die junge Frau. »Frankfurt ist eine der bedeutendsten und wohlhabendsten Städte überhaupt, seit fast zweihundert Jahren Messeort und ein zentraler Kreuzungspunkt der wichtigsten Handelsstraßen.«

Hannes war durch Ruths leicht überhebliche Rede ein wenig gekränkt, musste ihr jedoch insgeheim recht geben.

»Entschuldige, dass ich dich ausgelacht habe.« Ruth war sehr feinfühlig und hatte die Stimmung des Gesellen richtig gedeutet.

»Das ist nicht weiter schlimm.« Er winkte ab. »Aber es ist sehr interessant, dir zuzuhören. Über euch Juden habe ich mir bisher eigentlich noch keine Gedanken gemacht und ich muss dir leider gestehen, dass ich die Geschichten, die über euch erzählt werden, bisher nie infrage gestellt habe«, bemerkte Hannes kleinlaut.

»Dass wir Hostien entweihen und das Blut von kleinen Christenkindern trinken.« Ein streitlustiges Funkeln zeigte sich in ihren Augen, sie atmete tief durch und fuhr fort. »Hast du schon einmal das Wort ›koscher‹ gehört?«

»Äh, nein, was soll das bedeuten?« Der Geselle wich ein Stück zurück.

»Es ist uns von Gott verboten, gewisse Dinge zu essen, unter anderem Schweinefleisch, um nur ein Beispiel zu nennen. Weiterhin steht in den Gesetzen, die Moses von Gott diktiert wurden, dass sämtliche Tiere, die von uns gegessen werden, völlig ausgeblutet sein müssen. Das heißt des Weiteren, dass wir keinerlei Gerichte oder Würste essen, in denen Blut enthalten ist. Jemand, der Kinderblut trinkt, würde den Herrn aufs Höchste erzürnen. Doch diese und andere Lügen werden dem gemeinen Volk landauf, landab hauptsächlich von euren Priestern aufgetischt.« Ruth war ziemlich in Rage und Hannes musste stellvertretend für alle Christen als Ventil herhalten.

»Warum können wir nicht friedlich nebeneinander …?«

»Ahhhhhhh!« Ein lang gezogener Schmerzensschrei unterbrach die junge Frau, die gerade zu einer Antwort ansetzen wollte.

Blitzschnell eilten die beiden zu dem wild um sich schlagenden Hauptmann und versuchten, ihn festzuhalten.

»Da komm ich ja gerade rechtzeitig! Ich habe euch doch eingeschärft, gut auf den Verletzten achtzugeben.« Schnell schnappte sich der Bader, der eben die Hütte betreten hatte, einen bereitstehenden Krug und träufelte etwas von dem betäubenden Pulver hinein.

»Geselle, hilf mir, seine Arme stillzuhalten, und du, junge Jüdin, flöße ihm etwas von dem Trank ein.«

Das war leichter gesagt als getan, doch dank Ruths Beharrlichkeit gelangte ausreichend Wein in den Magen des Räubers. Augenblicklich entspannte sich der Mann, sein Atem wurde flacher, während er abermals in einen tiefen Schlaf dämmerte.

»Wie ich sehe, ist mein Michel bei euch in guten Händen.« Sabina hatte die Hütte betreten und legte ihre Hand auf die Stirn ihres Gefährten. »Meine Kinder habe ich bei meiner Schwester untergebracht. Wenn ihr erlaubt, werde ich jetzt die Nachtwache übernehmen.«

Die Frau des Anführers hatte das Unglück vorhin mit einer bemerkenswerten Stärke ertragen, doch nun, beim Anblick des um sein Leben kämpfenden bleichen Mannes, brachen alle Dämme und Sabina ließ ihren Tränen freien Lauf.

Ruth war sofort zu ihr getreten, nahm sie in den Arm und gab der verzweifelten Frau Halt.

»Es …, es geht schon wieder. Ich möchte euch aber bitten, uns allein zu lassen.« Sie wischte sich mit ihrem Ärmel das Gesicht ab, kniete nieder und strich ihrem Gatten zärtlich über das Haar.

Der Bader gab ihr noch einige Ratschläge und verschwand in der Dunkelheit. Ruth und Hannes verließen ebenfalls die düstere, nur von wenigen Talglichtern erleuchtete Hütte.

»Wollen wir uns noch ans Feuer setzen und uns wärmen?« Der Geselle bedauerte sehr, dass ihr Gespräch so abrupt beendet worden war.

»Ein andermal vielleicht. Ich muss nach meinem Vater schauen, er ist ein alter, gebrechlicher Mann, der solche Strapazen und Abenteuer nicht gewohnt ist.«

Widerwillig folgte ihr Hannes in das Häuschen, in dem sich die beiden Juden angeregt mit Rudolf unterhielten. Der anstrengende Tag hatte die Kräfte der fünf Menschen erschöpft und kurze Zeit später legten sich alle auf das harte Lager, wobei die Israeliten darauf bedacht waren, Ruth in ihre Mitte zu nehmen.

Kaum waren sie eingeschlafen, brach jäh ein furchtbarer Tumult aus, bei dem die kehlige Stimme Odos deutlich herauszuhören war. »Ergebt euch und wir lassen euch um der alten Freundschaft willen am Leben!«

Ein kleiner Junge schob den Vorhang der Gefangenenbehausung auf die Seite. »Schnell, ihr müsst uns helfen, der hinterhältige Bader hat den schrecklichen Odo befreit und nicht wenige unserer Leute haben sich auf deren Seite geschlagen.« Das verängstigte Kind war völlig außer Atem und wartete auf die Gesellen, die sich schlaftrunken erhoben.

Hoch lodernde Flammen am Lagerfeuer erhellten die stockdunkle Nacht und gaben den Blick auf ein unwirklich scheinendes Szenario frei. Entschlossene Männer hatten ihre tödlichen Arkebusen auf das kleine Grüppchen um Robert und Karl angelegt, das sich vor dem Haus des Hauptmannes postiert hatte.

»Los, machen wir sie fertig!« Der große, breitschultrige Odo trug den linken Arm in einer Schlinge und fixierte mit mordlüsternen Augen den bellenden Hund, der ihm die böse Wunde beigebracht hatte. Dieser Bestie würde er als Erstes die Gurgel durchschneiden.

Mit Stöcken bewaffnet, stellten sich die Handwerksgesellen zu den Verteidigern.

»Ich wollte eigentlich nicht so jung sterben«, raunte Rudolf seinem Kameraden zu.

Die blutgierige Meute unter Odos Führung kam bedrohlich näher. Sie hatten die Hütte eingekreist und für die Verteidiger gab es keinen Ausweg mehr.

Kapitel 15

»Ihr seid frei und könnt nach Hause gehen. Der kleine Rat ist meiner Empfehlung, Euch aus der Stadt zu weisen, nicht gefolgt.«

Matthäus Alber starrte den Bürgermeister Kaiser mit offenem Munde an. Der Priester war unfähig, etwas zu erwidern. Er hatte sich in den letzten Stunden ernsthafte Gedanken über einen Ort gemacht, wo er sich hinwenden könnte.

»Es wurde zudem Eure Art, den Gottesdienst zu zelebrieren, ausdrücklich gebilligt, Ihr könnt also mit Eurem ketzerischen Tun fortfahren.« Der Bürgermeister spitzte den Mund und dachte an Balthasar Neumann, der alles andere als begeistert von der Nachricht sein würde.

»Vielen Dank für die frohe Botschaft und seid versichert, dass ich auch in Zukunft meine Predigt streng an der Heiligen Schrift orientieren werde«, entgegnete der Pfarrer, der sich einen kleinen Seitenhieb nicht verkneifen konnte. »Ich wünsche Euch noch einen schönen Tag, gehabt Euch wohl.« Eilig verließ Alber das schmucke Rathaus. Die Nachricht von seiner Rehabilitation verbreitete sich in Windeseile und erreichte schnell das Kontor der Neumanns.

Balthasar konnte seine Erregung nur mühsam zurückhalten, er beherrschte sich jedoch, da der anwesende Geschäftspartner ihn ausschließlich als freundlichen Menschen kannte. Doch sobald er diesen unter fadenscheinigen Gründen hinauskomplimentiert hatte, verlor er jegliche Zurückhaltung.

»Das darf nicht wahr sein! Wozu bezahle ich diese Armleuchter von Stadträten, wenn sie schon an solch einem kleinen Problem scheitern!« Das teure Trinkglas, das er in seiner Wut gegen die Wand schleuderte, zersprang in tausend Splitter. Die Wut verrauchte allerdings so schnell, wie sie gekommen war. Sein kühler Verstand gewann die Oberhand und suchte nach einem anderen Weg, den unbequemen Priester auszuschalten.

»Schick einen Boten zu Heinrich Klingner, dem frischgebackenen Meister, er soll sich unverzüglich auf den Weg hierher machen«, wies er seinen Kontorleiter an.

Barbara schnurrte wie ein Kätzchen, als sie die nackte Brust des jungen Kaufmanns mit ihren schlanken Fingern nachzeichnete. »Wie weit bist du mit den Planungen für unsere Zukunft vorangekommen, mein Liebling? Du weißt, dass unser Sohn in schätzungsweise sieben Monaten auf die Welt kommt. Bis dahin sollte alles geregelt sein, wenn du verstehst, was ich meine.«

Auf Kaspars Gesicht zeigte sich ein hinterhältiges Grinsen. »Seit ich das letzte Mal bei dir gelegen bin, war ich nicht untätig. Ich habe einen Mann damit beauftragt, ein giftiges, ganz charakteristisch riechendes Pulver bei Maria, der Heilerin, zu hinterlegen. Dasselbe Mittel habe ich in meinen Weinbecher getan, den mir Anna jeden Abend reicht. Doch bevor ich selbst getrunken habe, rief ich lautstark nach einem Bediensteten, sprach meinen Verdacht aus und ließ diesen von dem Trank kosten. Der Mann ist umgekippt wie ein Mehlsack. Zu seinem Leidwesen war der Unglückliche auf der Stelle tot. Meine Frau habe ich ordentlich geschlagen und danach wutentbrannt die Stadtwache gerufen. Auf versuchten Mord steht, wie du vielleicht weißt, der Galgen. Sogar mein zutiefst misstrauischer Vater hat mir geglaubt, allerdings erst, nachdem ich ihm allerhand Beweise für

Annas Niedertracht gegeben habe.« Was allerdings das Verlassen seiner Heimatstadt und einen Neubeginn mit seiner Konkubine an einem anderen Ort betraf, darüber würde man noch reden müssen. Das Stammhaus war schließlich in Reutlingen und solange Balthasar Neumann dem Unternehmen vorstand, würde das auch so bleiben. Wenn seine Frau verurteilt und hingerichtet wäre, würde sich bestimmt eine Möglichkeit finden, sich mit Barbara regelmäßig zu treffen.

»Da ist etwas, was ich dir in diesem Zusammenhang erzählen muss.« Barbara war auf einen Schlag ganz kleinlaut geworden. »Ich habe Maria von unserer Liebschaft erzählt.«

»Was?«, schrie Kaspar ungläubig und übertönte das leise Knarren des Fußbodens im Nebenraum. »Meinen ganzen Plan hast du mit deiner Dummheit zunichte gemacht!«

Der Kaufmann hatte sich aufgesetzt und fasste die verängstigte junge Frau an beiden Schultern. »Entschuldige meinen Wutausbruch.« Er hatte sich schnell wieder gefangen. »Dieser Heilerin wird niemand auch nur ein einziges Wort glauben, dazu sind die Beweise zu eindeutig und zudem besitzt die Hexe kein Bürgerrecht. Außerdem habe ich noch eine besondere Zeugin, von der niemand etwas ahnt.«

»Aber wie willst du an das Hab und Gut deines Schwiegervaters kommen, wenn deine Frau hingerichtet ist?«

»Wohl oder übel werde ich ihn vorher beseitigen müssen.«

Barbara fröstelte es, als sie in die Augen ihres Liebhabers blickte, er war offenbar zu allem fähig. Andererseits musste sie sich eingestehen, dass sie ihn nicht davon abhalten würde, einen Mord zu begehen, denn sie hatte dieses Leben so satt und freute sich auf eine bürgerliche Existenz an Kaspars Seite. »Lass uns später über unsere Zukunft reden …«

Kaspar legte sich wieder hin und ließ sich bereitwillig von der attraktiven Frau verführen.

»Ihr habt nach mir geschickt?« Der hochgewachsene Mann schaute sein Gegenüber fragend an.

»Äh, ja, wie soll ich mich ausdrücken, es ist ein Fall eingetreten, bei dem ich Eure Hilfe gut gebrauchen könnte und, so ungern ich das zugebe, gewissermaßen hängt meine Zukunft davon ab.«

»Was immer in meiner Macht steht, werde ich für Euch tun«, erwiderte der Handwerksmeister im Brustton der Überzeugung.

»Das freut mich zu hören.« Der soeben noch um Mitleid heischende Balthasar Neumann wirkte auf einmal sehr tatkräftig. »Aber nun wollen wir uns setzen und ein Glas vom guten Rebensaft genießen.« Vertraulich legte er den Arm um die Schulter des muskulösen Zimmermanns und führte ihn an den Tisch, auf dem bereits eine Karaffe mit kühlem Wein stand.

»Wie ich Euch kenne, seid Ihr der katholischen Kirche treu ergeben«, begann Neumann mit seinen Ausführungen, nachdem beide einen kräftigen Schluck aus den feinen Trinkpokalen genommen hatten. »Ihr seht es bestimmt ebenfalls nicht gern, wenn irgendwelche lügnerischen Ketzer unseren geliebten Papst und seine glaubensfesten Bischöfe verunglimpfen, ja, sogar aufs Schwerste beschimpfen.«

»Ja, gewiss bin ich ein gläubiger Christ.« Heinrich wusste nicht so recht, worauf Neumann hinauswollte.

»Den aufsässigen Luther und seine Spießgesellen kennt man ja, aber wie sieht es in unserer schönen Stadt aus?« Der Kaufmann machte eine rhetorische Pause, runzelte die Stirn und hob warnend den Zeigefinger. »Auch innerhalb dieser starken Mauern versündigt sich ein Mann und behauptet, das reine Evangelium zu verkünden.«

Allmählich dämmerte es dem Zimmermann.

»Ihr wisst natürlich, von wem ich rede. Vorhin hat mich die Nachricht erreicht, dass sich der kleine Rat gegen eine Ausweisung Albers aus Reutlingen ausgesprochen hat.« Neumann erhob seine Stimme, die einen harten Klang bekam. »Ich muss mich nun allen Ernstes fragen, ob wir von einer Bande von Ungläubigen regiert werden, die die Gesetze der Kirche mit Füßen treten.«

So in Rage hatte Heinrich den korpulenten Kaufherrn selten gesehen, dabei war dieser jemand, der sich gut verstellen konnte und nur schwer zu durchschauen war.

»Wenn unsere unfähigen Herren im Rathaus nicht imstande sind, diesen …, diesen Gottlosen zu disziplinieren, so müssen wir aufrechten Bürger das Gesetz selbst in die Hand nehmen.«

Heinrich konnte dunkel erahnen, was Neumann im Schilde führte. »Aber Matthäus Alber ist Stadtpfarrer und, wie Ihr bereits sagtet, vom kleinen Rat entlastet worden.«

»Das tut nichts zur Sache, wir müssen dem Kerl einen gehörigen Schrecken einjagen.« Das Gesicht des Tuchhändlers verzerrte sich zu einer grässlichen Fratze. »Und zwar solch einen Schrecken, dass er das Hasenpanier ergreift, ha, ha.«

Der Handwerksmeister fühlte sich nicht mehr wohl in seiner Haut. Er hegte keine Abneigung gegen Alber, im Gegenteil, wie die meisten seiner Mitbürger genoss Heinrich die Art des Priesters, den Gottesdienst zu feiern. Andererseits stand er tief in der Schuld des Kaufherrn. »Ihr habt vorhin erwähnt, dass auch Eure Zukunft auf dem Spiel steht.«

»Da habt Ihr recht, Meister Klingner, aber das ist hohe Politik.« Verschwörerisch neigte Balthasar seinen massigen Kopf nach vorn. »Von einem Vertrauten des Kaisers höchstpersönlich habe ich den Auftrag, die reformatorischen Auswüchse in Reutlingen auszumerzen, und wenn Ihr mir dabei helft, werter Heinrich, so soll dies nicht zu Eurem Schaden sein. Das Amt des Zunftmeisters ist noch das Wenigste, was für Euch herausspringen kann.«

Für einen Augenblick war Heinrich versucht, den Verlockungen zu erliegen. »Ich werde mir die ganze Sache noch einmal durch den Kopf gehen lassen. Aber jetzt müsst Ihr mich entschuldigen, meinem Schwiegervater geht es nicht so gut, man muss zu jeder Tages- und Nachtzeit mit dem Schlimmsten rechnen.«

Tatsächlich war der Weingärtner ernsthaft erkrankt, er lag zwar noch nicht im Sterben, aber Heinrich erlaubte sich diese Notlüge, um endlich von hier wegzukommen.

»Das verstehe ich gut, trotzdem wäre ich Euch sehr verbunden, wenn Ihr Euch zu meiner Verfügung halten würdet«, entgegnete Neumann mit Nachdruck. »Ihr wisst ja, eine Hand wäscht die andere. Einen Plan, um den irrgläubigen Pfarrer loszuwerden, habe ich bereits ausgebrütet, seid also nicht überrascht, wenn ich vielleicht schon in der kommenden Woche wieder nach Euch schicken werde. Nun will ich Euch mit den besten Genesungswünschen an den alten Martin Fritz verabschieden.«

Mit schnellen Schritten verließ der Handwerksmeister das Kontor. Er fragte sich, ob es wohl ein Fehler gewesen war, sich diesem Mann zu verpfänden. In den Gassen seiner Heimatstadt konnte Heinrich trotz der kühlen Luft und der vereinzelten Schneehaufen den herannahenden Frühling förmlich riechen, viele der Zugvögel waren zurückgekehrt und erfreuten die Menschen mit ihrem fröhlichen Gezwitscher.

Im Haus des Weingärtners jedoch herrschte eine gedrückte Stimmung. Der Zustand des Hausherrn hatte sich dramatisch verschlechtert, seine Bauchdecke hatte sich verhärtet und er erbrach eine schwarze Masse.

»Heinrich, ich muss kurz mit dir allein etwas besprechen, lass uns in meine Kammer gehen.«

Der Zimmermannsmeister folgte Elsbeth durch die rußgeschwängerte Küche.

»Meine Herrin, ich meine natürlich Anna Neumann«, die aufgeregte Frau sah ihren Bräutigam durchdringend an, »ist von der Stadtwache festgenommen worden!«

»Das kann nicht sein, ich komme gerade vom alten Neumann, er hätte mir doch bestimmt davon erzählt, dass seine Schwiegertochter festgehalten wird.«

»Glaube mir, Heinrich. Zufällig war ich, neben zahlreichen anderen, Zeugin des unwürdigen Schauspiels.«

»Aber weswegen? Wie lautet die Anklage?«

»Sie soll versucht haben, ihren Gatten zu vergiften!«, erwiderte Elsbeth mit bebender Stimme.

»Anna? Das muss ein Irrtum sein.« Heinrich musste sich setzen.

»Du hast recht, irgendetwas geht hier nicht mit rechten Dingen zu. Ich kenne sie schon sehr lange und bin felsenfest davon überzeugt, dass sie zu solch einer schrecklichen Tat niemals fähig wäre. Deswegen müssen wir ihr irgendwie helfen.«

Rasch war Heinrich bei seiner schluchzenden Braut und schlang die Arme um sie. »Beruhige dich, Liebes, bestimmt handelt es sich um eine Verwechslung und sie ist bereits morgen wieder frei.«

»Das glaube ich nicht.« Elsbeth hatte sich wieder gefangen. »Maria, die Heilerin, wurde ebenfalls verhaftet und der Mittäterschaft bezichtigt, es gibt einen Zeugen, der sie dabei beobachtet haben will, wie sie Anna das Gift ausgehändigt hat. Kaspar Neumann, der seine angetraute Ehefrau bei dem

Mordversuch ertappt hat, ist der Sohn eines der einflussreichsten Bürger der Stadt und vor unserer Gerichtsbarkeit über jeden Zweifel erhaben.«

Sie pochte ihm auf die mächtige Brust, Heinrich ließ sich von ihrer Aufregung jedoch nicht anstecken. Der Handwerker war ein besonnener Mann, der schon so manche aussichtslose Situation gemeistert hatte. Mit zwei Fingern fasste er sich an die Nase, schloss die Augen und überlegte. »Wo ist ihr Vater, der wohlbeleumundete, reiche Gewürzhändler?«

»An ihn habe ich ebenfalls schon gedacht, Heinrich, aber Herr Burgwart ist auf Geschäftsreise und nicht einmal seine engsten Mitarbeiter wissen, wo er sich derzeit aufhält.«

»Anna braucht einen Advocatus, jemanden, der sich mit der Jurisprudenz auskennt.« Seine Abhängigkeit von Balthasar Neumann sowie seine bescheidenen finanziellen Mittel kamen ihm in den Sinn und er relativierte seine Aussage. »Oder wenigstens jemanden mit Bildung und Einfluss, einen, der sich vor den hohen Herren nicht kleinmacht.«

»Matthäus Alber!«, sagte Elsbeth, ohne lange zu überlegen.

»Ich glaube, das ist keine so gute Idee.« Beim Gedanken an seine Unterredung mit Neumann schauderte es Heinrich.

»Aber warum? Der Priester ist ein kluger und redegewandter Mann und außerdem sehr gut bekannt mit Herrn Burgwart.«

»Alber ist nur knapp an einem Stadtverweis entgangen und deswegen wird er sich sicherlich nicht gleich mit der nächsten Obrigkeit anlegen wollen. Mein Zunftmeister wird Anna bestimmt juristischen Beistand besorgen«, bemühte sich Heinrich, seine Verlobte zu beschwichtigen.

»Die stecken bestimmt mit den Neumanns unter einer Decke. Nein, lass nur, ich suche den Pfarrer auf und solltest du nicht mitgehen, ich kenne den Weg auch allein.«

Heinrich kam nicht umhin, den Mut und die Tatkraft seiner Verlobten zu bewundern. »Wir wollen nicht schon vor unserer bevorstehenden Hochzeit streiten. Wenn du mir mein Wams reichst, gehe ich sofort und zwar allein.«

Elsbeth stellte sich auf die Zehenspitzen und gab ihrem Verlobten einen Kuss. »Danke, und viel Erfolg.«

Das Pochen ließ den Prediger aus seiner Arbeit hochschrecken und er schlurfte zur Tür. »Guten Abend, Meister Heinrich, was führt Euch zu mir? Wollt Ihr den Termin Eurer Vermählung mit mir besprechen?«

»Es ist leider etwas weniger Erfreuliches, das mich zu Euch bringt.« Das ernste Gesicht des Handwerkers verhieß nichts Gutes.

»Entschuldigt, ich bin ein schlechter Gastgeber, kommt doch erst einmal herein.«

Heinrich wunderte sich über die äußerst bescheidene Behausung Albers, er hatte, bedingt durch seine Arbeit, bereits weitaus vornehmere Wohnungen von Kirchenbediensteten gesehen.

»Ihr habt Glück, meine Magd brachte mir vorhin eine Kanne frisch gebrauten Bieres, darf ich Euch zu einem Becher einladen?« Er füllte einen weiteren Krug und stellte ihn vor den dankbaren Heinrich. »Zum Wohle.«

Beide Männer nahmen einen herzhaften Schluck und wischten sich den Bierschaum vom Mund.

»Wie ich schon sagte, ist der Grund meines Besuchs alles andere als angenehm. Gewiss kennt Ihr Anna, die Tochter des Gewürzhändlers Burgwart und seit letztem Jahr Ehegattin von Kaspar Neumann?«, fragte Heinrich vorsichtig, wusste er doch um die Umstände von Annas vereitelter Flucht. Der Pfarrer nickte zustimmend.

»Die junge Frau wird derzeit im Turm gefangen gehalten,

zusammen mit der Hebamme Maria. Ihnen wird zur Last gelegt, Annas Mann vergiftet haben zu wollen.«

Der Priester verschluckte sich und er hustete so stark, dass sein Gesicht sich rot verfärbte. Heinrich hieb ihm daraufhin mit seiner rechten Pranke auf den Rücken.

»Danke, danke«, sprach Alber unter ständigem Räuspern. »Erst neulich hat mich Annas Vater besucht und mir noch einmal versichert, wie glücklich seine Tochter mittlerweile sei.« Erneuter, heftiger Husten unterbrach den Pfarrer.

»Elsbeth, meine künftige Gattin, hält sehr große Stücke auf Euch, werter Herr Alber, sie war es auch, die mich hierher geschickt hat, damit ich Euch um Hilfe bitte.«

»Hm, ich bin kein ausgebildeter Jurist und in Gesetzesdingen nur unwesentlich besser beschlagen als Ihr selbst. Aber«, der Priester hob seinen Zeigefinger, »ich könnte die zwei Frauen in meiner Eigenschaft als Seelsorger besuchen und auf diese Weise die näheren Umstände ihrer Verhaftung in Erfahrung bringen.«

»Das ist eine glänzende Idee«, entgegnete Heinrich hoffnungsvoll.

»Außerdem kenne ich von meiner Tübinger Studentenzeit her noch den einen oder anderen Doctor der Jurisprudenz, den man hinzuziehen kann.«

»Das wäre ja hervorragend, Herr Pfarrer. Nun bin ich mir sicher, dass die Sache dank eurer Mithilfe gut ausgehen wird. Da wäre noch etwas.«

»Nämlich?« Interessiert hob Alber seine dichten Brauen.

»Also ...«, druckste der Handwerksmeister herum. Er war drauf und dran, sich dem Priester zu offenbaren, überlegte es sich jedoch in letzter Minute anders. »Ach, wegen der Hochzeit, aber das ist nicht so wichtig. Jetzt will ich Euch nicht länger aufhalten.« Heinrich trank seinen Krug leer und erhob sich. »Gute Nacht, Herr Pfarrer.«

»Das wünsche ich Euch auch, möge Gott Eure Schritte begleiten. Gleich morgen in der Frühe werde ich die beiden hoffentlich unschuldigen Frauen in ihrem Verlies aufsuchen.«

Heinrich hatte es nun eilig, den Prediger zu verlassen. Er fühlte sich ziemlich elend, als er durch die Gassen streifte, und musste sich eingestehen, dass er kurz davor war, seine Selbstachtung zu verlieren.

»Wie konnte es nur so weit kommen? Was habe ich ihm getan?« Die Tränen der jungen Frau waren nach einer Nacht im Kerker schon lange versiegt, sie konnte nur noch schluchzen, während Maria sie im Arm hielt und leicht hin und her wiegte. »Soll mir der Henker doch den Kopf abschlagen, ich habe sowieso keine Lust mehr zu leben.« Sie vergrub den Kopf in ihren schlanken Armen.

»Anna, ich bitte dich, sei tapfer, noch ist der Richterspruch nicht getan. Wir müssen kämpfen.« Maria kniete vor der Kaufmannsgattin nieder, fasste die Verzweifelte an beiden Schultern und schüttelte sie heftig.

»Wer soll uns denn helfen? Neumann ist ein sehr mächtiger Mann und uns wird vorgeworfen, versucht zu haben, seinen Sohn zu vergiften. Nicht einmal mein Vater wird zu uns vorgelassen.«

»Vielleicht ist er auf Reisen«, versuchte die Heilerin, Anna Mut zu machen. »Ich kann es mir beim besten Willen nicht vorstellen, dass der Rat es wagen würde, einem solch bedeutenden Mann den Besuch bei seiner Tochter zu verweigern.«

In diesem Moment ging die Zellentür auf und der einäugige Turmwächter, der hier offenbar sein Gnadenbrot verdiente, schob zwei Teller mit einer undefinierbaren Masse ins Verlies. »Lasst es euch schmecken, ihr holden Weiber.«

Das süffisante Grinsen in dem entstellten Gesicht trug nicht dazu bei, den Appetit der Frauen anzuregen.

»Anna, ich bitte dich bei allem, was dir heilig ist, iss von dem Zeug, wir dürfen nicht aufgeben.«

Die junge Frau machte keinerlei Anstalten, den Teller in die Hand zu nehmen. Maria wollte gerade damit anfangen, ihr das Essen mit Gewalt einzuflößen, als die Tür abermals geöffnet wurde. »Die Damen bekommen hohen Besuch.« Der ungeschlachte Kerkermeister führte den Gast herein.

»Wenn Ihr fertig seid, hämmert kräftig an die Pforte.« Er entfernte sich wieder und schloss von außen ab.

In solch einer finsteren, stinkenden Zelle wäre ich beinahe auch gelandet, dachte der Priester bei sich, und es schauderte ihm bei dieser Vorstellung.

»Seid gegrüßt, Anna.« Albers Augen gewöhnten sich nur sehr langsam an die Dunkelheit. »Und Ihr müsst Maria, die Hebamme, sein. Ich habe bereits viel von Euch gehört.«

Die Frauen nahmen eine ablehnende Haltung ein. »Was wollt Ihr? Schon einmal habt Ihr mich verraten und damit verhindert, dass ich eine Braut Christi werde. Nun seht selbst, wohin es geführt hat.« Trotzig reckte Anna das Kinn.

»Dass Ihr verbittert seid, kann ich verstehen. Euer Vater hat mich unlängst aufgesucht, um mir seinen Dank für mein damaliges Verhalten auszusprechen und mir bei dieser Gelegenheit zu versichern, dass Ihr glücklich seid. Keinen Monat später sitzt Ihr hier wie eine Schwerverbrecherin, die darauf wartet, dass ihr der Prozess gemacht wird.«

»Wollt Ihr damit sagen, dass wir schuldig sind, Mönchlein?«, zischte Maria.

»Nichts liegt mir ferner, als Euch im Voraus zu verurteilen.« Abwehrend hob Alber die Hände. »Im Gegenteil, ich bin hier, um Euch meine Unterstützung anzubieten. Einer der Stadtrichter hat mir erlaubt, Euch als Seelsorger zu besuchen. Bitte, um Eures Vaters willen, vertraut mir.« Flehend schaute er in Annas Richtung. »Ich bin mir sicher, dass es sich bei der ganzen Angelegenheit um ein großes Missverständnis handelt, aber um Euch helfen zu können, müsst Ihr mir alles erzählen. Danach werde ich einen mir bekannten Rechtsgelehrten in Tübingen aufsuchen, der Euch bei dem Verfahren zur Seite stehen wird.«

Anna wankte. Sie war im Begriff, ihren Widerstand gegen den Pfarrer aufzugeben.

»Wie können wir sicher sein, dass Ihr nicht von irgendjemandem gesandt worden seid, um uns auszuhorchen?«, fragte Maria, die aufgestanden war und sich drohend vor den Diener Gottes stellte.

»Ich glaube ihm«, wandte sich Anna an ihre Freundin, »weil ich ihm glauben will, denn ich fürchte, er ist unsere einzige, wenngleich kleine Chance, hier wieder herauszukommen.« Der Lebensmut und die Entschlossenheit der jungen Frau waren offenbar zurückgekehrt und verdrängten die Hoffnungslosigkeit, die sich seit ihrer Verhaftung eingeschlichen hatte.

»Ich werde Euch die Ereignisse der Reihe nach schildern, Herr Alber.« Anna begann damit, von den Anfängen ihrer Ehe zu erzählen, sie verschwieg auch das Mittel nicht, das sie ihrem Angetrauten in der Hochzeitsnacht verabreicht hatte. »Danach hatte ich mich aber mit meiner Rolle arrangiert und wollte nichts anderes mehr, als meinem Mann eine liebende Ehefrau zu sein, und irgendwann wäre ich guter Hoffnung gewesen. Das war mein Leben. Zumindest bis zu jenem schicksalhaften Tag, an dem ich Maria«, sie deutete auf die Heilerin, »einen Besuch abstattete und durch Zufall einen Mann sah, der eben im Begriff war, das Frauenhaus zu betreten. Das ist nun nichts

Außergewöhnliches, doch dieser Mann ähnelte Kaspar aufs Haar. Mittlerweile bin ich davon überzeugt, dass er mich ebenfalls erkannte und daraufhin beschloss zu handeln. Zuerst dachte ich noch an eine Verwechslung oder Sinnestäuschung, doch die quälende Eifersucht bereitete mir schlaflose Nächte und schließlich bat ich Maria, ein wenig Augen und Ohren offen zu halten.«

»Ihr müsst wissen, dass ich hin und wieder ins Frauenhaus gerufen werde«, unterbrach die Heilerin Anna. »Und tatsächlich erzählte mir eine der Frauen von einem ernsthaften Verhältnis mit dem jungen Neumann.«

»Das ist ja ungeheuerlich.« Der Priester war erschüttert.

»Pah, das wäre alles nicht so tragisch, aber die Dirne ist von diesem …«, Maria suchte nach Worten.

»… Ehebrecher, jawohl, das ist der richtige Ausdruck, schwanger ist sie von Kaspar.« Wie ein übel schmeckendes Kraut spuckte Anna die Worte aus. »Das allein wäre Grund genug, ihn zu vergiften, aber glaubt mir, dazu habe ich zu viele Skrupel. Just am vorgestrigen Tag wollte ich Kaspar zur Rede stellen. Wie jeden Abend habe ich ihm den Nachttrunk gebracht und ihn vor dem Zubettgehen um eine Aussprache gebeten, als sein Verhalten plötzlich komisch wurde. Er schrie mich an und verlangte einen Diener zu sehen, dieser Unglückliche musste den Becher leer trinken, woraufhin er tot umfiel. Kaspar öffnete umgehend die oberste Schublade meines Nachttischchens und förderte eine kleine Dose mit einem weißen Pulver zutage. ›Du verdammtes Miststück wolltest mich vergiften!‹, schrie er mich an. Sein Gesicht bekam einen wölfischen Ausdruck, als er auf mich zu trat und mir unvermittelt einen Schlag ins Gesicht gab. Nach weiteren schweren Hieben lag ich blutend am Fußboden und Kaspar schickte nach den Stadtbütteln, die mich hierher schafften. Maria, die inzwischen ebenfalls verhaftet worden war, erzählte mir, dass man bei ihr dieselbe Substanz gefunden habe. An Leuten, die das alles bestätigen, wird es beim Prozess sicher nicht mangeln.«

Gebannt lauschte der Priester den Worten der jungen Frau. »Das hört sich nicht gut an, die Indizien sprechen eindeutig gegen Euch.« Die Hände hinter dem Rücken verschränkt, ging Alber in der Kerkerzelle umher.

»Aber Maria kann alles bezeugen.« Ein verzweifelter Hoffnungsschimmer trat in die Augen der jungen Frau.

»Dann steht Aussage gegen Aussage. Und was das Wort eines Mannes, noch dazu eines reichen Bürgersohns, gegen das zweier Frauen wert ist, brauche ich Euch nicht zu sagen. Nein, was wir bräuchten, wäre jemand Glaubwürdiges, der Euch durch seine Aussage entlasten könnte.«

Annas Hoffnungsschimmer erlosch so schnell, wie er gekommen war. Es gab niemanden, der ihre Unschuld beweisen konnte.

»Meiner Ansicht nach ist alles von langer Hand geplant, zumal es zu einem Zeitpunkt stattfindet, zu dem Euer Vater nicht zugegen ist. Nichtsdestotrotz werde ich mich ein wenig umhören und meinen Bekannten in Tübingen aufsuchen. Jetzt habe ich noch eine Frage an Euch, Maria. Wie kommt es, dass Ihr in die ganze Sache hineingezogen und so schnell verhaftet wurdet? Eure junge Freundin hier wird Euch kaum belastet haben.«

»Das habe ich mich allerdings auch schon gefragt, da kann nur dieser finstere Mönch die Finger im Spiel haben«, antwortete die Hebamme bitter. »Anna erzählte mir, dass er sich dauernd bei den Neumanns herumtreibt.«

»Welchen Mönch meint Ihr? Es gibt mehrere davon in Reutlingen«, gab sich der Priester ahnungslos.

»Na, wen wohl? Diesen hageren Dominikanerpater meine ich natürlich. Wir kennen uns von früher und ich weiß etwas über ihn, was seinen Aufstieg in diesem Orden von heute auf morgen beenden könnte. Deswegen bin ich überzeugt, dass er diese infamen Kaufleute bei ihrem fiesen Ränkespiel tatkräftig unterstützt hat. Wenn Ihr noch Zeit habt, erzähle ich Euch die Geschichte, jetzt kommt es darauf auch nicht mehr an.«

Matthäus Alber nickte ermunternd.

»In meinem früheren Leben war ich eine gläubige Nonne, müsst Ihr wissen, und dass ich das Kloster eines Tages klammheimlich verließ, hat sehr viel mit Bruder Johannes zu tun.«

Maria begann die Erzählung mit einem Abriss ihrer Kindheit als Tochter eines niederen Adeligen. Weil die Mitgift für eine standesgemäße Hochzeit nicht verfügbar war, wurde sie im zarten Alter von vierzehn Jahren in ein Zisterzienserinnenkloster gegeben. Die erste Zeit verbrachte sie als Novizin, bevor sie das Gelübde ablegte und den Schleier nahm. Recht bald versuchte ihr freier Geist, das strenge Reglement zu durchbrechen; einzig die Arbeit im Garten, wo sie von einer mitfühlenden älteren Nonne in die Geheimnisse der Heil- und Kochkräuter eingeweiht wurde, sowie die innige Freundschaft zu einer anderen Braut Christi hinderten Maria daran, aus dem Kloster zu flüchten. Andrea war zur gleichen Zeit wie sie in den Orden eingetreten und schon zu diesem Zeitpunkt fühlte sie sich zu dem lebensfrohen Mädchen, das so gar nicht in das kalte Gemäuer zu passen schien, hingezogen. Ein ums andere Mal wurden die beiden Freundinnen zu der strengen Mutter Oberin bestellt, weil sie wieder einmal gegen das absolute Schweigeverbot verstoßen hatten, doch die jungen Frauen wussten, dass sie es trotz der drakonischen Strafen jederzeit wieder tun würden.

Eines schicksalhaften Tages klopfte ein junger Mönch an die Klosterpforte. Sein Herr, der Bischof im nahen Konstanz, brauche weibliche Singstimmen, um das Christfest zu zelebrieren, ließ er die Äbtissin wissen.

Maria und Andrea waren zwei der Auserwählten, die einmal wöchentlich zu den Proben abgeholt wurden und so Gelegenheit bekamen, dem für sie tristen Klosterleben zu entfliehen.

Der Gesandte des Bischofs war niemand anderer als Bruder Johannes. Die Bekanntschaft mit ihm wurde Marias Freundin zum Verhängnis.

Nachdem die Heilerin ihren Bericht beendet und das schreckliche Geheimnis des Dominikaners offenbart hatte, schauten ihre beiden Zuhörer betreten zu Boden.

»Mir stockte der Atem, als ich dem Mönch nach all den Jahren hier in Reutlingen erneut begegnet bin. Zuerst dachte ich an Flucht, aber dann hätte ich alles, was ich mir in den letzten Jahren in mühevoller Arbeit aufgebaut hatte, zurücklassen müssen. Deshalb gab ich ihm mein Wort, absolutes Stillschweigen zu bewahren. Er hat meinen Beteuerungen offenbar nicht geglaubt und beschloss stattdessen, etwas zu unternehmen.«

»Die Anschuldigungen gegen den Bruder sind so ungeheuerlich, dass er mit Sicherheit alles daransetzen wird, Euch mundtot zu machen.« Der Priester hatte als Erster die Sprache wiedergefunden. »Ich kenne den Mönch bisher nur als gottesfürchtigen, wenngleich höchst unsympathischen Zeitgenossen. Sollte es allerdings zum Äußersten kommen und Euch beiden der Galgen drohen, so werde ich das dunkle Geheimnis vor dem Richter zur Sprache bringen.«

Anna musste sich abermals über die Kraft und Entschlossenheit des Predigers wundern, die in krassem Gegensatz zu seiner äußerlich zur Schau getragenen Gemütlichkeit stand. »Herr Pfarrer, ich danke Euch schon im Voraus für Eure Bemühungen. Doch nehmt Euch vor dem finsteren Dominikaner und den Neumanns in Acht, sie führen noch irgendetwas anderes im Schilde. Ich habe den ungewöhnlich häufigen Besuchen von Johannes im Hause meines Schwiegervaters bisher keine große Bedeutung zugemessen, aber unter den jetzigen Umständen fällt es mir schwer, darin nur einen Zufall zu sehen.«

Bevor Alber sich verabschiedete, sprach er noch ein langes Gebet für die beiden Frauen. »Lebt wohl und gebt niemals die Hoffnung auf, mit Gottes Hilfe seid Ihr bald wieder frei.«

Er erhob sich und hämmerte an die mehrfach verriegelte Pforte.

»Zur Unterstützung dingt ihr euch zwei Halsabschneider und nehmt diesen Heinrich Klingner mit. Sollte er sich weigern, so erinnert ihn an seine hohen Schulden und an die massive Unterstützung, die ich ihm bei seinen Angelegenheiten angedeihen ließ.«

Der unauffällige Mann lauschte aufmerksam den Befehlen seines Herrn.

»Ich verlasse mich auf Euch! Es darf nichts schiefgehen, zu viel steht auf dem Spiel. Gehabt Euch wohl.«

Mit einem knappen Nicken in Neumanns Richtung verließ der mittelgroße, kräftige Mann das Kontor und lauschte erfreut dem Klingeln der Münzen in seinem Beutel.

Kurze Zeit später erschien Kaspar im Büro und lieferte seinem Vater in knappen Worten einen Abriss der Geschehnisse. Balthasar war alles andere als erfreut über die Verhaftung seiner Schwiegertochter, nicht so sehr, weil ihm die junge Frau leidgetan hätte, sondern weil er in der derzeitigen Lage kein unnötiges Aufsehen riskieren wollte.

»Das ist ein gewagtes Spiel mit vielen Unwägbarkeiten, mein Junge, es wäre fatal für den Ruf unseres Unternehmens, wenn es missliebige Überraschungen geben würde.«

»Ich hatte einen guten Lehrmeister in Sachen Intrigen und Rücksichtslosigkeit.« In dem hübschen Gesicht des jungen Neumann zeigte sich ein feines Lächeln.

»Gut pariert, aber nun lass uns die weiteren Schritte gemeinsam planen. Wenn wir keine groben Fehler machen, so wird der Stern unserer Firma heller leuchten als je zuvor.«

Kaspar erzählte seinem Vater weiterhin von dem Gefallen, den er Bruder Johannes durch seine dunklen Machenschaften getan hatte. Die Aussicht, dass dieser dadurch noch tiefer in der Schuld der Neumanns steckte, besänftigte den alten Kaufherrn vollends.

Kapitel 16

»Ihr verdammten Saukerle, da liegt euer langjähriger Anführer womöglich im Sterben und ihr habt nichts Besseres zu tun, als euch gegenseitig abzuschlachten.« Wie eine Furie kam Sabina aus der Hütte gestürmt. Ohne auf die Waffen zu achten, die auf sie gerichtet waren, ging sie geradewegs auf Odo zu. »Michel hat dich aufgenommen, als dein Leben keinen Pfifferling mehr wert war und kein erbärmlicher Schweinehirt dir noch etwas zu fressen gegeben hätte!«

»Geh mir aus dem Weg, Weib!« Loyalität war für den ehemaligen Landsknecht offenbar ein Fremdwort. »Oder ich mache dir zuallererst den Garaus.« Der große, Furcht einflößende Mann hob drohend seine Axt, seine gelben Augen funkelten gefährlich.

»Halt, Odo, warte einen Moment.« Der Bader hatte das Wort ergriffen.

»Wir könnten doch die Gefangenen behalten und Michel und seine Anhänger um der alten Zeiten willen laufen lassen.« Pragmatisch veranlagt, wie er war, erkannte er, dass bei einem Kampf beide Seiten mit empfindlichen Verlusten zu rechnen hatten. Nicht wenige der Räuber erhoben ihre Stimmen zu einem beipflichtenden Gejohle.

»Bitte, ihr Leute, gewährt einem alten Mann ein paar Worte.« Unvermittelt war Ephraim, der jüdische Geldverleiher, herangetreten und fügte mit lauter Stimme hinzu: »Fünfhundert Gulden!«

Jäh verstummten alle.

»Fünfhundert rheinische Gulden werde ich euch bringen, wenn ihr uns Gefangenen sowie die Leute, die zu eurem Hauptmann halten, freilasst.« Das ganze Durcheinander hatte ihm urplötzlich die Möglichkeit gegeben, seine Kinder zu retten, mit seinem eigenen Leben hatte der Hebräer in diesem Augenblick bereits abgeschlossen.

»Wer glaubt einem stinkenden Wucherer wie dir ein Wort? Komm her und ich hacke dir deinen verlausten Bart mitsamt deinem Kopf ab.«

»Lass ihn doch ausreden, einen Kopf kürzer machen können wir ihn immer noch.« Der Bader schien mehr und mehr die Initiative zu ergreifen.

»Nehmt mich als Geisel und lasst die anderen frei, mein Sohn wird das Geld von einem Geschäftspartner in Stuttgart besorgen und euch bringen.«

Odo stürmte auf den Mann zu und umfasste mit seiner unverletzten Pranke den Hals des alten Juden. »Willst du uns zum Narren halten? Was glaubst du eigentlich, mit wem du es hier zu tun hast? Ich habe anderen schon aus nichtigerem Anlass das Herz aus dem Leib geschnitten.«

»Wir müssen ihn am Leben lassen, mir ist da eben eine glänzende Idee gekommen.« Der Bader tippte sich mit dem Zeigefinger an die Schläfe. »Wir werden seine geliebte Tochter als Faustpfand hierbehalten, außerdem hätten wir dann eine Krankenschwester für Michel, den ich ebenfalls nur ungern aus den Händen geben möchte.«

In ohnmächtiger Wut wollte sich Sabina auf den schmierigen Mann stürzen. »Ich kratze dir die Augen aus, du elender Kurpfuscher!«

Zwei starke Männer waren nötig, um die wild um sich tretende Frau zu bändigen. Es fehlte nicht viel und die beiden Lager wären aufeinander losgegangen. Zu guter Letzt obsiegten die Vernunft sowie die Gier nach der für die meisten Räuber unvorstellbar hohen Geldsumme.

Die jeweiligen Anführer der seit Kurzem verfeindeten Gruppen und der jüdische Geldwechsler trafen sich letztendlich am Lagerfeuer. Die Verhandlungen verliefen sehr zäh und man konnte sich nicht einigen, jede Seite fühlte sich übervorteilt.

»Darf ich mich auch dazu äußern? Schließlich geht es um das Leben meiner Tochter.« Ephraim stellte sich mutig zwischen die Streithähne. Dass es sich um sein Geld handelte, das in den Verhandlungen zur Debatte stand, erwähnte er nicht. »Habt Ihr einen Mann in Stuttgart, dem Ihr vertraut, einen …?«

»Einen Hehler, meinst du?«, ergänzte der Bader und kratzte seine grauen Bartstoppeln. »Warum fragst du?«

»Wenn Ihr solch einen Gewährsmann hättet, würde ich diesem das Geld aushändigen.«

»Was soll das Geschacher, bring die fünfhundert Gulden und du kannst deine Tochter mitsamt dem Krüppel mitnehmen.« Odo spürte, dass ihm das Zepter zunehmend aus der Hand zu gleiten drohte.

Ephraim wich vor dem gewalttätigen Mann, der ihn bedrohte, wieder zurück. »Es ist nicht so, dass ich Euch nicht vertrauen würde, aber ich möchte doch eine gewisse Sicherheit in Bezug auf das Leben meiner geliebten Ruth haben. Deswegen schlage ich Euch vor, dass diese beiden«, er deutete auf Robert und Karl, »den Hehler begleiten, sobald ihnen die Freilassung meines Kindes bestätigt wird, das Geld in Euer Lager schaffen und den verwundeten Michel dann mitnehmen.«

Der alte Jude hatte kaum geendet, als erneut ein lautes Geschrei anhob. Ephraim befürchtete nicht ohne Grund, dass die Männer sich dieses Mal an die Gurgel gehen würden, doch seine Ängste waren unbegründet. Irgendwann nahmen die Galgenvögel den Vorschlag des Geldwechslers an.

Am nächsten Morgen, nach einer bangen Nacht, verließ die Gruppe um Robert und Karl das Lager, schreiende Kinder und zeternde Frauen hinter sich herziehend. Die wenigen Habseligkeiten der Reisenden sowie ihre Bündel und Wanderstöcke waren auf einige altersschwache Wagen verteilt worden. Knochige Hunde umsprangen die Handwerksgesellen und die beiden Hebräer, die den Schluss bildeten.

»Hütet euch, uns zu bescheißen oder gar an den Vogt zu verraten, das wäre das sofortige Ende der Geiseln!«, rief ihnen der Bader hinterher. Er hatte am frühen Morgen einen ihm ergebenen Räuber nach Stuttgart geschickt, um den

Hehler auf das Geschäft vorzubereiten und das gesamte Unternehmen aus sicherer Entfernung zu überwachen.

Die wärmenden Strahlen der Sonne ließen den pappigen Schnee immer mehr zusammenschrumpfen und den Boden weicher werden, was dem bunten, zerlumpten Tross das Gehen zusätzlich erschwerte. Erst nach einem mehrstündigen Marsch kamen die Räuber und ihr Anhang auf die Handelsstraße. Den Wegelagerern war beim Gedanken daran, sich auf einer öffentlichen Straße zu bewegen, sichtlich unwohl. Nach nur wenigen Meilen stießen sie auf die verlassene Kutsche der Juden.

»Sollen wir sie stehen lassen, oder macht es Sinn, die Reparatur fortzusetzen?«, wandte sich Ephraim an die Zimmerleute.

»Mit so vielen Helfern ist es ein Leichtes, den Schaden zu beheben«, antwortete Rudolf stellvertretend. Die Gesellen öffneten ihre Bündel, packten ihr Werkzeug aus und vollendeten ihre vor Tagen unterbrochene Arbeit.

»Wenn Euch jetzt noch jemand ein Pferd gibt, müsstet Ihr in die nächste Ortschaft kommen«, meinte Hannes leichthin.

»Ich glaube, meine Begleiter können eines ihrer Rösser erübrigen. Aber jetzt lasst mich Euch beiden meinen besonderen Dank aussprechen. Es beschämt mich ungemein, dass ich Euch nicht ordentlich bezahlen kann, aber bitte besucht mich in meiner Heimatstadt, wenn dies alles gut ausgegangen ist, und ich werde Euch fürstlich entlohnen.« Ephraim war sichtlich gerührt und schloss die verdutzten Handwerker in seine Arme.

Die Gesellen verabschiedeten sich von allen, schulterten ihre Bündel, nahmen ihren Knotenstock zur Hand und wanderten in Richtung Nördlingen. Hannes hätte gern noch miterlebt, wie die Geiseln, besonders Ruth, freikamen. Im

Lager hatte er der schönen Hebräerin zum Abschied alles Gute wünschen wollen, wurde aber von Odos Spießgesellen davongejagt wie ein räudiger Hund. Nicht einmal einen letzten Blick in das Innere der Hütte hatten sie ihm erlaubt.

»Sollen wir nicht doch nach Frankfurt reisen, wo die Stadt so reich und prächtig sein soll?« Hannes versuchte verzweifelt, seinen Kameraden umzustimmen.

»Kommt gar nicht infrage. Wir wenden uns wie ausgemacht nach Nürnberg und unterwegs können wir vielleicht noch ein paar Tage in einer kleineren Stadt oder in einem Dorf arbeiten.«

Der junge Geselle schmollte, weil sein Vorschlag auf wenig Gegenliebe gestoßen war.

»Jetzt mach doch nicht gleich so ein beleidigtes Gesicht.« Rudolf gab ihm einen freundschaftlichen Stoß in die Rippen.

»Na gut«, lenkte Hannes schließlich ein. »Aber eins sage ich dir, wenn Nürnberg hinter uns liegt, wandere ich am Main entlang und suche mir in der bedeutenden Messestadt eine Arbeit.«

»Du willst doch nur die kleine Ruth wiedersehen, aber das kannst du dir völlig aus dem Kopf schlagen, die Juden wohnen unter sich in einem eigenen Viertel, das von anständigen Christenmenschen gemieden wird.«

Während sie nebeneinander auf dem Weg schritten, der zunehmend morastiger wurde, blickte Hannes seinen Freund fragend an. »Hast du schon einmal solch eine Judengasse gesehen, Rudolf?«

»Nicht mit eigenen Augen, ich habe nur einiges darüber gehört.«

»Ruth«, Hannes Blick schweifte in die Ferne, »hat mir von den Zuständen in ihrem Viertel erzählt, von der bitteren Armut und der erdrückenden Enge, die dort herrschen.

Die Menschen leben anscheinend zusammengepfercht wie Schafe.«

»Pah«, entgegnete Rudolf spöttisch, »diese Wucherer und Halsabschneider haben es nicht anders verdient.«

Hannes spürte, wie die Zornesröte in sein Gesicht trat. »Wie kannst du solche Behauptungen aufstellen? Hast du bereits vergessen, dass uns ein Hebräer das Leben gerettet hat?«

Rudolf räusperte sich, er war nicht in der Stimmung für einen Streit. »Mag sein, die Juden, die wir zuletzt getroffen haben, waren mir ja durchaus sympathisch, aber jetzt lass uns von etwas anderem reden. Zum Beispiel davon, dass mir übel der Magen knurrt.«

Mit einem Mal spürte auch Hannes einen quälenden Hunger. »Du hast recht, wir haben heute kaum etwas gegessen und die Mahlzeiten bei den Räubern waren alles andere als üppig.«

»Steht dir der Sinn vielleicht nach einem knusprigen Schweinebraten oder etwa nach einer fetten Gans?« Rudolf lachte kehlig. »Solche Leckereien kann ich dir nicht bieten, doch mache ich dir einen Vorschlag: Du entzündest ein schönes Feuer und ich suche uns etwas zu essen. Aber gehe sparsam mit meinem Zunder um.«

Der junge Geselle tat, wie ihm geheißen, jedoch brachte ihn das Feuermachen schier zur Verzweiflung. Als er fast resigniert hatte und seinen Kameraden um Hilfe bitten wollte, begann es leicht zu glimmen. Hannes blies nun vorsichtig in die schwache Glut und legte dürre Äste, die er an verschiedenen Bäumen abgebrochen hatte, nach. Die Flammen loderten schon recht hoch, als Rudolf zurückkehrte, in der einen Hand hielt er seinen kleinen Kupferkessel, in der anderen, eingewickelt in ein Tuch, seine Jagdbeute.

»Oh, das ist aber nicht dein Ernst.« Hannes war angewidert zurückgewichen, als sein Kamerad den Inhalt vor ihm ausbreitete.

»Ha, ha, daran wirst du dich gewöhnen müssen. Wir bereiten uns in Windeseile einen leckeren Eintopf. Hinter dem kleinen Hügel dort habe ich einen munter dahinfließenden Bach entdeckt, wo wir unseren Durst löschen können.« Er stellte seinen mit Wasser gefüllten Kessel aufs Feuer und nach geraumer Zeit fing er an, die Zutaten hinzuzugeben. »Die Löwenzahnblätter sowie die jungen Brennnesseln schmecken auch roh ziemlich fein.« Er begann, mit seinem scharfen Dolch die Mäuse auszuweiden, und gab das Fleisch zusammen mit dem Inhalt der Vogeleier, die er aufschlug, in den heißen Topf.

Beim Anblick der zerlegten Kleintiere wandte sich Hannes ab, seinem Gesichtsausdruck nach zu urteilen, war ihm der Appetit vergangen.

»So, jetzt habe ich noch ein paar Bucheckern vom letzten Jahr und dann gibt es hier noch etwas ganz Feines.«

Der jüngere Geselle schüttelte den Kopf, als er die Baumrinde in Rudolfs Hand sah. »Bist du jetzt komplett übergeschnappt? Ich habe noch nie jemanden Holz essen sehen.«

»Das ist die innerste Rindenschicht.« Rudolf nahm ein kleines Stück und schob es in den Mund. »Es ist sehr schmackhaft und nährreich. Wie du siehst, ist Holz nicht nur zum Bearbeiten wichtig, nein, es ernährt uns Zimmerleute zudem in Notzeiten«, meinte er kauend und warf den Rest des Kambiums ebenfalls in die Suppe.

»Jetzt musst du von diesem Kraut hier probieren.«

Vorsichtig nahm Hannes von dem dargebotenen Grünzeug und versuchte ein winziges Stück. Sofort hellte sich seine skeptische Miene auf. »Das kenne ich, das ist Knoblauch.«

»Fast richtig, es ist mit diesem eng verwandt, heißt Bärlauch und wird unserem Eintopf einen vorzüglichen Geschmack verleihen.« Während der Garzeit schnitzte sich Rudolf einen Löffel, den er mehrfach in das Gericht hielt, um zu probieren. Hannes tat es ihm gleich und fertigte ebenfalls einen.

»So, ich glaube, unser köstliches Mahl ist fertig.« Mit seinem Leinentuch umwickelte Rudolf den heißen Kessel und stellte ihn ins Gras. »Mm, das schmeckt fein, von so was kann ein reicher Fürst nur träumen. Na los, Hannes, komm her, auf der Wanderschaft musst du dich noch an ganz andere Dinge gewöhnen.«

Der Angesprochene sträubte sich eine Weile, schließlich gewann aber der Hunger die Oberhand über den Ekel.

»Und wie schmeckt dir unsere Suppe?«

»Wenn ich nicht wüsste, was alles drin ist, würde ich sagen, gar nicht schlecht«, antwortete Hannes mit einem Augenzwinkern.

Die beiden unterhielten sich nach dem Essen noch lange und aufgeregt über die spannenden Erlebnisse der letzten Wochen und legten sich irgendwann an das wärmende Feuer. Vor dem Einschlafen sah Hannes deutlich das Bild der jungen Jüdin vor Augen, das ihn in einen Traum begleitete, in dem er als strahlender Held die schöne Ruth aus den Klauen der Verbrecher befreite.

Beim Morgengrauen wurde er unsanft aus seinem süßen Schlummer geweckt. »Steh auf, wir machen, dass wir wegkommen!«

Es dampfte, als die Gesellen ihr Wasser in der Glut abschlugen.

»Vielleicht kommen wir heute in ein Dorf, wo wir für Kost und Logis arbeiten können. Die Bauern sind zwar alles andere als wohlhabend, dennoch habe ich mit ihnen durchweg gute Erfahrungen gemacht.«

Am nahen Bach löschten sie ihren Durst und wuschen sich Gesicht und Hände, ehe sie wieder der Handelsstraße folgten. Es wollte kein richtiges Gespräch aufkommen, als sie gemächlich dahintrotteten, jeder hing seinen Gedanken nach. Der brennende Hunger, der sich irgendwann erneut einstellte, trieb seltsame Blüten. Hannes stellte sich vor, dass er jeden Abend diese armselige, ekelhafte Suppe essen müsste. Eine leise Angst kroch in ihm hoch. Was würde mit ihnen geschehen, wenn sie keine Arbeit mehr finden konnten? Die Zeiten waren überaus schlecht, der tyrannische Herzog hatte die Landbevölkerung ausgepresst, bevor er davongejagt wurde, und die verheerenden Missernten der letzten Jahre taten ein Übriges.

»Brrrrr, halt!«

Die Gesellen schreckten jäh aus ihren düsteren Tagträumen auf und sprangen behände zur Seite. Der zweispännige Wagen kam laut quietschend zum Stehen, wobei sich die Ladung durch das abrupte Bremsen verschob.

»Himmelkreuzdonnerwetter, was haben wir denn da für Schlafhauben! Seht nur, was ihr angerichtet habt!«, schrie der erzürnte Kutscher und blickte entgeistert auf die Fässer, die von seinem Wagen heruntergerollt waren.

»Das ist ja wohl der Gipfel! Was können wir dafür, wenn du Armleuchter deine Ladung nicht richtig sicherst?« Rudolf hatte die Hände in die Seiten gestemmt und stand streitlustig vor dem zeternden Mann, der abgestiegen war, um den Schaden zu begutachten.

»Hört auf zu streiten!« Hannes war zwischen den stämmigen Kutscher und seinen aufgebrachten Kameraden getreten. »Keiner ist wohl ganz unschuldig an dem Vorfall«, sagte er, zu dem Fremden gewandt. »Mein Freund hier und ich werden dir helfen, deine Ware wieder zu verstauen, nicht wahr, Rudolf?«

»Meinetwegen«, brummelte dieser.

Der Wagenlenker schimpfte ein kleines Weilchen vor sich hin, nahm das Hilfsangebot aber sichtlich erleichtert an. Mühsam wuchteten die drei kräftigen Männer die schweren, Hunderte von Litern fassenden Eichenfässer zurück auf den Leiterwagen.

Während der kräftezehrenden Arbeit entwickelte sich ein munteres Gespräch und der Zorn der beiden Streithähne verrauchte so schnell, wie er gekommen war. Auch die Ursache für das Verrutschen der Ladung wurde gefunden. Einer der Knoten, mit denen das dicke Hanfseil mit der Pritsche des Wagens verbunden gewesen war, hatte sich gelöst. Rudolf zeigte dem Kutscher eine Variante, die selbst dieser erfahrene Mann noch nicht kannte und die höchsten Beanspruchungen standhielt.

»Ich glaube, ich bin euch etwas schuldig.« Es fiel dem raubeinigen Kerl sichtlich schwer, sich bei den Gesellen zu bedanken. »Kennt ihr beiden das Kloster Lorch?«

Die Handwerker schüttelten die Köpfe.

»Dorthin muss ich die Fässer transportieren, ihr könnt auf dem Wagen Platz nehmen und mich begleiten.« Er kratzte sich hinter dem Ohr und schien zu überlegen. »Wollt ihr euch außerdem ein paar Heller und eine warme Mahlzeit verdienen?«

Bei diesen Worten hellten sich die Gesichter der Zimmerleute merklich auf. »Da brauchst du uns nicht zweimal zu fragen, nicht wahr, Hannes?« Dieser nickte eifrig mit dem Kopf und nach einer vergleichsweise kurzen Fahrt, bei der die Gesellen kräftig durchgeschüttelt wurden, kam eine große Gebäudeansammlung in Sicht. Der einzige sichtbare Zugang in der von einer hohen, trutzigen Mauer umgebenen Abtei war ein zweiflügeliges Holztor, das von mehreren bewaffneten Männern gesichert wurde.

Die Wächter flachsten beim Anblick der riesigen Fässer und ließen die Kutsche ungehindert passieren. Vor dem wuchtigen Wirtschaftsgebäude wurden sie bereits von dem Probst erwartet.

»Gott zum Gruße, ihr Männer, ich freue mich außerordentlich, dass ihr mir die neuen Fässer bringt, dann können wir die alten, aus denen das gute Bier herausrinnt, endlich verfeuern.«

Wie ihnen der Kutscher erzählt hatte, war dieser Mönch verantwortlich für Landwirtschaft, Brauwesen sowie die Küche, und er sah genauso aus, wie sich Hannes die Männer hinter den dicken Klostermauern immer vorgestellt hatte. Sein kugelrunder Bauch spannte die schwarze Kutte, die der lederne Gürtel nur notdürftig zusammenhielt, und der massige, runde Kopf mit dem spärlichen grauen Haarkranz saß ohne sichtbaren Halsansatz auf dem Leib.

»Was hast du mir denn da für zwei Gestalten mitgebracht?« Er deutete mit einem hämischen Grinsen auf die Gesellen.

»Die beiden sind reisende Zimmerleute und haben mir unterwegs aus der Patsche geholfen. Ich habe ihnen eine warme Mahlzeit versprochen, wenn sie uns helfen, die Fässer wohlbehalten in Euren Gewölbekeller zu schaffen. Das ist doch bestimmt in Eurem Sinn.«

Mit skeptischen Blicken betrachtete der Mönch Hannes und Rudolf. »Ihr seht ein wenig mitgenommen und abgezehrt aus, na, sei es drum, lasst uns die Ware endlich abladen.«

Er stieß einen schrillen Pfiff aus und kurz darauf kam ein Mann mittleren Alters mit schrecklichen O-Beinen angewackelt. Die Gesellen hatten bereits die Knoten gelöst und zwei Bohlen angelegt, auf denen die Fässer von dem Wagen gerollt werden konnten.

»Das hier ist unser Laienbruder Korbinian, der euch helfen wird.« Mit einem großen Bartschlüssel, den der korpulente Mönch an einer Kette um den Hals getragen hatte, öffnete er eines der beiden halbrunden Portale und bedeutete den Gesellen, ihm zu folgen. »Am besten sichert ihr die Fässer mit eurem Seil und kullert sie Stufe um Stufe hinab.«

Langsam, sich an dem seitlich angebrachten Eisengeländer festhaltend, stieg der Mönch als Erster die steile Steintreppe hinunter, die anderen Männer kamen hinterher. Unten angekommen, schlug ihnen süßlicher Modergeruch entgegen. Links und rechts waren brennende Fackeln angebracht, die das uralte Gewölbe gespenstisch erhellten.

»Seht ihr dort vorn die großen Fässer?« Der befehlsgewohnte Mann hatte sich an die Gesellen gewandt. »An deren Stelle hätte ich gern die neuen gelagert, wie ihr diese nach oben bringt, ist euer Problem. Jetzt könnt ihr zeigen, ob ihr ein gutes Essen verdient.« Der dicke Mönch nickte dem Fuhrmann zu und gemeinsam verließen sie den unheimlichen Keller.

Rudolf wies den Laienbruder an, ihnen mit einer Fackel zu leuchten, und besah sich die Tonnen eingehend. »Wir müssen die schweren Dinger hier unten zerlegen, eine andere Möglichkeit sehe ich nicht. Da fällt mir ein, hast du nicht mal erzählt, dass du aus einer Weingärtnerfamilie kommst, Hannes?«

Der jüngere Geselle nickte.

»Dann müsstest du ja gut darüber Bescheid wissen, wie wir das am besten bewerkstelligen können.«

»Das ist ganz einfach, wir holen unsere Äxte und entfernen die eisernen Reifen, danach lösen wir die Fassdauben von den Deckeln, in die sie eingearbeitet sind, und tragen das Ganze einzeln hinauf. Aber dazu benötigen wir einen Krug Bier, um das trockene Holz ein wenig anzufeuchten.«

Hannes zwinkerte seinem Freund listig zu, selbst der etwas begriffsstutzige Laienbruder verstand den Wink.

Recht bald waren die Fässer in ihre Einzelteile zerlegt sowie mehrere Kannen Gerstensaft getrunken. Korbinian hatte noch drei Novizen geholt, die ihm halfen, das schwere Eichenholz nach oben zu tragen. Nachdem sie die neuen Fässer mit vereinten Kräften an ihren Bestimmungsort gebracht hatten, begannen die Zimmerleute damit, die Dauben in handliche Stücke zu sägen. Die Handwerker waren nicht zuletzt wegen des Bieres in ausgezeichneter Stimmung und sangen, wie immer bei ihrer oft harten Arbeit, ihre Lieder über das lustige Gesellenleben, von süffigem Wein und schönen Weibern.

Die Novizen bekamen rote Ohren, der Laienbruder hingegen lachte verschmitzt in sich hinein.

»Das hier ist ein heiliger, gottgeweihter Ort und keine Spelunke. Ich werde sofort den Vater Abt aufsuchen und dafür sorgen, dass ihr übles Gesindel hinausgeworfen werdet.« Die Augen des hageren Mönchs, der eben den Keller betreten hatte, glänzten fiebrig. Seine Gesichtszüge waren vor Wut verzerrt, als er wild gestikulierend vor die Gesellen trat. »Dafür werdet ihr in der Hölle schmoren! Eure Gesänge beleidigen nicht nur den gesamten Benediktinerorden, sondern Gott selbst.«

Die so Gescholtenen hörten sofort auf zu singen und machten betretene Gesichter. Korbinian und die Novizen waren beim Erscheinen des Racheengels sofort in Deckung gegangen.

»Aber, aber, mein lieber Bruder, regt Euch doch nicht so auf, diese Männer haben ein einfaches Gemüt und denken sich nichts dabei.« Der Probst hatte den Zwist mitbekommen und versuchte, den erregten Mönch zu besänftigen.

»Ihr nehmt diese Gotteslästerung und den Schmutz, der aus diesen Gesängen kommt, viel zu leicht, aber so, wie Ihr ausseht, Bruder, seid Ihr den weltlichen Genüssen ebenfalls nicht abgeneigt.«

Ungläubig schaute der Probst den Gast an und schluckte schwer, der Asket hatte sich in seinem Eifer eindeutig danebenbenommen. »Ich …, ich glaube nicht, dass ich Euch Rechenschaft bezüglich meines Aussehens ablegen muss, Bruder. Und nun zu euch beiden, kommt mal mit mir!« Er ließ seinen Kritiker achtlos stehen und ging mit den Gesellen in die Klosterküche. Hannes warf noch einen Blick auf den Mann im weißen Habit und fasste sich nachdenklich an die Stirn, irgendwie kam ihm das Gesicht bekannt vor.

»Seid ihr eigentlich von allen guten Geistern verlassen, ihr Dummköpfe? Lasst euch mit Bier volllaufen und singt ordinäre Lieder. Den Fuhrmann, der euch mitgebracht hat, werde ich beim nächsten Mal sofort vom Hof jagen.« Der feiste Mönch war außer sich vor Wut, was nicht nur an den Gesellen lag, trotzdem bot Rudolf ihm die Stirn.

»Verzeiht uns, ehrwürdiger Vater, wenn wir diesen heiligen Ort beleidigt haben sollten. Selbstverständlich reisen wir sofort ab und für die Arbeit braucht Ihr uns keinen Lohn bezahlen. Komm, Hannes, wir schnappen unsere Bündel und gehen.«

Der ältere Geselle blickte dem Probst stolz in die Augen, Hannes hingegen war angesichts der verlockenden Gerüche und seines rebellierenden Magens mit ohnmächtiger Wut erfüllt. Widerwillig folgte er seinem Kameraden, als dieser mit schwungvollen Schritten zur Tür hinausstürmte.

»Wartet einen Augenblick!«, rief ihnen der Mönch hinterher. »Wenn ihr mir versprecht, euch einigermaßen tugendhaft zu benehmen, könnt ihr ein paar Tage hierbleiben. Arbeit gibt es genug und ich zahle euch einen anständigen Lohn. Kost und Unterkunft sind selbstverständlich frei.« Der Probst bewegte sich erstaunlich flink, als er den beiden folgte. »Und sei es nur, um dem seltsamen Dominikaner eins auszuwischen«, murmelte er vor sich hin.

Hunger, Durst und die Aussicht auf ein Dach über dem Kopf waren schließlich stärker als der Stolz und nach kurzer Beratung nahmen die Gesellen das Angebot des Mönchs an.

Er führte die Männer zurück in die Küche, wo er ihnen Schweinswürste, eingelegtes Spitzkraut und frisch gebackenes Dinkelbrot auf zwei Teller häufte.

»Ich glaube, das ist das beste Mahl, das ich jemals hatte«, meinte Hannes schmatzend und auch Rudolf wirkte sehr zufrieden.

Nachdem die Gesellen bis zum Platzen satt waren, wurden sie von ihrem neuen Auftraggeber in der weitläufigen Klosteranlage herumgeführt.

»Hier liegt einiges im Argen, es kommt mir fast so vor, als seid Ihr unlängst überfallen worden.« Rudolfs wachem, fachkundigem Blick waren die schweren Zerstörungen an dem Gebäudekomplex sofort aufgefallen.

»Das stammt noch aus der Zeit des ›Armen Konrad‹, ihr wisst schon, der blutige Bauernaufstand, der sich gegen unseren allseits geliebten Herzog gerichtet hat«, meinte der Probst sarkastisch. Die Gesellen schauten sich wissend an, immerhin hatte ihnen Ulrich von Hutten ausführlich von dieser Revolte erzählt.

»Ich selbst komme auch aus einer Bauernfamilie, hier aus der Gegend. Das Dorf meiner Familie gehört ebenso zum Kloster wie mannigfaltige Wälder, Felder und andere Ansiedlungen. Meine Eltern hatten insgesamt sechzehn Kinder, von denen in den ersten Jahren über die Hälfte durch Krankheiten dahingerafft wurde. Als jüngster Sohn hatte ich das unfassbare Glück, hier im Kloster aufgenommen zu werden. Die meisten meiner Mitbrüder stammen aus adeligen oder gutbürgerlichen Familien, das Amt des Probstes jedoch wird von den Äbten am liebsten an einen Bauernsohn vergeben. Das hat wahrscheinlich damit zu tun, dass wir besser wirtschaften können, während die Hochwohlgeborenen doch manchmal sehr weltfremd sind. Da ich mich für einen Laienbruder geschickt anstellte und zudem beim Erlernen von Lesen, Schreiben und Rechnen gute Fortschritte machte, kam ich ins Noviziat, um danach die Weihen zu empfangen. Dank unserer Abgeschiedenheit bekamen wir anfangs nichts von dem Aufstand mit, aber nachdem die unzufriedenen Menschen immer zahlreicher wurden, kamen sie eines Tages bei uns an, mit ihren Dreschflegeln, Hacken und Äxten. Denn auch wir sind ihre Herren, denen sie hohe Abgaben, die ihnen fast die Luft abschnüren, zu entrichten haben. Unsere Wachmannschaft hatte bereits beim ersten Auftauchen der wilden Horde die Flucht ergriffen und so war es für die Aufständischen ein Leichtes, zu plündern und zu brandschatzen. Im Großen und Ganzen sind wir aber glimpflich davongekommen, außer einem betagten Mitbruder, den vor lauter Aufregung der Schlag getroffen hat, hatten wir keinen Aderlass.

Im Gegensatz zu den Bauern, die vom Herzog zuerst mit allerlei verlockenden Versprechen zur Räson gebracht wurden, dann aber schmerzlich erkennen mussten, dass sie von einem üblen Lügner und Henkersknecht betrogen worden waren. Bei denen, die nicht außer Landes geflüchtet waren, führte er ein blutiges Regiment. Seine Habgier und seine despotische Art sind ihm aber nicht gut bekommen.« Die gespannte Mimik wich einem zufriedenen Lächeln, der Mönch war offensichtlich noch stark seiner bäuerlichen Herkunft verhaftet.

»Der Überfall auf meine Heimatstadt war der Tropfen, der das Fass zum Überlaufen gebracht hat.«

»Bist du aus Reutlingen?«

Hannes nickte bestätigend.

»Ja, das war für ihn der Anfang vom Ende und möge der Allmächtige verhüten, dass dieser Kretin jemals wieder zurückkehrt. Auf jeden Fall hat uns die ganze Sache doch erheblichen Schaden zugefügt. Leider ist es uns nicht möglich, eine komplette Sanierung durchzuführen, da die letzten Ernten alles andere als gut waren und so die Abgaben unserer Pächter nicht gerade üppig ausfielen. Das ist allerdings gut für euch, denn ihr könnt, wenn ihr wollt, sogar mehrere Wochen hierbleiben, um die nötigsten Dachreparaturen durchzuführen. Ich zahle euch fünf Pfund Heller die Woche, außerdem könnt ihr euch wieder mal so richtig satt essen.«

Der Probst musterte die hohlwangigen Gesellen mit einem süffisanten Grinsen. »Ihr müsst mir jedoch hoch und heilig versprechen, dass ihr die strengen Regeln, die auf dem Klosterhof gelten, befolgt. Nachher werde ich unseren Abt davon in Kenntnis setzen, dass ihr euch auf dem weitläufigen Gelände frei bewegen dürft. Die ganze Litanei braucht ihr nicht mitzumachen, einzig bei der Hauptmahlzeit, die es um zwölf Uhr gibt, erwarte ich euch im Refektorium, wo wir eine Nische für Laienbrüder und Gäste haben. Das Morgenmahl sowie das Abendessen könnt ihr ungezwungen in der Küche einnehmen. So, genug geredet, sucht Korbinian auf, er wird euch eine Zelle im Gästehaus zuweisen, wo ihr auch eure Bündel ablegen könnt. Ach, noch etwas, wie oft wascht ihr euch eigentlich?«

Die Gesellen schauten sich verwundert an. »Also ..., vielleicht ..., äh, eigentlich nicht so oft, wieso fragt Ihr?«, druckste Rudolf herum.

»Weil ihr stinkt wie zwei alte Ziegenböcke. Hier im Kloster wird auf Reinlichkeit großen Wert gelegt. Zuallererst werdet ihr auf Flöhe untersucht, außerdem werdet ihr euch an jedem Tag, den ihr hier seid, Hände und Gesicht waschen und am Samstag steigt ihr in den großen Waschzuber.«

Die Gesellen fingen an zu murren.

»Keine Widerrede, also bis später.« Der schwergewichtige Mann verließ die Handwerker und ging mit behänden Schritten auf eines der mehrstöckigen Häuser zu, wo er hinter der fein ziselierten Haustür verschwand.

»Ich grüße Euch, ehrwürdiger Vater.« Mit einer leichten Verbeugung trat der Probst in das vornehm ausgestattete Amtszimmer des Klostervorstehers.

»Ach, guten Tag, Bruder Benedikt.« Der Abt wirkte ein wenig zerstreut und es schien fast so, als ob er seine Gedankenwelt nur ungern verließ. »In welcher Angelegenheit sucht Ihr mich auf?«

»Es ist wegen diesem …, diesem …« Ein übles Schimpfwort lag dem aufgebrachten Bruder auf den Lippen. »Na, diesem elenden Dominikaner! Die meisten meiner Mitbrüder und auch meine Wenigkeit würden es begrüßen, wenn der unangenehme Bursche unseren Hort der Beschaulichkeit sobald als möglich verlassen würde.«

Selten hatte der Abt seinen sonst so gemütlichen Probst dermaßen erregt gesehen.

»Erst vorhin musste ich mich von dem Kerl aufs Übelste beleidigen lassen, außerdem schnüffelt er mir zu sehr in Dingen herum, von denen er besser nichts erfahren sollte, Ihr wisst, was ich meine, ehrwürdiger Vater.«

»Ich habe deine Machenschaften immer gedeckt, aber verschone mich bitte mit Einzelheiten, je weniger ich darüber weiß, desto besser«, erwiderte der Abt indigniert.

»Was Ihr Machenschaften nennt, trägt sowohl zu Eurem als auch zum Wohlstand der Gemeinschaft in erheblichem Maße bei.« Der füllige Bruder hatte jetzt jeglichen Respekt vor seinem Oberhaupt abgelegt, sein Tatendrang, gepaart mit der ihm angeborenen Bauernschläue, hatten immerhin großen Anteil daran, dass das Kloster nach der teilweisen Zerstörung wieder einigermaßen erblühen konnte.

Seit seiner Pilgerreise nach Rom vor einigen Jahren, wo er den seiner Ansicht nach total überzogenen Prunk der Päpste sah, hatte Benedikt seine Skrupel vollends abgelegt. Er trachtete von dieser Zeit an noch mehr danach, den Anteil des Vatikans an ihrem Ertrag niedrig zu halten und den des Klosters entsprechend höher. Die Dominikaner hingegen waren bekannt als treue Vasallen des Papstes und Verfechter eines einfachen Lebens, und deshalb war ihm dieser sehr typische Vertreter seines Ordens alles andere als willkommen.

»Du musst ihn wohl noch einige Tage ertragen, erst nach der Himmelfahrtsprozession wird er mit Bruder Malachias unseren Hort der Beschaulichkeit, wie du dich ausgedrückt hast, verlassen.« Der Abt erzählte seinem Probst vom Zweck dieser Reise und entließ ihn daraufhin mit einer Handbewegung.

Die Gesellen lebten sich sehr schnell ein. Das regelmäßige, vielfältige und sehr nahrhafte Essen, die abwechslungsreiche, interessante Arbeit und schließlich das herrlich süffige Bier ließen die zwei fast vergessen, dass sie eigentlich an einem Ort waren, an dem Keuschheit und Frömmigkeit über allen anderen Dingen standen oder zumindest stehen sollten.

Einzig die tägliche Tortur des Waschens, die sie über sich ergehen lassen mussten, trübte ein wenig den guten Eindruck, den sie vom Klosterleben hatten. Vor und nach der Mittagspause, die die Zimmerleute im Speisesaal, auch Refektorium genannt, verbrachten, wurde ein langes Gebet gesprochen. Während die Männer aßen, las ein ausgewählter Mitbruder aus der heiligen Schrift vor. Dieser Mönch musste das Kauen und Schmatzen seiner Brüder sowie das Brennen seines Magens ignorieren und sich ganz auf seinen Vortrag konzentrieren. Der arme Kerl, der dieses Amt momentan versah, war während der langen Fastenzeit vor Ostern erwischt worden, als er genüsslich einen geräucherten Aal verzehrte.

Beten, arbeiten und das gemeinsame Essen oder Fasten bestimmten weitgehend den Tagesablauf der Benediktinermönche.

In dem Probst hatten die Gesellen einen mitteilsamen und kundigen Erzähler gefunden, der sie immer wieder bei ihrer Arbeit besuchte. Dachten die Handwerker anfangs noch, der schwergewichtige Mann wolle sie kontrollieren, so wich dieses Gefühl immer mehr einer Vertrautheit, die sich zwischen den Männern entwickelte.

»Kommt herunter vom Dach, meine Freunde, ich habe euch eine kleine Erfrischung mitgebracht.«

Das Feuer, das damals von den Aufständischen gelegt worden war, hatte einen Teil der Bibliothek in Mitleidenschaft gezogen und der Auftrag der Zimmerleute bestand darin, das verkohlte Deckengebälk sowie die verwitterten Dachsparren auszuwechseln. Die findigen Gesellen hatten sich mittels langer Rundholzstangen und grob gesägter Bohlen ein recht passables Gerüst gebaut, auf dem sie sich von einem Stockwerk zum nächsten hangeln konnten.

Bruder Benedikt hatte von einer nahe gelegenen Ziegelei zahlreiche aus Lehm gebrannte Dachpfannen besorgt, die die wertvollen Bücher vor Regen und Schnee bewahren sollten.

»Ahhhh.« Rudolf ließ einen tiefen Rülpser, der sein ganzes Wohlgefühl ausdrückte, ertönen. »Das tut gut!«

Auch Hannes ließ das kühle Bier genussvoll in seine Kehle rinnen.

»Und, wie kommt ihr voran?«

»Geht doch mit uns nach oben und schaut Euch unsere Arbeit aus der Nähe an.« Rudolf wollte bereits wieder in die Höhe klettern, als der Mönch ihn zurückhielt.

»Abgesehen von meiner Höhenangst, wage ich zu bezweifeln, dass diese dünnen Bretter mein bescheidenes Gewicht aushalten«, erwiderte der Probst selbstironisch. »Nein, nein, Küche und Keller sind meine Wirkungsstätte, da kenne ich mich bestens aus. Wie ich eurem zufriedenen Grinsen ansehe, schmeckt euch Herumtreibern das Bier, das ich gebraut habe. Leider geht es zur Neige.« Benedikt überlegte kurz. »Ich mache euch einen Vorschlag: Wenn ihr das Dach über der Bibliothek bis morgen Abend abgedichtet habt, könnt ihr mir danach beim Brauen behilflich sein.«

Dieser Einladung stimmten die Gesellen freudig zu.

Am übernächsten Morgen wurden die Handwerker früher als sonst geweckt. »Macht, dass ihr aufsteht, ihr Faulpelze! Wenn ihr gewaschen seid und eine Kleinigkeit gegessen habt, kommt hinüber ins Wirtschaftsgebäude.« Die befehlsgewohnte Stimme des Probstes schallte in die kleine Zelle, die Hannes und Rudolf sich teilten.

Wenig später traten sie in den Raum und ihr Blick fiel als Erstes auf einen riesigen Kupferkessel, der auf einem mit gebrannten Kacheln ummauerten hohen Sockel stand und mit Wasser gefüllt war. Benedikt war gerade dabei, die zwei in die Mauer eingelassenen gusseisernen Türen zu öffnen und gespaltenes, getrocknetes Holz in die Brennkammer zu schieben. Der Rauch zog durch einen mit Ziegelsteinen gemauerten und durch das Dach ins Freie geführten Kamin ab.

Hannes betrachtete eingehend diesen Ofen und den Schornstein. Er wusste, dass sich einen solchen Rauchfang nur reiche Leute leisten konnten, bei den gewöhnlichen Menschen verteilte sich der stinkende Rauch im gesamten Haus, schwärzte die Balken und wahrscheinlich genauso die Lungen der Bewohner.

Der Mönch stieg eine Holztreppe hinauf und hielt einen

Finger in das erhitzte Wasser. »Jetzt könnt ihr diese Säcke hochbringen und in den Kessel schütten.«

Die Gesellen wuchteten die Säcke einen nach dem anderen nach oben und leerten den Inhalt hinein, während Benedikt mit einem langen Holzstab beständig umrührte.

»Welche Art Getreide nehmt Ihr zur Bierherstellung?«, wollte Hannes wissen.

»Das ist gewöhnliche Gerste, die ich in einem speziellen Verfahren zum Keimen gebracht und anschließend gedörrt habe, man nennt das Malz. Seht ihr dort drüben die zwei Ledereimer stehen? Geht damit zu dem großen Holzbottich und füllt sie. Wenn der Sud eine gewisse Temperatur erreicht hat, gebe ich euch ein Zeichen und ihr gießt das Wasser in die Flammen.«

Verwundert schauten die Gesellen den Probst an, sie verstanden nicht, warum sie das schöne Feuer schon wieder löschen sollten, taten aber, wie ihnen geheißen. »Die Rezeptur und die Vorgehensweise beim Bierbrauen ist Jahrtausende alt, wurde jedoch in den letzten zwei-, dreihundert Jahren deutlich verfeinert. Wir lassen den Sud nun eine Weile ruhen.« Bei diesen Worten drehte er seine Sanduhr um. »Danach heizen wir das Ganze zum zweiten Mal an, diesmal mit erhöhter Temperatur, um es dann erneut zu stoppen und ruhen zu lassen. Wir wiederholen den Vorgang anschließend ein drittes Mal, wobei bei diesem Durchgang die Hitze am höchsten ist. Aber das dauert noch eine Zeit lang.«

Hannes und Rudolf hörten aufmerksam zu, verstanden allerdings nicht so richtig, was ihnen der Braumeister sagen wollte. Sie wunderten sich nur, wie aus dieser trüben Brühe köstliches Bier entstehen sollte.

Es war eine schweißtreibende Arbeit, pausenlos musste Holz nachgelegt, umgerührt und eimerweise heißes Wasser aus der Küche geholt werden.

»Woher wisst Ihr um Gottes willen so genau, wann Ihr das Erhitzen abstoppen und wieder in Gang setzen müsst, Bruder Benedikt?«

»Das ist die Kunst und das große Geheimnis«, meinte der Probst verschmitzt. »Aber weil ich euch gut leiden kann, erzähle ich es euch. Viele Fehlversuche habe ich gebraucht und so mancher Liter Bier landete auf den Feldern des Klosters, bevor ich den minutiösen Brauvorgang zu Papier bringen konnte. Im Prinzip ist es jedoch relativ einfach. Man muss die Zeiten penibel einhalten«, dabei deutete er auf seine Sanduhr, »und die richtige Menge Feuerholz bereithalten. Bei den ersten beiden Kochvorgängen kann ich noch meinen Finger hineinhalten, um die Temperatur zu messen, danach muss ich mich einfach auf meine Erfahrung verlassen.«

Man merkte dem Mönch die Routine an, doch beim letzten Erhitzen war auch er ein wenig aufgeregt und erst nachdem er den Gesellen den Befehl zum Feuerlöschen gegeben hatte, wirkte er gelöster.

Die Brühe wurde in einer Art Sieb, dem sogenannten Läuterbecken, von den Feststoffen getrennt und wieder in den Kupferkessel geleert. Der Ofen wurde erneut angefacht und Benedikt gab unter beständigem Rühren eine kleine Menge des getrockneten, würzigen Hopfens in den Sud. Mit einer Schöpfkelle holte er eine Kostprobe heraus, führte sie an seine Lippen und nahm nach heftigem Blasen einen Schluck. Abschätzend blickte er in die Runde, bevor er schließlich anerkennend nickte. Offenbar stellte ihn das Ergebnis zufrieden. Die Kelle wurde weitergereicht und auch die Gesellen durften probieren.

»Das Bier ist jetzt relativ süß, aber nachdem wir die Gärhefe zugesetzt haben, wird es von Tag zu Tag herber und nach sechs Wochen Ruhezeit in den neuen Holzfässern können wir es anstechen. Gott sei Dank weilt dieser strenggläubige

Asket dann nicht mehr in unseren Mauern.« Verschwörerisch schaute er sich um und bedeutete den Gesellen, näher zu kommen. »Stellt euch vor, dieser scharfe Hund von einem Dominikaner ist in einer sehr, sehr delikaten Mission unterwegs. Er soll dafür sorgen, dass eine der größten und reichsten noch verbliebenen jüdischen Gemeinden ausgelöscht wird.«

Hannes wurde bei den geheimnisvollen Worten des dicken Probstes sofort hellhörig. »Um welche Stadt es sich handelt, die von den Ungläubigen befreit werden soll, wisst Ihr nicht zufällig?« Der junge Geselle versuchte, so harmlos wie möglich zu klingen, damit der Mönch sein brennendes Interesse nicht merkte.

»Ach, was schert uns das Schicksal dieser Juden.«

Offenbar war das Thema für den Mönch erledigt. Hannes spürte, dass Benedikt für weitere Fragen nicht zugänglich war.

»Wir müssen jetzt noch die Brauutensilien reinigen, denn ihr müsst wissen, dass Hygiene unerlässlich ist, wenn man gutes Bier herstellen will. Danach wollen wir bei Schmaus und Trank in der gemütlichen Küche beisammensitzen.«

Die Brotzeit war wieder einmal sehr schmackhaft und gehaltvoll, es gab verschiedene Würste, Käse und knuspriges Weißbrot, dazu vom Vorjahr eingelagerte Äpfel und Gemüse sowie dunkles, schweres Bier.

Irgendwann fielen dem Mönch in einem fort die Augen zu und er drohte, am Tisch einzuschlafen. »Gesellen, seid mir nicht böse, aber um kurz nach Mitternacht werde ich geweckt und zum ersten Gottesdienst des neuen Tages gerufen. Ich wünsche euch eine geruhsame Nacht.«

Hannes und Rudolf gingen ebenfalls in ihre karge Zelle. Aus der Küche hatten sie eine Talgkerze mitgenommen, die den düsteren Raum notdürftig erhellte.

»Ich finde, wir sollten herausbekommen, in welcher Stadt die jüdische Gemeinde ausgelöscht werden soll.«

»Und was, bitte schön, willst du anstellen, wenn der Finsterling sich Frankfurt am Main für seine Umtriebe ausgesucht hat? Willst du dich vielleicht mit den Dominikanern, also der Inquisition, anlegen? Dazu lebe ich zu gern, außerdem, wer sagt uns, dass die Kleine die Sache bei den Räubern überhaupt heil überstanden hat? Ich für meinen Teil halte mich aus dem Ganzen raus und marschiere nach Nürnberg und ich rate dir, dasselbe zu tun«, antwortete Rudolf gereizt.

»Aber wir können doch nicht tatenlos zusehen, wie unschuldige Männer, Frauen und Kinder getötet werden! Erinnere dich an die Worte Ulrichs von Hutten, dass alle Menschen, auch die Andersgläubigen, gleich viel wert sind.« Zornig blickte Hannes seinem Kameraden ins Gesicht. »Und erinnere dich außerdem daran, dass wir ohne Ephraims Hilfe bei den Türken als Rudersklaven gelandet wären.«

»Ach, lass mich doch zufrieden. Wir bleiben ein paar Tage, hauen uns den Wanst voll und reisen dann weiter. Jetzt lass uns schlafen.« Rudolf wandte sich demonstrativ ab, zog sein Hemd und seine Bundhose aus, kratzte sich am Bauch und wollte sich niederlegen.

»Ich hätte nicht gedacht, dass du so wenig Ehre im Leib hast«, geiferte der jüngere Geselle. »Du elender Feigling!« Er spie Rudolf die Worte förmlich ins Gesicht.

Ansatzlos traf Hannes die Faust und warf ihn zu Boden. Sofort war Rudolf auf ihm und schlug weitere Male zu, bevor er schwer atmend von seinem Gefährten abließ. »Nenn mich nie wieder einen Feigling!« Er ging zur Tür hinaus und ließ den aus Nase und Mund blutenden Hannes allein.

Wenig später kam er zurück, setzte sich zu dem am Boden Kauernden und umarmte seinen weinenden Freund. »Entschuldige bitte.« Rudolf rang sichtlich nach Fassung.

»Lass mich zufrieden, ich haue morgen ab!«

»Im Grunde hast du ja recht, ich wollte den leichtesten Weg gehen. Aber ich verspreche dir hiermit, Augen und Ohren offen zu halten, um mehr über die schreckliche Mission des Mönchs zu erfahren.« Mit einem Tuch wischte er seinem widerstrebenden Kameraden das Blut ab, und Hannes konnte nicht anders, als schließlich einzulenken.

»Mir tut es auch leid, ich weiß ja, dass du kein Feigling bist.«

Irgendwann schliefen die beiden ein, nachdem sie sich ausgiebig ihrer gegenseitigen Freundschaft versichert hatten.

Am nächsten Morgen, auf dem Weg zur Küche, begegnete ihnen der Probst. »Seid gegrüßt, meine lieben Gesellen«, meinte er freundlich. »Aber Hannes, was ist denn mit dir passiert, bist du unter ein paar Pferdehufe gekommen?«

»Nein, nein, ich war gestern etwas müde und bin über meine eigenen Beine gestolpert«, beeilte sich dieser zu sagen. Der Mönch schien diese Erklärung nicht zu glauben und wollte etwas entgegnen, als plötzlich ein zerlumpter Mann vor ihnen stand.

»Der Bader!«, riefen die überraschten Gesellen fast wie aus einem Mund.

Kapitel 17

Das geschäftige Treiben schien die beiden Männer, die sich am Eingang des Kontors unterhielten, nicht zu stören.

»Aber warum habt Ihr gerade mich ausgewählt, edler Herr?« Die riesige Narbe trug erheblich dazu bei, dem Mann ein verschlagenes Aussehen zu verleihen.

»Du hast mir bisher gute Dienste geleistet, deswegen denke ich, dass du auch diesmal der richtige Mann für meine Pläne bist.« Der junge, gut aussehende Kaufmann entnahm seinem perlenbestickten Beutel ein paar glänzende Münzen. »Zudem wirst du fürstlich entlohnt.«

Die Augen des Mannes bekamen einen gierigen Glanz. »Also gut, Ihr habt mich überzeugt, ich muss mir nur noch bei der hiesigen Bruderschaft meine Reisepapiere ausstellen lassen. Dazu benötige ich allerdings einen kleinen Vorschuss, da ich beim Herbergsvater in der Kreide stehe und mit Schulden dürfen wir Handwerksgesellen leider nicht abreisen.«

Kaspar Neumann bedauerte zutiefst, dass er auf solch zwielichtiges Gesindel angewiesen war, letztlich gab er dem Gesellen aber einige Gulden und verabredete sich mit ihm auf Montag vor dem Wolfstor.

Er hatte dem Mann erzählt, man müsse einen säumigen Schuldner ein wenig einschüchtern, um diesen zum Zahlen zu bewegen.

Walter hatte daraufhin nur mit den Achseln gezuckt und gegrinst. Die Aussicht auf ein paar schnell verdiente Gulden bei vergleichsweise geringem Aufwand war ihm sehr willkommen. Um das Geld zurückzuzahlen, das er sich geliehen hatte oder anschreiben ließ, hätte er noch mehrere Monate bei dem verhassten Meister arbeiten müssen.

»Herr Hildebrand, könnt Ihr mir am Samstagabend mein Arbeitszeugnis aushändigen? Am Montag werde ich mein Bündel packen und Eure schöne Stadt verlassen.«

Der Meister verschluckte sich an seiner Brotsuppe und musste husten. Er wusste um die immensen Schulden, die der Geselle durch seinen unsteten Lebenswandel angehäuft hatte, und war deshalb mehr als überrascht von dieser Nachricht. »Verstehe mich nicht falsch, aber womit willst du deine Gläubiger bezahlen? Mit Knöpfen werden sie sich schwerlich zufriedengeben.«

Dem Meister war Walter nicht sonderlich sympathisch, er schätzte ihn als unehrlich und durchtrieben ein, andererseits würde es schwierig werden, ohne ausreichendes Personal die anstehenden Arbeiten zu bewältigen. Im Laufe des Vormittags suchte er das Gespräch mit Frieder. Das Verhältnis der beiden zueinander hatte sich seit jenem Vorfall mit dem unrechtmäßig erworbenen Holz deutlich gebessert. Hildebrand war nicht über Nacht ein anderer Mensch geworden, seine oftmals ruppige, polternde Art würde er nur schwerlich ablegen, aber er versuchte wenigstens, seine Leute gerechter und freundlicher zu behandeln.

»Wie kommt es, dass unser Freund Walter mit einem Mal abreisen kann? Du hast mir immer erzählt, bei dem, was der auf dem Kerbholz hat, müsste er uns noch eine Zeit lang erhalten bleiben.«

Der hochgewachsene Frieder hob seine Kappe und kratzte sich das struppige rote Haar. »Mir hat er gesagt, ein Kaufmann seiner Heimatstadt hätte ihn ausfindig gemacht, um ihm das Erbe eines kinderlosen Oheims auszubezahlen. So wie ich Walter einschätze, könnte er auch ein krummes Ding gedreht haben. Ohne Beweise muss ich ihm die Geschichte mit dem Onkel jedoch glauben und ihm seine Reisepapiere ausstellen. Sobald aber wieder ein Zimmermann in die Stadt kommt, werde ich ihn zuallererst hierher bringen, Herr Meister.«

Am darauffolgenden Samstagabend trafen sich die Gesellen zu ihrer Zusammenkunft in der hiesigen Herberge. Der offizielle Teil war ohne größere Schwierigkeiten zu Ende gegangen und die Männer saßen noch in gemütlicher Runde zusammen. Sie unterhielten sich, sangen zwischendurch zünftige Lieder und sprachen nicht unerheblich dem guten Bier zu, wobei Walter, der scheidende Geselle, den größten Teil der Zeche übernahm.

Urplötzlich stand ein stiernackiger, glatzköpfiger Mann in der Schankstube und hielt eine scheu umherblickende junge Frau im Arm. Zu seinem Gefolge gehörten fünf finster dreinblickende Gestalten. »Welcher von diesen Halunken ist es, der dir Gewalt angetan hat?«

Die ausgelassene Stimmung war einer knisternden Ruhe gewichen, während das Mädchen ängstlich auf Walter zeigte und zu weinen begann.

»Was suchst du in unserer Herberge, Frauenwirt?« Frieder war aufgesprungen und stellte sich drohend vor den kleineren und deutlich beleibteren Mann.

»Schau sie dir an! Das Schwein, das sich an ihr vergangen hat, werde ich an seinen eigenen Eiern aufhängen.«

Die Frau hatte ein vollkommen geschwollenes Gesicht und trug den linken Arm in einer Schleife.

»Ich kann deine Aufregung verstehen, Bruno, und ich verspreche dir bei allem, was mir heilig ist, den Hundsfott hart zu bestrafen, aber nun möchte ich dich und dein

Gefolge bitten, diesen Raum zu verlassen. Die Gerichtsbarkeit für Delikte dieser Art liegt in unserer eigenen Hand.«

Der grobschlächtige Mann wollte sich nicht so einfach abspeisen lassen. »Das Mädchen wird die nächsten Wochen keine Freier mehr empfangen können, wenn sie überhaupt irgendwann wieder arbeiten kann. Diesen Ausfall muss uns der Drecksack ebenfalls ersetzen«, antwortete der aufgebrachte Mann.

»Du kennst mich, ich schwöre dir, dass wir die Sache auf unsere Art und Weise bereinigen. Dem armen Mädchen wird Sühne zuteil werden, so wahr ich Altgeselle bin.« Mit diesen Worten schob Frieder den immer noch lamentierenden Bruno mitsamt seinem Gefolge zur Tür hinaus und wandte sich dem hämisch grinsenden Walter zu. »Du hast dich heute Abend zwar aus der hiesigen Bruderschaft verabschiedet, musst dich aber für ein etwaiges Vergehen verantworten, solange du in der Stadt weilst. Lass uns nach nebenan gehen, Walter, ich denke, wir brauchen die anderen nicht, um diese delikate Angelegenheit zu regeln.«

Die teilweise schon heftig angetrunkenen Männer protestierten lautstark, sie wollten sehen, wie der muskelbepackte Frieder den Angeklagten in die Schranken wies. Walter folgte dem Altgesellen in den Nebenraum, in dem auch die Zusammenkünfte der Bruderschaft abgehalten wurden.

»Also, pass auf.« Entschlossen trat der rothaarige Mann auf seinen Kontrahenten zu. »Ich bin mir sicher, dass du es warst, der die junge Dirne misshandelt hat. Ich werde dir deshalb jetzt eine tüchtige Abreibung verpassen, danach bezahlst du einen Monatslohn und …«

Weiter kam er nicht. Walter hatte blitzschnell sein

Messer gezückt und es dem verdutzten Frieder in die Seite gerammt.

»Du verdammter …!« Ungläubig presste der verwundete Mann die Worte heraus und sank auf die Knie.

Walter öffnete geistesgegenwärtig ein Fenster zum Hinterhof und sprang in die dunkle Nacht hinaus. Ohne nach links und rechts zu schauen, rannte er durch die Gassen, sein Bündel und seinen Stock hatte er zurücklassen müssen, zum Glück hatte er seine Papiere vorhin in den Brustbeutel gesteckt, den er unter seinem Hemd trug.

Am Hafenmarkt angelangt, begann er, wie wild an das schwere Tor eines mehrstöckigen Hauses zu pochen, und nach quälend langen Minuten öffnete ein schlaftrunkener Mann knarrend die schwere Tür. »Was fällt dir ein, du unverschämter Bursche, ich werde sofort die Stadtwache …!«

Bevor der Mann zu Ende schimpfen konnte, war Walter durch das Portal geschlüpft, der wie von Sinnen gestikulierende Wächter stolperte hinter ihm her.

»Du kennst mich doch, geh und hole deinen Herrn her, aber beeile dich!«

Der Eindringling hatte sich umgedreht, seine Augen waren zu Schlitzen verengt und seine Miene verhieß nichts Gutes. Als der Blick des Wächters auf das blutverschmierte Messer fiel, das Walter nach wie vor in der Hand hielt, bekam er es vollends mit der Angst zu tun und eilte davon. Kurze Zeit später kehrte er mit einem jüngeren Mann zurück.

»Ich hoffe für dich, dass du einen guten Grund für das nächtliche Spektakel hast, das du hier aufführst«, herrschte Kaspar Neumann ihn an.

Walter ließ sich nicht einschüchtern und nachdem der Bedienstete auf ein Zeichen des Kaufherrn hin gegangen war, erzählte der Geselle trotzig von der unglücklichen Begebenheit in der Herberge.

»Und wieso kommst du zu mir? Ich bin ein ehrbarer Kaufmann, der sich nicht gemein macht mit Dieben und Totschlägern.« Kaspar gab sich teilnahmslos, innerlich jedoch frohlockte er. Jetzt würde ihm der üble Bursche aus der Hand fressen.

»Aber mein Herr, ich denke, wir arbeiten zusammen?« Walter hatte nun eine unterwürfige Haltung angenommen. »Um alles in der Welt, Ihr müsst mir helfen! Wenn mich die Stadtbüttel erwischen, werde ich aufs Rad geflochten; sollte mich die Bruderschaft zuerst finden, geht es mir genauso ans Leder.«

Neumann ging gemessenen Schrittes davon. Der bettelnde Geselle wollte ihn an seinem Wams zurückhalten, wurde aber von drei kräftigen Männern, die der Hofmeister gerufen hatte, ergriffen.

»Bitte helft mir, edler Herr, ich werde alles für Euch tun, was Ihr von mir verlangt.«

Die Knechte zerrten den sich erbittert wehrenden Walter zum Tor hinaus und warfen ihn in den Rinnstein. Er lag in der schmutzstarrenden Gasse und war sich jäh der ausweglosen Situation bewusst, in der er sich befand. Wohin sollte er sich jetzt noch in seiner Not wenden? Fieberhaft suchte er nach einem Ausweg, während er aufstand und den gröbsten Straßendreck von seinem Gewand entfernte. Die Stadttore waren verrammelt und am Morgen nach der feigen Tat würden die Kontrollen sehr scharf sein.

»Ich bin ja kein Unmensch!« Die Stimme des jungen Kaufmanns riss Walter aus seiner Lethargie. »Na los, komm herein, lege dich zu den Pferden und verhalte dich ruhig. Niemand hier im Haus außer mir weiß von deiner Tat, aber du wirst das Gebäude vor Montag nicht verlassen. Wir werden dich in unserer Ladung verstecken. Ich hoffe nur, dass niemand von unserer Bekanntschaft Kenntnis hat.«

Walter wäre seinem Retter am liebsten um den Hals gefallen, doch eine eindeutige Geste Neumanns hielt ihn davon ab. Gehorsam trottete er in den Stall, holte sich eine Pferdedecke und zog sich ins Stroh zurück. Nur flüchtig dachte er über seine Auseinandersetzung mit dem Altgesellen nach. Nach Walters Dafürhalten war Frieder selbst schuld und so ein Gefühl wie Mitleid war ihm schon lange abhanden gekommen.

Der schwere, vierspännige Wagen, der am frühen Montagmorgen auf das Schelztor zurollte, wurde von einem elegant gekleideten Mann auf einem weißen Schimmel flankiert. Die wertvollen Tuche und Webwaren waren durch eine Plane aus zusammengenähten Kuhhäuten vor dem Regen geschützt. Der gut aussehende Kaufmann stieg von seinem kräftigen Pferd und zeigte den Torwächtern seine Frachtpapiere. Einer der wehrhaften Männer warf nur einen kurzen Blick drauf und gab sie mit einem Kopfnicken dem Besitzer zurück.

»Ihr habt nicht zufällig einen flüchtigen Verbrecher unter Eurer edlen Ware versteckt, mein Herr?«, fragte der schwer bewaffnete Söldner mit einem breiten Grinsen.

»Dass es in dieser schönen Stadt so etwas gibt, habe ich nicht gewusst.« Kaspar gab sich bestürzt. »Aber wenn es Euch beruhigt, könnt Ihr die Ladung gern kontrollieren.«

Der Wächter lief einmal um den Wagen herum, hob an manchen Stellen die Plane hoch und griff hinein. »Dann wollen wir die Sache mal von unten betrachten.«

Dem keuchenden Walter lief der Schweiß in Bächen hinunter, als er die Worte des Söldners hörte, der unter den

Wagen sehen wollte und ihn dann unweigerlich entdecken musste.

»Herrmann, die Wachablösung ist da.«

Der Angesprochene grunzte kurz und winkte den Kaufherrn durch.

Kaspar Neumann verabschiedete sich von den Wächtern und atmete tief durch.

Kapitel 18

MIT EINEM SATZ WAR RUDOLF BEI DEM BADER und packte ihn an seinem abgerissenen Wams. »Damit hättest du nicht gerechnet, dass du uns hier triffst, du räudiger Hund!«

Der Probst musste sein ganzes, nicht unbeträchtliches Gewicht einsetzen, um die beiden zu trennen.

Von einem zum anderen blickend, rannte der Bader davon, Bruder Benedikt jedoch machte einen schnellen Schritt nach vorn und stellte dem Flüchtenden ein Bein.

Nun sah der bisher alles wie aus weiter Ferne beobachtende Hannes rot und stürzte sich auf den am Boden kauernden, schicksalsergebenen Mann.

»Was habt ihr mit Ruth, dem jüdischen Mädchen, gemacht, ihr Bastarde?« Hemmungslos schlug er auf den armen Bader ein.

»Ich will Euch alles erzählen, nur lasst von mir ab.«

Hannes legte die ganze aufgestaute Wut der letzten Wochen

in seine Schläge, bis ihn der Probst von dem winselnden Mann herunterzerrte.

»Jetzt möchte ich sofort den Grund eurer Wut hören.«

Als alle durcheinanderredeten, stellte der Probst sich in seiner ganzen Leibesfülle dazwischen und gebot Einhalt. Dem übel zugerichteten Bader half er auf die Beine und führte ihn zur Küche, die Gesellen trotteten hinterher.

An der Feuerstelle war der Laienbruder Korbinian gerade damit beschäftigt, mit einer Handkurbel einen Spieß zu drehen, der mit mehreren prächtigen Fasanen bespickt war. Das ins Feuer tropfende Fett verströmte einen unwiderstehlichen Duft.

Als er sich umdrehte, um die eintretenden Männer zu begrüßen, blieb sein Blick auf der Gestalt des Baders haften, seine Augen wurden groß und er stürzte auf den zerlumpten Räuber zu. »Heilige Mutter Gottes, ein Wunder ist geschehen!« Wie um sich zu vergewissern, dass er keine Sinnestäuschung erlitt, fasste Korbinian den mittlerweile total verängstigten Mann an den Schultern. »Aber Joseph, erkennst du mich nicht, ich bin es, dein Bruder!«

»Ich dachte, du wärest längst tot.« Die Miene des Baders hatte sich ebenfalls aufgehellt, und in sein Raubvogelgesicht trat echte Freude.

Beide Männer redeten nun ununterbrochen aufeinander ein, und es war schließlich der Probst, der dem aufgeregten Geplauder mit seiner mächtigen Stimme ein Ende bereitete. »Ich freue mich mit dir, Korbinian, aber dein Bruder scheint mir etwas auf die schiefe Bahn geraten zu sein, wenn man den Gesellen Glauben schenken will. Ich wäre deshalb dankbar, wenn er sich erklären würde.«

Der Bader überlegte nur kurz, bevor er zu sprechen anhob. »Alles, was Ihr wissen wollt, werde ich Euch erzählen, doch gebt mir bitte vorher eine Kleinigkeit zu essen, denn ich habe seit mehreren Tagen keine anständige Mahlzeit mehr bekommen.« Der Laienbruder schaute den Probst bittend an. Als dieser unmerklich nickte, brachte Korbinian seinem abgezehrten Bruder ein Brett mit Würsten und Brot sowie jedem der Anwesenden einen Becher mit Remstaler Wein.

Wie ein hungriger Wolf machte sich der Bader über das deftige Mahl her und trank dazu reichlich von dem guten Tropfen. Mit einem zufriedenen Rülpser beendete er sein Essen und begann auf Drängen des Probstes, seine Geschichte zu erzählen.

Der Vater der beiden ungleichen Männer war ein Bader gewesen und so war es selbstverständlich, dass er seinen Ältesten ebenfalls in diesem Handwerk unterwies, zumal der jüngere Sohn etwas schwer von Begriff war. Doch auch für diesen Jungen wurde ein Platz gefunden: Gegen einen entsprechenden Obolus brachte man ihn im nahe gelegenen Kloster als Laienbruder unter.

Geld spielte in der Familie offenbar eine untergeordnete Rolle. Die Badestube war stets gut besucht und auch das Aderlassen, Zähneziehen sowie einige chirurgische Eingriffe spülten etliche Gulden in die Kasse. Nach dem Tod des Vaters führte Josef den Betrieb weiter. Die Arbeit machte ihm Spaß, der Verdienst war sehr gut und der einzige Wermutstropfen war die Ausgrenzung seitens der Bürger. Waren sie seine Gäste, so behandelten sie ihn wie ihresgleichen, traf er dieselben Leute in der Stadt wieder, ließen sie ihn jedoch deutlich spüren, dass er einem unehrlichen Beruf nachging. Sie stellten ihn mit Abdeckern und Henkern gleich, weil er ebenso wie diese mit Blut und eitrigem Fleisch in Berührung kam.

Josef nahm eine Badertochter zur Frau, die ihm drei gesunde Kinder schenkte. Die Badestube florierte, bis eines Tages ein angesehener Bürger in sein Haus trat, dem mehrere Männer mit Tüchern vor ihren Mündern folgten. Auf die roten Pusteln im Gesicht zeigend, beschuldigte der erregte Mann Josef aufs Übelste und machte ihn verantwortlich für seine Krankheit. Nun wurde ihm der Status als unehrlicher Handwerker, hinter dem keine mächtige Zunft stand, zum Verhängnis. Vor dem Stadtgericht beteuerte er seine Unschuld, allein, wer glaubte schon einem Bader. Der Bürger behauptete, sich wegen der mangelnden Hygiene in der Badestube mit der Franzosenkrankheit angesteckt zu haben. Die Vorwürfe waren haltlos, aber offenbar hatte der Ankläger einflussreiche Freunde und so wurde Josef mitsamt seiner Familie in Schimpf und Schande zur Stadt hinausgejagt, obwohl die kalte Jahreszeit vor der Tür stand. Der Winter war ungewöhnlich hart. Kurz vor dem Hungertod stießen sie auf eine Räuberbande, bei der sie Unterschlupf fanden. Josef machte sich als Feldscher bereits nach wenigen Tagen unentbehrlich. Die Chance, in der Hierarchie der Gruppe nach oben zu steigen, bot sich dem Bader unverhofft, als Michel seinen Unterarm verlor. Er glaubte, diese ungeahnte Möglichkeit nutzen zu können, indem er den grausamen Odo befreite.

»Ihr wart kaum weg, als ich schon alle Hände voll zu tun hatte, diesen Wahnsinnigen von der jungen Jüdin fernzuhalten und Michel vor seinem Messer zu schützen. Bald nachdem wir das Mädchen freigelassen hatten, kam der Hehler in Begleitung unserer beiden ehemaligen Kameraden ins Lager. Karl und Robert trugen die schwere Holzkiste scheinbar ohne körperliche Anstrengung und sobald sie sich vergewissert hatten, dass alle von uns in der Nähe waren, setzten sie die eisenbeschlagene Truhe langsam ab.

Was zunächst wie ein Missgeschick aussah, war mit Sicherheit so geplant gewesen. Die Kiste drehte sich, schlug auf dem Boden auf und unzählige Münzen lagen plötzlich vor unseren Füßen. Nach einer Schrecksekunde gab es kein Halten mehr, gierig wollte jeder so viel wie möglich zusammenraffen. Waren es zuerst ein paar Knüffe und Schläge, die ausgeteilt wurden, um ein größeres Stück vom Reichtum zu ergattern, so wurden recht bald die scharfen Waffen gezückt und innerhalb kürzester Zeit war der Boden übersät mit blutenden Leibern. Der Jude Ephraim hatte uns mit unseren eigenen Waffen geschlagen.

Odo hatte wohl geahnt und gehofft, dass es zu einer solch heftigen Reaktion kommen würde und eine Handvoll Männer um sich geschart. Mit unvorstellbarer Grausamkeit ging die eingespielte Truppe zu Werke und metzelte alles nieder, was sich ihr in den Weg stellte.

Anfangs habe ich mir ebenfalls den Beutel vollgestopft, doch irgendwann habe ich in dem Blutbad meine liebe Frau und meine Kinder geschnappt und bin in den nahen Wald geflohen.« Die grausigen Szenen kamen dem Bader wieder zu Bewusstsein und er begann zu schluchzen.

»Was ist mit Michel geschehen?«, wollte Hannes wissen.

»Ich warf einen kurzen Blick in seine Hütte, als wir so fluchtartig den Ort des Geschehens verließen, konnte ihn aber nirgendwo entdecken. Seine beiden Freunde haben den Tumult offenbar ausgenutzt und ihn fortgebracht.«

Korbinian trat zu seinem aufgelösten Bruder und schlang die Arme um ihn, wie um ihn zu beschützen. »Wo hast du deine Familie gelassen?«

»Sie verstecken sich in einem nahen Waldstück und warten darauf, dass ich ihnen ein wenig Nahrung bringe.«

»Ehrwürdiger Vater, lasst Gnade vor Recht ergehen. Mein

geliebter Bruder ist unschuldig in Not geraten und dass er zu guter Letzt bei einer Räuberbande gelandet ist, kann man ihm nicht zum Vorwurf machen. Er wollte lediglich Frau und Kinder vor dem unausweichlichen Hungertod bewahren. Bitte lasst Josef und seine arme Familie einige Tage im Gästehaus übernachten.«

Das war die längste Rede, die Benedikt von dem sonst so einfältig wirkenden Laienbruder gehört hatte. Konnte es sein, dass sich der Mann nur recht geschickt verstellte?

Nachdenklich kratzte sich der Probst das Kinn, das nahtlos in den Hals überging. »Einen Heilkundigen könnten wir derzeit tatsächlich gebrauchen, unser Bruder Vincent, der uns in medizinischen Dingen die letzten Jahre betreut hat, ist nahezu erblindet.«

»Wollt Ihr diesen Räuber und Mordbrenner etwa ungeschoren davonkommen lassen?« Rudolf war hochgefahren, sein Gesicht war zu einer wütenden Fratze verzerrt. Der Bader war ebenfalls aufgestanden und stellte sich mit einer resignierten Miene vor den wütenden Gesellen.

»Glaube mir, mein Junge, ich habe niemals jemanden umgebracht und geraubt haben wir nur, um zu überleben. Du hast unser ärmliches Lager gesehen, keiner von uns hat in einem prunkvollen Palast gehaust und die Mitglieder unserer Bande waren allesamt entwurzelte Menschen. In der Mehrzahl waren es Bauern, die ihre hohen Abgaben nicht mehr leisten konnten und dann von den erbarmungslosen Grundherren mit Waffengewalt vom Hof gejagt wurden. Das einzige wirkliche Verbrechen, dessen ich mich schuldig gemacht habe, war der Verrat an Michel, unserem Hauptmann, sowie die anschließende Befreiung dieser mordgierigen Bestie.« Er hielt inne. »Aber für diese Tat habe ich mit dem Leben eines meiner Kinder bezahlt.« Die letzten Worte stieß er unter Tränen hervor.

Die Gesellen schauten ganz betreten drein und verließen schweigend den Raum.

»Ich finde, wir sollten den armen Hund in Ruhe lassen, mit dem Verlust seine Kindes hat er für seine Untaten ausreichend gebüßt.« Da er Ruth in Sicherheit wusste, wollte Hannes dem Bader vergeben.

»Wenn denn alles stimmt, was er erzählt«, brummte Rudolf und die beiden machten sich zu ihrer Baustelle auf.

»Das gottlose Gesindel befindet sich ja immer noch auf dem heiligen Klostergelände!« Der hagere Mönch fixierte die jungen Männer mit seinen fanatisch stechenden Augen.

»Ehrwürdiger Vater.« Beim Anblick des Asketen kam Hannes eine glänzende Idee. »Schon lange warten wir auf eine günstige Gelegenheit, mit Euch zu reden.« Unterwürfig blickte der Geselle zu dem Bruder auf, der ihn um einen halben Kopf überragte. »Wäret Ihr so gnädig, uns verirrte Seelen wieder auf den Pfad der Tugend zurückzuführen, indem Ihr uns das Wort Gottes nahebringt?«

Das sauertöpfische Gesicht nahm einen Ausdruck an, den man nahezu freundlich nennen konnte. »Mein Sohn, die Reue, die ihr erkennen lasst, freut mich, leider muss ich diesen gastlichen Ort in Kürze verlassen.«

»Auch für uns heißt es bald, Abschied zu nehmen, wir könnten Euch ein Stück des Wegs begleiten.«

Der Mönch wollte protestieren, doch nun mischte sich Rudolf ein, der ahnte, worauf sein Kamerad hinauswollte. »Wenn wir Euch begleiten dürfen, hättet Ihr eine kostenlose Eskorte, die Euch in schwierigen Situationen beschützt, und glaubt mir, wir können mit unseren scharfen Äxten umgehen.«

Der hagere Dominikaner schaute die Zimmerleute

abschätzend an. »Eigentlich haben wir in unserer kleinen Kutsche keinen Platz für weitere Reisende, andererseits wäre es sicherlich von Vorteil, wenn zwei wehrhafte Männer in unserem Gefolge wären. Ich werde mit meinem mitreisenden Bruder Rücksprache halten, wir geben euch unsere Entscheidung zu gegebener Zeit bekannt.« Erhobenen Hauptes wandte sich der Mönch zum Gehen.

»Äh, verzeiht, Hochwürden, wohin führt Eure Reise?«

»Nach Norden«, sagte der Angesprochene knapp und ging seiner Wege.

Die Handwerker begaben sich daraufhin in den nicht gerade wohlriechenden Schweinestall, wo ihre heutige Arbeit darin bestand, die zerstörte Tür im Koben des wild gewordenen Deckebers zu reparieren. Die Tiere quiekten aufgeregt, während die Männer von Zeit zu Zeit in ihrer Tätigkeit innehielten, um über die eventuell anstehende Reise zu diskutieren. Irgendwann kamen sie überein, die Mönche auch ohne eine genaue Zielangabe zu begleiten.

Am nächsten Morgen wurden sie unsanft von heftigem Klopfen an ihrer Zellentür geweckt. Rudolf war zuerst auf den Beinen und öffnete.

»Gott zum Gruße, ich soll den Herren ausrichten, dass wir in einer halben Stunde aufbrechen.« Der große Schlapphut und das unrasierte Gesicht gaben dem Mann ein verwegenes Aussehen.

»Entschuldigt, aber wer seid Ihr?«, fragte der Geselle unter kräftigem Gähnen.

»Der Karcher der beiden Mönche bin ich und ihr zwei Schlafmützen seid wohl unsere Beschützer.« Der dröhnende Bass des Kutschers weckte die Männer vollends auf.

»Sagt Bruder Johannes, dass wir uns beeilen.« Hastig zogen sich die Zimmerleute an, packten ihre Habseligkeiten in ihr großes Tuch und hetzten mit ihrem Stock in der Hand zur Küche, wo sie den völlig überraschten Probst begrüßten. »Guten Morgen, Bruder Benedikt.«

»Äh, guten Morgen, wolltet ihr nicht noch ein paar Wochen im Kloster verweilen?« Ratlos schaute der Mönch von einem zum anderen, die Gesellen konnten dem beleibten Bruder nicht in die Augen sehen und blickten schamhaft auf ihre Schuhe.

»Wir können uns dem Dominikaner, Eurem speziellen Freund, anschließen«, gab Rudolf schließlich zur Antwort.

»Aber ich dachte, euer nächstes Ziel sei Nürnberg und so viel ich mitbekommen habe, wollen die beiden Auserwählten ihr zerstörerisches Werk in Frankfurt an dem Maine beginnen.«

Ein triumphierendes Lächeln zeigte sich auf Hannes' Gesicht, das der aufgebrachte Mönch zum Glück nicht bemerkte.

»Da habt ihr euch eine feine Reisegesellschaft ausgesucht, sei es drum, ich kann euch sowieso nicht aufhalten.« Nun hatte es den Anschein, als wäre der Mann ein wenig beleidigt.

»Es tut mir leid, wir wären gern bei Euch geblieben, aber solch eine günstige Gelegenheit müssen wir einfach ausnutzen.« Hannes mochte den korpulenten Kerl und dachte wehmütig daran, dass er diesem Menschen wohl nie mehr begegnen würde.

»Wartet kurz, ihr untreuen Seelen, ich eile geschwind zum Kämmerer und hole Geld, um euch euren ausstehenden Lohn zu bezahlen, währenddessen esst noch etwas.«

Korbinian reichte den wie auf Kohlen sitzenden Gesellen einen Teller mit warmer Brotsuppe, die die hungrigen Männer gierig hinunterschlangen.

»So, meine Freunde, hier das wohlverdiente Arbeitsentgelt.« Der Probst zählte jedem drei Gulden in die Hand.

»Aber, lieber Bruder, das ist zu viel, das ist ja ein ganzer Monatslohn.« Hannes und Rudolf weigerten sich, die glänzenden Münzen anzunehmen.

»Nehmt das Geld und verschwindet. Es ist ein Jammer, ihr Hungerleider seid mir wirklich ans Herz gewachsen. Solltet ihr irgendwann wieder in dieser schönen Gegend sein, so müsst ihr unbedingt bei mir hereinschauen.« Zum Abschied reichte er jedem der beiden seine fleischige Hand und klopfte ihnen aufmunternd auf die Schulter. »Seid vorsichtig mit euren Begleitern, besonders mit dieser Vogelscheuche, Gott beschütze euch!« Die letzten Worte rief er den rennenden Handwerkern lauthals hinterher, ohne sich darum zu scheren, ob die zwei Mönche ihn hören konnten.

Die beiden Pferde, die vor die Kutsche gespannt waren, tänzelten nervös auf der Stelle, als die schwer atmenden Gesellen ihren schmalen Platz auf dem Bock einnahmen. Während sie neben dem Karcher den Elementen schutzlos ausgeliefert waren, saßen die sich angeregt unterhaltenden Brüder im Trockenen.

»Hoho!« Ein lauter Peitschenschlag knallte über die Köpfe der kräftigen Tiere und die Reise ging los.

Kapitel 19

Das heftige Klopfen ließ Heinrich aus seinen Gedanken hochfahren. Er war allein in seinem Teil des Hauses, da Elsbeth aus Gründen des Anstands bis zur Heirat noch bei ihren Eltern wohnte. Mit eiligen Schritten ging er zu der verwitterten Haustür und fragte sich, wer wohl so spät Einlass begehrte.

»Guten Abend, Herr Meister, wir kennen uns nicht, aber mein Auftraggeber, der Kaufmann Balthasar Neumann, dürfte für Euch kein Unbekannter sein«, meinte der unheimliche Besucher mit einem frechen Grinsen. Heinrich lief es eiskalt den Rücken hinunter. Das Auftauchen dieses üblen Burschen konnte nur bedeuten, dass der Zeitpunkt gekommen war, da der Tuchhändler seine Schulden einforderte.

»Wartet draußen, ich ziehe mir nur schnell etwas über.« Der Handwerksmeister nahm ein schweres Wams vom Haken, das für die Jahreszeit eigentlich unpassend war, jedoch das kleine Beil an seinem Gürtel gut verbarg.

Beim Anblick der beiden Halsabschneider, die neben dem geheimnisvollen Mann standen, drehte sich Heinrich fast der Magen um.

»Gehen wir. Unser Freund ist im Gerberviertel gesehen worden, wir warten in einem dunklen Hauseingang und nehmen uns dann seiner an.«

»Was machen wir, wenn der Nachtwächter vorbeikommt?«, fragte Heinrich, nachdem die Truppe in einer dunklen Gasse haltgemacht hatte.

»Für diesen Fall habe ich vorgesorgt.« Der mittelgroße,

unscheinbare Anführer zog einen großen Bartschlüssel aus seinem Beutel. »Wir werden uns in diesem Fall als Betrunkene ausgeben und durch diese Tür im Hausinneren verschwinden.«

Beim Blick in die Gesichter der Gehilfen, die sich in einem ihm unbekannten Dialekt unterhielten, kamen Heinrich Zweifel, ob es sich nur um eine kleine Abreibung handelte. Nach der Tat würde man die Strolche in dieser Gegend sicherlich nie mehr wiedersehen.

»Erlaubt mir eine Frage, warum bedarf es meiner Anwesenheit bei dieser Strafaktion?«

Durchtrieben schaute der Gefragte auf den Zimmermann. »Ihr sollt lediglich unser Schäfchen in Sicherheit wiegen, Euch kennt er gut und wird nicht um Hilfe schreien oder gar davonrennen, wenn er unser ansichtig wird.«

»Scht, da kommt einer!«, zischte einer der Gedungenen.

Ein einzelner Spaziergänger kam mit unsicheren Schritten näher. Neumanns Männer wollten sich auf ihn stürzen, doch Heinrich winkte ab.

»Ah, sieh an, unser neues Mitglied, Klingner oder so ähnlich ist Euer Name.«

Die Galgenvögel entspannten sich, es war nur ein angetrunkener Zunftgenosse.

»Das ist ja nicht gerade die feinste Gesellschaft, in der Ihr Euch da befindet.«

»Seid gegrüßt, Herr Kollege, wie Ihr wisst, kann man sich die Kundschaft nicht immer aussuchen«, antwortete Heinrich gepresst, Schweißperlen glänzten auf seiner Stirn.

»Sei es drum, ich wünsche Euch und Euren Auftraggebern«, mit der Ironie des Betrunkenen betonte er das Wort, »eine geruhsame Nacht. Gehabt Euch wohl.«

Der Mann stolperte seiner Wege und Heinrich atmete

hörbar aus. Worauf hatte er sich da bloß eingelassen! Immer deutlicher wurde ihm die Tragweite dieses Vorhabens bewusst.

Nicht lange danach kam erneut ein Fußgänger herangeschritten und Heinrich glaubte, den Prediger an seinem watschelnden Gang zu erkennen.

»Das ist er!«, flüsterte er seinen zwielichtigen Begleitern zu. »Ich gehe ihm entgegen, verhaltet Euch normal, damit er keinen Verdacht schöpft.«

Der Zimmermann ging geradewegs auf Alber zu und begrüßte ihn lautstark. »Guten Abend, Herr Pfarrer, das ist aber ein Zufall, dass ich Euch hier treffe.«

Der Priester spürte instinktiv, dass irgendetwas nicht stimmte, diese aufdringliche Höflichkeit war sonst nicht Heinrichs Art. Nichtsdestotrotz lächelte er freundlich. »Meister Heinrich, was führt Euch zu so später Stunde noch in diese abgelegene Gasse?«

»Die Geschäfte natürlich«, entgegnete der Handwerker und legte dem Seelsorger leutselig den Arm um die Schulter. »Seid auf der Hut und vertraut mir, die drei Männer da vorn wollen Euch überfallen«, raunte Heinrich, bevor er wieder laut zu sprechen begann. »Ja, ja, das mit meiner Hochzeit müssen wir noch besprechen.«

Der Priester wollte protestieren und versuchte, sich aus der Umklammerung zu lösen.

»Haltet Euch hinter mir, es geht gleich los.« Heinrich ließ den Priester los, als sie etwa auf gleicher Höhe mit den anderen waren, und trat einen Schritt nach vorn.

Fast gleichzeitig zogen die zwei hartgesichtigen Halsabschneider ihre langstieligen Dolche aus der Scheide und wollten auf den Meister einstechen. Doch wie von Geisterhand hielt dieser plötzlich sein kleines Beil in der rechten Hand und schwenkte es vor den Gesichtern der beiden

Mordbuben hin und her, die offenbar den Auftrag hatten, den Augenzeugen ebenfalls auszuschalten.

Der geheimnisvolle Angestellte des Kaufmanns kümmerte sich indes um den Pfarrer. Mit seinem schmalen Stilett stieß er blitzschnell zu und ritzte dem im letzten Augenblick ausweichenden Kirchenmann den Ärmel auf. Geistesgegenwärtig hieb Alber mit seinem Stock, den er stets bei sich trug, auf den Kontrahenten ein, der offenbar bei einem frommen Seelsorger nicht auf Gegenwehr gefasst war.

Heinrich hingegen geriet immer stärker in Bedrängnis und hatte schon mehrere leichte Stichwunden von den im Mordhandwerk versierten Männern abbekommen, als ihm ein entscheidender Befreiungsschlag gelang. Sein Beil krachte mit der stumpfen Seite auf den Schädel eines seiner Gegner und ließ ihn zu Boden gehen. Der kraftvolle Handwerker drang nun mit neuem Mut auf den anderen ein und schlug diesen in die Flucht. Als der Anführer sah, dass ihm seine Spießgesellen nicht mehr zu Hilfe kommen konnten, gab auch er Fersengeld, jedoch nicht, ohne sich erneut nach Heinrich umzudrehen.

»Das wird dir noch leidtun, du Lump!« Er reckte die geballte Faust in die Höhe und verschwand.

»Seid Ihr wohlauf, Herr Pfarrer?« Der schwer atmende Zimmermann wandte sich dem leicht blutenden Alber zu.

»Das sind nur Schrammen. Eigentlich verabscheue ich jegliche Art von Gewalt, kann mich aber meiner Haut durchaus erwehren.«

»Halt, bleib stehen!«, schrie Heinrich dem niedergestreckten Mann, der sich unbemerkt erhoben hatte und davonwankte, hinterher. Seine Kappe hatte den Schlag offenbar gedämpft und die Kopfverletzung des gedungenen Schlägers schien nicht so heftig zu sein.

»Lasst ihn laufen, er wird seiner gerechten Strafe nicht

entgehen«, hielt Matthäus Alber ihn auf. »Nun zu Euch, Meister Klingner. Ich denke, Ihr seid mir eine Erklärung schuldig.«

Der Handwerker stieß einen tiefen Seufzer aus und begann zu erzählen.

Der kleine Rat der Stadt Reutlingen, der auch die Gerichtsbarkeit innehatte, traf sich am nächsten Morgen, um über Anna Neumann und Maria Kruppner Recht zu sprechen.

Mit seiner lauten Klingel eröffnete der Bürgermeister und oberste Richter das Verfahren. Sein Blick schweifte umher und blieb auf dem alten Neumann haften. »Werter Balthasar, ich grüße Euch. Leider kann ich Euren Sohn, der als Ankläger und Geschädigter gilt, nirgends entdecken.«

Der Kaufherr erhob sich und trat gemessenen Schrittes nach vorn, wobei er den Leuten links und rechts des Ganges zunickte. »Lieber Herr Bürgermeister, hochverehrte Räte, wir kennen und schätzen uns schon lange, ja, haben bereits in diesem Gremium zusammengearbeitet.« Ohne Aufforderung begann der gut genährte Kaufmann zu reden. Bekleidet mit einem äußerst schlichten schwarzen Wams und einer weinroten Kappe, trat er demütig vor den Richter. »Mir armem, altem Mann bleibt nichts erspart. Den einzigen Sohn sollte ich durch Giftmischerei verlieren, meine eigene Schwiegertochter höchstselbst, die ich immer herzlich und zuvorkommend behandelt habe, wollte den gemeinen Anschlag ausführen. Mein guter Junge kann dieser Person, der er seine ganze Liebe geschenkt hat und die es ihm auf hinterhältigste Weise dankte, nicht mehr in die Augen blicken. Er hat seine Aussage zu Papier gebracht und vor mehreren wohl beleumundeten Zeugen unterschrieben.« Neumann übergab dem Bürgermeister ein versiegeltes Schriftstück. Er erzählte noch lange und ausführlich von der sündigen

Anna, die seine und seines Sohnes Großherzigkeit so schamlos ausgenutzt hatte.

Irgendwann wurde es selbst dem Bürgermeister Jörg Kaiser, der dem Kaufherrn eigentlich ziemlich gewogen war, zu bunt und er unterbrach den Mitleid heischenden Mann.

»Außerdem ist Kaspar in dringenden geschäftlichen Angelegenheiten, um die ich mich aus gesundheitlichen Gründen nicht mehr kümmern kann, unterwegs. Ich hoffe stark, dass ihm das nicht zum Nachteil gereicht.« Balthasar Neumann begab sich an seinen Platz und registrierte zufrieden, dass seine Rede vollends zur Vorverurteilung Annas beigetragen hatte. Als sein Blick jedoch auf Matthäus Alber und Meister Heinrich fiel, die einträchtig beisammensaßen, wurde er eine Spur blasser und das siegessichere Lächeln gefror auf seinem Gesicht.

Der Richter zerbrach das Siegel, las minutenlang in den verschiedenen Papieren und verlangte danach Annas Zofe vor seinen Tisch.

»Wie lange bist du jetzt im Hause Neumann tätig?«

»Seit ..., seit der Hochzeit der Herrschaften im letzten Jahr.« Das apfelbäckige Mädchen war verständlicherweise sehr aufgeregt.

»Gab es eine Unregelmäßigkeit in dieser Zeit, etwas Sonderbares?«

»Nun ja, wie soll ich es sagen ...« Die junge Frau druckste herum.

»Wenn du dich nicht erinnern kannst, so haben wir Mittel und Wege, dir auf die Sprünge zu helfen.«

Die Drohung des Ehrfurcht gebietenden Mannes bewirkte, dass die Worte nur so aus dem Mund der Zofe sprudelten. »In der Hochzeitsnacht war es. Ich wollte den Frischvermählten gerade saubere Tücher ins Zimmer bringen, als ich sah, wie sie«, mit dem Zeigefinger deutete sie auf Anna,

»unserem jungen Herrn ein Pulver in den Becher geträufelt hat und wenig später lag er im Sterben.«

Ein Raunen ging durch die Menge.

»Es dauerte nicht lange, bis ihre Komplizin«, dieses Mal nickte die Zofe in Marias Richtung, »auftauchte und unserem bemitleidenswerten Herrn ein Gegengift einträufelte, das ihn am Leben erhielt.«

»Ich kann alles erklären!«, rief Anna unter Tränen.

»Das werdet Ihr allerdings auch müssen! Wäret Ihr nun so freundlich näherzutreten?«

Unsicher folgte die junge Frau der Aufforderung und ging zum Richtertisch.

»Ist es wahr, was diese Magd ausgesagt hat?«, fragte Bürgermeister Kaiser mit strengem Blick.

»In gewisser Weise«, erwiderte Anna kleinlaut und erzählte mit immer fester werdender Stimme die ungeheuerlichen Vorkommnisse aus ihrer Sicht.

Ihre Aussage wurde begleitet von Johlen und unflätigen Zwischenrufen. Jörg Kaiser musste so manchen Zeitgenossen unter Strafandrohung zur Räson bringen. Nachdem Anna geendet hatte, suchte der Richter ein einzelnes Papier und hielt es in die Höhe.

»Ist es weiterhin zutreffend, dass Ihr mit dem auf der Wanderschaft befindlichen Hannes Fritz in regem Briefkontakt steht?«

»Am Beginn meiner Ehe war ich in der ungewohnten Umgebung etwas unglücklich und habe ihm ein oder zwei Mal geschrieben, aber danach nicht mehr.« Anna war völlig verwirrt, woher hatte Kaspar Kenntnis von den Briefen?

»Mir liegt hier eine Aussage eines ehrbaren Kameraden des Zimmermannsgesellen vor, der gehört hat, wie Hannes Fritz damit prahlte, Euch abzuholen, nachdem der Ehemann aus dem Weg geräumt ist.«

»Das ist eine infame Lüge, so etwas würde Hannes nie behaupten, weil es ganz einfach nicht stimmt!« Annas verzweifelte Antwort ging in dem tosenden Lärm unter, der ausbrach.

Es dauerte geraume Zeit, bis sich der Bürgermeister wieder Gehör verschaffen konnte. »Ihr könnt Euch zurück an Euren Platz begeben, ich verlange die Angeklagte Kruppner vor meinen Tisch.«

Maria, die nicht im Besitz des Bürgerrechts war, wurde nur kurz befragt und man konnte an den Mienen der Stadtrichter ablesen, dass ihr keiner glaubte. Danach kamen Bedienstete der Neumanns zu Wort, die die Angeklagte ebenfalls schwer belasteten.

Nach einer intensiven Beratung mit den anderen Mitgliedern des Gerichts erhob Bürgermeister Kaiser die Stimme und das Getuschel im Saal verstummte. »Wir sind zu der Erkenntnis gelangt, dass die Frauen schuldig sind, einen Mordversuch an dem Kaufmann Kaspar Neumann verübt und dabei einen unschuldigen Mann getötet zu haben. Da die beiden uneinsichtig sind und wir vielleicht noch weitere Straftaten aufdecken können, werden sie dem Nachrichter übergeben, der sie peinlich befragen soll.«

»Nein!« Anna und Maria schrien beinahe synchron ihre fürchterliche Angst hinaus und rauften sich die Haare, wussten sie doch nur zu gut, dass die Folterwerkzeuge jedem, ob schuldig oder unschuldig, ein Geständnis abrangen. Somit war ihr Todesurteil gesprochen.

Der Advocatus, den Pfarrer Alber aus Tübingen geholt hatte, war von seinem Sitz aufgestanden und erhob mit lauter Stimme Einwände gegen die von den Richtern beschlossene Anwendung der Folter. »Edle Herren, werte Zuschauer, die Frauen sind unschuldig. Sie sind Opfer einer üblen Intrige. Der Hauptgeschädigte ist, aus welchen Gründen auch immer, nicht erschienen und sämtliche Zeugen sind in irgendeiner Weise von ihm abhängig. Dass Frau Neumann ihrem vom Vater aufgezwungenen Gatten ein Mittelchen verabreicht hat, das diesen, sagen wir mal«, er lächelte süffisant, »davon abhielt, seinen ehelichen Pflichten nachzukommen, ist ja nun wirklich kein Kapitalverbrechen und allerhöchstens mit einer Geldbuße zu ahnden. Die Schuldfrage bei dem scheinbaren Mordversuch ist meines Erachtens nicht einwandfrei geklärt, ich plädiere deshalb für einen Freispruch, getreu nach dem Zweifelssatz ›In dubio pro reo‹, im Zweifel für den Angeklagten.«

Die Angehörigen des kleinen Rats hatten ihr Urteil allerdings bereits gefällt und wollten sich von einem Rechtsgelehrten aus dem württembergischen Tübingen nicht dreinreden lassen, der nach ihrem Dafürhalten in der freien Reichsstadt ohnehin nichts verloren hatte.

Der Doctor der Jurisprudenz ließ sich jedoch nicht so leicht aus dem Konzept bringen. Er stellte sich vor die Stadtrichter, blickte jedem von ihnen eindringlich in die Augen und erzählte von Präzedenzfällen, die sich so ähnlich zugetragen hatten, bei denen die unter Anklage Stehenden freigesprochen wurden. Mit seiner überlegenen Rhetorik umgarnte er die einfachen Handwerker und so mancher wurde in seiner Meinung verunsichert. Den redegewandten Mann umgab schließlich eine solche Aura, dass nicht wenige unter den anwesenden Leuten den beiden Frauen die Freiheit wünschten und der oberste Richter sich beeilte, den Redefluss des Advokaten zu unterbinden.

»Ich beschließe hiermit diese Sitzung. Wir werden wieder zusammenkommen, nachdem das peinliche Verhör die Wahrheit zutage gefördert hat. Die Stadtknechte sollen die Frauen abführen und dem Nachrichter übergeben. Sollte jemand einen Einwand haben, so möge er jetzt sprechen.«

Eine unheimliche Stille war plötzlich eingekehrt und die meisten im Saal befindlichen Menschen schauten mitfühlend auf die armen Frauen, denen schlimme Dinge bevorstanden.

Kapitel 20

Von Sachsenhausen kommend, hielt der schwere Wagen vor der Mainbrücke an und ein gedrungener, kräftiger Mann sprang ab.

»Wir machen es wie besprochen, Walter, du suchst dir hier in Frankfurt Arbeit und verhältst dich unauffällig.« Bei diesem letzten Wort schwenkte der gut aussehende Kaufmann warnend seinen Zeigefinger. »Sollte ich deine Dienste benötigen, so lasse ich nach dir schicken, und wenn sich wider Erwarten eine Situation ergibt, in der du mich dringend sprechen musst, so hinterlegst du eine Nachricht im Hause des angesehenen Tuchhändlers Laube in der Hasengasse. Begegnen wir uns in der Stadt, so werde ich dich nicht kennen.«

Der Kutscher gab dem Gesellen sein neues Bündel, das sie gemeinsam mit dem dazugehörigen Stock unterwegs besorgt hatten, bevor er auf einen Wink Kaspar Neumanns die Zügel losließ und das Gefährt sich in die geschäftige Stadt aufmachte.

Der Handwerksgeselle flanierte etwas am Mainufer entlang und fragte schlussendlich einen alten, wettergegerbten Fischer, der dabei war, seine verhedderten Netze zu sortieren, nach der Herberge der Zimmerleute.

Der Mann brummte vor sich hin und wandte sich erneut seiner Arbeit zu.

»Sehr auskunftsfreudig scheinen die Leute hier ja nicht zu sein«, stellte Walter fest und wanderte über die steinerne Brücke. Schon von Weitem sah er den mächtigen Dom, der mit seinen roten Sandsteinmauern das Stadtbild beherrschte.

Ohne Schwierigkeiten passierte er das Fahrtor, schnappte sich einen schmutzigen Jungen, der in völlig zerlumpten Kleidern steckte, und versprach diesem ein paar Heller, wenn er ihn zur Herberge führte. Dort angekommen, gab er dem flehenden Kind einen Tritt in den Hintern anstatt des Geldes und lachte laut auf.

Walter blickte flüchtig auf die wunderschöne Fachwerkfassade des Hauses und bewunderte die Zimmermannsarbeit mit dem filigranen Schnitzwerk, ohne sich weiter um den greinenden Jungen zu kümmern, der dem Gesellen die Pest an den Hals wünschte. Schließlich trat er mit zusammengekniffenen Augen ein, an die Dunkelheit in der Gaststube musste er sich erst gewöhnen.

Ein mittelgroßer Mann mit einer speckigen Lederschürze um den großen Bauch stand hinter dem Schanktisch und musterte den Neuankömmling von oben bis unten.

»Gott zum Gruße, Herr Vater.« Walter reichte dem Mann seine schwielige rechte Hand. »Ich möchte Euch einen Gruß von dem Herbergsvater in der schönen Stadt Esslingen überbringen und frage hiermit höflich an, ob ich unter Eurem Dach bleiben kann, bis ich bei einem ehrbaren Meister Arbeit gefunden habe.«

Der Schankwirt nahm das Bündel und den Stock des Gesellen entgegen und erwiderte: »Wenn du dich allezeit gottesfürchtig und ehrlich verhältst, bist du mir willkommen. Ich schicke einen Burschen zu dem Altgesellen, der dich in der hiesigen Bruderschaft willkommen heißt und mit dir auf Arbeitssuche geht. Aber nun setz dich erst einmal an einen Tisch und ruhe dich von den Strapazen deiner Reise aus.«

Walter hatte seinen Durst an einem Brunnen gelöscht, sodass er getrost auf den Altgesellen und den mit Bier oder Wein gefüllten Willkommenshumpen warten konnte.

Die Schenke war bereits unmittelbar vor der Mittagszeit sehr gut gefüllt mit Fuhrleuten und Tagelöhnern, die für diesen Tag keine Arbeit gefunden hatten. Der Geselle lief grüßend an mehreren Holztischen vorbei und setzte sich letztendlich zu einer Gruppe von lärmenden Männern, die offenbar recht früh mit dem Weingenuss angefangen hatten. Hier bin ich richtig, dachte er.

»Ihr hochwohlgeborenen Herren habt bestimmt noch einen Platz für einen armen, weit gereisten Zimmermannsgesellen, der Euch mit ein paar ungewöhnlichen Anekdoten die Zeit vertreiben kann.«

Die Männer in ihren schmutzstarrenden Kleidern lachten und rückten auf ihrer Bank zusammen. Walter ließ sich nieder. Die neugierigen Karcher fragten ihn, woher er denn käme und ob es ihm auf der Landstraße gut ergangen sei.

Der Geselle war sogleich in seinem Element. Er erzählte den Männern spannende Geschichten, aber auch scheinbar unglaubliche Dinge, die sich in der weiten Welt zugetragen hatten. Heimlich reichte ihm immer wieder einer seinen Becher, damit Walter sich die ausgedörrten Lippen anfeuchten konnte.

Kapitel 21

»Ich halte das nicht mehr lange aus«, flüsterte Rudolf seinem Kameraden zu.

Bei jedem Halt begann der Dominikanerpater damit, den Gesellen eine Moralpredigt zu halten und malte in den düstersten Farben die Höllenqualen aus, die sie erdulden müssten, wenn sie ihr sündiges Leben nicht von Grund auf änderten.

Der andere Mönch war ein eher ruhiger Zeitgenosse, der aber unablässig damit brillierte, dass er Bruder Johannes die richtigen Stichworte zur rechten Zeit eingab und diesem somit perfekt zuarbeitete.

Auch an diesem Abend saßen die beiden Geistlichen mit den Zimmerleuten und dem Kutscher am Tisch eines Gasthofs. Sie waren bereits bis kurz vor Würzburg gekommen.

Der Wirt brachte frisch gebrautes, schäumendes Bier und seine Magd folgte ihm mit vier Tellern, auf denen herrlich duftende gegrillte Schweinerippchen mit eingelegtem Weißkraut lagen. Wie auf ein geheimes Kommando leckten sich die Handwerker und der Kutscher die Lippen und griffen nach dem saftigen Fleisch.

»Halt, halt, wollt ihr euch schon wieder versündigen? Bevor ihr euch den Wanst füllt, müssen wir dem Herrn für dieses reichhaltige Mahl danken.« Bruder Johannes begann, in monotonem Singsang ein Gebet zu sprechen, woraufhin die hungrigen Männer das Besteck zähneknirschend zurücklegten.

An den Nebentischen hielten die Leute in ihren Gesprächen inne und falteten die Hände. Der hagere Mönch hatte kaum geendet, da griffen seine Tischnachbarn abermals nach den inzwischen erkalteten Rippchen und nagten genüsslich an den Knochen. Doch als sie satt waren und mit den Fingernägeln die Zähne von zurückgebliebenen Fleischstückchen reinigten, fing der Dominikaner erneut mit seinen düsteren Prophezeiungen an.

»Ich sage euch, das Ende ist nah, der Antichrist in Gestalt dieses Augustinermönchs aus Wittenberg wird immer dreister.« Bruder Johannes war aufgestanden und hatte beide Arme erhoben, während er mit seiner wohltönenden Stimme eindringlich zu den Menschen in der dunklen Gaststube sprach.

Hannes hatte das ungute Gefühl, dass der Prediger umso weniger Zurückhaltung übte, je näher sie dem Zielort kamen.

Die Zuhörer starrten gebannt auf seine Lippen, es bestand kein Zweifel daran, dass dieser Mann die Leute in seinen Bann ziehen und so Macht über sie gewinnen konnte. Selbst der Schankwirt, der schnell grob werden konnte und Unruhestifter sofort an die frische Luft setzte, stand unschlüssig an seiner Theke.

Nicht nur die Kritiker der heiligen Kirche, sondern auch die ungläubigen Juden waren Gegenstand seiner zornigen Brandrede und nachdem er geendet hatte, herrschten sekundenlang Ergriffenheit und Stille in dem ansonsten so lärmerfüllten Raum.

Irgendwann im Verlauf des Abends stellte sich heraus, dass die vornehm gekleideten Männer am Nebentisch Kaufleute aus Frankfurt waren. Höflich fragten die Händler Bruder Malachias nach dem Ziel der Reise und boten, nachdem sie erfahren hatten, dass die Mönche in einer wichtigen Mission in die große Messestadt unterwegs waren, den Patres Geleitschutz an. Der Wortführer der Kaufherren erzählte, dass die Handelsstraße durch mehrere Ländereien führte, deren Herren einen Kontrakt über eine sichere Durchfahrt mit der mächtigen Frankfurter Bürgerschaft geschlossen hatten, was Bruder Johannes schließlich veranlasste, die Einladung kühl dankend anzunehmen. Die Männer verabredeten sich für den nächsten Tag und suchten ihre jeweilige Schlafstatt auf.

Tags darauf war der Dominikaner von zahlreichen Flohbissen gezeichnet. Unter lautstarkem Protest zahlte er die Zeche, während sich der Kutscher mit seinem Gefährt in den Tross der Kaufleute einreihte.

»Das nenne ich Glück«, sagte Rudolf zu seinem Kameraden. »Nicht nur, dass wir Unterkunft, Essen und Trinken umsonst bekommen haben, jetzt sparen wir zudem den teuren Wegezoll.«

»Dafür haben wir uns aber auch viel anhören müssen, ich kann mir durchaus angenehmere Reisebegleiter vorstellen. Was soll es, wir haben es ja bald hinter uns«, seufzte Hannes und der neben ihm sitzende Kutscher brummte zustimmend.

Nach einer weiteren Übernachtung in einem Kloster neigte sich die Reise an dem wunderschönen Sonnentag ihrem Ende zu.

Die Straße folgte nun dem Main und irgendwann kam die mächtige Wehranlage Frankfurts in Sicht; Anlass für den vorausfahrenden Kaufmann, seinem Wagenführer das Zeichen zum Halten zu geben. Freudestrahlend verließen die Kaufleute die Kutschen und betrachteten ihre Stadt, die sich vor dem blauen Himmel abzeichnete, wie ein stolzer Ehemann seine frisch angetraute Gattin.

»Seht diese prächtige und einzigartige Perle im Deutschen Reich, den Augapfel unseres geliebten Kaisers.«

Gesellen und Mönche staunten gleichermaßen über das beeindruckende Bild, das sich ihnen bot. Johannes und Malachias fielen sogleich auf die Knie und dankten der Heiligen Jungfrau für den erfolgreichen Verlauf der Reise.

»Das ist die sogenannte Sachsenhäuser Warte«, erklärte ein dicklicher Fellhändler, nachdem der Wagenzug das letzte Stück geschafft hatte. »Sie ist Teil des ersten von insgesamt drei Befestigungsgürteln, die die Stadt Frankfurt vor Angreifern bewahren.«

Der Geleitschutz zahlte sich auch hier wieder aus, die Kontrollen wurden eher lax gehandhabt und nach einer weiteren Mauer, die sie passiert hatten, standen sie vor dem Auertor.

Hannes schaute skeptisch zu dem eisernen Fallgitter empor, dessen Spitzen drohend nach unten zeigten, auch hier wurden sie ohne großes Aufheben durchgewunken. Hinter dem Fahrtor sprangen die Gesellen vom Wagen und verabschiedeten sich von den seltsamen Mönchen, wobei Bruder Malachias sie nochmals ermahnte, ihr sündiges Leben zu ändern. Johannes hingegen grüßte nur kurz, nahm ansonsten keine große Notiz mehr von den Handwerkern.

»Ehrbare Bürger«, wandte sich Rudolf an die Kaufleute, »würdet Ihr so freundlich sein und uns den Weg zur Herberge der Zimmerleute beschreiben?«

»Das ist ganz einfach«, sagte der Fellhändler mit dem gemütlichen Gesicht. »Ihr lasst den Dom rechts liegen, geht zum Rathaus am Römerberg und wendet euch in Richtung Eschenheimertor. In einer Querstraße auf halbem Weg, dem sogenannten Holzgraben, befindet sich das gesuchte Haus und wie ich euch unterwegs gesagt habe, ist ein Cousin von mir Meister in eurer Zunft. Gleich heute noch werde ich ihm Bescheid geben, dass er euch in eurer Schenke aufsucht.«

Zum Abschied schwenkten die Gesellen freudig ihre Hüte und machten sich auf die Suche.

»Gott sei Dank sind wir die seltsame Begleitung los«, machte Rudolf seiner Erleichterung Luft.

»So ganz los sind wir sie nicht, ich befürchte, dass sie uns noch manches Mal über den Weg laufen werden«, gab Hannes daraufhin zu bedenken.

In die engen Gassen mit ihren weit auskragenden Giebeln drang kaum Sonnenlicht und so war es, obwohl nicht spät am Abend, bereits ziemlich dunkel. Vor dem wunderschönen Rathauskomplex blieben die Zimmerleute staunend stehen, die gotischen Staffelgiebel mit den darunterliegenden, äußerst kunstvoll gearbeiteten Fassaden entlockten den beiden Ausrufe der Bewunderung.

»Ich bin ja auf meiner Wanderschaft in mehreren Städten gewesen, aber diese Vielfalt an schönen Gebäuden ist wohl einzigartig im Reich. Wenn ich diese mannigfachen, von wahren Meistern gefertigten Fachwerkhäuser sehe, bin ich schon ein wenig stolz auf unseren Stand«, meinte Rudolf ergriffen.

»Es tut mir leid, dass ich deine Euphorie so abrupt bremsen muss, aber hast du eine Idee, wie wir das verbrecherische Vorhaben der Mönche vereiteln können? Ich habe schon erwogen, den Bürgermeister sowie den Stadtrat über die finsteren Absichten der Geistlichen zu unterrichten.« Hannes wirkte bedrückt.

»Glaubst du Einfaltspinsel allen Ernstes, dass du auch nur in die Nähe der hohen Herren kommst? Wir wissen überhaupt nichts von dieser Stadt, nicht, welche Ränke geschmiedet werden oder wer welche Interessen hat. Ich bin dafür, dass wir das Ganze behutsam angehen.«

»Dann ist es vielleicht schon zu spät!« Dem jüngeren Gesellen missfiel der lehrerhafte Ton seines Kameraden.

»Gemach, gemach! Ich weiß zwar nicht, was die Mönche genau vorhaben, doch ein wenig Vorlaufzeit werden sie bestimmt brauchen. Deshalb schlage ich vor, dass wir zuallererst eine Arbeitsstelle suchen und wer weiß, vielleicht ergibt sich die Möglichkeit, mit Ephraim zu sprechen. Es wäre auf jeden Fall besser, wenn wir mit keiner Menschenseele, nicht einmal mit dem hiesigen Altgesellen, darüber reden würden, denn wir mischen uns da in eine gefährliche, wenn nicht sogar tödliche Angelegenheit ein.«

Es gehörte nicht unbedingt zu Hannes' Charakterstärken, einen Fehler zuzugeben, jedoch musste er insgeheim seinem Kameraden recht geben.

»So, jetzt lass uns weitergehen und die Herberge suchen«, drängte Rudolf. »Ich weiß ja nicht, wie es dir geht, aber ich könnte einen Badezuber voller Frankenwein austrinken.«

Auf Hannes' ernstem Gesicht zeigte sich ein Grinsen, als er dem weit ausschreitenden Gesellen folgte.

Bei Einbruch der Dämmerung kamen sie vor einer Schenke an, deren Wirtshausschild das Wappen der Zimmerleute zierte. Sie klopften den gröbsten Staub aus ihren Kleidern und traten ein. Kaum fiel die Holztür wieder ins Schloss, wurden die Neuankömmlinge von einem vielstimmigen Chor empfangen; an diesem Samstag hatten die meisten der Gesellen ihre Arbeit wohl früher beendet. Nachdem die beiden zunächst, wie es der Brauch war, den Herbergsvater begrüßt und ihm die besten Wünsche seines Esslinger Kollegen überbracht hatten, stand ein Geselle von seinem Platz auf und trat auf sie zu. Hannes und Rudolf entboten ihm den traditionellen Gruß des Hauszimmergewerks, den ausschließlich Mitglieder dieser Bruderschaft kannten. Der Altgeselle hörte aufmerksam zu. Nachdem er den Spruch für richtig befunden hatte, begrüßte auch er die Zugereisten und bot ihnen den in der Zwischenzeit mit süffigem Wein gefüllten Willkommenskrug an, von dem die zwei reichlich genossen.

Rudolf schien den einen oder anderen der Anwesenden zu kennen und nickte ihnen zu, Hannes hingegen waren die Männer fremd. Als er fast alle Zimmermannskollegen gemustert hatte, blieb sein umherschweifender Blick an einem markanten Gesicht haften. »Walter!«, rief er völlig verblüfft aus.

»Die Freude ist ganz meinerseits«, entgegnete dieser mit einem gehässigen Grinsen.

Kapitel 22

In den letzten Tagen hatte Kaspar Neumann mehrfach vergebens das kalte Gemäuer des Dominikanerklosters aufgesucht, doch heute hatte er Glück und traf die beiden lang ersehnten Mönche an. Ein älterer Bruder in weißem Habit geleitete den jungen Kaufherrn in den großzügig angelegten Innenhof und von dort aus in einen nüchtern gehaltenen Raum, dessen einziger Schmuck die gebrannten roten Bodenfliesen waren.

»Ich grüße Euch, ehrbare Brüder, und hoffe, dass Ihr eine angenehme Reise hattet«, ließ sich Kaspar mit der Andeutung einer Verneigung hören.

Nach dem Austausch weiterer Höflichkeiten ergriff Bruder Johannes das Wort. »Mit Eurer Anwesenheit in diesen Mauern hatte ich, um ehrlich zu sein, nicht gerechnet, werter Herr. Ist es womöglich Gottes Fügung, die Euch gerade zu dieser Zeit an diesen Ort führt?«

Der Kaufmann schenkte den Mönchen sein schönstes

Lächeln. »Eigentlich nicht, es war mein geliebter Vater, der mich in diese schöne Stadt geschickt hat. Er meinte, ein wenig Unterstützung täte Euch gut.«

Die Miene von Johannes verdüsterte sich bei diesen Worten.

»Ich kann Euch durchaus von Nutzen sein«, beeilte sich Kaspar hinterherzuschicken. »Unser Geschäftspartner, bei dem ich die Ehre habe zu wohnen, kennt alle Männer von Bedeutung hier in Frankfurt. Ich hatte bereits das Glück, mich mit einigen zu unterhalten.«

»Ihr habt ihnen hoffentlich nichts von unserer geheimen Mission erzählt?«, fragte der Dominikaner aufgeregt.

»Wo denkt Ihr hin?« Kaspar winkte ab. »Ich habe lediglich vorgefühlt, um die Einstellung den hiesigen Juden gegenüber auszuloten, und ich kann Euch versichern, dass nicht wenige eine Vertreibung der Hebräer begrüßen würden. Wie Ihr seht, war ich nicht untätig.« Zufrieden mit sich, schloss der Tuchhändler seinen Bericht.

»In der Tat könntet Ihr uns wertvolle Vorarbeit leisten«, meinte der wortkarge Bruder Malachias, während er sich nachdenklich mit dem Finger im Ohr kratzte.

Eine dröhnende Glocke rief die Mönche zum Mittag und Kaspar hatte alle Mühe, sich eine Ausrede einfallen zu lassen, um das karge Mahl nicht mit den hageren Brüdern teilen zu müssen. Sie verabredeten sich schließlich für einen anderen Tag.

Der junge Kaufmann verließ mit großer Erleichterung das von einer ihm unheimlichen, nicht greifbaren Aura umgebene Kloster und schlenderte durch die umliegenden kopfsteingepflasterten Gassen, wobei er sich voller Zweifel fragte, ob diese beiden Geistlichen der nicht unerheblichen Herausforderung gewachsen waren.

Er hatte nämlich ebenfalls in Erfahrung gebracht, dass sich

die hiesige Judengemeinde im Gegensatz zu denen der meisten anderen Städte eines gewissen Ansehens in der Bevölkerung erfreute. Natürlich war es gelegentlich zu kleineren Übergriffen gekommen, die jüdische Gemeinde wurde jedoch weitestgehend von der Frankfurter Stadtverwaltung geschützt, da die länderübergreifenden Beziehungen der Hebräer für die prosperierende Messestadt Gold wert waren. Diese Interna hatte Kaspar den Mönchen geflissentlich verschwiegen, um ihnen nicht vorab den Mut zu nehmen.

Mit sich im Reinen, grüßte er gut gelaunt die ihrer Kleidung nach zu urteilen reicheren Bürger und mit besonderer Galanterie deren Gattinnen, die durch ihre kunstvoll aufgetürmten Haare auffielen.

Manche Frau schenkte dem attraktiven Kaufherrn mehr als nur ein huldvolles Lächeln. Diese Stadt ist nach meinem Geschmack. Wer weiß, dachte er, vielleicht kann ich mich hier eines Tages mit Barbara niederlassen, wenn sich die Dinge in meinem Sinne entwickeln.

Endlich langte Kaspar an seinem Ziel an. Zielstrebig ging er auf die Pforte einer sehr vornehm aussehenden Schenke zu, drückte die Klinke und trat ein. Die Butzenfenster ließen gleißendes Sonnenlicht in den Raum und auch die aus hellem Holz gefertigte Kassettendecke trug zu dem freundlichen Ambiente der Gaststube bei. Zusätzlich verhinderte ein gemauerter Schornstein, dass der Rauch alles schwärzte.

Als er Kaspars ansichtig wurde, eilte ein dienstfertiger Mann sofort auf ihn zu und wollte ihn zu einem der mit gestickten Tüchern bedeckten Tische geleiten. Ohne auf den um ihn herumwuselnden Bediensteten zu achten, sah sich der junge Kaufmann in dem Raum um. Sein Gesicht nahm einen zufriedenen Ausdruck an, als sein Blick auf einen älteren Gast fiel, dem es offensichtlich mundete. »Ja, ist es denn die Möglichkeit, welch eine freudige Überraschung!« Kaspars Kinnlade klappte herunter und seine blauen Augen traten hervor. Er konnte mit seiner Mimik spielen wie ein Spielmann auf einer Laute.

»Die Freude ist ganz auf meiner Seite.« Wenn der Mann verblüfft war, so ließ er es sich jedenfalls nicht anmerken. Mit der Hand wies er auf einen freien Scherenstuhl und Kaspar setzte sich.

»Wie lange seid Ihr schon in Frankfurt? Wie ich Euch kenne, habt Ihr sicher lukrative Geschäfte getätigt.«

»In der Tat«, sagte der Angesprochene und faltete mit einem zufriedenen Lächeln die Hände um seinen gespannten Bauch. »Aber das alles kommt ja irgendwann dir und Anna zugute.«

Wie recht du hast, dachte Kaspar, schade nur, dass deine Tochter wohl schon am Galgen baumelt.

»Und unseren Kindern«, beeilte er sich zu sagen. »Bestimmt ist Annas Schoß bereits gesegnet.«

Es zahlte sich nun aus, dass der junge Gehilfe Burgwarts mehrere Male mit Barbara das Lager geteilt hatte und Neumann auf diese Weise den derzeitigen Aufenthaltsort des Gewürzhändlers in Erfahrung bringen konnte. Außerdem hatte Kaspar dem sich zunächst widerstrebenden Mann gegen eine nicht unbeträchtliche Summe das Versprechen abgenommen, niemandem sonst zu erzählen, wo sich sein Herr derzeit aufhielt.

»Edler Herr, womit kann ich Euch dienen?« Der Schankwirt persönlich nahm die Bestellung auf.

»Einen roten Burgunder, wenn Ihr habt, und dasselbe Gericht, das Ihr diesem Herrn«, er deutete auf Gotthelf Burgwart, »gebracht habt.«

»Das war ein schönes knuspriges Hähnchen, im eigenen Saft gebraten und mit leckeren Äpfeln, Zwiebeln, ausgesuchten Kräutern und Schweinespeck gefüllt.« Die Augen des

Patrons leuchteten beim Aufzählen der Zutaten und Kaspar lief das Wasser im Mund zusammen.

»Wie lange gedenkt Ihr in Frankfurt zu bleiben, Gotthelf?«

Burgwart überhörte den lauernden Unterton seines Schwiegersohnes und gab bereitwillig Auskunft. »Leider muss ich noch ein paar Tage hier ausharren, da ich auf eine kostbare Lieferung Safran warte, die mir ein Zwischenhändler aus Antwerpen bringt. Und du, mein Junge, wann siehst du deine Ehegattin im fernen Reutlingen wieder?«

»Unglücklicherweise gehen meine Verhandlungen nur schleppend voran, sodass an eine Abreise wohl erst in zwei bis drei Wochen zu denken ist.« Kaspar machte ein trauriges Gesicht und nippte von seinem schweren Wein. »Aber vielleicht ist es ja möglich, dass wir zusammen nach Hause fahren.«

»Das ist eine gute Idee, so sparen wir einmal den Geleitschutz.«

Die blonde Magd hielt den Teller in der Hand und wartete, bis die Männer ausgeredet hatten. »Entschuldigt, mein Herr, darf ich Euch das Hähnchen reichen?«

»Das sieht ja köstlich aus«, meinte der junge Kaufmann verzückt und begann herzhaft zu speisen. Zwischen den einzelnen Bissen berichtete er seinem Schwiegervater den neuesten Klatsch und Tratsch aus ihrer Heimatstadt.

»Es hat mich gefreut, dich zu sehen, doch leider muss ich dieses gastliche Haus wieder verlassen, da ich einen wichtigen Termin bei einem befreundeten Kaufmann wahrnehmen muss.« Der hochgewachsene Mann mit dem schlohweißen Haar erhob sich und setzte sein rotes Barett aufs Haupt, als Kaspar gerade die Süßspeise verzehrte. »Du kannst mich immer um die Mittagszeit in dieser hervorragenden Schenke antreffen, also, gehab dich wohl, möge Gott deine Geschäfte erfolgreich verlaufen lassen.«

Kaspar war eilig aufgestanden und wünschte dem Vater seiner Frau ebenfalls alles Gute. Nachdenklich blickte der junge Kaufherr dem für seine finanziellen Möglichkeiten eher nachlässig gekleideten Burgwart hinterher. Er fragte sich, wie viel Zeit ihm bis zur Realisierung seines Vorhabens noch blieb, bevor die Kunde von der Verurteilung seiner Tochter den Gewürzhändler erreichte.

Kapitel 23

Kaum hatten sich Hannes und Rudolf zu den anderen Gesellen gesetzt, als ein gedrungener, kräftiger Mann mit einer abgewetzten Arbeitsschürze zur Tür hereinkam und sich nach den neu angekommenen Zimmerleuten erkundigte.

»Der Kaufmann hat offenbar Wort gehalten«, raunte Rudolf seinem jüngeren Freund zu.

Der Meister nahm den Altgesellen der Bruderschaft, der für die Arbeitsbeschaffung zuständig war, beiseite und dieser trat kurz darauf zu den beiden an den Tisch. »Gesellen, ich habe eine gute Nachricht für euch, der ehrbare Zimmermeister sucht für die nächsten acht Wochen noch zwei Arbeiter. Der von der Zunft gemeinsam mit uns festgelegte Lohn beträgt hier in Frankfurt dreieinhalb Gulden im Monat. Wenn ihr wollt, könnt ihr am Montag …«

»Heeeee!«

Ein vielstimmiger Protestschrei unterbrach den Mann, der sich schnell verbesserte. »… äh, ich meinte natürlich am Dienstag anfangen.« Er wirkte nicht gerade begeistert, musste sich aber an die örtlichen Gepflogenheiten halten, die den blauen oder guten Montag wöchentlich erlaubten. In anderen Städten wurde dieser Gesellenfeiertag, den sich die Arbeiter in zähem Ringen mit der Obrigkeit erkämpft hatten, nur einmal im Monat gewährt.

Rudolf musterte den Meister abschätzend, er bildete sich ein, einen üblen Leuteschinder auf hundert Fuß zu erkennen. Nur ein einziges Mal, in Esslingen, hatte seine Menschenkenntnis versagt. Dieser Krauter hier schien allerdings ganz in Ordnung zu sein, seinem schläfrigen Gesichtsausdruck und seinen großen, schrundigen Händen nach zu urteilen, verbrachte er die gesamte Tageszeit damit, hart zu arbeiten.

»Was meinst du, Hannes? Also ich denke, wir sollten die Arbeit annehmen.«

Der Jüngere nickte zustimmend, woraufhin der Meister ihnen den Weg zu seinem Haus beschrieb und schließlich, sobald er mehrere Krüge Wein spendiert hatte, die Herberge wieder verließ.

»Es trifft sich gut, dass ihr am heutigen Samstag hier aufkreuzt, so könnt ihr euch, nachdem ich eure Dokumente in Augenschein genommen habe, bei der anschließenden Versammlung der hiesigen Bruderschaft anschließen.«

Im Laufe des Abends kamen weitere Gesellen in die Schenke und pünktlich um acht Uhr eröffnete der Altgeselle die Sitzung in einem Nebenraum des Gastzimmers. Hannes bemerkte, dass sich die Rituale ähnelten, und auch die Probleme schienen die gleichen zu sein wie in Esslingen.

Die Versorgung der alten und arbeitsunfähigen Mitglieder zu gewährleisten, stellte die Gemeinschaft hier wie dort vor die größten Herausforderungen. Immer stärker waren in den letzten Jahren fast unüberbrückbare Differenzen zwischen Meistern und Gesellen aufgetreten und es war nur dem Verhandlungsgeschick einiger besonnener Männer aus beiden Lagern zu verdanken, dass es nicht zu schlimmeren Arbeitskämpfen gekommen war.

Seine Begegnung mit Ulrich von Hutten und dessen wahrhaft revolutionäre Ansichten kamen Hannes in den Sinn. Würde es der charismatische Mann schaffen, die teilweise katastrophalen Zustände im Reich zu verändern?

»Hier, trink, mein Junge, träumen kannst du heute Nacht noch lange genug.« Ein von der schweren körperlichen Arbeit gebeugter alter Geselle reichte Hannes den Willkommenskrug, den sich dieser an die Lippen setzte und einen tiefen Schluck daraus nahm.

Wie der junge Zimmermann während des Gesprächs mit seinem Tischnachbarn erfuhr, waren derzeit acht kranke und gebrechliche Männer auf die Hilfe der Bruderschaft angewiesen, was dieser große finanzielle Schwierigkeiten bereitete und den Altgesellen dazu zwang, die Solidaritätsbeiträge laufend zu erhöhen. Wenn man dagegen sah, wie die Reichen und Mächtigen ihre Pfründe immer dreister verteidigten und ihren Besitz skrupellos vermehrten, konnte man ernsthaft ins Grübeln kommen.

Irgendwann in der Nacht weigerte sich der Wirt, noch mehr Wein zu bringen, und die Männer begaben sich unter Protest zu ihrem Nachtlager.

Am Sonntagmorgen suchten Hannes und Rudolf mit den anderen Gesellen die Heilige Messe auf, um danach ein wenig durch die Stadt zu flanieren. Doch ein schweres Gewitter mit wolkenbruchartigem Regen verhinderte einen längeren Spaziergang und so waren die Männer, nass bis auf die Haut, gezwungen, eine Gaststube aufzusuchen, die sie erst spätabends wieder verließen.

Der darauffolgende Montag führte die Zimmerleute in eine der zahlreichen Badestuben, wo sie den Schmutz der vergangenen Tage loswurden; eine freundliche Gehilfin des Baders nahm sich zudem ihrer Kleider an, die vor Dreck starrten. Wie neugeboren fühlten sie sich, als sie aus dem hölzernen Badezuber stiegen, und rochen auch Dank der Essenzen im heißen Wasser nicht mehr so streng. Seit ihrem Aufenthalt im Kloster hatten sie sich tatsächlich eine etwas andere Meinung über Hygiene gebildet.

Danach suchten die zufriedenen Männer eine nahe gelegene Schenke auf, in der sich noch andere Gesellen der Bruderschaft aufhielten, um ihren Durst zu löschen.

Rudolf setzte sich neben einen Wagnergesellen, den er bereits in Rottweil getroffen hatte, Hannes blieb nur ein schmaler Platz neben seinem speziellen Freund Walter. Dieser schien hier das große Wort zu führen und nahm kaum Notiz von seinem früheren Reisegefährten. Nur einmal bekam Hannes die Gelegenheit, ihn zu fragen, wie es ihm in Esslingen ergangen sei und warum es ihn ebenfalls nach Frankfurt verschlagen hätte.

»Es ging mir bedeutend besser, nachdem ihr beiden verschwunden wart, und hierher bin ich gereist, weil ich glaubte, dass Rudolf und du nach Nürnberg gegangen seid«, war die barsche und eindeutige Antwort. Hannes nahm sich vor, dem garstigen Gesellen künftig aus dem Wege zu gehen.

Die Stimmung wurde mit zunehmendem Weingenuss heiterer, dann wurden die ersten Lieder geschmettert. Irgendwann zu vorgerückter Stunde war Hannes aufgestanden, um sein Wasser abzuschlagen, und auf dem Rückweg rempelte er den sichtlich angetrunkenen Rudolf an.

»Wir müssen gehen, es ist noch ein Stück des Wegs bis zur Herberge, wo unsere Bündel liegen, und außerdem sollten wir nicht zu spät und einigermaßen nüchtern bei unserem neuen Meister ankommen.«

»Ach was, das hat Zeit, los, setz dich wieder hin und bestelle dir einen neuen Becher.«

Hannes jedoch blieb hartnäckig und redete auf seinen Kameraden ein, bis dieser widerwillig nachgab und den anderen mit schwerem Zungenschlag eine gute Nacht wünschte. Rudolf redete bis zur Herberge in einem fort und Hannes ließ den Wortschwall entnervt über sich ergehen.

An einem Brunnen hielten sie an, der Betrunkene wollte Wasser trinken. Doch kaum hatte er sich dem köstlichen Nass genähert, als der unter normalen Umständen deutlich schwächere Hannes den Kopf des Älteren mehrmals hineindrückte. Prustend und Wasser schluckend versuchte Rudolf, sich zu befreien, doch Hannes kannte keine Gnade. Erst nachdem einige Passanten stehen geblieben waren und bereits nach der Stadtwache schicken wollten, ließ Hannes von seinem völlig durchnässten Freund ab.

»Dafür …«, Rudolf suchte schwer atmend nach Worten, »dafür bring ich dich um.«

»Halt's Maul!«, entgegnete Hannes ungewohnt heftig. »Morgen früh wirst du mir dankbar sein.«

Eine Viertelstunde später erreichten die Gesellen die Herberge. Hannes eilte hinein, holte sich die Bündel und die Wanderstöcke und verabschiedete sich mit der gebotenen Freundlichkeit vom Herbergsvater.

Der erschöpfte Rudolf hatte sich in der Zwischenzeit über den Rinnstein gebeugt und übergab sich gurgelnd.

»Wenn es nicht geht, sage ich morgen dem Krauter, dass du schwer erkrankt bist und in der Herberge liegst.« Plötzlich war Hannes voller Mitleid für seinen betrunkenen

Kameraden, dieser nahm jedoch sein Bündel auf die Schulter und ging mit unsicheren Schritten voran.

»›Die Krankheit ist euer guter Montag‹, wird er sagen. Nein, nein, ich reiße mich zusammen und dank deiner Kopfwäsche bin ich wieder einigermaßen bei Sinnen.« Rudolf schien ihm nicht mehr zu zürnen.

Das Haus des Meisters lag in derselben Gegend und so mussten die Gesellen nicht allzu lange wandern. Auf den ersten Blick wirkte es mit seinem wohlproportionierten Holzfachwerk wie ein Juwel neben den Nachbarhäusern, bei näherem Hinschauen wurde allerdings eine gewisse Verwahrlosung erkennbar. An mehreren Stellen bröckelte der Putz und das Dach schien nicht überall dicht zu sein.

Hannes pochte mit seinem Stock vorsichtig an die ebenfalls in die Jahre gekommene Pforte, aus Angst, er könnte mit der Tür ins Haus fallen.

Eine Frau mittleren Alters mit lustig blitzenden Augen öffnete ihnen.

»Guten Abend, gnädige Frau.« Der Geselle deutete eine Verbeugung an. »Sind wir hier richtig bei dem Meister Greber?«

»Kommt herein, ihr werdet erwartet.« Sie nahm Hannes' Bündel entgegen und rümpfte etwas die Nase, als Rudolf ihr das seinige reichte und sie seinen sauren Atem roch.

Meister Greber hatte offenbar schon geschlafen, seine Augen waren rot geädert, er öffnete gähnend seinen Mund und streckte seine müden Glieder. »Ihr kommt spät, Gesellen. Setzt euch hier an den Tisch, esst und trinkt noch eine Kleinigkeit, meine Ingeborg wird euch die Schlafkammer zeigen. Ihr erlaubt, dass ich mich wieder hinlege, wenn der Morgen dämmert, ist Zeit zum Aufstehen.« Der Meister begab sich schlurfend in sein Zimmer und ließ seine neuen Mitarbeiter zusammen mit seiner Ehefrau allein in der Küche zurück.

Hannes setzte sich auf die harte Holzbank und nannte der Frau seinen Namen. Nachdem sich der bleiche Rudolf kurz vorgestellt hatte, bat er Ingeborg darum, ihm das Nachtlager zu zeigen. Wie bei jedem Meister war auch hier der Platz unter dem Dach den Lehrlingen und Gesellen vorbehalten. Jetzt im Sommer würde hier nachts eine brütende Hitze herrschen, denn unter den gebrannten Dachziegeln war die Luft richtig aufgeheizt.

Der jüngere Zimmermann ließ sich von Ingeborg einen letzten Becher Wein eingießen und erzählte der angenehmen Frau ein wenig von seiner Wanderschaft. Danach stellte er belanglose Fragen über die zu verrichtenden Arbeiten und wollte beiläufig wissen, ob denn auch Juden zu den Kunden zählten.

»Es stimmt, leider müssen wir für die Christusmörder arbeiten.« Ihr soeben noch freundlicher Gesichtsausdruck wurde um einige Nuancen strenger und sie bekreuzigte sich. »Man kann es sich heutzutage nicht mehr aussuchen. Ich glaube sogar, dass ihr morgen eine Baustelle bei den Ungläubigen habt. Oh nein, jetzt habe ich mich verplappert.« Flehend schaute sie Hannes in die Augen. »Werdet ihr hier bleiben, wenn ihr wisst, dass ihr für dieses Pack arbeiten müsst?«

Der Geselle tat so, als ob er ernsthaft darüber nachdenken musste, immerhin war dies ein berechtigter Kündigungsgrund. »Na ja, das ist hart, aber wir haben Eurem Mann aufs Gesicht zugesagt, dass wir bei ihm anfangen, und davon werden uns ein paar Heiden sicherlich nicht abbringen.« Innerlich jedoch frohlockte Hannes. Nach weiteren Beschwichtigungen wünschte er eine gute Nacht, erklomm die steile Treppe und legte sich zu seinem Kameraden aufs Strohlager. Da Rudolf laut schnarchte, konnte Hannes lange nicht einschlafen, fiel irgendwann aber doch in einen unruhigen Schlummer. Gegen Morgen träumte Hannes davon, dass jemand hart an die Tür pochte, doch diese Vision war leider harte Wirklichkeit.

Der Meisterin wurde es zu bunt, als keiner der Männer auf ihr wiederholtes Klopfen antwortete, und so schickte sie schließlich ihren Gatten nach oben. Dieser trat polternd in den unverschlossenen Raum.

»Aufstehen!«, brüllte er dem am nächsten liegenden Gesellen ins Ohr.

Hannes fuhr fast senkrecht in die Höhe, Rudolf hingegen öffnete nur kurz seine verquollenen Augen und drehte sich dann zur Wand hin.

»In wenigen Augenblicken kommen wir hinunter«, meinte Hannes beschwichtigend. Der Meister, der ihnen am vergangenen Abend noch sehr schläfrig vorgekommen war, schien voller Tatendrang zu sein und war nicht mehr wiederzuerkennen. Er schaute den jungen Zimmermann skeptisch an, wandte sich trotz alledem zur Tür.

»Wenn du dich noch mal hinlegst, könnt ihr euch eine andere Arbeitsstelle suchen!«

Die unmissverständliche Drohung verfehlte ihre Wirkung nicht, Hannes rüttelte und schüttelte seinen Kameraden, bis dieser resigniert aufstand.

»Du raubst mir noch den letzten Nerv mit deinem verdammten Pflichtbewusstsein«, grummelte er, während er sich fluchend ankleidete.

Durch sein gestriges Gespräch mit der Meisterin wusste Hannes, dass Greber sie beide auf keinen Fall wieder fortschicken würde, ließ er die Gesellen jedoch schlafen, setzte er seine Autorität aufs Spiel.

Während der kargen Morgenspeise an dem grob gezimmerten Küchentisch wurde, ähnlich wie bei Hildebrand, das Tagwerk besprochen. Der kleine Zwist war längst vergessen.

»Eine äußerst delikate Arbeit liegt heute vor uns«, begann Greber seine Ausführungen. »Nicht nur die Tätigkeit an sich, nein, auch der Bauherr ist es, der mir schlaflose Nächte bereitet. Ihr wart bereits in mehreren Städten.« Er schaute dem älteren Gesellen in die glasigen Augen. »In den allermeisten Städten des Deutschen Reichs haben sich die christlichen Bürger ihrer Juden entledigt, Frankfurt gehört leider nicht dazu. Im Gegenteil, bei uns gibt es die größte und wohlhabendste Gemeinde weit und breit. Ihr müsst mich recht verstehen, ich bin kein Freund dieser Frevler, aber sie zahlen sehr viel Steuern und ein Handwerksmeister, der für die Hebräer arbeitet, wird in der Regel gut entlohnt. In der engen Judengasse wohnen derzeit schätzungsweise zweihundertfünfzig Menschen und da die schmale Straße durch eine Mauer begrenzt ist, wird der Platz für die vielen Bewohner immer knapper. Es bleibt den Juden nichts anderes übrig, als in die Höhe zu bauen, und genau darin besteht unser Auftrag. Vergangene Woche habe ich mit Bernhard, meinem festen Gesellen«, Greber nickte dem ebenfalls am Tisch sitzenden, den dritten Teller Brotsuppe in sich hineinschaufelnden Mann zu, »ein Gerüst gestellt und heute beginnen wir damit, das Dach abzutragen. Die Balken sind ebenfalls schon zugesägt und verzapft, sodass wir das neue Stockwerk diese Woche aufstellen können. Auf dem Weg zur Baustelle in der Judengasse werden wir in der Sankt Bartholomäuskirche vorbeigehen, um uns die Absolution für unsere Arbeit bei den Ungläubigen zu holen. Ich möchte meinen Seelenfrieden wegen den vermaledeiten Juden nicht aufs Spiel setzen. Wohlauf, frisch ans Werk.«

Mit diesen Worten erhob sich der Meister und seine neuen Arbeiter taten es ihm nach, der dickliche Bernhard trank hastig seinen Teller leer, sodass ihm die Brühe die Mundwinkel hinunterrann.

Die Männer mussten die Stadt zuerst verlassen, um den vor den Toren abgestellten, mit Holz vollbepackten Karren zu holen.

»Ihr beiden schiebt und du«, Greber zeigte auf Hannes, »hilfst mir, das Gefährt zu lenken.«

Die eisenbeschlagenen Räder quietschten laut, als sich der sogenannte Leuteschinder in Bewegung setzte.

»Wisch dir mal das Maul ab«, rügte Rudolf unwirsch den Gesellen neben sich. »Bei deinem Anblick kommt mir die Galle hoch.«

»Schau doch woanders hin«, entgegnete Bernhard mit einem gutmütigen Lächeln, nahm aber trotzdem seinen linken Ärmel und befreite sein Gesicht von den Resten der Morgenmahlzeit. Anstandslos konnten die Zimmerleute mit ihrer schweren Fracht das Eschenheimer Tor passieren und kamen nach einer beschwerlichen Fahrt, auf der sie so manchem Hindernis mühevoll ausweichen mussten, an der riesigen Kirche an.

Der schwitzende Meister machte sich sogleich auf die Suche nach einem Priester, den er schließlich in der Sakristei antraf und der den völlig ausgepumpten Männern den geistlichen Beistand für ihr heikles Unterfangen gab.

Von der Töngesgasse bogen sie in die breite Fuhrgasse ein und folgten dieser Hauptachse des Nord-Süd-Verkehrs, bis sie einen der Türme des Judenviertels erreicht hatten. Die christlichen Torwächter kannten Greber und winkten die Handwerker durch, nicht ohne ihnen sarkastisch einen schönen Tag zu wünschen.

Hannes erinnerte sich unvermittelt an die bitteren Worte Ruths, deren Beschreibung von der tristen Wirklichkeit im negativen Sinn noch übertroffen wurde. Hier sah es wahrhaftig nicht nach Wohlstand und Reichtum aus. Im Gegenteil, in der furchtbar engen Gasse spielten zerlumpte Kinder, deren Speisezettel nicht sehr üppig sein konnte.

Der Weg war für den vollgeladenen Zimmermannskarren fast zu eng und Hannes musste pausenlos von einer Straßenseite zur anderen wechseln, um zu schauen, ob der Wagen an den dicht gedrängten Häusern vorbeikam.

»Das hat kein Mensch verdient, in solch beengten Verhältnissen zu wohnen.« Rudolf, der einen ausgeprägten Gerechtigkeitssinn besaß, war entsetzt.

»Doch.« Greber blickte ihn verständnislos an. »Die Christusmörder haben es verdient!«

Der aufgebrachte Geselle wollte etwas entgegnen, aber Hannes legte ihm beschwichtigend die Hand auf den Arm.

Trotz des nur handtuchbreiten Gässchens und der offenkundigen Überbevölkerung schien es hier sauberer zu sein als in der übrigen Stadt. Man sah keine Ratten, die sich an toten Schweinen zu schaffen machten, geschweige denn knöcheltiefen Mist, durch den die Menschen waten mussten. Vor einem mit Holzstangen und Bohlen so kunstvoll angerüsteten Haus, dass daneben die Straße noch passierbar war, brachten sie ihren Wagen zum Stehen.

»Lasst uns gemeinsam das Werkzeug abladen, danach nehmen wir die Strohdachdeckung und die vorhandenen Dachsparren ab«, wies Greber seine drei Arbeiter an.

Der ältere Mann, der ihnen die Tür öffnete, erinnerte Hannes mit seinem gebeugten Gang und seiner Bittstellermiene stark an Ruths Bruder.

»Erlaubt mir Unwissendem eine kurze Frage, werter Herr Meister.« Der Hebräer nickte manisch mit dem Kopf und hatte die Hände vor seinem schwarzen Kaftan gefaltet. »Ihr nehmt doch heute das Dach ab, wenn ich richtig informiert bin. Was geschieht, wenn es regnen sollte?«

»Das ist nicht unser Problem, meinetwegen spannt ein paar große Leintücher über Euer Haus oder macht, was Ihr wollt«, erwiderte Greber barsch.

Hannes' und Rudolfs ungläubige Blicke begegneten sich. Der Frankfurter Meister nutzte die Außenseiterrolle dieser Menschen offenbar gnadenlos aus. Bei einem christlichen Bauherrn wäre es seine Pflicht gewesen, das Gebäude wetterfest zu machen.

»Auf geht es, Gesellen, jetzt könnt ihr zeigen, ob ihr euren Lohn wert seid.« Bei der Art und Weise, wie er seine Arbeiter antrieb, drängte sich der Verdacht auf, dass der Meister keine Minute länger als notwendig in diesem verrufenen Viertel bleiben wollte.

Das alte Dach war kaum abgetragen, als die umliegenden Kirchen die Mittagszeit einläuteten, doch Greber und Bernhard ignorierten die Glocken und arbeiteten weiter. Rudolf legte als Erster seine Axt zu Boden, Hannes schien nur darauf gewartet zu haben und tat es ihm sofort gleich.

»He, was macht ihr beiden Faulpelze da?«, blaffte Greber die Gesellen wütend an.

»Mit Verlaub, Herr Meister, aber jeder anständige Handwerksmann begibt sich zu dieser Zeit zu seinem wohlverdienten Mittagsmahl.« Ohne weiter auf den zeternden Dienstherrn zu achten, winkte Rudolf mit dem Kopf in Hannes' Richtung und dieser folgte ihm, ohne zu zögern.

Im Erdgeschoss hatte der Bauherr, der auch im christlichen Teil der Stadt ein hoch angesehener Medicus war, eine kleine Praxis eingerichtet, in der er Patienten behandelte.

»Ehrwürdiger Herr, hättet Ihr die Freundlichkeit, uns zu sagen, wo man in dieser Gasse einen kleinen Imbiss zu sich nehmen kann?«

Mit Verwunderung schaute der bärtige Mann auf die Gesellen und kramte in seinen Erinnerungen, allerdings war er sich sicher, dass so noch nie ein Christenmensch mit ihm gesprochen hatte. »Ich will mich nicht aufdrängen, aber wenn Ihr vielleicht an meinem bescheidenen Tisch Platz nehmen wollt?«, fragte der Jude unterwürfig. »Meine liebe Frau hat ein einfaches Mahl zubereitet, das Euren hohen Ansprüchen jedoch sicher nicht gerecht wird.«

»Wir nehmen Euer Angebot mit dem größten Vergnügen an«, meinte Hannes.

»Ich gehe geschwind nach oben und sage dem Meister Bescheid.« Rudolf stieg nach oben und berichtete Greber von der Einladung.

»Wer weiß, was die uns vorsetzen, lieber leide ich Hunger bis zum Abend und euch würde ich dasselbe raten.«

Kopfschüttelnd begab sich der Geselle in die kleine Küche, wo Hannes an einem runden Holztisch saß und sich mit dem Hausherrn unterhielt. Die blasse, schmale Frau hantierte währenddessen an einem eisernen Topf, der über dem Feuer hing.

Der köstliche Duft, den das Gericht verströmte, war trotz des aufdringlichen Rauchs der Kochstelle zu riechen und die Mägen der Handwerker fingen laut hörbar an zu knurren.

»Es ist ein einfaches Mahl, mit etwas Rindfleisch, Möhren und Kohl«, beeilte sich der Hausherr zu sagen, während seine halbwüchsige Tochter irdene Teller und Holzlöffel verteilte. In einer für die Gesellen unverständlichen Sprache folgte ein längeres Gebet.

»Lasst es Euch schmecken, gebe Gott der Herr Euch einen gesunden Appetit.«

Laut schmatzend, sodass sie das leise Pochen an der Tür nicht hörten, machten sich Hannes und Rudolf über das delikate Essen her.

»Schalom, Onkel Jakob und Tante Rachel.«

Beim Anblick der jungen Frau, die den niedrigen Raum betrat, blieb Hannes der Bissen im Halse stecken, er musste kräftig husten und nach Luft japsen. Auch das Mädchen bekam große Augen, fasste sich jedoch schnell wieder. Mit einem unmerklichen Kopfschütteln gab sie den beiden zu verstehen, dass sie schweigen sollten.

»Darf ich Euch meine liebe Nichte vorstellen? Ruth, das sind zwei Zimmermannsgesellen, die zusammen mit ihrem Meister mein Haus in die Höhe bauen.«

Die junge Frau nickte nur knapp. »Ich wollte dich nur fragen, Tante Rachel, ob du mir mit einer Zwiebel aushelfen kannst.«

»Aber natürlich, mein Kind.«

Und ehe Hannes sich versah, war die schöne Jüdin verschwunden. Nach dem zweiten gehäuften Teller, den sie gierig hinuntergeschlungen hatten, bedankten sich die Männer und begaben sich wieder nach oben zu ihrem grantig dreinschauenden Meister.

»Hoffentlich bekommt ihr anständig Bauchschmerzen von dem Fraß«, knurrte er. Das Stroh war bereits abgedeckt, die alten Dachbalken waren aus ihrer Verankerung gerissen und aufgeschichtet. »Wir können mit dem Aufstellen des neuen Stockwerks beginnen, nachdem Bernhard und ich die ganze Vorarbeit geleistet haben«, meinte Greber vorwurfsvoll. »Ihr beiden habt ja jetzt gut gegessen und könnt hinuntergehen, um die Hölzer heraufzuziehen.« Er wies auf die am Gerüst befestigte hölzerne Umlenkrolle, in der das dicke Seil geführt wurde. Im Vorbeigehen hörte Rudolf, wie dem dicken Bernhard der Magen knurrte, und konnte es sich nicht verkneifen, seine Finger zu küssen, als Zeichen dafür, dass das Mahl vorzüglich gewesen war.

Eine gute Stunde später waren die schwersten Balken unter Aufbietung sämtlicher Kraftreserven von den schwer schnaufenden Arbeitern hochgezogen worden und Meister Greber befahl den älteren Gesellen zu sich nach oben. Hannes musste nun die kurzen und leichteren Hölzer allein in den Dachraum tragen und hatte, da seine Kollegen damit beschäftigt waren, das Fachwerk zusammenzufügen, zuweilen ein wenig Muße, um sich in der Gasse die vorbeieilenden Menschen genauer anzuschauen.

Dabei überlegte er krampfhaft, wie er es anstellen sollte, Ruth oder ihren Vater zu finden, um sie vor den Umtrieben des finsteren Mönchs zu warnen. Seine Versuche, die scheuen Menschen anzusprechen, schlugen allesamt jämmerlich fehl. Die zumeist bärtigen Männer in ihren schwarzen Kleidern erwiderten wenigstens seine Grüße, die ebenfalls dunkel gewandeten Frauen hingegen huschten nur schnell vorbei.

»Es schickt sich nicht für eine Jüdin, in der Öffentlichkeit mit einem Goi zu plaudern.«

Als Hannes sich überrascht umdrehte, blickte er in die tiefgründigen Augen Ruths, die plötzlich hinter ihm aufgetaucht war. Ehe der Geselle etwas erwidern konnte, war sie durch die knarrende Tür ins Haus entschwunden. Geraume Zeit später trat sie zusammen mit ihrem Onkel auf die Straße.

»Werter Zimmermann, ich bitte vielmals um Verzeihung, aber mein Bruder Ephraim hat ein undichtes Dach. Nachdem ich Rücksprache mit Eurem Meister gehalten habe, bitte ich Euch, meine Nichte zum Haus ihres Vaters zu begleiten.«

Der verdutzte Hannes beeilte sich, der Bitte zu entsprechen, und folgte dem Mädchen mit gebotenem Abstand. Die verstohlenen Blicke der Passanten ignorierend, erreichte das ungewöhnliche Paar nach kurzer Wegstrecke sein Ziel.

Ruth drückte gegen die angelehnte Pforte und trat ein, doch anstatt sich nach oben zu wenden, folgte sie einer steilen Steintreppe, die offenbar in den Keller des Hauses führte. Der junge Geselle war zuerst unschlüssig, allerdings folgte er ihr entschlossen, nachdem sie ihm einladend zugewinkt hatte. Was hat Ruth vor?, fragte er sich, als er in einem wunderschön gefliesten Raum stand, in dessen Mitte ein riesiges Bad im Boden eingelassen war.

Die zahlreichen verdeckten Wandlampen sowie ein gewaltiger Leuchter an der Decke, die allesamt bereits angezündet waren, sorgten für ausreichend Licht. Der überwältigte Hannes hätte alles in dem Keller erwartet, nur nicht einen Raum von solch klarer Schönheit, meinte sich jedoch zu erinnern, dass Ruth bei ihrem ersten Zusammentreffen etwas von einem rituellen Bad, das auch hygienischen Zwecken diente, erzählt hatte. Damals hatte er sich eher einen großen Holzzuber vorgestellt, wie er in christlichen Badestuben üblich war.

Während der Geselle seinen Gedanken nachhing, hatte sich Ruth ausgezogen und bedeutete ihm, seine schmutzigen Kleider ebenfalls abzulegen. Sein Hals wurde rau und er musste mehrmals schlucken, als er verstohlen den makellosen Körper der jungen Frau betrachtete.

»Na los, komm rein, ich guck dir schon nichts weg.« Übermütig bespritzte sie ihn mit kühlem Wasser.

Dass Ruth überhaupt keine Scheu vor ihm zu haben schien, war etwas verwunderlich für Hannes, denn in dem Räuberlager waren die beiden über ein längeres Gespräch nicht hinausgekommen. Bereits damals, in dieser gefährlichen Situation, hatte sich der Geselle magisch von der bezaubernden Hebräerin angezogen gefühlt. Ihr schien es ähnlich zu gehen, weshalb sonst hätte sie ihn an diesen seltsamen Ort geführt?

»Ich, äh, kann leider nicht schwimmen.«

Ruth lachte laut auf. »Ich könnte es dir beibringen, aber das wird nicht nötig sein, das Becken ist nämlich nicht sehr tief.«

Hannes rang sich schließlich zu einer Entscheidung durch, entledigte sich seiner Kleider und glitt vorsichtig in das nasse Element. Er tauchte unter und kam prustend wieder an die Oberfläche, dann begann er seinerseits, der jungen Frau Wasser ins Gesicht zu spritzen.

Das lustige Spiel wogte hin und her und Hannes konnte später nicht mehr sagen, wie es dazu kam. Unverhofft lagen sich die beiden in den Armen und küssten sich leidenschaftlich. Doch der innige Moment währte nur Sekunden und das Mädchen löste sich lachend von dem Gesellen, um wegzutauchen. Wie vor den Kopf gestoßen, verließ Hannes das Bad und setzte sich beleidigt an den Beckenrand.

»Warum machst du das?«, fragte er Ruth, nachdem sie sich völlig außer Atem etwas abseits von ihm hingesetzt hatte. Ihre Arme umklammerten ihre angezogenen Knie. »Bringst mich unter einem Vorwand hierher und umgarnst mich mit deinen weiblichen Reizen, um mich dann zum Narren zu halten.«

Ein geheimnisvolles Lächeln zeigte sich auf Ruths schönem Gesicht. »Wer weiß, vielleicht räche ich mich stellvertretend an dir dafür, was ihr Christen meinem geschundenen Volk angetan habt.«

Verständnislos glotzte Hannes sie an.

»Nein, nein, keine Sorge, das ist es nicht. Ich weiß auch nicht, was in mich gefahren ist, als ich dich hier heruntergebracht habe. Heute Nachmittag, als ich dich bei Onkel Jakob wiedergesehen habe, wurde mir abwechselnd warm und kalt und ich wünschte, ich hätte dich da bereits in den Arm nehmen können. Aber vorhin, da wir uns so nahe waren, wurde mir die schiere Aussichtslosigkeit bewusst. Du bist ein fahrender Handwerksgeselle, der noch eine ganze Weile unterwegs sein muss, bevor er sich irgendwo niederlässt und eine einsame Meisterstochter freit. Und ich bin eine jüdische Frau, deren Weg innerhalb ihres Standes ebenso vorgezeichnet ist und die sogar schon einem Mann versprochen ist.«

Das Lachen war verschwunden, Verzweiflung sprach aus ihren Worten und Hannes hatte das unbestimmte Gefühl, dass sie am liebsten aus ihrer engen Welt ausbrechen würde.

»Lass uns zusammen fliehen, irgendwo wird es bestimmt einen Platz für uns geben.« Kaum hatte er den Satz gesprochen, da erinnerte er sich, dass er zu Anna damals dasselbe gesagt hatte.

»Ach, Hannes, du bist so romantisch wie naiv«, Ruth rückte wieder näher heran, legte ihren Kopf an seine Schulter und wechselte das Thema. »Erzähle mir lieber von deiner Reise nach Frankfurt und ich berichte dir, wie es uns bei den Räubern noch ergangen ist. Danach wollen wir ein wenig …« Das Mädchen hielt erstarrt inne. »Hörst du das?«

Sie war jäh aufgesprungen und nun nahm auch Hannes die sich entfernenden Schritte wahr.

Kapitel 24

Die Schenke in Sachsenhausen war laut, dreckig und brechend voll, aber das schien die beiden Männer, die sich an einem kleinen speckigen Tischchen gegenübersaßen, nicht zu stören. Im Gegenteil, sie unterhielten sich angeregt.

»Entschuldigt, werter Herr, Ihr habt mir erzählt, dass ich Euch beim Eintreiben von Schulden behilflich sein soll. Davon, dass wir einen Aufstand anzetteln, war nicht die Rede, das kostet Euch zusätzlich ein paar Gulden.« Entrüstet schaute der narbengesichtige Mann seinen Gesprächspartner an.

»Du solltest eines niemals vergessen«, antwortete dieser gedehnt. »Und zwar, dass ich in Esslingen dein verpfuschtes Leben gerettet habe. Glaube mir, wenn ich als angesehener Mann den Stadtwachen einen kleinen Tipp gebe, wirst du das schöne Frankfurt gebunden in Richtung Süden verlassen. Also, mein Freund, du hast zwei Möglichkeiten. Entweder du arbeitest für mich, oder …« Der gut aussehende Mann mit den kalten Augen ließ mit seiner eindeutigen Geste keinen Zweifel aufkommen, was den anderen bei Nichtbefolgen der Befehle erwartete.

»Nun gut, Ihr habt gewonnen.« Der Mann atmete tief durch, die Drohung zeigte offenbar Wirkung. »Ich werde sehen, was ich tun kann.«

Nach diesen Worten nahm der Narbengesichtige einen tiefen Schluck aus seinem mit saurem Wein gefüllten Becher, während der für diese Gegend eindeutig zu gut angezogene junge Herr ihm unauffällig einen kleinen Beutel in die Hand drückte.

»Für den Fall, dass du irgendwelche Leute gefügig machen musst, sind hier genügend Münzen drin, aber komme nicht auf die Idee, damit abzuhauen, es würde dir nicht gut bekommen. Also, gehab dich wohl und viel Erfolg.« Er setzte seinen breitkrempigen eleganten Federhut auf, bezahlte die Zeche und verließ angewidert die üble Spelunke.

Der hochgewachsene, grauhaarige Kaufmann setzte sich auf den ihm angebotenen Platz.

»Die Speisenfolge ist hoffentlich dazu angetan, Euren Gaumen zu verwöhnen, Herr Burgwart«, meinte der sich ebenfalls auf einen gepolsterten Stuhl niederlassende Gastgeber mit gedrechselten Worten und klatschte laut hörbar in die Hände.

Ein prächtig livrierter Dienstbote erschien sodann mit

einer Schüssel gefüllter Tauben, die in einer Schwarzbiersoße serviert wurden.

»Die Vorspeise ist außerordentlich köstlich«, nuschelte Burgwart mit vollem Munde. »Ist da überhaupt noch eine Steigerung möglich, lieber Waldmann?«

»Lasst Euch überraschen.« Der stellvertretende Bürgermeister, der ebenfalls einen profitablen Gewürzhandel betrieb, wusch seine Hände in einem mit Wasser gefüllten Schüsselchen.

»Habt Ihr von den rätselhaften Umtrieben heute am alten Markt gehört?«, fragte der Reutlinger Kramer und schob sich ein großes Stück des gespickten Rehrückens, der den Tauben gefolgt war, in den Mund.

»Nicht dass ich wüsste.« Waldmann war sichtlich erstaunt. »Erzählt!«

»Ein Mönch, von dem ich glaube, ihn schon irgendwo gesehen zu haben, hat heute wider die Ketzer und Ungläubigen, also sprich die Juden, gepredigt.«

»Das ist ja nicht so ungewöhnlich. Seit dieser Luther sein Unwesen treibt und seine Thesen verbreitet, sind auch wir hier in Frankfurt vor den reformatorischen Umtrieben nicht mehr sicher. Und was die Juden angeht, so bin ich überzeugt, dass sie in keiner Stadt des Reichs so sicher sind wie hier bei uns.«

»Ich weiß nicht recht«, erwiderte Burgwart nachdenklich. »Ihr solltet das Ganze nicht auf die leichte Schulter nehmen, das gemeine Volk ist sehr empfänglich für derlei Hasstiraden, insbesondere, wenn es noch hoch verschuldet ist bei den Beschnittenen.«

»Nun gut, ich werde der Sache auf den Grund gehen, aber jetzt lasst uns von angenehmeren Dingen reden, zum Beispiel davon, wie Ihr diesen unvergleichlichen Wein findet, der aus dem Piemont stammt. Dieser Tropfen ist doch wahrhaft ein Gedicht.« Waldmann schnalzte genießerisch mit der Zunge. Die grobporige Nase verriet den regelmäßigen Weintrinker, in letzter Zeit jedoch machte ihm die Gicht mehr und mehr zu schaffen. Die Schmerzen im rechten großen Zeh führte er anfangs auf schlechtes Schuhwerk oder einen kleinen Unfall zurück. Nachdem das Gelenk sich langsam rot verfärbte und immer dicker wurde, suchte er schließlich einen jüdischen Medicus auf, der ihm unmissverständlich zu verstehen gab, dass ihn die Gicht plagte. Die Mittelchen, die der Doktor ihm gab, waren zwar schmerzlindernd, ursächlich für die Krankheit war allerdings Waldmanns ausschweifender Lebenswandel, den er, entgegen des Rats des Heilkundigen, nicht zu ändern gedachte.

»Wie geht es Eurer Tochter, werter Freund? Im zarten Alter von zwölf oder dreizehn Jahren habe ich sie das letzte Mal gesehen, sie wird inzwischen zu einer reizenden jungen Dame herangewachsen sein.«

»Der bekannte Tuchhändler Balthasar Neumann dürfte Euch doch ein Begriff sein.« Als der stellvertretende Bürgermeister bestätigend nickte, fuhr Burgwart mit unverhohlenem Stolz fort. »Meine Anna ist mit seinem Sohn vermählt, wahrscheinlich ist sie sogar schon guter Hoffnung. Meine Familie ist dadurch natürlich gesellschaftlich enorm gestiegen, da die Neumanns nicht nur in Reutlingen die erfolgreichsten Kaufleute sind, sondern zu den führenden Krämern von ganz Süddeutschland zählen. Ach, ich wünschte mir nur, meine verstorbene Gattin hätte das noch erlebt.«

Waldmann wollte etwas entgegnen, hielt sich dann aber im letzten Moment zurück. Er beschloss, seinem langjährigen Geschäftspartner die gute Laune nicht zu verderben. Ein Gerücht, das er gehört hatte, ließ die Neumanns nämlich in keinem sonderlich guten Licht erscheinen. Es besagte, dass

Aktiva und Passiva in keinem guten Verhältnis zueinander standen.

Vielleicht brachte die Liaison mit Burgwarts Tochter beiden Parteien Vorteile, dachte er. Mit einem weiteren Klatschen gab er dem Diener das Zeichen, die Süßspeise aufzutragen.

»Was ist das für ein höchst angenehmer Gaumenkitzel?«, fragte der Gast, nachdem er einen ersten Bissen gekostet hatte.

»Das ist eine spezielle Fruchtspeise, die mit gefrorenem Wasser versetzt ist. In diesem Fall sind es leckere Himbeeren. Wie Ihr sicher wisst, haben viele Gasthäuser sehr tiefe Keller, in denen die Bierfässer mit im Winter geschlagenem Eis gekühlt werden. Feine Splitter dieser Eisblöcke werden für die leckere Speise genommen. Wie mir gesagt wurde, kannten bereits die Römer vor mehreren hundert Jahren dieses Gericht.«

»Es schmeckt vorzüglich, Ihr müsst mir unbedingt das Rezept geben«, meinte der Reutlinger Gewürzhändler verzückt und ließ sich einen großen Nachschlag geben. Die Männer unterhielten sich noch eine Zeit lang über die aktuelle Geschäftslage und tranken dazu ausgiebig von dem norditalienischen Wein, bevor Burgwart sich herzlich bedankte, seinem Gastgeber eine geruhsame Nacht wünschte und sich auf den Weg in seine Herberge machte. Durch seine weitreichenden Geschäftsbeziehungen war es ihm vergönnt, im Nürnberger Hof absteigen zu können, was eigentlich nur den Kaufleuten der fränkischen Stadt vorbehalten war.

Er trottete dahin und ließ den gelungenen Abend Revue passieren. Der viele Wein hatte seine sonst so geschärften Sinne offenbar eingeschläfert, denn er bemerkte nicht, dass ihm jemand unauffällig folgte.

Geräuschlos kam der Mann näher und zückte seinen schmalen Dolch, den eleganten Federhut hatte er tief ins Gesicht gezogen, um sein Antlitz zu verhüllen. Einen Menschen hatte er noch nie umgebracht, umso mehr erstaunte ihn seine eigene Kaltschnäuzigkeit, die vielleicht auch daher rührte, dass er sich unentwegt die absolute Notwendigkeit seiner Tat vor Augen geführt hatte.

Wie eine Katze setzte er zum Sprung an, als er plötzlich das knarrende Geräusch einer sich langsam öffnenden Tür vernahm. Gehetzt blickte er sich um und fand im letzten Augenblick eine dunkle Hausecke, hinter die er blitzschnell flüchtete.

»Eine gute Nacht und angenehme Träume wünsche ich meiner Liebsten und wenn dein Gatte mal wieder außer Haus ist, lass es mich wissen.«

Burgwart vernahm die Worte und verurteilte insgeheim den Mann, der einem anderen Hörner aufgesetzt hatte, ohne zu wissen, dass dieser ihm gerade das Leben gerettet hatte.

Kapitel 25

»Schnell, wir müssen uns anziehen und von hier verschwinden!« Hektisch legte Ruth ihre Kleider an, Hannes folgte ihrem Beispiel.

»Wer kann das gewesen sein?«, fragte der junge Geselle aufgeregt.

»Wenn es einer meiner Verwandten gewesen ist, so werde ich es recht bald zu spüren bekommen. Lass uns rasch zurück zu Onkel Jakob gehen, hier hast du ein Pfund Heller, die du deinem Meister aushändigst. Sollte er dich nach der Art deiner Verrichtung fragen, so bin ich mir sicher, dass dir etwas Passendes einfällt.«

Das intelligente Mädchen hatte offenbar an alles gedacht, außer vielleicht daran, dass ihr Oheim den Vater darauf ansprechen konnte, aber das war in diesem Moment zweitrangig, dachte Hannes.

Wie selbstverständlich nahm sie seine rechte Hand und gemeinsam kletterten sie die steile Treppe empor. Auf einem Zwischenpodest hielten sie an, um Luft zu schnappen. Hannes blickte in die schwarzen Augen der Jüdin und konnte nicht mehr an sich halten. Sanft legte er seine Arme um ihre schlanke Taille. Als er keinen Widerstand spürte, zog er sie zu sich heran und presste seine Lippen auf ihren roten Mund. Erneut war es Ruth, die sich zuerst aus der leidenschaftlichen Umarmung löste.

»Entschuldige, ich genieße den Augenblick ebenso wie du, aber wir müssen jetzt wirklich das Haus verlassen«, drängte die junge Frau und Hannes gehorchte widerwillig, allerdings nicht, ohne seine Hand wieder in die ihre zu legen.

»Warte einen Moment!« Er schlug sich mit der flachen Hand an die Stirn. »Ich hätte beinahe vergessen, dir zu erzählen, weswegen Rudolf und ich so schnell nach Frankfurt gereist sind.« Der Geselle berichtete in knappen Worten von dem infamen Vorhaben des fanatischen Mönchs und endete mit der Bitte, Ruth möge sofort ihren Vater von dem geplanten Pogrom in Kenntnis setzen.

Sie reagierte keineswegs so verängstigt, wie Hannes es erwartet hätte.

»Könnt ihr Christen uns denn niemals in Ruhe lassen? Wir verlangen doch wirklich nicht viel, unseren Gott anzubeten und unser kümmerliches Dasein einigermaßen erträglich zu gestalten, würde uns vollkommen genügen«, erwiderte sie mit ärgerlicher Stimme und folgte Hannes zur Tür. »Trotzdem vielen Dank für die Information, wir stehen tief in eurer Schuld. Möge Gott der Allmächtige deine Schritte allzeit begleiten. Lebe wohl!«

»Bitte, Ruth, hör mich noch …«

Ehe Hannes seinen Satz zu Ende sprechen konnte, war Ruth bereits verschwunden. Niedergeschlagen machte er sich schließlich auf den Weg zurück zur Baustelle. Dort angekommen, gab er dem Meister das Geld, das dieser, ohne eine Erklärung abzuwarten, mit einem zufriedenen Grinsen in seinen dünnen Beutel gab. Die Männer waren auch ohne Hannes gut vorangekommen, doch ihre Arbeit abschließen konnten sie an diesem Tag noch nicht. Der so unterwürfig wirkende Jakob wünschte beharrlich einige Änderungen in der Ausführung, die der Meister, der die Arbeit in dem Viertel so bald als möglich beenden wollte, nur zähneknirschend akzeptierte. Und so waren die hart arbeitenden Zimmerleute die ganze Woche in der Judengasse beschäftigt.

Hannes hielt in dieser Zeit eifrig nach Ruth Ausschau, aber die schöne Frau blieb verschwunden. Selbst beim gemeinsamen Mittagessen, das die beiden Gesellen nach wie vor mit der Familie einnahmen, tauchte sie nicht mehr auf.

Am späten Samstagnachmittag war die aufwendige Arbeit endlich abgeschlossen und der Meister bekam von dem zufriedenen Bauherrn den vereinbarten Werklohn ausbezahlt, wovon er den Gesellen einen kleinen Teil als wöchentlichen Vorschuss auf ihr Monatsgehalt aushändigte.

»Hier habt ihr noch eine extra Münze!« Der gut gelaunte, mit dem Gewinn des Auftrags offenbar zufriedene Greber zählte jedem seiner Gesellen das Geld in die ausgestreckte Hand. Sodann eilten die frohgemuten Männer in ihre Kammer, legten flink ihr Sonntagswams an und machten sich auf den Weg in die Herberge der Bruderschaft, wo für heute eine außerordentliche Sitzung anberaumt war. Da man sich erst zur achten Stunde des Abends traf, hatten die Gesellen genügend Zeit, ein wenig in der belebten Stadt zu flanieren.

Der dicke Bernhard kannte die, wie er sagte, beste Garküche Frankfurts und führte seine neuen Kollegen zum Weckmarkt. Bevor sie in die von Essständen gesäumte Straße einbogen, drang bereits ein unwiderstehlicher Duft nach gebratenem Fleisch in ihre Nasen. Der schwitzende Koch war vollauf damit beschäftigt, seine fetttriefenden Schweinehalsstücke zu wenden, sodass sie nicht auf dem Gitterrost festbackten, während seine rußgeschwärzte Gehilfin das Feuer in dem Kessel schürte. Als der rotgesichtige Mann kurz aufschaute und sich mit einem dreckigen Tuch die schweißnasse Stirn abwischte, erkannte er Bernhard. Mit einem freudigen Grinsen begrüßte er die hungrigen Männer und nahm ihre Bestellungen auf. Das köstliche Essen verschlang einen großen Teil des Wochenlohns der Männer.

Auf dem Weg zur Herberge unterhielten sie sich über die anstehende Versammlung und rätselten über das mögliche Thema, wobei Bernhard die Gelegenheit nutzte, um die Neuankömmlinge über den derzeitigen Altgesellen aufzuklären. Er ließ kein gutes Haar an Friedhelm, den er als niederträchtig und versoffen beschrieb. Nach einem geringen Umweg über den Römerberg, der von vornehm gekleideten Bürgern bevölkert war, kamen sie schlussendlich in der gut gefüllten Herberge an und wurden von den anwesenden Gesellen freudig und per Handschlag begrüßt.

Hannes und Rudolf hatten kaum Gelegenheit, einen Becher Wein zu trinken, als Friedhelm die Mitglieder der

Bruderschaft bereits in das von Talglichtern notdürftig erhellte Nebenzimmer bat. »Hört mir zu, Leute, ich habe euch heute Abend hierher gebeten, weil sich in unserer schönen Stadt ungeheuerliche Dinge zugetragen haben, die auch uns als gute Christen etwas angehen.«

Heftiges Gemurmel war die Antwort.

»Vielleicht hat der eine oder andere von euch schon die erschütternden Predigten des Geistlichen am alten Markt mit angehört.«

Hie und da gab es eine zustimmende Antwort und nach einem tiefen Schluck aus seinem Becher fuhr Friedhelm fort. »Von dem heiligen Mönch wurden furchtbare Dinge aufgedeckt, die sich in der elenden Judengasse zugetragen haben.«

Abermals gab es einen vielstimmigen Aufschrei.

»Stellt euch vor, kleinen Christenkindern, die die Ungläubigen den armen Eltern auf dubiose Art entrissen haben, wurde zu rituellen Zwecken Blut abgenommen. Danach wurden sie auf bestialische Weise umgebracht.« Seine letzten Worte gingen im markerschütternden Gebrüll der Gesellen unter.

»Lasst uns sogleich losziehen und den Mördern unseres Herrn den Garaus machen!«, war noch einer der harmloseren Zwischenrufe. Einzig Hannes und Rudolf waren sprachlos und schauten einander zutiefst erschrocken an. Die finsteren Mönche hatten offenbar keine Zeit verloren, um ihren perfiden Plan in die Tat umzusetzen.

»Gesellen, hört mich noch einmal an.« Friedhelm hob beschwörend beide Arme. »Übermorgen ist unser guter Montag, wir wollen uns dann zum alten Markt begeben, um die frommen Männer anzuhören und, wenn nötig, zu unterstützen.« Er schloss die Sitzung und zwinkerte dem zufrieden lächelnden Walter zu.

Hannes war aufgesprungen und wollte den aufgebrachten Männern die Wahrheit über die geistlichen Brüder ins Gesicht schleudern, wurde jedoch von Rudolf recht unsanft wieder auf die harte Bank gedrückt.

»Wenn du jetzt etwas gegen Friedhelm sagst, setzt es die schlimmste Tracht Prügel deines jungen Lebens. Es hilft nichts, wir müssen einen anderen Weg finden«, mahnte Rudolf seinen verärgerten Freund. Der ältere Geselle neigte zwar durchaus zu unbeherrschten Auftritten, doch in diesem Fall war ruhiges Überlegen gefragt.

Sobald die Sitzung beendet war, wurde die hitzige Debatte in der rauchigen Gaststube weitergeführt. Auch Hannes hatte sich so weit wieder gefangen, ihm fiel allerdings auf, dass Walter und Friedhelm die ganze Zeit die Köpfe zusammensteckten. Entgegen ihrer sonstigen Gewohnheit tranken Rudolf und Hannes nur mäßig und verließen die Herberge frühzeitig.

»Zu gern möchte ich wissen, welches Interesse Friedhelm hat, den Juden zu schaden.« Rudolf blickte nachdenklich zum sternenklaren Himmel, an dem der fast volle Mond leuchtete und ihnen den Heimweg wies. »Entweder schuldet er einem hebräischen Geldverleiher ein erkleckliches Sümmchen, oder ein mächtiger Mann steht hinter ihm und schmiert ihn.« Er rieb vielsagend seinen Zeige- und Mittelfinger am Daumen.

»Und das Schlimmste ist, dass ihm die Brüder folgen wie gewöhnliche Schafe ihrem Leithammel«, entgegnete Hannes wütend.

»Das verstehst du nicht, bei aller Derbheit sind die meisten doch sehr religiös und besonders, wenn es gegen die sogenannten Christusmörder geht, gibt es kein Halten mehr.« Der erfahrene Geselle hatte es auf den Punkt gebracht.

»Das heißt, du willst tatenlos zusehen, wie eine aufgepeitschte Meute über die wehrlosen Menschen herfällt?«

Rudolf zuckte hilflos mit den Schultern, der Streit, der die beiden im Kloster Lorch beinahe entzweit hatte, schien sich zu wiederholen.

»Es wird schon nicht so schlimm werden, die regierenden Herren der Stadt Frankfurt profitieren doch ebenfalls von den weitverzweigten Beziehungen der Juden, deswegen bin ich mir ziemlich sicher, dass sie dem Spuk ein schnelles Ende bereiten werden«, versuchte Rudolf seinen Kameraden, der in ohnmächtiger Wut davongestapft war, zu beruhigen. Die Angst um Ruth und die brutale Tatsache, sie nicht beschützen zu können, trieb dem Gesellen die Tränen in die Augen.

Kapitel 26

Am frühen Sonntag nach der nicht gerade üppigen Morgenspeise besuchte der gesamte Haushalt der Grebers die Heilige Messe und Hannes betete so inbrünstig wie noch nie.

Zur großen Überraschung der Gesellen wurden sie danach zum Mittagessen in eine Schenke eingeladen, die für ihren hervorragenden Lammrücken bekannt war. Nach dem Gasthausbesuch trennten sich Hannes und Rudolf von den anderen und schlossen sich den zahlreichen Spaziergängern an, die den herrlichen Sonnenschein nutzten, um auf den verschmutzten Straßen zu flanieren.

An einem kunstvoll gearbeiteten Brunnen trafen sie auf weitere Gesellen, die den vorbeistolzierenden Bürgerstöchtern schöne Augen machten und ihnen manch anzügliche Bemerkung zuriefen. Wohl wissend, dass diese hübschen Wesen im Normalfall für einen Handwerksburschen unerreichbar waren.

Rudolf beteiligte sich sofort an dem neckischen Treiben, während Hannes sich mit Leichenbittermiene an den steinernen Brunnen lehnte.

»Ahhhh!« Ein Schwall kühlen Wassers erwischte ihn voll und nässte seine Kleidung.

»Aber wer wird denn bei diesem schönen Wetter so übellaunig sein?«

Das fiese Grinsen brachte Hannes vollends in Rage. Er wollte sich heißblütig auf den Narbengesichtigen stürzen und nur mit Mühe gelang es Rudolf und einem anderen Gesellen, den um sich tretenden jungen Mann zu bändigen.

»Der Heißsporn hier weiß offenbar nicht, dass handfeste Streitigkeiten zwischen Mitgliedern der Bruderschaft in der Öffentlichkeit ausdrücklich untersagt sind.« Breitbeinig stand der schmerbäuchige Altgeselle da und blickte mit seinen Schweinsäuglein auf den erzürnten Gesellen.

»Im Gegensatz zu ihm«, Hannes deutete auf den sichtlich amüsierten Walter, »kenne ich die strengen Regeln sehr gut und deshalb fordere ich diesen Hundsfott beim nächsten Aufdingen zum Zweikampf!« So laut schrie Hannes seine aufgestaute Wut hinaus, dass die vorbeilaufenden Passanten ärgerlich den Kopf schüttelten. So lange schwelte der Konflikt mit Walter schon, dass diese kleine Neckerei in dem unpassenden Moment ausreichte, das Fass zum Überlaufen zu bringen.

»Hör mir mal gut zu, mein Junge.« Die schwielige Pranke Friedhelms hatte sich um Hannes' Hals gelegt und führte ihn mit mehr oder weniger sanftem Druck von den anderen

Gesellen weg. »Das hier ist meine Stadt und ich will keine Scherereien. Was dein etwas voreilig hinausposauntes Duell mit Walter betrifft, so wäre es für dich am besten, wenn du die Aufforderung rückgängig machen würdest. Du würdest alle gegen dich aufbringen, denn er ist bei seinen Kameraden sehr beliebt.«

Was vielleicht daher rührte, dass Walter des Öfteren die Getränkezeche der durstigen Gesellen übernahm, dachte Friedhelm, der selbst von dem Wohlstand des freigiebigen Mannes profitierte. Woher das Geld stammte, war dem Altgesellen einerlei. Walter hatte ihm von seinen heftigen Zusammenstößen mit Hannes in der Vergangenheit erzählt, wobei der narbengesichtige Geselle sich dabei stets als Opfer dargestellt hatte und deswegen wollte Friedhelm ein Exempel statuieren.

»Kraft meines mir von der Bruderschaft übertragenen Amtes schicke ich dich jetzt nach Hause. Des Weiteren glaube ich, dass es für uns alle das Beste sein wird, wenn du morgen nicht zum alten Markt kommst.«

Hannes wand sich aus der lästigen Umklammerung. »Du kannst mir gar nichts verbieten!«

»Oh doch.« Mit erhobenem Zeigefinger stand der deutlich größere Friedhelm bedrohlich vor dem jungen Gesellen. »Wenn ich das Gefühl habe, dass unser Bild in der Öffentlichkeit darunter leidet, so ist es mein gutes Recht, dir ein Platzverbot auszusprechen, und das tue ich hiermit für den morgigen Tag. Dein älterer und hoffentlich besonnenerer Kamerad wird auf dich aufpassen, und gnade euch Gott, wenn ihr trotzdem erscheint.«

Rudolf war herangetreten, seine dunklen Augen blitzten bei den Worten des Altgesellen unheilvoll auf. Er hakte sich bei Hannes unter und zog seinen sich heftig sträubenden Freund mit sich fort. Rudolf fragte sich, was wohl dahintersteckte, dass sich Friedhelm so heftig in die Sache hineinsteigerte und sie beide am Montag nicht dabeihaben wollte.

Die beiden Männer querten einige Gassen, um möglichst viele Schritte zwischen sich und die anderen zu bringen, landeten schließlich in einem weniger vornehmen Viertel und betraten die erstbeste Schenke.

Hannes bestellte einen Becher Wein nach dem anderen. Dieses Mal war Rudolf derjenige, der sich beim Trinken zurückhielt und seinen nach geraumer Zeit reichlich betrunkenen Kameraden zuweilen bremsen musste, wenn dieser zu laut wurde.

»Wenn du dich jetzt sinnlos besäufst, hilfst du niemandem, am allerwenigsten dir selbst, denn wir brauchen morgen beide einen klaren Kopf.« Die Worte Rudolfs fielen auf wenig fruchtbaren Boden, sodass ihm letztlich nur seine überlegenen körperlichen Kräfte halfen. Nachdem er zähneknirschend die deutlich überhöhte Zeche beglichen hatte, schnappte er kurzerhand den hilflosen Hannes am Kragen und zog ihn mit sich an die frische, noch recht milde Luft.

Kapitel 27

Eine vielköpfige Menge strömte an diesem Montag wieder auf den alten Markt, obwohl am Himmel dunkle Wolken hingen, die sich höchstwahrscheinlich irgendwann am Nachmittag in einem Gewitter entladen würden.

Die Kunde von dem wie entfesselt predigenden Mönch hatte schnell die Runde gemacht und selbst Leute, die mit der rasch um sich greifenden Reformierung des Wittenberger Ketzers liebäugelten, lauschten gebannt den mächtigen Worten des Dominikaners.

»Und ich sage euch, die Zeichen mehren sich, wohl dem armen Sterblichen, dessen gute Werke ihm einen Eintrag in das Buch des Lebens gebracht haben. Gott hat seinem treuen Diener Johannes die Zukunft offenbart und ihm gezeigt, wie die Menschen ihr Ende finden.« Er wischte sich mit einem Ärmel seiner Leinenkutte den Schweiß von der Stirn, bevor er mit donnernder Stimme fortfuhr. »Darauf machten sich die sieben Engel bereit, die sieben Posaunen zu blasen. Der erste Engel blies seine Posaune, Hagel und Feuer, mit Blut vermischt, fielen auf die Erde. Ein Drittel der Erde und ein Drittel aller Bäume wurden verbrannt, kein Grashalm blieb übrig.«

Mit offenen Mäulern lauschten die gebannten Zuschauer dem wortgewaltigen Mönch, der die Offenbarung nicht nur zitierte, sondern die grausamen Visionen mit seinen eigenen kraftvollen Worten ausschmückte. Vielen Menschen fuhr bei seinen Sätzen der Schreck in die Glieder und nackte Angst ob der zu erwartenden furchtbaren Qualen trat in ihre Gesichter.

»Dann endlich, am Jüngsten Tag, werden alle Toten vor dem Thron stehen und jeder Erdenwurm empfängt das Urteil, das seinen Taten entspricht. Jeder, dessen Name nicht im Buch des Lebens geschrieben steht, wird in den See von Feuer geworfen. Und jetzt soll jeder für sich selbst überlegen, ob seine Taten für einen Eintrag in das alles entscheidende Buch ausreichen.«

Mehrere Zuhörer blickten betreten zu Boden und der Mönch ließ seine Worte einige Augenblicke auf die verängstigten Leute wirken, ehe seine Stimme die bedrückende Stille durchschnitt. »Nun, bestimmt sind etliche unter euch, die sich eingestehen müssen, dass sie nicht genug Gutes im Leben vollbracht haben. Viele Dinge könnte ich euch nennen, die Gott gefallen würden, aber es gibt eine Sache, die mir in besonderem Maße am Herzen liegt. Habt ihr euch schon einmal überlegt, dass mitten unter euch, gewissermaßen wie ein giftiger Stachel in dem Fleische der gläubigen Menschen, die heimtückischen Mörder unseres geliebten Herrn wohnen?«

Ein lauter Aufschrei der Empörung hob an, der hauptsächlich aus der Ecke der wie wild gestikulierenden Gesellen kam. Jetzt war das Feuer entfacht, dachte Bruder Johannes und zog zufrieden seine Mundwinkel nach oben, er würde es weiter zu schüren wissen. »Hört mich noch einmal an.« Seine weit erhobenen Arme ließen das Geschrei verstummen.

»Seht auf diesen einstmals glücklichen Mann.« Er deutete auf Malachias, der seine Tonsur seit seiner Abreise aus Lorch nicht mehr rasiert hatte. Seine Kleider, die er mit der Mönchskutte getauscht hatte, hingen traurig an ihm herunter und sein leidender Gesichtsausdruck ließ ihn wie einen vom Schicksal schwer gebeutelten Menschen erscheinen.

»Auf tragische Art hat er einen geliebten Menschen verloren.« Johannes' Stimme wurde nun auffallend leise, er verstand es glänzend, die verschiedenen Stimmungen in seine geschliffene Rhetorik einzubauen. »Aber er soll uns mit seinen eigenen Worten erzählen, wie es ihm ergangen ist.«

Auf ein wohlverstandenes Nicken hin begann der Benediktinermönch, stockend zu berichten. »Einst war ich ebenso sinnenfroh wie Ihr, voller Lebensmut und Freude an meiner Arbeit. Die Familie war der Mittelpunkt meines Daseins, bis zu jenem verhängnisvollen Freitag, an dem ich etwas später nach Hause kam und meine Frau mit verheulten Augen und zerzausten Haaren vorfand. ›Wo ist unser kleiner Sohn?‹, fragte ich in unheilvoller Vorahnung.«

Gebannt schauten die Zuhörer auf den schluchzenden Mann.

»Mit tränenerstickter Stimme berichtete meine Frau von zwei bärtigen Männern in seltsamen Gewändern, die auf Höhe der Brust einen faustgroßen grauen Kreis aufgenäht hatten.«

Ein erneuter Aufschrei ging bei dieser Beschreibung durch die Menge.

»Sie haben unseren Jungen, der zu jedermann freundlich war, unter allerlei Versprechungen zu sich gelockt und seit dieser Stunde ward er nicht mehr gesehen. Meine verhärmte Frau starb ein halbes Jahr darauf an gebrochenem Herzen und nun suche ich in jeder Stadt, die noch eine Judengemeinde beherbergt, nach meinem vermissten Sohn.«

»Aber ..., der graue Kreis ...«, blitzschnell hatte Friedhelm das Wort ergriffen. »Ist das nicht das Erkennungszeichen der hiesigen Hebräer?«

Ein vielstimmiges »Ja« ertönte.

»Worauf warten wir noch? Wir befreien ein Christenkind aus den Klauen der Ungläubigen, diese Tat wird beim Jüngsten Gericht schwer wiegen.«

Mit einem Mal gab es kein Halten mehr, die aufgepeitschte Menge stürmte in Richtung Wollgraben. Darunter waren etliche Leute, die weniger das Buch des Lebens im Sinn hatten als ihre drückenden Schulden bei jüdischen Geldverleihern.

Trotz des Verbots waren Hannes und Rudolf zum alten Markt gekommen, um sich das mitreißende Schauspiel anzuschauen. Die beiden Zaungäste kamen aus ihrem Versteck heraus und blickten den aufgebrachten Menschen entsetzt hinterher.

»Wie können wir diesen Wahnsinn nur stoppen?« Hannes blickte ratlos zu seinem dunkelhaarigen Kameraden auf.

»Was sollen wir zwei schon ausrichten? Hier ist die Stadtregierung gefragt, aber ob es in deren Sinn ist, ihre Söldner zu schicken, wage ich ernsthaft zu bezweifeln.«

»Das hast du vorgestern noch anders gesehen, egal, wir nehmen eine Abkürzung, vielleicht können wir einige Menschen warnen und Ruth und ihre Familie retten.« Mitten im Satz war Hannes losgestürmt und dem verblüfften Rudolf blieb nichts anderes übrig, als seinem Freund hinterherzurennen.

Kapitel 28

Die geifernde Meute hatte bereits das nördliche Eingangstor der Judengasse erreicht und die schwer bewaffneten Wächter schauten sich unschlüssig an.

»Willst du für das ungläubige Pack den Helden spielen und dafür getötet werden? So viele glänzende Gulden können die mir gar nicht bezahlen, dass ich für die in solch einer brenzligen Situation den Kopf hinhalte«, meinte der größere der beiden zu seinem eifrig nickenden Kollegen.

Es war den Juden verboten, ihr Viertel von eigenen Leuten bewachen zu lassen, und so mussten sie notgedrungen auf meistens unzuverlässige christliche Söldner zurückgreifen.

»Lass uns abhauen, solch einen lockeren Posten werden wir zwar so schnell nicht wieder bekommen, aber dafür vielleicht einen weniger gefährlichen.« Die zwei Männer gaben Fersengeld und überließen die nun ungeschützte Gasse dem Pöbel, der zu allem bereit war.

»Wie war das?« Der schwer atmende Friedhelm hieb dem neben ihm laufenden Walter den Ellbogen in die Seite. »Wenn bestimmte Juden sterben, gibt es noch mehr Geld?«

Der Angesprochene schaute den korpulenten Altgesellen mit einem maliziösen Grinsen an. »Das habe ich in der Tat gesagt und wenn wir Glück haben, können sie ihre Schätze nicht rechtzeitig in Sicherheit bringen. Die reißen wir uns unter den Nagel.« Er rieb sich voller Vorfreude die feuchten Hände.

Die Juden galten noch weniger als Leibeigene und so hegte der Pöbel keinerlei Unrechtsgedanken. Zudem glaubte sowieso niemand unter ihnen daran, für seine Taten zur Rechenschaft gezogen zu werden. Die Ersten der aufgeputschten Menschen hatten das Tor bereits passiert und machten sich auf die Suche nach den vermeintlichen Kindesmördern.

Kapitel 29

Hannes und Rudolf hatten den südlichen Eingang benutzt und hetzten zum Haus von Jakob, bei dem sie in der Woche zuvor gearbeitet hatten. Mehrere Minuten musste Hannes heftig an der verschlossenen Tür rütteln, bis der Medicus schließlich erschien.

»Was wollt Ihr von mir?«, fragte der Arzt misstrauisch, obwohl er die Gesellen sofort wiedererkannte.

»Herr Jakob, ich rate Euch dringend, Euer Viertel so schnell wie möglich zu verlassen. Vor den Toren steht eine enthemmte Meute von Christen, die Euch allen nach dem Leben trachtet!«

Ruths Onkel blickte die Handwerker erschrocken an und konnte nicht glauben, was er zu hören bekam. Immerhin gehörte auch der stellvertretende Bürgermeister zu seinen Patienten. »Ich verstehe nicht, wir stehen unter dem persönlichen Schutz des Bürgermeisters und …, und …«

»Gegenwärtig dürfte dieser Schutz nicht mehr viel wert sein«, unterbrach Hannes den fassungslosen Mann. »Verlasst die Gasse sofort!«

Anstatt den Rat der Gesellen anzunehmen, wandte sich der Mann um, schlug die Pforte hinter sich zu und drehte den Schlüssel von innen im Schloss.

Kopfschüttelnd eilten die Zimmerleute weiter, bis sie bei dem Haus anlangten, in dessen Keller sich das prächtige Bad befand. Hannes drückte die nur angelehnte Tür einen Spalt weit auf und rief laut nach dem Hausherrn. Als sich nach mehrmaligem Rufen nichts rührte, machten die Männer unverrichteter Dinge kehrt.

»Was führt Euch zu mir, Christen?«

Der dumpfe Bass ließ die beiden kurz erstarren, sie drehten sich um und blickten in das bärtige Gesicht Ephraims, der sich ein kleines geschliffenes Glasstück vor das linke Auge hielt. »Ah, die hilfsbereiten Gesellen, welch freudige Überraschung! Ich heiße euch in meiner bescheidenen Behausung willkommen, tretet näher. Ich habe euch neulich, als ihr bei meinem Bruder gearbeitet habt, bereits erwartet.« Der alte

Mann schritt voran und betrat eine einfach gehaltene niedrige Stube, die ihm offenbar auch als Kontor diente. Widerwillig folgten ihm die aufs Höchste erregten Gesellen.

»Setzt euch doch hier auf diese Bank, ich werde sehen, ob ich eine Kleinigkeit zu essen und etwas zu trinken finde.«

Ephraim wollte das Zimmer verlassen, doch Hannes stellte sich ihm in den Weg. »Entschuldigt unsere Ungeduld, aber wir sind nicht hier, um mit Euch zu plaudern, sondern um Euch zu warnen. Vor dem Nordtor steht eine unberechenbare Schar von Christen, die in Kürze über Euch herfallen und mit Sicherheit jeden Juden, der sich ihnen in den Weg stellt, umbringen werden!« Hannes stieß die Worte hervor und wartete auf eine heftige Reaktion.

»Ich weiß, meine Freunde, und erneut bin ich euch zu tiefem Dank verpflichtet, wenngleich ich glaube, dass eure Warnung in erster Linie meiner Tochter Ruth gilt«, entgegnete Ephraim ruhig und sachlich, während er Hannes zuzwinkerte. »Einige meiner christlichen Geschäftspartner halten mich über die Umtriebe außerhalb unserer Mauern auf dem Laufenden und außerdem hast du ja meiner Ruth ebenfalls aufgetragen, mich zu warnen. Aber ich möchte nicht mehr flüchten, ich bin zu alt dazu. Hier werde ich der Dinge harren, die da kommen mögen. Doch wenn es euch beruhigt, meine Kinder habe ich in Sicherheit bringen lassen.«

»Befindet sich Ruth nicht mehr hier?«, fragte Hannes enttäuscht, wenngleich er Erleichterung verspürte, dass sie geflohen war.

»Ich stehe zweifach in eurer Schuld und werde mich dafür in ausreichendem Maße erkenntlich zeigen, aber sei mir nicht böse, Hannes, wenn ich dir sage, dass du Ruth nie mehr wiedersehen wirst. Glaube mir, es ist besser für euch beide.«

»Habt Ihr uns neulich in dem Bad beobachtet?« Trotzig

schaute Hannes Ephraim in die unergründlichen Augen, doch der alte Mann fuhr fort, ohne auf die Frage einzugehen.

»In wenigen Wochen wird sie einem jüdischen Mann angetraut, um mit ihm eine Familie zu gründen und Kinder zu bekommen, die sie in unserem Glauben erziehen wird. Es fällt mir nicht leicht, dich leiden zu sehen, mein Junge, denn ich habe dich bei unserem gemeinsam durchgestandenen Abenteuer ins Herz geschlossen. Trotzdem musste ich handeln, bevor ihr beide euch in eine ungewisse Zukunft gestürzt hättet. Es sind einfach zu tiefe Gräben zwischen unseren beiden Religionen ausgehoben worden, das musst du verstehen.«

Niedergeschlagen lauschte Hannes den Worten des weisen Hebräers.

»Bevor ihr mein Haus verlasst, möchte ich einem jeden von euch ein kleines Geschenk machen.« Gebeugt schlurfte er zu der schweren eisenbeschlagenen Truhe, die in einer dunklen Ecke stand, öffnete das mehrfach gesicherte Schloss und entnahm ihr zwei glänzende Münzen. »Ihr müsst die Goldstücke gut aufbewahren. Solltet ihr euch in einer Stadt, die noch eine jüdische Gemeinde hat, in Not befinden, so zeigt diese speziellen Gulden her und man wird euch anstandslos helfen.«

Die Gesellen sträubten sich zunächst, steckten das Geschenk dennoch in ihre Beutel.

»Jetzt seht aber zu, dass ihr die Gasse auf dem schnellsten Weg verlasst, bevor eure Glaubensgenossen alles kurz und klein schlagen, möge der allmächtige Gott euch auf all euren Wegen begleiten.«

Der traurig dreinschauende Hannes wollte noch etwas entgegnen, doch Ephraim drängte die beiden zur Haustür hinaus.

»Hörst du den höllischen Lärm? Wir müssen uns sputen.« Rudolf wandte sich in Richtung Südtor, von wo sie gekommen waren, doch als er sich umdrehte, sah er, dass Hannes ihm nicht folgte, sondern gerade im Begriff war, sich niederzusetzen. Offenbar wollte er seiner Trauer freien Lauf lassen. Der ältere Geselle drehte sich um und lief zurück.

»Wenn wir uns totschlagen lassen, ist niemandem gedient.« Rudolf versuchte, seinen greinenden Kameraden mit sich fortzuzerren. »Du musst das schöne Mädchen vergessen, auch wenn es schwerfällt.«

Plötzlich riss Hannes sich los und rannte davon.

»He, du Schwachkopf, das ist die falsche Richtung!« In panischer Hast verfolgte Rudolf seinen unglücklichen Freund.

Kapitel 30

QUIEKENDE SCHWEINE trieb der enthemmte Mob vor sich her. Als diese für die Juden unreinen Tiere das verwaiste Tor passiert hatten, zerriss ein ohrenbetäubender Knall die Luft. Wie von Geisterhand gefällt, lag ein fetter Eber hinter dem Wachturm.

»Der nächste Schuss trifft einen von euch, wenn ihr euch nicht zerstreut und eurer Wege geht!« Die laute Stimme des stellvertretenden Bürgermeisters ließ die Meute für einen Augenblick innehalten. Er befehligte einen Trupp städtischer Söldner, unter denen sich eine Handvoll Schützen befand, die ihre Arkebusen bereits angelegt hatten und auf die unbotmäßigen Menschen zielten.

»Also, ihr Leute, euren Spaß habt ihr gehabt, jetzt seht zu, dass ihr fortkommt und keinem unter euch wird etwas zustoßen.« Waldmanns Gesicht war puterrot angelaufen, die körperliche Anstrengung setzte seinen gichtgeplagten Gliedern schwer zu und auch deswegen wollte er die leidige Angelegenheit so rasch als möglich beenden.

Der von seinem Hass auf die Hebräer zerfressene und beinahe entrückt wirkende Bruder Johannes hingegen hatte nicht die Absicht, so kurz vor dem Ziel aufzugeben. »Meine lieben Brüder und Schwestern in Christo!« Wiederum erhob er seine sehnigen Arme gen Himmel und beschwor seine Anhänger. »Ich gebe euch zu bedenken, dass das Kind dieses Mannes«, Malachias hatte sich heulend zu Boden geworfen, »mit sehr großer Wahrscheinlichkeit in der Gewalt der Ungläubigen ist. Entscheidet selbst, ob ihr Gott oder dieser Marionette des Stadtrates gehorchen wollt.«

Wütend blickte Waldmann auf die entschlossenen Gesichter der erzürnten Menschen, die sich offenbar nicht aufhalten lassen wollten. Doch auch der stellvertretende Bürgermeister und Befehlshaber der Stadtwache gab nicht nach, schließlich musste man solche Auswüchse im Keim ersticken. Während seine Schützen in ihrer Stellung ausharrten, rückte er an der Spitze seiner mit Lanzen und Schwertern bewehrten Männer vor.

Nicht von seiner Seite wich dabei Gotthelf Burgwart, der sich nicht davon abhalten lassen hatte, den bedrohten Juden, unter denen sich auch zwei Geschäftspartner des Gewürzhändlers befanden, in ihrer Not beizustehen. Der Reutlinger Kaufherr wusste nicht, dass sein Anblick bei einem gut gekleideten, in der hinteren Reihe der aufgehetzten Menge mitmarschierenden Mann ein Aufleuchten der Augen hervorrief.

Auf ein Zeichen Waldmanns hin kam seine Streitmacht direkt vor den Kontrahenten zum Stehen. »Das ist meine letzte Aufforderung, wenn ihr dieser nicht Folge leistet, wird Blut fließen. Wir dulden keinen Aufruhr in …«

Weiter kam der Befehlshaber nicht, ein faustgroßer Stein traf ihn am Kopf und fällte ihn wie eine alte Eiche. Jetzt brachen sämtliche Dämme und während Burgwart sich um seinen Freund kümmerte, drangen die Männer aufeinander ein. Die Soldaten waren zwar versierte Kämpfer, konnten jedoch ihre überlegene Waffentechnik in der engen Gasse nicht richtig anwenden. Mit ihren Äxten und den Winkeleisen gingen die Gesellen auf die erfahrenen Söldner los und auch die anderen Anhänger des Mönchs fuchtelten mit ihren Stöcken und kurzen Messern, mit denen sie eigentlich den Juden den Garaus machen wollten.

Der Kampfeslärm übertönte alle sonstigen Geräusche und so bemerkte der um Waldmann besorgte Burgwart die Gestalt nicht sofort, die sich aus der Menge löste und sich auf ihn zubewegte. Den eleganten Federhut hatte der junge Mann dieses Mal nicht ins Gesicht gezogen, die Hand mit dem schmalen Dolch war zum Stoß bereit, als sich der kniende Mann instinktiv umdrehte.

»Kaspar!« Verwundert erkannte er in dem Bewaffneten seinen Schwiegersohn.

Kapitel 31

In ihrer Todesangst trampelten die Schweine alles nieder und um ein Haar wären auch Hannes und der ihn verfolgende Rudolf von den massigen Tieren umgerannt worden. Völlig außer Atem blieben die beiden Gesellen stehen und blickten angewidert auf die kämpfenden Männer. Das ist doch der reinste Wahnsinn!, dachte der erschöpfte Hannes, wie hat der skrupellose Bruder es nur geschafft, die Leute so zu manipulieren, dass sie sich massiv gegen die Obrigkeit stellten? Wie aus dem Nichts durchbrach ein greller Blitz die Wolken und schlug in der Nähe ein. Das infernalische Donnergrollen, das unmittelbar darauf folgte, ließ die Streitenden zusammenzucken und in ihren Handlungen innehalten.

»Es ist ein Zeichen Gottes, dass wir auf dem richtigen Weg sind«, versuchte der hagere Dominikaner, den erlahmenden Kampfeswillen seiner Gefolgschaft wieder zu stärken, aber es hatte den Anschein, als ob das Unwetter den meisten seiner Mitstreiter die Augen geöffnet und ihnen die Aussichtslosigkeit ihres Unterfangens verdeutlicht hätte.

Der Einzige, der sich vehement gegen die Niederlage wehrte, war Friedhelm. Mit einem gewaltigen Faustschlag streckte er einen gedrungenen Söldner nieder und wollte sich soeben dem nächsten Gegner zuwenden.

»He, Altgeselle!«, vernahm er eine Stimme und blickte in das Antlitz von Hannes, der nur wenige Schritte von ihm entfernt stand. »Ist das deine Art, unsere Bruderschaft zu führen, indem du sie wie Lämmer auf die Schlachtbank geleitest?«

Mit Kritik konnte Friedhelm schlecht umgehen, noch dazu, wenn sie aus dem Munde eines in seinen Augen unerfahrenen Rotzlöffels kam, dem er außerdem verboten hatte, hier zu erscheinen. Wie ein angriffslustiger Eber kam er näher. Hannes wich ängstlich zurück, als ein markerschütternder Schrei an ihre Ohren drang.

Die scharfe Klinge fuhr durch die Luft und bohrte sich in den Bauch des Gesellen. Aus den Augenwinkeln hatte Walter beobachtet, dass sich Neumann dem Gewürzhändler näherte und hatte den für Burgwart bestimmten Stich mit seinem eigenen Leib abgefangen.

Ungläubig starrte Kaspar auf den heftig blutenden Mann. »Bist du von allen guten Geistern verlassen?«

Burgwart blickte den stöhnenden Walter ebenfalls fassungslos an und erst nach einigen Augenblicken realisierte er, dass das Messer seines Schwiegersohns ihm gegolten hatte. »Aber … Warum …?« Dem sonst so beredten Kaufherrn versagte die Stimme.

»Seht her, ihr Leute, der verfluchte Pfeffersack hat einen Gesellen gemeuchelt!« Blitzschnell hatte Kaspar die veränderte Situation als auch die Chance, die sich daraus bot, erkannt und schrie, so laut er konnte.

Ohne sich weiter um die Söldner zu kümmern, kamen sofort mehrere Männer der Bruderschaft Burgwart bedrohlich nahe. Bisher war nur wenig Blut geflossen, aber jetzt war offenbar einer der Ihren niedergestochen worden und die zornigen Gesellen umringten den sprachlosen Kaufmann. Es sah so aus, als ob die Handwerker ihm die Arbeit abnahmen, und Neumann wollte sich dezent zurückziehen.

»Glaubt dem Scheusal kein Wort!« Eine helle Frauenstimme ließ die Männer aufhorchen, Kaspar glotzte ebenfalls in ihre Richtung.

»Anna, aber ich dachte …« Nun hatte es Neumann die Sprache vollkommen verschlagen. Im nächsten Moment versuchte der schwer verletzte Walter, ein paar Worte hinauszupressen. Diese Gelegenheit nutzte der elegant gekleidete Tuchhändler und tauchte in der Menge unter.

»Gesellenbrüder, hört mich an.« Die brüchige Stimme des vom Tod gezeichneten Mannes war kaum zu verstehen, und so ließen die Handwerker von Burgwart ab und wandten sich dem Sterbenden zu.

»Zu oft war ich auf der falschen Seite des Gesetzes, aber heute konnte ich wenigstens eine alte Schuld begleichen. Dieser Mann«, er deutete mit zitternder Hand auf den Gewürzhändler, »hat mir als Kind das Leben gerettet und … heute … konnte ich mich endlich revanchieren.«

Walter hielt inne, um Kräfte zu sammeln, seine Kleider waren bereits blutgetränkt und sein Antlitz wurde immer bleicher. »Gesellen, hört auf zu … kämpfen. Friedhelm und ich haben euch aufgehetzt. Der Mann, der mir das Messer in den Leib gerammt hat, hat uns dafür Geld gegeben.«

»Er spricht im Fieberwahn, glaubt ihm kein Wort.« Der um seine Autorität besorgte Altgeselle hatte von Hannes abgelassen und war ebenfalls herangetreten. »Jemand soll einen Bader holen, der ihn verbinden kann, ich werde ihn so lange bewachen.« Mit fahrigen Bewegungen wollte Friedhelm die Initiative ergreifen.

»Ich denke, wir sollten den armen Hund ausreden lassen«, meinte Rudolf mit einem gefährlichen Unterton.

»Was willst du verdammter Lump eigentlich hier, ich habe doch dir und deinem …« Weiter kam er nicht, Rudolfs Faust krachte auf das markante Kinn des Altgesellen und schickte ihn zu Boden.

»Weshalb sollte ich euch … anlügen? Ich habe nichts mehr zu verlieren. Neumann«, Walter, der mit letzter Kraft das Wort ergriffen hatte, spuckte diesen Namen zusammen mit seinem Blut aus, »hat einem jeden von uns fünf Gulden … gegeben, damit wir dabei helfen, den hinterhältigen … Aufstand anzuzetteln. Weitere zwanzig sollten wir erhalten, wenn das … Judenviertel dem Erdboden gleichgemacht wäre.« Walter war nun kaum noch zu verstehen. »Bitte lasst nach einem gottesfürchtigen … Priester schicken, der mir die letzte Ölung gibt, … ich fühle, dass es zu Ende geht.«

Seinem Wunsch wurde entsprochen, als der Geistliche jedoch eintraf, hatte Walter seine müden Augen bereits für immer geschlossen. Betreten standen die Gesellen um ihren niedergeschlagenen Altgesellen herum und ließen sich ohne große Gegenwehr zusammen mit den verbliebenen Aufrührern von der Stadtwache festnehmen, die jetzt völlig Herr der Situation war. Zahlreiche an der Revolte beteiligte Menschen hatten schon während des blutigen Handgemenges die Flucht ergriffen und auch der wortgewaltige Mönch sowie der angeblich sein Kind suchende Zeitgenosse waren nicht unter den Festgenommenen.

»Gott zum Gruße, Herr Burgwart.« Hannes war vor den völlig aufgelösten Kaufherrn getreten. »Ich weiß nicht, ob Ihr Euch noch an mich erinnert, ich stamme ebenfalls aus der freien und stolzen Reichsstadt Reutlingen.«

Burgwart war zu sehr damit beschäftigt, das Vorgefallene zu verdauen, um dem Gesellen eine entsprechende Antwort zu geben, aber dafür reagierte die junge Frau, die den zitternden Gewürzhändler gestützt hatte. Sie löste sich von ihrem Vater und umarmte den überraschten Hannes auf eine höchst unziemliche Art.

»Anna, du bist eine verheiratete Frau!«, rief Burgwart pikiert aus, war sich jedoch sofort der Lächerlichkeit seiner Worte bewusst.

»Sobald ich dir von den schrecklichen Dingen erzählt habe, die mir widerfahren sind, wirst auch du diese Heirat in einem anderen Licht sehen.« Widerstrebend löste sie sich von dem ob des unerwarteten Wiedersehens freudig strahlenden Gesellen und wandte sich erneut ihrem Vater zu.

»Du kannst mir glauben, dass ich äußerst neugierig bin zu erfahren, warum mir mein geachteter Schwiegersohn nach dem Leben trachtete und meine Tochter plötzlich in Frankfurt auftaucht.« Burgwart hatte die Augenbrauen hochgezogen und schaute sehr besorgt drein. »Wir haben hier nichts mehr zu suchen, das Aufräumen ist Sache der Stadtwache. Lasst uns deshalb eine Schenke aufsuchen, wo wir uns ungestört unterhalten können, und weil ihr beiden«, er nickte Hannes und Rudolf zu, »offenbar die Einzigen seid, die sich nicht an dem Aufruhr beteiligt haben, möchte ich euch einladen, meine Tochter und mich zu begleiten.«

Der erfolgreiche Kaufmann war oftmals sehr halsstarrig, sprang aber jetzt über seinen eigenen Schatten, wiewohl er mittlerweile erkannt hatte, dass Hannes derjenige war, mit dem Anna vor einem Jahr in einer Weingärtnerhütte beobachtet worden war.

»Mit Freude nehmen wir die Einladung an, nicht wahr, Rudolf?«

»Zu einem guten Becher Wein habe ich noch nie Nein gesagt.« Der angesprochene Geselle leckte sich die trockenen Lippen. »Bevor wir allerdings gehen, möchte ich an den stellvertretenden Bürgermeister noch das Wort richten.«

Der angeschlagene Waldmann hatte sich mit tatkräftiger Hilfe Burgwarts wieder erhoben und hielt sich mit leidender Miene den brummenden Kopf. Normalerweise sprach er nicht mit dahergelaufenen Handwerksgesellen, doch diese beiden standen offenbar in der Gunst seines Freundes. »Sprich, mein Junge, aber fasse dich kurz, ich habe noch vieles zu erledigen.« Mit einer einladenden Geste ermunterte Waldmann Rudolf zu sprechen.

»Ich möchte eine Bitte an Euch richten. Geht nicht zu hart mit meinen Kollegen ins Gericht. Die Männer sind ohne nachzudenken ihrem skrupellosen und geldgierigen Altgesellen gefolgt und wurden zudem von einem fanatischen Geistlichen, der ihnen panische Angst vor dem Höllenfeuer machte, verführt. Lasst dieses Mal Gnade vor Recht ergehen, schließlich hat niemand einen Nutzen davon, wenn die Arbeiter monatelang im Verlies schmoren.«

»Ich werde sehen, was ich tun kann, und nun entschuldigt mich.«

Er wandte sich seinen Söldnern mit ihren Gefangenen zu, als Burgwart seine Hand auf Waldmanns Schulter legte. »Verzeiht mir, mein Freund, wenn ich Euch ebenfalls bei der Ausübung Eurer Pflicht störe, aber was geschieht mit den Anführern und vor allem mit meinem Schwiegersohn, der unendliches Leid über uns gebracht und sich als feiger Mörder entpuppt hat?«

»Seid unbesorgt, Gotthelf. Ich habe veranlasst, dass sämtliche Tore geschlossen werden und jedermann, der die Stadt verlassen will, peinlichst kontrolliert wird. Aber jetzt muss ich wirklich gehen.«

Von einem kräftigen Diener gestützt, wankte Waldmann von dannen, während der niedergeschlagene Friedhelm unsanft auf die Beine gehoben wurde und mit seinem blutverschmierten Gesicht und den vom Straßendreck besudelten Kleidern noch abstoßender wirkte als sonst. Auf Befehl Waldmanns hin legten ihm die Söldner einen eisernen Halsring an.

»Na wartet, wenn ich euch zwei Verräter in die Finger kriege, dann … Ahhh!«

Der vierschrötige Soldat, der sich um Friedhelm kümmerte, hatte ruckartig an der Kette gezogen und machte sich auf den Weg, um den unbotmäßigen Mann ins Turmverlies zu bringen.

Gotthelf Burgwart hatte den Arm um die schlanke Taille seiner Tochter gelegt und führte sie und die ihnen folgenden beiden Gesellen in das nächstgelegene Gasthaus.

Kapitel 32

Ein entschlossen dreinblickender Weibel der Stadtwache stand mit mehreren Bewaffneten vor der wuchtigen Pforte des Dominikanerklosters und bat um Einlass. Sie hatten bereits die ganze Stadt durchkämmt, ohne eine Spur des störrischen Bruders zu entdecken. Der junge Bruder, der als Pförtner eingeteilt war, hob die kleine Türklappe und blickte erschrocken auf die Söldner. Sofort eilte er hinein und benachrichtigte den Abt.

»Was ist Euer Begehr?« Herablassend schaute der hohe Würdenträger des Ordens, der die Tür öffnete, auf die Soldaten.

Sein herrischer Blick nahm dem erfahrenen Kriegsknecht den Wind aus den Segeln. »Äh, ehrwürdiger Vater, wir suchen einen im Habit der Dominikaner gewandeten Bruder, der sich als übler Aufrührer strafbar gemacht hat.«

»Ich kann dich beruhigen, mein Sohn, sollte einer der

Mönche, die dieses Kloster beherbergt, eine Straftat begangen haben, so werden wir selbst ihn zur Rechenschaft ziehen.« Ohne sich zu verabschieden, schlug der Geistliche der verdutzten Stadtwache die schwere Tür vor der Nase zu.

Kapitel 33

Kaspar Neumann blickte gehetzt umher, Waldmanns Männer hatten aus Frankfurt offenbar eine Festung gemacht. Die unter normalen Umständen gelegentlich nachlässigen Torwächter hatten offenbar Order, aus der Stadt abreisende Männer aufs Schärfste zu kontrollieren, und außerdem hatte er an einem Tor mitbekommen, wie relativ genaue Beschreibungen von ihm und Bruder Johannes verlesen wurden.

Fieberhaft suchte er nach einer Möglichkeit, dieser ausweglosen Situation zu entfliehen, denn sollte er festgenommen werden, so war ihm der Strang oder eine weitaus schlimmere Hinrichtungsart sicher.

Einmal hatte Kaspar erlebt, wie ein Mann, der ein schändliches Verbrechen begangen hatte, auf grausame Weise bestraft wurde. Damals hatte der riesenhafte, muskelbepackte Henker ein großes Wagenrad mehrmals auf den Delinquenten geworfen und dem Unglücklichen dabei sämtliche Glieder gebrochen. Danach wurde der Verbrecher auf eben dieses Rad geflochten und starb aufgrund seiner vorher erlittenen Verletzungen einen langsamen, qualvollen Tod.

»Kommt herbei, ihr mutigen und kräftigen Männer!« Eine laute Stimme und der sie begleitende Trommelwirbel schreckten Kaspar aus seinen düsteren Vorahnungen und beim Anblick der auffällig gekleideten Männer kam ihm eine rettende Idee. Mit selbstbewusstem Gang lief er geradewegs auf die Werber zu.

»Tretet näher, edler Herr, Euch steht doch bestimmt der Sinn danach, etwas Abwechslung in Euer tristes Dasein zu bringen. Der über alle Maßen berühmte Herzog Phillipp von Hessen sucht tatkräftige Unterstützung für seinen Feldzug gegen den abtrünnigen Franz von Sickingen.«

Für hohe Politik interessierte sich Kaspar nicht und in seiner derzeitigen Lage war es ihm sowieso egal, wer mit wem seine Händel austrug. »Seid gegrüßt, wackerer Landsknecht, darf ich fragen, welchen Rang Ihr bekleidet?« Mit interessierter Miene trat Neumann vor den hünenhaften Mann.

»Mit Verlaub, mein Herr.« Der Bärtige nahm seinen breitkrempigen, federgeschmückten Hut ab. »Eugen Vogler ist mein Name und ich bin einer der Kapitäne im Heer des Herzogs.«

Kaspar hatte eine vage Vorstellung davon, was der Rang eines Kapitäns im Tross verkörperte. Dieser Officiarius führte die kleinste Einheit der Landsknechte, die sogenannten Fähnlein, an, die aus dreihundert bis fünfhundert Männern bestand und vom jeweiligen Kapitän rekrutiert wurde.

»Nun, Herr Vogler, welche Voraussetzungen muss ich erfüllen, um in Eure Armee aufgenommen zu werden?«, fragte Neumann, äußerlich völlig gelassen, den farbenfroh gekleideten Mann, dessen gewölbter Brustpanzer zahllose Dellen aufwies. Innerlich jedoch war Kaspar völlig aufgewühlt und hätte sich am liebsten immer wieder nach möglichen Verfolgern umgesehen.

»Diese Frage will ich Euch gern beantworten, junger Herr. Zuerst einmal müsst Ihr mir beweisen, dass Ihr über ein kleines Vermögen von zwölf Gulden verfügt, um damit entsprechende Kleider, Waffen und eine anständige Ausrüstung zu kaufen. Die körperliche Verfassung ist natürlich nicht ganz unwichtig, aber wie ich Euch so anschaue«, der Kapitän begutachtete ihn von oben bis unten und Kaspar kam sich dabei vor wie auf dem Rossmarkt, »dürfte das kein Problem sein.«

»Und wie komme ich so bald als möglich an die Ausrüstungsgegenstände? Im Vertrauen«, flüsterte Neumann hinter vorgehaltener Hand, »ich habe es ziemlich eilig, von hier wegzukommen, denn ich habe mich mit meinem Vater verkracht. Wenn Ihr mir die Dinge sofort besorgen könntet, wird es nicht zu Eurem Schaden sein.«

Der Kapitän kratzte sich an seinem mächtigen Bart. Wenn ihn seine gute Menschenkenntnis nicht trog, dann stimmte mit dem feinen Bürschchen etwas nicht. Dass er aus gutem Hause stammte, konnte man unzweifelhaft an seinen eleganten Kleidern und seinem selbstsicheren Auftreten erkennen. »Lasst mich überlegen …, aber ja, natürlich, in der Saalgasse wohnt ein alter Kamerad von mir, der dem anstrengenden Landsknechtsdasein Lebewohl gesagt hat. Er dürfte ungefähr Eure Statur haben.« Vogler räusperte sich lautstark. »Das wird jedoch nicht billig, der Mann hängt sehr an seinen alten Klamotten, dafür müsst Ihr bestimmt zwanzig Gulden hinlegen.«

»Geld spielt keine Rolle!«, entgegnete Kaspar, woraufhin die Augen des Kapitäns leuchteten. »Besorgt mir die Ausrüstung und in zwei Stunden bin ich mit der vereinbarten Summe wieder hier.«

Insgeheim wusste der Kaufmann, dass er von Vogler übervorteilt wurde, allein es blieb ihm keine andere Wahl. Nur wo um alles in der Welt sollte er auf die Schnelle zwanzig Gulden besorgen? Seine gesamte Barschaft belief sich gerade mal auf zweihundert Heller. Der einzige Ausweg, den er noch sah, war der befreundete Kaufmann Laube, bei dem er logierte. Er musste den gut situierten Mann um Geld bitten, mit dem Verweis, den unerheblichen Schuldschein seinem Vater nach Reutlingen zu übersenden.

Mit schnellen, aber nicht überhasteten Schritten überquerte Neumann den großen Platz und machte sich auf in die Hasengasse. Vor dem Haus waren keine bewaffneten Wachen postiert, wie Kaspar insgeheim befürchtet hatte. Nachdem er sich nach allen Seiten abgesichert hatte, öffnete er die wie meistens unverschlossene Tür und betrat das von außen unscheinbare, im Innern jedoch reich ausgestattete Haus.

Neumanns Gastkammer befand sich im Obergeschoss, aber als er die erste Treppe emporgestiegen war, konnte er nicht umhin, einen Blick in das Wohnzimmer zu werfen, dessen Tür weit offen stand. Denn wie er aus seiner Erinnerung wusste, befanden sich hier einige besonders wertvolle Preziosen.

Sein Blick fiel auf ein goldenes, mit erlesenen Juwelen bestücktes Armband, das in einer kunstvoll geschnitzten Vitrine funkelte und an Wert bestimmt das Doppelte der von Vogler geforderten Summe darstellte. Kaspar verließ den Raum, um zu lauschen, offenbar war außer ihm niemand da und so kehrte er in die gute Stube zurück.

Kurz meldete sich sein Gewissen, nachdem er abermals vor der Vitrine stand. Was war aus ihm in kürzester Zeit geworden, ein Mörder und nun auch noch ein Dieb? Mit einer schnellen Handbewegung wischte er alle Bedenken zur Seite und griff sich das kostbare Schmuckstück. Da hörte er sich nähernde Stimmen.

Kapitel 34

Die drei Männer sowie die junge Frau, die in der geräumigen, angenehm kühlen Gaststube an einem runden Tisch beisammensaßen, ahnten nicht, dass die Hauptverantwortlichen des Aufruhrs noch nicht dingfest gemacht worden waren. Von den anderen ermuntert, hatte Anna zu erzählen begonnen. Von ihrer missglückten Flucht ins nahe Kloster und der danach erfolgten Hochzeit mit Kaspar Neumann, die nach anfänglichem gemeinsamen Glück ein beinah schlimmes Ende für sie nahm.

»Ich habe uns beide, Maria und mich, bereits am Galgen gesehen.«

Burgwart sank immer mehr in sich zusammen, nachdem er die Wahrheit Stück für Stück berichtet bekam. Er sah sich als den allein Schuldigen am Unglück seiner geliebten Tochter und war unfähig, nach weiteren womöglich schrecklichen Details zu fragen.

»Aber wie seid Ihr letztendlich dem Henker entronnen?« Hannes war ebenfalls zutiefst erschüttert. Es war kaum ein

Jahr her, da hatte er die junge Frau über alles geliebt, und nun musste er hören, wie übel ihr mitgespielt worden war.

»Nachdem alles verloren schien und die Stadtknechte uns wie Schwerverbrecher gebunden hatten, entstand plötzlich Unruhe im Raum. Einer der Richter hatte sich von seinem Stuhl erhoben und ergriff das Wort. ›Hört mich an, bevor diese unschuldigen Frauen in die finstere Folterkammer hinabgeführt werden!‹ Es stellte sich heraus, dass der hoch angesehene Wagnermeister Freudemann ausgerechnet an jenem Tag im Frauenhaus weilte, an dem mein Ehegatte mit seiner Geliebten den Plan ausheckte, mich und meinen Vater zu beseitigen. Durch Zufall konnte er das Gespräch der beiden belauschen und hoffte, daraus später geschäftlichen Nutzen zu ziehen. Freudemann erzählte mir, dass ihn sein schlechtes Gewissen irgendwann so sehr plagte, dass er nicht mehr umhinkonnte, die Wahrheit zu sagen. Vielleicht war auch, so wird jedenfalls in der Stadt gemunkelt, eine alte Rechnung, die der Wagnermeister mit Balthasar Neumann offenhatte, ausschlaggebend. Daraufhin wurde Barbara, so heißt die junge Dirne, herbeigeholt und befragt, und unter Tränen gestand sie schließlich nach mehrmaligem Leugnen den von Freudemann dargestellten Sachverhalt. Sie behauptete, schwanger zu sein und dass Kaspar ihr versprochen habe, mit ihr zusammen in einer anderen Stadt ein neues Leben anzufangen. Dabei war ich ihnen natürlich im Weg und dich, lieber Vater, wollte Kaspar umbringen, um nach meiner Hinrichtung an dein Vermögen zu kommen, denn wie sich später herausstellte, haben mein Ehemann und mein Schwiegervater sehr große finanzielle Probleme.«

Die letzten Worte Annas gingen in ein herzzerreißendes Schluchzen über und Hannes, der neben ihr saß, strich ihr sanft über die lockigen Haare, um sie zu trösten.

Sie ließ es geschehen und fuhr mit belegter Stimme fort:

»Die hübsche Barbara hatte sich schnell erholt und gab sich kämpferisch, wobei sie dem flüchtigen Kaspar die alleinige Schuld an dem verbrecherischen Komplott gab. Sie verriet dem Richter auch, in welcher Stadt sich ihr Geliebter aufhielt. Kaum hatte sie mit ihren teilweise abstrusen Ausführungen geendet, als Balthasar Neumann laut zu stöhnen und heftig zu zittern anfing und sich mit schmerzverzerrtem Gesicht an die Brust fasste. Die entsetzten Leute riefen nach einem Bader, doch bevor der schwere Körper auf den Holzfußboden krachte, war bereits jegliches Leben aus dem Kaufmann gewichen. Sofort wurde nach dem Totengräber geschickt, der den Leichnam hinausschaffte und für die Trauerfeier herrichtete, die ich als nächste anwesende Verwandte trotz allem erlittenen Leid noch ausrichtete. Mein ehemaliges Wohnhaus, das Haus der Neumanns, habe ich seit jenem unseligen Tag nicht mehr betreten. Elsbeth und Heinrich haben meine verbliebenen Habseligkeiten abgeholt. Das Verfahren gegen Maria und mich wurde sofort eingestellt. Dein junger Kontorleiter hat offenbar ein schlechtes Gewissen, weil er dich nicht informiert hat, aber das musst du persönlich mit ihm klären. Er hat mir auf jeden Fall das Geld für die lange Fahrt gegeben und der tüchtige Heinrich besorgte mir eine Reisekutsche, um so schnell als möglich nach Frankfurt zu gelangen und dich zu warnen. Fast wäre ich zu spät gekommen.« Mit feuchten Augen blickte sie den zusammengesunkenen Burgwart an. »Aber eines verstehe ich nicht, Vater, wieso hat dir der widerliche Kerl das Leben gerettet?«

»Das ist eine lange Geschichte, habe ich dir das nicht schon einmal erzählt?« Der manchmal ein wenig zerstreut wirkende Gewürzhändler hielt sich nachdenklich das Kinn, offensichtlich war er aus seiner Starre erwacht. »Nun gut, es spielt keine Rolle. Also, unsere Familie stammt ursprünglich aus dem schönen Rothenburg ob der Tauber. Walters Vater war ein Vetter von mir, der leider etwas vom rechten Weg abgekommen war und sich schließlich erhängt hat. Doch das habe ich erst Jahre später erfahren, als ich geschäftlich in Rothenburg zu tun hatte und meinem Cousin die Aufwartung machen wollte. In dem stattlichen Haus, das die Familie bewohnt hatte, lebten inzwischen andere Leute, aber durch einen Zufall bin ich dennoch auf die Not leidende Witwe und ihren missratenen Sohn gestoßen. Walter, damals Lehrjunge, war gerade in ernsthaften Schwierigkeiten und ich musste mein ganzes Verhandlungsgeschick und eine nicht unwesentliche Summe an Bestechungsgeld in die Waagschale werfen, um den Jungen da wieder herauszuholen.«

»Aber was hatte er verbrochen?«, fragten Anna und Hannes wie aus einem Mund.

»Das ist eine widerliche Geschichte. Walter hat einen Gesellen, der ihn unablässig heftig geschlagen und übel misshandelt hatte, abgepasst, hinterrücks niedergeschlagen und ihn auf einem bereitgestellten Wagen aus der Stadt geschafft. Danach hat er ihn in einem nahe gelegenen Waldstück an einen Baum gefesselt und blutig geprügelt, anschließend ist er zurückgekehrt. Zufällig kam nach drei Tagen der zuständige Jagdverwalter des Wegs und befreite den Mann, oder vielmehr das, was die Wildtiere von ihm übrig gelassen hatten.

Der Geselle war bekannt als sadistischer Lehrlingsschinder und so ist es mir unter Mithilfe eines sehr guten Juristen gelungen, das Ganze als eine Art von Notwehr aussehen zu lassen. Fragt mich nicht, wie wir das geschafft haben, auf jeden Fall konnte der überglückliche Walter das letzte Vierteljahr seiner Ausbildung beenden, um danach in die Fremde zu ziehen, allerdings mit der Auflage, nie wieder einen Fuß in seine Heimatstadt zu setzen.«

»Aber Vater, warum hast du ihn mir nicht vorgestellt? Er

hat doch beim Umbau unseres Hauses mitgewirkt. Schlussendlich war er ein Verwandter von uns und wer weiß, vielleicht hätte sich alles ganz anders entwickelt.« Vorwurfsvoll blitzte Anna Burgwart an.

»Verzeih mir, aber Walter hat mich bekniet, es keiner Menschenseele zu sagen, aus Angst, dass die unselige Geschichte, die sich in seiner Heimatstadt zutrug, öffentlich wird. Außerdem glaube ich, dass er ein Auge auf dich geworfen hatte, mein Kind.« Mit einem leichten Grinsen fuhr er fort: »Wie ich einige Zeit später erfuhr, als du bereits verheiratet warst, war er es, der dein Schäferstündchen mit Hannes auf der Achalm verraten hat.«

»So ein verdammtes Schwein, wenn er nicht schon tot wäre …!« Hannes war aufgesprungen.

»Versündige dich nicht, mein Junge, was geschehen ist, ist geschehen.« Burgwart drückte den wütenden Gesellen mit sanfter Gewalt auf seinen Platz. »Aus unerfindlichen Gründen hatte Walter eine große Abneigung gegen Hannes entwickelt und da er selbst dich niemals bekommen hätte, half er dabei, dich Neumann in die Arme zu treiben. Außerdem soll dabei ein Batzen Geld den Besitzer gewechselt haben. Es tut mir alles so furchtbar leid, Anna, bitte verzeih mir. Kein zweites Mal werde ich etwas über deinen Kopf hinweg entscheiden, das schwöre ich beim Andenken deiner verstorbenen Mutter.« Flehend sah er seiner Tochter in die graublauen Augen.

»In dem dunklen Verlies verbrachte ich sehr viel Zeit damit, mein junges Leben noch einmal an mir vorbeiziehen zu lassen, und ehrlich gesagt, hatte ich keine Hoffnung mehr, dich noch einmal zu treffen, Vater. Doch nachdem ich dank einer göttlichen Fügung aus der Haft freigelassen wurde, war mein erster Gedanke, mich auf den Weg nach Frankfurt zu machen, um dich vor der tödlichen Gefahr, in der du schwebtest, zu warnen.« Anna legte ihre zierliche Hand auf die Pranke ihres um Fassung ringenden Vaters. »Verziehen habe ich dir schon lange, aber wie du treffend gesagt hast, werde ich in Zukunft meinem eigenen Willen gehorchen. In meiner durch den Tod meiner Mutter überschatteten Kindheit hast du mir sehr viele Freiheiten gewährt, dafür bin ich dir noch heute dankbar. Als ich dann in die Ehe gedrängt wurde, wollte ich mich meinem angetrauten Manne unterordnen, wie es sich für eine rechtschaffene Bürgersgattin geziemt. Doch nachdem die Gott sei Dank recht kurze Ehe so unrühmlich zu Ende gegangen ist, möchte ich mein Leben von nun an, so gut es geht, selbst in die Hand nehmen. Ich bitte dich deshalb hier und jetzt, unter Zeugen«, Anna nickte den überraschten Gesellen zu, »mich als Teilhaberin in dein Handelsgeschäft aufzunehmen.«

Nun war es heraus. Anna hatte während der langen Fahrt mit sich gerungen, ob sie tatsächlich so weit gehen sollte, doch nach weiterem Abwägen kam sie zu dem Schluss, dass es die einzige Möglichkeit für sie war, wenigstens ein gewisses Maß an Selbstständigkeit zu erlangen. Der überrumpelte Burgwart hingegen stieß einen tiefen Seufzer aus.

»Entschuldige, wenn ich meine Phrasen wiederhole, aber du weißt so gut wie ich, dass eine Frau im Kontor eigentlich nichts zu suchen hat. Allein ich fürchte, dass ich keine andere Wahl habe.« Der erfolgreiche Kaufmann lachte verschmitzt, trat zu seiner Tochter, die sich ebenfalls erhoben hatte, umarmte sie und drückte sie fest an sich.

In diesem Augenblick betrat der rotgesichtige stellvertretende Bürgermeister mit nach wie vor unsicheren Schritten den Raum. Den blutverschmierten Verband hatte er noch nicht wechseln lassen und sah daher recht lädiert aus.

»Darf ich mich zu Euch setzen?«, fragte Waldmann mit brüchiger Stimme, während der aufmerksame Schankwirt seinem regelmäßigen Gast ohne Aufforderung einen Becher Gewürzwein brachte.

»Wie ist die aktuelle Lage, mein Freund?«

Nach einem tiefen Schluck und einem zufriedenen Rülpser begann Waldmann, von den Ereignissen zu berichten. »Stellt Euch diese riesengroße Schweinerei vor, die Klosterbrüder haben meine dienstbeflissenen Männer mit der einfachen Begründung abgewiesen, ihre Brüder selbst zu richten.« Waldmann wusste von Hannes und Rudolf, dass ein weiterer Mönch an dem widerlichen Schauspiel beteiligt gewesen war. »Dabei bin ich mir sicher, dass der Orden die ganze Zeit über die Geschehnisse im Bilde war. Leider sind mir die Hände gebunden, denn das Kloster hat seine eigene Gerichtsbarkeit.« Resigniert umfasste der verletzte Mann seinen zur Hälfte geleerten Becher und ließ seine Schultern hängen.

»Wenn Ihr erlaubt, meine Herren, würde ich Euch gern noch etwas über Bruder Johannes erzählen«, sagte Anna mit einem wütenden Unterton. »Maria, die mit mir im Kerker saß, hat mir eine entsetzliche Geschichte über den unheimlichen Mönch berichtet.«

Die am Tisch versammelten Männer blickten gebannt zu der aufgewühlten Frau.

»Die Hebamme war als junges Mädchen von ihren Eltern in ein Zisterzienserinnenkloster gegeben worden. Dabei machten sie und eine Mitschwester durch Zufall die Bekanntschaft des Dominikaners. Die Einzelheiten möchte ich Euch ersparen, nur so viel, Marias Freundin und der charismatische Mönch wurden ein Liebespaar.«

Ein Aufschrei der Entrüstung kam von den aufmerksamen Zuhörern.

»Sie nutzten die wenigen Gelegenheiten von trauter Zweisamkeit weidlich aus und wenig später war die arme Frau schwanger.«

»Sodom und Gomorrha!« Burgwart war entrüstet.

»Anstatt es ihrem Galan zu erzählen, beschloss die Nonne, das Kind unter ihrem Herzen heimlich auszutragen.«

»Dass die Freundin Eurer Maria kein Einzelschicksal ist, belegen die in geheimen unterirdischen Gängen mancher Abteien gefundenen zahlreichen kleinen Skelette«, erwähnte der erfahrene Waldmann beiläufig.

»Nach mehreren Monaten«, nahm Anna ihre Erzählung wieder auf, »konnte sie ihren Zustand vor dem nach wie vor ihr Lager teilenden Mönch nicht mehr verheimlichen. Johannes drängte sie vehement zu einer Abtreibung, denn offenbar hatte er große Angst davor, dass seine Geliebte irgendjemandem den Namen des Kindsvaters preisgab. Er schaffte es mit sanftem Zureden als auch handfesten Drohungen, dass sie ihm zu einer von ihm ausgekundschafteten Engelmacherin folgte. Diese als verschwiegen bekannte Hebamme hatte jedoch nicht den besten Ruf und so kam es, da die Schwangerschaft viel zu weit fortgeschritten war, zum unausweichlichen Unglück. Maria, die den beiden aus Sorge um ihre einzige Freundin im Kloster unauffällig gefolgt war, nahm sich ein Herz und betrat, nachdem sie laute Schmerzensschreie aus dem Inneren des Häuschens gehört hatte, die Stube. Ein entsetzter Laut entfuhr ihr, als sie die junge Frau in ihrem Blut liegen sah. Der hochintelligente Mönch erfasste blitzschnell die veränderte Situation und versuchte beherzt, die hilflos dastehende Hebamme sowie die schluchzende Maria zur Tür hinauszudrängen.

›Äh, Schwester, ich wurde hierher gerufen, um dieser Sünderin die Sterbesakramente zu reichen, darf ich Euch nun bitten, mich mit der armen Frau allein zu lassen?‹

Er wusste offenbar nicht, dass die Freundinnen keine Geheimnisse voreinander hatten. ›Bruder Johannes, ich bitte

Euch.‹ Maria gab nicht so schnell auf. ›Wir könnten nach einem erfahrenen Bader schicken, vielleicht …‹

›Habt Ihr keine Achtung vor dem Tod? Macht, dass Ihr hinauskommt und geht auf dem schnellsten Weg in das Kloster zurück, oder muss ich Eurer Mutter Oberin von Eurem nächtlichen Ausflug erzählen?‹

Seine bedrohliche Stimme und der mörderische Glanz seiner Augen bewegten Maria letztendlich, das Feld zu räumen, sie wusste zudem genau, dass ihr Wort gegen das eines Vertrauten des Bischofs keinen Wert haben würde.

Einige Tage darauf war die Beerdigung. Es hieß lediglich, die junge Nonne sei an einem unheilbaren Magenleiden gestorben. Maria fürchtete als Zeugin des grausamen Geschehens um ihr Leben und verließ noch am selben Abend klammheimlich das Kloster. In jenem unseligen Augenblick, als sie mit ansehen musste, wie ihre geliebte Freundin elendiglich zugrunde ging, fasste sie den Entschluss, eine Ausbildung als Hebamme und Heilerin zu beginnen.« Mit diesem letzten Satz beendete Anna ihren aufschlussreichen Bericht.

»Dieser Bruder ist wohl ein ziemlich übler Zeitgenosse. Leider haben wir keinerlei Möglichkeit, ihn und seinen Komplizen aus dem hiesigen Kloster herauszuholen und vor das Gericht der Stadt zu schleifen. Es bleibt uns in diesem Fall nichts anderes übrig, als abzuwarten, bis die beiden ihren Zufluchtsort verlassen, um ihrer habhaft zu werden. Was den Mörder deines Lebensretters anbelangt, Gotthelf, so bin ich überzeugt, dass wir ihn fassen werden. Ich habe an den Stadttoren die schärfsten Kontrollen angeordnet, außerdem habe ich veranlasst, das Haus, in dem der gemeine Mordbube logiert hat, zu bewachen. Eine gute Nachricht habe ich noch für euch beide.« Waldmann wandte sich Hannes und Rudolf zu. »Eure Gesellenbrüder sind voller Reue, darum bin ich sicher, dass wir sie nach einer Nacht im Turm, wo sie ausgiebig über das Geschehene nachdenken können, wieder in die Freiheit entlassen können.« Der zufrieden lächelnde Mann ließ genüsslich einen großen Schluck kühlen Weins seine Kehle hinunterrinnen.

»Aber was geschieht mit Friedhelm?«, ereiferte sich Hannes.

»Keine Sorge.« Waldmann wischte sich den feuchten Mund ab. »Euer ehemaliger Altgeselle kommt ein paar Tage an den Pranger und wird dann aus der Stadt gejagt. Aber jetzt wollen wir uns angenehmeren Dingen zuwenden, nach so einem anstrengenden Tag hat man sich etwas Herzhaftes verdient.«

Eine kecke, rothaarige Magd brachte dem zweiten Bürgermeister einen großen Teller mit gekochten Schweinebäckchen und einen dampfenden Schweinefuß darauf, über den er sich sogleich hermachte, ohne die Folgen für seine gichtgeplagten Glieder zu bedenken.

Kapitel 35

»Glaubt ihr wirklich, er ist so blöd und versteckt sich dort, wo ihn jeder vermutet? Außerdem fällt es mir furchtbar schwer, euren Worten Glauben zu schenken, der ehrbare Neumann ein Verbrecher?« Kaufmann Laube, der besorgte

Hausbesitzer, hieß die bis an die Zähne bewaffneten Männer einzutreten und wies ihnen den Weg. Kaspars Herz pochte wie wild, trotzdem blieb er erstaunlich umsichtig und stellte sich hinter die soeben geöffnete Tür.

»Wie die Herren unschwer erkennen können, ist das hier meine gute Stube. Wenn ihr wollt, lade ich euch nach dem Kontrollgang durch mein Haus noch auf einen guten Tropfen ein.«

Das war ein verlockendes Angebot und die beiden Söldner warfen nur einen flüchtigen Blick in den vornehm ausgestatteten Raum. Kaum hörte Kaspar die Männer in der Kammer über ihm umherlaufen, als er mit äußerster Vorsicht die leise knarrende Treppe hinabstieg und durch das geöffnete Eingangsportal enteilte. Seine Kleidungsstücke und das wenige an Wertgegenständen, das sich noch in seiner Kammer befand, opferte er gern für die Freiheit. Mit energischen Schritten durchmaß Kaspar die verschiedenen Gassen und machte erst halt, als sich vor ihm der große Rathausplatz öffnete. Er drückte sich unauffällig an eine nahe gelegene Hauswand und beobachtete das Geschehen. Seine Befürchtung, der Kapitän könnte die Stadtwache alarmiert haben, bestätigte sich nicht.

»Sieh an, mein junger Freund. Ich dachte schon, Ihr hättet Angst vor Eurer eigenen Courage bekommen.«

Die laute, befehlsgewohnte Stimme des Landsknechts ließ Kaspar zusammenzucken und er bedeutete dem bärtigen Mann, sich zu mäßigen. Der in hohem Maße erregte Kaufmann sah, dass Vogler Wort gehalten und die auffälligen Kleider mitgebracht hatte. Auf ein Zeichen des Kapitäns hin folgte Kaspar diesem in eine verschwiegene Nische zwischen den Rathausgebäuden.

»Wie Ihr seht, edler Herr, habe ich meinen Teil der Abmachung erfüllt und die schönen Klamotten mitgebracht.« Kaspar wollte nach der Kniebundhose greifen, aber unvermittelt war die kräftige Hand des Kapitäns vorgeschnellt und umklammerte die Rechte des überraschten Kaufmanns. »Nicht so schnell. Zuerst die Bezahlung, dann die Ware.«

»Schon gut, schon gut«, beschwichtigte dieser, »ich bezahle Euch ja, doch eine Bedingung hätte ich noch.«

»Eigentlich seid Ihr nicht in der Lage, Forderungen zu stellen. Ich bin ein misstrauischer Mensch und habe mich ein wenig umgehört. Wenn mich nicht alles täuscht, so werdet Ihr von den städtischen Söldnern gesucht. Also her mit dem Geld.«

Glänzende Schweißperlen hatten sich auf Kaspars Stirn gebildet und sein Ton hatte jegliche Arroganz verloren. »Werter Herr Vogler, ich bitte Euch inständig darum, Euch durch die Stadttore begleiten zu dürfen.« Langsam zog Neumann das wertvolle Schmuckstück aus seinem ledernen Beutel, woraufhin die Augen des hünenhaften Soldaten zu leuchten anfingen. »Das hier dürfte für Eure überhöhten Forderungen ausreichen und Euch für eventuell entstehende Mühen zusätzlich entlohnen.«

Wie ein Habicht stürzte sich der Kapitän auf die hervorragend gearbeitete Preziose und biss mit seinen teilweise schwarzen Zahnstümpfen hinein. »Das ist nicht schlecht, aber garantiert gestohlen.«

Kaspar wollte aufbrausen.

»Glaubt mir, junger Freund, ich habe mir in den zurückliegenden, meist kriegerischen Jahren eine gute Menschenkenntnis angeeignet, was oftmals überlebenswichtig war. Also nehmt das gute Stück zurück und händigt es mir aus, wenn wir die Stadtmauern passiert haben. So, hier sind die Sachen, beeilt Euch, es ist spät.« Vogler reichte ihm zuerst die weißen Strümpfe und die knöchelhohen Stiefel.

Kaspar war es unangenehm, sich vor dem rauen Landsknecht ausziehen zu müssen, allein er hatte keine andere Wahl. Das Leinenhemd mit dem kunstvoll verzierten Kragen sowie das gelbrote, geschlitzte Wams mit den bauschigen Ärmeln passten wie angegossen. Die rote Kniebundhose mit der ausgeprägten Schamkapsel und der schwarze Hut, dessen Krempe an einer Seite steil abfiel, rundeten sein Erscheinungsbild ab. Zu guter Letzt bekam Kaspar noch den mörderischen Katzbalger und einen matt glänzenden Brustpanzer ausgehändigt.

»Das sieht doch ganz ordentlich aus, eine Hellebarde bekommt Ihr, wenn wir bei der Truppe angekommen sind.« Nicht ohne Stolz betrachtete der Kapitän den nun ehemaligen Kaufmann, der eine ausgesprochen gute Figur in der kriegerischen Tracht abgab.

»Habt Ihr nicht daran gedacht, dass ich nach meiner glücklichen Rettung vor den Toren Frankfurts entweichen könnte?«

»Das, mein Freund, wäre das Letzte, was ich Euch raten würde«, erwiderte Vogler gedehnt.

Der kleine Tross setzte sich wenig später in Bewegung. Vorneweg ging der behände spielende Trommler, dahinter gemessenen Schrittes der stolze Kapitän zusammen mit Kaspar, ihnen folgten in gebührendem Abstand fünf weitere Männer, die sich für eine militärische Karriere entschieden hatten. Vor dem mächtigen Eschenheimer Tor angekommen, meinte Kaspar, dass jeder der grimmig dreinschauenden Wachsoldaten seinen pochenden Herzschlag hören musste. Seinen großen Hut hatte er erneut tief ins Gesicht gezogen, außerdem hatte Vogler ihn angewiesen, keinen Ton von sich zu geben.

»Seid gegrüßt, Kapitän, wie ich sehe, habt Ihr Erfolg mit Eurem Werben gehabt.« Einer der schwer bewaffneten Wächter schien Vogler zu kennen.

»Das kann man wohl sagen und wenn sie dann so lange gekämpft haben wie du, können sie sich dereinst auch auf einen ruhigeren Posten zurückziehen«, meinte der Landsknecht augenzwinkernd.

»Das ist nicht immer so ungefährlich, wie Ihr denkt, gerade jetzt sind wir auf der Suche nach einem flüchtigen Mörder. Ich hoffe, Eure neuen Rekruten haben mit der Sache nichts zu tun.«

»Du hast unter mir gedient und müsstest daher wissen, dass Kapitän Vogler nur vertrauenerweckende Männer mit gutem Leumund anheuert«, erwiderte er im Brustton der Überzeugung. »Galgenvögel haben bei mir nichts zu suchen.«

Der Wachmann schaute sich die angehenden Söldner flüchtig an. »Ist gut, Kapitän, Ihr könnt passieren.«

Der Trommler begann wieder mit seinem lautstarken Handwerk und schritt voran, wie selbstverständlich folgte ihm der stark schwitzende Neumann.

»He, du, mit dem schwarzen Schlapphut!«

Das Herz sank Kaspar in die Hose, als ihm der andere Torwächter hinterherrief.

»Du kommst mir irgendwie bekannt vor.«

»Der kann Euch nicht antworten, er ist stumm. Ich habe ihn in Mainz aufgelesen und werde einen anständigen Landsknecht aus ihm machen. Die Ähnlichkeit, die du erkennst, rührt wahrscheinlich daher, dass er die auffälligen Kleider von Phillip Holzmann, diesem alten Haudegen, trägt.« Schlagfertig hatte der Kapitän die brenzlige Situation entschärft und wandte sich an seinen ehemaligen Untergebenen. »Du müsstest den tapferen Kämpfer eigentlich noch kennen.«

»Ja, gewiss, dieser Mann ist mir sogar in besonderer Erinnerung, schließlich hat er mir in der Lombardei einmal das

Leben gerettet und deswegen wundert es mich nicht im Geringsten, dass er einem armen Jungen seine Ausrüstung schenkt.«

Sein misstrauischer Kollege ließ sich jedoch nicht so schnell überzeugen, er stellte sich vor Kaspar hin, hob dessen Hut an und beäugte ihn gründlich von oben bis unten. Letztlich gab die Bekanntschaft des anderen Wächters mit dem Anführer der angehenden Landsknechte den Ausschlag und die bunt gekleideten Männer konnten das Tor mit dem bedrohlich wirkenden Fallgitter hinter sich lassen. Anstandslos passierten sie auch die Kontrollstellen der äußeren Mauern und erreichten endlich offenes Feld.

»Wir wollen zusehen, dass wir das kleine Wäldchen da vorn erreichen, das uns als Versteck dienen könnte, falls die Stadtoberen wider Erwarten eine Patrouille hinter uns herschicken.«

Nach dem schweren Gewitter, das am Nachmittag niedergegangen war, hatte sich die Luft wieder so stark aufgeheizt, dass es selbst eine Stunde vor Einbruch der Dämmerung, erbarmungslos heiß war. Die ersten Bäume warfen ihren kühlenden Schatten auf die schwer atmenden Männer, als sich der Kapitän jäh umdrehte und dem völlig überraschten Kaspar die Spitze seines frisch geschärften Katzbalgers an die Kehle hielt.

»So, mein Junge, nun gib mir das Halsband, bevor dir noch der Gedanke kommt, einfach abzuhauen.«

»Aber natürlich, Herr Kapitän, wie …, wie konntet Ihr nur an meinen ehrlichen Absichten zweifeln?« Kaspar hatte Mühe, seinen Zorn zu verbergen. Vogler musste gespürt haben, dass er tatsächlich drauf und dran war, das Weite zu suchen. Der Erlös des kostbaren Schmuckstücks hätte ihm eine Zeit lang zum sorglosen Leben gereicht. So lange wenigstens, bis er Kontakt mit seinem Vater aufgenommen hätte.

»Das ist ausgesprochen nett von dir«, meinte der Kapitän, der Kaspar jetzt nicht mehr wie einen Gleichberechtigten, sondern bereits wie einen Untergebenen anredete, und ließ die wertvolle Kette in seinen Beutel gleiten. »Es wird mir ein besonderes Vergnügen sein, dich an einen von mir geschätzten Feldweibel zu übergeben, der dir die bestmögliche Ausbildung angedeihen lassen wird.«

Allein der Gedanke daran ließ Kaspar erschauern. Mit hängenden Schultern marschierte der ehemalige Kaufmann in eine ungewisse, womöglich düstere Zukunft.

Barbara, die Frau, die er so sehr begehrte, kam ihm in den Sinn. Was würde bloß aus ihr und dem gemeinsamen Kind werden? In einem seltenen Anflug von Sentimentalität fing Kaspar leise an zu weinen.

Kapitel 36

Einige Tage nach dem missglückten Aufstand passierte eine schwere Kutsche die Sachsenheimer Warte und rollte auf der holprigen Straße in Richtung Süden. Der Kutscher bedachte seine stämmigen Pferde ab und an mit einem leichten Peitschenknall, während sich die beiden Insassen lebhaft unterhielten. Plötzlich wurden sie unsanft unterbrochen, jäh hatte der Fahrer die Bremse gezogen und seine wiehernden Rappen abrupt zum Stehen gebracht.

»Was ist denn nun schon wieder los?« Die Stimme des Mannes mit dem eleganten Barett klang ungehalten.

»Edler Herr, ich fürchte, wir müssen eine kleine Rast einlegen, da eines der Rösser offensichtlich lahmt. Wenn ich diesen Schurken von einem Hufschmied in die Finger kriege, dann Gnade ihm Gott.« Fluchend sprang der zornige Karcher von seinem Bock herunter und untersuchte das heftig zitternde Tier. Der hochgewachsene, grauhaarige Fahrgast verließ ebenfalls die Kutsche und half seiner hübschen, jungen Begleiterin beim Ausstieg.

»Um ehrlich zu sein, kommt mir die Pause gar nicht so ungelegen. Ich habe heftiges Magendrücken und werde mir deshalb ein stilles Örtchen suchen, du kannst dir ja derweil ein wenig die Füße vertreten.« Mit diesen Worten ging er zielstrebig auf eine nicht weit entfernt stehende Baumgruppe zu.

Die Frau, deren Lockenpracht von der züchtigen Haube nur einigermaßen gebändigt wurde, war so in Gedanken versunken, dass sie den herannahenden Wanderer nicht sofort bemerkte.

»Gott zum Gruße, kann ich den Herrschaften irgendwie behilflich sein?«

Beim Klang der Stimme zuckte die wohlgestaltete Frau zusammen. »Hannes!«

Der Zimmermannsgeselle war wie vom Donner gerührt. »Anna!«

Der Kutscher war nun auch auf den jungen Mann aufmerksam geworden und die beiden wussten nicht, wie sie sich verhalten sollten.

»Aber …, ich dachte, du willst noch eine Zeit lang in der schönen Stadt Frankfurt verweilen?« Anna hatte zuerst die Sprache wiedergefunden und blickte Hannes freudig an.

»Nun, ich …« Der Geselle räusperte sich. »Nach allem,

was vorgefallen ist, wollte ich nur noch weg von diesem Ort; mein Freund Rudolf hingegen will dabei helfen, die angeschlagene Bruderschaft wieder auf Vordermann zu bringen«, sagte Hannes mit einem bedauernden Unterton.

»Und wohin führt dich dein nächster Weg, wenn ich fragen darf?« Nervös zupfte Anna an ihrer weißen Haube.

»Ich habe vor, über Mainz am Rhein entlang nach Süden zu wandern. In der Nähe von Freiburg lebt ein Bruder meines Vaters, den ich noch nie zuvor gesehen habe und den ich unbedingt kennenlernen möchte.«

Nach einer langen, peinlichen Gesprächspause fasste Hannes sich ein Herz, ergriff Annas feingliedrige Hand und schaute die junge Frau versonnen an. »Werden wir uns irgendwann einmal wiedersehen?«

Für einen kurzen Augenblick war ihre frühere Vertrautheit wieder aufgekommen.

»Das hoffe ich, wie und unter welchen Umständen aber, das weiß nur Gott allein. Eines jedoch kann ich dir mit Bestimmtheit sagen, ich werde oft an dich denken. Und jetzt gehe bitte.«

Die junge Frau konnte ihre Tränen nicht mehr zurückhalten. Nach einem letzten tiefen Blick in ihre schönen Augen drehte sich Hannes seufzend um, nahm sein schweres Bündel und seinen knotigen Stock zur Hand und ging seiner Wege.

ENDE

Weitere historische Romane
finden Sie auf den folgenden Seiten oder im Internet:
www.gmeiner-verlag.de

Oliver Becker
Die Entscheidung der Krähentochter
978-3-8392-1355-1

»Der Schwarzwald zwischen Kriegsfurcht und Friedenshoffnung und eine geheimnisvolle Macht, die im Hintergrund unsichtbare Fäden spinnt.«

Der Schwarzwald während des Dreißigjährigen Krieges. In Teichdorf sorgt ein rätselhafter Fremder für Unruhe. Bernina, die »Krähentochter«, gewährt ihm dennoch Unterschlupf. Am nächsten Tag ist er verschwunden – und mit ihm die wertvolle Familienchronik.

Bernina reist zu den Freiburger Markttagen und plötzlich ist der Diebstahl ihr kleinstes Problem: Eine große Armee zieht ihren tödlichen Ring um Freiburg. Schon bald ertönt Kanonendonner – die Schlacht steht unmittelbar bevor und Bernina sitzt in der Falle …

Unsere Lesermagazine

2 x jährlich das Neueste aus der Gmeiner-Bibliothek

24 x 35 cm, 32 S., farbig; inkl. Büchermagazin »nicht nur« für Frauen

10 x 18 cm, 16 S., farbig

Alle Lesermagazine erhalten Sie in Ihrer Buchhandlung oder unter www.gmeiner-verlag.de.

GmeinerNewsletter

Neues aus der Welt der Gmeiner-Romane

Haben Sie schon unsere GmeinerNewsletter abonniert?

Monatlich erhalten Sie per E-Mail aktuelle Informationen aus der Welt der Krimis, der historischen Romane und der Frauenromane: Buchtipps, Berichte über Autoren und ihre Arbeit, Veranstaltungshinweise, neue Literaturseiten im Internet und interessante Neuigkeiten.

Die Anmeldung zu den GmeinerNewslettern ist ganz einfach. Direkt auf der Homepage des Gmeiner-Verlags (www.gmeiner-verlag.de) finden Sie das entsprechende Anmeldeformular.

Ihre Meinung ist gefragt!

Mitmachen und gewinnen

Wir möchten Ihnen mit unseren Romanen immer beste Unterhaltung bieten. Sie können uns dabei unterstützen, indem Sie uns Ihre Meinung zu den Gmeiner-Romanen sagen! Senden Sie eine E-Mail an gewinnspiel@gmeiner-verlag.de und teilen Sie uns mit, welches Buch Sie gelesen haben und wie es Ihnen gefallen hat. Alle Einsendungen nehmen automatisch am großen Jahresgewinnspiel mit attraktiven Buchpreisen teil.

GMEINER

Wir machen's spannend